星海社 FICTIONS

新訳クトゥルー神話コレクション3

這い寄る混沌

H・P・ラヴクラフト

訳／森瀬繚

Illustration／中央東口

星海社

はじめに

〈這い寄る混沌〉ナイアルラトホテプ――一九二〇年が終わりにさしかかりつつある頃、H・P・ラヴクラフト（以下、HPL）の悪夢にその不吉な姿を現したエジプトの怪人は、やがてHPLの万魔殿《パンデモニウム》の魔神たちに名を連ね、いくつかの作品に関わってくることとなります。

本書は、このナイアルラトホテプの初出作品を含む重要な登場・言及作品（ただし「未知なるカダスを夢に求めて」「魔女の家の夢」については、シリーズ構成の関係で後の巻に譲ります）を主軸に、シュブ゠ニグラス、ナグとイェブ、イグ、ラーン゠テゴスといった、HPLの夢と想像力、筆が生み出した神々の名前が言及される作品を中心に、執筆順に収録したものです。

ちなみに、ジェイムズ・F・モートン宛の一九三三年四月二七日付の書簡で、ラヴクラフトはアザトースの子である〈闇〉の娘をシュブ゠ニグラス、同じく〈無名の霧〉の息子をヨグ゠ソトースとし、この二柱の間にナグとイェブが生まれたという神々の系図を示しました。この系図について、HPLの冗談だったと見なす向きもあるようですが、三年の時を隔ててウィリス・コノヴァーに書き送った一九三六年九月一日付の書簡にも、ヨグ゠ソトースとシュブ゠ニグラスの間に邪悪な双子ナグとイェブが生まれたと書かれているなど、複数の書簡における記述に矛盾が見当たりませんので、この系図はHPLにとっての公式設定だったと考えるのが自然でしょう。この系図も、本書の四六八ページに収録しておりますので、参考に供していただければ幸いです。

HPLが密《ひそ》やかに手を染めていた、特定のワードを筆者・作品を越えて共有していくというお遊びですが、出版側の人間には眉をひそめる者もいないではありませんでした。

期せずして、初期のクトゥルー神話作品が数多く掲載される媒体となった〈ウィアード・テイルズ〉のファーンズワース・ライト編集長がその一人で、彼はフランク・ベルナップ・ロングの「喰らうものども」の冒頭に掲げられたジョン・ディー博士翻訳の『ネクロノミコン』の引用文をわざわざ削除し、オーガスト・W・ダーレスに対してはアザトースやナイアルラトホテプといった神々に自作中で言及するのはHPLに対する不正であるとまで意見しました。

しかし、これを聞いたHPLは編集長の見解に憤慨し、ダーレスに宛てた一九三一年八月三日付の書簡にこう書きました。「これらの人工的な魔神《デーモン》は、異なる作家の手が入れば入るほど、汎用的な背景素材として優れたものになっていくのです！　私は他の人たちにも、アザトースやナイアルラトホテプを使ってもらいたいのです――見返りとしてクラーカシュ・トン（クラーク・アシュトン・スミスのこと）のツァトーグァや、きみの修道士クリタヌス、ハワードのブランなどを使わせていただくのです」

この、「背景素材《バックグラウンド・マテリアル》」という言葉こそが、HPLの言う「クトゥルーその他の神話」のワード群を、彼がどのようなものと認識していたのかを如実に示しています。その格好のお手本とも言うべき作品が、本書に収録したアドルフ・デ・カストロのための改作「最後のテスト」と「電気処刑器」です。この二作品については、HPLが手を入れる――つまり、クトゥルー神話用語を挿入する前の元作品を併録しています。両者を読み比べることで、HPLの小説家としての力量が非常に優れていたことと、彼が神話用語を便利な「背景素材」として使っていたことを、ご理解いただけることと思います。

二〇一八年九月二九日　大天使ミカエルの日に

❖目次 CONTENTS

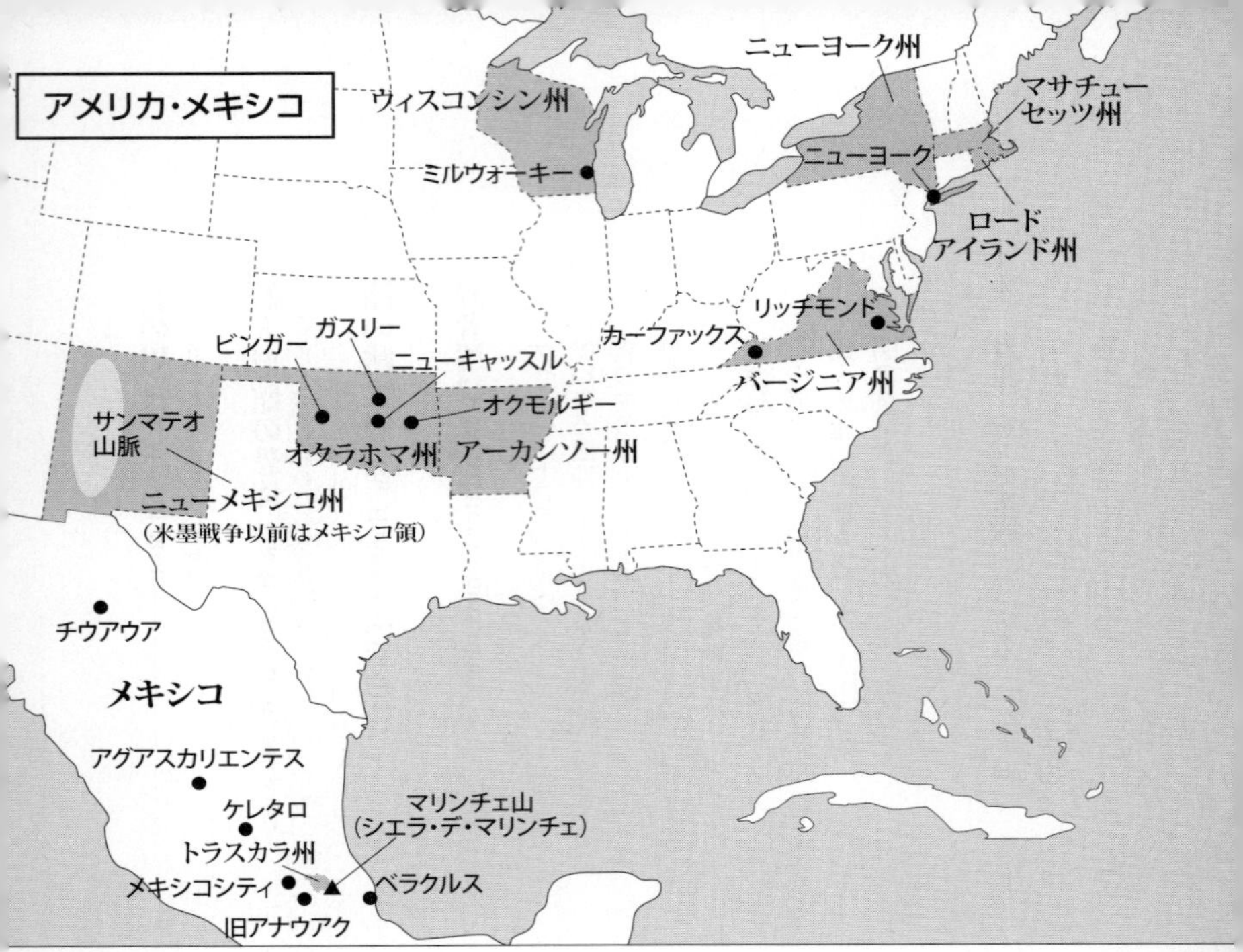

アメリカ・メキシコ
ニューヨーク州
ウィスコンシン州
マサチュー
セッツ州
ミルウォーキー
ニューヨーク
ロード
アイランド州
リッチモンド
ガスリー
ビンガー
カーファックス
ニューキャッスル
バージニア州
オクモルギー
サンマテオ
山脈
オタラホマ州
アーカンソー州
ニューメキシコ州
（米墨戦争以前はメキシコ領）
チワウア
メキシコ
アグアスカリエンテス
ケレタロ
マリンチェ山
（シエラ・デ・マリンチェ）
トラスカラ州
メキシコシティ
ベラクルス
旧アナウアク

太　平　洋

『這い寄る混沌』関連地図

アラオザル(P406)の位置については、A・W・ダーレスが明確に設定していたわけではなく、作中の描写や既存の研究などをもとに、訳者が推測的に示したものです。

プロヴィデンス（ロードアイランド州）
ブラウン大学のジョン・ヘイ図書館
カレッジ・ヒル
ラヴクラフトの生家
（現存しない）
エンジェル・ストリート
フルール=ド=リス・ビルディング
（「クトゥルーの呼び声」）
ジョン・ヘイ図書館
カレッジ・ストリート
ブラウン大学
上級裁判所
ロバート・ブレイクの下宿
（現在はプロスペクト・ストリートに移設）

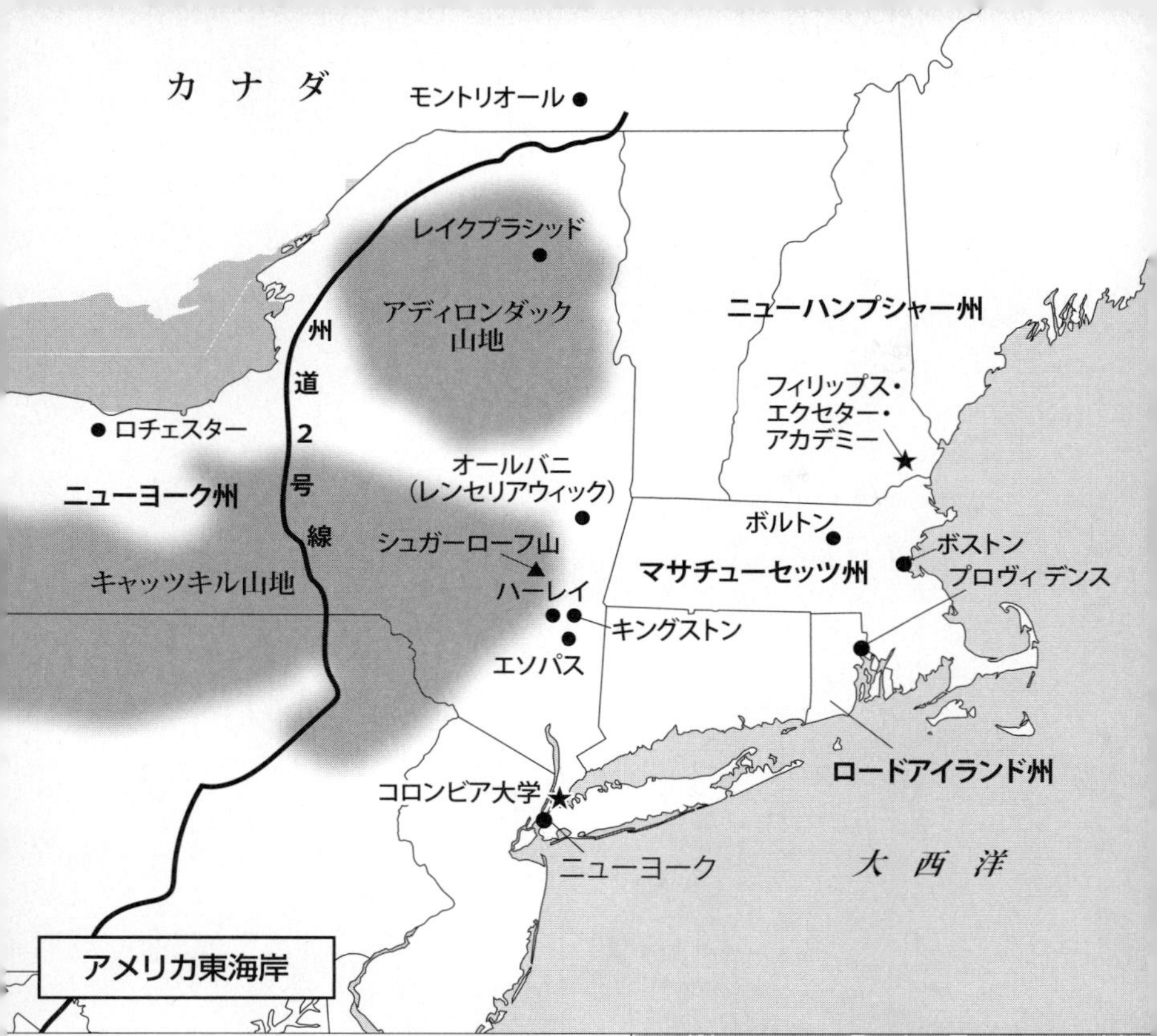
カ ナ ダ
モントリオール
レイクプラシッド
アディロンダック
山地
州
道
2
号
線
ロチェスター
ニューヨーク州
キャッツキル山地
オールバニ
（レンセリアウィック）
シュガーローフ山
ハーレイ
キングストン
エソパス
コロンビア大学
ニューヨーク
ニューハンプシャー州
フィリップス・
エクセター・
アカデミー
ボルトン
ボストン
マサチューセッツ州
プロヴィデンス
ロードアイランド州
大 西 洋
アメリカ東海岸

旧・聖ヨハネ・ローマ・カトリック教会
（「闇の跳梁者」）
フェデラル・ヒル

新訳クトゥルー神話コレクション3

這い寄る混沌

The Crawling Chaos and Others

H・P・ラヴクラフト　森瀬 繚 訳

Illustration 中央東口

凡例

▼原文の雰囲気を可能な限り再現するため、英語の慣用句も含めそのまま日本語訳を行っております。ただし、情報を補わないと意味を汲み取りにくいと判断した場合に限り、割注を入れています。

例）Ｐ15　ファッラーヒーン〔エジプトの農民たち〕

▼文中にしばしば現れる番号つきの記号は、各収録作末尾の訳注パートの記載事項に対応しております。本書に収録されていない他作品の内容に触れている場合がありますので、あらかじめご留意願います。

▼神名、クリーチャー名などの表記については、英語圏での一般的な発音を優先的に採用しております。

▼訳文中に示される著作物などの媒体は、以下のカッコ記号で示されます。

『』…単行本、映画などの名称。
〈〉…新聞、雑誌などの名称。
「」…小説作品、詩などの個別作品の名称。
《》…書物などからの引用文。

▼本書から引用をされる場合、著作権法に基づき出典の明記をお願い致します（事前の許諾申請などは必要ありません）。

＊

編集部より

　本書の収録作品には、今日的な観点からは差別的とされる表現が含まれています。これは、執筆当時の時代背景に基づくものであり、著者が故人であること、および20世紀初頭に書かれた作品のもつ資料性に鑑みて、原文を改変することなく訳出しています。

（星海社ＦＩＣＴＩＯＮＳ編集部）

ナイアルラトホテプ

Nyarlathotep

1920

ナイアルラトホテプ[*1]……這《は》い寄《よ》る混沌《こんとん》……私は最後の者なれば……耳そばだてる虚空《こくう》に告げよう……。

それがいつ始まったのか、はっきりと覚えていないのですが、数ヶ月前のことでした。

世間一般の緊張は、恐ろしいほどのものでした。政治的、社会的な激変が続く中に、悍《おぞ》ましくも物質的な危険にまつわる奇異で陰鬱《いんうつ》な不安までもが加わったのです。

あまねく広がり、すべてを包み込むようなその危険は、夜に見る最も恐ろしい幻夢の中にあってのみ、想像することのできるような類《たぐい》のものでした。

人々が蒼白で物憂げな表情を浮かべて歩き回り、誰しもが敢えて繰り返そうとしないか、さもなくば耳にしたことを自分では認めようとしない警告と予言を囁《ささや》いていたことを、私は覚えています。

途方もなく大きな罪の意識がこの土地を押し包み、星々の間にある深き淵《ふち》からは冷たい流れが吹き寄せて、昏《くら》く寂しい場所にいる人々を身震いさせました。

季節の順序には、悪魔的な変化が生じていました——秋の熱気がひどく長引き、この世界、そしておそらく宇宙までもが、私たちの知る神々や諸力の支配下から離れ、未知の神々や諸力の支配下に移行したのではないかと、誰しもが感じていました。

ナイアルラトホテプがエジプトに現れたのは、そのような折《おり》のことでした。

彼が何者なのか、それを告げることのできる者はいませんでしたが、彼は故国の古い血筋に属する、ファラオの如《ごと》き人物でした。彼を目にしたファッラーヒーン［エジプトの農民たち］は跪《ひざまず》いたものですが、理由を口にすることはできませんでした。

彼の言うには、彼は二七世紀[*2]におよぶ暗闇《くらやみ》の中から立ち上がり、この星にあらざるところからもたらされたお告げ《メッセージ》を耳にしたというのです。

色浅黒く、痩身で、不吉なナイアルラトホテプは、文明の栄える様々な土地を訪れては、常にガラスや金属でできた奇妙な器具をいくつも買い求め、それらをさらに奇妙な器具に組み込んでいきました。

彼は科学――電気や心理学――について饒舌《じょうぜつ》に語り、力を誇示して観客たちを黙り込ませたのですが、それでもなお彼の名声は並外れて大きなものでした。

人々はナイアルラトホテプを見るべきだと互いに勧めあい、身を震わせたものでした。そして、ナイアルラトホテプが往《ゆ》くところ平安は消え失せ、真夜中を悪夢の絶叫が引き裂くことになったのです。

そうした悪夢の絶叫が、公に問題視されることは決してありませんでした。

賢明な人々は今や、夜半の睡眠を禁止できればよいのにと願わんばかりになっていました。町々から響きわたる絶叫が、橋の下を流れる緑色の水面や、陰鬱な空にそそり立つぼろぼろの古い尖塔を照らし出す、憐れむような蒼白の月を悩ませることがないように。

ナイアルラトホテプが、私の住む町――巨大で古さびた、無数の罪悪に塗《まみ》れた恐ろしい町にやってきた時のことを、私は覚えています。彼自身や、その啓示の衝《つ》き動かすような魅力と魅惑について友人が教えてくれたので、私は彼の謎を余すところなく探求したいという熱意に、心を焦がされたのでした。

友人によれば、それらは熱に浮かされた私の想像以上に、恐ろしくも印象的なものでした。灯《あか》りの落とされた部屋のスクリーンに、ナイアルラトホテプを除く何人たりともあえて告げようとしなかった予言的なものが映し出され、彼が途切れ途切れに発する火花が閃く中、人々はいまだかつて奪われたことがなく、ただ目にしたことしかないものを奪われてしまうというのです。

私はまた、ナイアルラトホテプを見知った者たちが、他の者には見えない光景を目にするという、海外で囁きかわされる噂についても耳にしました。

ナイアルラトホテプに会うべく、不安げな群衆たちとともに夜闇を抜けていったのは、暑い秋のことでした。私たちはむっとする夜をついて果てしない階段をあがり、息の詰まる部屋に入りました。

廃墟《はいきょ》の只中にいるフードを被った人影と、崩れた建造物《モニュメント》の背後から覗き込む禍々《まがまが》しくも黄色い顔がいくつもスクリーン上に映し出されているのを、私は目にしました。

そしてまた、私は世界が闇黒《あんこく》と闘っているのを目にしました。窮極《きゅうきょく》の宇宙から押し寄せる破壊の波に抗《あらが》って、旋回し、攪拌《かくはん》し、光が衰えて冷えていく太陽の周囲で奮闘するさまを。

やがて、驚いたことに観客たちの頭の周囲を火花が飛び回り、髪の毛が逆立つ一方《いっぽう》で、言いようもなくグロテスクな影が現れて、人々の頭上にのしかかりました。

そして、他の者たちよりも冷静で、科学的であった私が、「ペテンだ」「静電気だ」などと震え声で抗議をつぶやくと、ナイアルラトホテプは私たち皆を外に追いやったので、私たちはふらつきながら階段を下りて、蒸し暑く、人っ子一人いない深夜の通りに出ていきました。

怖がってなどいないぞ、怖がりなんてするものかと私が叫ぶと、他の者たちも自らを勇気づけようと、共に叫び声をあげました。

私たちは、町がいつもと変わらず、今なおしっかり息づいていることを断言しあい、電灯が消え始めた時には、会社［電力会社のこと］を幾度も罵《ののし》り[*3]、奇妙な表情を浮かべて笑い交わしました。

緑がかった月から、何かが降りてくるのを感じ取ったのかもしれません。というのも、その光を頼りに進み始めた時、私たちは知らず知らずのうちに奇妙な列を作ってさまよい歩いていたのですが、敢えて考えないようにしていたにもかかわらず、目的地がどこなのか知っているようだったのです。

ふと舗道を眺めてみると、敷石がなくなっていたり、雑草に置き換わってしまっているのがわかりました。路面電車が走っていたことを示す、錆びついた金属の線路もなくなっていました。

それからまた、私たちは路面電車がただ一両、窓ガラスをなくしたぼろぼろの状態で、ほとんど横倒しになっているのを目にしました。地平線に目を向けてみると、川辺にある第三の塔を見つけることができず、第二の塔のシルエットも先端が崩れていることに気づきました。

私たちはそれから細い縦列に分かれたのですが、それぞれ別の方向に引き寄せられているようでした。ひとつは左手の狭い路地に消えていき、ぞっとするような呻《うめ》き声のみが後に残りました。もうひとつは、雑草でふさがれた地下鉄の入り口へと押し込んでいき、狂おしい笑い声が響き渡るのでした。

私のいる列は、開けた野原の方に引き寄せられ、やがて暑い秋にふさわしからぬ寒さを感じました。暗い湿原に踏み込んでいくにつれて、私たちは地獄めいた月に照らし出される、禍々しい雪を目にしました。足跡ひとつついていない不可解な雪は、ある方向にだけ吹き払われていて、輝く壁の間にはことさら黒々とした割れ目が横たわっているのです。

縦列はひどく細いものとなり、夢見るような足取りで一歩、また一歩と割れ目に入っていきました。私は、列の後ろでぐずぐずしていました。緑色の光に照らされる雪の中の黒い裂け目は恐ろしいものでしたし、同行者《コンパニオン》たちが姿を消した時、不穏な悲鳴が響くのを聞いたように思ったのです。

しかし、その場にとどまっている力は、わずかなものでしかありませんでした。先に行った者たちに招かれでもしたかのように、私は巨大な雪の吹き溜まりの間を半ば漂うように、身震いと恐れを覚えつつも、想像を絶する不可視の渦の中に入り込んでいったのです。悲鳴をあげるほどの感覚を残していたか、物も言えぬほど狂乱していたかについては、神のみぞ知るといったところでしょう。

病みながらも鋭敏な影が手にあらざる手の中で身悶えし、腐敗する森羅万象の身の毛もよだつ暗闇や、町々という古傷を抱えて死滅した世界の亡骸《なきがら》や、青白い星々をかすめ、そのちらつきを減じながら吹き渡る死の風をよぎって、やみくもに運ばれていきました。

世界の彼方に、途方もない大きさをした何かのおぼろげな幻影がありました。それは、宇宙の奥底にある名もなき岩場を土台に、光と闇の領域を超えて目眩《めくるめ》く虚空へと向かって聳《そび》え立つ、半ば目にすることのできる不浄なる神殿の列柱です。

そして、この宇宙の忌まわしい墓所の中を、くぐもった狂おしい太鼓《ドラム》を連打する音、冒瀆的な笛の細く単調な調べが、〈時間〉というものの彼方、想像を絶する無明の房室から聴こえていました。

その憎むべき打音と音色《ねいろ》に合わせ、ゆるやかにぎこちなく、滑稽に踊っているのは、巨大で暗鬱な窮極の神々――盲目で声も心も持たない怪物《ガーゴイル》たちであり、その精神《たましい》こそがナイアルラトホテプなのです。

補遺・一九二一年一二月一四日　ラインハート・クライナー宛書簡からの抜粋

私は古びた灰色のガウンに身を包み、サミュエル・ラヴマンの手紙を読みながら椅子に座っているようでした。その手紙は信じがたいほどに現実的で――八・五×一三インチ〔二一・六×三三・二センチメートル〕の薄い紙で、署名と本文が紫色で書かれていました――、不吉なことが書かれているようでした。

夢のラヴマンは、こう書いていました。

「ナイアルラトホテプがプロヴィデンスにやってきたなら、決してお見逃しなきよう。彼は、ひどく恐ろしい――あなたの想像している以上に恐ろしい存在ですが、素晴らしくもあるのです。彼は、一人の人間を後々まで虜《とりこ》にするのです。私は、彼が見せたものについて、今でも身震いを覚えます」

私は、ナイアルラトホテプの名を聞いたことがありませんでしたが、そこにほのめかされていることがわかるような気がしました。ナイアルラトホテプというのは、公会堂で弁舌を振るう巡回興行師ないしは講演者のような存在で、彼の見世物が広範囲において恐怖と議論を巻き起こしていたのです。

これらの見世物は二部構成でした――前半は、ひどく恐ろしい――おそらく予言的な内容の――映画フィルム。そして、後半は科学的かつ電気的な装置を用いた、いくつかの特殊な実験です。

手紙を受け取った時、ナイアルラトホテプが既にプロヴィデンスに来ていること、そして彼が住民たち皆を襲った慄然たる恐怖の原因であったことを、私は思い出したようでした。彼が示した恐怖の数々に慄きながら、人々がそのことを声を潜めて私に話し、彼に近寄らぬよう警告したこともです。

ですが、ラヴマンからの夢の手紙によって心を決めると、私はナイアルラトホテプを見に行こうと、よそ行きの服に着替え始めたのでした。細かいところまで鮮明です――私は、ネクタイを締めるのに苦労しました――しかし、言い知れぬ恐怖が、それ以外の全てに影を投げかけているのでした。

家を出ると、一群の男たちが恐ろしげに囁き交わしながら、何かに突き動かされているかのように、夜闇の中をある方向だけを目指して歩いているのを目にしました。私も、畏れをいだきながらも偉大かつ不可解な、名状しがたいナイアルラトホテプを見聞することを熱望する、その群れに加わりました。

その後、それほど遠くまで行かなかったことを除けば、夢は同封した物語のコースをほぼ正確に辿りました。私が雪中に黒々とした口を開けている深淵の中に引き込まれ、かつては人間の群れだった影が渦巻く中に荒々しく巻き込まれた途端、それは終わりを告げたのです。

訳注

1　ナイアルラトホテプ　Nyarlathotep
ナイアルラトホテプの初出。ＨＰＬの夢に出てきた謎めいた名前を、そのまま使用したもの（補遺・解説参照）。

2　二七世紀　twenty-seven centuries
紀元前三世紀のエジプト人歴史家マネトの著した『アイギュプティカ』の時代区分では、第三中間期の第二二王朝（紀元前九四六年～七一五年？）の時期にあたる。この王朝はブバスティス（古代エジプト語では「猫神バストの家」を意味するペル＝バスト）に都を置いていた。

3　電灯が～幾度も罵り
このくだりは、同じくナイアルラトホテプの物語「闇の跳梁者」の、クライマックスの先触れとなっている。

這い寄る混沌

The Crawling Chaos

（ウィニフレッド・ヴァージニア・ジャクスンとの共作）

1920

阿片《あへん》のもたらす快楽と苦痛については、多くのことが書かれている。ド・クインシー[*1]の恍惚《こうこつ》と恐怖、ボードレールの人工楽園[*2]は、それらを不滅のものとしている技巧で保存、解釈されているので、霊感を受けた夢想家がそこに運ばれてゆく、あれらの朦朧《もうろう》とした領域の美や恐怖、そして神秘については、世界のよく知るところである。

しかし、多くのことが語られていながらも、このように心に開示される幻影《ファンタズム》の性質を敢えて暗示したり、阿片を吸い込んだ者が否応なく連れていかれる、華麗にしてエキゾチックな、かつて聞いたこともないような道の方角をほのめかした者は、未だかつて存在しないのだった。

ド・クインシーは朦朧たる影横たわる豊穣《ほうじょう》の土地、アジアへと引き戻されて、その恐るべき古ぶるしさに「人種とその名前の茫洋たる歳月は、個人における若さの感覚を圧倒している」との印象を受けたが、それより遠くに敢えて進む勇気は持たなかった。

さらに遠くへと赴いた者が戻ってくることはなく、戻ってきたとしても、沈黙を貫くか、狂い果てているかのいずれかなのである。

私は、その薬を一度だけ吸引したことがある——疫病が流行《はや》った年に、癒《い》やせぬ苦痛を鈍らせようと、医師がそれを用いたのだ。その分量は過ぎたるもので——私の医師は、不安と過労で疲れ切っていたのである——、私は間違いなく、遥か遠くまで旅をした。

最終的に、私は生きて戻りはしたものの、夜になると異様な記憶に満たされるので、それ以来ずっと、医師には阿片の使用を禁じている。

薬が投与された時、頭の中の痛みとガンガンと打ちつけるような音が、ひどく耐え難かった。将来のことなど、気にもとめなかった。治療、失神、あるいは死のいずれかを問わず、ただ逃れることさえできればよかったのである。

いくぶん譫妄《せんもう》状態に陥っていたので、移行が起こったまさにその瞬間《とき》を定めるのは難しいのだが、痛みの伴う打音が収まる、その直前に始まったに違いないと思う。

先に述べたように、過ぎたる分量が投与されたので、私の反応はおそらく正常のものではなかった。奇妙にも重力や方向性の観念からはかけ離れてはいたものの、落ちるという感覚が顕著《けんちょ》だったが、夥《おびただ》しい数の目に見えぬ群衆――無限に多様な自然の群衆だが、多かれ少なかれ私とも繋がっている――がひしめいているという印象も付随していたのだった。

私が落ちているというよりも、宇宙や歳月が私を通り抜けて落下していくように思えたこともあった。突然、痛みがなくなって、私は例の打音を頭の中というよりも外の力と結びつけるようになった。落下も停まって、束の間の落ち着かない休息という感覚に取って代わられた。

一心に耳を凝らしていると、あの打音が、途方もなく大きな嵐の後に、どこかの荒涼とした岸辺に禍々《まがまが》しくも巨大な波を打ち付ける、広漠《こうばく》として測り知れない海の音であるように思えてきた。

やがて、私は目を開けた。

少しの間、どうしようもなく焦点が合っていない投影された映像のように、周囲のものが朦朧としているように見えていた。やがて、徐々にではあったが、私は数多くの窓から差し込む光に照らされる、風変わりで美しい部屋の中に、ただ一人佇《たたず》んでいることがわかってきた。

私の思考はまだ落ち着くというのには程遠かったので、その部屋の正確な姿はわからなかった。しかし、実際には異質なものではないのだが、どこか異国的な空気を纏《まと》った、多彩な色の絨《じゅう》毯《たん》やカーテン、精巧に造り上げられたテーブル、椅子、腰掛け《オットマン》や寝椅子《ディヴァン》、そして繊細な瓶や装飾品があることはわかった。

とはいえ、私が気づいたこれらのことは、私の心の中でそれほど優先度が高いものではなかった。ゆっくりとだが、容赦なく私の意識に這い寄ってきて、他のあらゆる印象を凌《しの》いで上昇してきたのは、目が眩《くら》むような未知の恐怖だった。分析することもできず、密《ひそ》かに迫りくる脅威とか関わっているように思えるだけに、恐怖はひときわ大きなものだった——死ではなく、言いようもないほど凄絶で忌まわしい、何とも名状しがたい未知のものだった。

すぐに気づいたのだが、私が感じている恐怖の直接的な象徴であり、それを刺激しているのは、私の疲弊した脳に絶え間ない残響のリズムを狂おしく刻んでいる、あの悍《おぞ》ましい打音なのだった。

私が立っている建造物の外にある、下方の一点から響いてきているようで、どうやらこの上なく恐ろしい精神的なイメージに結びついているようだった。

絹布《けんぷ》の掛けられた壁の向こうに、身の毛のよだつ光景や物体が潜んでいるように思い、戸惑いを覚えるほどにあらゆる方角に設けられている、アーチ型で格子の嵌《はま》った窓に目を向けるのを躊躇《ためら》った。

これらの窓には鎧戸《よろいど》が備わっていたので、私は外を見ないようにしながら、それらの全てを閉じた。

それから、テーブルの一つで見つけた火打ち石と鉄を使って、壁に取り付けられたアラビア風の燭台にある、数多《あまた》の蠟燭《ろうそく》に火を点《とも》したのだった。

鎧戸を閉ざし、人工の灯りを点けたことで安全な感じが増したので、私の神経はある程度まで落ち着いたのだが、あの単調な打音を止めることはできなかった。気分が落ち着いたので、音は恐ろしいものであると同時に魅力的なものとなり、今もなおひどく怯えていたにもかかわらず、私はその源を探したいという矛盾した欲求を感じていた。

打音が聴こえてくる方向に一番近い側の仕切りカーテンを開くと、小さいが豪華に飾り付けられた回廊の奥に、彫刻の施されたドアと、大きな張り出し窓があるのが見えた。この窓に、私は抗し難い魅力を感じたのだが、同時にまた、漠然とした不安が私を引き止めているようにも思われた。

それに近づくにつれて、遠くに混沌《こんとん》とした渦巻きが見えた。

やがて、私が窓に辿り着き、そこから外のあらゆる方向を見回してみると、私を取り巻く素晴らしい光景が、完全に破壊的な力で私に押し寄せてきたのだった。

私が目にしたのは、これまでに見たこともない、熱病の譫妄や阿片の地獄を措《お》いて、生き身の者が目にすることのない光景だった。建物は狭い陸地——あるいは、今は狭くなっている陸地——に建っていて、先程までは荒れ狂う水が激動して渦を巻く、三〇〇フィート［約九一メートル］上に位置していた。

家の両側には、水に洗われたばかりの赤土の崖が落ち込んでいて、私の前方では悍ましい波が今なお凄まじいうねりを見せ、恐ろしいほどの単調さと緩《ゆる》やかさで陸地を侵食しているのだった。

一マイル［一・六キロメートル］以上離れたあたりでは、少なくとも五〇フィート［約十五メートル］の高さはある威圧的な砕波《さいは》が上下し、遠くの地平線ではグロテスクな輪郭の禍々しい暗雲が、不吉な禿鷲《はげわし》のように寄り集まって垂れ込めていた。

暗く紫がかった波は、ほとんど黒に近い色で、薄気味悪い貪欲な手を伸ばしてでもいるかのように、土手の柔らかく赤い泥に摑みかかっていた。

何かしら害意を孕《はら》んだ海の心が、おそらくは怒れる空に煽動《せんどう》されて、堅固な地上にあるもの全てを絶滅するべく、宣戦布告をしているように感じられてならなかった。

この異様な光景に直面しての茫然自失の状態からようやく我に返ってみると、我が身が深刻な危険に晒《さら》されていることに気づいた。私が見ている間でさえも、土手が何フィートも削られていき、家の足下が崩されて押し寄せる波の凄絶な奈落へと落ち込むまでに、そう長くはかからなそうだった。

それゆえ、私は急いで建造物の反対側に移動し、ドアを見つけるとすぐにそこから出て、内側に掛けられていた奇妙な鍵で施錠した。

私は今、周囲に広がるさらに異様な領域を目にして、敵意を漲《みなぎ》らせた海洋と大空に存在しているらしい、特異な境界を見定めた。

突き出している岬の両側は、異なる領域がそれぞれ支配していた。内陸側に対しての私の左側には、明るく輝く太陽の下《もと》、緑の大波が穏やかにうねり続けている、静かに波打つ海があった。太陽の様子と位置の何かが私を身震いさせたのだが、それが何であったかについては、今でもわからない。

私の右側にも海が広がっていて、青く穏やかな、静かに波打っているだけに過ぎないのだが、その上の空は暗く、波に洗われている土手は赤みがかっているというよりも、ほとんど白に近かった。

今、私はその土地に注意を向け、新鮮な驚きに打たれることとなった。というのも、植生がこれまでに見たことも読んだこともないものらしかったのである。それは明らかに熱帯か、少なくとも亜熱帯のものだった——大気中の強烈な熱気が、その結論を裏付けている。

時々、私の故郷の植物相との不思議な類似を見出したような気がして、よく知られている植物や灌木《かんぼく》が急激な気候変動のもとでこのような形に変化したのかもしれないとも想像した。

しかし、そこかしこに生えている巨大な椰子《やし》の木は、明らかに異質なものだった。

立ち去ったばかりの家は、とても小さいもの——ちょっとした小屋《コテージ》程度の大きさ——だが、建材は明らかに大理石で、その構造は西洋と東洋の風変わりな融合による、奇抜な混成物だった。

コリント式の柱が角にあると思えば、赤い瓦屋根は中国の塔《パゴダ》のようだった。

内陸側のドアからは、四フィート［約一・二メートル］ほどの幅がある奇妙な白砂の道が伸びていて、堂々とした椰子の木と、種類のわからない花の咲く灌木や植物が両側に茂っていた。

その道は、岬の両側に広がっている内の、海が青く、土手が白くなっている側に向かっていた。

激しい音を響かせている海からの、悪意ある霊に追い込まれているかのように、私は逃げ出そうとしてこの道を進んでいった。

最初はやや上り坂だったが、やがて静かな頂《いただ》きに達した。背後には、私が後にしてきた情景が見えた。

小屋《コテージ》と黒々とした水が流れ込む岬の全景、一方の側には緑色の海、もう一方の側には青い海、そして名前がなく、名付けようのない呪いがその全体を覆っていた。

　二度と再びそれを目にすることはなく、今でもしばしば不思議に思うのだが……この最後の一瞥《いちべつ》の後、私は先に進んで、前方に広がる内陸の景観を見渡した。

　私が既にほのめかしたように、道は右側の岸に沿って、内陸部に伸びていた。

　前方の左側には、数千エーカー〔千エーカーは約四平方キロメートル〕にわたる、私の頭よりも高い熱帯の草が揺れ動きながら生い茂っている壮大な谷が見えた。ほとんど視界の限界まで高く伸びている巨大な椰子《やし》の木が一本あって、私を魅了すると共に、手招きしているように思えた。

　この頃には、危機に瀕《ひん》していた半島からの逃避行と、その過程で目にした驚異の数々によって、私の恐怖はあらかた消え去っていた。しかし、疲れ果てていったん立ち止まり、道に座り込んで温かく白っぽい金色の砂を手で掘っていると、新たに強烈な危機感が私を捉えたのだった。

　背の高い草が揺れ動く中に存在する何らかの恐怖が、悪魔的な打音を響かせる海の恐怖に加わったようで、私は大声で支離滅裂な叫びを挙げ始めた。

「虎？　虎なのか？　虎がいるのか？　獣か？　獣なのか？　私が恐れているのは獣なのか？」

　かつて読んだことのある、虎にまつわる大昔の古典的小説のことを思い出した。著者を思い出そうとしたのだが、なかなか思い出せなかった。やがて、恐怖のただ中で、その小説はラディヤード・キプリング[*3]の作品だったことを思い出した。いったいどうして、彼のことを不可解にも大昔の作家などと思いこんでしまったのだろうか。私は、この小説の収録されている本が欲しくなり、それを手に入れようと命運の定まった小屋《コテージ》に引き返しかけたのだが、理性と椰子の木の魅惑によって思いとどまった。

巨大な椰子の木の魅力が引き戻してくれなければ、引き返す誘惑に耐えられたかどうかはわからない。この魅力にすっかり支配され、私は道を外れて、草やそこに潜む蛇の恐怖にもかかわらず、四つん這いの姿勢で谷の斜面を這うように降り始めた。

海や陸のあらゆる脅威に対して、生命と理性を守るべくできるだけ長く戦う決意を固めていたのだが、薄気味悪い草の狂おしい振動が、苛立たしくも今なお聴こえている遠くの波の叩きつける音に加わったことで、敗北を喫《きっ》するのではないかとの恐れを抱くこともあった。

私は頻繁に足を止め、安心感を得ようと耳を手で塞いだものだったが、忌まわしい音を完全に締め出すことはできなかった。私を手招きする椰子の木に辿り着き、その安全な陰の下で静かに横たわるには、遺憾ながら長い歳月がかかるような気がしてならなかった。

今や、私を恍惚と恐怖の両極端へと誘《いざな》う、一連の出来事が起きていた。思い起こすだけでも震え上がり、納得の行く説明をつけようとも思えない出来事だった。

私が、頭上に覆いかぶさるような椰子の葉群《はむら》の下に這うようにして入り込むや否や、これまでに見たこともないような美しい幼子《おさなご》が、その枝から落ちてきたのである。

襤褸《ぼろ》を纏い、埃《ほこり》に塗《まみ》れた姿ではあったのだが、精霊《フォーン》*4ないしは半神のように眉目秀麗《びもくしゅうれい》な顔立ちで、木の濃い影の中にあって輝きを放つように見えた。

それは、微笑みながら手を伸ばしたのだが、私が立ち上がって話しかける前に、上方の空から妙《たえ》なる旋律の歌声が聴こえてきた。その調べは崇高な天上の調和をなして、高くもなれば低くもなった。

この頃には太陽は地平線に沈み、私は夕暮れの中、柔らかに輝く光の栄冠が、その子の頭を囲むのを目にした。やがて、銀《しろがね》のように澄んだ声で、それは私に話しかけてきた。

「ここまでだよ。彼らが、黄昏を抜けて、星々の世界から降りてくる。今や全てが終わったんだ。そして、アリヌリア[*5]の流れの彼方、テロエ[*5]の地で僕たちは幸せに暮らすことになるんだ」

その子が話していた時、私は椰子の葉群を縫って差し込んでくる柔らかい輝きに気づき、先程その歌を耳にした歌い手たちの指導者だとわかった一組の男女に、立ち上がって挨拶した。

これほどの美しさは定命の人間のものではないので、彼らは神と女神に違いなかった。そして、彼らは私の手を取り、こう言ったのだ。

「さあ、おいでなさい、子供よ。あなたは声を聴いた、それで良いのです。天の川とアリヌリアの流れの彼方にあるテロエには、全てが琥珀《こはく》と玉髄《ぎょくずい》で造られた都市がいくつもあります。そして、それぞれの都市にある多角形のドームの上には、不思議で美しい星々の表象《イメージ》が輝いているのです。テロエの象牙の橋の下を流れる液状の黄金の川には、七つの太陽が花開くキュタリオン[*5]へと向かう遊覧船が浮かんでいます。テロエとキュタリオンには、若さと美、そして喜びだけがとどまっていて、笑い声や歌、そしてリュートの調べの他に聴こえる音もありません。黄金の川流るるテロエには神々のみが住んでいるのですが、あなたもそこに住むのですよ」

魔法にかけられたようにうっとりと耳を傾けていると、忽然とあたりの様子が変化していたことに気付いた。つい今しがたまで疲労困憊《こんぱい》の私の体に影を落としていた椰子の木が、今は左方にいくらか離れた、遥か下の方にあったのである。

明らかに、私は空中に浮かんでいた。不思議な子供と輝きを放つ男女に付き添われているのみならず、二人の半ばほどの輝きを放っている葡萄蔓《ぶどうづる》の冠を戴いた若者たちや、髪を風になびかせる楽しげな顔をした乙女たちが、絶え間なく数を増やしていった。

私たちは、地球ではなく黄金色の星雲から吹いてくる芳《かぐわ》しい香の風に乗っているかのように、連れ立ってゆっくりと上昇した。子供は、常に光の路に目を向けて、決して私が今しがた後にした星の方を振り向いてはいけないと、私の耳に囁《ささや》いた。

若者たちと乙女たちは今、リュートの伴奏に合わせて甘美な長短短長格《コリアンボス》の韻律の歌を詠《うた》い、私はこれまでの人生で想像していたものよりも遥かに深遠な平穏と幸福に包まれているように感じていた。

その時、ある一つの音が侵入《はい》りこんで私の運命を一変させ、魂を粉々にした。

歌い手とリュート奏者の作り出す魅惑的な旋律を貫いて、あたかも嘲笑《あざわら》うかのような、魔的な協和音――あの悍《おぞ》ましい大洋の忌まわしくも憎むべき打音が、下方の深き淵《ふち》から轟《とどろ》いたのである。

そして、あの黒々とした砕波《さいは》が私の耳に彼らの警告を送った時、私は子供の言葉を忘れて背後を振り返り、逃れ得たと思っていた破滅の光景を見下ろしてしまったのだ。

エーテルを通して私が目にしたのは、呪われた地球がひたすらに回転を続け、激しく荒れ狂う海が、陰鬱《いんうつ》として荒涼たる岸を蝕《むしば》み、人気のない都市のぐらつく塔の数々に押し寄せる様子だった。

そして、身の毛のよだつほど恐ろしい月の下には、描写することもできない光景が、忘れようにも忘れられない光景がきらきらと輝いていた。かつては私の故郷であり、数多くの人々が住んでいる平原や村々があったところには、死体の如《ごと》き粘土の荒野や頽廃《たいはい》や密林が広がり、かつては父祖の巨大な神殿が聳《そび》え立っていたところには、泡立つ大洋の大渦巻があったのである。

北極の周りには、悪臭を放つ植物が生え、毒性の瘴《しょう》気《き》を放つ湿地帯の蒸気が立ち込め、ひたすらに高くなってゆく、慄然《りつぜん》たる深みからの波浪の猛襲を正面から受けて、しゅうしゅうと音を立てていた。

やがて、耳をつんざく轟音が夜を貫き、不毛の荒野を横切るように、煙を吐く亀裂が現れた。なおも黒い海は泡立ちながら陸地を蝕み、中心の裂け目が広がりゆく中、荒野を両端から侵食した。もはや荒野以外の土地は残っておらず、激怒する海がなおも侵食していった。

まさにその時、私は激しい打音を響かせている海すらもが、何かを恐れているように思ったのだ。邪悪なる海の神よりも、内なる地球の暗澹たる神々を恐れているのだが、たとえそうであったにせよ、元に戻ることはできないのである。そして、荒野はといえば、悪夢の如き波浪に受けた損害が大きすぎて、今となってはどうすることもできなかった。

かくして、大洋は最後の陸地を喰って、煙を吐き出す割れ目へと流れ込み、ここまでに征服してきたものの尽《ことごと》くを放棄した。

新たに水の流れ込んだ土地から、再び大洋が流れ出して、死と腐敗を剝《む》き出しにした。そして、古《いにしえ》の忘れ去られた水底《みなそこ》からは、時間というものが未だに若く、神々も生まれていなかった時代の昏《くら》い秘密の数々が、忌まわしくも雫《しずく》を滴《したた》らせた。

波の上には、か細くも屹立《きつりつ》している、見覚えのある尖塔が幾つか見えていた。月が死せるロンドンに青白い百合のような光を落とし、パリはじめついた墓から身を起こし、星屑に浄《きよ》められた。

やがて、か細い尖塔と、か細くはないが見覚えのない独立石《モノリス》――恐ろしい尖塔や独立石《モノリス》が、人跡未踏の土地に屹立《きつりつ》したのだった。

もはや打音は聴こえなかった。ただ、裂け目へと流れ落ちる海のこの世ならぬ轟音としゅうしゅうという音が聴こえてくるのみだった。裂け目の煙は蒸気に変わって濃度を増していき、高濃度になっていくにつれて世界の大部分が覆われていった。その蒸気に顔や手をひどく熱せられながら、同行者たちはどうなったのかと見てみると、彼らは全て消え失せていたことがわかった。

そして、いささか唐突に終わり、それ以上のことが何もわからないまま、私は回復期の患者用のベッドの上で目を覚ましたのである。


地下深くにある深遠の水蒸気の雲がついに、私の目から地表全体を覆い隠してしまった時、突然の苦悶に大空全体が絶叫し、狂おしい反響が恐れ戦《おのの》くエーテルを震わせた。狂乱した閃光と爆発が、一時に発生した。目を眩《くら》ませ、耳を聾《ろう》する炎、煙、そして雷の大破壊《ホロコースト》が、虚空へと加速していく青ざめた月を消滅させたのだ。

煙が晴れた時、私は地球を見ようとしたのだが、よそよそしく気紛れな星々を背に目にしたのは、死にゆく太陽と、姉妹星を探しながら哀悼の思いに沈む、青ざめた惑星《ほしぼし》たちだけだったのである。

訳注

1　ド・クィンシー　De Quincey

一九世紀に活躍した英国の評論家トマス・ド・クィンシーのこと。自らの阿片体験を綴った『阿片服用者の告白』と、その続編である『深き淵よりの嘆息』で知られ、HPLもその文体と学識を高く評価していた。なお、奇《く》しくも一九二八年にロンドンで刊行されたクインシーの作品集のタイトルが『トマス・ド・クィンシーの恍惚 The Ecstasies of Thomas de Quincey』である。

2　ボードレールの人工楽園　the paradis artificiels of Baudelaire

同じく一九世に活躍したフランスの詩人、評論家シャルル゠ピエール・ボードレール。『人工楽園 Les Paradis artificiels』は、一八六〇年に初版が刊行された作品集で、酒や大麻、阿片についての散文が収録されている。

3　ラディヤード・キプリング　Rudyard Kipling

HPLよりも二五歳年長の、英国の作家。英国統治下のインドを舞台にしたものを中心に、スパイ物や冒険物、児童文学など実に様々なジャンルの小説作品を著して人気を博し、一九〇七年にはノーベル文学賞を史上最年少で受賞している。ここで言及される虎にまつわる小説というのは、一八九四年に刊行された『ジャングル・ブック』収録の「虎よ、虎よ！ Tiger! Tiger!」のこと。

4　精霊《フォーン》　faun

古代ローマの森と平原の神ファウヌス Faunus の英語形。ファウヌスは、牧畜と農業の守護神として崇拝された古代ローマの神で、山羊の角と尾、足を具《そな》える半人半獣の姿で物語や美術作品で描写され、ギリシャ神話の牧神パンや半人半獣の精霊サテュロスと同一視されている。キリスト教世界では淫魔インクブスとされ、悪魔崇拝や魔女と結び付けられた。この箇所では単体の神ではなく、ファウヌスから派生した山野の精霊を指したものだろう。

5　アリヌリア、テロエ、キュタリオン　Arinuria, Teloe, Cytharion

本作オリジナルの地名。

壁の中の鼠

The Rats in the Walls

1923

一九二三年七月一六日、最後に残っていた職人が仕事を終えた後、私はエクサム修道院《プライオリー》に引っ越した。打ち捨てられた大きな建物はほとんど原形をとどめておらず、貝殻のような残骸を残すのみとなっていたので、修復には途方もない苦労が必要だった。

とはいえ、私の先祖たちの屋敷だったので、経費を惜しんだりはしなかったのだが。

ジェイムズ一世の御代《みよ》、およそ不可解なことではあるが、ひどく恐ろしい性質の悲劇が屋敷の主人と子供たちの内の五人、そして何人かの使用人の命を奪ったのである。

そして、私の直系の先祖であり、忌まわしい血統の唯一の生存者となった三男は、疑惑と恐怖の雲のもと、追放されることになったのだ。唯一の相続人となった彼は殺人者との誹《そし》りを受け、地所も王家に召し上げられてしまったのだが、非難を集める当人はといえば自身の無罪を証明しようとするでもなく、財産を取り戻そうともしなかった。

良心や法律からくるものを凌《しの》ぐ恐怖に慄《おのの》きながら、彼の視界と記憶から古《いにしえ》の建造物を締め出したいという気違いじみた願いのみを口にして、第十一代エクサム男爵ウォルター・デ・ラ・ポーアはバージニア［北米にあったバージニア植民地のこと］に逃れ去り、ディラポアの名で翌世紀に知られるようになった家を興《おこ》したのである。

エクサム修道院は後にノリス家が所有し、独特の複合建築物だったことから、熱心な研究の対象となった。サクソン[*1]ないしはロマネスク様式[*2]の基礎構造の上に築かれた、ゴシック様式[*3]の塔のある建築物で、その土台の部分はさらに古い様式のものか、さもなくば様々な様式――伝説を信じるならば、ローマはもちろん、ドルイドや土着のキムリック人[*4]［ウェールズ人のこと］などの様式のブレンドなのだという。

この土台というのが、実に特異だった。片側は崖の堅固な石灰岩と繋がっていて、縁に建っている修道院からは、アンチェスター[*5]という村の三マイル［約四・八キロメートル］西にある荒涼とした谷を見下ろせた。

建築家たちや好古家たちは、数世紀もの間、忘れ去られてきたその奇妙な遺物を熱心に調査してきたのだが、地元の住民たちはそれを嫌った。私の祖先がここに住んでいた数百年前から、彼らはこの場所を嫌悪し、苔《こけ》や黴《かび》のはびこる廃墟《はいきょ》となった今でも憎んでいたのである。

アンチェスターで一日も過ごさないうちに、私は自分が呪われた家系の出身であることを知った。今週中にもエクサム修道院を爆破し、土台を跡形もなく消し去ろうと、作業者たちが精を出していた。アメリカに移住した最初の世代が、妙な疑惑を受けて植民地にやってきたという事実と共に、先祖の行状について最低限のことを把握してはいた。だが、詳しい話については、ディラポア家の者たちが受け継いできた寡黙という家風によって、何ひとつ知らないままでいたのだった。

近隣の植民者たちとは異なり、私たちは十字軍に加わった祖先であるとか、中世やルネッサンスの英雄たちのことを得意げに話すようなことは滅多にしなかった。また、南北戦争《シビル・ウォー》の勃発以前、家長たちが皆、死後に開封せよという指示と共に長男に渡していたという、封印された封筒の中に記されていた内容を除けば、代々受け継がれてきた伝統もなかった。

私たちが大事にしてきた栄誉は、移住後に達成されたものだった。いささか控えめで、社交的でないバージニアの家系ではあったが、誇らしく尊敬に値する栄誉というものがあったのである。

戦争中に財産が尽き、ジェイムズ川のほとりにあったカーファックス[*6]の屋敷が焼失したことによって、何もかもが変わってしまった。かなりの高齢だった私の祖父は、一族全員を過去と結びつけていた封筒諸共《もろとも》、不埒《ふらち》な放火によって亡くなってしまった。

私は七歳だったのだけれど、自分が目撃した火事のことを、今でも思い出すことができる。北軍の兵士が叫び、女たちが悲鳴をあげ、黒人たちが吼《ほ》えるような祈りを口にしていた。父は軍隊にいて、リッチモンド[*7]［バージニア州の州都］の守備にあたっていた。それで、多くの手続きの後、母と私は戦線をいくつも通り抜けて、父と合流したのだった。

戦争が終わると、私たちは皆揃って母の故郷である北部に移り住んだ。そうして、私は一人前の男に成長し、中年になり、無感動な北部男《ヤンキー》として巨万の富を築くに至ったのである。

父も私も、先祖代々受け継がれてきた封筒に何が入っていたのかを知らなかった。

やがて、マサチューセッツ州でのビジネス・ライフも老境に差し掛かる頃には、我が家の系図の背後に間違いなく潜んでいるはずの謎について、すっかり関心をなくしてしまった。

その性質について薄々気づきでもしていたのなら、エクサム修道院のことなど、苔と蝙蝠《こうもり》、蜘蛛の巣がはびこるままに放置していたことだろうに！

父は一九〇四年に亡くなったのだが、私にも、私の唯一の子であるアルフレッド――母親のいない十歳の少年にも、何ひとつメッセージを残さなかった。

一族のことを知らせる順序を逆転させたのが、他ならぬこの少年だった。

過去について私が彼に教えることができたのは、冗談混じりの当て推量くらいのものだった。だが、戦争［第一次世界大戦のこと］が終わりにさしかかる一九一七年、飛行士として英国に渡った彼が、先祖にまつわるいくつかの非常に興味深い伝説を手紙に書いてよこしたのである。

どうやらディラポア家には多彩で、禍々《まがまが》しいと言っても良い歴史があるということだった。というのも、息子の友人である王立空軍のエドワード・ノリス大尉は、アンチェスターにあった一族の屋敷の近くに住んでいて、これほど野放図で信じがたい物語は小説家にもなかなか書けまいと思える、一部の農民たちが抱いている迷信について語り聞かせてくれたのである。

もちろん、ノリス自身はそれを真に受けたりしてはいなかった。しかし、私の息子はそれらの話を大いに楽しんで、私宛ての手紙に書く恰好の題材にした。

大西洋を隔てた先祖の財産に私の興味を引きつけ、一族の屋敷を購入して再建する決意をさせたのが、その伝説だったことは確かだ。ノリスは、絵画映えのする廃墟にアルフレッドを案内してくれた上で、彼のおじが現在の所有者であり、びっくりするほど手頃な価格で買い取れるだろうと言ってくれた。

私は一九一八年にエクサム修道院を購入したのだが、息子が不具の傷病兵として帰還したことにより、修復計画にただちに着手するどころではなくなってしまった。

息子が命を永《なが》らえた二年の間、私には彼を世話する以外のことを考える余地が全くなく、事業についてもパートナーの指導に任せきりにしていた。

一九二一年、遺族となった私は、生きる目的と若さを失った、引退済の工場主となっていた。それで、新たに手に入れた所有物を心の慰めにしながら、余生を送る決意を固めたのである。

一二月になると、私はアンチェスターを訪問し、まるまると太った気持ちの良い若者であるノリス大尉の歓待を受けた。彼は息子のことを大事に思ってくれていて、今後の再建の手がかりとなる図面や風聞を集めるのを手伝うと約束してくれもした。

一切の感情を抜きにして私の目に映るエクサム修道院それ自体は、地衣類で覆われ、カラスの巣だらけになっている、今にも倒れそうな中世の廃墟の寄せ集めだった。崖の上に危なっかしく建っていて、離れたところにある塔の石壁を例外として、床も内装もごっそり失われていた。

三世紀前に私の先祖が立ち去った当時の様子を、徐々に思い描けるようになってきたので、私は再建のための作業者を雇い入れはじめた。

アンチェスターの村人は、信じがたいほどの恐怖と憎しみをこの場所に抱いていたので、私は何かにつけて現地を離れざるをえなかった。この感情は非常に大きく、修道院のみならず昔居住していた一族も対象に含まれるようで、そうした話が外で仕事している作業者にも伝わり、脱走者が続出した。

デ・ラ・ポーア姓だったことで、訪問時に人から避けられ気味だったと息子から聞いていたが、遺産について何も知らないことを農民に納得させるまでの間、私もまた同じ理由で微妙に敬遠されていた。

それでもなお、彼らが憮然とした様子で私を毛嫌いしたので、村の伝承を数多く集めるにあたっては、ノリスにとりなしてもらわねばならなかった。彼らが私を拒絶したのはたぶん、忌み嫌うシンボルを再建するべくやってきたからなのだろう。合理的な理由があろうがなかろうが、彼らはエクサム修道院を悪鬼《フィーンド》と人狼《ワーウルフ》の巣窟に他ならぬと見なしていたのだった。

ノリスが私のために蒐集《しゅうしゅう》してくれた物語をまとめ、この廃墟を調査した数名の学者の報告書で補足してみると、どうやらエクサム修道院は、先史時代に神殿があった場所に建てられたようだった。環状列石《ストーンヘンジ》と同時代のものであるに違いない、ドルイドないしはドルイド以前の神殿である。

名状しがたい儀式がそこで執り行われたことについては、疑うべくもなかった。ローマ人がもたらしたキュベレー神[*8]の崇拝に、そうした儀式が取り込まれたという不快な話もいくつかあった。地下室のさらに下にある部屋の中では、くっきりした文字で書かれた碑文を今なお読み取ることができた。

「DIV……OPS……MAGNA・MAT……」[*9]

かつて、ローマ市民がその暗黒崇拝を禁じられたものの無為に終わった、太母神《マグナ・マーテル》を示す記名《サイン》である。

多くの遺跡が証明しているように、アンチェスターは第三軍団アウグスタ［ローマ帝国の軍団名］の駐留地で、キュベレー神殿は壮麗にして、フリギア人司祭の命により名もなき儀式を執り行う崇拝者たちで大いに賑わったと言われている。

様々な伝承は、古い宗教の衰退が神殿の乱痴気騒ぎの幕引きとはならず、司祭たちが実質的に入れ替わらぬまま、新しい信仰の裡《うち》で生き長らえたという事実を付け加えていた。

また、これらの儀式はローマの権勢をもってしても消滅せず、サクソン人のある種の儀式が神殿に残っていたものと混ざりあい、それが本質的な大綱としてその後も保たれ続け、七王国時代の中頃に恐れられた教団《カルト》の拠点となったのだとも言われている。

西暦一〇〇〇年頃、この場所には風変わりながらも強力な修道士の宗団《オーダー》が居住している、強固な石造りの修道院が存在し、広大な庭園に囲まれていたので恐れおののく民衆をよせつけないための壁を造る必要もなかったのだと、ある年代記に解説されている。

デーン人〔デンマーク人〕もここを破壊することは出来なかったのだが、ノルマン人による征服後は、勢いを大きく削がれたに違いない。私の祖先である初代エクサム男爵ギルバート・デ・ラ・ポーアが、一二六一年にヘンリー三世からこの土地を賜《たまわ》った時には、何の支障も生じなかったのだから。

この時より以前、私の家系にまつわる悪い噂は存在せず、何かしら奇怪なことが起こったのは、確実にそれ以降のことだった。ある年代記には、一三〇七年の事項としてデ・ラ・ポーア家のある者が「神に呪われた」という記述があるのだが、村に伝わっていることといえば、古《いにしえ》の神殿と修道院の土台の上に築かれた城にまつわる、邪悪で狂おしい話くらいのものだった。

暖炉の傍《かたわ》らで語られてきたそれらの物語は凄惨《せいさん》な描写をきわめ、恐ろしさのあまり口ごもったり、曖昧にはぐらかす態度によって、いよいよもって身の毛のよだつものとなっていた。

それらの物語によれば、私の先祖たちはかのジル・ド・レやマルキ・ド・サド[*10]すらもほんの駆け出しに過ぎないと思える、魔物《デーモン》どもの血をひく種族として描かれていて、何世代にもわたる村人たちの失踪の責任者でもあることが、声をひそめてほのめかされていた。

中でも最悪の登場人物なのが、男爵とその直系相続者たちであるらしかった。少なくとも、大部分の逸話が彼らについて囁《ささや》かれたものだった。言い伝えによれば、他の者たちよりも健全な気質の相続人が現れても、早くに謎めいた死を遂げて、別のより典型的な相続人にとってかわられるのだという。

この家の者たちは、どうやら身内だけのカルトを形成していたらしかった。そのカルトは家長によって統括され、ごく少数の関係者以外の者が閉め出されることもあったようだ。

血筋というよりも気質こそが、このカルトに参入する基準であったことは確かだろう。というのも、結婚によって一族に連なった者が参入することもあったからである。

コーンウォールの出身で、第五代男爵の次男であるゴドフリの妻となったレディ・マーガレット・トレヴァーは、この地方一帯の子供たちを大いに怖がらせる殺人鬼となり、この魔性の女《デーモン・ヒロイン》にまつわる古いバラッドの中でも特に恐ろしいものが、ウェールズの国境近くではまだ失われていなかった。似通った筋立てではないにせよ、レディ・メアリー・デ・ラ・ポーアの恐ろしい物語も、バラッドとして歌い継がれていた。彼女はシュルーズフィールド伯爵との結婚の直後、彼とその母親に殺害されたのだが、全くもって繰り返す気にもならない行為を告白した両名を司祭は赦《ゆる》し、祝福したのだった。

こうした神話やバラッドの数々は、粗雑な迷信に根ざす典型であり、私を大いに閉口させた。

これらの話が延々と、私の先祖たちを長きにわたってあげつらい続けてきたことは迷惑千万だったが、その一方で彼らの怪物じみた気質にまつわる汚名は、不快にも近縁の者たちの間でよく知られていたスキャンダルを思い起こさせた——メキシコ戦争から帰った後、黒人たちと付き合うようになり、ブードゥー教の司祭となったカーファックスの私の従兄弟、ランドルフ・ディラポアの一件を。

石灰岩の崖の下に広がっている荒涼たる吹きさらしの谷で、泣き叫んだり吼えたりする声が聞こえるだの、春に雨が降った後に墓場のような悪臭がたちこめるだの、ある夜、うらさびた荒野でジョン・クラーブ卿の馬が、のたうってキーキーと鳴き声をあげる白いものを踏みつけただの、白昼、修道院で何かを目撃した召使いが発狂しただのといった、曖昧な物語にそれ以上煩《わずら》わされることはなかった。

こうしたものはありきたりの幽霊譚に過ぎず、当時の私は断固たる懐疑家《かいぎか》だったのである。

農民の失踪にまつわる風聞は無視できないものだったが、中世の慣習のことを考えるとそれほど重大なことではなかった。詮索好きの好奇心が死を意味し、エクサム修道院を取り囲む――今は失われた稜《りょう》堡《ほ》に、切断された頭部が公然と晒《さら》されたことも一度ならずあったのだから。

いくつかの物語は非常に独創的なもので、私は若い頃にもっと比較神話学を学んでおけば良かったと思わずにはいられなかった。たとえば、蝙蝠の翼を持つ悪魔の群れが、毎晩のように修道院で魔女のサバトを開くと信じられていたのだが――その群れの存在は、広大な農園で収穫されるくず野菜の、不相応なまでの豊富さを裏付けているのかもしれない。

あらゆる物語の中で、特に生々しかったのは、鼠にまつわる大げさな叙事詩《ものがたり》――ここが放棄される運命を決定付けた悲劇の三ヶ月後、敏捷《びんしょう》に走り回る忌まわしい害獣どもの軍勢が城からどっと吐き出されたというものだった――痩せこけて汚らしい、腹をすかせた軍隊は、行く手にあるものの尽《ことごと》くを掃討し、鶏、猫、犬、豚、羊をむさぼり喰らったのみならず、二人の憐れな人間すらも猛烈な勢いで食い尽くしたというのである。

今もなお生々しく記憶されている齧歯類《げっしるい》の軍団を取り巻く形で、別個の伝説群が形成されていた。何故なら、そいつらは村中の家々に散らばって、それぞれ呪いと恐怖をもたらしたからだった。

そうした伝承に衝撃を受けながらも、私は高齢者特有の頑固さで、先祖の屋敷を再建するという作業を完遂へと導いたのだった。

これらの物語が私の心理的環境に大きく影響したなどと、ゆめ思わないで欲しい。

話はむしろ逆で、私はノリス大尉や、私の周囲に集まって助力してくれた好古家たちから、賞賛と激励を絶え間なく受けていたのである。

着工から二年以上の歳月を経て作業が完了すると、私は大部屋の数々や羽目板の取り付けられた壁、アーチ型の天井、縦仕切りの窓、それから広々とした階段といったものを、修復にかけた莫大な費用を埋め合わせるに足る誇りを胸に抱きながら眺め渡した。

中世のあらゆる属性が巧みに再現され、新しい部分についても古来の壁や土台と完全に調和していた。父祖たちの屋敷が完成したからには、私で途絶えることになる一族の地元の名声もまた回復されることだろうと、私の胸には期待がこみあげていた。

私はこれからずっとこの屋敷に住み、デ・ラ・ポーア家（名前の本来の表記を改めて採用したのである）の人間が、悪鬼《フィーンド》ばかりではないことを証明してみせるつもりだった。

エクサム修道院は中世風という表現に相応しい佇《たたず》まいをしていたが、インテリアについては実のところ全く新しいものばかりで、古い時代の害獣や幽霊とは無縁だったという事実もまた、私の感じている快適さをいや増してくれた。

既に話した通り、私は一九二三年七月一六日に引っ越した。

我が一家の成員は七人の召使いと九匹の猫で、とりわけ好んだのは後者の種族だった。

最年長の猫である「黒んぼ《ニガー＝マン》」*11は七歳で、マサチューセッツ州のボルトンにあった私の家から連れてきた。他の猫たちは修道院の修復中、ノリス大尉の家族と一緒に暮らす間に増えていったのである。

五日の間、私たちの日常生活は全くといって良いほど平穏で、私は古い一族の資料を編纂《へんさん》することにもっぱら時間を費やしていた。私は今や、カーファックスの火事で失われた先祖伝来の書類に書かれていたことが含まれているのだろう、ウォルター・デ・ラ・ポーアを見舞った終局的な悲劇と、その逃亡にまつわる非常に詳しい資料をいくつか手に入れていた。

私の先祖は、共謀者である四人の使用人を除く、一家の全ての者たちを睡眠中に殺害したという、十分過ぎる容疑で告発されたようだった。しかし、二週間前の衝撃的な発見が、彼の態度を一変させるに至ったということなのだが、その内容については漠然としたほのめかしをするばかりだった。

おそらく彼を手伝い、全てが終わった後は手の届かない場所に逃げ去った使用人たちを除き、彼はそのことを誰にも打ち明けなかったのである。

父親と三人の兄弟、そして二人の姉妹を含むこの計画的な虐殺は、村人たちからは大目に見られ、法的な対応もごく緩《ゆる》いものだった。それで、犯人は爵位を剝奪されることなく、危害を加えられることもなく、変装も必要としない状態で、バージニア植民地へと逃げ出すことができたのである。

世間一般の評判では、彼は太古から呪われていたこの土地を浄化したのだと囁かれていた。いかなる発見が、かくも恐ろしい行為を引き起こすことになったのか、私には想像することもできなかった。ウォルター・デ・ラ・ポーアは、一族にまつわる禍々しい話を何年も前から知っていたに違いないので、それを知ったところで改めて衝撃を受けることはなかったはずである。

だとすると、彼は慄然《りつぜん》たる古代の儀式か何かを目撃したのか、さもなくば修道院ないしはその近辺で、秘密を暴き出すような恐ろしいシンボルか何かを偶然、見つけ出してしまったのだろうか。

英国にいた頃の彼は、引っ込み思案の優しい青年と評されていた。

バージニア植民地での彼は、気難しげで不機嫌だったという以上に、何事かに悩まされたり、心配したりしているように見えたということである。

彼と同じく紳士階級出身の冒険家、ベルビュー［ワシントン州の都市］のフランシス・ハーレーの日記には、彼について比類なき正義感と名誉心、潔癖さを持ち合わせた人物だと書かれている。

最初の事件が起きたのは、七月二二日のことだった。当初は気軽に見過ごされてしまったのだが、後の出来事と照らし合わせると、不気味な重要性を持つ出来事だった。

ほとんど無視できるほどの単純な出来事だったので、このような状況でもなければ、気づかれることもなかっただろう。是非とも思い出していただきたいのだが、私は壁を除いて全てが一新された新築の建物の中にいて、分別をわきまえた従者たちに取り囲まれていたので、このような場所であるとはいえ、不安を覚えるようなことがあるはずもなかったのである。

後になって思い出したのは、このような出来事に過ぎなかった――私が気性をよくわきまえている年老いた黒猫が、本来の性格に似合わぬ様子で、明らかに緊張した不安げな様子を見せたのである。

彼は落ち着きを失い、動揺した様子で部屋から部屋へと移動し、古いゴシック様式の建造物の一部であった壁のあたりを、しきりに嗅ぎ回っていた。

こういう話――経帷子《きょうかたびら》を着せられた死者を主人が目撃する段になると、いつだって吼え声をあげる、幽霊話につきものの犬のようなもの――が、いかに陳腐なものであるかはよく理解しているつもりだが、なかったことにするわけにもいかなかった。

翌日、家の中の全ての猫たちが落ち着きを失っているという苦情を、使用人の一人が言いに来た。彼は西側にそびえる建物の二階にあって、アーチ状の天井と、黒いオーク材の羽目板があり、ゴシック様式の三重窓から石灰岩の崖と荒涼とした谷を見下ろすことのできる私の書斎にやってきたのだが、彼が話している最中にすらも、西の壁に沿って忍び歩きし、古い時代の石材を覆う真新しい羽目板をひっかく黒んぼ《ニガー＝マン》の黒々とした姿が私の目には映っていた。

私は、古い石組から人間には知覚できない特異なにおいか滲出《しんしゅつ》物か何かが発していて、真新しい木材越しであっても、猫の鋭い感覚器官に影響を与えているのだろうと使用人に話した。

事実、私はそう信じていたのであり、小鼠や大きな鼠がいるのではないかと主張する使用人たちに、ここには三百年もの間、鼠がいなかったのだし、周囲の土地に野生の小鼠がいたにせよ、彼らが迷いこめるはずのない高い壁の内側で目撃されることなどありえないと言い聞かせたのだった。

その日の午後、私はノリス大尉の家を訪問したのだが、彼は野生の小鼠がこのように突然、前例のないやり方で修道院に入り込むことなど信じられないと、私に請け合ってくれた。

その夜、いつものように侍従の一人を煩わせることなく、私は私室に選んだ西の塔の部屋に引き上げた。この部屋には、書斎から石造りの階段と短い通路《ギャラリー》——前者は部分的に古い時代のもので、後者は新しく修復されたもの——を通り抜け、たどり着くことができた。

この部屋は円形で、天井が非常に高く、羽目板は取り付けておらず、私自身がロンドンで選び抜いたアラス織りのカーテンを壁に掛けていた。

黒んぼ《ニガー＝マン》が一緒にいるのを確認すると、私は重厚なゴシック様式のドアを閉め、巧みに蠟燭《ろうそく》を模した電球の光を頼りに部屋の奥へ引っ込んだ。最後に灯《あか》りをオフにして、彫刻の施された天蓋つきの四柱式寝台に体を沈め、年老いた猫は私の足元のお決まりの場所に蹲《うずくま》った。

カーテンを引いていなかったので、私は自分の反対側にある北向きの窓から、外に目を向けた。

空にはオーロラめいたものがあって、窓のきめこまかいトレーサリー［ゴシック式窓の上方にある装飾的な骨組み］に、美しい陰影《シルエット》を投げかけていた。

いつしか私は静かに眠りについたに違いないのだが、じっとしていた猫が激しくはね起きた時には、奇妙な夢から醒めつつあるというはっきりした感じが思い起こされた。

かすかなオーロラじみた輝きの中に見えた彼は、頭部を前方に突き出し、前足は私の足首の上に置いて、後ろ足を後方にぐぐっと伸ばしていた。彼は、西側の壁の一点を凝視していた。見たところ、目につくものは何もなかったのだが、ともあれありったけの注意をそこに向けることにした。

そうして眺めるうちに、黒んぼ《ニガー＝マン》がいたずらに興奮しているわけではないことがわかった。アラス織りのカーテンが実際に動いていたかについては、何とも言えない。わずかに動いたような気がするだけだ。しかし、私は誓って言うのだが、小鼠や鼠が走り回っているような低く、はっきりした音が、その背後から確かに聴こえてきたのである。

その瞬間、猫は壁を覆ったタペストリーめがけて飛びかかり、体の触ったあたりの壁掛けに体重をかけて床に引きずりおろし、じめじめと湿った古い時代の石の壁がむき出しになった。修復者によって壁のそこかしこにパッチが当てられていたものの、齧歯類がうろついていた痕跡は見当たらなかった。

黒んぼ《ニガー＝マン》は、壁のこのあたりの床をあちらこちらに駆け回り、落ちたアラス織りに爪を立て、壁とオーク材の床の間に足を突っ込もうと幾度か試みた。

結局、何も見つけられず、しばらくするとうんざりした様子で、私の足元に戻ってきた。

私は寝台でじっとしていたものの、その夜はもうそれきり眠らなかった。


朝になると、私は使用人全員に質問してみたのだが、おかしなことに気がついた者は誰もいないとわかった。料理女が、自分の部屋の窓枠に座っていた猫の振る舞いを思い出したことを除けば、だが。時刻はわからないが、この猫は夜中に吼えるような鳴き声をあげ、目を覚ました彼女が彼の姿を目にするや否や、決然とした様子で開いているドアから出て、階下に降りていったというのである。

私は昼間にうたた寝した後、午後になると再びノリス大尉の家を訪問したのだが、彼は私の話したことについて強い興味を示してくれた。

この奇怪な事件――あまりにも些細なものだったが、あまりにも奇妙な出来事――が、彼の画趣に富んだ感覚に訴えかけたようで、ノリス大尉は思い出せる限りの地元の幽霊譚を次々と話してくれた。

私たちは鼠の存在について甚《はなは》だ困惑させられたが、ノリスはいくつかの罠と花緑青《パリスグリーン》［ヒ素を含む緑色の顔料で、殺鼠剤として用いられる］を貸してくれた。帰宅後、私は使用人たちにそれを渡して、効果のありそうな場所に仕掛けさせた。

ひどく眠かったので早めに休んだのだが、これ以上なく恐ろしい夢にうなされることとなった。

私はどうやら、ぼんやりした光に照らされた遥かな高みから、膝の高さまで汚物が溜まっている洞窟を見下ろしているようだった。そこでは、白い顎鬚《あごひげ》をたくわえた魔物《デーモン》めいた豚飼いが棒を使い、私に言いしれない嫌悪感を与える外観をした、菌類じみて肉のたるんだけだものの群れを追い回していた。やがて、豚飼いが作業を中断して頷いてみせると、悪臭を放つ奈落の底へと鼠の群れがどっと押し寄せ、けだものと人間じみたものを貪《むさぼ》り喰らったのである。

いつものように足元で眠っていた黒んぼ《ニガー＝マン》が身動《みじろ》ぎしたので、私はこの凄まじい幻夢《ビジョン》から不意に目覚めることとなった。この度《たび》は、彼がうなり声をあげて周囲を威嚇《いかく》し、怯えきった様子で無意識に私の足首に爪を食い込ませている原因について、疑問を抱く余地はなかった。部屋の四囲をとりまく壁という壁が、吐き気を催させる音に満ち満ちていたのである――それは、貪欲で巨大な鼠が、悍《おぞ》ましくもぞろぞろと進んでいく足音に他ならなかった。

今宵《こよい》は、オーロラじみた輝きがなかったので、アラス織りのカーテン――落ちた箇所は取り替えられていた――がどのような状態になっているかは見えなかった。とはいえ、そこまで怯えていたというわけでもなかったので、私は灯りのスイッチを入れた。

電球が明るい光を放つと、タペストリーのいたるところが悍ましく揺れていて、いささか特異な表面の意匠に、異様な死の舞踏を演じさせているのがわかった。

この動きはほとんど一瞬でおさまり、音の方も消え去った。

私は寝台から飛び出し、近くにある床暖め器［ベッドを温めるために用いる、長い柄のついたフライパンのような器具］の長い柄を近づけると、アラス織りのカーテンをつっついた。続いて、裏に何があるのか確かめようと、カーテンの一部を持ち上げてみた。そこには、パッチのあてられた石壁があるだけで、猫ですらも、異常な存在を感知した時の緊張状態を解いていた。

部屋の中に仕掛けられていた円形の罠を調べてみると、何かが捕らえられ、逃げ出したりしたような痕跡はなかったものの、バネ仕掛けの蓋が全て閉じていることに気づいた。

改めて眠り続けることなど到底できなかったので、私は蠟燭に火を点すとドアを開けて部屋の外に出、書斎へと続く通路《ギャラリー》の階段に向かった。

黒んぼ《ニガー＝マン》も私のすぐ後にぴったりとくっついてきていたのだが、私たちが揃って石の階段に到達する前に、猫が前方に飛び出したかと思うと、古い時代の階段へと姿を消した。

階段を降りていくと、下の大きな部屋から突然、物音が聴こえてきた。聞き間違えようのない性質の音である。オーク材の羽目板で覆われた壁という壁が、鼠たちがすばしこくも慌ただしく駆け回る音で満たされていて、黒んぼ《ニガー＝マン》は獲物を取り逃がしたハンターの怒りに駆られて走り回っていた。

階段を降りきると、私は灯りを点けたのだが、今回はそれで騒音が静まるようなことはなかった。鼠たちのばか騒ぎはなおも続き、力強くはっきりした足音を響かせていたので、最終的に私は彼らの動きに明確な方向性があることを見て取った。

これら無尽蔵とも思える数の生き物《クリーチャー》どもは、思いも及ばないほど高い場所から、かなりの――さもなくば、思いも及ばないほど深いところへと、途方もない大移動をしていたのである。

ほどなく、廊下の階段で物音がしたかと思うと、二人の使用人が大きなドアを開けて姿を現した。猫たちが皆、パニックに陥ってうなり声をあげながら階段を飛ぶように駆け降り、地下二階へと続く閉じたドアの前に蹲《うずくま》り、悲痛な鳴き声で何事かを訴えているというのである。

鼠の足音を聴いたかどうか質問したのだが、彼らの答えは否定的なものだった。それで、羽目板の音へ注意を向けさせようとしたものの、騒音はもう静まっていた。

私は二人と連れ立って、地下二階のドアへと向かったのだが、猫たちは既に解散していた。

後刻、地下にある窖《あなぐら》を調べてみることにしたものの、とりあえず罠を巡回することにした。

全ての罠の蓋が閉じていたが、獲物は一匹たりともかかっていなかった。

猫と私自身を除き、誰も鼠の立てる音を聴いていないという確信が得られると、私は深く考え込み、自分が住む建物にまつわる伝説のひとつひとつを思い出しながら、朝まで書斎にとじこもった。

中世風の家具を揃えることを計画していたものの、処分することができずにいた快適なライブラリー・チェアに腰掛けて、午前中にいくらか睡眠をとった。

それから、ノリス大尉に電話をかけると、彼は地下二階の部屋の探索を手伝いにきてくれた。

何かしら厄介なものが見つかったりはしなかったのだが、この地下室がローマ人の手で造られたことをよく知っていたので、スリルを感じたのは確かである。

低い迫持《アーチ》と、どっしりした柱は全てローマ風で——不器用なサクソン人による劣化したロマネスク様式ではなく、帝政期の厳粛で調和のとれた古典主義に則《のっと》ったものだった。

実際、四囲の壁にはここを幾度も探検した好古家たちには既に馴染み深い碑文が数多く刻まれていた。

「P・GETAE・PROP……TEMP……DONA……」「L・PRAEC……VS……PONTIFI……ATYS……」[*9]——といった具合である。

アッティス[*12]への言及に、私は震え上がった。私はカトゥルス[*13]の作品を読んで、キュベレー崇拝と深く混ざりあった、この東方の神の恐ろしい儀式についていくらか知っていたのである。

ノリスと私は角燈《ランタン》の光で、もっぱら祭壇と結び付けられている不揃いな長方形の石のブロックに刻まれた、崩れかかっている奇妙な意匠《デザイン》を解読しようと試みたのだが、わかったことは何もなかった。

私たちは特定の模様《パターン》、光線を放つ太陽のようなものについて、研究者たちがローマ起源のものではないと判断し、同じ場所に存在していたより古い、おそらくは先住民族の神殿を、ローマ人たちが流用したに過ぎないと主張していたことを思い出した。

これらのブロックのひとつには、何やら茶色い染みがあって、私は訝《いぶか》しく思った。部屋の中央にある最大のブロックには、上面に炎の痕跡があった――たぶん、供犠《くぎ》が焼かれたのだろう。ドアのところで猫たちが吼え声をあげた洞窟の中には、このような光景が広がっていた。

そして、ノリスと私はここで夜を過ごしてみることにした。寝椅子を運ばせた使用人たちには、猫たちが夜中にどのような振る舞いに及んでも気にしないよう命令し、仲間として役に立つだろう黒んぼ《ニガー＝マン》については中に招き入れた。

私たちは、大きなオーク材のドア――換気用のスリットをいくつも備えた現代の複製品――を固く閉め切ることにした。それを実行した後は、いくつかの角燈《ランタン》に灯りを点した状態で、何事かが起きるのを待ち受けるべく、寝椅子に横たわった。

この地下室は、修道院の土台の遥か下方にあって、荒涼とした谷を見下ろすように突き出している、遥か遠くの石灰岩の崖の反対側に位置しているに違いなかった。ここが、うろつきまわる不可解な鼠の目的地であることについては疑う余地がなかったものの、その理由については皆目わからなかった。

期待を抱きながら横たわるうちに、不寝番をしているはずの私はしばしば半ば夢の中に沈み込んでいたようで、その都度、不安げに身動きする猫が足元に触れて、目が覚めるのだった。

その夢はどれも健全なものではなく、前夜に見たものと酷似していた。私はぼんやりと照らし出された洞窟と、汚物の中でのたうっている何とも形容し難い菌類じみたけだものどもが、豚飼いと一緒にいるのを目にしていた。こうした光景は、以前よりもさらに近く、はっきりと見えていた——彼らの顔形まで仔細に観察できてしまうほどに、はっきりと。それで、私はけだものの一匹の肉のたるんだ顔立ちを観察し——黒んぼ《ニガー＝マン》が飛び上がるほどの悲鳴をあげて目を覚ましたものだから、眠っていなかったノリス大尉には散々笑われてしまった。私が悲鳴を上げた理由を知ったら、ノリスはもっと笑ったことだろう——いや、それほど笑わなかったかもしれないのだが。しかし、その理由を私が思い出したのは、もっと後になってからだった。多くの場合、窮極《きゅうきょく》の恐怖というものは、慈悲深くも記憶を麻痺させるものなのである。

例の現象が始まったので、ノリスが私を起こしてくれた。先程と同じ恐ろしい夢の中で、私の体が穏やかに揺すられ、猫の声を聞くように促《うなが》されたのである。実際、耳を傾けるべきことがたくさんあった。石の階段の上部にある閉ざされたドアの向こう側では、猫たちが悲痛な鳴き声をあげたり、爪を立てたりする、まさしく悪夢めいた音が響いていた。一方、黒んぼ《ニガー＝マン》はといえば、外にいる同族たちを気にする様子もなく、むき出しの石壁のあたりを興奮気味に走り回っていた。そして、その壁の中からは、昨夜私を悩ませたのと同じ、鼠たちが急ぎ足で走る騒がしい音が聴こえてきていた。

急激な恐怖が、私の中でにわかに膨れ上がった。

まっとうな説明のつかない異常なことが、この場所で起きているのである。私と猫だけが共有している狂気の産物でないのであれば、この鼠どもは、堅固な石灰岩の塊としか思えないローマ時代の壁に、穴を掘りながら進んでいるに違いない……あるいは、十七世紀以上の歳月にわたる水の作用が、曲がりくねったトンネルを数多く穿《うが》ち、齧歯類の体がそれを十分に押し広げでもしたのでない限りは……。

しかし、仮にそうであったにせよ、霊的な恐怖が減じることはなかった。というのも、この鼠どもが生き身の害獣だというのなら、どうしてノリスには彼らの忌むべき騒擾《そうじょう》が聴こえないのだ？　なぜ彼は、黒んぼ《ニガー＝マン》に目を向けさせたり、外にいる猫たちのあげる声を聞くように言ったのか？　そしてなぜ、彼らを刺激しているものについて、奔放で漠然とした推測を巡らせているのだろうか？

私が耳にしたと思ったことについて、できるだけ理路整然と彼に説明しようとした頃には、耳に聴こえる音は今にも消え入りつつあった。

足音はなおも下方へ、この最も低い位置にある地下二階よりも遥かに深いところへと降り続けていて、あたかも下の崖全体にさまよえる鼠たちが詰まっているかのように思えたほどだった。

ノリスは私が予想していたほどに懐疑的ではなく、むしろ強く動揺しているように見えた。

彼の身振りで気づいたのだが、ドアにいた猫たちは鼠がいなくなったものと諦めでもしたかのように、すっかり騒ぎ立てるのをやめていた。

しかし、黒んぼ《ニガー＝マン》の方はといえば、またしてもにわかに落ち着きを失い、私よりもノリスの寝椅子の方に近い、部屋の中央にある大きな石の祭壇の基部を、狂ったように引っかいていた。

私が感じていた未知への恐怖は、この時、おそろしく大きなものとなった。何か驚くべき事態が発生していて、私よりも若く頑健で、おそらくは生まれついての唯物論者である人物までもが、私と同じくらい強い動揺を覚えているのである――たぶん、生まれた頃からずっと、地元の伝説に親しんできたことによるものだろうが。

私たちは、年老いた黒猫を眺める他に、なすすべもなかった。黒んぼ《ニガー=マン》は、祭壇の基部を引っかき回す熱意を次第に失いつつあったが、私に何かをしてもらいたい時に用いる雄弁な仕草で時折、私を見上げてはニャーオと鳴き声をあげるのだった。

ほどなくして、ノリスは角燈《ランタン》を手に祭壇へと近づき、黒んぼ《ニガー=マン》が前脚で引っかき回していた場所を確認した。彼は黙りこくったまま跪《ひざまず》き、格子模様の床とローマ時代以前のどっしりしたブロックが接するあたりを、数世紀にわたり覆っていた地衣を削り始めた。

何が見つかるでもなく、彼が作業を中断しようとしていたまさにその時、私はある些細なことに気づいて体を震わせた。もっとも、すでに想像していた以上のことを示唆するものではなかったのだが。

私はそのことを彼に伝え、私たちは魅力的な発見と認識に心を縛られて、目に見えるか見えないかの些細な現象に目を向けた。

祭壇の近くに置かれていた角燈《ランタン》の炎が、それまでには感じられなかった隙間風を受け、わずかではあるがはっきりと揺らめいていた――要は、これだけのことである。

その隙間風は、ノリスが地衣を削り取っていた、床と祭壇の隙間から発しているのに違いなかった。

私たちは、夜の残りの時間を明るい光に照らし出された書斎で過ごし、これから何をするべきかについて、神経を昂《たか》ぶらせながら議論した。

この呪われた建物の下に横たわっている、ローマ人の手になる既知の石積みよりもさらに深みにある窖《あなぐら》らしきもの――三世紀にわたる好奇心旺盛な好古家たちにも、想像だにしていなかった――の発見は、背後に禍々しいものが潜んでいなかったとしても、私たちを興奮させるのに十分な出来事だった。事実はかくの如《ごと》くだったので、魅惑は倍増した。

私たちは探索を断念し、迷信の教える警告に従って修道院を永遠に放棄するべきなのか。それとも未知の深みで私たちを待ち受けているのだろういかなる恐怖であろうと、自らの冒険心と勇気を満足させるべきなのか、一度《ひとたび》は迷いを覚えた。

朝になる頃には私たちは妥協し、この謎に対処するのに相応しい考古学者や科学者のグループを集めるべく、ロンドンに向かうことにした。

ここで申し述べておかねばならないのだが、地下二階の部屋から出ていく前に、今や新たに見出《みいだ》された名状しがたい恐怖の巣窟への門戸と認識されている中央の祭壇を、私たちは動かそうと試みた。しかし、その努力は失敗に終わったのである。いかなる奥義により門戸が開くのかについては、我々よりも賢明な者たちが見つけ出してくれることだろう。

ロンドンでの長期滞在中、ノリス大尉と私は我々の見出した事実と推測、そして伝説中の逸話の数々について、五人の名高い権威に披露した。彼らはいずれも、将来的な探検で発見されるかもしれない、一族の秘密の暴露について配慮をしてくれるだろう、信頼に値する人物ばかりだった。

彼らは皆、私たちの話を嘲笑うどころか、むしろ強い興味を示し、心からの賛意を示してくれた。全員の名を挙げる必要はないだろうが、かつてトローアド[*14]での発掘によって世間を大いに興奮させた、ウィリアム・ブリントン卿が含まれていたことについては言及しておいても良いだろう。

皆が列車に乗り込んでアンチェスターに向かう道すがら、私は自分が恐ろしい発見の危機に直面しているように感じていた。それは、地球の裏側で大統領が予期せぬ死を遂げた時に、多くのアメリカ人が感じるような、哀悼の空気にも似た感覚だった。

八月七日の夕刻に、私たちはエクサム修道院に到着した。異常なことは何も起きていないと、使用人たちが私に請け合った。猫たちは皆、年老いた黒んぼ《ニガー＝マン》すらもすっかりおとなしくなっていて、屋敷の中に仕掛けておいた罠についても、ひとつとして蓋が閉じたものはなかった。

探索を始めるのは翌日からということになったので、私は客人たち皆に設備の整った部屋を割り当て、その時を待ち受けた。

私自身はといえば、黒んぼ《ニガー＝マン》を足元に伴って塔の自室に引き上げた。すぐに眠りについたのだが、悍《おぞ》ましい夢に襲われることとなった。蓋で覆われた大皿の中に恐ろしいものが供されている、トリマルキオ[*15]の如きローマの饗宴《きょうえん》の幻夢《ビジョン》である。続いて、薄明かりの照らす洞窟の中にいる豚飼いと、その醜悪な群れにまつわる、忌まわしくも繰り返される夢が再びやってきた。

目が覚めた時にはすっかり明るくなっていて、階下からはごく普通の物音しか聴こえなかった。生き身であれ幽霊であれ、鼠どもに悩まされることはなく、黒んぼ《ニガー＝マン》もぐっすりと眠っていた。

下に降りていくと、同じような静けさが屋敷内の他の場所にも広がっていることがわかった。集まった学者の一人——心霊現象の研究に打ち込んでいるソーントンという名の人物——は、この状態について、ある種の力が私に見せたいと願っていたものを、私が今、目にしているのだという、いささか馬鹿げた意見を申し述べた。

さて、全ての準備が整ったので、私たち七人の男たちは午前一一時、強力な電気式の探照灯と発掘道具を携《たずさ》えて地下二階へと降りていき、背後のドアに閂《かんぬき》をかけた。

黒んぼ《ニガー＝マン》も私たちと一緒だった。探索者たちは彼の興奮しやすい性質を軽視しておらず、実のところ、得体の知れない齧歯類が現れそうな場合に備えて、同行を望んだのである。

私たちは、ローマ人の碑文と祭壇の未知の模様《デザイン》については、手早く書き留めるにとどめた。三人の学者たちが既に目にしたことがあって、全員がその特徴を知悉《ちしつ》していたからである。

最大の注意が払われたのは、部屋の中央にある祭壇だった。一時間と経たぬうちに、ウィリアム・ブリントン卿が何かしら未知の種類の釣り合い錘《おもり》でバランスを取り、ぐいっと後方に傾けさせた。

今や、心の準備ができていなければ圧倒されていたに違いない、恐ろしいものが露《あら》わになった。

タイル張りの床にほぼ正方形の穴がぽっかりと開き、中央部がすっかりすり減って、ほとんど傾斜面も同然になっている石の階段がうねうねと続いていたのだが、そこには夥《おびただ》しい数の人間ないしは人間どきの骨が、見るも恐ろしい様子で散らばっていたのである。

全身骨格としての形状を保っていた者たちは、突発的な恐怖に駆られた姿勢をとっていて、骨という骨の全てに齧歯類の嚙み痕《あと》がついていた。頭蓋骨はといえば、全くの白痴《はくち》やクレチン病、さもなくば原始的な半類人猿のものに他ならない特徴を示していた。

地獄めいたものが散乱する階段の上部はアーチで覆われていて、見たところ堅い岩を穿ったと思《おぼ》しい下り勾配の通路には空気が流れていた。この流れは、閉ざされていた窖《あなぐら》から急に吹き出してきた有害なものではなく、いくらか新鮮な空気が含まれる冷たい微風だった。

私たちはそれほど長く立ち止まりはしなかったが、身震いしながら散乱するものをかきわけ、階段を降り始めた。やがて、穿たれた壁を調べていたウィリアム卿が、奇怪な意見を口にした。壁が穿たれた方向を勘案するに、この通路は下方から掘り進められたに違いないというのである。

今や私も非常に慎重になり、言葉を選ばなければなるまい。

齧り痕のついた骨が散らばる中を数段降りると、行く手に光が見えた。神秘的な燐光の類《たぐい》ではなく、荒れ果てた谷間を見下ろす崖にある未知の裂け目から差し込んできた、太陽光に違いなかった。そのような裂け目の存在が、外側から気づかれなかったこと自体は、それほどおかしな話ではない。谷には人っ子一人住んでいないばかりか、崖は非常に高く突き出しているので、表面を詳しく調べることができるのは飛行士くらいのものだろうから。

さらに数段降りた時、私たちが目にした光景は、文字通りの意味で私たちの息の根を止めた。心霊研究家のソーントンは、それこそ呼吸困難に陥って、すぐ後ろで呆然としていた人物の腕の中に倒れ込んでしまった。ぽっちゃりした顔を真っ白にして、力なくたるんだ表情を浮かべたノリスは、声にならない叫びをあげることしかできなかった。

私がどうだったかというと、喘《あえ》ぎとも呻《うめ》きともつかない声をあげて、目を覆ったように思う。

私の後ろにいた人物——一行の中では唯一、私よりも年長の者——などは、これまでに聞いたこともないようなしわがれ声で、「おお、神よ!」などと陳腐な言葉を漏らしていた。

七人の教養人たちのうち、ウィリアム・ブリントン卿だけは平静を保っていた。彼が一行を先導し、最初にそれを目撃したはずなので、この事実は彼の名誉を高める一助となることだろう。

視界の果てよりも遠くへと伸びている、途方もない高さの仄暗《ほのぐら》い洞窟が。尽きせぬ謎と恐ろしい意味を孕《はら》む地下世界が、そこに広がっていたのだった。

建築物や、建築物の遺構がいくつもあった——震えながら一瞥した限りでは、気味の悪い様式の古墳、荒涼とした環状列石、ドーム状の低い屋根のあるローマ風の廃墟、不規則に広がっているサクソン人の建造物群といったものが見えた。しかし、地表のあちこちに見られる屍臭を帯びた光景によって、そうしたもの全てがどうでもよいものと成り果てていた。

何しろ、石段から何ヤード〔一ヤードは約〇・九メートル〕にもわたって、人間の骨や、少なくとも石段にあったものと同じくらい人間じみた何かの骨が、狂おしくもつれながら広がっていたのである。

これらは泡立つ海の如く広がっていて、ばらばらに崩れ果てているものもあったが、全体的ないしは部分的に骨格の形状を保っているものもあった。後者については、その尽くが外敵か何かを撃退しようとしていたり、共食いの意図をもって他の者に摑みかかろうとする、魔物《デーモン》に取り憑かれでもしたような狂乱ぶりを示す、様々な姿勢をとっていた。

人類学者のトラスク博士が、頭蓋骨の分類を試みようと腰を下ろした際、退化した交雑種の頭蓋骨を発見して甚だ困惑させられることになった。それらは、進化の度合いで言えば多くの点でピルトダウン人よりも劣っていたのだが、その全てが紛れもない人間のものだった。大部分の頭蓋骨はより高度な段階にあり、非常に優れた感覚を発達させたタイプもわずかに見られた。全ての骨は、主に鼠に齧られていたのだが、人間もどきの生物の仕業と思しい骨もあった。それらの骨と混ざり合って、数多くの鼠の骨——古い時代の叙事詩的な大事件の幕引きとなった、致死の軍勢の残骸が見られたのだった。

この悍ましい発見に居合わせた者たちの中で、正気を保ったままでいられた者はいたのだろうか。ホフマンであれ、ユイスマンス[*16]であれ、私たち七人がよろめく足取りで入り込んだ仄暗い洞窟ほどに、かくも放埒《ほうらつ》で途方もなく、狂おしいほどに厭《いと》わしく、ゴシック風にグロテスクな光景を想像することなどできはしまい。

思いがけない発見に次ぐ発見に目眩《めまい》を覚えた私たちは、三百年ないしは千年、二千年、あるいは一万年前にそこで起きたはずの出来事については、さしあたって考え込まないように努めた。

そこは、地獄へと続く控えの間だった。骨格の一部が、ここ二十世代以上にわたって四足獣の如く退化していたに違いないという話をトラスクから聞かされて、憐れなソーントンは再び気を失った。

遺構の役割などについて分析を進めるうちに、恐怖が恐怖の上に積み重なることとなった。

四足歩行する生き物は——時折、二足歩行する種を補充されながら——石造りの囲いに入れられていたのだが、彼らは最終的に飢えや鼠への恐怖による狂乱状態に陥って、囲いを破壊して外に出ていったに違いなかった。彼らは大きな群れをなしていて、くず野菜を食べて明らかに肥え太っていた。ローマ時代よりも古い巨大な石造りの穀物箱の底に、悪臭を放つくず野菜の残骸が見つかったのである。

今や私は、先祖がいささか度を越えた広さの菜園を有していた、その理由を知ったのである——天よ、忘れることができればどれだけ良いことか！

群れを飼っていた理由については、尋ねるまでもなかった。

探照灯を手にしてローマ風の廃墟の中に立っていたウィリアム卿が、この上もなくぞっとさせられる式文を声に出して翻訳し、キュベレーの司祭たちが見出して自分たちの習慣に取り込んだという、大洪水以前の教派《カルト》の食生活について語り聞かせてくれた。

ノリスは塹壕《ざんごう》に慣れているはずなのだが［第一次世界大戦の従軍経験のこと］、英国風の建物から出てきた時には、まっすぐに歩くことができない有様だった。

そこが肉屋と厨房であることについては、彼の予想していた通りだった。だが、そのような場所で、見慣れた英国製の道具を目にしたり、最近のものでは一六一〇年のものまである、英語の落書きを見つけてしまったりするのは、いささか大きな負担に過ぎたのである。

私は、その建物に足を踏み入れることができなかった——その建物こそは、我が祖先ウォルター・デ・ラ・ポーアの短剣によって悪魔《デーモン》の所業が阻止された、まさにその場所なのだから。

思い切って私が中に入ったのは、オーク材のドアが倒れている屋根の低いサクソン風の建物だった。

私はそこで、錆びた鉄格子つきの独房が、見るも恐ろしい様子で十も並んでいるのを目にした。三つには先客がいた。全ての遺体の骨は良好な状態で、そのうち一体の人差し指に、我が家系の紋章の刻印された指輪がはまっているのが見えた。

ウィリアム卿の方は、ローマ風の礼拝堂の地下で、はるかに古い時代に遡る独房つきの窖《あなぐら》を見つけたが、こちらの独房は全て空だった。窖《あなぐら》の下には天井の低い地下室があって、骨を整理した箱が中にあった。一部の箱にはラテン語やギリシャ語、フリギアの言葉で、似通った内容の恐ろしげな碑文が刻み込まれていた。

その一方で、トラスク博士が先史時代の墳丘をひとつ暴いて、ゴリラよりはやや人間に近い生物の頭蓋骨を光で照らし出していたのだが、その頭蓋骨には筆舌に尽くしがたい表意文字が認められた。

このような恐怖の只中で、私の猫は何事にも煩わされず、大股で悠々と歩きまわっていた。

彼が奇妙な佇まいで、骨の山の上に座り込んでいるのを目にすることもあった。彼の黄色い目の背後には、いったいどのような秘密が宿っているのだろうか。

この恐怖に満ちた黙示的な仄暗い領域――私が繰り返し見る夢によって、悍ましくも暗示されていた領域――について、わずかなりとも把握してから、私たちは崖越しの陽光も届かない、見るからに無限の深さがある闇黒《あんこく》の洞窟へと向かうことにした。

私たちが進んだわずかな距離のその先に、いかなる無明の地獄《スティギア》めいた世界が広がっているのか、私たちは永遠に知ることはないだろう。そのような秘密は、人類のためにならないと判断されたからだ。

しかし、手が届きそうなごく近くにも、私たちの目を奪うものがいくらでもあった。

というのも、私たちがそれほど遠くまで進まないうちに、鼠どもが饗宴に耽《ふけ》った無数の呪わしい窖《あなぐら》を探照灯が、照らし出したのだ。突然に糧食の補充が途絶えたため、凄まじく飢えた齧歯類の軍勢は、手始めにまだ生きている飢えたけだものの群れに襲いかかり、続いて修道院から飛び出して、農民たちが決して忘れようもない歴史上の滅びの狂宴を繰り広げたのである。

神よ！　あの汚らわしくも黒々とした窖《あなぐら》には、鋸《のこ》引《び》きされ、肉をしゃぶり尽くされた骨や、叩き割られた頭蓋骨があるではないか！　あれらの悪夢の深淵には、測り知れない歳月にわたるピテカントロプスの如き種族やケルト人、ローマ人、英国人の骨が詰まっているのだ！

いくつかは骨でいっぱいで、かつてどれほどの深さがあったのか、もはや誰にもわからない。

他のものについては、探照灯の光も未だ底に届かず、名状しがたい奇怪な生物が棲み着いていた。身の毛のよだつ奈落《タルタロス》の底の暗闇の中を、餌を求めて探し回るうちに、罠の如き窖に落ち込んだ不運な鼠は、いったいどうなってしまったのだろうか。

ややあって、私は恐ろしげな様子でぽっかりと口を開けている窖の縁のあたりで足を滑らせ、その瞬間、恐怖のあまり忘我状態に陥ってしまった。

長いこと思いに沈んでいたようで、丸々と太ったノリス大尉以外の仲間の姿が見えなくなっていた。

その時、暗闇に鎖《とざ》された渺茫《びょうぼう》たる彼方から、聞き覚えがあるように思える音が聴こえたかと思うと、私の年老いた黒猫が、翼を持つエジプトの神の如く私の前に素早く飛び出して、未知の果てしない深淵へと突進していったのである。

しかし、次の瞬間には疑いの余地がなくなったので、私も遅れはとらなかった。

その音は、悪鬼《フィーンド》に生み出された鼠どもの不気味な足音であり、常に新たな恐怖を求めて、地球の中心にある嗤笑《ししょう》する洞窟へと私を導こうとしているのである。狂える無貌の神ナイアルラトホテプが、二体の無定形なる白痴のフルート奏者の吹奏《すいそう》に合わせて、盲目的に吼え声をあげている洞窟へ。

探照灯は消えてしまったが、それでも私は走り続けた。声や悲鳴、反響を耳にしたが、侮蔑的で陰険な足音が、徐々に他の音を圧倒しつつあった。あたかも果てのない縞瑪瑙《オニキス》の橋を流れるねっとりした川面《かわも》を、黒く腐敗した海を目指して静かに流れていく、膨れ上がって硬直した死体のように、ゆるやかに上昇を続けるのだった。何かが私にぶつかった——柔らかくて、丸々と太った何かが。鼠どもに違いなかった。死者も生者も貪り喰らう、ねばねばしたゼラチン状の、飢えた軍勢……。デ・ラ・ポーアが禁断のものを食したからには、鼠がデ・ラ・ポーアを食していけない理由などどこにある？……戦争は我が子を食い尽くした、皆、呪われてあれ……ヤンキーどもがカーファックスの屋敷を炎で喰らい、父祖なるデ・ラ・ポーアとその秘密を焼き尽くした……違う、違うぞ、言っておくが、私は仄暗い洞窟の魔物《デーモン》じみた豚飼いではないんだ！あの肉のたるんで菌類じみたけだものには、エドワード・ノリスの太った顔などついていなかった！私がデ・ラ・ポーアだと言うのはどいつだ？　あいつは生き延びたが、私の坊やは死んだ！……ノリス家の者たちが、デ・ラ・ポーアの土地を所有するというのか？……ブードゥーなんだ、いいか……まだらの蛇だ……貴様を呪うぞ、ソーントン、我が一族のなしたることを知らしめ、失神させてくれる！……畜生め、鼻持ちならん奴だ……賞味というもののやり方を伝授してくれようさ……そんなやり方で俺をどうにかできると思うのか？……太母神《マグナ・マーテル》！　太母神《マグナ・マーテル》よ！……アッティスよ……神が汝とその顔より顔を背け《Dia ad aghaidh's ad aodann》……汝の顔には悲しみの死が宿れかし《agus bas dunach ort》！　汝とその朋輩は、《Dhonas's dholas ort》災いと悲しみに見舞われ《agus leat-sa!》[*17]よ！……うんぐる……うんぐる……るるるぅ……くぅくぅくぅ……。


以上は、三時間後に暗闇の中にいる私が彼らに発見された時、口走ったことである。

私は暗闇の中、半分ほど食べられたノリス大尉のぽっちゃりした胴体の上に蹲《うずくま》っているところを猫に飛びかかられ、喉を噛み裂かれているところを発見されたのだった。

今やエクサム修道院は爆破され、黒んぼ《ニガー＝マン》も奪われてしまった。私はハンウェルにある鉄格子つきの部屋に閉じ込められ、私の遺伝と体験については恐ろしげなことが囁かれている。

ソーントンが隣の部屋にいるのだが、話しかけようとしても彼らに邪魔された。

彼らはまた、修道院についての事実の多くを闇に葬り去ろうとしている。

気の毒なノリスについて話をすると、彼らは私の恐ろしい所業について非難するが、私がやったことではないのだと、彼らにもわかっているはずだ。鼠のしわざだと、わかっているはずなのだ。

ずるずると滑るように、素早く走り回って私を決して眠らせてくれない鼠どもなのだ。

部屋の詰め物の後ろを駆け回り、想像もつかぬ恐怖に私を導こうとする魔物《デーモン》の如き鼠ども。

彼らには決して足音の聴こえない鼠ども。あの鼠どもが、壁の中の鼠どもがやったのだ。

訳注

1　サクソン様式　Saxon substructure
アングロ・サクソン様式とも。六〜一一世紀にかけての朴訥《ぼくとつ》な建築様式で、窓の少なさが特徴。細い壁柱を用いただけの外壁は脆く、大型の建物は造られにくかった。

2　ロマネスク様式　Romanesque substructure
一〇六六年に戴冠した〈征服王〉ウィリアム一世に始まるノルマン朝の時代に、サクソン様式に代わる形で英国に根付いたローマ帝国風の建築様式。ノルマン様式とも呼ばれ、半円形のアーチや分厚い壁の巨大建築が特徴。

3　ゴシック様式　Gothic structure
一二世紀後半のフランスに始まる建築様式で、高さや細さを極端に強調する傾向がある。「ゴシック」は「ドイツ風」「ゴート風」の意味だが、「野蛮な」というニュアンスで一五世紀以降の建築家が用いた蔑称である。

4　ドルイド　Druid
ガリア地方（現在のフランスからドイツにかけての広範囲にわたる地域）のケルト人社会において、宗教的・政治的指導者の役割を果たした神官。カエサルの『ガリア戦記』、大プリニウスの『博物誌』などに解説される。語源には諸説あるが、楢《なら》や樫《かし》を表すギリシャ語の「ドリュース」と、知るという意味を持つインド＝ヨーロッパ語の「ウィド」が起源との説がある。アイルランドやスコットランドの伝承に登場する、Drui, Draiと呼ばれる魔術師ないしは賢者がガリアのドルイドと混同されているが、直接の関係はない。英国の民族学者マーガレット・アリス・マレーは、『魔女の神』において有角神を崇拝した古代のドルイドをヨーロッパの魔女と結びつけ、ＨＰＬも当時の主流説としてこれに倣っている。

5　アンチェスター　Anchester
英国南西部のウェールズにある架空の町。四三年にブリタンニアに侵攻した第二軍団アウグスタの駐留地、オックスフォードシャーのアルチェスターと、英語で先祖を意味する「アンセスター Ancester」の合成だろう。

6　カーファックス　Carfax

バージニア州南西部、アパラチア山脈の只中にあるワイズ郡の小さな町。ただし、実在のカーファックスの近くを流れるのはジェイムズ川ではなくクリンチ川なので、作中のカーファックスは別の場所かも知れない。

7　リッチモンド　Richmond

バージニア州の州都。独立戦争中の一七七九年、バージニア半島に位置するため防衛に向かないウィリアムズバーグに代わり、バージニア植民地の首都となった。

8　キュベレー　Cybele

アナトリア半島（現代のトルコの一部）のフリギアで崇拝されていた両性具有神アグディスティスが原型とされる大地母神。紀元前六世紀頃からギリシャでも崇拝されるようになり、オリュンポスの神々の母レアーと同一視された。ローマでは、太母神《マグナ・マーテル》と呼ばれている。二世紀の地理学者パウサニアスの『ギリシャ案内記』などによれば、アグディスティス（キュベレー）は息子のアッティスと愛し合うようになったが、里親の計らいで彼がペシヌスの王女と結婚することになった。嫉妬に狂った母の力によって正気を失ったアッティスは自らの性器を切り落として命を落とすのだが、アグディスティスはこれを後悔し、アッティスの肉体を不滅のもの（ストラボンの『地誌』では常緑樹である松の木）に変容させたのだという。この故事に倣い、コリュバンテスと呼ばれるキュベレーの神官は、自らの性器を切り落とした。

9　DIV……OPS……

本作で幾度か言及されるこの文字は、古ラテン語の碑文である。意味を特定できるものを以下に列記する。

DIV：ローマ数字で504。

OPS：ローマで崇拝された繁殖の女神オプス。

MAGNA・MAT…：太母神《マグナ・マーテル》（中断）。

TEMP：時。

GETAE：ゲタイ族。ドナウ川の流域で暮らしたトラキア系民族で、紀元前五世紀の歴史家ヘロドトスの『歴史』によれば霊魂の不滅を信じ、神霊サルモクシスを奇妙なやり方で崇拝していたという。

DONA：捧げ物。生贄のこと。

PONTIFI：神官。

ATYS：アッティス。訳注8を参照。

10 ジル・ド・レ、マルキ・ド・サド Gilles de Retz, Marquis de Sade

ジル・ド・レは一五世紀のフランス貴族。英仏間の百年戦争の末期、ジャンヌ・ダルクと共に戦った英雄でありながら、後年、黒魔術に耽溺《たんでき》し、裁判で判明しただけでも一四〇人の子供たちを生贄として殺害した。なお、妻殺しにまつわるフランスの民話「青ひげ」のモチーフとされているが、この民話自体は彼が悪名を馳せる前から存在していたらしい。マルキ・ド・サド（サド侯爵）は、フランス革命期のドナスィヤン・アルフォンス・フランソワ・ド・サドの称号かつ通称。乱交や暴行、肛門性交などの罪で死刑を宣告され（革命の影響で釈放）、バスティーユ監獄に収監されている間（一一八四年〜）に『美徳の不幸』『ソドム百二十日あるいは淫蕩《いんとう》学校』などの小説を著し、「サディズム」の語源となった。

11 黒んぼ《ニガー＝マン》 Nigger-Man

HPLが一九〇四年まで飼っていた猫の名前。一九二七年執筆の自伝的な小説「チャールズ・デクスター・ウォード事件」にも、ニッグという名前の老猫が登場する。これらの作品中に見える猫の霊感について、一九二六年執筆の「未知なるカダスを夢に求めて」において、HPLは猫が外宇宙の気配を嫌うという設定を示している。

12 アッティス ATYS

フリギアの死と再生の神で、キュベレーと共にギリシャ、ローマで崇拝された。一九世紀において、ヘロドトスの『歴史』に記述される、猪狩りの最中に誤って殺されたリュディア王クロイソスの息子アテュスAtysと混同されたが、正しくは「アッティスAttis」。訳注8、9も参照。

13 カトゥルス Catullus

紀元前一世紀、共和制ローマ期の詩人ガイウス・ウァレリウス・カトゥルス。多数の恋愛詩が収録される『歌集』の第六三歌は、アッティスの狂愛がテーマである。

14 トローアド Troad

アナトリア半島（現代のトルコの一部）の北西部に位置するビガ半島の古名トローアスの英語形。紀元前一三三年にアッタロス朝ペルガモン王国のアッタロス三世が死んだ際、共和制ローマに割譲された。トローアスというのはつまりギリシャ神話で有名なトロイアに由来し、ドイツ人実業家ハインリヒ・シュリーマンが一九世紀後半にトロイア戦争時代の遺跡を発掘した土地でもある。

15　トリマルキオ　Trimalchio

一世紀ローマの作家ティトゥス・ペトロニウスによる、ローマ帝国第五代皇帝ネロ・クラウディウス・カエサル・アウグストゥス・ゲルマニクスの治世下における頽廃したローマを描く小説『サテュリコン』の登場人物。

トリマルキオは解放奴隷出身の富豪で、彼が開催した豪《ごう》奢《しゃ》と頽廃《たいはい》の極みにある宴会の一部始終を描いたシーンは特に〈トリマルキオの饗宴〉と呼ばれ、古代ローマの風俗を知るための重要な資料となっている。ティトゥス・ペトロニウスなる人物の正体としては、ネロの側近だった政治家ガイウス・ペトロニウス（ロバート・A・ハインラインの『夏への扉』に登場する猫、〈審判者ペトロニウス〉の元ネタ）が有力視されている。

16　ホフマン、ユイスマンス　Hoffmann, Huysmans

エルンスト・テオドール・アマデウス・ホフマンは、ドイツの後期ロマン派に属する芸術家、幻想小説家。自動人形をテーマにした小説「アウトマーテ」は、ピョートル・チャイコフスキーの『くるみ割り人形』やレオ・ドリーブの『コッペリア』などのバレエの原作となった。

ジョリス＝カルル・ユイスマンスは、一九世紀フランスで活躍し、シャルル＝ピエール・ボードレールと共にデカダン派の走りとされる作家・詩人。『さかしま』がＨＰＬの「猟犬」のモチーフになっている他、本作で言及されるジル・ド・レがテーマの『彼方』が有名。

17　神が汝と～見舞われよ！

この部分のゲール語は、フィオナ・マクラウド（スコットランド人作家、詩人のウィリアム・シャープの変名）の小説「罪を喰う人」から引用したもの。なお、本作は英国南西のウェールズが舞台だが、当時、グレート・ブリテン本島でゲール語が使用されていたのは北部のスコットランドだと考えられていた。本作が〈ウィアード・テールズ〉に掲載された際、この誤り（当時の認識に基づくもの）に気付いたロバート・E・ハワードはファーンズワース・ライト編集長にその事を指摘する投書を送り、ライトはＨＰＬにそれを回送した。二人が親しく交流を始めたのは、この事がきっかけである。

最後のテスト

The Last Test
（アドルフ・デ・カストロのための改作）
1927

I

クラランダンの一件の舞台裏はもちろん、新聞に載っていない舞台裏があることさえ、知っている者はほとんどいない。大火[*1]が起きる以前にサンフランシスコを大いに騒がせた事件で、恐慌と脅迫がひとまとめに持続したのと、州知事と密接に結びついていたことがその理由だった。ダルトン知事がクラランダンの親友で、事後に彼の姉妹と結婚したことは、後々《のちのち》まで記憶されていることだろう。ダルトンもダルトン夫人も、その痛ましい事件について決して口にしなかったが、どういうわけか、ごく限られた身内以外の人々にも、諸々の事実が漏れてしまった。

しかし、そうした経緯や、関係者にまつわる記憶が曖昧になり、個人との結びつきが薄れる程度の歳月が流れていなければ、事件当時、厳重に隠された秘密に探りを入れる前に、躊躇を覚えたことだろう。

一八九一年に、アルフレッド・クラランダン医師がサン・クエンティン刑務所[*2]の医局長に任命されたことは、カルフォルニア州全域で熱烈な歓迎を受けた。

サンフランシスコはついに、当代きっての偉大な生物学者にして医師である人物を擁する栄誉に浴し、実績ある病理学の指導者たちが彼の手法を学び取り、助言や研究による利益を享受し、自分たちの地元の問題への対処法を学ぶべく、世界中から集まってくることが期待された。

カリフォルニアはほぼ一夜にして、世界規模の影響と名声を有する医学の中心地となるかに思われた。

ダルトン知事は、そのニュースが最大限に広まることを切《せつ》に望み、報道機関がこの新任の人物について豊富かつ威厳ある形で報道するように取り計らった。

クラランダン医師と古さびたゴート・ヒル[*3]の近くにある新居の写真、業績や多岐にわたる学位をまとめた略歴、抜きん出た科学的発見にまつわる平易な説明といったものが、カリフォルニア州の主だった日刊新聞に掲載された。インドでは膿血症《のうけっしょう》を、中国ではペストを、その他の土地でもあらゆる種類の同系統の疾患《しっかん》を研究し、そう遠くない未来に革命的な重要性を持つ抗毒素血清——あらゆる熱病の素因を根底から抑えにかかり、様々な形態の熱病の究極的な克服と根絶を保証する、根本的な抗毒素血清——の恩恵を間もなく医学界にもたらすであろう人物のことを、人々がまるで自分のことのように誇らしく感じるようになるまで、それほど時間はかからなかった。

任命の背後には、昔日《せきじつ》の友情、長い別離《べつり》、そして劇的に再開された交友という、ロマンチックと呼んでも差し支えない長い歴史が広がっていた。

ジェイムズ・ダルトンとクラランダン一家は一〇年前、ニューヨークで友人関係にあった——友人であり、友人以上でもあった。医師の唯一の姉妹であるジョージナは若きダルトンの恋人だったし、医師自身も学校や大学に通っていた時分はダルトンと親友同士で、ほとんど彼の弟分のようなものだった。

アルフレッドとジョージナの父親は、冷酷で老練なウォール街の金融海賊で、ダルトンの父のことをよく知っていた——あまりにも、よく知っていたのだ。何しろ、忘れようにも忘れられない証券取引所での午後の戦いで、ついには丸裸にしてやった相手なのだから。

この損失を取り返せる望みもなく、最愛の一人息子にせめて保険金を遺そうと、ダルトン・シニアはただちに自分の頭を吹き飛ばした。しかし、ジェイムズは報復を求めたりはしなかった。彼の目には、所詮はゲームの勝ち負けに過ぎないと映ったのだ。

娘とは結婚するつもりであったし、新進の若き学究については長年の交友と学業を通して、彼の賞賛者であり、保護者であり続けてきたので、二人の父親に害意を抱く気はさらさらなかったのである。

そうする代わりに、彼は法曹《ほうそう》の仕事に就き、ささやかながらも身を立てた。そして、頃合いを見計って〈老クラランダン〉にジョージナを妻に迎えたいと申し出たのである。

老クラランダンは、駆け出しの貧乏弁護士を義理の息子になどするものかと、それはもうきっぱりと声高に拒絶し、少なからず暴力的なやり取りがあった。最終的に、ずっと前に言っておくべきだった言葉を皺《しわ》だらけの金融海賊に叩きつけ、ジェイムズは頭に血が上った状態で家とその街を後にした。

一ヶ月も経たないうちに、彼はカリフォルニアに居を定めた。やがて、彼はこの街で政治家たちを相手に数多くの選挙戦を戦い抜いて、知事の地位へと上り詰めることになる。

アルフレッド、ジョージナとの別離は素っ気ないもので、クラランダン家の書斎での出来事の後に何が起きたかについては、何も知らなかった。

そして、あるものを見逃してしまったことにより、彼の一生は一変した。よりによって、老クラランダンが卒中で亡くなったというニュースを見逃してしまったのである。

続く一〇年の間、彼はジョージナに手紙も送らなかった。彼女が父親に忠実なことを知っていたので、財産と地位が結婚の障害を全て取り除くまでの間、待ち続けるつもりだったのである。

愛情や英雄崇拝に直面しても冷淡な態度を貫きで、平素から天命の自覚と天才故の自己満足の気風を吹かしていたアルフレッドにも、一切連絡を取っていなかった。

当時ですら稀な志操堅固《しそうけんご》ぶりを保持し、彼は将来のことのみを考えて仕事に励み、地位を高めていった。独身を貫き、ジョージナも待っていてくれると固く信じて疑わなかった。

ダルトンの想いは、裏切られなかった。便りがないのを不思議に想いながらも、ジョージナは夢に見たり期待したりすることはあっても、恋愛《ロマンス》を見出すことはなかったのである。

時が経つと、兄弟が大いに出世したこともあり、新しく生じた責務に忙殺されてもいた。

アルフレッドの成長ぶりは青年時代に集めた将来への期待を裏切らず、痩身の若者は考えるだけでも目が眩みそうな速度で、科学の階梯《かいてい》を着実に駆け上がり続けた。

痩せぎすで禁欲的、スチール縁の鼻眼鏡をかけ、茶色の髭を蓄えたアルフレッド・クラランダン医師は、二五歳でいっぱしの権威になり、三〇歳で国際的な名声を博していた。

天才の無頓着さで世俗的の事は気にかけず、姉妹の世話と管理に任せきりで暮らしていたので、彼はジェイムズの思い出が彼女を新たな色恋沙汰から守っていることについて、密かに感謝していた。

ジョージナは傑出した細菌学者の仕事と家事を切り盛りし、彼が熱病の克服へ大いに近づいていることを誇りに思っていた。ジョージナは彼の奇行を忍耐強く我慢し、癇癪《かんしゃく》を起こす度に宥《なだ》めてやり、純粋な真実とその進歩へのひたむきな献身というよりも、自分よりも劣った者たちへのあからさまな侮蔑が原因で友人たちと不和になると、仲直りさせてやったりもした。

クラランダンは、ごく普通の人間たちにどうしようもない苛立ちを覚えることがあった。

人類全体への献身とは対照的に、彼は個人の献身というものに一切の価値を認めたことがなく、私生活や専門外の事物への関心を、純粋な科学の追求に持ち込む研究者を常々非難していたのである。

彼を敵視する者たちは、彼を退屈な男と呼んだ。しかし、彼の崇拝者たちにしても、昂《たか》ぶる感情を白熱させながら仕事に打ち込む彼の姿に躊躇《ためら》いを覚え、混じりけのない知識の神聖なる領域の外にある規範や野心を持っていることを、ほとんど恥じるようになるのだった。

医師は広範囲を旅して回っていて、ジョージナも短い旅には大抵、同行していた。

しかしながら、珍しい熱病や半ば伝説的な疫病の調査目的で、耳慣れない遠隔地に医師《アルフレッド》が長期間単独で旅に出ていたことが三回あった。地球上の病気の大部分の発生源が、謎めいた太古のアジアに位置する知られざる土地にあることを知っていたからである。

彼はその都度《つど》、奇怪な土産《みやげ》を持ち帰っては、自宅に怪しげなものが増えていくのだった。その中でも特に目を引いたのは、ウー・ツァン地方[*4]のどこかから連れ帰られた、不必要なまでに数が多いチベット人の召使いたちだった。その土地では、世界では全く未知の伝染病が猛威を振るっていたのだが、クラランダンは黒熱病[*5]の病原菌を発見して隔離したのである。

大多数のチベット人よりも背が高く、明らかに外世界ではほとんど調査されたことのない種族に属しているこの召使いたちは、骸骨のように痩せ細っていたので、医師が大学時代の骨格標本を象徴させようとしているのではないかと疑った者も存在した。

医師にあてがわれたボン教［チベットの民族宗教］の黒い絹の僧服を彼らが纏《まと》っている姿は、きわめてグロテスクだった。にこりともせず黙りこくり、こわばった動きをするので、彼らの幻想的な雰囲気が強調され、ジョージナは『ヴァテック』や『千夜一夜物語』[*6]の登場人物にうっかり出くわしてしまったような、奇妙な畏怖の念を抱いたものだった。

しかし、とりわけ奇妙な存在は、クラランダンがスラマと呼んでいた雑用係もしくは診療助手で、北アフリカの長期滞在の後に連れ帰ってきたのである。彼は滞在中、失われたアトランティスの原初の種族の末裔《まつえい》ではないかと考古学者の間で古くから噂されている、サハラ砂漠の神秘的なトゥアレグ族[*7]の奇妙な周期性の熱病について調査していたのだった。

スラマは非常に高い知性と、無《む》尽蔵《じんぞう》に思えるほどの博識の持ち主で、チベット人召使いたちと同様、病的なまでに痩せ細り、黒ずんだ羊皮紙めいた肌が禿げ上がった頭と髭の生えていない顔に張り付いていて、頭蓋骨の輪郭が隅々まで、ぞっとするほどくっきりと隆起していた——焼け焦げたような光沢のない黒い目が、暗く虚《うつ》ろな眼窩《がんか》しか見えないほど落ち窪んで、死神の顔のような印象を強めていた。無表情であるにもかかわらず、抱く感情を隠そうともしないあたり、理想的な従者とは言えなかった。のみならず、陰湿な皮肉ないしは感興《かんきょう》の雰囲気を常に纏っていて、毛皮で覆われた動物を引き裂き、ゆっくりと海に向かっていく巨大な亀を思わせる、低くしわがれた含み笑いをあげることもあった。人種は白人《コーカソイド》のようだったが、それ以上詳しく分類することはできなかった。

クラランダンの友人たちの中には、話し方に訛《なま》りがないにもかかわらず、高い身分のヒンドゥー教徒のようだと考える者もいて、神王《ファラオ》のミイラが奇跡的に復活したら、この冷笑的な骸骨男と瓜二つになるだろうというジョージナ——彼を嫌っていた——の意見に、多くの者たちが同意したものだった。

ダルトンは厄介な政争に没頭し、旧西部独特の自給自足によって東部と利害関係を持たなかったため、かつての友の華々しい出世について知る機会がなかった。クラランダンの方も知事と同様、自ら選んだ科学の世界からかけ離れた外部事情については、全く聞き知っていなかった。

独立心が強く、潤沢な資産にも恵まれていたので、クラランダン一家は長い間、マンハッタンのイースト19ストリートにある古い邸宅で暮らし続けていたのだが、屋敷の幽霊たちもスラマやチベット人たちにひどく訝《いぶか》しい目を向けていたのに違いなかった。

やがて、医学研究の拠点を移したいという医師の希望によって、俄《にわか》に大きな変化が起こった。彼らはサンフランシスコで世間から隔離された生活を送るべく大陸を横断し、湾を見渡せるゴート・ヒルの近くにある陰鬱《いんうつ》で古びたバニスター邸を購入した。そして、まだ郊外になりきっていない地域にある、高い塀に囲まれた敷地のただ中の、ビクトリア朝中期様式の建物にゴールドラッシュ成金の装飾が施された、フランス風の屋根が不規則に広がる古い屋敷において、一風変わった世帯を構えたのである。

クラランダン医師は、ニューヨークにいた頃よりも満足していたのだが、自身の病理学的な仮説を適用し、テストする機会が得られないことについては、今でも窮《きゅうくつ》屈な思いを抱いていた。世俗的な野心というものに無縁で、公職に就くべく自身の名声を利用することなど考えてもみなかったのである。だが、研究を完成し、自らの発見したことを人類と科学に最大限に活用する術《すべ》を見出すためには、政府機関や慈善団体――刑務所、救貧院、あるいは病院――の医療責任者の地位に就くしかないのだと、彼は徐々に理解するようになっていた。

そんなある日の午後のこと、彼はマーケット・ストリートで、ロイヤル・ホテルから出てきた知事、すなわちジェイムズ・ダルトンと全く偶然に出くわしたのだった。ジョージナが一緒にいて、すぐに彼だとわかったので、再会のドラマは喜びに溢《あふ》れたものとなった。

互いの栄達について知らなかったので、これまでの経緯《いきさつ》について長いこと話し合ったのだが、クラランダンは友人が要職にあることを知って嬉しく思った。ダルトンとジョージナもまた、若い頃の愛情の名残以上のものを感じ、ちらちらとお互いを見つめたものだった。

その時その場所で、友情が蘇った。彼らは互いに訪問しあい、より緊密な信頼を深めていった。

ジェイムズ・ダルトンは、かつての弟分が公職の地位を必要としていることを知るや、学校や大学に通っていた時分の保護者的役割を例の如《ごと》く果たし、〈小さなアルフ〉が必要とする地位と場を与える手段を講じようとした。実際、彼は幅広い任免権を持っていたのだが、議会での絶え間ない攻撃や侵害によって、細心の注意を払っての実行を強《し》いられたのである。

しかしながら、突然の再会からわずか三ヶ月に、州の最先端の医療機関の管理職が空席となった。あらゆる要素を慎重に考慮して、友人の業績と名声がきわめて高額の報酬をも正当化できることがわかったので、知事はようやく実行に移せると判断した。

ごくわずかな形式的な手続きを経て、一八九一年一一月八日、アルフレッド・スカイラー・クラランダン医師は、カリフォルニア州のサン・クエンティン州立刑務所の医局長に就任したのである。

II

一ヶ月と経たないうちに、クラランダン医師の崇拝者たちの希望は十分に満たされた。

包括的な組織改編によって、かつて夢見ることすらもかなわなかった効率が、刑務所の日々の医療業務にもたらされた。部下たちの間では当然ながら嫉妬の念が湧き上がったのだが、真に偉大な人物の監督下での魔法じみた成果を認めないわけにもいかなかったのである。

やがて、単なる好意的評価が、時、場所、人物の幸運な組み合わせへの嘘偽りのない感謝の気持ちに成長しても良い時がやってきた。ある朝のこと、ジョーンズ医師が深刻な表情を浮かべて新しい上司の前にやって来て、クランダンが発見して分類したものと同一の病原菌による、黒熱病と認定せざるをえない症例を見つけたと知らせたのだった。

クランダン医師は驚きもせず、同僚の前で書き物を続けた。

「知っているとも」と、彼は平静に告げた。「その患者には昨日、出くわしたよ。きみが確認してくれて嬉しい。この熱病は伝染性ではないと思うが、患者を病室に隔離してくれたまえ」

ジョーンズ医師は、疾病の伝染性について自分なりの見解を持っていたので、この慎重な判断を嬉しく思い、ただちに指示されたことを実行した。

彼が戻ってきてみると、クランダンが立ち上がり、この患者は自分一人が担当すると宣言した。偉大な人物の手法や技術に学びたいという望みを断たれた年少の内科医《ジョーンズ》は、彼が患者を移した隔離病室へと上司が大股に歩み去っていくのを眺め、彼が当初感じていた嫉妬の念が、賞賛の念に置き換わって以来、これまでになく新体制を批判するようになったのだった。

病室に着くと、クランダンは素早く入室してベッドを一瞥《いちべつ》し、あからさまな好奇心に駆られたジョーンズ医師がついてきていないかどうか確かめようと、いったん後ろに下がった。

その後、廊下に誰もいないことを確認すると、ドアを閉じて患者の検査にとりかかった。患者はことのほか胸をむかつかせるタイプの服役囚で、強烈な痛みに苦しんでいるようだった。顔面がひどく収縮し、痛みによる沈黙の絶望の裡《うち》に、両膝をきつく引き上げていた。

クラランダンは彼を仔細に調査し、きつく閉じられた瞼《まぶた》を開き、脈拍と体温を計り、最後に錠剤を水に溶かすと、患者の唇の間に流し込んだ。やがて発作は軽くなり、体の力みも緩《ゆる》んだようだった。表情も普段のものとなり、患者は楽に呼吸し始めた。

やがて、医師が耳をそっとこすると、男は目を開けた。我々が魂の象徴と見なしている健康的な輝きが失われていたものの、左右にきょろきょろと動かせる程度の生気が目に宿っていた。

クラランダンは自分の治療がもたらした平穏をしげしげと眺め、万能の科学の力を背負っていると感じて、微笑みを浮かべたのだった。

この症例については久しい以前から知っていて、犠牲者をただちに死から救い出すことができた。一時間も経てば、この男は死んでしまっていただろう——ジョーンズは何日も費やしてその症状を発見しはしたが、発見したところで何をすべきなのかわからなかったのだ。

ともあれ、人間の病の克服は完全なものではありえない。クラランダンは半信半疑になっている模範囚の看護師たちに、熱病が伝染性のものではないことを請け負って患者を入浴させ、アルコールで体を拭かせた上でベッドに寝かせたのだった。

しかし、翌朝になって、その患者が失われてしまったことが伝えられた。

患者は真夜中を過ぎた頃にこの上ない苦痛に襲われ、看護師をパニックに追いやりそうになったほどの絶叫と顔の歪みに苛《さいな》まれ、ついには死んでしまったのである。

科学者としての感情がどのようなものであったにせよ、医師はいつもの穏やかな様子でこのニュースを受け止め、患者に消石灰をかけて埋葬するように命令した。

それから哲学者のように肩をすくめると、いつものように刑務所内を巡回し始めたのだった。


二日後、刑務所が再び打撃を受けた。今回は、三人の男性が同時に倒れて、もはや黒熱病の流行が進行中であるという事実を隠しようがなくなった。

非伝染性であるという持論に固執したことにより、クラランダンは著しく威信を失い、模範囚の看護師たちが患者に付き添うのを拒否するという問題が発生した。

科学と人類のために自らを捧げる人々の命を惜しまぬ献身など、彼らにはなかった。彼らは、他では得られない特権のためだけに奉職する囚人であり、代償が高くつきすぎるようになると、むしろ特権を諦めることを選んだのである。

しかし、医師はなおも状況を掌握していた。

彼は刑務所長と話し合い、友人である知事に緊急のメッセージを送ると、危険な看護サービスに携《たずさ》わる囚人が現金と刑期短縮を特別報酬として得られるよう取り計らった。そして、このやり方によってかなりの数の志願者を獲得することに成功したのである。

彼は今、行動のために意志を固め、何人《なんぴと》たりとも彼の心構えと決意を揺さぶることはできなかった。新たな発症の報告にも、そっけなく頷《うなず》くのみで、疲れを知らない人間でもあるかのように、彼は悲嘆と悪疫の澱《よど》む広大な石造りの建物の病床から病床へと、隅々まで足早にあるき回った。

一週間以内に四〇人以上が発病し、街から看護婦を連れてこなければならなかった。

クラランダンは、この段階でほとんど家に帰らなくなり、もっぱら職員用の宿舎にある簡易寝台で睡眠を取り、いつもの如く医学と人類への奉仕にその身を捧げ尽くしていた。

ほどなくして、サンフランシスコを震撼させることになる嵐の如き騒動の、最初のざわめきが巻き起こった。ニュースが報道され、黒熱病の脅威が湾から流れてくる霧のように街に広まったのである。「センセーション・ファースト」の原則を叩き込まれた記者たちは、想像力に歯止めをかけず、メキシコ人地区において地元の医師――おそらく、真実や市民の福祉よりも金を好む人物――が黒熱病であると言明するや、ついにはこの症例を得意げに報道したのだった。

それが、最後の引き金となった。

這《は》い寄る死が間近に迫っていることを知ったことで逆上し、サンフランシスコの住民たちは一斉に気も狂わんばかりになって、あの歴史上に名高い集団脱出《エクソダス》を開始し、絶え間なく飛び交う電信によって間もなく国中に知れ渡ることになったのである。

フェリーや手漕ぎボート、回遊汽船や小型の汽艇、鉄道やケーブルカー、自転車や自家用馬車、引っ越しトラックや業務用カートなど、そういったものの全てがただちに、狂ったように駆り出された。

サン・クエンティンの方角に位置するソーサリトやタマルパイス［タマルパイス＝ホームステッドバレーのことか］の住民たちも恐怖を分かち合い、オークランド、バークレー、アラメダの住宅地の地価は法外に高騰した。

テント村があちこちに出現し、ミルブレーからサンノゼに至る、南に伸びているハイウェイ沿いには、即席の村が列をなしてひしめいた。多くの人々が、サクラメント［カリフォルニア州の州都］の友人宅に避難しようとする一方で、様々な理由で取り残された恐怖に慄《おのの》く人々はといえば、ほとんど死都と化した街で、必要最低限の生活を維持するのがせいぜいだった。

熱病に対して効果のある「確実な治療法」や「予防薬」の存在を主張する偽医者たちを除き、商業活動は急速に落ち込んでいった。酒場が「薬用飲料」なるものを提供したのが始まりだったが、ほどなく、大衆はむしろ専門家を装った詐欺師の方に騙されやすいことがわかったのである。

奇妙なほど静まり返った通りでは、疫病の症状が表れていないかと人々が互いの顔を覗き込み、店主たちは客の誰彼なく新たな熱病の脅威であるように思えて、常連の入店をも制限し始めた。

弁護士や郡の書記官が一人また一人と逃亡衝動に屈し、法曹及び司法組織が崩壊を始めていた。医師すらも大量に逃亡し、その多くが州の北部にある山や湖での休暇の必要性を訴えた。

学校や大学、劇場やカフェ、レストラン、酒場など、あらゆる施設が次第に門戸を閉じていった。

そして一週間のうちにサンフランシスコは打ちひしがれ、街燈用のガスや電力、水道の供給は普段の半分ほど、新聞は薄くなり、交通機関は馬に引かせたケーブルカーによって維持される、出来損ないのパロディめいたものに成り果てていた。

これは、事態が最悪に落ち込んだ時のことである。人類の勇気と観察が、完全に失われたわけではなかったからには、そうした状況が長々と続くはずもなかったのだ。

いくつかの症例が実際にあり、非衛生的な郊外のテント村で腸チフスが広がっているにもかかわらず、サン・クエンティン刑務所の外側に黒熱病の感染が広まってなどいないことは、遅かれ早かれ否定しようのない明白な事実になるはずだった。

地域社会の指導者たちと新聞の発行人たちが協議の上で行動を起こし、問題を引き起こすのに血道《ちみち》をあげていた記者たちの協力も取り付けて、今度は彼らの「センセーション・ファースト」の熱意をより建設的な方向に転換させた。社説や架空のインタビュー記事が掲載され、クラランダン医師がこの病を完全に掌握しており、刑務所の壁の外側に拡散することはありえないとの報道が行われたのである。

報道が繰り返されるうちに、その内容がゆっくりと浸透していき、街に戻る人々の段階的でとぎれがちだった流れは、やがて力強い逆向きの奔流へと膨れ上がっていった。

最初に見られた健全な兆しは、痛烈な論調に定評のある新聞上で論争が始まったことで、議論の参加者たちがいかなる見解を取っていようとも、パニックの要因を突き止めることを企図するものだった。

街に戻った医師たちは、タイムリーな休暇中に嫉妬の心を強め、クラランダンを攻撃し始めた。彼と同じように熱病を抑えることを公衆に請け合いつつも、サン・クエンティンの内部で蔓延を食い止める手段を講じなかったと、彼を非難したのである。

クラランダンは、必要以上に多くの死を許容したのだと、彼らは断言した。

医学のほんの新米であっても、熱病の感染を食い止める方法を心得ているものだ。この名高い碩学《せきがく》がそうしなかったのであれば、彼が適切な処置を行って犠牲者を救うよりも、この病の最終的な作用を研究することを優先したからに他ならない。このような施策は、有罪判決を受けた殺人犯に対し、刑事施設内で行う分には適切なことかもしれないが、生命がまだ尊く神聖なものであるサンフランシスコにおいて、行うべきことではないはずだった。

彼らはこうした主張を続け、新聞各紙は大喜びで彼らの書いたあらゆる文章を掲載した。疑う余地なくクラランダン博士も参戦することになるだろう論戦の刺激は、住民たちの間から混乱を取り除き、自信を回復させる一助となることが期待されたのである。

だが、クラランダンは何の反応もしなかった。彼はただ笑みを浮かべただけで、風変わりな診療助手のスラマはといえば、亀を思わせる低い声の含み笑いをやたらに続けていたのだった。

当時、彼は自宅にいることが多かったので、記者たちはサン・クエンティン刑務所の所長室に押しかけるのをやめて、彼が自宅の周囲に建てさせた巨大な塀《へい》の門扉《もんぴ》を包囲し始めた。

しかし、どちらにせよ捗々《はかばか》しい成果は得られなかった。スラマが――記者たちが敷地内に入り込んだ後ですらも――医師と外の世界の間の不可侵の障壁となったのである。

玄関の広間までどうにか辿り着けた新聞記者たちは、クラランダンの風変わりな側近を一瞥し、スラマや奇妙な骸骨じみたチベット人たちについて「書き立てる」くらいのことしかできなかった。

もちろん、新たに掲載された記事の全てが誇張されたもので、このような広報が偉大なる医師に対する逆風となったのは、当然の帰結だった。

大方の人間は普通ではないものを嫌うものだ。無慈悲や無能については大目に見ることができた夥《おびただ》しい数の人々が、含み笑いをする助手と黒い僧服姿の八人の東洋人たちの存在が証明しているグロテスクな嗜好については、容赦なく非難を浴びせたのである。

一月上旬のこと、特に粘《ねば》り強く張り付いていた〈オブザーヴァー〉紙の若手が、クラランダン家の敷地の裏手にある八フィート［約二・四メートル］の煉瓦塀を登り、表側の私道からは木々に隠れていて見ることのできない、そこかしこの屋外の様子を調べ始めたのだった。

回転が速く注意深い頭脳で、彼はあらゆるもの——薔薇《ばら》を這わせた格子造りの四阿《あずまや》、鳥小屋、猿からモルモットに至るあらゆる哺乳類の姿や声が確認できそうな動物の檻、構内の北西の隅にある窓に格子が取り付けられた、頑丈そうな木造の診療施設——を把握し、数千平方フィートに及ぶ壁に囲まれた私有地内を、身を屈めて隅々まで見て回ったのである。

素晴らしい記事を書けそうだった。

ジョージナ・クラランダンに可愛がられている大型のセント・バーナード犬、ディックが吼《ほ》えるようなことがなければ、彼は無傷で逃げおおせていたことだろう。

スラマがただちに反応し、抗議の声をあげる間もあらばこそ襟首を摑み上げて、鼠を振り回すテリア犬のように彼を乱暴に揺さぶりながら、木々の間を通り抜けて表庭と門の方に引きずっていった。息を切らせながらの弁明も、クラランダン医師に会いたいという懇願も無駄だった。スラマはくすくすと含み笑いしながら、獲物を引きずり続けるのみだった。

こざっぱりした身なりの記者は、唐突にはっきりした恐怖がこみあげてくるのを感じた。真実、混じりけのない地球上の血肉を備えた存在だと証明するためだけに、この気味の悪い男が口をきいてくれれば良いのだが——そんな思いが湧き上がった。彼は死人のように青ざめて、昏《くら》い眼窩《がんか》の底に沈んでいるはずの目を、ちらりとでも見てしまわぬよう心がけた。

やがて、門が開く音が耳に入ると、彼は自分が手荒く前方に押し出されるのを感じた。

次の瞬間、彼はクラランダンが塀全体の周囲に掘らせた溝の中に落下し、びしょ濡れの上に泥まみれになるという有様で、ぼんやりと目を覚ましたのだった。

大きな門が閉まる音が聴こえると、恐怖は激怒に取って代わった。彼は泥水をぼたぼたと滴《したた》らせながら立ち上がると、人を寄せつけない門に向かって拳を振り上げた。

次《つ》いで、立ち去ろうと踵《きびす》を返した時、背後で小さな音がして、門の小窓からスラマの落ち窪んだ目が覗いているように感じ、血も凍るような低い声の含み笑いが聴こえてきた。

この若者は、おそらく必要以上に手荒な扱いを受けたと当然ながら感じ、この仕打ちに責任のある家の者に復讐してやろうと決意した。それで、診療施設で行われたという想定の、クラランダン博士の架空インタビューをでっちあげ、整然とした寝台の列に並べられた、想像上の一二人の黒熱病患者の苦悶の入念な描写を、その記事中に盛り込んだのである。

彼の見事な筆力は、水を求めて喘《あえ》ぐ特に哀れっぽく苦しんでいる一人の患者の描写において、遺憾《いかん》なく発揮された。医師がきらめく液体の入ったグラスを手の届くか届かないところに掲げ、もどかしさの感情がどのように病状の進行に作用するのかを科学的に調べようとする様子を伝えたのである。

このでっちあげに、表面上は敬意を示しながらも、二重の悪意を帯びた意味ありげな文章が続いた。クラランダン博士は疑問の余地なく世界で最も偉大かつ一途な科学者なのだが、科学というものは個人の福祉に味方するものではなく、純粋な真理の何らかの論点について研究者を満足させるために、ある人間の深刻な病気を長引かせたり悪化させたりすべきではない、というのが記事の論旨なのだった。

そのような目的に供されて良いほど、人の寿命は長くないのだから。

全体的に、この記事は悪魔的に巧みなもので、クラランダン医師とその医療法とされるものに対して、一〇人中九人の読者をぞっとさせることに成功した。他の新聞もまた、ただちにその内容を引き写して増補し、先例に倣って侮蔑的な想像に終始する一連の「フェイク」インタビューを掲載し始めた。

しかしながら、医師はその都度、へりくだって否定して回るようなことはしなかった。馬鹿や嘘つきを相手にするのは時間の浪費であり、無思慮な大衆を軽蔑しきっていて、一顧だにしなかったのだ。ジェイムズ・ダルトンが電報で遺憾の意を伝え、助力を申し出た時にも、クランダンはほとんど無作法なそっけない返信をしたものだった。

彼は犬の鳴き声などに耳を傾けず、口輪を嵌《は》めようともしなかった。全く目立たないようにその件に介入しようとする者に対して、感謝を覚えるようなこともなかった。沈黙と軽侮の念のもとに、彼は淡々と自身の義務を遂行し続けたのである。


しかし、若い記者のばら撒《ま》いた火種は、着実に効果を発揮していた。サンフランシスコは再び正気を喪《うしな》い、今回は恐怖が怒りを伴っていた。冷静な判断は失われ、第二の集団脱出《エクソダス》こそ起きていないものの、失望から生じた悪徳と無謀の蔓延は、悪疫が流行した中世の再現を思わせた。病を発見し、それを食い止めようと奮闘している人物に対して、憎悪が猛威をふるい、軽はずみな大衆は自分たちの行動の根底にある知識への医師の貢献を忘れ、怒りの炎を煽るばかりだった。疫病がそよ風に吹き払われて、いつも通りの健全な街が帰ってきたにもかかわらず、彼らはその無知によって、疫病よりも医師の方を憎んでいるように見えた。

間もなく、自分が焚き付けた皇帝ネロの大火[*8]を弄んでいた若い記者は、その比類なき筆力で仕上げを加えたのだった。死人のように青ざめた診療助手から受けた侮辱のことを思い出しながら、彼はクララ ンダン医師の家庭と環境を扱った見事な記事をでっちあげ、中でも特にスラマを取り上げて、その異様な容貌は全くもって健康な人間を脅かし、何かしらの熱病を引き起こすものだと言明したのである。

彼は含み笑いをする痩せこけた男が、滑稽であると同時に恐ろしい存在に見えるよう努め、おそらく後者の意図については成功を収めた。何しろ、短い時間とはいえ、あの男と間近に接した時のことを思い出すだけでも、常に恐怖の念がこみ上げるのだから。

記者はあの男について流れている噂を全てかき集め、名高い博識の不浄な根源について詳述《しょうじゅつ》し、クララ ンダン医師が彼を見つけたのは、永劫の時を閲《けみ》した神秘的なアフリカ大陸の、神を敬うという習慣のない土地であることを、陰鬱な筆致《ひっち》でほのめかした。

新聞を丹念に読み続けたジョージナは、兄弟に対するこうした攻撃に落胆し、傷ついていた。

しかし、ジェイムズ・ダルトンが家にやってきては、彼女を慰めようと最善を尽くしたのだった。

この件で、彼は温かく誠実だった。愛する女性を慰めるのみならず、若い頃の親友だった、遥か遠くの星を見つめ続ける天才に対して常に感じている畏敬《いけい》の念を、ある程度公にしようと考えたのである。

彼はジョージナに、偉大さに嫉妬の矛先《ほこさき》がつきものであることを話して聞かせ、大衆に踏みつけにされた優れた頭脳の持ち主たちの、長く悲しいリストを引用した。このような攻撃を受けることこそが、アルフレッドの揺るぎない卓越性を裏付ける、とりわけ真正の証拠なのだとも指摘した。

「だけど、同じくらい傷つけられてもいるの」と、彼女は答えた。「無関心を装おうとはしているけど、アルが本当は苦しんでいることがわかっているから、なおさらなの」

ダルトンは、生まれの良い人々の間ではまだ廃《すた》れていなかったやり方で、彼女の手に口づけた。

「きみとアルフが傷ついていることを知って、私はその千倍も傷ついているよ。だけど心配しないでおくれ、ジョージー。一緒に力を合わせて、切り抜けようじゃないか！」

かくして、ジョージナは若い頃の恋人だった、鉄のように意志の強い、角ばった顎《あご》の知事の力にますます頼るようになり、不安に感じていることを彼に打ち明ける機会が増えていった。報道機関の攻撃と病の流行のことが全てというわけではなかった。彼女が気に入らない家庭の事情もあったのである。

人間と獣に均しく残酷なスラマに対し、彼女は言い知れぬ嫌悪感を抱いていて、あの男がアルフレッドに対して漠然とした、名状しがたい害を与えようとしているのだと考えずにはいられなかった。

チベット人のことも好きではなく、スラマが彼らと話せるのを異様なことだと思っていた。

アルフレッドは、スラマがいかなる人物で、いかなる存在なのか教えてくれようとはしなかった。しかし一度だけ、彼が世間で思われているよりも遥かに高齢の人間で、様々な秘密に通じていて、自然の隠された神秘を探求している科学者にとっては、素晴らしく価値のある同僚となりうる経験を積んできたのだと、何とも歯切れの悪い説明をしてくれたことがあった。

彼女の不安を聞いて、ダルトンはクラランダン家をさらに足繁く訪問するようになったが、自分の存在をスラマがひどく腹立たしく思っていることを見て取った。

骨の浮き出た診療助手は、彼を招き入れる時、幽鬼じみた眼窩の奥で目を異様に輝かせるようになり、彼が出ていって門を閉じた後には大抵、肌を粟立たせる単調な含み笑いを響かせるのだった。

その一方で、クラランダン医師はといえば、サン・クエンティン刑務所での仕事以外に気にかけているものは何もないようだった——自家用の汽艇《ランチ》で毎日出勤しているのだが、何冊かあるノートを読んだり照合したりしている間、舵輪を操っているスラマを除けば、いつも一人だった。

ダルトンは、彼らの定期的な不在を歓迎した。彼らがいないお陰で、改めてジョージナに求婚する機会が得られたからである。

とはいうものの、彼が長時間滞在するうちにアルフレッドと顔を合わせると、アルフレッドの歓迎の挨拶は、お馴染みの控えめな態度ではあるものの、常に親しみのこもったものだった。

時間が経つにつれて、ジェイムズとジョージナの婚約が確かなものとなってきたので、二人はアルフレッドに話をする好機を待ち続けた。

何事にも全力を惜しまず、庇護者としての誠実な態度を固めた知事は、旧友のためのプロパガンダを拡散する苦労を厭《いと》わなかった。報道機関と官僚機構は両者共に知事の威光を無視できず、彼は東部の科学者たちの関心を惹くことにすら成功した。彼らの多くが疫病を研究し、クラランダンが速やかに分離し、研究を完成させようとしている抗熱桿菌《バチルス》を調査しようとカリフォルニアにやってきた。

だが、これらの医師や生物学者は望む情報を得られず、甚《はなは》だ遺憾な印象を抱いて立ち去った者もいた。少なからぬ者たちがクラランダンに敵対的な論文を作成し、非科学的で名声を求める彼の姿勢を非難すると共に、個人的な利益を最優先にするという職業倫理にもとる欲望によって、研究方法を隠匿しているのだとほのめかした。

幸い、他の者たちは寛大な判断を下し、クラランダンとその仕事について熱っぽく記述した。彼らは患者を目にして、医師が恐ろしい病を奇跡的な手腕で抑え込んでいることを賞賛した。

抗毒素に関する秘密主義についても、彼らは正当なものと認めた。不完全な形での公的な普及は往々にして、利益よりもむしろ害をもたらすからだ。

クラランダンその人については、彼らの多くが以前にも会ったことがあるにもかかわらず、これまで以上に深い感銘を受け、ジェンナー、リスター、コッホ、パストゥール、メチニコフ[*9]といった、生涯を病理学と人類に捧げた者たちと比較することを躊躇《ためら》わなかった。

ダルトンは、好意的な記事の載っている雑誌を全て、アルフレッドのために注意深く保存しておき、ジョージナに会いに行くための口実として持参した。

しかし、侮蔑的な笑いを除けば、それらの雑誌は何の効果も得られなかった。クラランダンは大抵、それらの雑誌をスラマに投げ渡したものだが、記事を読みながらの低く、心をかき乱す含み笑いは、医師自身の皮肉たっぷりな感興と相似するものだった。

二月初旬のある月曜日の夕方のこと、ダルトンは彼の姉妹を妻に迎えることをクラランダンにはっきり伝えようと、彼の家を訪れた。ジョージナ自ら彼を敷地内に迎え入れ、二人して家に向かって歩いていくと、大型犬――ジョージナが可愛がっている、セント・バーナード犬のディック――が駆け寄ってきて、親しげに彼の胸に前脚を置いたので、ダルトンは足を止めて撫でてやった。

ダルトンは、彼女が非常に大事にしている生き物に好かれていることを知り、嬉しく思った。ディックは興奮気味に大喜びし、元気いっぱいに彼を押し倒して知事を半ばひっくり返すと、小さな声で短く吠え、彼の上から飛び降りると、木々の間を抜けて診療施設の方に向かった。

見えなくなってしまったわけではなく、すぐに立ち止まって振り返ると、ダルトンがついてくることを望んでいるように、再び小さく吠えてみせた。

ジョージナは、大きなペットの気紛れな茶目っ気に付き合うのが好きなので、ジェイムズに合図して、何をしたがっているのか見てみることにした。

二人がゆっくりとついていくと、彼はほっとした様子で、高い煉瓦塀の上の星空を背景に診療施設の屋根がシルエットを描き出している、庭の奥へと歩き始めた。

暗い窓のカーテンの縁から内部の灯《あか》りが見えていて、アルフレッドとスラマが仕事をしていることがわかった。突然、内部から子供の叫び声のようなか細く押し殺した声が聴こえてきた——「ママ！　ママ！」という、悲しげな呼び声である。

ディックが吼え立てる中、ジェイムズとジョージナは目に見えてぎくりとした。

やがて、ジョージナが笑みを浮かべた。クララングダンが実験目的でオウムを飼っていたことを思い出したのである。彼女はディックの頭を軽く叩き、自分とダルトンを担いだことを赦《ゆる》してやると共に、彼自身が担がれたことを慰めてやった。

家に向かってゆっくりと庭を回っていきながら、ダルトンは今夜、アルフレッドに婚約のことを話すつもりだという決意を伝え、ジョージナも異議を唱えなかった。

彼女は、兄弟が忠実なマネージャであり、話し相手でもある自分を失うことを嬉しくは思わないだろうと知っていたが、彼の愛情が彼女の幸福を妨げることはないだろうと信じていた。

その夜遅く、クララングダンは弾むような足取りで、普段ほどには厳しくない顔つきで帰宅した。

この気楽な快活さを吉兆と感じたダルトンは、医師が手を握り「やあ、ジミー、今年の政局はどんな感じなんだい?」と陽気に尋ねられたことで、自分に活を入れた。

ジョージナをちらりと見ると、彼女は静かに部屋から出ていき、二人は腰を下ろしてあたりさわりのない世間話をした。かつての若かった時分のことを思い出させる話をあれこれ持ち出して、ダルトンは少しずつ話を主題へと近づけていき、ついには決定的な質問を口にした。

「アルフ、私はジョージナと結婚したいんだ。どうか祝福してもらえないかな」

鋭い目線を旧友に向け、ダルトンは彼の顔が翳《かげ》るのを見た。

一瞬、昏《くら》い目を光が走り抜けたが、それらは覆い隠されて、いつもの平静な態度が戻ってきた。

結局のところ、科学と利己主義が作用したのである!

「そいつはできない相談だよ、ジェイムズ。ジョージナは何年も前にそうだったみたいな、何の目的もない移り気な女じゃないんだ。彼女には今や、真実と人類に奉仕する立場があって、それがこの家なんだ。僕の仕事——つまり、僕の仕事を可能にする家庭のこと——に人生を捧げる決意を固めているのさ。だから、この家から出ていったり、個人的な気晴らしのために時間を使う余地などありはしないよ」

ダルトンは、彼が話し終えたとわかるまで待っていた。

相変わらずの狂信——人類と個人を対比させる狂信だ——によって、医師は姉妹の人生を台無しにしようとしているのだった! それで、彼は反駁《はんばく》を試みた。

「だがね、考えてもみるんだ、アルフ。ジョージナが——とりわけ、きみの仕事に必要だからといって、彼女は奴隷や殉教者にならねばならないとでも言うつもりかい? バランスというものを考えてみてくれよ、きみ！　きみの実験と密接に関わっているスラマか誰かの問題なら、それは違う話だろうがね。しかし何といっても、ジョージナは結局のところ、きみにとっては家政婦でしかないじゃないか。彼女は私の妻になると約束して、私を愛していると言ってくれているんだ。彼女自身のものである人生から、彼女の意志を切り離す権利があるのか？　きみには何の権利が——」

「もう十分だ、ジェイムズ！」

クラランダンの顔はこわばり、蒼白になっていた。

「僕に家族を支配する権利があるかどうかは、部外者には関わりのないことだよ」

「部外者だって——よりにもよって、この私を——」

医師の硬い声に遮られ、ダルトンはほとんど息が詰まりかけた。

「僕の家族にとっては部外者だし、これからは僕の家庭にとっても部外者だ。ダルトン、きみは少しばかり僭越に過ぎたよ。では、さようなら、知事殿！」

そしてクラランダンは、手を差し伸べもせずに部屋から大股に出ていった。

ダルトンは暫《しば》しの間躊躇いを覚え、どうすれば良いかわからなかったが、やがてジョージナが部屋に入ってきた。兄弟と話したことが顔に表れていたので、ダルトンは彼女の両手を強く握りしめた。

「ああ、ジョージー、きみはどうなんだ？　アルフと私のどちらを選べということになってしまうんだろうか。私の気持ちはわかっているんだろう——きみの父上と対峙した時に、どのような思いがしたかについても。今回、きみはどう答えてくれるんだ？」

彼が話を終えると、彼女はゆっくりと応《いら》えを返した。

「ジェイムズ、愛しい人、私があなたを愛していることは信じてくださいますわね？」

ダルトンは頷き、期待を込めて彼女の手を取った。

「それなら、私を愛してくださっているのなら、しばらく待ってちょうだい。アルの無作法のことを考えてはだめ。可哀想な人なのよ。今、何もかもをお話しすることはできないけど、私がどれほど心を痛めているかは知っているでしょう――あの人の仕事の緊張や批判、そしてあの恐ろしい男、スラマの凝視や含み笑い！　彼は、今にも壊れてしまいそうなの――家族以外の誰にもわからないでしょうけれど、すっかり緊張してしまっているわ。私にはそれがわかるの。あの人の人生を、ずっと見守ってきたんですもの。彼は変化していて――ゆっくりとだけど、重荷に屈しているのよ――それを隠すために、ことさら無愛想に振る舞っているんだわ。私の言っていること、わかるでしょう？」

彼女は口をつぐんだ。ダルトンは再び頷き、彼女の片方の手を自分の胸に当てた。

それから、彼女は最後にこう言ったのである。

「だから、約束してください、愛しい人。我慢してくださるって。私はあの人の傍らにいなければなりません。そうしなければならないんです！　そうしなければ！」

暫しの間、ダルトンは何も言わず、ほとんど崇敬の念に打たれたかのように頭《こうべ》を垂れていた。

この献身的な女性には、彼が人間の裡《うち》にあると思っていた以上の、キリストの精神が宿っていたのである。そのような愛情と誠実さを前にしては、何を言うこともできなかった。

悲しみと別れの言葉は簡潔なものだった。ジェイムズは青い眼を潤ませていたので、通りに面した門が彼の前で開かれた時、痩せ細った診療助手の姿がほとんど見えなかった。

しかし、背後で門が閉じた時、あまりにも馴染み深くなっていた、血も凍るような含み笑いが聴こえ、スラマがそこにいるとわかった——ジョージナは、スラマのことを兄の悪霊《イーブル・ジーニアス》と呼んでいた。しっかりした足取りで歩きながら、ダルトンは今後も注意深く見守って、問題の兆候が見えたらすぐにも行動を起こそうと決意したのだった。

Ⅲ

その頃、サンフランシスコは今もなお伝染病の話題でもちきりで、反クラランダンの感情が渦巻いていた。実のところ、刑務所外での症例はごくわずかで、衛生設備の欠如があらゆる種類の病気を呼び寄せている、下層階級のメキシコ人の居住区にほぼ完全に限られていたのだが、政治家や大衆は、医師の敵たちの非難を確認するために、それ以上の情報を必要とはしなかった。

ダルトンがクラランダン擁護の姿勢を堅持するのを見て取ると、不満分子や医学的な独断論者、泡沫《ほうまつ》の日和見《ひよりみ》政治家たちは、その注意を州議会に向けた。

反クラランダン主義者や知事の古くからの政敵は抜け目なく連合し、施設の任命権を行政の代表者から関連する様々な部局や委員会に移行するという、重要性の低い法律を制定する準備を進めていた——拒否権に対抗しうる過半数を擁《よう》した上でのことである。

この措置を進めるにあたって、いかなるロビイストたちよりも熱心に働きかけたのが、クラランダンのチーフ・アシスタントであるジョーンズ医師だった。そもそもの始まりから上司に嫉妬の念を抱いていたのだが、彼は今こそ事態を思うように変える好機と見て、刑務所の理事会の議長との結びつき——実際の話、現在の地位もそのお陰だった——があることを、運命に感謝した。

新しい法律が制定されれば、クラランダンが罷免され、後釜に自分が任命されることは確実だった。こうして自らの利権を大いに意識しつつ、彼は懸命に働きかけたのである。

ジョーンズは、クラランダンとは真逆の人物だった——天性の政治家にして、おべっか使いの機会主義者で、自身の出世が最優先であり、科学はついでに過ぎなかった。貧乏なので、給料の良い地位を求めることに汲々《きゅうきゅう》とし、彼が追い詰めようとしている裕福で自立した碩学《せきがく》とはまったく対照的だった。

かくして、鼠のような狡猾さと執拗さで、彼は目の上の瘤《こぶ》である偉大な生物学者の足元を掬《すく》うべく努力を続け、ある日、新法が制定されたという報道によって報われたのだった。

それ以来、知事は州の施設の任命権を喪《うしな》い、サン・クエンティン刑務所の医局長の地位は、刑務所の理事会の裁量に任されることとなった。

この法律制定にまつわる混乱について、クラランダンは全く気づいていなかった。治療と研究に没頭していて、彼の横で働いている「ジョーンズの間抜け野郎」の反逆に目が届かず、刑務所長の執務室でのゴシップも耳にしていなかったのである。

生涯を通して新聞を一度も読んだことがなく、自宅からダルトンを追い出したことで、外の世界との最後の繋がりを断ち切ってしまったのである。

隠遁者ならではの世間知らずによって、彼は自分の立場が不安定なものだと考えもしなかった。ダルトンの誠実さと、父親を株式取引で破滅させ、死に追いやった老クラランダンとのやりとりで示した、最大の過《あやま》ちすらも赦す寛大さを考慮すれば、知事に解任される可能性は当然ながら論外だった。また、医師は政治的に全く無知だったので、任免の問題を左右する権力が突然に変わってしまう可能性があることなど、想像だにしなかった。そのため、ダルトンがサクラメントに帰った時にも満足げに微笑んだだけで、サン・クエンティン刑務所での彼の地位と、家庭での妹の立場が外部から乱されることはないと、確信していたのである。

彼は、自分が望むものを得ることに慣れていて、幸運がまだ持ちこたえてくれると信じ込んでいた。

新法が制定された三月の第一週、最初の日かその翌日に、刑務所の理事会議長がサン・クエンティンを訪れた。クラランダンは外出中だったが、ジョーンズ医師はこの威厳ある訪問者——偶然にも、彼自身のおじである——を、報道やパニックによってあまりにも有名になった熱病の病棟も含め、大きな医療施設内を喜色満面で隅々まで案内した。

この時点で、彼は熱病が伝染性のものではないというクラランダンの信念に不本意にも与《くみ》していたので、ジョーンズは恐ろしいことなど何もないと、笑顔でおじに保証し、患者を念入りに調べるよう彼を促した——特に、かつては大柄で元気だったが、今では痩せ細った骸骨のようになっている患者について、クラランダンが適切な薬を投与しないため、ゆっくりと苦痛に苛《さいな》まれながら死に瀕《ひん》しているのだとあてこすった。

「きみが言っているのは、こういうことかね?」と、議長が大声を出した。「クラランダン博士は、彼の命が救われるかもしれないことを知っていて、必要なものを与えるのを拒んでいるのだと?」

「その通りです」と、ジョーンズ医師が言いかけた時、ドアが開いてクラランダンその人以外の何者でもない人物が中に入ってきたので、彼は言葉を止めた。

クラランダンはジョーンズに冷ややかに頷いてみせ、彼の知らない訪問客を不満げに見やった。

「ジョーンズ先生《ドクター・ジョーンズ》、この患者を少しでも乱してはいけないと、きみも知っていたはずなのだが。特別な許可が得られない限り、訪問客は認められないと私は言わなかったかね？」

しかし、甥に紹介される前に、議長が話を遮った。

「失礼だが、クラランダン先生《ドクター・クラランダン》。あなたはこの人物を救うことのできる薬を与えるのを拒んでいるのか、その点についてお伺いしたい」

クラランダンは冷ややかに睨《にら》みつけ、声に硬さが加わった。

「お門違いの質問ですな、閣下《サー》。ここで権限を持っているのは私であって、訪問は許可できません。どうか、ただちにお引取りください」

ドラマチックな盛り上がりを密《ひそ》かに目論んで、議長は必要以上に仰々しく尊大な態度で答えた。

「とんだ思い違いですぞ、先生《サー》！　ここの権限を持っているのは私であって、あなたではないのだ！　あなたが話している相手は、この刑務所の理事会議長なのですぞ。加えて、申し上げねばなりますまい。あなたの活動は囚人の福祉への脅威と考えられるので、辞職を要求せねばならないとね。今から、ジョーンズ医師が責任者となる。正式な解雇通知が出るまで留まりたいのなら、彼の命令に従いたまえ」

ウィルフレッド・ジョーンズにとって、それは最高の瞬間だった。

人生は決して彼にそのような絶頂を与えなかったのだが、我々がそのことで彼を恨む必要はない。

結局のところ、彼は悪人というよりも狭量な人物なのであって、いかなる代価を払ってでも、つまらない人間なりのやり方で身を立てようとしたのである。

クラランダンはじっと立ち尽くし、狂人でも見るかのように相手を凝視していたのだが、ジョーンズ医師の顔に勝ち誇った表情を見出して、何か重要なことが起こっているのだという確信を得た。

彼は、冷ややかな態度で礼儀正しく答えた。

「なるほど、あなたが仰る通りの人物であることは間違いないようですね、閣下《サー》。しかし、幸いにも私の任命は州知事の行ったことですから、それを取り消せるのも彼のみです」

議長とその甥は、当惑して互いに見交わした。俗世間を超越した無知というものが、いったいどれほどのものなのか、彼らは理解していなかったのである。

やがて、状況を把握した高齢者が、ある程度長めの説明を始めた。

「最近の報道が、あなたを不公正に扱っていることは存じ上げている」と、彼は言った。「私は延期するつもりでいた。しかし、この哀れな患者とあなた自身の傲慢な態度を見て、もはや選択の余地はない。実際の話――」

しかし、クラランダン医師はおろしたての剃刀《かみそり》のような鋭さを、声にこめて言い放った。

「実際の話、今現在は私が担当責任者なのですから、ただちにこの部屋から立ち去るよう願います」

議長は真っ赤になって、怒りを爆発させた。

「いいかね、先生《サー》、きみは一体誰と話していると思っているのかね！　きみの方を、ここから追い出してやるぞ――恨むならきみの心得違いを――」

しかし、最後まで言い終える時間が彼にはなかった。

侮辱を受けたことで突然、憎悪の発電機と化した細身の科学者は、誰しも彼にそんな力があると思ってもみなかった、並外れた腕力を両の拳に漲《みなぎ》らせ、勢いよく突き出したのである。力が未曾有のものだったならば、狙いの正確さもそれに劣らなかった。

リング上の王者でもない限り、これ以上の結果はもたらさなかったことだろう。二人とも——議長とジョーンズ医師——、真っ向から殴りつけられ、一人は顔面全体に、もう一人は顎の先端に命中した。二人は倒木《とうぼく》のようにぶっ倒れ、意識を失って、床の上で微動だにせず横たわった。

クラランダンはといえば、今やはっきりと完全に自分を取り戻すと、帽子と杖を手にとって、汽艇《ランチ》にいるスラマと合流するべく部屋から出ていった。

動き出したボートに腰をおろした時、彼はようやく自分を灼《や》き尽くそうとしていた恐ろしい怒りを、言葉の形で発したのだった。それから、顔を引きつらせながら、星々の世界や星々の彼方の深淵から呪いが降《ふ》りかかるよう呼ばわったので、スラマすらも震え上がった。彼は歴史書にも記されていないという旧き印《エルダー・サイン》を結び、含み笑いすることすら忘れていたのだった。

Ⅳ

ジョージナは、兄弟の傷心を精一杯和らげた。

彼は心身ともに疲れ切った状態で帰宅し、書斎の長椅子に体を投げ出したのである。

薄暗い部屋の中、忠実な姉妹はほとんど信じられないようなニュースを、徐々に聞かされたのだった。彼女はすぐに優しく彼を慰めて、攻撃や迫害、解雇といったことの全てが、無意識のものではあるが、彼が卓越していることに対する賛辞の大きさを示すものなのだと認識させたのだった。

彼は、姉妹の言葉に無関心を装おうとした。個人的な尊厳のみが関わっていたのであれば、そうすることもできただろう。しかし、科学者としての機会の喪失は、決して穏やかに耐えられるものではなく、刑務所であと三ヶ月研究を続けられるなら、あらゆる熱病をついには根絶することのできる、長年探し求めた桿菌《バチルス》を見つけることができたのにと、溜息《ためいき》を何度も繰り返したのだった。

その後、ジョージナは別のやり方で力づけようと試みた。熱病が衰えない場合、さもなくば勢力を増して広がった場合は、刑務所の理事会が必ず彼を復職させるだろうと話したのである。

しかし、これさえも効果がなかった。クラランダンは苦々しい皮肉交じりの、半ば意味をなさない短い言葉を返すのみで、どれほど深い絶望と憤りに苛まれているのか、その口調からありありと窺《うかが》えた。

「衰える？　再び勢力を増す？　ああ、もちろん衰えるだろうな！　少なくとも、連中は衰えたと思うだろうよ。どんなことが起きようが、連中はどんなことだって思いつくだろうさ！　無知な奴の目には何も見えないし、無器用な奴は決して発見者にはなれない。科学は、ああいう手合に彼女の顔を見せたりはしないんだよ。だのに、連中は自分たちのことを医者だと呼んでいる！　何にも増してお笑い草なのは、ジョーンズの間抜け野郎が責任者だってことさ！」

鼻を鳴らして話を止《や》めると、彼は悪魔に取り憑かれたような笑い声をあげ、ジョージナは身震いした。

クララングダン邸でのその後の日々は、実に陰鬱なものだった。

和らぐことのない純然たる憂鬱が、クララングダンの普段は疲れを知らない心を捕らえていた。ジョージナが無理にでも食べさせようとしなければ、食事を取ることも拒んだことだろう。愛用の観察ノートは、開かれもせずに書斎のテーブルに放置され、抗熱血清用の小さな金色の注射器——自給式の貯蔵筒付きで、取り付けられている太い金色のリングを一回押すだけで済むという、彼自身が工夫した装置——は、ノートの横にある小さな革ケースの中に、空っぽの状態で収まっていた。気力、野心、そして研究や観察への熱意は、彼の中で死に絶えてしまったようだった。整然と並んだガラス瓶の中で、数百もの培養菌が彼の処置を待っている、診療所について話すこともなかった。

夥《おびただ》しい数の実験動物が、早春の日差しの中で生き生きと跳ね回り、たっぷりと餌を与えられていた。ジョージナは、薔薇の這う四阿《あずまや》を抜けて檻の方へと散歩しながら、おかしなことではあるが何とも矛盾した幸福感を感じていた。

しかしながら、彼女はその幸福が、悲劇の中のほんの一幕でしかないことを知っていた。新たな仕事が始まれば、これらの小さな生き物たちは全て、望まざる科学の殉教者となるのだから。

だからこそ、彼女は兄弟の無気力な様子に、ある種の償いのような要素を何とはなしに感じ取り、彼が切実に必要としている休息を、そのまま続けるように勧めたのだった。

八人のチベット人召使いたちが物音ひとつ立てずに動き回っていたのだが、どの一人をとっても非の打ち所のないほど有能だった。ジョージナは、主人が弱っていることを理由に、家庭内の秩序が乱れることのないよう気を配っていた。

研究や星の高みを目指した野心を棚上げし、スリッパに部屋着という無頓着な姿で、クラランダンはジョージナから幼児のように扱われることに満足していた。彼女から母親のような小言を言われると、彼はのろのろと悲しげな笑みを浮かべ、命令や教えの大半にいつも従った。

ある種、哀愁を帯びたほのかな幸福のようなものが物憂げな一家を包み込んでいた。

そんな中、スラマだけは異なる意見を持っていた。彼はまったく惨《みじ》めな様子で、ジョージナの晴れやかな顔を、不機嫌そうな恨みがましい目つきで見ていることがよくあった。

彼が唯一、喜びとしていたのは実験中の混乱なのだった。そして、命運の尽きた動物たちを摑みあげ、鉤爪のような手に捕らえたまま診療施設に運び込み、赤く縁取られた目を大きく見開き、徐々に末期の昏睡状態へと落ち込んでいく様子に熱のこもった凝視を向けて、邪悪な含み笑いを浮かべるという日々の仕事が失われたことを、残念に思っていたのである。

今や彼は、檻の中ですっかりくつろいでいる動物たちを目の前にして、絶望に駆られているようで、クラランダンのところにやってきては、何か指示はないのかとしばしば尋ねたものだった。

医師が何の反応もせず、仕事を始める様子もないことを見て取ると、彼はぶつぶつと不平を鳴らしながら遠ざかり、呪いのこもった視線をあらゆるものに向けるのだった。

猫を思わせる忍び歩きで地下にある自室に引き上げるのだが、冒瀆的に異様かつ不愉快に儀式めいた、低く押し殺したリズムで彼の声が高まっていくのが、そこから聴こえてくることもあった。

こうしたことの全てが、ジョージナの神経を擦り減らしていたのだが、彼女の兄弟の無気力が続いていることに比べると、大した問題ではなかった。その状態が続いていることを心配するあまり、診療助手を大いに苛立たせていた彼女の快活さも、徐々に失われていったのである。

彼女自身に医学の心得があったので、精神科医の見地からして、医師の状態がきわめて憂慮すべきものであるとわかっていた。かつて狂信的な熱意と過度の研究について心配していたのと同じくらい、彼女は今、彼の無関心と無気力を心配するようになっていた。なかなか去ってくれない憂鬱が、かつての聡明な知識人を、退屈で愚鈍な人間に変えてしまったとでもいうのだろうか。

やがて、五月も終わり頃のこと、突然の変化が起こった。

ジョージナはその出来事について、ごく些細な細部に至るまで、いつでも思い出すことができる。たとえば、前日にスラマ宛にアルジェリアの消印の入った、ひどく不快な臭いを漂わせている箱が郵送されてきたことや、スラマが施錠された地下室のドアの背後で、いつもより大きく激しい、唸るような胸声で儀式の言葉を詠唱した夜に、カリフォルニア州ではきわめて珍しい、激しい雷雨が突然起こったといったような、取るに足りない細部をである。

それはよく晴れた日のことで、彼女は庭にいて、食堂に飾るための花を摘んでいた。家に戻り、書斎にいる兄弟にちらりと目を向けると、彼は正装に身を包んでテーブルにつき、分厚い観察ノートに書き込まれているメモを相互参照し、てきぱきと確かな筆致でペンを走らせて、新たな文章を書き込んでいた。ページをめくったり大きなテーブルの背後にある本に手を伸ばしたりする機敏で活力に満ち動作からは、彼が十分に回復したことが窺《うかが》えた。

喜びと安心を覚え、ジョージナは急いで花を食堂に持っていったのだが、書斎に戻ってきてみると、兄弟の姿は消えていた。もちろん、仕事場である診療施設にいるに決まっている。

医師のかつての精神状態と目的が甦ったと思い、彼女は嬉しかった。

彼を待って昼食を遅らせたところで無駄だとわかっていたので、彼女は一人で食事を済ませ、思いがけないタイミングで帰ってきた時に備えて、軽くつまめる食事を温めておいた。

しかし、彼は戻ってこなかった。失った時間を埋め合わせをするべく、ジョージナが薔薇の這う四阿《あずまや》を抜けて歩いていくと、彼はまだ大きく頑丈そうな木造の診療施設にいた。

芳しい香りを放つ花の間を歩いていた時、彼女はスラマがテスト用の動物を連れてくるのを目にした。彼にはいつもぞっとさせられるので、気づかなければ良かったと思ったものの、彼に関することとなると、恐怖のあまり目と耳が鋭くなってしまうのだった。彼は庭にいる時には大抵、帽子を被っていないため、頭に全く毛が生えていないことで、骸骨のような外見がひどく目立つのだった。

今しも、小さな猿を一匹、塀のところにある檻から取り出して診療施設へと運んでいく彼が、かすかな含み笑いをするのを彼女は耳にした。彼の長い、骨ばった指が、毛深い脇腹にひどく残酷に押し付けられて、猿は怯えた苦悶の叫びをあげていた。

その光景に吐き気を催し、彼女は歩みを止めた。

この恐ろしい人物が彼女の兄弟を支配していることについて、彼女は心の底から反感を覚え、あの二人が主従の関係性をほとんど入れ替えてしまっていることについて、苦々しく思い起こしていた。

夜になったが、クラランダンは家に帰ってこなかった。ジョージナは、彼が極めて長い時間のかかる実験の一つに、時が経つのも忘れて没頭しているのだと結論づけた。

唐突な回復について、彼と話しもせずに休みたくはなかったのだが、結局、待っていたところで無駄だろうと思った。彼女は気を引き立てるようなメモを書いて、書斎の椅子の前にある机の上にそれを置くと、決然とした足取りでベッドに向かった。

外のドアが開け閉めされる音が聴こえた時、彼女はまだすっかり寝入ってはいなかった。

すると、一晩中かかる実験というわけではなかったのだ！

兄弟が休む前に食事を摂《と》らせようと、彼女はローブを身に着けて書斎へと降りていったのだが、半開きのドアの後ろから声が漏れているのを耳にして、足を止めた。クラランダンとスラマが話していたので、診療助手《スラマ》がいなくなるまで待つことにしたのである。

しかし、スラマが出ていきそうな気配もなく、実際、熱のこもった話の流れ全体からして、彼らが議論に没頭し、長引くのは確実に思われた。ジョージナとしては立ち聞きするつもりはなかったのだが、時折、言葉が耳に入ってしまうのは仕方がないことだった。そして、完全にはっきり聴こえたわけではないが、聴こえてくる言葉が禍々《まがまが》しくも示唆する内容を意識して、彼女はひどく恐ろしくなった。

神経質で辛辣な兄弟の声が、不穏な執拗さで彼女の注意を捉えた。

「しかし、とにかくだ」と、彼は言った。

「もう一日分の動物だって足りていないんだ。それなりの数を補充するにしても、すぐには難しいってことは知っているだろう。少しばかり特別な配慮をすれば人間の標本が手に入るんだから、それに比べるとゴミ同然のものを手に入れるために、無駄な努力をするなんて馬鹿げてる」

ジョージナは、その言葉が示唆する可能性に吐き気を催し、廊下の手すりを摑んで体を支えた。

千の時代と千の星々に反響されてきたかのような、低く虚《うつ》ろな声音でスラマが応《いら》えを返した。「落ち着け、落ち着くのだ――お前のその性急な焦り、まるで子供のようではないか！　そう急《せ》くものではない！　お前が私のような生き方をしているのであれば、一生がほんの一時間にしか見えぬように、一日や一週間や一ヶ月のことで、かくも苛立つこともあるまいにな！　お前は、急ぎすぎているのだ。実際的なペースで進めるのであれば、檻の中にはたっぷり一週間分の標本があるではないか。度が過ぎているのでないと確信しているのであれば、古い素材から始めることもできようぞ」

「急ぐことの何がいけないんだ！」返答は、刺々しいものだった。

「僕には僕のやり方がある。できれば、あれらの素材を使いたくはないんだ。そのままの状態でいて欲しいからな。ともかく、あなたは彼らにもっと気をつけるべきだ――あの狡猾な犬どもが持っているナイフのことは知っているだろう」

スラマが低く含み笑いをした。

「そのようなことを気にするでない。畜生どもとて餌は要るからな。まあ、必要ならばいつでも、一体手に入れてやろう。しかし、速度を落とすのだ――小僧《ボーイ》がいなくなり、あと八人しか残っておらん。今やサン・クエンティンをも失い、新しいものを大量に手に入れることは難しいだろう。ツァンポから始めるのがよかろう――お前には大して役に立っておらぬだろうし、それに――」

しかし、ジョージナが耳にしたのは、それで全てだった。

この会話に喚び起こされた様々な考えの、悍《おぞ》ましいほどの恐ろしさに体が竦《すく》み、床に膝をついてしまいそうになり、やっとの思いで足を引きずりながら、階段上の自室に戻ったのである。

あの邪悪なる異形のスラマは、一体何を企んでいるのか。あの男は、彼女の兄弟をどこに導こうとしているのか。あの謎めいた言葉の背後には、いかなる慄然《りつぜん》たる状況が潜んでいるのか。

闇と脅威の千もの幻霊が眼の前で踊り狂っているような感覚の中、彼女は眠ることができるとは思えないまま、ベッドに横たわっていた。ある一つの考えが、他の考えを制してひどくくっきりと浮かび上がり、それが新たな力で脳裏に描かれると、彼女はほとんど悲鳴をあげそうになった。

やがて、彼女が思っていたよりも親切な自然の力が、ようやく介入した。

彼女は目を閉じると死んだように意識を失って、立ち聞きしてしまった言葉に起因する新たな悪夢が、このところ長く続いていた悪夢に加わるようなこともなく、朝まで目を覚まさなかったのである。


朝の日差しと共に、緊張が和らいだ。疲れている者の夜に起こることは、しばしば歪んだ形で意識に伝わることもあるものだ。ジョージナは、ごく普通の医学に関わる会話の断片に、自分の頭がおかしな色を与えてしまったに違いないと考えた。

彼女の兄弟――フランシス・スカイラー・クラランダンの心優しい一人息子――が、科学の名の下に残酷な犠牲の罪を犯していると考えるなどと、彼らに流れる血を裏切る行為だった。

彼女は、自分のとんでもない考えをアルフレッドに嘲笑されてしまわぬよう、一階に足を運んだ際、耳にしたことの一切を忘れることにした。

朝食のテーブルに着いた時、クラランダンがもう出かけてしまったことに気がついた。この二日目の朝も、彼の活動再開についてお祝いを述べられなかったことを、彼女は残念に思った。

いつも黙りこくっているメキシコ人の料理人、マルガリータの給仕で静かに朝食をとると、彼女は朝刊を読み、針仕事をしようと広い庭を見下ろす居間の窓辺に腰掛けた。

屋外は静まり返っていて、最後の檻が空っぽになっているのが見えた。科学に捧げられたのである。かつて可愛らしく元気な小動物だったものたちの亡骸は、全て石灰坑に葬られている。

こうした虐殺はいつだってジョージナを悲しませていたが、全ては人類のためだとわかっていたので、文句を言うようなことはなかった。科学者の姉妹であるということは、祖国を救い出すために敵を殺す兵士の姉妹のようなものだと、彼女は自分に言い聞かせたものだった。

昼食後、ジョージナは改めて窓辺に移動し、暫くの間、せっせと編み物に勤《いそ》しんでいたのだが、庭から聴こえた銃声に驚き、外に目をやった。

診療施設からそう遠く離れていないところに、スラマの死人のような姿が見えた。彼は回転式拳銃《リボルバー》を持っていて、頭蓋骨のような顔を奇妙な表情に歪ませ、黒い絹の服に身を包んで長いチベットのナイフを手にした人物が屈み込んでいるのに対して、含み笑いを向けていた。

それは、召使いのツァンポだった。彼のしわだらけの顔を認めたジョージナは、前夜に立ち聞きしたことを恐ろしくも思い出してしまった。

太陽の光が研ぎ澄まされた刃に煌《きら》めくや否や、スラマの回転式拳銃《リボルバー》が再び火を噴いた。今回は黄色人種《モンゴロイド》の手からナイフが弾け飛び、体を震わせてうろたえる獲物に、スラマが貪欲な目を向けた。

すると、ツァンポは傷ついていない方の手と落ちたナイフに素早く目をやって、足音を殺して忍び寄ってきたスラマから敏捷《びんしょう》に飛び退《の》くと、家に向かって走り出した。しかし、スラマの素早さが彼を凌駕《りょうが》した。一度の跳躍で彼を捕らえると、肩を摑んでほとんど押し潰したのである。

少しの間、ツァンポはもがいていたのだが、スラマは彼の首を摑んで動物のように持ち上げ、診療施設の方に連れて行った。

ジョージナは、男が含み笑いをして自身の言語で嘲るのを耳にし、犠牲者の黄色い顔が恐怖で歪み、震えるのを目にした。突然、何が起きているのかを不本意ながら理解してしまい、甚大な恐怖に支配されて、彼女はこの二四時間で二度目となる失神をしたのであった。

意識が戻ってくると、午後遅くの黄金色の光が部屋を満たしていた。

ジョージナは、手落とした作業バスケットや散らばってしまった材料を拾い上げながらも、疑いの思いで呆然自失となっていた。やがて、自分を打ちのめした光景が、悲惨にもほどがある事実に違いないと確信した。最悪の恐怖こそが、恐ろしい真実に他ならなかったのである。

一体どうすれば良いのか、自分の経験に照らしても何もわからず、兄弟が姿を見せないことに漠然と感謝していた。彼と話をせねばならない、だけど、今はだめだ。今は、誰とも話せない。

そして、格子で窓を塞がれた診療施設の窓の背後で、悍ましい出来事が起こっていることを身震いと共に考えながら、ベッドに滑り込んで苦悩に満ちた眠れぬ夜を過ごしたのだった。

翌日、げっそりと憔悴《しょうすい》した様子で目覚めると、回復して以来、初めて医師の姿を見た。

彼は何かに気を取られた様子でせわしく動き回り、家と診療施設の間を行ったり来たりして、仕事以外のことには何の注意も払っていなかった。忌まわしい出来事について話をすることはできそうになく、姉妹のやつれた顔や躊躇いがちな態度にもクランダンは気づかなかった。

夕方、ジョージナは彼が書斎の中で、彼にしては非常に珍しい様子で独り言を呟くのを耳にして、無関心から復帰したことで、これ以上ないところまで緊張の糸が張り詰めているのだと考えた。

部屋に入ると、彼女はいかなることも口にせず、彼を落ち着かせようと気分の和らぐブイヨンのカップを押し付けた。それから、彼が何を悩んでいるのかと穏やかに尋ね、哀れなチベット人に対するスラマの扱いに、恐怖や憤慨を覚えているといった内容の返事を期待しながら、不安げに返事を待った。

返答の声音には、苛立ちの響きがあった。

「何に悩んでいるのかって？　おいおい《グッド・ゴッド》、ジョージナ、何を言っているんだい？　あの檻を見てもまだ、同じ質問ができるのかい？　空っぽだよ——すっかり搾り取られてしまったんだ——忌々しい標本が一匹残らずね。試験管の中で培養していた、一番重要な培養菌をちょっとでも使う機会がないうちにね！　何日分かの作業が無駄になってしまった——計画全体が後ろ倒しだ——これが怒らずにいられるものか！　まともな検体をかき集められなかったら、どうなってしまうんだ？」

ジョージナは彼の額を撫でた。

「しばらく休みを取るべきだと思うわ、アル」

彼は体を離した。

「休めだって？　それはいいな！　実にいい！　この五十年だか百年だか千年だかの間、休みをとって、無為に過ごして、ぼんやりと虚空を見つめている以外の何を僕がしていたっていうんだ？　ようやく雲を払い除けたと思ったら、素材が足りないだなんて——その上、よだれを垂れ流すでくのぼうに戻れと言われるだなんてね！　いいか《ゴッド》！　こうしている間にも、卑劣な泥棒がたぶん僕のデータを使って研究を進め、僕の研究で僕を先回りしようとしているんだ。僕は首の差で負ける——ちゃんとした標本を持っているどこかの愚か者が、必要の半分程度の設備しかなかったとしても、一週間もすれば僕をまんまと出し抜いて、勝利の栄冠を得ることになるのさ」

彼の声が不満そうに高まり、ジョージナが好きではなかった精神的な緊張の色合いを強めていた。

ジョージナは優しく答えたが、精神病の患者を宥《なだ》めるほどに優しくはなかった。

「だけど、あなたは心配と緊張で自分を殺そうとしているのよ。あなたが死んでしまったら、お仕事をすることもできないでしょう？」

彼は、ほとんど冷笑のような笑いを返した。

「一週間や一ヶ月——僕に必要な時間——くらいで、くたばったりなどするものか。僕や他の人間個人が最後にどうなろうと、大したことじゃない。科学に奉仕しなくちゃならない——科学——それこそが、人間の知識の厳粛な大義なのだからね。僕などは、僕が使う猿や鳥やモルモットみたいなものなんだ——全体に利益をもたらすための、機械の歯車に過ぎないのさ。彼らは殺されなきゃいけなかった——僕だって、殺されなきゃいけないかもしれない——それが何だというんだ。僕たちが奉仕する大義には、それ以上の価値があるんだから」

ジョージナは溜息をついた。

束の間ではあったが、結局、この絶え間ない虐殺に真実、価値あるものに思えたのだった。

「でも、この犠牲が正当化されるほど、あなたの発見が人類に十分な利益になるって言い切れるの？」

　クラランダンの目が危険な輝きを宿した。

「人類か！　全く、人類とはね！　科学だよ！　あんなのはみんなボンクラだ！　個人の寄せ集めに過ぎない！　人類なんてものは、説教者［キリスト教の伝道者のこと］にとっては盲目的に信じる連中を意味するんだ。搾取者にとっては、ドルとセントで語られる存在だ。政治家にとっては、自分の利益のために使われる集団的な力を意味するんだ。人類とは何か？　何者でもない！　雑な幻想が長続きしないことを、神に感謝しよう！　高度な人間が崇拝するのは真実――知識――科学――光――ヴェールを引き裂いて、影を追い払うものなんだ。知識とは、犠牲を強いる怪物《ジャガーノート》[*10]だ！　僕たち自身の儀式の中に、死があるのさ。僕たちは殺し――解剖し――破壊しなけりゃならない――全ては、発見のためにね――神聖な光の崇拝なんだよ。科学という女神が、それを求めるんだ。殺すことによって、疑わしい毒を試すんだ。他にどんなやり方があるんだ？　自分のことなど顧《かえり》みない――まさしく、知識なんだ――効能を知らせなければならない」

　彼の声は、一時的に消耗したかのように小さく消えていき、ジョージナはかすかに体を震わせた。

「でも、そんなことって恐ろしいわ、アル！　そんな風に考えてはだめよ！」

　クラランダンは冷笑的に含み笑いした。その笑い方は、姉妹の心に奇妙かつ不快な連想を掻き立てた。

「恐ろしい？　僕が言っていることを恐ろしいと思うのかい？　スラマに聞いてみるんだね！　言っておくけれど、ほのめかしを聞いただけで、恐ろしさのあまり死んでしまうような事を、アトランティスの神官たちは知っていたんだ。僕たちの遠い祖先が、言葉を持たない半猿[*11]としてアジアをよろめくように歩いていた、十万年前の知識なんだ！　彼らはホガール山地[*12]について何か知っているのさ――チベッ

ト の遥かな高地[*13]には、色々な噂がある——そして、僕は一度だけ中国[*13]で、老人がヨグ゠ソトースに呼びかけているのを聞いたんだ——」

彼の顔が青ざめ、長い人差し指で宙に奇妙な印《サイン》を描いた。ジョージナは心底驚いたが、彼の話しぶりには現実離れした調子がなかったので、いくらか落ち着きを取り戻した。

「ああ、そうだな。恐ろしいかもしれないけど、素晴らしいことでもある。僕が言ってるのは、知識の追求のことだよ。実際、くだらない感傷とも無関係だしね。自然は——絶え間なく、無慈悲に——殺し続ける。闘争に震えあがるのは、馬鹿くらいなものさ。殺すことが必要なんだ。それこそが、科学の栄光なんだよ。それで何かを学べる以上、感情に駆られて学ぶことを犠牲にすることはできない。感傷に囚われた連中が、種痘《しゅとう》に対してどう吼えたてたのか聞いてみるんだな！　連中は、種痘が子供たちを殺すかもしれないと、そんなことを恐れたのさ。それで、どうなった？　他の方法で、どうやって病の法則を見つけられるというんだ。きみは科学者の姉妹として、感情について無駄口を叩くよりも、もっとよく知っておくべきなんだ。僕の仕事を邪魔する代わりに、僕の仕事を助けてくれるべきなんだよ！」

「でも、アル」と、ジョージナは抗議した。

「お仕事を邪魔するつもりなんて、これっぽっちもないのよ。いつだって、できる限り多くのことを手助けしているじゃない？　私は物知らずだと思うし、直接お手伝いすることはできないけど、少なくともあなたのことを誇らしく思ってるし——私自身のために、そして家族のためにもね——いつも、やりやすいようにしてきたつもりだわ。そのことで、何度も感謝してくれたじゃない」

クラランダンは、彼女に鋭い目線を投げつけた。

「ああ」

彼は吐き捨てると立ち上がり、部屋から大股に出ていこうとした。

「きみの言う通りだ。きみはいつだって、最善だと思うやり方で手助けしてくれているよ。もっと多くのことの助けになる機会があるかも知れないがね」

ジョージナは、彼が正面玄関から出ていくのを見て、後を追って庭に出た。

ある程度離れたところで、角燈《ランタン》が木々を照らしていた。彼らが近づいていくと、地上に伸びている大きなものの上に、スラマが屈み込んでいるのが見えた。

先行していたクラランダンが、短く唸った。ジョージナはそれを見ると、悲鳴をあげて駆け寄った。

それは、大型のセント・バーナード犬、ディックだった。そして、彼は目を真っ赤に充血させ、舌を突き出した状態で、じっと横たわっていたのである。

「病気なんだわ、アル！」と、彼女は叫んだ。「何とかしてあげて、大急ぎで！」

医師が目を向けると、スラマはジョージナにはわからない言葉で何かを言った。

「診療施設に連れて行くんだ」と、彼は命じた。「ディックは、熱病に冒《おか》されているらしい」

スラマは前日、哀れなツァンポにしたように犬を持ち上げ、無言で塀の近くの建物に運んでいった。

今回、彼は含み笑いをせず、本当に心配そうな目つきでクラランダンを見つめた。ジョージナにはその様子が、スラマが医師にペットを救うよう求めているように、もう少しで思えるほどだった。

しかしながら、クラランダンは後に続こうとはせず、しばらくその場に立ち尽くしてから、ゆっくりと家の方に歩き出した。ジョージナはそのような無情さに驚き、ディックのために哀願し続けたのだが、何の効果も得られなかった。彼女の嘆きをほんの少しも気に留めることなく、彼はまっすぐに書斎へと向かい、テーブル上に伏せてあった大きな古い本を読み始めたのである。

彼女が座っている彼の肩に手を置いても、話すこともなければ頭を向けることもなかった。ただ、読書を続けているだけなので、ジョージナは肩越しに興味深く眺め、真鍮《しんちゅう》で装丁されたこの大きな本に、奇妙なアルファベットで書かれているのはどんなことなのか、疑問に思った。

廊下の向こう側にある洞窟のような談話室の暗闇の中、一五分ほど座り込んだ後に、ジョージナは心を決めた。何か、ひどくおかしなことになっている――それが何で、どの程度のものかについては、彼女には考えるだけの勇気もなく――今こそ、もっと強い力に助けを求めるべき時だった。

もちろん、ジェイムズでなければならない。彼は逞《たくま》しく有能で、同情と愛情から何をするべきなのかわかってくれるはずだった。アルのことをよく知っているし、理解もしてくれることだろう。

かなり遅い時間になっていたが、ジョージナは行動に移る決意を固めていた。

廊下の反対側では、書斎からまだ灯りが漏れていた。彼女は切なげにその戸口を見ると、そっと帽子を被り、家から出ていった。

陰鬱な屋敷と不気味な敷地から外に出てしまえば、ジャクソン・ストリートまでは歩いてすぐだった。幸い、ウェスタン・ユニオン[*14]の電信局に乗せていってくれる馬車も見つかった。彼女はそこで、皆にとって非常に重大な問題が起きているので、すぐにもサンフランシスコに来て欲しいと要請する電文を、サクラメントにいるジェイムズ・ダルトンに宛てて、注意深く書き送ったのである。

V

ダルトンは、ジョージナからの突然のメッセージに、率直に言って当惑させられた。アルフレッドがダルトンを家庭の部外者だと宣告した二月の波乱の夜以来、クラランダン家からは何の報せもなかった。医師の略式解雇後、同情を伝えたい時でさえ、連絡を慎重に控えていたのだった。政治家たちの裏をかいて、任命権を維持するべく奮闘を続けていたし、最近の仲違いにもかかわらず、今でも彼にとっては科学的能力の究極的な理想の体現者である人物が解雇されるのを見て、苦々しげに申し訳なく思っていたのである。

今、この明らかに怯えた様子の呼び出しを前にして、何が起こっているのか想像もつかなかった。しかし、ジョージナが慌てふためいたり、無用の警告を送ったりしない人だとわかっていた。それで、彼は時間を無駄に費やすことなく、一時間以内に陸路でサクラメントを後にした。それから、いったんクラブに立ち寄ると、街に着いたのでいかなることであれ彼女の役に立てるという伝言を、メッセンジャーを使ってジョージナに送ったのだった。

一方、クラランダンの屋敷では、医師が沈黙したまま、犬の容態について一切口にしないにもかかわらず、何の動きも見られなかった。禍々しい影がそこらじゅうで濃度を増しているようだったが、今のところは小康状態にあるようだった。

ジョージナはダルトンのメッセージを受け取り、彼がすぐ近くにいることを知って安堵した。そして、必要になったら電話するという伝言を送ったのだった。

緊張が高まりゆく中、かすかなものとはいえ、それを埋め合わせる要素が現れてもいるようで、ジョージナは最終的に、人目を忍ぶようにするすると歩き回り、異様で心騒がされる外見が彼女をいつも悩ませていた、痩身のチベット人たちがいないからだと結論付けた。

彼らは、全員が一時《いちどき》に姿を消したのである。ただ一人残っていた、年老いた召使いのマルガリータによれば、彼らは診療施設で雇い主とスラマの手伝いをしているとのことだった。

翌朝――五月二八日――その日付は長いこと記憶されることになる――は暗く、今にも雨が降り出しそうな天気で、ジョージナは危うい穏やかさが薄らいでいると感じていた。

兄弟の姿を全く見かけていなかったが、標本がないことを嘆いていたにもかかわらず、診療施設で何かしらの仕事に熱中しているのはわかっていた。可哀想なツァンポはどうしているのだろうか。本当に、何らかの危険な接種を受けたのだろうか。

ただし、彼女がそれ以上に気を揉んでいたのが、ディックのことだったのは確かである。雇い主が奇妙に思われるほどの冷淡な無関心を見せる中、スラマは忠実な犬に何かしてくれたのか、そのことを知りたかったのだ。ディックが発作を起こした夜、スラマがはっきりと気遣いを示したことが、彼女に感銘を与え、忌み嫌っていたスラマにたぶん初めての、優しい気持ちを抱かせたのだった。

今や時間が経つにつれて、彼女はますますディックのことを考えるようになり、家の中に横溢《おういつ》する恐怖全体を象徴的に総括するものを、このささやかな出来事に見出して、彼女の疲れ果てた神経はついに、これ以上の不安には耐えられなくなっていた。

その時まで、彼女は決して診療施設に近寄らず、入り込んだりはしないというアルフレッドの横柄な願いを尊重していたのだが、この運命の午後が深まるにつれて、この障壁を破ろうとの決意がいよいよ強くなっていた。ついに、彼女は決然たる態度で外に出ると、庭を横切っていき、何としてでも犬がどうなっているのか確かめるか、兄の秘密を突き止めずにはおかないという目的のもと、禁断の建物の施錠されていない玄関に入っていったのである。

内側のドアは、いつものように鍵がかかっていた。その向こうから、興奮した会話が聴こえてきた。ノックをしても応答がなかったので、ノブを摑んでできるだけ大きな音を立てたが、それでもなお、周囲に注意を払うことなく論争が続いていた。もちろん、スラマと彼女の兄弟である。

彼女がそこで注意を引こうとするうちに、彼らの話が否応なく耳に入ってきた。そして、運命によって、彼女は二度目の立ち聞きをすることになった。そして、精神の均衡と神経の持久力に極限まで負担のかかりそうなことを、またもや耳にしてしまったのである。

アルフレッドとスラマの口論は激しさを増すばかりで、その内容といったら、未曾有の恐怖を引き起こし、深刻極まりない不安を固めるのに十分なものだった。

ジョージナは、自分の兄弟の声が狂信的な緊張を高め、危ういほど甲高くなっていくのを耳にして、ぞくりと体を震わせた。

「あんたが、畜生、何てことだ――あんたともあろう者が、僕に敗北と節度を語るだなんて！　一体全体、これを始めたのは誰だっていうんだ？　あんたの呪われた悪魔の神々や旧き世界について、僕に教えたのは誰なんだ？　忌々しい星々の彼方の世界や、あんたの崇める這い寄る混沌《こんとん》、ナイアルラトホテプについて、僕の人生で思いを向けるようなことがあったとでも？　あんたの悪魔じみたアトランティスの秘密と共に、あんたを地下の窖《あなぐら》から愚かにも引きずり出すまで、ああ、畜生、僕は普通の科学者だったんだぞ。あんたが僕をけしかけたのに、今になって僕と袂《たもと》を分かちたいってわけだ！　外に出かけて素材を手に入れてくれれば良いものを、何もしないでおいて、ペースを落とせとはね。僕がどうすればいいのかもわからないことを、あんたはたっぷりと知っているくせにな。何しろ、地球が造られる以前からベテランだったに違いないんだから。終わらせるつもりがないか、終えることのできないことを始めるだなんて、忌々しい歩く死体みたいなあんたらしい話だよ！」

スラマの悪意に満ちた含み笑いが聴こえた。

「お前は正気を失っているのだ、クラランダン。三分で地獄に送ってやることができるのに、好きに喚《わめ》かせてやった唯一の理由がそれだ。もうたくさんだ、お前は確かに、お前の発達階梯にある未熟者には十分な素材を得たのだぞ。ともあれ、儂《わし》がお前のために手に入れるつもりである全てを、お前は得たのだからな。このテーマについて、お前は今や狂人に過ぎない――使わずに済ませることもできたというのに、哀れな姉妹の愛玩犬すらも犠牲にするとは、何と卑しく狂ったことか！　今のお前は、どんな生き物を目にしたところで、その金の注射器を刺さずにはいられんのだ。何ということよ――ディックは、メキシコ人の少年が赴いた場所に行かねばならなかった――ツァンポと他の七人が赴いたところへ――全ての動物たちが赴いたところへな！　何たる弟子よ！　お前にはうんざりだ――お前は怖気づいてしまったのだ。物事を支配するために始めたというのに、今や物事に支配されておるのだ。お前とはこれまでだ、クラランダン。見どころがある奴だと思ったが、そうではなかった。他の誰かを試すべき時がやってきたのだ。残念だが、お前を処分せねばなるまい！」

医師の叫んだ答えには、恐怖と狂気の両方があった。

「あんたこそ、気をつけろよ――！　あんたの力に対抗する力があるんだ――僕は何の目的もなく中国に行ったわけじゃないぞ。アルハズレッドの『アジフ』には、アトランティスでは知られていなかったことが書かれているんだからな！　僕たち二人は危険なことをやってきたが、あんたは僕の資産《リソース》の全てを知ってるわけじゃないんだ。火焔の劫罰《ネメシス・オブ・フレーム》なんかはどうだい？　僕はイエメンで、深紅《しんく》の砂漠[15]から生還した老人と話したことがある――彼は円柱都市イレム[16]を目にして、ナグとイェブ[17]の地下聖堂に拝したのだぞ――いあ、しゅぶ＝にぐらす！」

　クラランダンの金切り声を、診療助手の低い含み笑いが遮った。

「黙るがいい、愚か者め！　貴様のグロテスクな戯言《たわごと》が、儂に少しでも効果があるなどと思うなよ。言葉と式文――その背後にある実体を識《し》る者に対して、言葉と式文などいかなる意味もありはせぬぞ。我らは現在《いま》、物質の領域に存在するが故に、物質の法則に従う身となっている。お前には熱病があり、儂には回転式拳銃《リボルバー》がある。お前は標本を手に入れられず、儂はこの銃をお前との間に構えている限り、お前の熱病は受けぬのだぞ！」

　それが、ジョージナが耳にした全てだった。自分の感覚がぐらついているのを感じ、今にも雨が降ってきそうな外の空気を吸うべく、よろめく足取りで前庭に出ていった。

　危機がついに訪れ、兄弟を狂気と神秘の未知なる深淵から救い出すには、すぐにも助けを呼ばなければならないと悟った。ありったけの余力を奮い起こし、彼女はどうにか家に帰ると、書斎に赴いた。そして、急いでメモを書き留め、ジェイムズ・ダルトンに届けるようマルガリータに託したのだった。

年老いた女性が出かけると、ジョージナは残る力を振り絞って長椅子に向かうと、ほとんど人事不省の有様で弱々しく倒れ込んだ。彼女はそこで、年単位とも思える間、横たわっていて、広々とした陰鬱な部屋の下の隅から夕暮れ時の仄暗い光が幻想的に忍び寄っているのを意識しつつ、苦しみと息苦しさに苛《さいな》まれる脳を通して、幻の如く半ば輪郭が描き出された華やかさに挿し込まれた、千もの形をとった朦朧たる恐怖に悩まされていた。

夕暮れが深まって暗闇となった後も、その呪縛は未だ続いていた。

やがて、廊下に硬い足音が響き、誰かが部屋に入ってきて、安全マッチを擂る音が聴こえた。シャンデリアのガス噴射口に一つ、また一つと火が点いていく中、彼女の心臓はほとんど止まりそうになっていたが、彼女はやってきたのが兄弟だと気づいた。

彼がまだ生きているのを知って心の底から安堵し、彼女は深く長く、震える息を吐き出すと、ついには情け深い忘却の中へと落ち込んでいったのだった。

その吐息を聞きつけたクラランダンは長椅子に目を向けて、青ざめた様子で意識を失った妹の姿をそこに見つけて、言葉に出来ぬほどのショックを受けた。

彼女の顔は死顔のように見えたので、彼はその傍らに膝を落とすと、彼女が亡くなるということが自分にとって何を意味するのかを、実感として理解したのだった。

真実を絶え間なく探求しているうちに、あまりにも長いこと診療をしなくなっていたので、彼は応急手当をするという医者の本能を失ってしまい、不安と悲しみに囚われるあまり、彼女の名前を呼んで機械的に手首をこすることしかできなかった。

ようやく、水のことに思い至り、彼は水差し《カラフ》を求めて食堂に駆け出した。

漠然とした恐怖を隠しているような暗闇の中でよろめき、捜し物を見つけるのにしばらく手間取りながらも、ついに震える手でそれを掴むと、ジョージナの顔に冷たい水をかけようと急いで引き返した。

雑なやり方ではあったが、効果的だった。彼女はかすかに動き、もう一度息を吐いてから、ついには目を開けたのである。

「生きてる！」

泣き叫ぶ彼が頬を擦り寄せてきたので、彼女は母親のように頭を撫でてやった。

異様なアルフレッドがいなくなり、兄弟が戻ってきてくれたので、彼女は気絶したことに感謝を抱きかけていた。彼女はゆっくりと体を起こし、彼を安心させようとした。

「私は大丈夫よ、アル。水が一杯欲しいわ。こんな風に水を無駄にしちゃダメよ——腰までびっしょり濡れちゃったじゃないの！　姉妹がうたた寝をするたびに、こんなことをするつもりなのかしら？　私が病気になるだなんて、考える必要はないのよ。そんな馬鹿なことをしてる暇なんてないんだから」

彼女の冷静で良識ある言葉に効果があったことが、アルフレッドの目から窺えた。

兄弟のパニックはすぐに収まり、代わりに漠然と抜け目のない表情が、彼の顔に浮かび上がった。その様子はまるで、何か素晴らしい可能性に思い当たったかのようだった。

彼の顔に、狡猾さと打算の微妙な波が、一瞬ではあったが通り過ぎていくのを目にして、彼女は果たして安心してしまって良いものか徐々に確信が持てなくなった。彼が話し始める前に、彼女は自分でもわからない理由で体が震えていることに気がついた。

鋭敏な医学的な直感から、束の間の彼の正気が消え去って、今一度、科学研究のために一切の慎みをかなぐり捨てた狂信者に立ち返ったのだとわかったのである。

彼女が健康体だと軽く伝えた時、彼が素早く目を細めた様子には、どこか病的なものがあった。

彼はいったい何を考えていたのだろうか。彼の実験に対する強い情熱は、どれほど異常で極端なところまで行ってしまっているのだろうか。彼女の純粋な血液と、完全無欠な組織の状態に、いったいどのような特別な意味があるというのだろうか。

しかしながら、こうした不安のいずれもジョージナをそれ以上悩ませることはなく、彼女の脈をとる兄弟のしっかりした指を感じている間、彼女はごく自然にしていて、何の疑いも抱かなかった。

「少し熱があるみたいだ、ジョージー」

彼は医者の目を彼女に向けて、正確で入念に抑制された声で告げた。

「バカなことを言わないでちょうだい、私なら大丈夫よ」と、彼女は答えた。

「自分の発見をひけらかすために、熱病の患者を油断なく待ち構えてるって言われてしまうわ！　でも、自分の姉妹を治療して決定的な試験と立証ができたなら、それはそれで詩的なお話よね！」

クラランダンは、罪悪感からひどく驚いた。

彼女は、彼が望んでいることに気づいているのだろうか。心の裡《うち》の呟きを声に出してしまったのだろうか。彼女の様子をしげしげと窺ってみたが、真実には少しも気づいていないようだった。

彼女は甘やかな笑顔を向けて、長椅子の傍らに立っている彼の手を軽く叩いてみせた。

その時、クラランダンはベストのポケットから長方形の小型革ケースを取り出し、中にある小さな金色の注射器を手に取ると、考え深げに指でいじり始め、空のシリンダーにピストンを出し入れした。

「どうなんだろう」と、彼はもったいぶった慇懃な調子で話し始めた。

「その必要が生じた場合、きみは本当に自ら望んで科学の――何かしらの方法で――助けになってくれるんだろうか。もしきみが、僕の仕事の絶対的な完成と完了を意味していることを理解してくれたなら、エフタの娘[*18]のように、医学の大義に我が身を挺する献身を見せてくれるのかな」

　ジョージナは、兄弟の目に紛れもなく異様な輝きが点《とも》るのを目にして、最悪の恐怖が実現したことをついに悟ったのだった。今できることと言えば、万難を排して彼を落ち着かせて、マルガリータがジェイムズ・ダルトンをクラブで見つけてくれたことを祈ることだけだった。

「あなたは疲れているんだわ、アル」と、彼女は優しく言った。

「眠らなくちゃいけないわ。ちょっとだけモルヒネを打って、少し眠った方がいいんじゃないかしら」

　ある種の奸智に長けた注意深さを見せて、彼は答えを寄越した。

「ああ、きみの言う通りだ。僕は疲れているし、きみもそうだ。僕たちは二人とも、よく眠らないと。モルヒネはいいね――注射器に入れてくるから、待っていてくれ。二人で適量を打とうじゃないか」

　空の注射器をなおも指で弄びながら、彼は静かに部屋から出ていった。ジョージナは、絶望に駆られて当てもなく周囲を見回し、何か助けになるものがないかと聞き耳を立てた。

　マルガリータが立てる物音が地下の台所から聴こえたように思い、伝言がどうなったのかを知ろうと、ベルを鳴らすために立ち上がった。年寄りの召使いが呼び出しに応じてすぐにやってきて、数時間前に伝言を届けたと報告した。ダルトン知事は外出していたが、彼がやって来たらすぐにもメモを届けると、フロント係が約束してくれたということだった。

マルガリータは再びよたよたと階段の下に戻っていったのだが、クラランダンはまだ現れなかった。いったい何をしているのだろうか。いったい何を計画しているのだろうか。

彼女は玄関のドアが閉まる音を耳にしていたので、診療施設に行ったに違いないと考えた。移ろいやすい狂気の心で、本来の意図を忘れてしまったのだろうか。緊張感がほとんど耐え難いほどに高まって、ジョージナは悲鳴をあげてしまわぬよう、歯を食いしばらなければならなかった。

家と診療施設で同時に門のベルが鳴り響き、ようやく緊張が破れた。

スラマが応対しようと診療施設から出ていく猫のような足音に続き、禍々しい従者と会話するダルトンの馴染み深い堅実な声を耳にすると、彼女はほとんどヒステリックな安堵の吐息を漏らした。

彼が書斎の入り口に現れたので、彼女は立ち上がり、ふらつく足取りで彼に会いに行った。

束の間、何の言葉も交わされないうちに、彼は優雅な古めかしいやり方で、彼女の手に口づけた。

それから、ジョージナは口早に説明を始め、起こったことや見聞きしたこと、恐れていることや疑っていることを全て、彼に伝えたのだった。

ダルトンは憂慮の色を浮かべながら耳を傾け、すっかり事情を理解すると、最初の当惑は徐々に驚き、同情、そして決意へと変化していった。

のんきなフロント係のせいで伝言は少々遅れ、何とも時宜《じぎ》を得たことに、談話室でクラランダンに関する熱のこもった議論が行われている真っ最中に届けられた。クラブの会員であるマクニール博士が、献身的な科学者を妨害する意図でうまいこと書かれた記事の載っている医学雑誌を持参していた。ダルトンがその記事をいずれ参考にしようと貸し出しを申し出た時、伝言がようやく渡されたのである。

アルフレッドへの彼の信頼をマクニール博士に説明するという思いつきを放棄して、彼はすぐさま帽子と杖を請求し、一刻たりとも無駄に費やさず、クラランダンの家へタクシーを走らせたのだった。

スラマはといえば、ダルトンだとわかって驚いたようだったが、再び診療施設に戻っていく時には、いつものように含み笑いをした。

ダルトンは、この不吉な夜のスラマの歩く姿と笑い声を、よく思い起こすのだった。というのも、その恐るべき人物を、二度と再び目にすることがなかったのである。

含み笑いをしている男が診療施設の玄関に入ると、彼の低くしわがれた喉を鳴らすような声に、遥かな地平線を騒がせる低い雷鳴が混ざったように思えた。

ダルトンはジョージナの話を聴き終え、一回分のモルヒネが入った皮下注射器を携えたアルフレッドがいつなりと戻ってくるかもしれないことを知ると、医師と二人きりで話した方が良いと判断した。

部屋に引き上げ、進展を待つようジョージナに助言すると、彼は暗い書斎を歩き回り、書棚を眺めながら、診療施設へと続く外の小道からクラランダンの神経質な足音が聴こえないかと耳をすませた。

シャンデリアがあるにもかかわらず、広々とした部屋の隅は薄暗かった。友人が選んだ本をじっくりと眺めるにつけ、ダルトンはどうにも気に入らなくなってきた。

世の常の医者や生物学者、あるいは一般的な文化人の所蔵する、バランスの取れた蔵書ではなかった。疑わしくも曖昧《あいまい》な領域を主題とする――中世の昏《くら》い思索や禁断の儀式、既知及び未知の異様なアルファベットで記された、奇怪で異国的な神秘に関する書物が、あまりにも多すぎたのである。テーブル上の大きな観察ノートも、あまりにも不健全なものだった。

筆跡には神経過敏の兆候があり、文章の調子も安心できるものではなかった。

長めの文章が判読し難いギリシャ文字で綴られていて、ダルトンは言語学の記憶を整理しながらその翻訳を試みるうちに、にわかに戦慄を覚えて、大学で苦労したクセノポンやホメーロスに、もっと誠実に取り組んでおけばよかったと思った。

何か間違ったもの――悍ましいほどに間違ったもの――が、ここにはあるのだった。知事はテーブルのそばの椅子にぐったりと体を沈めると、医師の粗雑なギリシャ語をさらに念入りに調べた。

その時、驚くほど間近で音がしたのと同時に肩に強く手が置かれ、彼は緊張のあまり飛び上がった。

「侵入の理由を尋ねてもいいだろうか？　用事があるなら、スラマに伝えることもできたろうに」

片手に小さな金の注射器を携えながら、クラランダンが椅子のそばに冷ややかに立っていた。実に穏やかで理性的だったので、ダルトンは一瞬、ジョージナが彼の状態を誇張したのではないかと考えた。このようなギリシャ語の文章を、鈍った学者が絶対の確信をもって書けるはずがないとも。

知事は慎重に話を聞くことにして、コートのポケットにもっともらしい口実が入っているという幸運に感謝した。立ち上がって返事をする時には、彼はきわめて冷静で、自信に満ちた態度をとっていた。

「部下を通さないことをきみが気にするとは思わなかったが、この論文をすぐに見て欲しくてね」

彼はマクニールから借りた雑誌を取り出して、クラランダンに手渡した。

「五四二ページだよ――『黒熱病、新血清で征服さる』という見出しがあるだろう。フィラデルフィアのミラー医師が執筆したもので、彼はきみの治療法を先取りしたと思っているんだよ。この記事についてクラブでも議論があってね、マクニールはこの解説には非常に説得力があると考えたようだ。私は素人だからね、判定を下せるふりはしなかったが、ともかくもそいつが新鮮なうちに読んでおく機会を逃すべきではないと思ったのさ。きみが忙しいのならもちろん、邪魔立てするつもりはないが――」

クラランダンは鋭く話を遮った。

「姉妹に皮下注射をするところなんだよ――彼女は具合が悪くてね――だけど、戻ったらいんちき医者《クワック》[*19]が何を言ってるのか、読ませてもらうとするよ。ミラーのことは知っているよ――陰険で無能な男さ――じっくり見聞《けんぶん》したわけでもないのに、僕の治療法を盗めるほどの頭があるとは思えないね」

ダルトンは不意に、ジョージナに注射をさせてはならないと直感的な警告が込み上げるのを感じた。何か不吉なものがあったのである。彼女の話からしても、アルフレッドはモルヒネの錠剤を溶かすのに必要とされるはずの時間よりも遥かに長い時間を、準備のためにかけていたに違いない。ダルトンはできるだけ長くホストを引き留め、彼の態度をあれこれの微妙な方法で推し量ってみることにした。

「ジョージナの具合が悪いというのは、気の毒なことだな。注射をすれば、回復するのは確かなのだろうか。害を及ぼすということはないのかね」

クラランダンがぴくりと痙攣《けいれん》のような仕草を見せたので、どうやら痛い所をついたようだった。

「害を及ぼすだって?」と、彼は叫んだ。

「何を馬鹿な！　クラランダン家の者として、科学にその身を捧げるために、ジョージナが最高の健康状態――できうる限り最高の、ということだ――でなければならないことくらい、きみにだってわかるだろう。少なくとも彼女は、僕の姉妹であるという事実に感謝しているんだ。僕のためなら、いかなる犠牲も厭わない。彼女は真実と発見の女神官なのさ。僕が神官なのと同様にね」

　彼は狂おしい目つきになって、金切り声の長広舌を、やや息切れしていったん区切った。

　ダルトンは、彼の注意が束の間、逸《そ》れたことに気づいた。

「そういうことなら、この忌々しいいんちき医者《クワック》が何を言っているのか、見せてもらおうじゃないか」

と、彼は続けた。

「奴の似非《えせ》医学的なレトリックが本物の医者を丸め込むことができると思っているなら、奴は僕が思っていた以上に単純な男だったということだ！」

　クラランダンは神経質な様子で正しいページを開き、注射器を摑んだ状態で、立ったまま読み始めた。

　ダルトンは、本当の事実は何だろうかと考えた。マクニールは、著者が最高の評価を受けている病理学者であることを、彼に保証したのだった。その記事に何かしらの誤りがあろうとも、その背後にある頭脳は強力にして博学であり、ひたすらに高潔で誠実だということである。

　記事を読む彼を見守っていたダルトンは、顎髭を蓄えた彼の顔が青ざめていくのを目にした。

　大きな目がぎらぎらと輝き、長くほっそりした指にきつく摑まれて、ページが音を立てた。

　既に髪が薄くなり始めていた象牙色の高い額から汗を吹き出しながら、読者《クラランダン》は訪問客《ダルトン》が空けた椅子に喘ぎながら腰をおろすと、その文章を貪《むさぼ》るように読み続けた。

やがて、苦悩に苛まれる獣のような荒々しい悲鳴をあげ、クラランダンはテーブルの前方に身を乗り出すと、腕を伸ばして眼前の本や書類を払い除け、風に吹き消された蠟燭《ろうそく》の炎の如く意識を失った。

ダルトンは、打ちのめされた友人を助けるべく飛び出すと、痩せた体を抱き起こして椅子に戻した。長椅子の近くの床に水差し《カラフ》が見つかったので、歪められた顔に水をいくらかかけてやると、大きな両眼がゆっくりと見開かれた。

それら二つの眼には、今や正気が宿っていた——深い悲しみを湛えた、紛れもない正気の眼だ。決して推し量りたくはないし、直視する勇気も起きない、その窮極的な深い悲しみを前に、ダルトンは悲劇の前兆のように感じて、畏怖の念を覚えた。

例の金色の皮下注射器は今なおほっそりした左手に握られていたが、クラランダンが震える息を深く吸い込むと彼の指が開かれた。彼は、手のひらの上に転がった輝く注射器をじっと見つめた。

それから、彼は——ゆっくりと、完全無欠な絶望を孕《はら》んだ、言い知れぬ悲しみと共に話し始めた。

「ありがとう、ジミー。僕はもう完全に大丈夫だ。だけど、やらなくちゃいけないことがたくさんある。きみは僕に、このモルヒネの注射が、ジョージナに害を与えないかどうか質問したね。今となっては、きみの言う通りなのだと答えざるを得ないんだ」

彼は注射器の小さなねじを回し、ピストンに指をかけると同時に、左手で首の皮膚を引っ張り出した。

ダルトンが警戒の叫びをあげたのは、医師の右手が素早く動き、膨らんだ皮膚に注射器の円筒《シリンダー》の内容物を注入したのと同時だった。

「何てことだ《グッド・ロード》、アル、きみはいったい何をしたんだ？」

クラランダンは穏やかに微笑んだ——ここ数週間の冷笑とは全く異なる、安らぎと諦めの笑みだった。

「わかっているはずだよ、ジミー。きみを知事の地位につけた判断力が、まだあるのならね。僕の記録も見ているんだから、なおさら他にどうしようもなかったんだって、わかっているはずさ。コロンビア大学でのギリシャ語の成績をもってすれば、きみが多くを読み落としているはずもない。僕に言えるのは、あれは全部、本当のことだってことだけさ」

「ジェイムズ、責任逃れをしたくはないんだが、スラマが僕を巻き込んだということだけは話しておくのが正しいと思う。僕自身、すっかりわかっているというわけではないから、彼が何者でどういう人物なのかを伝えることはできないし、僕が知っていることはといえば、まともな人間が知るべきではないことなんだ。だけど、言葉通りの意味で、彼は人間ではないんだと思う。僕たちが知っている、生きているということの意味合いにおいて、彼が生きているのかどうかも確信が持てないと言っておくよ」

「僕が、戯言を話していると思ってるんだろうな。そうだったら本当に良かったんだけどね、この悍ましくも取り散らかった話の全てが、忌々しいことに真実なんだ。僕は、潔癖な心と目的をもって、社会に出ていった。世界から熱病をなくしたかったんだ。僕は挑んで、そして失敗した——失敗したと言えるほど正直でありたいと、神に願ったものだよ。僕が昔、科学について話したことを真に受けないで欲しいんだ、ジェイムズ——僕は抗毒素を発見していないし、発見しかけてすらいなかったんだ！」

「そんなにびっくりしたみたいに見ないでくれよ、兄さん《オールド・フェロウ》！　きみみたいなベテランの戦う政治家なら、化けの皮が剝《は》がれるってやつをこれまでに何度も見たことがあるだろう？　言っておくけれど、僕は熱病治療のとっかかりにすら手をつけられていなかったんだ。だけど、研究のためにいくつかの奇妙な土地に足を向けることがあってね、さらに奇妙な人々の話に耳を傾けてしまったのが、まさしく僕の忌々しい不幸だったんだよ。ジェイムズ、きみが誰かの無事を願うなら、この地上の古ぶるしい隠された土地には決して関わらないよう伝えてくれ。古くから外部と隔絶された土地は危険なんだ——健全な人間に何ら良いことをもたらさない様々なものが、ああいう場所には伝わっているんだよ。僕は年老いた神官や秘教の崇拝者たちと話をし過ぎて、まっとうなやり方では達成できないことを、暗澹たるやり方で達成することを望むようになってしまったんだ」

「どういう意味なのかを教えるつもりはないよ。そんなことは、僕を破滅に追いやった老神官たちくらいひどいことだからね。僕が言わなくちゃいけないのは、僕がそうしたことを学んだ後、世界と世界が経験してきたことを思って、僕が震え上がったということなんだ。この世界は、大昔から呪われているんだよ、ジェイムズ。僕たち有機的な生命体の誕生と、それと関連する地質学的時代よりも前に、既にひとつの歴史が生まれて、終幕を迎えていたんだよ。それは、恐ろしい考えだ——生物や種族や知恵や病といったものがある、忘れ去られた進化の体系が存在しただなんて——最初のアメーバが、地質学で僕たちが知る熱帯の海で蠢《うごめ》いた以前に、その何もかもが生まれて、滅びてしまったんだ」

「滅びてしまったと言ったけれど、まるっきりそうだというわけじゃないんだ。そうなっていた方が良かったんだが、そうじゃなかったんだよ。いくつかの場所では、伝統が維持されていて——手段については、とても言えないけれどね——古い時代から生き残ってきたある種の生命体が、隠された土地で、永劫の歳月を閲《けみ》して細々と生き永らえているんだよ。そういう教派《カルト》がいくつもあるんだ——今や海の中に沈んでいる土地の、邪悪な神官たちの宗団《バンド》がね。アトランティスがその温床だった。あれは恐ろしいに願うよ」

「水没しなかった植民地もあったんだがね——きみが、アフリカのトゥアレグ族の神官の誰かと親密になれば、そのことについてあられもない話を聞けることだろうね——アジアの秘《かく》された台地で、狂ったラマ僧や気の触れたヤク追いの間で囁かれていることについての話をね。僕は、ありふれた話や噂を全て聞いて回っているうちに、途方もない話を耳にしてしまったんだ。それがどんな話なのか、きみが知る機会は永遠にないだろうがね——それは冒瀆的なまでに太古の昔から生き延びてきた誰か、あるいは何かについての話だった。僕にその話をしてくれた人も、よくわかってはいなかったある種のプロセスを経て再び生命を得た——さもなくば、再び生命を得たように見えた何者かについての話さ」

「なあ、ジェイムズ。僕は熱病のことを告白したけれど、きみも知っての通り、医者としてはそれほどひどくはなかったと思うんだ。僕は必死の思いで医学に取り組み、誰にも負けないほど打ち込んだ——ホガール山地ではそれまで神官にすらできなかったことをやってのけたくらいだから、少しやり過ぎたかもしれないがね。彼らは僕に目隠しをして、何世代にもわたって封印されていた場所に連れて行ってくれた——そして、僕はスラマと共に戻ってきたというわけさ」

「落ち着いてくれよ、ジェイムズ！　何が言いたいかはわかってるよ。どうして彼は、あれほどまでに何でも知っているのか——どうして英語が話せるのか——それを言うなら、どうしていかなる言語も話すことができるのか——それも、訛《なま》りもなしにね——どうして彼は、僕と一緒に来たのか——そういう事を聞きたいんだろ？　一切合切、僕の口から話すことはできないんだ。彼《スラマ》は自分の脳や感覚以外のもので、考えやイメージ、印象を捉えることができると、それだけ言っておくことにする。彼には、僕と僕の科学が必要だったんだ。彼は僕に様々なことを教え、僕の見識を啓《ひら》いてくれた。古ぶるしい原初の不浄なる神々を崇拝することも僕に教えて、きみにはほのめかすことすらできない、恐ろしいゴールへと続く道を切り拓いてもくれたのさ。そう問い詰めないでくれよ、ジェイムズ――きみの正気と世界の正気のためにもね！」

「あの生き物《スラマ》は、あらゆる境界を越えた存在なんだ。彼は、星々や自然界の諸力と連係を保っているんだ。僕はまだ狂ってなんかいないよ、ジェイムズ――そうじゃないと、誓ってもいい！　疑いを抱くには、あまりに多くのものを垣間見《かいまみ》てしまったよ。彼は僕に、古第三紀《こだいさんき》における崇拝の形だった新たな快楽を教えてくれた。その中で最大のものが、黒熱病だったんだ」

「そうさ、ジェイムズ！　ここまでくれば、どういうことなのかわかっただろう。黒熱病がチベットに由来するもので、僕があそこでこの病気について知っただなんて、今更信じていたりはしないだろうね。頭を使ってくれ！　ここにあるミラーの論文を見るんだ！　彼が見つけた基本的な抗毒素は、他の人間がさまざまな形態にそれを改良する方法を学びさえすれば、半世紀以内にあらゆる熱病を撲滅するものなんだ。彼は僕の青春の土台――人生を捧げていたもの――を切り崩し、僕がこれまで科学という風を受けてきた真っ当な帆から、風を奪い去ってしまったんだ！　彼の記事が、僕を改悛《かいしゅん》させたかって？　僕にショックを与えて狂気から引き戻し、青春の古い夢を取り戻したかって？　手遅れさ！　手遅れなんだよ！　だけど、他の者たちを救うことについては、まだ手遅れってわけじゃない！」

「僕は今、とりとめもない話をしているよな、兄さん《オールド・マン》。わかるだろ――皮下注射のせいさ。黒熱病の真実がどうしてわからないのかって、僕は聞いたな。きみにわかるはずもないのさ。ミラーが、血清で七人の患者が治癒したと言っているって？　診断の問題なんだよ、ジェイムズ。彼がそれを、黒熱病だと思っているに過ぎないんだ。僕には、この論文の行間が見える。ここだよ、大将《オールド・チャップ》、五五一ページに全ての鍵があるんだ。もう一度、読んでみてくれ」

「わからないのかい？　太平洋沿岸から来た熱病の患者は、彼の血清に反応しなかったんだ。彼らは、ミラーを困惑させた。彼が知っているどんな熱病とも似ているように思えなかったんだよ。そうさ、彼らは僕の患者なんだ！　彼らこそが、本当の黒熱病の患者なんだよ！　そして、黒熱病を治療する抗毒素は、地球上には存在していないんだ！」

「どうして知っているのかって？　黒熱病は、地球上のものではないからだよ。どこか別のところから来たものなんだ。ジェイムズ――そして、スラマだけがその発生源を知っている。彼が、この星にそれをもたらしたからさ。彼がもたらして、僕がそれを広めたんだよ！　それこそが、僕の秘密なんだよ、ジェイムズ！　僕が地位を求めたのも、全てはそのためだ――僕がやってきたこともそうだ――、この金色の注射器と、人差し指に嵌《は》めている致命的な指輪型のポンプで、熱病を広めるためだったのさ。科学だって？　何も見えちゃいないんだな！　僕は殺して、殺して、殺したかったんだ！　僕がちょっと指に力を入れるだけで、黒熱病が接種される。僕は生き物が悶え苦しんでのたうつ姿が、悲鳴をあげ、口を泡だらけにする姿が見たかったんだ。注射器を押すだけで、彼らが死んでいくのを見ることができたし、たっぷりそれを見ない限り、生きていることも考えることもできなかった。だから目に入るもの全てに、呪われた中空の針を刺したんだよ。動物、犯罪者、子供、召使い、そして次は――」

クラランダンの声が途切れ、彼は椅子に座ったままでがっくりと項垂《うなだ》れた。

「それが——それが、ジェイムズ——僕の人生——だったのさ。スラマがそうさせた——僕に教えて、止められなくなるまで、やらせ続けたんだ。やがて——やがて、彼にさえ手に負えなくなってしまったんだ。僕を止めようとした。おかしな話だよな——あいつが、この種のことで誰かを止めようとするなんてね！　だけど今、僕には最後の標本がある。それが、僕の最後のテストだ。なかなかいい検体だよ、ジェイムズ——僕は健康体だ——呪わしいほどに健康体だ。でもまあ、ひどい皮肉だよ——狂気が失せた今、苦悶を目にしても全く楽しくないなんてね！　ありえないよ——ありえない——」

熱病の激しい震えが、医師の体を襲った。ダルトンは恐怖のあまり呆然として、悲痛の念を伝えられないことを悲しく思った。アルフレッドの話のどこまでが全くの戯言で、どこまでが悪夢さながらの真実だったのか、彼には何とも言えなかった。

いずれにせよ、彼はその男が犯罪者ではなく、被害者なのだと感じていた。そして何よりも、子供の頃からの仲間であり、ジョージナの兄弟なのだった。

〈小さなアルフ〉——フィリップス・エクセター・アカデミーの中庭——コロンビア大学の構内——トム・コートランドと喧嘩して、アルフが殴られているのを助けてやった時のこと——。

彼はクラランダンを長椅子に連れていき、何かできることはないかと穏やかに尋ねた。

何もなかった。今やアルフレッドは囁くことしかできなかったが、彼の犯した全ての罪について赦しを求め、姉妹のことを友に委ねたのだった。

「きみ——きみならきっと——彼女を幸せにしてくれるだろう」と、彼は喘ぎながら言った。

「彼女は、その幸せに値する。神話に――殉じさせては――いけないんだ！　何とか埋め合わせをしておいてくれよ、ジェイムズ。彼女――には――必要――以上の――ことを――知らせないでくれ！」

彼の声は次第に小さく、はっきりしないものになっていって、やがてその意識は混濁した。

ダルトンはベルを鳴らしたが、マルガリータは既に眠っていたので、階段を上がってジョージナを呼びに行った。ジョージナは、足元こそしっかりしていたものの、その顔は真っ青だった。アルフレッドの叫びにひどく辛い思いをしていたが、ジェイムズを信頼していたのである。

彼が長椅子で意識を失っているクラランダンの姿を示し、何が聴こえてこようとも部屋に戻って休んでいるように頼んだ時にも、彼女はなおも彼のことを信頼していた。

彼は、確実に訪れる譫妄《せんもう》状態の恐ろしい有様を、彼女に見せたくなかった。しかし、かつて繊細な少年だった頃のように穏やかに眠っている兄弟に、最期の別れのキスをするよう告げたのだった。

かくして、彼女は彼――長い間、母のように世話をしてきた、変人の、錯乱した、星の如き学識を有する天才――から離れたのだが、彼女の胸に焼き付けられたのは、とても慈悲深い光景だった。

ダルトンは、それよりも辛い光景を、墓場まで持っていかねばならなかった。

譫妄状態についての懸念は無駄にはならず、暗澹たる真夜中の数時間を通して、熱に浮かされた患者が狂暴に体をよじるのを、彼は強靭《きょうじん》な膂力《りょりょく》で押さえ込んだ。

腫れ上がって、黒ずんだ唇から聞かされたことを、彼は決して誰かに伝えようとはしなかった。

それ以来、彼はすっかり人が変わってしまった。あのようなことを聞いてしまえば、どんな人間だって以前と全く同じではいられないことを、自分でもわかっていた。

だからこそ、世界のためにも、彼は敢えて話そうとはしないのだ。

そして、門外漢であったが故に、ある種の事柄について何も知らなかったお陰で、啓示の多くが不可解で無意味なものになってくれたことを、彼は神に感謝したのである。


明け方近くに、クラランダンは俄に確かな意識を取り戻し、しっかりした声で話し始めた。

「ジェイムズ、何をしなければならないかを、きみに教えていなかったよ——何もかもについてをね。ギリシャ語で書かれた記述を全て削除してから、ノートをミラー医師に送って欲しいんだ。ファイルの中にある、僕のメモも全部ね。彼は今や、最高の権威だ——彼の論文がそのことを証明しているよ。きみのクラブの友人は、正しかったんだ」

「だけど、診療施設にあるものは全て、処分しなくちゃならない。死んでいようが生きていようが、一切の例外なしにね。地獄の疫病の全てが、いくつもある棚に並んでいる瓶の中に入ってる。焼いてしまってくれ——全部焼いてしまうんだ——一つでも見逃してしまったら、スラマは黒熱病を世界中に広めてしまうことだろう。そして何よりも、スラマを焼いてしまってくれ！　あいつ——あの存在——に、天の健全な空気を呼吸させてはならないってことさ。きみも今では、わかっているはずだ——僕が話したことを——あのような存在がこの地球上にいてはならない理由をね。殺人ではないよ——スラマは人間ではないんだから——きみが以前のように敬虔《けいけん》な人間なのであれば、ジェイムズ、強く促すまでもないことだよな。古い言葉を思い出すんだ——「魔法使いは、これを生かしておくべからず」*20——とにかく、そんな感じの言葉をね」

「あいつを焼くんだ、ジェイムズ！　定命《じょうみょう》の肉体の死の苦しみを前に、二度と再び、含み笑いなどさせてはいけないんだ！　頼むから、あいつを焼いてくれ——火焔の劫罰《ネメシス・オブ・フレーム》——あいつに通用するのはそれだけだ。ジェイムズ、眠っているあいつを捕まえて、心臓に杭を打ち込まない限り……あいつを殺せ——滅ぼすんだ——まっとうな宇宙から、原初の穢《けが》れを祓《はら》ってくれ——僕が永劫の眠りから喚び覚ましてしまった、あの穢れを……」

医師は肘をついて体を起こした。彼の声は、最後の方になると耳をつんざく叫び声になった。しかし、力を使い果たしてしまったのか、彼はそのまま深く、静かな昏睡状態に陥った。

ダルトンは、恐ろしい病原菌が伝染しないことを知っていたので、熱病を恐れることもなく長椅子に横たわるアルフレッドの腕と足を整えて、その儚《はかな》げな姿に軽いアフガン毛布をかけてやった。

結局のところ、この恐ろしい話の大部分は誇張や妄想なのかもしれない。老マクニール医師が、危険を承知で彼を回復させてくれるかもしれないのではないだろうか。

知事は眠ってしまわぬよう部屋の中を歩き回っていたが、そのようなやり方では体力に負担がかかるばかりだった。テーブルの近くの椅子に座り、少し休もうと思ったことが仇となった。彼の最善の意図とは関係なく、すぐにぐっすりと眠ってしまったのである。

ダルトンは、目に強い光を感じて目を覚まし、束の間、夜が明けたのかと思っていた。

しかし、それは夜明けではなかった。重い瞼《まぶた》をこすると、彼はその眩しさが、燃え盛っている庭の診療施設の焔によるものだと見て取った。これまでに見たこともない、巨大な燔祭《ホロコースト》の業火に包まれて、頑丈な板が燃え上がり、轟音を立て、天に向かってぱちぱちと弾けていた。

それはまさしくクランダンが望んでいた、〈火焔の劫罰《ネメシス・オブ・フレーム》〉だった。ダルトンは、何かしら特殊な可燃物が使われて、普通の松材や赤杉材よりも激しく燃え上がっているに違いないと考えた。

はっとして寝椅子に目をやると、アルフレッドはそこにいなかった。体を起こし、ジョージナを呼びに行こうとしたところ、彼と同じく燃え盛る業火のせいで目を覚ました彼女と、廊下で顔を合わせた。

「診療施設が燃えてしまうわ！」と、彼女は叫んだ。「アルは、どうしたの？」

「消えてしまったんだ――私が眠ってしまった間に、姿を消してしまった！」

ダルトンは答えると、気が遠くなって体がふらつき始めた彼女に、がっしりした腕を伸ばした。

彼女を優しく上階の部屋に連れていって、彼はすぐにアルフレッドを探すと約束した。しかし、外の炎が窓を通して踊り場に異様な輝きを投げかける中、ジョージナはゆっくりと首を振った。

「彼は死んでるはずよ、ジェイムズ――自分のやった事を知ってしまったなら、正気を保ったままではとても生きていられないもの。私ね、彼がスラマと言い争っているのを聞いて、ひどい事が起きていたんだって、知っているのよ。彼は私の兄弟だけど――これで良かったんだわ」

彼女の声は小さくなって、やがて囁きとなった。

突然、開け放たれた窓を通して低く、悍ましい含み笑いが聴こえたかと思うと、燃え上がる診療施設の炎が新たな輪郭をとって、半ば悪夢めいた名状しがたい巨大《キュクロービアン》な怪物に見えるほどになった。

ジェイムズとジョージナは逡巡して立ち尽くし、踊り場の窓から息を呑んで覗き込んだ。やがて、空に雷鳴が轟き、ジグザグの雷光が恐ろしくも指向性を持って、燃える廃墟の只中に直撃したのだった。

低い含み笑いが止まり、代わりに千の悪鬼《グール》や人狼が苦悶の声をあげているような、遠吠の如き狂乱の叫びがあがった。その叫びは、長く響いた後に消えていき、炎はゆっくりと元の形に戻ったのである。それを見届けた者たちは身動きすることなく、炎の柱がくすぶる輝きになるまで待っていた。

消防士たちが集まってきづらい田舎じみた場所であることと、野次馬を排除する壁があったことを、彼らはありがたく思った。ここで起きたことは、大衆の目に触れるべきことではなかった——その出来事は、宇宙の内奥の秘密にあまりにも大きく関わっていたのだから。

薄暗い夜明けの光の中、ジェイムズは彼の胸に頭を預け、すすり泣くことしかできなかったジョージナに、優しく話しかけた。

「愛しい人、彼は贖《あがな》われたのだと思うよ。きみもそう思っているのだろうけれど、僕が眠ってる間に、彼が火をつけたに違いない。あれらのものを、焼いてしまわねばならないと、彼は言っていた——診療施設と、その中にある全てのもの、そしてスラマをもね。それこそが、彼が解き放った未知の恐怖から世界を救うための、唯一の方法だったんだ。彼はそれがわかっていて、最善を尽くしたんだよ」

「あいつは偉大な男だったんだ、ジョージー。そのことだけは、決して忘れないようにしよう。人類を助けようと仕事を始め、罪を犯してもなお偉大だった、彼のことを常に誇りに思わなくちゃいけない。いつか、もっと多くのことをきみに話してあげるよ。彼がやったことは、善悪のいずれであるにせよ、これまで人間がやったことのないことだった。ある種の帳《とばり》を突破した最初の人間で、最後の人間でもあったんだ。テュアナのアポロニオス[*21]ですらも、彼には譲るだろうさ。だけど、そのことについては話さない方がいい。僕たちの知っていた〈小さなアルフ〉としてのみ——医学を究めて、熱病を克服しようとした少年として——、思い出してやらなきゃいけないんだ」

午後になって、のんびりとやってきた消防士たちが廃墟を調べ、黒ずんだ肉片がこびりついた骨を二体分見つけた——幸いなことに石灰孔は乱されなかったので、二体だけだった。

一体は人間のもので、もう一体については今なお太平洋沿岸地方の生物学者たちの間で議論の対象となっている。その骨格は必ずしも類人猿のものでも蜥蜴《とかげ》のものでもなく、古生物学ではその過程を解き明かすことのできない、不穏な進化の系列をほのめかすものだった。

黒焦げになった頭蓋骨は、奇妙なことにきわめて人間じみていて、人々にスラマのことを想起させたのだが、残りの骨については推測することもできなかった。仕立ての良い衣服を着てさえいれば、そのような体つきの生き物でも、人間のように見せかけることができるかもしれなかったが。

ともあれ、人間の骨はクラランダンのものだった。これについて異議を唱える者はなく、世間の人々の大多数は偉大な医師——生きて万能の熱病の血清を完成させていたなら、ミラー医師の同種の抗毒素も大いに霞んだとされる細菌学者——の、彼の年齢にしては早すぎる死を悼《いた》んでいた。

実際、ミラーの最近の成功の多くは、火災の不幸な犠牲者が遺したメモのお陰なのである。

かつての対立や憎しみは概《おおむ》ね消え去り、ウィルフレッド・ジョーンズ医師ですら、亡くなった上司との関係を自慢しているということだった。

ジェイムズ・ダルトンと妻のジョージナは、謙虚さや家族の悲しみだけではうまく説明のつかない沈黙を貫き続けている。偉大な人物の記憶への賛辞として、彼らはある種の記録を刊行してはいるのだが、一般の評価や、ごく少数の鋭敏な思想家が噂していたとされる僅かな驚嘆すべきほのめかしを、肯定も否定もしないでいた。いくつかの事実は、実に少しずつ、そしてゆっくりと漏れ出したのである。ダルトンはおそらく、マクニール医師には真実をほのめかしたことだろうし、善良な医師は息子に対してそれほど多くの秘密を持たなかったようだ。

ダルトン夫妻は、全体としては非常に幸福な人生を送った。恐怖の雲は遥か遠くの背景に追いやられ、お互いに対する強い愛情が二人の世界を新鮮なままに保ったからである。

だが、彼らを妙に悩ませるものがあった——ささやかな、普通なら不満になど思うはずのないことである。彼らは一定の限度を超えて、痩せ細っていたり、声が低かったりする人間に耐えることができず、ジョージナは喉にかかった含み笑いを耳にすると、すっかり青ざめてしまうのだった。

ダルトン上院議員は、隠秘学、旅、皮下注射、そして見慣れないアルファベットといったものが渾然一体となった恐怖を抱えているのだが、大抵の人間にはそれを結びつけることは困難だろう。

医師の書斎にあった膨大な蔵書の大部分を、念入りに完膚なきまで処分してしまったことについて、今もなお彼を非難している者がいる。

しかし、マクニールにはわかっていたようだ。

マクニールは素朴な人物だったが、アルフレッド・クラランダンの異様な蔵書の最後の一冊が灰燼《かいじん》に帰した時、祈りの言葉を口にしたという。およそ人間の身で、あれらの蔵書の内容をしっかり把握してしまったのであれば、祈りの言葉を口にしたくもなることだろう。

「科学の犠牲」

グスタフ・アドルフ・ダンツィガー（アドルフ・デ・カストロ）

I

二〇年前、サンフランシスコの街で猛威を奮った恐ろしい伝染病のことを記憶している多くの人々が、今なお存命中である。この伝染病は悪性の腸チフスで、郡刑務所の病院で最初に発生したのだった。この不可解な病のせいで、ひと夏に五八人を越える囚人たちが死亡したのだが、彼らは皆一様に同じ症状を示し、一様に死を免れなかったのである。

街の住民たちは、この恐ろしい災禍について、最初の内は殆ど知らなかった。加えて言えば、郡刑務所の巨大な壁の向こうに、何人以上の、あるいは何人以下の囚人たちが生きていたり死んだりしているかについてなど、全く関心を払っていなかったのだ。

しかしながら、間もなく新聞各紙がこの問題を拡散し、人々は地域社会を脅かす危険の存在をようやく認識したのだった。

これまでのところ、サンフランシスコの住民たちは幸運にも罹患《りかん》を免れていた。

しかし、ある者たちは社会から締め出された者たちの間で猛威を奮っていた伝染病について声を潜めて話す者もいれば、最初にその病を発見し、最初に詳しく報告した刑務所医、クリントン医師について誇らしげに話す者たちもいたのである。

彼は囚人を治療できたわけではないが、その名声は文明世界の片隅にまで届いていたのだった。

クリントン医師は、ブロードウェイの端っこの、一区画の土地にぽつんと建っている陰鬱《いんうつ》な屋敷に住んでいた。彼はあまり社交的ではなかったが、裕福な人々に自宅へと招かれることもあった。

クリントン医師はニューヨーク・シティ［ニューヨーク州最大の都市］の出身で、かなり早い年齢で医科大学を卒業した後、ヨーロッパに留学していた。数々の名だたる大学で長年にわたる研鑽を重ねた後、ついには西インド諸島生まれの者たちから熱病およびその他の有害な疾患を根絶し、最終的にサンフランシスコに落ち着いたのである。

若い医師たちの中には、クリントン医師の発見を熱狂的に支持する者たちもいて（高齢の開業医たちは、そこまであからさまではなかった）、彼の素晴らしい学識を称賛してやまなかった。

まことに残念なことだ、と彼らは口々に言ったものだった。彼が非常に排他的で、社会が彼を名士として遇《ぐう》そうとしているまさにその時、ブロードウェイの古びた家に隠遁《いんとん》してしまうとは。

好意的であるかどうかにかかわらず、医師はゴシップを気にもとめなかった。

ブロードウェイの刑務所と彼の陰鬱な家こそが彼の世界であり、それで満足していたのだった。

クリントン医師は、彼のために家事をしていた妹のアルヴィラ、そして旅行の際に彼と同行するモート[*22]という名の陰気な外見をした召使いと一緒に暮らしていた。

アルヴィラ・クリントンは、法的に正当な意味で裕福だった。両親が死んだ際、彼女とその兄に、一生贅沢に暮らせるほどの潤沢な財産を遺していたのである。

ただし、医師は科学を愛するあまり、安楽な生活というものに興味を払わなかった。


アルヴィラ・クリントンは、素晴らしい美人だったわけではないのだが、ある意味では魅力的だった。彼女の黒く大きな目には、知性が顕《あらわ》れていた。口について言えば、不屈の意志が顕れているという、独特の評価があった。

しかし、アルヴィラがひとたび話し始めると、実に素敵な女性《ハンサム》に見えるのだった。

彼女の溢れんばかりの活力と、ウィットの輝きは、あらゆる男性を魅了した。

最近、彼女はあまり話さなくなった。兄への献身と、科学にまつわる彼の研究への絶え間ない助力が、彼女の時間を占めるようになったのである。

彼女は社交——ゴシップやパーティといったものには興味を示さず、近くに住んでいたり、好意を寄せたりしている貧しい人々の家では、頻繁《ひんぱん》にその姿が見られていた。

どうして彼女自ら足を運んだのかというと、近隣に住んでいる貧しいメキシコ人たちは、背の高い塀と大きなユーカリの木々に囲まれている、陰鬱な家に入るのを怖がっていたのである。

家から少し離れたところに、動物たちが収容されている大きく堅固な造りの収容施設があった。医師が実験を行っている場所で、モートは〈診療所〉と呼んでいた。

アルヴィラは、動物がいる施設についての詳しい話を兄から聞かされ、がたがたと震え出した。拷問された動物たちのあげる哀れっぽい泣き声が、彼女を言いようもない恐怖で満たしたのである。

この話に苛立ったクリントン医師は、妹を身の毛のよだつ病院の中に連れて行った。動物が拷問されていないことと、彼女が聞いた不快な鳴き声が、庭で遊んでいる犬たちのものであることを、彼女に納得させようとしたのである。

アルヴィラは、〈診療所〉の動物たちが、庭の犬たちと同じくらい元気だと認めざるをえなかった。残酷なことが行われている様子はなく、ぜいぜいと喘いでいる動物も見当たらず、あらゆるものが徹底的に清潔に保たれていて、実に気持ちの良い印象を与えたのである。

もちろん、病気にかかった兎が数匹、檻の中でぐったりしていた。彼らの目は輝きを失っていて、確実に訪れる死を待っているかのように見えた。

しかし、これは当たり前のもので、病院に付き物の光景だった。

「これで納得したかい？」と、クリントン医師は妹に尋ねた。

「ええ」と、アルヴィラは言った。「でも、私はなるべく診療所に近づかない方がいいわね」

「ご随意に」と、彼は穏やかに言った。

彼女がよりつかなくとも、問題はなかった。そこに、彼女のなすべき仕事はなかったし、モートの邪魔になる可能性すらあったからだ。

後者《モート》は、その施設内でのあらゆる作業に関わっていた。

モートはクリントンの右腕だった。なくてはならない存在だったのだ。

彼は、解剖目的で必要とされてい動物を〈診療所〉に巧みに供給し続け、事後の処分にも長けていた。兄とあまりに親しすぎるように思えて、アルヴィラは彼のことを嫌っていた。いささか厭《いと》わしい外見だったこともあり、彼女は彼が近づいてくると身震いを覚えるのだった。

後頭部から額にかけて髪の毛が生えていない彼の頭は、よく磨いた巨大な象牙の球体のように見えた。眉毛《まゆげ》も睫毛《まつげ》もなく、鼻はといえば、色素の薄い唇と大きな歯のある広い口の方へと、ぺったり垂れ下がっているのだった。

体は痩《や》せ細っていて、服がだぶだぶだった。顔と手の肌は、黄色い羊皮紙を貼り付けたようだった。大抵の人間が、彼の衣服の下には恐ろしい骨があるのではないかと想像したものだった。そして、犬が尻尾を巻いて逃げ出すような見かけのこの人物こそが、彼女の兄から全幅の信頼を置かれていたのである。

「あたしが病院で何をしているのかについては、医師《せんせい》とあたし以外にはわかりゃしませんよ」と、彼はかつて無遠慮な記者に言い放ったものだった。そして、彼らの暮らしぶりはかくの如くで、世間からは隔絶され、何者にも妨げられることがなかったのである。

特殊な病を研究するべく、数多くの著名な医師と、それほどには知られていない知識人たちが、クリントン医師からの協力を期待してやってきたものだったが、少しばかり失望を覚えることになった。来訪者たちを冷遇したというわけではないのだが、彼らを刑務所の病院には連れて行ったものの、彼の個人的な書斎や、モートの〈診療所〉には決して足を踏み入れさせなかったのである。

彼らはまた、医師が病気の検査に用いたメモや措置についても閲覧を拒まれた。個人的な〈研究室〉を見せるのを頑《かたく》なに拒否する彼の態度に、学識ある医師たちは疑い深げに頭を横に振ったものだ。

クリントンはそれを見て、唇を噛み締めた。しかし、彼らが立ち去った時、その怒りが爆発した。

「馬鹿どもめ！」と、彼は叫んで庭に駆け込み、あちらこちらへと走り回った。

彼の怒りの原因をよく知っていたモートは、「東部のいんちき医者《クワック》ども」を辛辣《しんらつ》に罵《ののし》った。

彼の罵声にはいつも、医師を鎮める効果があった。彼は笑顔を浮かべ、ふてぶてしい表情になった。

奴らには、頭を振らせておけばいい。研究が完了するまで、彼の聖域に入ることができるのは、モートと彼自身だけでいい。それ以外の生きている人間など、必要はないのだから。

庭や家の中に入り込んだいかなる者も、モートから手荒く扱われた。「いかなる御用向きでしょう？来客はお断りしております」というのが、相手が男であれ女であれ、彼が寄越す常套句《じょうとうく》だった。

しかしながら、ただ一人の男性、ジョージ・ダルトンだけは例外だった。

彼は人里離れたこの家を、追い払われることもなくただ一人で敢えて訪問していたのである。

Ⅱ

ジョージ・ダルトンは、ニューヨーク時代にクリントン家と親しかった、一家の顧問弁護士だった。

彼は、アルフレッド・クリントン・シニアに、一人娘との結婚を申し込んだのだが、老紳士に手酷く拒絶されて、もう一度試みようとは思わなかった。

確かに、ジョージ・ダルトンは駆け出しの貧乏弁護士に過ぎなかった。しかし、彼は若く教養があり、快活な気質の、将来の見込みがある人間だった。

老クリントン氏から、家庭内の法的な事柄を処理して欲しいとだけ告げられた時、ジョージは何も言わなかった。しかし、クリントン家の屋敷から出るや否や、彼は最寄りの理髪店に赴いた。金色の巻き毛を切り、髭を剃《そ》ると自宅に戻り、スーツケースに荷物をまとめると、西部に向かったのである。五年と経たないうちに、ジョージ・ダルトンは名声と富を勝ち取った。

しかし、当初の及び腰な姿勢が、彼に染み付いていた。彼はクリントン・シニアの言葉を思い出し、サンフランシスコの街に留まったのである。

一〇年以上の時が流れたある日のこと、ジョージは通りでアルヴィラを見かけた。彼の目が、彼女の姿をはっきりと捉えた時、彼が自分の顔に感じた熱い波は、時と場所の違いが、彼の愛情に何の影響も与えていないことを物語っていた。アルヴィラもまた、彼に会えて嬉しかった。

彼女は、両親が死んだこと、そして兄の素晴らしい学識と名声について、彼に話したのだった。ブロードウェイを歩く彼らの姿は、素敵《ハンサム》なカップルそのものだった。

ダルトンが敬意を払う限りにおいて、クリントン医師はダルトンにも好意的だった。彼は妹の友人と一言二言だけ交わすと、一人だけ先に辞去した。クリントン医師は、腸チフスの症状を示していないものに、一切興味がなかったのである。

しかし、ジョージ・ダルトンが刑務所の病院に彼のポストを得るのに成功した時、医師はダルトンではなくアルヴィラに感謝した。

彼女は、兄がジョージに好意を抱いていることを嬉しく思った。なぜかと言えば、おわかりの通り、彼女は弁護士を愛していて、彼と一緒になりたかったのである。

とはいえ、自分なしではまともに生活できない兄のことを、彼女は疎《うと》んではいなかった。彼を見捨て て、彼女が〈悪霊《イーブル・ジーニアス》〉と呼んでいるモートと二人きりにすることなど、考えてもみなかったのだ。

クリントン医師はといえば、妹のことを信じきっていた。いかなる男が現れようと、彼女が自分の元を去ることなどないのだと、わかっていたのである。

ダルトンの訪問に反対してはいなかったが、その訪問にしても不安を感じるほど頻繁ではなかった。毎週日曜日の夜になると、陰鬱な家——より正確には、一家の居間は、ジョージ・ダルトンとの楽しい会話でぱっと明るくなったのだった。アルヴィラも賑やかなお喋《しゃべ》りを楽しんでいるようだったので、彼女の兄もどちらかといえば訪問者を歓迎したのである。そうしなければ、彼女が孤独と憂鬱で疲れ切ってしまうかもしれないと思ったのだ。それに——彼を、雑用係のモートと二人きりにして——彼女が出かけてしまうことなど考えるだけでもぞっとするのだった。

モートは、医師がこうした思いに苛立っていることを知っていたので、敢えてほのめかさなかった。少し匂わせただけでもクリントンは激怒し、従僕を厳しく叱責して、解雇することだろうから。

しかし、そのどちらもできなかったので、医師は虚《むな》しく怒りを燃やし、アルヴィラは賢明なのでそのような考えを抱くはずがないのだと、気休めを弄《もてあそ》んでいた。

そうとも、彼女に限ってそんなことはあるはずはない。

とある明るく晴れた日曜日のこと、クリントン医師の家の庭で、とある場面《シーン》が演じられた。アルヴィラは涙を流し、医師は激怒し、モートは歯を見せて嘲笑《ちょうしょう》した。モートの目に嘲笑が浮かんだ時、木々の鳥たちは鳴くのをやめて飛び去った。モートの目が輝き、モートの口に笑みが浮かぶだけのことで、この世の全てが衰えるかのように見えたものだった。

その場面《シーン》というのは、以下の通りである。

庭にあるバルコニーに、ジョージ・ダルトンとアルヴィラ、そして医師が座っていた。

ダルトンは——彼のような気性の人間には奇妙なことに——落ち着かなげな様子で、医師は葉巻をふかし、アルヴィラはやや早口で要領を得ない話をしていた。

少し離れてはいるが、聞き耳を立てるには十分近い距離に、犬を連れたモートがいた。

クリントンが葉巻の吸い殻を投げ捨てたので、アルヴィラはそれを恰好の口実にして、新しい葉巻を取ってこようと家に入っていった。

アルヴィラがいなくなったのに乗じて、ダルトンは口を開いた。

「後回しにするよりも、今言った方がいいでしょうね。クリントン医師《せんせい》、私はアルヴィラを愛しているんです、もう何年も前からね。彼女の方も、満更《まんざら》ではないと思うに足る理由がありまして。つまりですね、私はあなたの妹さんと結婚したいと思っているんですよ。彼女には、決して後悔させません。お許しいただけませんでしょうか、医師《せんせい》」

クリントンは、拒絶の意思を伝えるためにぴったりの言葉を考えているように見えた。

ダルトンの言葉は、間違いなく彼を不快にしたのだが、予期していなかったわけではなかった。

彼は、弁護士の訪問を厭《いと》うようになった。絶対的な隔離を望んでいたのである。弁護士が二度目の拒絶を受ければ、彼は永久に身を引くだろうとの確信があった。彼は顎鬚《あごひげ》を撫で、満足げな笑顔が青白い顔をよぎった。

「それはできない相談だな、ダルトン」と、彼は言った。「妹は、私のような取るに足りない年上の独身男のために、人生を捧げるとはっきり結論してしまっているものでね」

「でも、それはいけない——そんな、自分の身を犠牲にするようなことを受け入れるだなんて——クリントン医師《せんせい》、あなたのすることとも思えません」と、ダルトンは言った。

「アルヴィラのような若い女性が、モートみたいな男や彼の犬たちと共に人生を浪費するようなことがあってはならないんです。あなたはもっと合理的であるべきだ、医師《せんせい》」

クリントン医師は、椅子から立ち上がった。彼は、普段よりもいっそう青ざめていた。その昏《くら》い目は、敵意に満ちた憎悪と軽蔑の光を放っていた。

怒り満ちた囁《ささや》き声で、医師が面と向かって答えを投げつけたので、ダルトンは思わず後ずさりした。

「妹の犠牲を受け入れる権利があるかどうかは——平凡な結婚などというつまらない重労働を断ることを、犠牲などと呼ばれようとはな——私が思うに、部外者には関わりのないことだ」

「しかし、私は——」

「部外者だよ、私たちにとっては」と、医師は言った。「年甲斐もなく青臭いことを言い出さなければ、ここまで言わずとも良かったのだがね」

ジョージ・ダルトンは驚きを覚えていたが、徐々に落ち着きを取り戻しつつあった。

「私達二人はこれきりだ、クリントン医師《せんせい》」と、彼は言った。

「ミス・アルヴィラは成人であり、彼女自身の女王だ。彼女に決めてもらおうじゃありませんか」

「妹なら、そこにいる」と、クリントンは言った。「二人だけにしてやろう。だから、私が彼女の決意を左右したなどと、責めてくれるなよ」

戻ってきてみれば、兄とダルトンが明らかに興奮しているのを目にして、アルヴィラは驚いた。

クリントンは、こう言っただけだった。

「アルヴィラ、ダルトン氏《ミスタ・ダルトン》はきみに話があるんだそうだ。私はその間、モートの動物たちの面倒を見ているよ」

アルヴィラは椅子に座り、ダルトンも同じようにした。しかし、ダルトンが話し始めようとした時、彼女はこう言ったのだ。

「何も言わないで」

優しく、悲しげな声だった。

「あなたの望みがどういうものになったのだとしても、私の同意は求めないでちょうだい。何年か前なら、イエス、と答えたわ。だけど、今は違うの。私は、アルフレッドの面倒を見ることが、神聖な義務だと感じているのよ、私がいなくなってしまうわけにはいかないの。それにね、寂しくなんかないわ」

と、彼女は能《あた》う限りの女性の優しさを込めて、こう付け加えた。

「あなたが、家に来てくれるんですもの。私たちの関係は、今のままにしておきましょう。十分に平穏なんですもの。お互いの調和を崩してしまうことはないわ」

「愛しいアルヴィラ、きみは――」と、ダルトンは答えた。「ただ一つの事実を教えてくれた。きみが、僕の訪問を嬉しいと思ってくれていることをね。だからこそ、私はきみにこう言うよ。少しでも私のことを愛してくれているなら、断りはしないはずだよ。誠実だとわかっている男の、真の献身を払いのけることはできないはずだ。もう一度言おう、アルヴィラ。私の妻になってくれませんか」

アルヴィラは、心からの感謝の込められた目で、ダルトンを見つめた。

彼女は、自分が彼のことを愛しているのだと知っていた。彼が若々しい情熱に駆られるままに、彼女のことを胸に掻き抱いたなら、彼についていったことだろう。ダルトンが彼女の唇を奪ってから告白したのであれば、兄を捨てることもできたことだろう。

しかし、彼が事務的な口調でアピールし、あくまでも友情と節度を分別をわきまえて話してくるからには、こちらも分別をわきまえなければならなかった。そして、彼女の義務がどこにあるのかといえば、それはすなわち兄と共にいることなのだと、告げないわけにはいかなかったのである。彼女が兄の元を去らない理由は、彼が自分の健康と生命を科学に捧げ尽くしていたからなのだった。

自分の感じている苦しみについて、彼女は嘆息と共に、はっきりと口にした。

「するときみは、彼のことを気の毒に思うあまり、一緒にいるというのかい?」と、ダルトンは尋ねた。

アルヴィラはダルトンの手を取り、不安の入り混じった望みをこめて、こう言った。

「赦《ゆる》して頂戴《ちょうだい》、ジョージ。だけど、私にはこうするしかないの。兄は、私の愛と献身を信じているのよ。失望させるわけにはいかないわ。彼が私を必要としている限り、他の方との絆を優先することはできないの。私は、彼の傍《かたわ》らにいなくちゃいけないんだわ」

アルヴィラは、椅子によりかかって、顔を手で覆った。ダルトンは、彼女の指の間から涙が流れ出るのを目にした。愛する女性がそんなにも苦しんでいるの見て、彼も心を痛めた。

「きみの兄さんは、病気なんだ。研究をやめさせなくちゃいけない。旅行に行かせるとか——研究から引き離せるなら、何でもいいんだ」と、彼は言った。

「あなたの言う通りよ」と、アルヴィラは言った。「このまま研究を続ければ、彼はいずれ死んでしまうことでしょうね。でも、彼は研究なしでは生きられないのよ。あの人が医療刑務所で最初の症例を発見した時の様子を、あなたに見せてあげたかったわ。彼は調査の最中、明らかに何かに悩まされていたわ。病院での流行は、小康状態に入っていたの。にもかかわらず、彼は苦しんでいた。何故かって、死んでしまった人間全てに対して、責任を感じていたからなのよ——まるで、神ではなく彼が流行を起こしたとでもいうみたいにね。最初の夜——恐ろしい病気が明らかになった時——が、一番怖かったわ。私、決して忘れないわ。彼は一言も話さないで家に入った後、改めて庭に飛び出したかと思うと、まるで何かに取り憑かれたみたいに行ったり来たり走り回って、花や灌木《かんぼく》を踏みにじりながら大声で笑っていたの。私は怖くて、話しかける勇気もなかったわ。あの人は今は落ち着いていて、彼を刺激するものは何もないわ。私たち、とても幸せに暮らしてきたの。だけど、今改めて暗い雲がかかっているみたい。今回はね、親愛なるお友達、あなたが原因なのよ。私のためを思うなら、ジョージ、どうかアルフレッドのお友達になってあげて頂戴。次に来る時は、それ以外の話を持ち出さないであげて」

「愛しいミス・アルヴィラ、こんなことを言うときみを悲しませてしまうのだろうけれど、きみのお兄さんとあれほどきつい言葉を投げあってしまったからには、この家にまたやってくることはできないよ。

もし、私の来訪が認められたとしても、私は自分の気持ちを抑えることができない。きみがどれほど不幸なのか知ってしまった、今となってはなおさらにね」

彼が立ち上がって手を伸ばすと、彼女はその手をとり、こう言った。

「私は、あなたのことを永遠に、誰よりも親愛を感じている、最高のお友達だと思っています。だから、私が連絡した時には、会いに来てくれると約束して欲しいの。約束して頂戴、ジョージ！」

彼女が何に苦しんでいるのかを、彼は知っていた。そして、無言のまま、約束の証として握る手に力を込めてみせ、それから立ち去った。

クリントン医師は、一家の唯一の友人であったダルトンが屋敷から出ていくのを見ていた。

しかし、モートが彼に示したいくつかの実験体に気を取られ、振り返りもしなかった。

Ⅲ

ダルトンが身を引いたというゴシップに、医師の命運が尽きたという事実が加わった。

人々は、クリントン博士に失望し始めていた。実際の話、彼は素晴らしい発見をしたし、世界中の医学雑誌は依然としてこのテーマについて議論していた。

しかし、苦しみと死は古くからの悪弊であり、新たな病気の発見は興味深かったとはいえ、また新たな発見の犠牲者になるかもしれないことを思えば、楽観的に考えることはできなかった。

クリントン医師が伝染病の治療法を見つけていない以上、何も達成していないのだ。

それだけではなかった。彼は、同業者たちの誰よりも多くの敵を作ったのである。彼がこの街の寵児として持て囃された頃、あらゆる人々が著名な「熱病医」に相談を持ちかけた。だが、彼にはある気質——医者として成功する必要条件《シネ・クア・ノン》——が欠けていることが判明した。金持ちの機嫌を取ることであるとか——彼らの病気や、とりわけ女性患者、そして愛情に溢れんばかりの母親の赤ちゃんへの関心と、うまく付き合っていくことなどである。

さらに悪いことに、彼は刑務所の理事会の一人と揉めてしまったのである。この人物は、彼（クリントン博士）は単なる病院の職員に過ぎず、責任者ではないと告げたのだった。

クリントン医師にとってとどめになったのは、伝染病が突然、消えてしまったという事実だった。人々は、病気への畏怖と発見者に対する敬意を失い始めた。これに加えて、この病気を調査するべく何ヶ月も市内に滞在していたニューヨークの著名な大学教授の意見もあった。

「この病気は、新発見ではない」と教授は述べたのである。クリントン博士のこの上なき自負心は、その傑出した功績に拠《よ》るところが大きかったのだが。

クリントン医師が有機病菌の発症法を発見して科学的に論証し、桿菌《バチルス》を発見してその毒性と致死性を克服し、そのことを高らかに宣言したのであれば、世界は彼を救世主と褒め称えるだろう。

そうしない限り、彼は科学的な解決が望まれる数多の問題の一つに、改めて取り組んだ人物——それ以上でもそれ以下でもないのだった。

しかし、この問題はクリントン医師ではなく、彼の苦しんでいる患者によって提起されたのだった。

「クリントン医師は」と、教授は結論した。「何もしていない。彼は、熱病の犠牲者たちの命を救おうとすらしていないのだ」

著名人によるこの意見が発表されたことで、クリントン医師の診療にかかりたいと思う人間は、サンフランシスコ市内に一人もいなくなった。最も貧しい人々ですら、彼に相談するのを恐がるようになり、他の医師による無償診療を受けられなかった者だけが、彼をベッドに呼んだのだった。

だが、クリントン医師の唇には、独特の悪意に満ちた笑みが張り付いたままだった。刑務所病院の熱病患者の病棟では、彼は今でも責任者であり、彼に干渉する者はいなかった。

しかし、ある日のこと、あらゆる主導権を握っていた日々は、突然に終わりを迎えた。

屋敷に帰ってきたクリントン医師が、自分が解雇されたことをアルヴィラに告げたのである。

アルヴィラは、理事会がそのような措置に及んだ理由を知りたがった。

「連中はまず、色々と告発してきたんだ」と、クリントンは語った。「私が好き放題にやり過ぎているとね。今後、あらゆることについて彼らと相談すると言ってやったんだ。すると連中は、背任の容疑をでっちあげてきた。連中の一人――評議員は教会の助祭で――無神論者の医師に反発してきた奴なんだ。アメリカ人のフリをしている雑種野郎の分際でね。私は最初、連中の目の前で笑みを浮かべてやったんだが、結局、穏便に済ませるために、教会に行って聖体拝領に参加する約束をしてやった。それと、連中を満足させる信仰を受け入れてやるともね」

「そんなはずはないわ」と、アルヴィラは言った。「私には信じられない！　あなたは、自分の名誉を犠牲にしたことなんてなかったのに。誤魔化しは不名誉だからって、そう言っていたじゃない」

クリントンは、その顔に嘲笑を浮かべながら、妹を見やった。

「私は科学と探索の祭壇に、多大なる犠牲を捧げて来たんだ」と、彼は冷然と言い放った。

「多少の嘘が加わったことで、大した違いはないよ。だが、連中は私の提案を一顧だにしなかった。次の告発は、囚人たちに鶏やワインを与えて、刑務所の経費を浪費したことだとさ。みじめったらしい悪魔どもめ！　私は彼らの死体で実験を行うというのに、必要な栄養分すら奪うべきだったとは！　こんな些細なことで、私の研究の邪魔をしようだなんてな！　私は何とか自分を抑え、病人たちをできるだけ飢えさせるよう約束してやった。そして、最後に出てきたのがこれさ。連中の言うには、私は病人に薬を処方していないんだそうだ。十分な薬を処方していないとね！　ハ、ハ、ハ！」

「もちろん、このやり取りの後、強制的に退去させられた。プロとしての道義心によって、私は立ち去るべきなんだとさ！　プロとしての道義心ね！　ハ、ハ、ハ！　あの馬鹿どもは、私がいんちき医者《ワック》みたいなものだと信じていて、患者たちを作り出したのだと信じているんだが、それでは連中が患者たちを治療してくれるとでも言うのかね。我々は病院の平和のためにいるのではなく、病院こそが我々の平和のために存在するんだ――科学の平和のためにね。しかし、争っても無駄だった。連中は私を解雇すると決めていて、私の方も辞《や》めてやったんだ」

彼の目は落ち着かなげに棚に並ぶ器具へと向けられ、次いで書斎にある大量の資料に向けられた。

書斎には背の高い書棚がいくつかあって、アリストテレスからパストゥールに至る古典的かつ標準的な医学書が精選《せいせん》され、並べられていた。

アルヴィラは、彼の目線の意図を理解していた。これらの科学の大家たちの中にあって、熱病を引き起こす病原菌の起源とその克服についてのクリントン医師の研究こそが、最も偉大であるべきなのだ。

それ以外に、彼の生きる目的は存在しないのである。

女性ならではの優しさを持っているアルヴィラは、兄を励ますのに相応《ふさわ》しい言葉を知っていた。

「あなたは、とっくに名声への道を歩んでいるのよ。実際、もうゴールはすぐ近くよ。つまらないことに嫉妬するさもしい人たちがいたところで、いつかは華々しい栄誉に輝くことになるわ、兄さん。あなたは病院で、必要な診察を全て行ったの。それで流行が収まったというのであれば、それはつまり、研究をしめくくる頃合いが来たということなんだわ」

クリントンは放心しているようだったが、アルヴィラの最後の言葉を聞くと頭を振って、自分自身に言い聞かせるように話した。

「だが、もう三ヶ月あれば、私はやり遂げることができたんだ。私は、科学の比類なき研究成果を、世界に贈ることができたんだよ——致命的なものと安全なもの両方の、桿菌《バチルス》のコレクションをね」

しかし、アルヴィラは議論を続けた。

「もちろん、私は判定者としては適任ではないけれど」と、彼女は言った。

「でも、折に触れてあなたから聞いていた話によれば、その恐ろしい病気の新しい患者が、相変わらず発生し続けているみたいじゃない？　伝染病が再び病院で発生したら、あの人たちはあなたを呼び戻すに違いないわ。あなたの代わりになる人間なんて、いないのだもの」

「伝染病は沈静化した。私はミスを犯《おか》したんだ。やぶ医者どもが働いているあそこでは、あれは発生していないいんだとさ」

金色の皮下注射器を右手で弄びながら、クリントンは掠《かす》れた笑い声をあげながら、そう言い放った。

それから本を一冊取ると、彼はすぐに読書にのめりこんでいった。

彼の妹は、それを良い兆候だと考えた。

「彼はまだこれから成功するだろうし、あらゆる時代を通しての第一人者の一人に数えられるんだわ」

自室に戻りながら、彼女は独りごちた。


だが、アルヴィラの望みは叶《かな》わなかった。

彼は日毎に暗く、鬱《ふさ》ぎ込むようになっていった。

犬たちがいる診療所への関心を失い、モートが動物の一匹について何やら報告しようと近づいてくると、彼を追い払った。

「犬についての話共々《ともども》、くたばってしまうがいい」

アルヴィラは、兄が甲高い声でそう叫ぶのを耳にした。

「犬なんか必要じゃないんだ。私は人間が必要なのに、取り上げられてしまった——盗まれたんだ。死刑宣告をされた殺人犯の一人さえ、連中は与えてくれないんだ」

アルヴィラにはモートの答えが聴こえなかったのだが、彼の声なき笑い声と、ぶん殴ってやるぞと彼を恫喝《どうかつ》する兄の怒声が聴こえてきたのだった。

Ⅳ

切実に実践を求める新米の医師というよりも、喘鳴をあげながら水を求める鹿のように、クリントン医師は患者を探し求めていた。患者はどこにいる⁉

彼が調査できた病人は一人きりで、それでも彼は当てもなく探し回った。

屋敷を訪れる者は、誰もいなかった。アルヴィラは部屋から部屋へと移動しては、溜息をついた。

今や彼女は全く外出しなくなり、モートが外の用事を全て任されて、影のように出入りした。

近隣はもちろん、市内のどの地域であれ、クリントン医師に往診を頼もうと考える者はいなかった。

もうこれ以上は耐えられない、何とか患者を見つけようと、医師は外に出かけていった。

彼は貧しい人々のあばら屋を訪れて、食べ物やワインを彼らに贈った。彼はまた、人々から信頼を得ようと、親世代の者たちに金銭や子供のためのキャンデーを与えた。

その上で、彼は医者を名乗り、不調を訴えた者を無償で診てやったのである。

彼の生命《いのち》は、新鮮な刺激を受けた。彼は幸せだった。

医師の科学は、探索するに足る新たな素材を見出《みいだ》したのだった。

クリントン医師は今一度《いまひとたび》、自分を取り戻したのである。

彼が最高に上機嫌になった理由は、ブロードウェイの南側に住んでいるメキシコ人たちの間に、その発症を見出した、新しく多様な患者たちだというわけではなかった。

ごく軽い症状ではあったが、確かに、そして間違いなくそこにあるものだった。

刑務所の病院から発症者がいなくなったという報告は、おそらく医師たちの無知に起因するのだと、クリントン医師は話した。すっかり潜伏してしまっているので、あのヤブ医者どもにはこれが病気なのだとわからないのだと。しかし、他ならぬクリントン医師がここにいるのだ！

数ヶ月か経過し、伝染病が危険なレベルに達していることが問題視された。

未だ、死者は出ていなかった。これまでのところ、医師の技倆《ぎりょう》が死を克服していたのである。

しかし、伝染病は恐るべき勢いで猛威を奮っていた。

その年の春、クリントン医師が食べ物や薬、金銭を施してやった貧しい人々が、クリントン医師が悪魔と契約しているなどという疑惑を口にし始めた。この疑惑は、医師が不幸にも不興を買ってしまった、年老いたメキシコ人神父[*23]の執念深い憎悪によって、助長されていた。老いたメキシコ人は、同国人の間で賢人《オラクル》と遇《ぐう》されていた人物で、その言葉には重みがあったのだ。

「あの男は、悪魔と同盟しておるのだ」という、彼の言葉が聞かれたものだった。「我が身を顧《かえり》みるがいい。あの男が、お前たちに病気をもたらしたのだぞ」

神父を笑い飛ばし、医師に目の病気を診て貰った方が良いと話す者もいた。

散々に説得された後、老メキシコ人はクリントン博士への敵意をいったん保留することにした。

卓越した技術による手術が成功した後、人々は喜びに躍《おど》り上がり、老神父は良き医師のことを見誤《みあやま》っていたのだと述懐《じゅっかい》したものだった。

老メキシコ人が熱病にかかり、譫妄《せんもう》状態から医師について恐ろしい呪詛《じゅそ》を口にするようなことがなければ、彼らがクリントン医師に寄せる信頼はもはや揺るぎないものとなっていたことだろう。

翌朝、クリントンがやってくると、彼は群衆に迎えられ、彼らの家から離れなければ、怪我をすることになるだろうと警告を受けた。

医師は、彼らを説得しようと試みた。彼は懇願し、抗弁した——しかし、無駄に終わった。

「あんたは、悪魔だ」と、彼らは言った。「あんたは俺たちに食べ物とお金をくれたが、あんたは俺たちから肉体と魂を買った。だが、あんたは二度とここに来ることはないだろう。あんたが何処に行こうが、そこには死があるんだ」

それで、彼は引き下がらざるをえなかった。

「犬どもめ！　雑種どもめ！」彼は研究室の中を走り回り、叫び声をあげた。「奴らときたら、みじめったらしく命のことを気にかけている。科学を豊かにするのに役立たないなら、連中の命に価値などないというのに！　そんなに生きていたいなら、いいさ。せいぜい生き延びて、飢えるがいい」

ともあれ、あのみじめな連中は、ほんのわずかではあるが彼の研究を進展させたのだった。猛威を奮う熱病が、数多くの興味深い事柄を明らかにしたのである。

これらの症例の一つを詳細に調査することができたなら、あるいは特にひどい患者を治癒することに成功したのであれば、彼の野心は満たされることだろう。

彼の研究は完遂され、メキシコ人たちの忘恩を笑って済ませることもできるだろう。

クリントン医師はかなり興奮して、妹やモートと、彼の調査した患者について話し合った。

モートは汚らしいメキシコ人の群衆から引き下がったことについて、医師を臆病者と罵った。アルヴィラは、言葉にできないほどのショックを受けた。彼女の知っている兄は誰に対してもひどく傲慢で、召使いの挑発や侮辱に甘んじる人間ではないはずなのだ。

モートは、新方式の「仕事のやり方《モードゥス・オペランディ》」を熟知しているのだろうか。彼女の兄はそれで、召使いが嫉妬深い医師たちの一人にそれを暴露《ばくろ》し、自分の苦労の恩恵を受けることを恐れてでもいるのだろうか。

たぶん、そういうことなのだ。

数日後、アルヴィラと彼女の兄は、腕を組んで庭の中を歩いていた。

モートはいくつかの植物の世話をするのに忙しくしていたが、彼の地獄耳《じごくみみ》は、兄妹《きょうだい》の会話を一言たりとも聞き逃さなかった。

「ああ！　できることなら、もう一度働きたいものだよ――そこの診療所にいる兎や犬の間ではなく、人間の間でね」と、クリントンは話した。

「アルフレッド、あなたはどう考えているの？」と、アルヴィラは言った。「あなたの発見は、本当に人類に恩恵をもたらすものなの？」

モートの唇に侮蔑的な笑みが広がった。アルヴィラはその笑みに気付いて、身震いした。

「人類というものは、自然の海の一滴《いってき》に過ぎない」と、クリントン医師は話し始めた。

「そして、自然は助けられることを拒否するんだ。我々は厚かましくも彼女を征服しようとしているんだが、彼女の方は我々を笑い、嘲《あざけ》っている。自然には、思いやりというものがない。彼女は現存する中では一番強力な殺人者なんだ。そして科学というものはね、自然を知るためにも彼女と共感していなくちゃいけないんだよ」

「だけど、人類への利益はどこにあるの？」アルヴィラは、胸を痛めながら口にした。

「私たちの科学にだよ、可愛いアルヴィラ」クリントンは笑顔で言い放った。

「熱心な学徒たちが、その効果を明らかにするという難問を解決するために、服毒したというケースを知っているよ。父親が救世主の絵画について正しい印象を得られるように、自ら十字架にかかることを許したという画家の娘の話を、お前も聞いたことがあるだろう？　自然科学の礎には、そういうモデルたちがいたんだよ。科学の神聖な歴史の中で永遠に生きるべく、日常生活を犠牲にした人々がね。我々は人類のためではなく、科学のために生きているんだ。モート！」と、医師は叫んだ。

「科学的な調査のためのボランティアの、募集広告を出すというアイディアはどうだろうな！」

　クリントンの目がぎらぎらと輝いて、哀れな妹をぎょっとさせた。

　モートはといえば、医師の提案について吟味する様子だった。

「試してみてもいいかもですな」と、彼は言った。「でも、うまくいくとは思いませんな。ボランティアには期待できません。どうしても患者が欲しいなら、そこらじゅうにいるでしょうが」

　アルヴィラは、兄に対するモートの発言を聞いて、慄然《りつぜん》とした。言葉だけならば、いささか度の過ぎた繰り言とも思えるのだが。モートの口から出てくると、まるで犯罪者の言葉のように聴こえたのだ。

　衝撃のあまり、立っていることも覚束《おぼつか》なくなった彼女は、家の中に逃げ出した。

　彼女の兄はといえば、妹の弱気に気付いてもいないようだった。

この会話から数日の間、アルヴィラはあの時のことを思い出しては身震いし、兄に仕える〈悪霊《イーブル・ジーニアス》〉を避けるべく、自室に籠《こ》もっていた。

貧しい人々のもとを訪問するというクリントン医師の努力は、決定的な拒絶にあった。姿を現しただけで、石やら何やらが雨霰と投げつけられ、ある時などは、銃撃すら受けたのである。

彼は迷信深いメキシコ人たちと同じくらい、アメリカ人たちの不興も招いていたので、銃で撃たれるまではいかずとも、タールを塗られ、羽をまぶされるくらいのことはあるかも知れなかった。

アメリカ人が不運なクリントン医師についての不条理な話を耳にした時、彼らは医師の名前が話題に登る際、メキシコ人の顔《グリーザー》に浮かぶ恐怖を笑い飛ばすのみだったのだが。

賢明にも、あるいは幸運にも、彼らはクリントン医師の慈善活動についてよく知らなかったのである。

しかし、メキシコ人たちから拒絶されたことで、彼の活力と調査への熱望は倍増し、ほどなくしてモートの診療所にいた犬と兎は全て、病気になったり死んだりした。

モートは、彼の動物たちを全滅させたことについて虚しく抗議し、雇い主からの命令や脅しにもかかわらず、新しく検体を連れてくることを拒絶した。

うら寂しい屋敷とその庭は、ぞっとするような静けさに満ちていた。

大型のセント・バーナード犬、ブルーノが、ただ一匹残った動物だった。彼はアルヴィラのペットで、一番のお気に入りだったのである。彼は力強くジャンプして飼い主に挨拶し、女主人が庭に姿を現した時にはいつも、楽しげに吠えてみせたものだった。

五月中旬のとある明るい朝のこと、書斎に入ったモートは、目を真っ赤に充血させ、膨らんだ舌を口から突き出した状態で、犬が床に横たわっているのを発見した――熱病にかかっていたのである。モートは、見事な体格のその動物を、嗄《しゃが》れた笑い声をあげながら、〈診療所〉へと引きずっていった。アルヴィラは、ブルーノが罹患《りかん》したことを知ってとても悲しんだが、回復《かいふく》の望みを諦《あきら》めなかった。その犬は兄のペットでもあったので、彼がきっと治してくれることだろう。

クリントン医師が〈診療所〉から出てくる度《たび》に、彼女は犬の容態《ようだい》を兄に尋ねた。

ブルーノが病《やまい》に倒れてから三日後、アルヴィラは自らの目で哀れな動物の容態を確かめる決意を固め、モートと彼の管理する施設への嫌悪感を克服し、〈診療所〉を目指して庭を横切っていった。

しかし、彼女の兄がモートに対して投げつけた怒声を耳にして、ドアのところで立ち止まった。

二人は激しく言い争っているようだった。ドアが少し開いていて、アルヴィラは自分の姿を見られないままで、実験室の中を覗き込むことができた。

クリントン医師は部屋の中を歩き回り、身振りを交えながら雑用係をきわめて激しい調子で罵倒《ばとう》していた。モートはといえば、顕微鏡を忙しげに掃除しながら、雇い主の様子をじっと窺《うかが》っていた。

「お前の性悪さと頑固さにはもううんざりだ！」と、医師は叫んだ。「このみじめったらしい卑劣漢め、お前が患者を連れてくるのを嫌がるから、私は研究を全《まっと》うできないじゃないか、ええ？　何度も繰り返し誰か連れてこいと頼んだというのに、お前ときたら小鼠《マウス》一匹持ってきやしない。昼夜なく実験をしたいというのに、お前の強情のせいでそれができないんだ」

「ハ、ハ、ハ！」と、モートは戯笑《わら》った。この笑いを聞いて、アルヴィラは心臓が停まる思いがした。

この悪党は、兄に対して何と傲慢に振る舞うのだろう！

彼女は再び耳を傾けた。

「実験してるじゃありませんか！　ハ、ハ、ハ！　まあ、犬泥棒で刑務所に行きたかありませんやね。どうせ吊るされるなら、あんたくらいの御大尽《おだいじん》になるんでないとね、ドクター。そういうことなら、まあ何百万匹分は仕事をせにゃならんでしょうが」

「黙れ！」と、クリントン医師は叫んだ。興奮のあまり、彼は声を嗄《か》らしていた。

「みじめったらしい雑種野郎め、どうして今、この時に研究を終わらせたいのか、お前はよくわかってるだろうが。いよいよという時なんだ。私が研究を完成させようと患者を探している間に、誰かがその患者の症例についての本を出すかもしれないと考えるだけで、私は腹が立つんだ。生涯を費やしてきた研究が台無しになるんだぞ」

「そんなことは、アメリカ人にもヨーロッパ人にも出来やしませんて」モートはニヤリと笑ってみせた。

「あたし達がやったことをするためには、あんたみたいに頼りになる仲間がいて、偏見ってものとは無縁じゃなきゃいけないでしょうからね。頼りにしてますぜ！　他の誰だって、あんたの仕事をやり遂げることはできませんや。まあ、ブルーノが死んじまって、もう一匹だって残ってないなら、自分で実験してみちゃどうですかね。他にはもうおらんでしょうから」

「黙るんだ、さもないと——」

アルヴィラは、もうそれ以上は聞いていられなかった。彼女の兄が、ペットの犬を犠牲にしたことを知ってしまい、耐えきれなくなったのである。

彼女は、ブルーノの死が科学に恩恵をもたらさなかったこと、そして兄が間違いなく精神的な重圧に晒されていることを理解した。

とはいえ、そういうことなら、彼に非はないのである。彼は、不運なだけなのだ。彼の研究と不安の入り混じった熱望があまりに大きすぎて、彼の健康を次第に損なっていったのである。

しかし、彼女に何ができるのだろうか。彼女の兄は、研究を断念するくらいなら死を選ぶことだろう。

彼女は言いようもない悲しさを覚えていた。

孤立無援だった。友人も親類もおらず、世界でたった一人ぼっちだった。

いや、違う。友人は皆無《かいむ》ではなかった。

常より愛情と憧憬《どうけい》を向けている友達、ダルトンがいるではないか。

彼女は、彼に連絡を入れることにした。

家具が倒れる騒音と、兄の激しい叫びがアルヴィラに届いたのは、屋敷に戻ろうとした時だった。

不意に、長いナイフを携えたモートが〈診療所〉から出てきて、裏手に歩いていくのが見えた。クリントン医師も、ある程度距離をとってモートの後に続いた。

ドアの背後に隠れていたアルヴィラは、ドアにしがみついて何とか立っていた。

彼女が目にした光景は、気が遠くなるようなものだった。

「あたしに近づかないでもらえませんかね、クリントン医師《ドクター・クリントン》。さもなきゃ、あんたにこのナイフをぶっ刺しますぜ。言っときますが、一刺しじゃ済みませんよ。馬鹿なことをするもんじゃありませんって。あたしが逃げるよりも素早く殺すことなんざできやしないんだから。気をつけな、と言っておきますぜ」

アルヴィラは、もう限界だった。彼女の兄が召使いの後についていかなかったことに安堵《あんど》して、彼女は灌木の背後をこっそりと通って、屋敷に戻った。

彼女はただちに、今晩か明朝にも屋敷に来てくれるよう、ジョージ・ダルトン宛てに一筆したためた。頭に血が登っている上に、緊張しきっていたので、彼女は何度も書き間違えた。

メモを書き終えて封筒に収めると、彼女は通りに走っていき、幸い見つかった男の子に半ドルを渡し、ジョージ・ダルトンの事務所にそれを運んでくれるよう依頼した。

しかし、これら全ての出来事によって、彼女はくたくたに疲れ果ててしまった。

辛うじて書斎にたどり着き、談話室に倒れ込んだ彼女は、寒さと発熱によってガタガタと震えていた。

ドアが開き、クリントン医師が中に入ってきたのは、それから三〇分と経っていない頃だった。

既に暗くなっていたので、妹の姿は見えなかった。

想像上の敵と戦いながら、あちこち走り回った後、恐ろしさで足に根が生えたように立ち尽くした。

「いないのかい、アルヴィラ?」と、彼はひどく不安そうに声をかけた。

しかし、聴こえてきたのは吐息のみだったので、彼は蠟燭《ろうそく》に火を点《とも》して談話室に足を踏み入れた。

「何てことだ！　熱があるじゃないか！」

彼はひどく興奮し、叫び声をあげた。しかし、すぐに我を取り戻した。

彼女に厚い毛布をかけ、急いで台所に足を運ぶと、彼女のために温かい飲み物を拵《こしら》えた。

アルヴィラの熱が下がった時、彼は妹の傍らに座って、彼女の手を握っていた。

時折、彼の目に不安げな光が宿り、〈注射器〉のあるチョッキのポケットに手が伸びることもあった。

かなり回復したアルヴィラは、感謝の気持ちを込めて兄に笑顔を見せた。

「熱が出ているんだ」と、兄は話した。

「それは――あなたの熱病なの？」アルヴィラは怯えた様子で尋ねた。

クリントン医師は答えず、ぼんやりした様子で彼女を見ていた。

「あなたが追いかけていたまさにそのものの症状が自宅で見つかったというのなら、あなたと科学のためには素晴らしい事なんでしょうね。妹のことを誇りに思ってくれるのかしら、アルフレッド」

クリントンは目を大きく見開いて、彼女をじっと見つめた。

「アルヴィラ、きみがそれほどにまで崇高なことを思いつくだなんて、そんなことってあるんだろうか。他ならぬきみが、私と私の研究のことを理解してくれているとは。アルヴィラ、私はきみの兄だ！　自分の妹を犠牲にすることなんてできると思うのかい？」

「落ち着いて、大事な人」と、アルヴィラは言った。「明日の朝には治っているわ。落ち着いてちょうだい、あなたまで病気になってしまうわ。あなたの熱病にかかったわけじゃないんでしょう？」

クリントン医師は右手の親指と人差し指をチョッキのポケットに入れ、いつもの癖で注射器を弄《もてあそ》んだ。

「これは、痛ましい戦いの一幕ということになるのだろうな」

相変わらず皮下注射器を弄《いじ》り回しながら、クリントン医師はそう言った。

「妹の死によって、愛する兄が人生最高の目標に到達できた、などということにでもなれば。何も恐いことはないよ、アルヴィラ――これは、医師がよく口にする馬鹿げた問いかけの一つなのだけれどね。だが、どうして実現してはいけないんだ？　婦女子だって、我々のように人生を捧げることを許されてもいいんじゃないのか？　我々は、人生を科学に捧げてきた。我々の生命《いのち》を、喜びを、若さを、それから欲望のありったけをね。血の一滴、脳の神経繊維《しんけいせんい》の一本に至るまで、科学のために働かせてきたんだ。つまり、我々の全人生は自制、禁欲、そして犠牲からなる、連鎖の中の一つなんだ。婦女子とて、科学のために勇気ある一歩を踏み出すべきなのではないだろうか。たったそれだけのことで、最も偉大な男たちと肩を並べられるだろうに」

「とても疲れていらっしゃるんだわ、大事な人」と、アルヴィラは言った。「私の忠告を聞いて、モルヒネを打って眠るといいわ。私、気分が悪いの。できれば、少しだけ眠ることにするわ」

「きみの言う通りだ」クリントンはそう言って、気力をかき集めた。「モルヒネを打った方が良さそうだな。それに、考えてみるときみも一本打っておけば、ぐっすり眠ることができるだろうね。実際、そうしなければ眠ることもできなさそうだ」

彼は断固たる口調で、言葉を続けた。

「私の部屋から、必要なものを取ってくるよ」

彼は重い足取りで、その部屋を後にした。

V

「最新ニュースを知ってるかい？」

ある医師が、ジョージ・ダルトンに質問した。後者《ダルトン》の事務所に徒歩で向かっている最中のことだった。

「いや」と、ダルトンは答えた。「どんなニュースです？」

医師がダルトンに手渡した医学雑誌には、クリントン医師が発見した特異な病気について、余すところなく書かれた記事が掲載されていた。記事の書き手によれば、熱病に罹患している人間とは全く独立して存在する、病原菌の発見に成功したということだった。彼は、この独立した熱病の病原菌の毒性を最大級に強めた上で、それを弱体化させて完全に無害な状態にしてみせたのである。

彼は、こうしたことを全て動物を用いた実験によってテストしており、公の場で実証してみせた。その一方で、クリントン医師はこの研究に弾みを与えはしたものの、新しいことを何一つ成し遂げなかったとも書かれていたのだった。

「クリントン医師は、この記事でやり込められてしまうだろうね」

アスクレーピオス[*24]の使徒［医師を示す隠語］は、意地悪そうに言い放った。

ダルトンは重苦しい気分になって、個人事務所に入っていったのだが、雑用係の少年からアルヴィラのメモを手渡されて、いよいよもって衝撃を受けた。一刻も無駄にはしていられなかった。彼は、長年愛してきた女性からの呼び出しに、ただちに応じたのである。


「来てくれて、とても嬉しいわ」

ここ数時間以内で起こったことを全て伝えてから、アルヴィラは彼にそう言った。

「きみのお兄さんはどこにいるんだい？」と、ドルトンは尋ねた。

「ついさっき、私にモルヒネ注射を打つために下に降りていったところだわ。彼の言う通りよね。モルヒネなしでは眠れそうにないのだもの」

「それで、熱病への対処は何もなしなのかい？　薬は貰ったんだろうね？」と、ダルトンは尋ねた。

「いえ、彼は薬をあまり信じていないのよ」と、アルヴィラは話した。「私はすぐに良くなるわ。あら、もうお帰りになるの？」

ダルトンが立ち上がるのを見て、アルヴィラは尋ねた。

「きみのお兄さんに会いに行くよ」ダルトンは、断固たる口調で答えた。

「いいわね」と、アルヴィラは言った。「だけど、私に免じて、彼のあれこれについては我慢してあげて頂戴。何よりも、あなたがここにいる事についてお許しいただかないといけませんもの」

ダルトンはその部屋から出ていった。彼は早足で階下へと降りていき、医師の部屋へと向かう途中、開けっ放しのドアから光が漏れていることに気付いた。

ダルトンが足を止めてその部屋を覗き込むと、クリントン医師がじっと灯《あか》りを凝視しながら、テーブルの椅子に座っていた。

彼の前には一冊の本が開かれていて、その本に何やら書き付けていたようだった。右手にはペンを、左手には金色の注射器を持っていた。

ダルトンが入っていくと、クリントン医師は来客の姿を認めて椅子から飛び上がり、こう言った。

「妹が、少し発熱していてね。悪化すると良くないからモルヒネを注射することにして、たった今、化学的にテストしていたところなんだよ。こういう療法は、注意してし過ぎるということはないからね」

彼は、妹の婚約者をどんな風に拒絶したのかを、明らかに忘れているようだった。

クリントンの言葉は、最初のうちこそ恥ずかしそうだったものの、言い終える頃にはやや嘲笑気味の声音を帯びていた。ダルトンは自制心を失った。

彼の視線は、無意識のうちに本に向けられたのだが、そこには医師の大きく太い筆跡でその日の年月日が記され、その下には赤インクで「8：30P．M．、最後のトライアル」と書かれていた。

クリントンはドアに向かい、部屋から出ていこうとしたのだが、ダルトンが彼の行く手を妨げた。

「クリントン医師《せんせい》、名誉に誓って言えますか？　その注射は、あなたの妹を害するものではないと」

ダルトンの声は、掠《かす》れていた。クリントンはダルトンの言葉を聞いて硬直したのだが、すぐに落ち着きを取り戻すと、嘲笑的な声音で言い放った。

「この療法には信頼性がある、私が保証するとも」

しかし、彼は俄《にわか》に声の調子を変え、こう言った。

「このような遅い時間に訪ねてきた理由をお聞きしたいですな、ミスタ・ダルトン？　我々は、お互いの人生のため袂《たもと》を分かったと思っていたのですがね」

ダルトンは、クリントンをじっと見つめると、ポケットから〈熱病〉についての記事が掲載されている医学雑誌を取り出した。ダルトンは、落ち着いた声音で語りかけた。

「この雑誌にはね、クリントン医師《せんせい》、あなたにとって非常に重要な記事が載《の》っているんですよ。あなたの生涯を賭けた仕事に影響を与えるものがね。読んでいただけませんか」

ダルトンの視線に圧《お》されて、クリントンはその雑誌に目を向けた。

記事の見出しをちらりと見ただけで、彼の顔色は死人のように蒼白になった。

皮下注射器を握った手が震え、全身から力が抜けて、彼はぐったりと椅子に座り込んだ。

クリントンは記事を読み始めた。やがて、それを読み終えると、致命傷を受けた人間のように、深く息を吐き出した。医師は、ダルトンの考えを読み取りたいとでもいうように、彼を見つめていた。

ダルトンは、この視線に辛うじて耐えることができた。彼はあたかも、クリントン医師に死刑宣告を下したように感じていたのである。

突然、クリントンは椅子から立ち上がり、彼とダルトンの間にあった大きなテーブルの反対側へと足を踏み入れた。彼の目は明るく輝いて、その顔立ちを美しいものに見せていた。

「きみは、少し前に僕に質問した。この療法の信頼性について、私の名誉に誓えるかどうかとね。私は、命を賭けてそれを誓おう」

クリントン医師は自身の首のゆるい皮膚を引っ張ると、ダルトンが動く前に、注射器の内容物を注入した。初め、ダルトンは立ちすくんでしまったのだが、すぐにクリントン医師のもとに駆け寄ると、その手から注射器を奪い取った。

しかし、手遅れだった。

クリントンは、ダルトンを脅かそうとしただけだと言って、場の空気を明るくしようとしたのだが、ダルトンの絶望の表情を目にすると、それ以上の虚勢を張ることはできなくなった。

彼は恐怖の叫びをあげると、ダルトンの胸にすがりついて、こう言った。

「後生の頼みだ、ジョージ、アルヴィラを救ってやってくれ。私は自分を見失っていたんだ。だが、きみがいれば、彼女は大丈夫だろう」

「約束します」と、ダルトンは言った。「今は、横になって休んでください。その必要がありますよ。私は、アルヴィラの様子を見てきます」

彼の顔つきでアルヴィラを怖がらせてしまわないよう勇気を奮い起こすと、ダルトンはゆっくりと二階に上がっていった。

彼は、兄について望みを失うことがないよう、彼女に告げた。彼は大丈夫で、何かしら物理的な混乱によって中断されない限り、彼の研究を続けるだろうと。しかし、時にはアルヴィラも兄の世話をしてあげた方が良いと、彼は助言した。そのためにも、彼女はすぐにも元気にならなくてはいけないのだと。

彼はまた、彼女の兄と和解したので、これからは頻繁にやって来られると伝えた。そうして、彼は楽しげな風を装ったまま彼女のもとを辞《じ》したのだが、彼自身は悲嘆に暮れ、動揺していたのだった。

二日が経過した。ダルトンは一日に二度はやって来て、アルヴィラの報告に大いに元気づけられた。「兄さんは、疲れを感じているみたい」と、彼女は言った。「あの人は、科学的なメモを取っている本に、何もかも書き付けているの——自分の脈拍や、体温をね。私には、すごく優しくしてくれるわ。それに、あなたの男らしさや価値について、いつも褒めちぎっているのよ」

若い娘は、女が愛する男を誇りに思う時にのみ見せる笑みを浮かべた。

三日目になって、恐ろしい高熱がクリントン医師を襲った。彼の妹は日中、彼の傍らで様子を見ていて、夜になるとダルトンがモートと交代した。ベッドの近くにある小さなテーブルには、クリントンが克明にメモを記《しる》し続けている、日記帳が置かれていた。

妹が付き添っていた日中、彼は幾度か言葉を発した。高熱にも拘わらず、彼の意志の力は強く見えた。彼は、哀れな妹にショックを与えたくなかったのである。

しかし、男たちの前では違っていた。

今しも彼は、メキシコ人たちに取り囲まれて、蛇を贈られる幻覚を視《み》ているようだった。

「これはいい。噛まないじゃないか。さあ、おあがり！　おあがりったら！」と、彼は叫んだ。

しばらくすると、彼は今度は西インド諸島にいるようで、モートと共に患者を漁っているのだった。時間内に見つけられなければ、彼は絞首刑に処されてしまうのだが、ついに発見できなかった。

書斎の中は、ニヤニヤ笑いを浮かべる医師たちと、犬の吠え声や鼠が何かを噛む音でいっぱいだった。彼は『熱病の桿菌《バチルス》』と題する素晴らしい自書を探していたのだが、見つけることができなかった。

ニヤニヤ笑いの医師たちの中のある者が、彼の名声を奪おうとそれを盗んだのである。

ダルトンは、そうした支離滅裂な言動《げんどう》を耳にする毎《ごと》に身震いし、この場を離れたくなった。しかし、モートが部屋に入ってきて、動く骸骨のような男が哀れな医師を嘲笑い、意地の悪い目つきで眺め回すのを見てしまうと、その忌まわしい卑劣漢と彼を二人きりにしたくはなくなるのだった。

五日が経過した。クリントンは今なお、狂乱の只中《ただなか》にあった。

クリントンが突然、ベッドの中で体を起こしたのは、ダルトンが彼の傍らに座り、輝かしいキャリアの悲しい終わりについて考えていた時のことだった。

「ジョージ、私に約束してくれ」と、彼は言った。堅く、ゆっくりした口調だった。

「明日では遅過ぎるんだ。記事を書いた人物に、この本を送ってくれ。彼なら役立ててくれるだろう」

「この本にそれほど価値があるのなら、アルヴィラの利益のためにも出版してみた方が良いのでは？」

と、ダルトンは尋ねた。

「だめだ、だめなんだ！」と、クリントンは叫んだ。

「私は科学のためだけに研究を続けてきた。全ては科学のため、人類のためではなくね。きみが送ってくれないというなら、それを破り捨てる。もう一つあるんだ、ジョージ。あそこにあるモートの〈診療所〉の中に——あのガラス管の中に——世界中の熱病の病原菌が、あのガラス管の中にあるんだ。〈熱病の桿菌《バチルス》〉もね。あれを、葬り去りたいんだ。あのガラス管から熱病が広まって、人類を最後の一人まで滅ぼし尽くしてしまう。誓ってくれ、ダルトン、あれを破壊してくれると」

「毒を破壊するには、どうすればいいんです？」、ダルトンは躊躇《ためら》いながら質問した。

「火だ、火だ、火によってだ！」と、クリントンは絶叫した。

「さもなければ、モートの奴が人々の間に死を振りまくに違いない。あいつはいつだって、私の犬、ブルーノを手荒く扱っていた——もう時間がない。私には、新鮮な患者が必要なんだ。最後の注射をしなければ。ハ、ハ、ハ！　私こそが熱病の創造者なのさ！　馬鹿な奴らは、そのことに気づかなかったけれどな——それと、もう一つ……」

そこまで言って、クリントンは再び譫妄《せんもう》状態に陥った。

午前二時頃、モートが部屋に入ってきて、ダルトンと交代したがったのだが、後者《ダルトン》は夜明けまで残っていた。立ち去る時、ダルトンは彼がこう叫ぶのを耳にした。

「あれを燃やすんだ、ダルトン、モートもだ！」

ダルトンが屋敷を辞去《じきょ》してから二時間ばかりが経過し、少しでも休もうと横になろうとした時、火災の発生を告げる警報が鳴り響いた。

窓の外を見ると、クリントン医師の屋敷の方角で炎が上がっているのが見えた。

慌ただしく着替えを済ませて現場に駆けつけたダルトンは、消防士の努力にもかかわらず激しく燃え続けているモートの〈診療所〉の前で、両手をすり合わせているアルヴィラの姿を見出《みいだ》した。

〈診療所〉から離れているので、屋敷の方は無事だった。

「きみのお兄さんはどこにいるんだ？」と、ダルトンは叫んだ。

「わからないのよ」と、彼女は涙を落としながら答えた。「さっき、部屋に行ったのだけど、あの人もモートも姿が見えなかったわ」

午後になって、消防士たちが〈診療所〉の石床に倒れていた、黒焦げになっている二体の死骸を発見した。ダルトンは死骸を検分し、彼の友人である哀れなクリントン医師と、彼に仕えていた〈悪霊《イーブル・ジーニアス》〉ことモートのものだと確認した。

後者《モート》の胸には、ペルシャ風の長い短剣が刺さっていたのだった。

訳注

1 大火 the fire

一九〇六年四月一八日早朝にカリフォルニア州サンフランシスコを見舞った大震災と、それに伴う大火災のこと。

2 サン・クエンティン刑務所 San Quentin Penitentiary

一八五二年に創設された、カリフォルニア州マリン郡に存在する同州最古の刑務所で、正式名称はサン・クエンティン州立刑務所 San Quentin State Prison。

3 ゴート・ヒル Goat Hill

サンフランシスコ南部の高台にはビリー・ゴート・ヒルがあるが、海には面していない。一八九〇年代、ここはグレイ・ブラザーズ社の採石場で、一九一〇年代に閉鎖された後は近隣のゴミ捨て場となった。現在は公園。

4 ウー・ツァン地方 U-tsang

ツァン・ウーと呼ばれることも。一七世紀のダライ・ラマ五世の時代にウー地方と、南西部のツァン地方が統合され、チベット文化の中心地となった。

5 黒熱病 black fever

医学的には、トリパノソーマ科の原生生物リーシュマニアの感染が原因の内臓リーシュマニア症の別名で、インドでの呼称「カラアザール Kala-azar」に基づく。一九世紀初頭に亜熱帯地域で突然拡散した謎の熱病で、患者の脾臓《ひぞう》標本を調査した英国陸軍の軍医ウィリアム・ブーグ・リーシュマンが感染源を発見、一九〇三年に発表した。同一の病気ではないにせよ、参考にしたのだろう。

6 『ヴァテック』、『千夜一夜物語』 Vathek, Arabian Nights

『千夜一夜物語』は、一八世紀にフランスの東洋学者アントワーヌ・ガランが紹介したイスラム世界の説話集。『ヴァテック』は、英国の作家ウィリアム・トマス・ベックフォードが、ガランに倣いフランス語で著したアラビア風物語で、共にＨＰＬに影響を与えた。（「無名都市」「ピックマンのモデル」の訳注・解説を参照）

7　トゥアレグ族 Tuareg
サハラ砂漠西部で遊牧生活を送っているベルベル人系民族。アメリカの政治家・著述家であるイグネイシャス・ダンリーは、一八八二年刊行の『アトランティス～大洪水期前の世界』で、トゥアレグ族などの黒人種の間に時折、金髪碧眼の子供が生まれるというアレキサンダー・ウィンチェルの『先アダム人 Preadamites』(一八八〇年)からの引用を示し、アトランティス人の末裔説を唱えた。これに基づき、フランスの小説家ピエール・ブノアは、サハラ砂漠奥地のアトランティスの末裔にまつわる小説、『アトランティード』(一九一九年)を著した。

8　皇帝ネロの大火 the Neronic fire
第五代ローマ皇帝ネロ・クラウディウス・カエサル・アウグストゥス・ゲルマニクスの治世である六四年七月一九日、ローマ市一四区中の一〇区を焼き尽くしたという大火事。当日、アンティウム(アンツィオ)の別荘に滞在していたネロはただちに帰還、鎮火と事後処理に奔走したが、首都移転のための自作自演などの風評が流れた。

9　ジェンナー、リスター、コッホ、パストゥール、メチニコフ Jenner, Lister, Koch, Pasteur, Metchnikoff
順にエドワード・ジェンナー、ジョゥゼフ・リスター、ロベルト・コッホ、ルイ・パストゥール、イリヤ・メチニコフで、全て細菌と免疫医療にまつわる功績のある一九世紀の著名な医師。

10　ジャガーノート juggernaut
一四世紀英国の偽旅行記『ジョン・マンデヴィルの旅行記』によれば、巨大なジャガーノート神(本来はジャガンナート)の像を乗せた巨大な山車が町を練り歩くインドの町カラミの祭りにおいて、信徒が山車の下に身を投げて手足や命を捧げ、来世での幸福が得られると信じたという。ジュール・ヴェルヌの『八〇日間世界一周』にも取り上げられ、「人智では変えられない運命の如き巨大な力」を意味する英語となった。なお、ジャガーノートの逸話を含むインドや中国に関する『旅行記』の記述は、モンゴル(元)に派遣された修道士オドリックの報告を誇張したもので、モチーフとなった祭りは実在するものの、自己犠牲の慣習は創作である可能性が高い。

11　半猿 semi-apes

一九世紀に信じられていた生物の系統樹において、人間の祖先である類人猿Ape-Men、猿Apesのさらなる祖先と考えられた、キツネザル下目Lemuroideaの古い総称。

12　ホガール山地　Hoggar region
アルジェリア南部のサハラ砂漠の只中にある高地で、ピエール・ブノアの小説『アトランティード』においてアトランティス人の末裔と結び付けられる。訳注7も参照。

13　チベットの高地、中国　uplands of Thibet, China
第1集収録の「クトゥルーの呼び声」を参照。

14　ウェスタン・ユニオン　The Western Union
一八五一年設立の電信会社。一八七九年にベル電話会社（AT&Tの前身）との特許訴訟に敗北した後、通信事業から資金移動業へと主事業を移していた。

15　深紅の砂漠　the Crimson Desert
一九二七年執筆の「ネクロノミコンの歴史」において、HPLはアラビア半島南部のルブアルハリ砂漠について「古代の人々にはロバ・エル・カリイエないしは〈虚ろなる土地〉と呼ばれ、現代のアラブ人には〈ダハナ〉あるいは〈深紅〉の砂漠と呼ばれる」と書いた。この文章は、『ブリタニカ百科事典』の一八七五年版における「アラビア」項目からほぼ丸写しにしたものである。

16　円柱都市イレム　Irem, the City of Pillars
第2集収録の「無名都市」の訳注13を参照。

17　ナグとイェブ　Nug and Yeb
本作が初出の神々。第1集の収録作である「墳丘」（一九三〇年）、「永劫より出でて」（一九三三年）でも言及される。ジェイムズ・F・モートン宛の一九三三年四月二七日付の書簡には、アザトースを頂点とする神々の系図が掲載され、ナグとイェブはヨグ゠ソトースとシュブ゠ニグラスの夫婦の間に生まれた子供とされる。アザトースにとっては曾孫にあたり、ナグはクトゥルーの、イェブはツァトーグァの親でもある。ウィリス・コノヴァー宛の一九三六年九月一日付の書簡にも、ヨグ゠ソトースとシュブ゠ニグラスの間に邪悪な双子ナグとイェブが生まれたという記述があるので、この血縁関係はHPLの中では確定事項だったのだろう。

18　エフタの娘　Jephthah's daughter
エフタは、旧約聖書「士師記」に登場するヘブライ人の指導者、士師の一人。アンモン人との戦争に際し、エフタはもし勝たせてくれるなら、自宅に帰った時、最初に戸口から迎えに来た者を犠牲として神に捧げるという誓約を立てた。戸口に現れたのは、エフタの一人娘だった。

19　いんちき医者《クワック》　quack
一八世紀のオランダで、町に定住せず巡回医療を行った医師、クワックザルヴァー kwakzalverが語源。整体師、目医者、歯医者もこれに含まれた。いんちき医療が横行したため、後世、偽医者、詐欺師の代名詞となった。

20　「魔法使いは〜べからず」　'Thou shalt not suffer a witch to live'
欽定訳聖書、「出エジプト記」二二章一八節の引用。

21　テュアナのアポロニオス　Apollonius of Tyana
ナザレのイエスと同時代の賢人で、その事績はフラウィオス・ピロストラトスの『テュアナのアポロニオス伝』に詳しい。ピタゴラス派の学園に学び、各地を遍歴した。

22　モート　Mort
フランス語（発音は「モー」）で「死」を意味する言葉。

23　神父　fisherman
新約聖書「ルカによる福音書」における、ナザレのイエスの「あなたは人間をとる漁師になる」という言葉に基づくキリスト教用語で、福音伝道者や聖職者を示す。

24　アスクレーピオス　Esculapius
ギリシャ神話における名医、医学の神。アポロドーロスの『ビブリオテーケー』によれば、アスクレーピオスはアポローンとテッサリアのコローニス王女の子。浮気が発覚したことで怒ったアポローンに母親が灼き殺された際、腹の中にいた彼は救い出されて、半人半馬の賢者ケイローンに預けられたという。ガイウス・ユリウス・ヒュギーヌスの『神話集』では、医術の発明者であるケイローンの弟子となり、女神アテーナーからもらったゴルゴーンの血液を用いて死者すら蘇らせたとされる。

イグの呪い

The Curse of Yig

（ズィーリア・ビショップのための代作）

1928

一九二五年、私は蛇にまつわる伝承を探し求めてオクラホマ州に出かけていき、その後の終生続くことになる蛇への恐怖を抱いて帰還することとなった。

私が見聞きしたことについては全て合理的な説明がつくので、愚かしいことだと認めはするが、それでもなお恐怖が私を捉えて離さないのだ。昔話というものが、全くもってそれだけのものでしかないのであれば、私もこれほどひどく震え上がりはしなかったことだろう。

アメリカン・インディアンの民族学者としての研究を通して、私はあらゆる種類の突飛な伝説に対する耐性を身につけていて、奇抜な法螺話《ほらばなし》にかけては、無教育の白人が赤肌人《レッドスキン》を彼らの専門分野で打ち負かせることを知っている。

だが、ガスリーの精神病院で、この目で見たものを忘れることはできないのだ。

私がその病院を訪ねたのは、幾人かの最古参の入植者から、重要なものをそこで目にすることができるだろうと教えられたからだった。

私がその痕跡を辿ってきた蛇神の伝説については、インディアンも白人も、何も話してくれそうになかった。石油ブームでやってきた新参者は当然、こうしたことには無知だった。赤肌人や古参の開拓者たちは、私がそうした伝説について話をしようとすると、ひどく怯えた様子を見せた。

病院のことを口にしたのは六、七人ほどに過ぎなかったが、皆、一様に声を潜めたものである。しかし、そんな風に囁《ささや》いてくれた者たちは、マクニール医師[*1]がたいそうな恐怖の名残を見せてくれるだけでなく、私が知りたいことを何もかも教えてくれるだろうと言ったのだった。

蛇たちの父である半人のイグ[*2]がなぜ、オクラホマ州の中央部で忌避され、恐れられているのか。そして、古参の入植者たちがなぜ、人里離れた土地で絶え間なく太鼓《トム＝トム》が鳴り響き、秋の日々の昼夜を悍《おぞ》ましいものとする、インディアンの密儀に震え上がるのか、その理由を説明してくれるというのである。

猟犬が臭跡を追跡していくように、私がガスリーへと赴いたのは、インディアンの間で蛇の崇拝がどのように進展しているかについて、長年にわたり情報を集めていたからだ。

伝説と考古学的遺物の底に、間違いなく潜んでいる要素の数々から、大いなるケツァルコアトル[*3]——メキシコ人の恵み深い蛇神——には、より古く暗澹《あんたん》とした原型が存在すると常々感じていたのである。

ここ数ヶ月の間、グアテマラからオクラホマ州の平原にかけての一連の調査を通して、私はその仮説をおおよそ立証していた。しかし、国境の北側における蛇の崇拝は恐怖と秘密主義に取り巻かれていて、何もかもがじれったいまでに足りていなかった。

今や、潤沢《じゅんたく》な情報源が新たに出現しようとしていたので、私は逸《はや》る心を隠そうともせず、病院の責任者を探した。マクニール医師はいささか高齢の小柄な、髭を綺麗に剃った人物で、その話し方や物腰によって、その職業以外の数多くの分野でかなりの業績をあげている学者だと察せられた。

私が最初に用件を伝えた時には、憂慮と疑念を抱いたようだったが、私の信用証明書と、親切な元インディアン管理官の老人が書いてくれた紹介状を注意深く確認しているうちに、何事かを考え込んでいるような様子になった。

「すると、あなたはイグの伝説を研究なさっているというわけですな？」

もったいぶった口調で、彼は返事をした。

「私もね、我がオクラホマ州の少なからぬ民族学者たちが、それをケツァルコアトルと結びつけようとしていることを存じ上げておりますよ。ですが、その中間段階を首尾よく辿ることのできた者は、誰もいなかったように思います。あなたはお若いにもかかわらず、素晴らしい仕事をなさっているので、私どもがお教えできる全てをご提供して然《しか》るべきでしょうな」

「年寄りのムーア少佐であれ他の誰であれ、ここに何がいるのか、教えてくれなかったことでしょう。彼らはそれについて話したくないでしょうし、私にしても同じことです。甚《はなは》だ悲惨で恐ろしいことなのですが、それだけのことに過ぎません。私はあれを超自然的なものだと見なしてはおりません。実際に御覧になっていただいてから、それにまつわる話をすることにいたしましょう——呪わしくも悲しい話なのですが、魔術によるものとは呼びたくありません。それは単に、信仰というものがある種の人々に及ぼす効果を示しているだけのことなのです。肉体上のものにとどまらない震えを感じることもあるのは確かなのですが、日中はそうしたものを全て神経のせいにしています。私ももう若くありませんから、残念なことにね！」

「端的に申し上げると、この病院にはあなたがイグの呪いの犠牲者と呼ぶかもしれない患者がいるのですよ——生身の犠牲者がね。大半の看護婦には見せないようにしているのですが、彼女たちの大半がそれがここにいることを知っています。真面目で年老いた男たち二人に限って、食事の世話や部屋の掃除を任せているんですよ——以前は三人いたのですがね、老スティーヴンスは数年前に亡くなりました。新しいグループをすぐにも仕込んだ方が良いだろうとは思っていますよ。何しろ、それは年を取る様子もなければ変化もしないようなのですが、私どもが雇っている老人たちはいつまでも働き続けるわけにはいきませんからね。近い将来の倫理的価値観が、それに慈悲深い解放〔安楽死のこと〕を与えてくれることになるかもしれませんが、どうにも難しい話ですよ」

「車道から来られました時、東棟の地上に露出している、すりガラスになっている地下室の窓を御覧になりましたか？　あそこにいるんですよ。これから、あなたをお連れします。何も仰《おっしゃ》る必要はありません。ドアの可動パネル越しに御覧になって、それほど明るくないことを神に感謝するのがよろしいかと。その後、お話をさせていただきますよ——私がまとめることのできた限りのお話をね」

　私たちは物音を立てずに階段を降りて、見た感じ人気が感じられない地下の廊下を抜けていく最中、一言も言葉を交わさなかった。マクニール医師は、灰色に塗装されたスチール製のドアを開いたのだが、それはさらに奥へと伸びている廊下へと通じる隔壁に過ぎなかった。

　彼はＢ１１６と書かれたドアの前でいったん立ち止まり、彼自身は爪先立ちしないと使えない小さな観察用のパネルを開けた。そして、そこにいるのが何者であるにせよ、住人の目を覚まさせるかのように、塗装された金属製のパネルを幾度か叩いた。

　医師がパネルを開けた時、開口部からはかすかな悪臭が漂い出し、彼が叩いたのに反応したものか、低くしゅうしゅういう歯擦音が聴こえてきたような気がした。

やがて、覗き穴を前にした医師は、自分と場所を代わるように身振りで促し、私は特に理由もないのに高まる身震いを覚えながら、言われた通りにした。

外の地面に間近い位置にある、鉄格子付きのすりガラスの窓からは、弱々しくちらつく青白い光しか射し込んでいなかった。それで私は、悪臭漂う巣《へや》の中を数秒間覗き込んでようやく、藁《わら》で覆われた床を這《は》ったりのたくったりしながら、時折、弱々しく虚ろな歯擦音《しさつおん》を発する何かを目にしたのだった。

やがて、暗くてはっきりと見えなかった輪郭が形を取り始めると、その体をのたくらせている存在が、腹ばいで横たわっている人間にどこかしら似ていなくもなかったことに、私は気づいたのだった。

気絶してしまいそうになるのを堪《こら》えようと、私はドアの把手《ハンドル》を握りしめて体を支えた。

動き回っているものはほぼ人間ほどの大きさで、衣服を一切身に着けていなかった。

全身が無毛で、黄褐色《おうかっしょく》に見える背中は、仄暗く気味の悪い光の中で、ぼんやりとではあるが鱗《うろこ》に覆われているように見えた。茶色がかった肩の周りには、斑紋らしきものがあり、頭部については甚だ奇妙なことだが、平べったくなっていた。

それが顔をあげて私に向けて歯擦音を発した時、ビーズのように小さく黒い両眼が、忌まわしいほど類人猿に似ているのを目にしたのだが、長く見つめ続けることには耐えられなかった。

恐ろしいほどの執拗さで、二つの眼が私をじっと見ていたので、私は息を喘《あえ》がせながらパネルを閉め、そいつが虚ろな薄明の中、誰に見られることもなく藁を敷いた上で体をのたくらせるままにした。

少しばかりよろめいてしまったようで、医師が優しく私の腕を掴み、ドアから離れさせてくれた。

私はどもりながら、幾度も言葉を詰まらせてしまった。

「し、しかし——神よ、何てことだろう、あれは一体何なんです？」

マクニール医師は個人用事務室で、向かい側の安楽椅子にぐったりと体を預けている私に、それについての物語を話してくれた。午後遅くの金色と深紅に彩られた空が、黄昏《たそがれ》時の紫色に変化する頃になっても、私は畏敬の念に満たされて、身動《みじろ》ぎすることもできなかった。

電話のベルやブザーが鳴り響く度に私は苛立ち、時折ドアをノックしては、わずかな間であっても医師を部屋の外に呼び出す看護婦や研修医《インターン》を罵りたくなるほどだった。

夜になって、医師が灯《あか》りを全てつけてくれたのはありがたかった。私は科学者ではあるが、炉辺で順番に魔女の話をする時に幼い少年が感じるような、息もつけないほどの恐怖に耽溺するあまり、調査への熱意を忘れかけてしまったほどだった。


中部平原《セントラル・プレーンズ》[*4]の部族の蛇神であるイグ——おそらく、より南方のケツァルコアトルやククルカンの祖型——は、きわめて勝手気ままな性質の、奇妙な半人の悪魔だったらしい。

全くの悪というわけではなかったが、彼と彼の子供たちである蛇に然《しか》るべき敬意を払う者たちのことは大抵、かなり好意的に扱った。しかし、秋になると異様に飢えた状態になるので、適切な儀式を執り行って追い払わねばならなかった。

そのようなわけで、ポーニー族[*5]やウィチタ族[*6]、カドー族[*7]の国では、八月、九月、そして一〇月の間は毎週のように絶え間なく太鼓《トム＝トム》が打ち鳴らされ、呪術医たちがアステカ人やマヤ人のものと奇妙に似通ったガラガラや呼び子で風変わりな音を立てるのだった。

イグの主要な特性は、子供たちに対する執拗とも言える献身的な愛情である――その愛情のあまりの強さから、赤肌人たちは彼らの土地に群がる有毒のガラガラヘビから身を守ることすら恐れたという。密やかに語られる恐ろしい物語の数々は、彼《イグ》を嘲ったり、体をのたくらせる彼の子孫に害を与えたりした定命《にんげん》の者に対する、彼の復讐をほのめかしていた。彼がよく選んだ方法は、行いに相応しい拷問の後、犠牲者を斑模様《まだらもよう》の蛇に変えてしまうことだったとか。

昔日《せきじつ》のインディアン特別保護区では、と医師は話を続けた。イグについて、それほど隠されてはいなかった。平原の部族は、荒野を放浪する部族やプエブロ族[*8]ほど用心深くはなく、最初のインディアン管理官に彼らの伝説や秋の祭儀について、あけっぴろげに話した。かくして、近隣の土地の白人入植者たちの間に、伝承が大いに広まることとなったのである。

甚大なる恐怖が訪れたのは、八九年の入植競争《ランドラッシュ》[*9]の最中《さなか》のことだった。いくつかの尋常ならざる事件にまつわる噂が流れたのだが、悍《おぞ》ましくも具体的な証拠らしきものによって、噂の内容が裏付けられたのである。

インディアンたちが、新しくやってきた白人たちはイグとうまくやっていく術《すべ》を知らないと言明して以来、入植者たちはその意見を額面通りに受け止めるようになった。

今日《こんにち》、オクラホマ州の中央部に古くから住んでいる者たちは、白かろうが赤かろうが、蛇神については曖昧にほのめかすのみで、決して言葉に乗せようとしなくなっている。

しかし、結局のところ、と医師は必要以上に力を込めて付け加えた。真実と証明された唯一の恐ろしい出来事は、魔法のしわざというよりも、憐れむべき悲劇と呼ぶのが相応しいのである。

全てが世俗的で残酷な出来事だった――さんざんに論争を引き起こした最終段階でさえ、そうなのだ。マクニール医師はいったん話を中断し、特別な話に本腰を入れる前に咳払いした。私はといえば、劇場の幕が上がる時のような、ぞくぞくする感覚を覚えていた。

事が始まったのは一八八九年の春、ウォーカー・デイヴィスとその妻オードリーが、新たに開かれた公有地に入植しようとアーカンソー州を離れた時のことで、終幕はウィチタ族の土地で訪れた――現在はカドー郡となっている、ウィチタ川の北側である。

今はそこにビンガー[*10]という小さな村があって、鉄道も通っているのだが、それ以外についてはオクラホマ州の他の土地と同様、少しも変化していない。大油田からは離れているので、今もなお農場や牧場のある地域となっている――この頃は、生産高がかなりのものになっていた。

ウォーカーとオードリーは、帆布で覆った荷馬車《ワゴン》に、二頭のラバ、「ウルフ」という名の年老いた役立たずの犬、それから一切の家財道具を積み込んで、オザーク高原のフランクリン郡からやってきたのだった。典型的な山の住民で、若く、たぶん大抵の者たちよりも大きな野心を抱き、アーカンソーにいた時よりもずっと勤勉に働けば、より大きな報いがあるという新生活を楽しいにしていた。

二人とも痩せこけていて、まるで骨格標本のようだった。

亭主は背が高く、髪は砂色、眼は灰色をしていた。女房は背が低くてやや浅黒く、まっすぐに伸びた黒髪は、インディアンの血がわずかに混ざっていることをほのめかしていた。

彼らには概《おおむ》ね、とりたてて目立つようなところはなく、ある一点を除けば、彼らの人生は当時、新しい土地に押し寄せた他の数千人の開拓者たちと何ら異なるものではなかった。

それは、ウォーカーがほとんど痙攣《けいれん》を起こさんばかりに蛇を恐れていたということである。生まれつきだという者もいれば、彼が幼い頃、年老いたインディアン女《スクワー》が彼を脅かそうとして告げた、彼の死に方についての不吉な予言が原因だという者もいた。

原因が何であれ、その結果は実に目覚ましいものだった。普段はすこぶる勇敢なのにもかかわらず、蛇のことを耳にするだけで、顔面蒼白になって失神してしまうのである。ごく小さな標本を目にしただけでも、時として痙攣性の発作に繫がりかねないショックを引き起こすことだろう。

デイヴィス夫妻はその年の早くに出発し、新しい土地で春の耕作ができることを望んでいた。旅路は遅々としたものとなった。アーカンソー州の道は悪く、かと思うと特別保護区内にはうねうねと連なる丘陵と赤い砂の荒野がどこまでも広がっていて、道などありはしなかったのである。地形が平坦になるにつれて、生まれ育った山地との違いが、おそらくだが思っていた以上に彼らを意気消沈させた。しかし、インディアン管理事務所の職員たちが実に親切で、定住しているインディアンについても大部分が友好的で、文明化されていることを知った。時には、お仲間の開拓民に遭遇することもあって、大抵は粗野な冗談が交わされ、和やかに張り合ったりもした。

季節柄、数多くの蛇を目にすることもなく、ウォーカーは特異な気質上の弱点に悩まされるようなことはなかった。旅路の早い段階でも、彼を苦しめる蛇の伝説を耳にするようなことはなかった。南東から移住させられた部族は、西部の同胞たちの突飛な信仰を共有していなかったのである。

運命のめぐり合わせで、クリーク族の土地であるオクモルギーにいた時、デイヴィス夫妻に初めてイグ信仰についてほのめかしたのは白人の男だった。このほのめかしに、ウォーカーは奇妙にも関心を抱いたようで、それからというもの、彼は実に遠慮なく話を聞いて回るようになった。

ウォーカーの熱中は、ほどなくして重度の恐怖に変化した。

彼は野営の度《たび》に異様に思えるほどの注意を払い、植物を見つければただちに取り除き、石の多い場所をできるだけ避けていた。今の彼には、発育の悪い灌木《かんぼく》の茂みや、敷石じみた大きな岩の溝のいたるところに、悪意ある蛇が隠れているように見えていた。

のみならず、見るからに定住者や移民者の一行ではない人間の姿を目にすると、近づいてそうではないことが判明するまでの間、蛇神ではないかと疑うようになっていたのである。

幸いにして、この段階ではまだ、彼の神経を更に揺さぶる厄介な出会いはなかったのだが。

キカプー族[*11]の土地に近づくにつれて、岩の近くでの野営を避けることが難しくなってきた。

ついにそれが不可能になると、哀れなウォーカーは、子供の頃に習い覚えた素朴な蛇よけの呪文をぶつぶつと口にするという、子供っぽい手段をとるまでになった。

二、三回ばかり実際に蛇をちらりと目にすることがあったのだが、平静を保とうとする努力を重ねていたので、その光景が原因で気絶するには至らなかった。

旅立ってから二二日目の夕暮れ、激しい風が原因で、ラバたちのためにもできるだけ風をしのげる場所に野営することを余儀なくされた。オードリーは、かつてはカナディアン川の支流だった、干上がった川床の上にかなり高くそびえている崖を利用するよう、夫を説得した。

彼は、その場所の岩の並び方が気に入らなかったのだが、今回ばかりは方針を曲げることにして、地質のせいで荷馬車《ワゴン》では近づけない斜面に向かって、不機嫌そうに動物たちを連れて行った。

荷馬車《ワゴン》の近くの岩を調べていたオードリーは、すっかり弱った老犬のいるあたりから、尋常でない様子で嗅ぎ回る音が聴こえるのに気づいた。ライフルを手にして犬の後を追いかけた彼女はほどなく、ウォーカーよりも早く発見できたことを星々に感謝することとなった。

二つの大きな岩に挟まれた隙間に、とても彼には見せられないものが、気持ちよさげに巣に収まっていたのである。見た感じ、一匹が長い体を巻いているようにしか見えないのだが、どうやら三つか四つほどの別個の集団から成っているようだった。生まれたばかりのガラガラヘビの群れが、のろのろと体をくねらせながら身を寄せ合っているのに違いない。

ウォーカーがショックを受けることがないよう、オードリーは躊躇《ためら》わずに行動した。ライフルの銃身をしっかり摑むと、体をくねらせているものに幾度も振り下ろしたのである。

嫌悪感は大きかったが、真の恐怖にまで高まることはなかった。最後に、自分の仕事をやり終えたことを見て取ると、彼女は赤い砂や近くに生えている乾燥した枯れ草で、即席の棍棒を拭った。

ラバを繫いだウォーカーが戻ってくる前に、巣を隠さなければならないと、彼女は思い起こした。シェパード犬とコヨーテを祖先に持つ老いぼれのウルフが姿を消していたので、主人を呼びに行ったのではないかと危惧したのである。

まさにその時、聴こえてきた足音は、彼女の危惧が現実のものとなったことを意味していた。

次の瞬間、ウォーカーは全てを目撃してしまった。オードリーは、彼が気を失ったら抱きとめようとする素振りを見せたのだが、彼は体をふらつかせているのみだった。

やがて、血の気が失せた彼の純然たる恐怖の表情は、畏怖と怒りの入り混じったものにゆっくりと変わっていき、彼は声を震わせながら妻を叱責《しっせき》しはじめた。

「勘弁してくれよオード、どうしてこんなことをしちまったんだ？　蛇悪魔のイグについて、あいつらが言ってたことを全然聞いてなかったのか？　俺に話してくれさえすりゃ、俺たちゃ先に進めたのによ。子供たちを傷つけるだけで、悪魔の神にどんな目に遭わされるか、知らなかったとでもいうのか？　秋の間、インジャンがみんな踊ったり太鼓を叩いたりするのは、何のためだと思ってるんだ？　この土地は呪われているんだって、お前にも言ったよな――俺たちがこっちに出てきてから話した人間は、みんな同じことを言ってるんだって。イグがここらを支配していて、毎年秋になると生贄《いけにえ》を捕まえにやってきて、蛇に変えちまうんだってな。なあ、オードよ、カナジャン川の向こうのインジャンは、金のためじゃなくて愛のために、誰だって絶対に蛇だけは殺さねえんだよ！」

「神様はよ、お前がしでかしたことぐらいお見通しなのよ、娘さんよ、イグの子供たちを叩き潰して、血まみれにしちまったことをよ。インジャンの呪術医の誰かに金を払って呪《まじな》いをかけてもらわない限り、おそかれはやかれ、お前さんは間違いなくイグにとっ捕まることだろうよ。捕まっちまうのさ、オードよ、神様が天国にいらっしゃるのと同じくらい確かなことさ――彼は夜に外に出てきて、お前さんを這い回る斑《まだら》の蛇に変えちまうんだ！」

残りの旅の間中、ウォーカーはすっかり怯えきった様子で、叱責と予言を口にし続けた。

彼らはニューキャッスルの近くでカナディアン川を渡り、見たことだけはあった本物の平原のインディアンと、初めて対面することになった——毛布を纏《まと》ったウィチタ族の一行で、彼の差し出したウィスキーの虜になった酋長《しゅうちょう》*12は腹蔵なく話をしてくれるようになり、同じ霊液《ウィスキー》の一クォート瓶と引き換えに、イグに対して身を護る効果のある長ったらしい呪文を哀れなウォーカーに教えてくれたのだった。

その週が終わるまでには、ウィチタ族の土地にある割り当て地に到着し、デイヴィス夫妻は慌ただしく境界線を確認すると、小屋《キャビン》を建て始める前に春の耕作を行った。

このあたりは平坦で、荒涼として風も強く、自生する植物は少なかったが、開墾しさえすれば肥沃な農地になってくれるはずだった。そこかしこに頭を覗かせている花崗岩《かこうがん》が、赤い砂岩が粉々になってできた土壌を多様化し、そこかしこにある大きな平石が人工の床のように、地面に沿って伸びていた。蛇も蛇がいそうな巣穴も見当たらないようだったので、オードリーは最終的に、地表に露出している広々としたなめらかな巨岩の上に、ワンルームの小屋《キャビン》を建てるようウォーカーを説得した。

そのような床とかなり大型の暖炉があれば、じめじめした空模様を物ともしないことだろう——もっとも、この地域はあまり湿っぽくはならないことが、間もなく判明したのだけれど。

ウィチタ山脈の方向に何マイルか離れた、最も近い森林地帯から、丸太を荷馬車《ワゴン》で運んできた。一番近くにいる住民でさえ一マイル〔約一・六キロメートル〕以上離れていたが、ウォーカーは他の入植者たちの力を借りて、大きな煙突のある小屋《キャビン》と粗い造りの納屋を建てた。

そのお返しに、彼もまた手伝ってくれた者たちが同じような住居を建てるのを手伝ったので、新しい隣人たちの間には友情の絆《きずな》が芽生えることになったのである。

北東に三〇マイル以上は離れている、鉄道の通っているエル・レノよりも近いところには、町と呼べるようなものは存在しなかった。数週間が過ぎる頃には、この界隈の住民たちは、広範囲に散らばっていたにもかかわらず結束力を非常に強めていた。

牧場に住み着き始めていたわずかな数のインディアンたちは、大半は無害な存在だったが、政府から全面的に禁止されているにもかかわらず、どうにかして手に入れた酒を飲んですっかりできあがってしまうと、何かと喧嘩腰になるのだった。

隣人たちの中でも、デイヴィス夫妻と同じくアーカンソー州からやってきたジョーとサリーのコンプトン夫妻[*13]は、誰よりも役に立つ親切な人々だとわかった。サリーはまだ存命中で、今ではコンプトンのお婆ちゃんとして知られている。また、息子のクライドは、州の有力者たちの一人となっている。

両家の小屋は二マイルしか離れていなかったので、サリーとオードリーは頻繁に互いを訪問し、春や夏の長い午後には、懐かしいアーカンソー州の話や新しい土地の噂話を数多く交換したものだった。

サリーは、蛇を怖がるというウォーカーの弱点について大いに同情的だったが、夫がひっきりなしにイグの呪いについて祈りを捧げ、予言めいたことを口にしているのが伝染し、揃って神経を昂《たか》ぶらせていたオードリーを、癒やすというよりもどうやら悪化させてしまったらしい。

彼女は身の毛もよだつような蛇の物語を大量に知っていて、彼女が傑作と認める話によって恐ろしくも強烈な印象を与えてしまったのだ——スコット郡のある男が、ガラガラヘビの群れに一度に嚙まれて、体が毒で途方もない大きさに膨れ上がり、ついには音を立てて破裂してしまったという話である。

言うまでもなく、オードリーは夫にこの逸話を聞かせたりはせず、コンプトン夫妻には田舎の集まりでくれぐれもその話をしないよう懇願したのだった。ジョーとサリーの名誉のために言っておくと、彼らはこの上ない忠実さで彼女の頼みを心に留めたのである。

　ウォーカーは早々とトウモロコシを作付けし、真夏には空いている時間を利用して、この地域に自生しているアスパラガスをたっぷりと収穫した。

　ジョー・コンプトンに手伝ってもらって、非常に良質な水がほどほどに湧き出す井戸を掘ったが、いずれ深掘り井戸を造ることも計画していた。

　深刻な蛇の脅威に遭遇するようなことも滅多になく、彼は自分の土地が体をのたくらせる闖入者《ちんにゅうしゃ》どもが生存しづらい場所になるよう、できる限りのことをした。

　折に触れて、彼はウィチタ族の主要な集落を形成する、屋根を草で葺《ふ》いた円錐形の小屋が群がるところに馬に乗って出かけていき、蛇神と、彼の怒りを打ち消す方法について、老人たちや呪術医たちと長い間話し込んだ。いつも、ウィスキーと引き換えに呪文を教えてもらっていたのだが、彼が得た情報の大部分は、心休まるどころのものではなかったのである。

　イグは大いなる神じゃった。彼は不吉な存在《バッド・メディスン》じゃった。彼は物事を決して忘れぬ。秋になると、その仔《こ》らは腹を空かせて獰猛になり、イグもまた腹を空かせて獰猛になる。トウモロコシの収穫時期がやってくると、あらゆる部族がイグに抗う呪文を唱えた。彼《か》のものにトウモロコシをいくらか与えて、呼び子、ガラガラ、太鼓の音に合わせ、正装で踊ったものよ。彼らはドラムを叩き続けてイグを遠ざけ、人間がその子供たちであるところのティラワ[*14]の助けを求める。デイヴィスの女《スクワー》がイグの仔らを殺したのはよくないことじゃった。トウモロコシの収穫時期がやってきたなら、デイヴィスは呪文をたくさん唱えねばなるまいて。イグはイグよ。イグは大いなる神なのよ。

トウモロコシの収穫時期が訪れるまで、ウォーカーは妻を嘆かわしいほど不安定な状態に陥れていた。彼の祈りや借り物の呪文が日々の生活に支障をきたしただけでなく、インディアンの秋の儀式が始まると、太鼓《トム＝トム》の音が常に遠くから風に運ばれてきて、禍々《まがまが》しい背景までが加わったのである。広大な赤い平原に、くぐもった太鼓の音が絶えず響き渡っていて、頭がおかしくなりそうだった。一体全体、止まるということはないのだろうか。昼も夜も、毎週のように、その音を運ぶ赤い砂混じりの強風のように倦《う》まず弛《たゆ》まず、永遠に尽きることなく続いているのだった。オードリーは、夫よりもそれを厭《いと》わしく思っていた。というのも、夫の方は太鼓《トム＝トム》の音の中に、その喧騒を埋め合わせるに足る守護の力を見出していたからである。

邪悪に対抗する強力で、触れることのできない防壁を感じながら、彼はトウモロコシの収穫に着手し、小屋と納屋に来たるべき冬の備えをした。

秋は異様なほど暖かく、ウォーカーがあれほどの配慮のもと拵《こしら》えた石の暖炉を、デイヴィス夫妻は昔風の料理を作る時を除いてほとんど使用しなかった。熱気を孕《はら》んだどこか不自然な粉塵雲《ふんじんうん》が入植者全員の、とりわけオードリーとウォーカーの神経を滅入らせた。ガラガラヘビの呪いに付きまとわれているという馬鹿げた考えと、遠くから聴こえてくるインディアンの太鼓の気味の悪い止むことなきリズムとが禍々しくも結びついて、奇怪な要素が全くもって耐え難いほど大きなものとなっていたのである。

このように張り詰めた状況であったにもかかわらず、作物の収穫が終わると、そこかしこの小屋《キャビン》でお祝いの集まりが幾度か開かれ、人類の農業そのものと同じくらい古い収穫の奇妙な儀式を、現代においても素朴に維持し続けたのだった。

ミズーリ州南部の出身で、ウォーカーの土地から東に三マイルほどのところに小屋《キャビン》を建てたラファイエット・スミスはまずまずの腕前のフィドル[*15]奏者で、彼の演奏のお陰で、祝宴に集まった者たちは遠くの太鼓《トム＝トム》の単調な打音をしばし忘れることができたのだった。


やがて、ハロウィーンが近づいてきたので、入植者たちは別の陽気な集まりを計画した――彼らもよく知っていたのだが、今回のものは農業よりもさらに古い起源を持っていた。原初の先アーリア人の恐るべき魔女のサバトが、人目につかない森の深夜の暗闇の中、幾星霜を生き長らえてきたもので、現代の滑稽で明るい見せかけの仮面の下に、今なお漠然とした恐怖を暗示しているのである。

ハロウィーンは木曜日で、隣人たちはデイヴィス家の小屋《キャビン》で最初のお祭り騒ぎを開くことに同意した。

暖気の魔法が破れたのは、その一〇月三一日のことだった。

朝は薄暗くどんよりと曇っていて、正午にさしかかる頃には、絶え間なく吹いている風が焼けつくような熱さから、不快なほど冷たいものに変化していた。住民たちは、誰一人として寒さに備えていなかったので震え上がり、ウォーカー・デイヴィスの飼っている老犬ウルフは、疲れたような様子でのろのろと屋内に入り、暖炉の傍らに体を横たえた。

しかし、遠方ではなおも太鼓が叩き続けられ、白人の住民たちにしても、やろうと決めた祝宴を取りやめるつもりはなかった。

早くも午後四時頃になると、ウォーカーの小屋《キャビン》に荷馬車《ワゴン》が到着し始めた。夕方には思い出に残るバーベキューの後で、広々としてはいるが混雑している部屋の中で、ラファイエット・スミスのフィドルに触発された数多くの出席者たちが、滑稽な様子で飛んだり跳ねたりの踊りに興じた。

若者たちが時節に相応しい滑稽な馬鹿話を楽しんでいるのをよそに、年老いたウルフはラファイエットのヴァイオリン――初めて音色を耳にした楽器だった――の軋るような演奏の、特に気味の悪い旋律を耳にするたびに、悲しげで背筋をむずむずとさせる不吉な遠吠えを幾度か繰り返したものだった。とはいえ、このすっかりくたびれた老犬は、お祭り騒ぎの間中、ひたすら眠りこけていた。彼は旺盛な好奇心をとうに失っていて、もっぱら夢の中で暮らしていたのである。

トムとジェニーのリグビー夫妻は、ズィークというコリー犬を連れてきていたが、犬たちは仲良くならなかった。ズィークはどこか妙に不安げな様子で、夜の間中、熱心にあたりを嗅ぎ回っていた。

オードリーとウォーカーは床の上で素敵なペアを演じ、コンプトンのお婆ちゃんは今でもその夜に彼らが披露したダンスのことを好んで思い出すのだった。彼らの心配事はさしあたって忘れ去られていたようで、ウォーカーは髭を剃って、びっくりするほど小奇麗にめかしこんでいたという。

一〇時になった頃には、誰もが心地よい疲れを覚え、客たちは握手を交わし合い、素晴らしい時間を過ごさせてもらったと皆が率直に口にしながら、家族ごとに引き上げ始めた。

トムとジェニーは、荷馬車《ワゴン》に向かう二人の後についてくるズィークが、怯えたような遠吠えをあげたのを、家に帰りたくないからだと考えた。しかし、オードリーは遠くから聴こえる太鼓《トム＝トム》が嫌なのだと断言した。屋内の宴の後では、遠くの打音がいっそう気味悪く聴こえるのは確かだった。

その夜はひどい寒さで、ウォーカーは初めて暖炉に大きな薪《まき》をくべ、朝までくすぶり続けるようにと灰をかき混ぜた。年老いたウルフが赤い輝きの中に体を引きずっていき、例の如く深く眠り込んだ。オードリーとウォーカーも、すっかり疲れ切っていて呪文や呪いのことを考える余裕もなく、炉棚《マントル》の安い目覚まし時計が三分を刻まぬうちに、粗い松材のベッドに倒れ込み、眠りについたのだった。そして、遥か遠くからは、あの地獄めいた太鼓《トム＝トム》の音が冷たい夜風に乗って響き続けていたのである。

マクニール医師はここで話を中断し、眼鏡を外した。まるで、物質的な世界がぼやけることによって、記憶の中の映像《ビジョン》がより鮮明になるとでもいうかのように。

「あなたにも、間もなくおわかりいただけることでしょうが」と、彼は言った。「客が引き上げた後に起きたことの全てを繋ぎ合わせるのには、たいそう苦労したものでしたよ。ですが――最初に――私がそれを試みた時には、たっぷりと時間がありましたものでね」

わずかに押し黙った後、彼は話を再開した。

オードリーは、イグにまつわる恐ろしい夢を見た。以前見たことがある安っぽい版画に描かれたサタンの姿を纏い、彼女の夢の中に現れたのである。悪夢のもたらす、全くもって絶対的な恍惚《こうこつ》から彼女が飛び起きると、ウォーカーが既に起きていて、ベッドで上体を起こしているのが目に入った。何事かに熱心に耳を傾けているようで、どうして起きたのかと尋ねようとすると、囁き声で彼女を黙らせた。

「聴くんだ、オード!」と、彼は囁いた。「何かが歌ったり、唸ったり、ごそごそと音を立てたりしてるのが聴こえねえか？　秋のコオロギだと思うか？」

確かに、彼が言う通りの音が小屋《キャビン》の中からはっきり聴こえたのだった。オードリーはその音を聴き分けようとして、記憶の縁のすぐ外側を漂っている、恐ろしいと同時に馴染み深くもある印象を受けた。

そして、雲に覆われた半月の浮かぶ黒々とした平原を、遠くの太鼓《トム＝トム》の単調な打音が絶え間なく運ばれてくる中、何にも増して恐ろしい考えが浮かびあがったのである。

「ウォーカー――ひょっとして――あの――あの――イグの呪いなんじゃない？」

彼女は、ウォーカーがぶるっと震えるのを感じた。

「いや、娘さんよ、イグがこんな風にやってくるとは思えねえ。すぐ近くで見たりしねえ限りは、人間みてえな姿をしているんだ。グレイ・イーグル酋長はそう言ってたものな。冷え切った外から害虫か何かが入り込んだのだろうさ――コオロギじゃねえみたいだが、まあそんな感じのやつがな。あいつらがこっちに近づいてきたり、食器棚に取り付いたりする前に、起きて踏み潰しちまわねえとな」

彼は立ち上がると、手の届くあたりに吊るされている角燈《ランタン》を手探りし、その横の壁に釘で打ち付けてあるブリキのマッチ箱をまさぐった。

オードリーはベッドで体を起こし、マッチの火が角燈に灯りを点《とも》すのを眺めていた。やがて、部屋全体が視界に入るようになった時、狂ったような悲鳴が同時にあがり、粗い造りの垂木を揺さぶった。平べったい岩の床の上で、点けられたばかりの灯りに照らし出されたのは、体をのたくらせるガラガラヘビどもが、褐色の斑点を帯びた塊となって蠢《うごめ》きながら、灯りの方にずるずると近づく光景だった。

そいつらは今まさに、角燈《ランタン》を持ったまま恐怖に竦んだウォーカーの方へと、忌まわしい頭部を脅かすように向けていたのである。

そいつらは今、恐ろしい衝撃を受けた角燈を持つ男を脅かすように、忌まわしい頭部を向けていた。

オードリーがそれを目にしたのは、ほんの一瞬に過ぎなかった。ありとあらゆる大きさの、数えきれないほどの数の、そして明らかに複数の種類が含まれる爬虫類《へび》の群れで、彼女が見た時でさえ、ウォーカーに襲いかかろうとするかのように、二、三匹が鎌首をもたげていた。

彼女は気絶しなかったのだが——ウォーカーが床に倒れて角燈《ランタン》の灯《ひ》が消え、彼女は闇に飲み込まれた。

彼が二度目の悲鳴をあげることはなかった——恐怖のあまり麻痺してしまい、定命の人間にあらざる者の弓から放たれた音無しの矢に射貫《ぬ》かれでもしたかのように、倒れ込んでしまったのである。

彼女が抜け出してきた悪夢と混ざりあい、全世界がおよそ幻のように渦を巻いているように、オードリーには思えた。意志と現実感が失われたので、身動きひとつ取ることができなかった。

すぐに目が覚めることを願いながら、彼女は力なく枕に倒れ込んだ。何が起こっているのかについての実際の感覚が、彼女の心に染み透ってきたのは、しばらく経ってからのことだった。

やがて、少しずつではあるが、本当は目が覚めているのではないかという疑いが持ち上がり始め、彼女はパニックと悲しみの混ざりあった感情の高まりのままに体を痙攣させ、彼女を沈黙に縛り付けていた抑止の呪文を物ともせず、悲鳴を長々とあげ続けたのだった。

ウォーカーは逝ってしまい、彼女は助けることもできなかった。

彼は幼い頃に年老いた魔女が予言したまさしくその通りに、蛇のせいで死んでしまった。

哀れなウルフも役には立たなかった——おそらく彼は老衰の意識混濁に陥っていて、目を覚ましすらしなかったのだろう。

そして今、這い寄るものどもが暗闇の中で刻一刻と、体をくねらせながら彼女の方へと徐々に近づいてきているに違いなかった。おそらく、今しも滑るようにベッドの柱に巻き付いて、きめの粗い羊毛の毛布の上にじわじわと上がってきつつあるのだろう。

自分でも気づかないうちに、彼女はシーツの下で腹ばいになり、体を震わせたのだった。

イグの呪いに違いない。彼は自らの怪物じみた仔らを万聖節《オール・ハロウズ》の夜に送り出し、まずはウォーカーを連れて行ってしまったのだ。いったいどうして――彼には何の罪もなかったはずなのに？

どうして彼女の方にまっすぐやってこないのだろうか――彼女は、あれらの小さなガラガラヘビを自分一人で殺したはずではなかったか？

続いて彼女は、インディアンたちから話を聞いた、呪いの有様に思いを馳せた。

彼女は殺されるのではなく――斑《まだら》のあるヘビに変えられてしまうだけなのだ。

ううっ！　すると彼女は、床の上に垣間見た、あの生き物のようになってしまうのだ――イグが彼女を捕らえ、仲間に引き込むべく送り込んできたあれらのものどものように！

彼女はウォーカーから教わった呪文を呟こうとしたが、ただの一語も口にすることができなかった。

目覚まし時計の騒々しい音が、遠くの太鼓《トム＝トム》の狂おしい響きをかき消した。

蛇たちは長い時間をかけていた――彼女の神経を弄ぼうと、ゆっくり時間をかけているのだろうか？

時折、寝具がじりじりと、油断のならぬ様子で圧迫されるのを感じたように思ったが、その都度、彼女の張り詰めた神経が無意識に引き起こす痙攣に過ぎないとわかった。

暗闇の中で時計が時を刻み続ける中、彼女の思考にゆっくりと変化が起きつつあった。

あの蛇どもが、そんなに長く時間をかけるはずがない！

結局のところあれらはイグの使者などではない、岩の下に巣食っていて、暖炉の火に引き寄せられてきた野生のガラガラヘビに過ぎないのだ。オードリーが目的でやってきたのではなく、おそらくは——おそらくは、哀れなウォーカーで満足したのだろう。

今、彼らはどこにいるのだろう？　行ってしまったのか？　暖炉のそばでとぐろを巻いているのか？　うつぶせに倒れた犠牲者の死体の上を、今なお這い回っているのだろうか？

時計が時を刻み、遠くの太鼓《トム＝トム》が響き続けた。

暗闇の中で横たわっている夫の死体に思いを馳せた時、純然たる物理的な恐怖の戦慄がオードリーを捉えた。スコット郡に帰ってきた男にまつわる、サリー・コンプトンの物語だ。彼もまた、たくさんのガラガラヘビに嚙まれたということだが、彼の身に何が起こったのだったか？

毒が肉を腐らせて全身が膨張し、ついには膨らみきったものが恐ろしくも破裂してしまったのだ——ひどく忌まわしい破裂音を響かせて。

岩の床の上で、ウォーカーの身に何が起きているのだろうか？　自分があまりにも恐ろしくて名付けようもない何かを聞き取ろうと耳をすまし始めていることを、彼女は我知らず感じていた。

遠く離れた場所から夜風に運ばれてくる太鼓の響きに合わせて、時計がカチコチと音を立てて、嘲笑し、小馬鹿にするような調子で時を刻み続けていた。時報を打つタイプの時計であったなら、この眠ることのできない不気味な時間が、あとどれくらい続くかわかるのに、と彼女は思った。

彼女を失神から免れさせた強靱《きょうじん》な性格を呪ってはみたが、結局のところ、夜明けが救済をもたらしてくれるものかどうかもわからなかった。

きっと、隣人が通りかかってくれることだろう――誰かが来てくれるに違いない――その時、彼女はまだ正気でいられるのだろうか。そもそも、今でも正気なのだろうか。

ぞっとしながら聞き耳を立てながら、オードリーは全く唐突にあることに気づき、ありったけの意志を振り絞って確認しなければならなくなった。そして、確かにそうだとわかったものの、喜ぶべきか恐れるべきかはわからなかった。

遠方の、インディアンたちの太鼓《トム=トム》の打音が止んだのである。

あの音はいつだって、彼女を苛立たせていた――だが、ウォーカーはあれを、宇宙の外側からやってきた名付けられざる邪悪に対する、防壁と見なしていたのではなかったろうか。

グレイ・イーグルやウィチタ族の呪術医たちと話し込んだ後で、彼が囁き声で幾度も繰り返し、彼女に話して聞かせたことは、どのような話だったろうか。

結局のところ、この唐突な沈黙を好ましくは思えなかった。どこか不吉なところがあったのである。

時計が時を刻む大きな音も、この新たな静寂の中では異様に感じられた。

ようやく意識的に動けるようになったので、彼女はカバーを顔から払いのけ、闇の中で窓に目を凝らした。月が沈んだ後で空が晴れたのに違いなく、星々を背景に正方形の窓がはっきりと見えていた。

その時、何の前触れもなく、名状しがたくも慄然《りつぜん》たる音が聴こえたのだった――ううっ！――裂け目のある皮膚がはじけ、暗闇の中に毒が漏れ出す、鈍く不快極まる音が。

神よ！——サリーの物語——忌まわしい悪臭と、この心を苛《さいな》み、爪を立てるような沈黙ときたら！もう、これ以上は耐えられなかった。沈黙の縛《いまし》めが破れ、夜の闇はオードリーの純然たる、抑えがたい狂気の悲鳴の反響に塗りつぶされたのだった。

その衝撃をもってしても、意識は失われなかった。

そうすることができたなら、どれほど慈悲深いことであったか！

悲鳴が反響する中、オードリーはまだ前方の星が散らばる正方形の窓を目にし、あの恐ろしい時計が運命の時を刻むのを耳にしていた。

別の音が聴こえたのではなかったか。その正方形の窓は、今も完全な正方形のままなのか。

オードリーはもはや自分の感覚が正しいものなのか判断することができず、事実と幻覚の区別がつくかどうかも覚束《おぼつか》なかった。

そうだ——その窓は、完全な正方形ではなかった。下方の端に何かが侵入《はい》りこんでいたのだ。

部屋の中で聴こえているのも、時計が時を刻む音だけではなかった。

自分のものでも哀れなウルフのものでもない、深い息遣いが間違いなく聴こえていた。

ウルフはぐっすりと眠っていたし、起きる時の苦しげな喘鳴《ぜんめい》は聴き間違えようがなかった。

星々の散らばる闇を背景に、人間じみた何者かの悪魔的なシルエットをオードリーが目にしたのは、その時のことだった——巨大な頭と両肩を波打たせている塊が、ぎこちなく手探りしながら、彼女のいる方に向かって、ゆっくりと近づいてくるのである。

「いやああ！　いやよおお！　行って！　行っちまえ！　行っちまってよ、蛇の悪魔！　行けったら、イグ！　殺すつもりなんてなかったのよ――あの人が怯えるのがいやだったのよ。やめて、イグ、やめてったら！　わざとあなたの仔を傷つけようとしたんじゃなかったの――近づかないで――あたしを、斑《まだら》の蛇になんて変えないで！」

だが、形の定まらない頭と両肩は押し黙ったまま、ベッドの方にふらふら近づいてくるばかりだった。

その時、オードリーの頭の中で何かがぷっつりと切れ、彼女は次の瞬間、泣き叫ぶ子供から荒れ狂う狂人へと変貌した。斧がどこにあるのかはわかっていた――角燈《ランタン》の近くの壁に打ち付けた釘にぶら下がっているのである。すぐに手の届くところにあったので、暗闇の中でも見つけられた。

意識する間もあらばこそ、彼女は斧を摑み取ると、ベッドの足元に向かって――刻一刻と近づいてくる、怪物じみた頭と両肩に向かって這い進んでいったのである。

灯りがついていたなら、彼女の顔に浮かぶ表情は、さぞかし見るに耐えないものだったことだろう。

「これでも喰らいな！　これでも、これでも、これでも！」

彼女は今や、金切り声で笑っていた。窓の向こうの星空がほのかに白み始めて、夜明けが近づいているのを目にすると、彼女の甲高い笑い声はさらに高さを増していったのだ。


マクニール医師は額の汗を拭き取ると、改めて眼鏡をかけ直した。

私は話が再開するのを待っていたが、彼が沈黙を続けているので、控えめに口を開いた。

「彼女は生きていたんですか。誰かが見つけてくれたんですか。その出来事についてこれまで、合理的な説明がつけられたことはあるんですか」

医師は咳払いをした。
「ええ――生きていましたよ、ある意味ではね。説明もつきました。魔法とは無関係だとあなたに言いましたね――残酷で哀れな、世俗的な事件に過ぎなかったのだと」

発見者は、サリー・コンプトンだった。翌日の午後、彼女はオードリーとパーティの話をしようと、馬に乗ってデイヴィス家の小屋《キャビン》に出かけていって、煙突から煙が出ていないことを目にとめたのである。それは、奇妙なことだった。再び非常な暖かさが戻ってきていたのだが、オードリーはいつも、その時間に何かを料理していたのである。

納屋ではラバたちがひもじそうな鳴き声をあげていて、ドアのそばのいつもの場所で日向ぼっこする年老いたウルフの姿もなかった。

周囲の様子の何もかもが気に入らず、相当な及び腰で躊躇《ためら》いながらではあったが、彼女は馬から降りると小屋《キャビン》のドアをノックした。返事はなく、しばらく待ってから、縦に割った丸木で粗く造ったドアを開けようと試みた。掛けがねはかかっておらず、彼女はゆっくりとドアを押し開けた。

中がどうなっているかを知るや、彼女はよろよろと後ずさって喘ぎ声を漏らし、ドアの脇柱を掴んでどうにか体を支えた。ドアを開けた途端にひどい臭いが漂いだしていたのだが、彼女を啞然とさせたのは別のものだった。目撃したものの方だったのだ。

薄暗い小屋《キャビン》の中で何か恐ろしいことが起こり、見るものを恐れさせ、戸惑わせる三つの慄然たる物体が、床の上に残っていたのである。

燃え尽きた暖炉の近くには大きな犬がいた――疥癬《かいせん》と老齢によってむき出しになった皮膚が、腐敗して紫色になり、死体全体がガラガラヘビの毒の作用でズタズタに裂けていた。

爬虫類《ヘビ》どもの、文字通りの大群に嚙みつかれたのに違いなかった。

ドアの右側には、斧で滅多打ちにされた男性らしい残骸があった――寝巻きを着込んでいて、片手には粉々に破壊された角燈《ランタン》が握られていた。

蛇に嚙まれたような様子は全くなく、無造作に捨てられた血まみれの斧が近くに落ちていた。

そして、床の上でのたうっていたのは、かつては人間の女性であった忌まわしくも虚ろな目をしたもので、今となっては口も利けない気の狂った人間もどき《カリカチュア》に成り果てていた。

この生物にできることといえば、しゅうしゅうと歯擦音を発することくらいのものだった。


この時までに、医師と私は共に額の冷や汗を拭っていた。

彼は机の上に置かれていたポケット瓶《フラスク》から何かを注いで一口飲んだ後、別のグラスを私に手渡した。

私はといえば、声を震わせて馬鹿げた意見を口にすることしかできなかった。

「ということは、ウォーカーは最初は気絶しただけだったんですね――悲鳴で目を覚ましたものの、今度は斧で永遠の眠りにつかされてしまった」

「そうです」と、マクニール医師は低い声で言った。

「しかし、蛇が彼を死に至らしめたも同然でしょうな。彼の恐怖が、二つの道筋で作用したのです――恐怖が彼を失神させ、恐怖が彼の妻に途方もない話を詰め込んで、そのことが蛇の悪魔を見たと思った彼女に、斧で攻撃させることになったのですから」

　私はわずかな間、考え込んだ。

「オードリーのことですが――イグの呪いが彼女に作用したように見えるのは、奇妙な話ですね。しゅうしゅうと歯擦音を発する蛇の印象の方が、明らかに彼女に影響を与えていたのでは」

「そうですね。最初のうちは正気を取り戻す時期もあったのですが、だんだんと少なくなっていきましてね。髪の毛も根本から真っ白になって、間もなく抜け落ち始めましたよ。皮膚もすっかり染みだらけになって、亡くなった時には――」

　私はハッとして口を挟んだ。

「亡くなった？　なら、あれは何だったんですか――地下にいた、あの生き物は」

　マクニールは、厳粛な様子で口を開いた。

「あれは、九ヶ月後にオードリーが生み落としたものなのです。もっと多くて、三人いたんですが――二人はもっとひどい状態で――ともあれ、生きている唯一の個体なんですよ」

訳注

1　マクニール医師　Dr. McNeill
前年執筆の「最後のテスト」に同名の医師が登場するが、こちらは「MacNeil」なので、おそらく別人だろう。

2　イグ　Yig
本作が初出。第1集収録の「墳丘」の訳注も参照。

3　ケツァルコアトル　Quetzalcoatl
一五世紀から一六世紀にかけてメキシコ中央部で栄えたアステカ帝国の文化神・農耕神。古典ナワトル語で「羽毛ある（ケツァル）蛇（コアトル）」を意味し、グアテマラ高地のマヤ系諸王国ではククルカンの名で知られた。メソアメリカの「羽毛ある蛇」崇拝は紀元前二世紀に始まるテオティワカン文明に遡り、北方からやってきたというナワ族から「ケツァルコアトル」と呼ばれたようだ。

4　中部平原《セントラル・プレーンズ》　the central plains
西のロッキー山脈、東のミシシッピ川に挟まれた、北米の広大な平原地帯グレートプレーンズ Great Plains の別名ないしはその中央部。これとは別に、部分的に重なっている中央平原 Interior Plains の区分も存在する。

5　ポーニー族　Pawnee
ネブラスカ州プラット川沿いに住んでいたカドー語系の先住民族で、一八七〇年代に現在のオクラホマ州にあるインディアン準州に移住させられた。アメリカ先住民族には珍しく天の星々を重要視し、天空神ティラワや太陽神シャクル、月神パウなどを崇拝した。一九世紀の前期まで、捕らえた女児を明けの明星への生贄として捧げる儀式を行っていたという。訳注14も参照。

6　ウィチタ族　Wichita
新大陸南部で最も人数の多かった先住部族で、部族名はウィチタ語の「人間」。一七一九年頃には大部分がオクラホマ州に移住した。

7　カドー族　Caddo
オクラホマ州のあたりの先住部族。一八七〇年代にカドー国家連合を形成し、ビンガーを首都としている。

8　プエブロ族　Pueblo
新大陸南西部の先住部族。スペイン語で「村、集落」を意味し、石や泥の集合住宅に住んでいたことに由来する。

9　八九年の入植競争《ランドラッシュ》　land-rush days of '89
南北戦争終結後の一八六六年、先住民族の定住地であるインディアン準州の中央部が合衆国に割譲された。この未割当の土地は「オクラホマ・カントリー」と呼ばれ、「ブーマー」を名乗る扇動者たちが大衆紙などで盛んに入植を煽った。そして、一八八九年四月二二日に合衆国政府がオクラホマへの入植を解禁すると、大量の人々が一五ドルの入植手続き料を支払って一六〇エーカーの土地を手に入れ（一八六二年制定のホームステッド法に基づく）、一斉にオクラホマに乗り込んだ。翌一八九〇年にはオクラホマ準州が誕生し、一九〇七年にはインディアン準州を飲み込んでアメリカ四六番目の州となった。

10　ビンガー　Binger
オクラホマ州カドー郡にある実在の町。訳注7も参照。

11　キカプー族　Kickapoo
アルゴンキン語族系の先住民族で、元々はミシガン州のあたりに住んでいたが、白人の圧力のもと分散を繰り返し、一九世紀の中頃に大部分がオクラホマに移住した。

12　酋長　leader
後段でグレイ・イーグルという名前が判明する。本作の後日談的な作品である「墳丘」にも登場する。

13　コンプトン　Compton
この一家は、「墳丘」にも重要な役割で登場する。

14　ティラワ　Tirawa
ポーニー族の神話における天地の創造者で、「天上」を意味する。「父なる天上《アティウス・ティラワ》」、ティラワハットとも。

15　フィドル　fiddle
ヴァイオリンの英語名。特に、アイルランドや英米において、民族音楽やカントリー・ミュージックで使用されている場合には「フィドル」と呼ばれている。

電気処刑器

The Electric Executioner

（アドルフ・デ・カストロのための改作）

1929

法による処刑という危機に直面したこともないのに、私は電気椅子のことが話題にのぼると、かなり特異な恐怖を覚えるのだ。実際の話、その話題が持ち出されると、裁判において死刑に問われている大多数の者たちよりも、よりいっそう激しく震えだしてしまうほどだった。

というのも、電気椅子というものは、四〇年前に起きた事件——私が未知の黒々とした深淵《しんえん》の縁に近づいた、おそろしく奇怪な事件のことを連想させるのである。

一八八九年、私は会計検査官・調査官として、メキシコのサンマテオ山脈[*1]に存在するいくつかの小さな銀と銅の鉱区で操業していた、サンフランシスコのトラスカラ鉱山社[*2]に関わっていた。第三鉱区には多少の問題があった。アーサー・フェルダンという名前の、無愛想でこそこそした態度の副監督がいたのだが、八月六日に同社が受け取った電信によれば、フェルダンが株券、有価証券、私文書の一切合切を持ち逃げし、あらゆる事務上、財政上の混乱が発生しているとのことだった。

この事態は同社に大きな打撃を与え、マコーム社長は午後遅くに私を事務所に呼びつけ、いかなる犠牲を払ってでも書類を回収するよう命令した。

重大な問題点がいくつか存在することを、彼も承知していた。私はフェルダンに会ったことがなく、参考にしようにも顔の写りが悪い写真があるだけだったのである。

加えて、私自身が翌週の木曜日――わずか九日先のことだ――に結婚式を控えていたので、いつ終わるとも知れない犯人追跡のため、メキシコに急行させられる事には当然、気乗りしなかった。

とはいえ、必要性は重大だったので、マコーム社長は私をただちに派遣せざるを得ないと考えた。私としても、会社と自分の地位への影響を鑑《かんが》みて、黙って従えば相応の報酬があるだろうと心を決めた。

その日の夜に出発し、メキシコシティまでは社長の専用車両を使うのだが、そこから先の鉱山までは、狭軌鉄道を使わねばならなかった。第三鉱区のジャクスンが、私の到着次第、一部始終と見込みのある手がかりを教えてくれる手はずになっていて、本格的な調査はそこから始まるのだ――場合によっては、山脈を抜けて海岸まで降《くだ》ったり、メキシコシティの脇道を虱潰《しらみつぶ》しにすることになる。

私はできるだけ早く、この任務を――首尾よく――成し遂げるという、断固たる決意を抱き、書類と犯人を確保して早々に帰還する光景や、ほとんど勝利の儀式となるだろう結婚式の光景を想像して、憤《ふん》懣遣《まんや》る方無《かたな》い思いを和《やわ》らげた。

家族や婚約者、主だった友人たちに連絡し、慌ただしく旅の準備をしてから、午後八時にマコーム社長と会って、書面による指示書と小切手帳を受け取った。そして、八時一五分の東行きの大陸横断列車に連結された社長の専用車両に乗って、出発したのである。

その後の旅は、平穏無事なものとあらかじめ決められていたかのようで、夜にぐっすりと眠った後は、配慮の行き届いた専用車両の居心地の良さを堪能しながら、指示書を丹念に読みふけったり、フェルダンの捕獲と文書の奪回のための計画を立案したりした。

トラスカラ州の土地柄については――おそらく、行方を晦《くら》ませた男よりも――遥かによく知っていたので、彼が既に鉄道を使っていない限り、私の調査はかなり有利なものだった。

　指示によると、フェルダンはかねてジャクスン監督の悩みの種であったらしく、人目をはばかるように行動したり、妙な時間に同社の研究所でよくわからない作業をしたりしていたということである。メキシコ人の上役や数名の日雇い作業員と結託して、鉱石を盗み出したという強い容疑をかけられたことがあり、現地人の作業員は解雇されたものの、狡猾《こうかつ》な社員《フェルダン》については、決定的な処置をとる裏付けとなる十分な証拠がなかったのである。事実、胡散臭《うさんくさ》いところがあるにもかかわらず、男の振る舞いには罪悪感というよりも反抗心が窺《うかが》えたということだった。

　彼はいつも喧嘩腰で、会社が彼を食い物にしているのではなく、自分が会社を食い物にしているかのように話していた。ジャクスンの報告書によれば、同僚のあからさまな監視が彼をますます苛立たせたようで、ついには事務所にあった大事な書類の一切合切を持ち逃げするに至ったのである。

　彼の居場所については推測もままならなかったが、ジャクスンの最後の電報によれば、マリンチェ山《シエラ・デ・マリンチェ》*3の荒涼たる山腹ではないかと示唆《しさ》されていた。屍《しかばね》の如き輪郭を描く、神話に謳《うた》われる高峰で、盗みを働いた現地人がその近辺の出身なのだという話だった。

　出発の翌日、午前二時にエルパソ［テキサス州最西端の町］に到着すると、私が乗った専用車両は大陸横断列車から切り離された。そして、電報で特別に手配された機関車に連結され、南のメキシコシティへと向かった。

　夜明けまでうたた寝し、翌日は一日中、チウアウア*4の不毛な平原地帯を走り続けたので、すっかり退屈してしまった。乗務員からは、金曜日の正午にメキシコシティに到着する予定だと聞かされていたのだが、間もなく、数え切れぬほどの遅延が貴重な時間を無駄にしていることが判明した。

ひたすら単線が続いているので、側線での待機が度重なり［列車同士の行き違いのため］、台車の軸箱発熱などの障害が、スケジュールをさらにややこしくした。

トレオンに六時間遅れで到着し、遅れを取り戻すべく速度をあげることに車掌が同意した時には、金曜の午後八時近く——予定より一二時間遅れ——になっていた。

私の神経はささくれ立ち、切羽詰まった思いで車両内を歩き回ることしかできなかった。

速度をあげたことが、結果的には高くつくことになってしまったようで、三〇分と経たない内に軸箱発熱の徴候が、専用車両自体に発生してしまった。頭がどうにかなりそうなほど待たされた挙げ句、乗務員は全てのベアリングをオーバーホールする必要があると判断し、様々な店のある次の駅——ケレタロという工場の町——までは、四分の一のスピードで走行することになった。

もはや堪忍袋の緒が切れかけて、私はもう少しで子供のように地団駄を踏むところだった。実際の話、蝸牛《かたつむり》のようなペースで進んでいる列車を少しでも早く走らせようとでもするかのように、座席の肘掛《ひじか》けを無意識のうちにぐいぐいと押してしまうことすらあった。

ケレタロに辿り着いた時には夜の一〇時近くになっていて、車両が側線に移され、十数人の現地人の整備士たちがいじりまわしている間、私は駅のプラットフォームで苛々《いらいら》しながら時間を潰していた。

挙げ句の果てに、彼らはメキシコシティの近くまで行かないと手に入らない部品が必要なので、自分たちにはどうしようもないと私に告げたのだった。

何もかもが私を邪魔しているようで、フェルダンがいよいよ遠ざかっていく——おそらく、船に乗れるベラクルスや様々な鉄道施設のあるメキシコシティに易々と紛れ込んでいるのだ——という思いに、私は歯ぎしりをした。私はといえば、新たな遅延に拘束され、どうすることもできないというのに。

もちろん、ジャクスンは周辺のあらゆる街の警察に通報していたのだが、彼らの仕事ぶりがどれほどのものか、私は悲しくなるほどよく知っていた。

間もなく、私に採《と》れる最善の手段が、アグアスカリエンテスから出発し、ケレタロに五分間停車する、メキシコシティ行きの通常の夜間特急に乗り込むことなのだと判明した。定刻通りに運行していれば、午前一時にやってきて、メキシコシティには土曜日の午前五時に到着する予定だった。

乗車券を買った時、私はこの列車が二人掛けの椅子が並ぶアメリカ式の長い客車ではなく、ヨーロッパ式の仕切り客室《コンパートメント》が並ぶ客車だとわかった。最初の鉄道敷設をヨーロッパの建設業者が後援していたことにより、初期のメキシコの鉄道ではこれらの車両が数多く使われていたのである。

一八八九年の時点でも、メキシコ中央鉄道は短区間の路線でかなりの数を運用していたのだった。

誰かと顔を突き合わせるのが苦手なので、私は通常、アメリカ式の客車を好んでいるのだが、この時ばかりは外国式の車両が有難かった。このように夜も更けた時間なら、客室を独り占めできる見込みがあったし、疲労困憊《こんぱい》かつ神経過敏な状態になっていたので、孤独——もちろん、車両の横幅いっぱいに広がっている、柔らかい肘掛けと背もたれのある快適な布張りの座席もだ——を歓迎したのである。

私は一等の乗車券を買い、側線に入っている専用車両から旅行鞄《りょこうかばん》を取ってきて、マコーム社長とジャクスン監督の両方に事情を報せる電報を打つと、夜間特急の到着を駅でじりじりと待っていた。

驚いたことに、列車はわずか半時間の遅れで到着した。それでも、駅で唯一人待ち続けていた私の忍耐は、ほとんど尽き果てようとしていた。

客室に案内してくれた車掌から、遅れを取り戻し、定刻通りに首都に到着する見込みだと聞かされて、私は平穏な三時間三〇分の旅を期待しつつ、進行方向に向いている座席でゆったりと体を伸ばした。頭上のオイルランプの光は心地よい薄暗さで、不安と神経の緊張にもかかわらず、私は最低限必要なくらいは睡眠をとっておこうかと考えた。列車が動き出した時、私一人しかいないらしかったことも、心の底から嬉しかった。頭に思い浮かぶのは探索のことばかりで、列車が次第に速度をあげていくにつれて加速していく振動《リズム》に合わせて、私はこっくりこっくりと舟を漕ぎ始めた。

突然、実のところ私が一人きりではないことを感じた。薄暗い灯《あか》りのせいで先程は見えなかったのだが、斜め向かい側の隅に、顔が見えないほど前屈みになっている、粗末な格好をした並外れた巨体の男が座っていたのである。彼の傍らの座席には、大きく膨らんだぼろぼろの旅行鞄があって、体格と不釣り合いなまでにほっそりした片方の手で、眠っている間もしっかりと握りしめていた。

カーブか踏切に差し掛かったのか、機関車が甲高い汽笛を鳴らした時、眠っていた男は不安げに体をびくりと動かし、警戒の念を抱きながら半ば目を覚ましたようで頭を上げ、顎鬚《あごひげ》を生やした、明らかにアングロサクソン系とわかる端正な顔を見せた。

私を見てはっきり目を覚ましたようなのだが、彼の視線に物騒な敵意が込められていることに驚いた。思うに、客室を独り占めしていたつもりが、私がいたことに憤慨しているのに違いない。薄暗い客車に見知らぬ同伴者がいたことに、私が落胆を覚えたのと同様に。

ともあれ、私たちにできることといえば、この状況を優雅に受け入れることだけだった。それで、私は客室に入り込んだことについて、謝罪の言葉を口にし始めた。見た所、同じアメリカ人のようだし、少しばかり丁寧な言葉を交わせば、二人とも気が楽になることだろう。そうすれば、お互いの気まずい思いを埋め合わせ、安らかな旅を続けられるはずだ。

驚いたことに、見知らぬ人物は私の礼儀正しい挨拶に、一言も返さなかった。その代わり、彼は私のことをじろじろと、まるで値踏みしているかのように見つめ続け、どぎまぎした私が葉巻を勧めても、片手を苛立たしそうに横に振って拒否したのだった。もう一方の手は依然として使い古した大きな旅行鞄をしっかりと握りしめ、全身からどことなく悪意めいたものを発散しているように見えた。

しばらくすると突然、顔を窓の方に向けたのだが、外の濃密な闇の中には何も見えなかった。奇妙なことに、彼は何かをじっと見つめているようで、まるで本当に何かが見えているかのようだった。

私はそれ以上は相手を煩《わずら》わせず、瞑想《めいそう》なり何なり勝手にさせておくことにして、座席に背を預けると、中折帽のつばを顔の上に下げて、半ばそのつもりだった睡眠を無理してでもとろうと目を閉じた。

あまり長く眠ることも、あまりぐっすりと眠ることもできないうちに、何やら外部の力に反応しているかのように、私の目は開いてしまった。何かしらの決意をもってもう一度閉じて、改めて仮眠をとろうとしてみたものの、全くもって無駄に終わった。

手で触れることのできない作用が働いて、私を眠らせまいとしているようだった。

それで頭を起こし、薄暗い客室を見回して、何かおかしなことが起きていないかと確認した。

全てが正常に見えたのだが、斜向《はすむか》いの隅にいる見知らぬ人物が、私を熱心に――熱心ではあるが愛想や親しみは微塵《みじん》もなく、最前《さいぜん》の無愛想な態度から変化した様子もなく——見つめていることに気づいた。

今回は話しかけようとせず、先程眠りかけていた時の姿勢で座席にもたれかかり、再び眠り込んでしまったかのように目を半分閉じた状態で、引き下げた帽子のつばの下から興味深く彼の様子を窺った。

列車が夜通し走り続ける中、私を見つめている男の表情に、わずかではあるが微妙な変化が起こり始めるのが見えた。どうやら私が眠り込んだことに満足したらしく、その顔には奇妙に入り混じった表情が浮かんだのだが、安心していられる性質のものではなかった。

憎悪、恐怖、勝利、そして狂信がない混ざって、唇の動きと目の角度に一瞬だけ現れては消える中、男の視線は実に驚くべき貪欲さと残忍さを宿し、ぎらぎらと輝き始めた。

私はこの男が狂っていることを、それも危険なほど狂っていることを、卒然《そつぜん》と悟ったのである。

事態を把握した時、全くのところ、心底震え上がってしまったことを隠すつもりはない。体中から汗が吹き出し、くつろいで眠っているふりを続けようと懸命に努力した。

その時の私にとって、人生は魅力に溢《あふ》れたものであり、人を殺していてもおかしくない狂人——おそらく武装しており、確実にとんでもない筋力の持ち主である——と事を構えるなどという考えは、度を失ってしまうほどにおそろしいことだった。

どのように戦ったところで、私の方が圧倒的に不利だった。その男は巨人も同然であり、運動選手並の最高の体格に恵まれているのに対し、私の方はどちらかといえばひ弱な体格で、不安と不眠は元より、神経を張り詰めさせていることで疲れ切っていたのだから。

間違いなく、私にとっては良くないタイミングだった。見知らぬ人物の目に狂気の怒りを認めるや、私は恐ろしい死が身近に迫っていることをまざまざと感じていた。

過去の様々な出来事が、別れを告げてでもいるかのように私の意識に浮かび上がってきた——溺れる者が最期の瞬間に、人生の全てを思い出すと言われているように。

もちろん、コートのポケットには回転式拳銃《リボルバー》が入っていたが、そこに手を伸ばそうとすれば、たちまち気づかれてしまうだろう。それを手にしたところで、狂人にどれほどの効果があるかはわからない。一、二発撃ちこんだとしても、私から銃を奪い取って良いようにあしらうほどの余力が残るかもしれないし、彼が武装しているのであれば、武装解除しようともせず撃ったり刺したりすることだろう。

正気の人間が相手ならば、拳銃を向けることで牛のように大人しくさせることもできようが、狂った人間は後先を考えないものなので、さしあたっては超人的な力を手にした脅威となるのである。

フロイトが登場する以前の時代ではあったが、通常の自制心を持たない人間が危険な力を持っていることは、私も常識として知っていた。隅にいる見知らぬ男が事実、殺人的な行動を実行に移そうとしていることは、炎のように燃える眼と顔の筋肉の引きつりを見るにつけ、疑う余地はなかった。

突然、男の息遣いが興奮気味の喘《あえ》ぎに変わり、その興奮で胸が上下するのを目にした。

対決の時が近い。どのような対処がベストなのか、私は必死に考えようとした。

私は眠ったふりをしたまま、拳銃の入っているポケットへと、目立たないように右手をそろそろと滑らせ始めた。その最中にも、手の動きに気づいたかどうかを確認するべく、狂人の様子を密かに窺った。

不幸にも、気づかれてしまった——その事実が彼の表情に現れる暇《いとま》もなかった。

その体格にもかかわらず、男は信じられないほど敏捷《びんしょう》な動きでいきなり私に躍《おど》りかかった。伝説上の巨大な人食い鬼《オーガ》のように不意に立ちはだかって体を前に乗り出し、力強い片方の手で私を押さえ込みながら、もう片方の手で私が拳銃に手を伸ばそうとするのを妨《さまた》げたのである。私のポケットから拳銃を奪い、自分のポケットに収めると、彼は蔑《さげす》むように私を解放した。相手が自分の掌中に収まったことを、すっかり心得ていたのである。それから、彼はまっすぐに立ち上がり――頭が客室の天井に触れそうだった――、両の眼で私をまじまじと睨みすえた。その眼に浮かんでいた怒りは、哀れみ混じりの嘲笑と、残忍な思惑を窺わせるものへとすぐに変化した。

動かないでいると、男は改めて向かい側の座席に腰を下ろし、凄絶《せいぜつ》な笑みを浮かべながら大きく膨らんだ旅行鞄を開けて、見るからに怪しげなものを取り出した――半屈曲性のワイヤーで拵《こしら》えたかなり大きな鳥かご状の物体で、野球のキャッチャー・マスクか何かのように織り上げられた、というよりもむしろ潜水服のヘルメットのような形に似たものだった。

その上端にはコードが繋がっていて、コードのもう一方の端は旅行鞄の中に消えていた。彼はこの装置を膝の上に載せ、愛《いと》おしげな様子で撫でながら、改めて私に目を向けると、舌を猫のように動かして髭に覆われた唇を舐め回した。

やがて、彼が初めて口を開いた――粗末なコール天《コーデュロイ》の衣服や、だらしない容姿と釣り合っていない、驚くほど穏やかで洗練された、低い美声だった。

「幸運な御方ですな、きみ《サー》。他の誰よりも早く、きみを使わせていただきましょう。きみは、目覚ましい発明の最初の成果として、歴史に名前を残すことになるのです。大いに社会学的な意義のあることで

──言うなれば、我が栄光を輝かせることなのですよ。私はいつだって光を放っているのですが、それを知る者はおりません。今、きみには御覧に入れますがね。知性ある実験材料《モルモット》というわけですよ。猫やロバでも──ロバですらうまくいったのですから……」

　彼は話をいったん止めると、頭全体を勢いよく振り回し、それにぴったり合わせるように、髭面が痙《けい》攣《れん》じみた動きを見せた。その様子はまるで、視界を遮る目に見えない物質か何かがあって、それを振り払おうとでもしているかのようだった。というのも、その動作が終わると、表情が明確になったというか、洗練されたものになったのである。人当たりのよさそうな落ち着いた顔立ちには、狡猾さがぼんやりと垣間見える程度で、より明白な狂気はすっかりなりを潜めていた。

　瞬間的な変化を見て取ると、彼の心を無害な方向へ誘導できないものかと、私は彼に話しかけた。

「僕の目が確かなら、素晴らしい機械をお持ちじゃないですか。どうやって発明なさったので？」

　男は頷《うなず》いた。

「ほんの論理学的な帰結というものですよ、きみ《サー》。私は時代の趨勢《すうせい》に耳を傾け、それに従ったまでのことなのです。私のような強い精神力を持っていたなら──つまり、一意専心《いちいせんしん》に徹《てつ》することができれば──他の者たちにも、私と同じことができたでしょうな。私には確信──何であろうとやり遂げる意志の力──があった、それだけのことです。他の者たちは気づいていないことなのですが、ケツァルコアトル[*5]が帰還を果たす前に、全ての人間を地球上から排除せねばならないことに、私は気づいてしまったのですよ。同時に、それがエレガントに達成されねばならないことも、認識したのです。私はいかなる虐殺も嫌っていますし、絞首刑は野蛮で雑な方法です。ご存知でしょうが、ニューヨーク州議会で昨年、死刑囚への電気による処刑執行が可決されました——ですが、彼らが念頭に置いている装置はといえば、スティーヴンスンの〈ロケット号〉[*6]だの、ダヴェンポートの最初の電気機関車[*7]のような原始的なものなのです。私はもっと良いやり方を知っていたので、教えてさしあげたのですが、彼らは一顧《いっこ》だにしませんでした。何たることか《ゴッド》、愚か者ども！　人間と死と電気について何も知らない人間のように、この私を扱うとは——幼い頃からずっと学究の徒であり——科学技術者にして技師であり——冒険家《ソルジャー・オブ・フォーチュン》であるこの私を……」

彼は座席に背を預け、目を細めた。

「私は二〇年以上前に、マクシミリアン［一八六四年即位のメキシコ皇帝、六七年に処刑］の軍にいたのです。彼らは、私を貴族に叙するつもりでした。それなのに、あの忌まわしいスペイン系のメキシコ人《グリーザー》どもが彼を弑《しい》し、帰国せねばならなかったのです。しかし、私は再び戻った——行っては戻り、行っては戻りを繰り返したのです。私はニューヨーク州のロチェスターに住んでいるのですが……」

両眼の狡猾そうな色が深まり、前方に乗り出すと、体格と不釣り合いなか細い手で私の膝に触れた。

「私は戻って——そうなのです——誰よりも奥に分け入ったのです。私はグリーザーが嫌いですが、純粋なメキシコ《メキシカン》人は愛しているのです。よくわかりませんか？　お聞きなさい、お若い人——メキシコがスペインのものだと本気で思っているわけでもないでしょう。ああ《ゴッド》、私が知っている部族の者たちを、きみも知っていれば！　山岳地帯には——あの山岳地帯には——アナウアク[*8]——テノチティトラン[*9]——〈古ぶるしきものども《オールド・ワンズ》〉……」

彼の声は、詠唱のような、音楽的と言えなくもない咆吼《ほうこう》に変化した。

「いあ！　うぃついろぽちとり！……ナワトル語《ナワトラカトル》で話す者たち！　七つの、七つの、七つの……ソチミルコ、チャルカ、テパネカ、アコルワ、トラウイカ、トラスカルテカ、アステカ[10]よ……！　いあ！　いあ！　私はチコモストク[11]の七つの洞窟に赴いたが、何人《なんぴと》たりとも知る由《よし》もない！　こうしてきみに話しているのも、誰に告げることもできないからなのだ」

　激情を収め、彼は会話的な口調に戻った。

「山々で語られていることを知れば、きみはさぞかし驚くでしょう。ウィツィロポチトリ[12]が戻ってきているのですよ……疑いを差し挟む余地はないのです。メキシコシティの南にいる日雇い作業員だって同じことを言いますよ。しかし、それについては何をするつもりもありませんでした。既にお話ししたとおり、私は何度も繰り返し帰国して、この電気処刑器で社会に貢献するつもりだったのですが、あの呪われたオールバニの議会はあろうことか、他の方法を採用したのです。お笑い種《ぐさ》ですよ、きみ《サー》、お笑い種だ！　お祖父《じい》さんの椅子[13]というやつですよ――暖炉の側にある――ホーソーンでもあるまいに――」

　男は、温厚な笑いの病的なパロディのような、含み笑いを浮かべた。

「連中の忌々しい椅子に最初に座る人間になって、そこらで売っている安っぽいちっぽけな蓄電池の電流を感じてみたいものですよ、きみ《サー》！　蛙の足を踊らせることだってできやしますまい！　それなのに、連中はそれで殺人犯を殺せると思っているのですからね――何とも正当な刑罰ではありませんか――全くのところ！　ですがね、お若い方、無駄なことだってわかってるんですよ――言うなれば、無意味な不合理ってことです――僅《わず》かな人数を殺せたところでね。誰も彼もが殺人犯なんだ――奴らはアイディアを殺し――発明を盗み――観察し、観察して、観察することで、私の発明までも盗み出すのだ――」

男が喉を詰まらせて話を中断したので、私は宥《なだ》めるように話しかけた。

「あなたの発明品の方が遥かに優れているはずですから、最終的にそちらが採用されるのでは？」

私の機転はどうやら十分なものではなかったようで、彼は新たな苛立ちを募らせた。

「『はず』ですって？　何ともご立派で親切で、保守的な請け合いもあったものですね！　呪わしい連中に配慮してのことでしょうが——すぐにお分かりいただけますよ！　あの電気椅子に優れた点があるというのなら、それは全て私から盗み取ったものなのだとね。ネサワルピリの霊が、聖なる山で私にそう告げたのだ。奴らは観察し、観察して、観察したのだと——」

再び喉を詰まらせて、彼は頭と顔を揺するように見える動作をした。どうやら、そうすることで、一時的にも気持ちが落ち着くもののようだった。

「私の発明品には、テストが必要なのです。それが——これです。ワイヤー・フードもしくはヘッド＝ネットには柔軟性があって、簡単に装着することができます。喉輪で留めるのですが、窒息するようなことはありません。電極が額と小脳の基部に触れる——それだけで良いのです。脳を停止するだけのことで、他に何が要りますか？　オールバニの愚か者たちときたら、彫刻の施されたオーク材の安楽椅子を使って、頭の先から爪先までやらねばならないと思っているのですからね。何と愚かな！——頭に弾丸を撃ち込んだ後に、体を撃つ必要がないことも知らないとは！　私はね、戦闘で人間が死ぬのを見てきたんですよ——私の方がよく知ってるってわけです。それに、連中の馬鹿げた高電力回路——発電機ときたら。私が蓄電池で何をしてみせたのか、連中は見なかったのでしょうかね。耳を貸そうともせず——誰もわかっちゃいないんですよ——私だけが秘密を知っている——だからこそ、私とケツァルコアトルとウィツィロポチトリが世界を支配するのだ――私がそうさせればの話だが、私と彼らがな……。しかし、被験者が必要なのですよ――被験者が――誰を最初に選んだのか、おわかりでしょう？」

私は男を落ち着かせようと、最初はおどけてみせ、すぐに好意的な真剣さを態度に覗かせてみた。素早い思考と適切な言葉を駆使すれば、助かる道もあるかもしれなかった。

「そういうことなら、僕がやってきたサンフランシスコには、被験者に相応《ふさわ》しい政治家がいくらでもいますよ！　彼らにはあなたの処置が必要だし、僕がそれを紹介して差し上げますよ。いや本当に、お役に立てると思うんですよ。サクラメントではそこそこ顔がききますし、僕がメキシコで一仕事片付けた後、一緒にアメリカに帰国していただけるなら、発表の機会をご用意しましょう」

彼は落ち着き払って、丁重に答えた。

「いや――私は戻れないのですよ。オールバニの犯罪者どもが私の発明品を却下し、スパイを寄越して私を見張らせ、私から発明品を盗み取らせた時に、二度と戻るまいと誓ったのです。とはいえ、アメリカ人の被験者は必要なのです。グリーザーどもは呪われているので、簡単に過ぎるのです。純血のインディオ――羽毛のある蛇《ケツァルコアトル》の真なる子ら――は、相応しかるべき生贄《いけにえ》の犠牲者を除いて、神聖にして冒《おか》し難い……その場合ですらも、儀式に則って屠《ほふ》らねばならぬのです。帰国することなく、アメリカ人を手に入れなければなりますまい――私が選んだ最初の人間は、この上なき名誉を与えられることになるのです。誰のことかは、おわかりでしょう？」

私は必死に話を引き延ばした。

「ああ、そんなことが問題になっているのなら、メキシコシティに着き次第、超特急でヤンキーの被験者を十数人も見つけてきますよ！　何日か姿が見えなかったところで誰も気にしない、しみったれた鉱夫がたくさんいるところを知って――」

しかし、俄《にわか》に支配者の空気を纏《まと》い、彼は威厳たっぷりに手を振って私を遮《さえぎ》った。

「そこまでです――もう、十分過ぎるくらいに話をしました。立ち上がって、男らしくまっすぐに背を伸ばすのです。きみこそは、私が選んだ被験者なのですよ。この名誉を与えられたことを、彼岸《ひがん》で私に感謝しなさい。生贄の犠牲者が、永遠の栄光を授けられたことを神官に感謝したようにね。新たな原理なのです――生き身の者で、このようなバッテリーを夢に見た者すらおりませんし、世界中で千年にわたって実験が試みられようとも、二度と発明されないかもしれません。原子が、見かけ通りのものでないことを知っていますか？　実に愚かな者たちだ！　私が世界を生かしてやれば、一世紀も経つ頃には、どこかの間抜けが思いつくことでしょうがね！」

命令に従って立ち上がると、彼は旅行鞄からコードを少し引き出して、私のすぐ近くに立った。ワイヤーヘルメットを両手で私の方に差し出し、その日焼けした髭面に紛れもない狂喜の表情を浮かべた。

その姿は一瞬、光り輝くギリシャの秘儀伝授者か、密儀の導師のように見えた。

「さあ、若者よ――神酒を受けよ！　宇宙《コスモス》の果実酒――星々の世界の霊酒《ネクタル》なるぞ――リノス[*14]――イアッコス[*15]――イアルメノス[*16]――ザグレウス[*15]――ディオニュソス[*15]――アッティス[*17]――ヒュラース[*18]――太陽《アポロ》より生じ[*19]、アルゴスの猟犬どもに屠られし者――プサマテー[*20]の後裔《たね》――太陽の子――イーウォ[*21]！　イーウォ！」

男は再び詠唱を口にしていた。今回、彼の心は遠い過去、大学時代の古典の講義の記憶に思いを馳せているようだった。

まっすぐに背を伸ばしたことで、乗務員呼び出し用の紐《ひも》が頭上近くにあることに気づき、彼の儀式ばった気分に合わせるように見せかけながら、どうにか手を伸ばせないものかと考えた。交唱するような調子で「イーウォ！」と叫び、儀式のようなやり方で両腕を前方に差し上げ、気づかれる前に紐を引っ張れるかどうか、試してみても良さそうだった。

しかし、それは無駄だった。彼は私の目的を見抜き、私の回転式拳銃《リボルバー》が入っているコートのポケットに右手を動かした。もはや、言葉を交わす必要もなく、私たちは束の間、彫像のように立ち尽くした。

やがて、彼は静かに言った。

「早くしたまえ！」

逃れる道はないかと、私は再び必死に頭を回転させた。

私の知る限り、メキシコの列車ではドアも窓もロックされていないのだが、掛け金を外して飛び出そうにも、私の同行者に容易《たやす》く阻まれてしまうことだろう。それに、列車が高速で走っているので、その方法で成功したにせよ、失敗した時と同じくらい致命的なことになりかねない。

なすべきことは唯一つ、時間を稼ぐことだけだった。

三時間半の旅路の内、かなりの時間が既に経過していた。メキシコシティに到着しさえすれば、駅にいる警備員や警官が、ただちに助けてくれることだろう。

駆け引きによって時間を稼げる機会は、二回はあるはずだと考えた。

フードを被るのを遅らせることができれば、かなりの時間が稼げるだろう。もちろん、その装置が本当に命にかかわるものだという確信はなかったのだが、うまく動作しなかった時に起きることを思い浮かべられるくらいには、狂人というものをよく知っていた。彼の失望が、私の責任だという狂った考えとの相乗効果で、殺意を漲《みなぎ》らせた怒りの燃え盛る混沌《こんとん》をもたらすことは必定《ひつじょう》だった。

したがって、実験は可能な限り遅らせなければならない。

しかし、第二の機会も存在する。うまく計画を立てれば、失敗について納得のいく説明を考え出し、彼の注意を惹《ひ》いて、多かれ少なかれ調整作業のための余計な調査時間を使わせられるかもしれない。

私は男がどの程度騙《だま》されやすいのか、実験が失敗した時に備えて予言者や秘儀伝授を受けた者、さもなくば神として印象づけられるよう、あらかじめ失敗を予言しておいた方が良いのだろうかと考えた。

メキシコ人の神話についてはそこそこ齧《かじ》っているので、試してみる価値はあった。

だが、まずは他の手段で時間を稼いでから、突然の啓示のように予言を持ち出してみることにした。私を予言者や神だと思わせることができれば、果たして私は助かるのだろうか。私はケツァルコアトルやウィツィロポチトリに「なりすます」ことができるのだろうか。

ともあれ、メキシコシティに到着する五時まで、何とか事態を引き延ばさなければなるまい。

私が真っ先に「時間稼ぎ」に使ったのは、遺言を作成したいという昔ながらのたくらみだった。

狂人が焦《じ》れたように命令を繰り返したので、私は家族や結婚のことについて彼に話し、メッセージを遺すと共に金銭や所持品を処分する権利を要求したのである。

もし、彼が紙を何枚かくれて、私が書いたものを郵送することに同意してくれるなら、私は喜んで安らかに死ぬことができるだろう——と、私は話したのだった。

しばし考えこんだ後、彼は承諾することに決め、旅行鞄の中から便箋《びんせん》を取り出して、再び座席に腰を下ろした私に、厳《おごそ》かに手渡した。

私は鉛筆を取り出すと早速、うまいこと芯を折って、彼が自分の鉛筆を探す間、若干の時間を稼ぐことができた。彼は私に鉛筆を手渡してから、私の折れた鉛筆を手にとって、コートの下のベルトに差していた大きな獣角《じゅうかく》の柄《え》付きのナイフで削《けず》り始めた。もう一度、鉛筆の芯を折ったところで、私が有利になることはなさそうだった。

どんなことを書いたかについては、今となっては殆《ほとん》ど思い出せない。大部分が支離滅裂な繰《く》り言《ごと》で、他に何を書き留めれば良いかもわからないまま、覚えていた文芸作品の断片を適当に組み立てたのである。文章の体裁を崩すことなく、できる限り読みにくい筆跡で書いた。

実験を開始する前に、男が書き上がったものを見ようとすることは承知していた。全くの出鱈目《でたらめ》だと思われてしまえば、どのような反応を引き起こすことになるか薄々わかっていたのである。

その試練は恐ろしいもので、のろのろと走る列車が一秒毎《ごと》に私の神経を磨《す》り減らしていった。かつては、レールの上で車輪が立てる陽気な音に合わせて、しばしば小気味の良い舞曲《ギャロップ》を口笛で吹き鳴らしたものだったが、今やそのテンポは葬送行進曲の如《ごと》く落ち込んでいるように思えた——私の葬送行進曲なのだ、という不気味な考えが浮かんだ。

私のたくらみがうまくいったのは、六×九インチ［一インチは二・五センチメートル］の便箋に四枚超の文章を書いたところまでだった。狂人がついに時計を手にして、あと五分で書き終えるよう告げたのである。

次にどうしたものか。新たな考えが閃《ひらめ》いたのは、慌てて遺書を書き終えるふりをしている時だった。

飾字体で締め括《くく》り、書き上げた紙を手渡すと、彼はコートの左側のポケットに無造作に突っ込んだ。私は、彼の発明に強い関心を示しそうな、話のつくサクラメントの友人たちのことを蒸《む》し返した。「彼らへの紹介状を書かせていただけませんか？」と、私は言った。「あなたの処刑装置について、私の署名入りのスケッチと解説を作らせていただければ、彼らは快くあなたに耳を傾けてくれることでしょう。あなたを有名にしてくれますよ、ええ――あなたの装置が、カリフォルニア州に採用されることは間違いありませんとも。親しく信任している私みたいな人間が紹介した話ならばね」

チャンスに際して私がこの戦略を採ったのは、失意の発明者としての彼の思考が、しばらくの間、彼のアステカ狂信者としての面を忘れさせてくれるだろうとの考えによるものだ。彼が再び後者に傾いたその時こそ、私は「啓示」と「予言」を持ち出すつもりだった。

この目論見はうまくいったようで、彼の両眼には熱烈な同意の輝きが宿った。しかし、手早くな、とだけ無愛想に言ってきて、旅行鞄の中を探ってガラスの枡《ます》とコイルを寄せ集めた奇妙なものを持ち上げると、ヘルメットから伸びているワイヤーに取り付けた。

男が熱意たっぷりにまくしたてた説明は、技術用語だらけで私にはよくわからなかったが、ともあれ理路整然とした説明のようだった。説明を全て書き留めるふりをしながら、あの奇妙な装置は本当にバッテリーなのだろうかと訝《いぶか》った。装置を着けられた時には、かすかなショックでもあるのだろうか。男は、本物の電気技師であるかのように、確信をもって話をした。発明品の説明は男にとって明らかに楽しい作業であるらしく、先程までのような苛立ちは感じられなかった。

彼の話はまだ終わっていなかったが、望みをかけた夜明けの薄闇《うすやみ》に窓から赤い光が差し込んで、私はようやく逃亡の機会が目に見える形でやってきたことを感じた。

しかし、彼も夜が明けていくのを見て、再び目をぎらつかせ始めた。列車が五時にメキシコシティに到着する予定なのを知っていて、うまいこと興味を惹き付けることを思いつき、彼の判断力を奪い取ってしまわない限り、力づくで急《せ》かしてくるに違いなかった。

開きっ放しの旅行鞄の傍らの座席にバッテリーを置き、彼が決然と立ち上がったので、私はまだスケッチの途中であることを彼に示し、バッテリーと並べて描けるようヘルメットを持ってくれないかとお願いした。

彼はこの頼みに同意して改めて座席に座ったのだが、急ぐようにと幾度も私を叱責《しっせき》した。私は情報を得ようと唐突に手を止めて、処刑される時に犠牲者はどのような配置になるのか、そして暴れ回るのをどのように阻止するのかについて、彼に質問した。

「どうするのかといいますとね」と、彼は答えた。「犯罪者を、しっかりと柱に縛り付けるのですよ。ヘルメットはしっかりとフィットしますし、電流が流れるとさらにきつく締まりますので、頭をどれほど激しく揺さぶろうと関係はないのです。スイッチを徐々に回していきまして――ほら、御覧なさい、加減抵抗器《レオスタット》を使って何事にも備えているのです」

夜明けを迎える外の景色が畑になり、家屋の数も徐々に増えていき、ようやく首都に近づいていることがわかった時、遅まきながら時間稼ぎをする新たな考えが閃《ひらめ》いた。

「ところでですね」と、私は言った。「バッテリーの近くに置かれている状態はもちろんですが、ヘルメットを人間の頭に装着しているところも描《か》いておかねばなりません。僕がスケッチできるように、ほんの少しの間で構いませんから、あなたご自身で被ってみてはいただけませんか？　役人連中はもちろん、新聞社の連中も全容を知りたがるでしょうから。何しろ彼らは完全主義者ですからね」

咄嗟《とっさ》の思いつきだったのだが、思っていたよりも効果があったようだ。報道機関について私が口にするのを聞いて、狂人の目が再び輝いたのである。

「新聞社ですって？　きみはあの忌まわしい連中にも、私の話を聞かせられるというのですね！　連中は私を笑い飛ばし、一言だって記事にしてくれはしませんでしたよ。さあ、急いでください！　一秒だって無駄にはできないのですから！」

彼はヘルメットを装着すると、私が鉛筆を走らせるのを貪るように見つめた。ワイヤーの網を被ったまま、彼が神経質そうに手を引きつらせて座っている姿は、グロテスクで滑稽なものだった。

「さあ、忌々しい奴らめ、あいつらに図面を掲載させるのです！　きみが馬鹿な間違いをしていたら、私がスケッチを修正してさしあげますとも――何としてでも、正確にしておかねばなりませんからね。後で警察がきみを見つけてくれることでしょう――彼らが、効果のほどを伝えてくれることでしょうな。AP通信の記事に――きみの紹介状があれば――不滅の名声が……早く、さあ――早くするんだ、まごついていないで！」

列車は街の近くの路床が悪いあたりを揺れながら進んでいき、私たちも不意の揺れに何度も見舞われた。揺れのどさくさで、再び鉛筆の芯を折ってはみたが、狂人はすぐに削りたての鉛筆を差し出した。

当初、まとめて考えついた方策は尽きた。すぐにもヘルメットを受け入れねばならないらしい空気をひしひしと感じているのだが、現在位置はまだ、駅から一五分は離れているあたりだった。

同行者を狂信者の面に逸《そ》らすべく、聖なる予言を口にする頃合いがやってきたのだ。

私は、ナワ＝アステカ族の神話について覚えている限りの断片をかき集め、俄に鉛筆と紙を投げ捨てると、このように唱《とな》え始めたのである。

「いあ！　いあ！　トロケナワケよ、[22]汝、その身に全てを宿すものよ！　そして汝、イパルネモアよ、[23]我らを生かしめるものよ！　我は聞いたり、我は聞いたり！　我は見たり、我は見たり！　蛇を掲げし鷹を、称《ハイル》えよ！　神託なり！　神託なり！　ウィツィロポチトリよ、我が魂に汝の雷が谺《こだま》する！」

私が詠《うた》うようにこう告げるや、狂人は奇怪なマスク越しに訝しげな目を私に向け、端正な顔に驚きと混乱が現れたが、すぐにそれは畏怖へと変化した。

一瞬、彼の心は白紙になったようだったが、やがて新たな考えが再結晶した。

彼は両手《もろて》をあげ、夢でも見ているような様子で詠唱し始めた。

「ミクトランテクトリ、[24]大いなる主よ、これぞ兆候《しるし》なり！　汝が黒き洞窟よりの兆候なるぞ！　いあ！　トナティウ＝メツトリ！[25]　クトゥルートル！　命じられよ、我《われ》が傅《かしず》かん！」

このわけのわからない応答の中に、私の記憶に妙な引っかかりのある言葉があった。何が妙なのかといえば、メキシコ神話に関する解説書の中には全く出てこないのに、私自身の会社のトラスカラ鉱区の作業員がこわごわと囁《ささや》いているのを、一度ならず耳にした言葉なのだった。

世間では全くと言って良いほど知られていない、古い時代の式文の一部であるらしく、特徴的な囁きを幾度か耳にしたことがあるのだが、学術的な権威の間でも知られていないらしかった。

この狂人は、まさしく彼が嘯《うそぶ》いた通りに、山岳地帯出身の作業員やインディオとかなり長いこと一緒に過ごしたことがあるに違いない。実際、こうした記録されていない伝承というものは、本を読んだだけでは得られないからである。

この二重の意味で秘教的な用語に、彼が重きを置いていることがわかったので、私はこの男の最も無防備なところにつけこむべく、現地人たちが使っていたわけのわからない言葉を彼に告げた。

「や゠るるいぇ！　や゠るるいぇ！」と、私は叫んだ。

「くとぅるーとる・ふたぐん！　にぐらとる゠いぐ！　よぐ゠そとーとる――」

しかし、言い終えることはできなかった。狂人の潜在意識は、予想だにしなかった的確な応答によって感電したような法悦に痺《しび》れ、床に跪《ひざまず》いた姿勢でワイヤーだらけのヘルメットを装着した頭を、これまでのように左右に振りながら何度も繰り返し上下させた。頭を振り回す度に服従の度合いが増していき、泡立つ唇から漏れる「殺せ、殺せ、殺せ」という単調な声が、急速に大きくなっていった。

私は、やりすぎてしまったことを知った。私の応答は、昂《たかぶ》る狂気を解き放ってしまったのだ。このままでは、駅に着く前に殺意を爆発させてしまうことになりかねない。

狂人が頭を振り回す半径が大きくなるにつれて、当然のことながらヘルメットとバッテリーを繋いでいるコードは、どんどんたるみを失っていった。

今や、何もかも忘れ果てたような恍惚《こうこつ》の狂気に浸《ひた》りきり、真円を描くほどに大回転し始めたので、コードが首に巻き付き、それに繋がっている座席のバッテリーが引っ張られ始めた。

避けがたいことが起きて、バッテリーが床の上に落ちて壊れた時、彼は一体どうするのだろうか。

まさにその時、予期せぬ大惨事が起こった。酩酊《めいてい》にも似た熱狂の渦巻く狂人の最後の一振りで、座席の端にひっかかっていたバッテリーが、ついに落下したのである。

それは、完全には壊れていなかった。代わりに、私がその瞬間に目撃したのは、直接ぶつかった衝撃で加減抵抗器《レオスタット》のスイッチがぐいっと回転し、電流が全開になった光景だった。

驚いたことに、実際に電流が流れたのだ。この発明品は、単なる狂気の夢ではなかったのである。目も眩むような、青いオーロラめいた光が見えた。

この狂おしくも恐ろしい旅の中で耳にしたいかなる叫びよりも悍《おぞ》ましい、吼《ほ》えるような叫び声が響き渡り、肉を焼いているような悪臭が広がった。

張り詰め過ぎた意識がそれ以上耐えきれず、私は瞬時に気を失い、倒れ込んでしまったのだった。


メキシコシティ駅の警備員に起こされた時、私のコンパートメントのドアの周囲のプラットフォーム上には、人だかりができていた。私が思わず悲鳴をあげると、窓に押し付けられたいくつもの顔には、好奇心や疑いの表情が浮かびあがったので、人混みを押しのけてやってきた、こざっぱりした身なりの医者以外の者たちを警備員が追い払ってくれたのは、実にありがたいことだった。

私の悲鳴はごく当然のものだったが、その原因となったのは、私が目にすることを予期していた客車の床の衝撃的な光景以上のものだった。いや、それ以下のものと言うべきだろう。

実のところ、床の上には何もなかったのである。

警備員も、ドアを開けて気絶した私を発見した時、他には何も見当たらなかったと言っていた。この客室の乗車券を買ったのは私一人で、そこで見つかったのも私一人だった。

私と、その旅行鞄だけ。他には何もなかった。私はケレタロからはずっと一人だったというのである。半狂乱で執拗《しつよう》に質問を繰り返すと、警備員、医者、そして野次馬たちは、意味ありげに額をこつこつと軽く叩いたものだった。

全ては夢だったのか。それとも本当に狂ってしまったのか。

不安や過度に神経を張り詰めていたことを思い出し、私は身震いを覚えた。

警備員と医者に礼を言って、好奇心たっぷりの群衆から逃れると、私はよろめくようにタクシーに飛び乗ってフォンダ・ナシオナルに連れて行ってもらい、そこで鉱山のジャクスンに電報を送ってから、気分を一新しようと午後まで睡眠をとった。

鉱山行きの狭軌鉄道に間に合うよう、一時に目覚ましをかけておいたのだが、目を覚ましてみるとドアの下に電報が挟まっているのに気づいた。

ジャクスンから届いたもので、その日の朝、フェルダンが山岳地帯で死体となって発見されたというニュースが、一〇時頃に鉱山に届いたと書かれていた。書類は全て無事な状態で、サンフランシスコの本社にも正式に連絡済みとのことである。

ということは、神経を張り詰めさせながら急ぎに急ぎ、精神的に苦しい負担となったこの旅の、一切合切が無駄なものでしかなかったというわけか！

このような成り行きではあったが、マコーム社長が報告を待っているはずなので、私は先に電報を打ってから、ともかくも狭軌鉄道に乗り込んだ。

四時間後、ガタガタと揺れ動く列車で第三鉱区の駅に向かうと、待ち構えていたジャクスンが心のこもった歓迎をしてくれた。彼の頭は鉱山の事件のことで一杯だったので、私が列車から降りた後もふらふらしていて、気分のすぐれない様子をしていることに気づかなかった。

監督は報告を手短に話しながら、フェルダンの死体が安置されている、すり鉢状の鉱山の斜面にあるバラックへと私を先導した。彼の話では、フェルダンは一年前に雇われた頃から一風無愛想でいかがわしい人物だったらしく、よくわからない機械装置を弄《いじ》り回したり、スパイに探られているとひっきりなしに訴えたり、現地人の労働者たちと不快に思えるほどに親しく交流していたということである。

しかし、彼は仕事やこの国、そしてこの国の人々について、確かに精通していたのだった。作業員たちが住んでいた山岳地帯へと、長めの旅に出ることがしばしばあって、彼らの古ぶるしい異教の儀式に参加することすらあったようだ。技師としての技倆《ぎりょう》を自慢するのと同じように、胡乱《うろん》な秘密や奇怪な力についてほのめかしてもいた。

最近になって急速に彼の言動がおかしくなり、同僚を病的に疑うようになって、所持金が少なくなってからは、親しい現地人たちを巻き込んで鉱石泥棒を働いたことは間違いなかった。

何か他の目的のために、法外な大金を必要としていたのである――メキシコシティやアメリカの薬品工場だの機械工場から、しょっちゅう小包が届いたものだった。

最終的に、ありったけの書類を持ち逃げしたことについては――彼が「スパイ活動」と呼んでいたことに対する狂った復讐の意思表示に過ぎなかったのだ。

彼は、間違いなく狂っていた。白人の住んでいない、幽霊のようなマリンチェ山《シエラ・デ・マリンチェ》の荒涼たる山腹に隠された洞窟にでかけては、驚くほど奇妙なことをやっていたのである。

最終的な悲劇が起きなければ見つからなかっただろうその洞窟は、悍ましくも古ぶるしいアステカ族の偶像と祭壇でいっぱいだった。後者《さいだん》の方は、いかなる物とも知れない燔祭《はんさい》の生贄が最近捧げられたものらしく、黒焦げの骨で覆われていた。

現地人は何も話そうとしなかった――実際、何も知らないと誓いすらした――のだが、その洞窟が彼らが古くから使ってきた集会所で、フェルダンが彼らの慣習をたっぷりと分かち合ってきたことは、容易にわかることだった。

捜索していた者たちは、詠唱の声と末期の叫び声によって、ようやくそこを見つけたのである。

その日の朝五時近くのことで、一晩野宿をした後、捜索隊は空手《からて》のままで鉱山へ引き返そうとしていた。その時、誰かが遠くでかすかな周期性のある音がしているのを耳にして、屍《しかばね》のような輪郭の山の斜面の、どこか物悲しいあたりから、有害きわまる古《いにしえ》の式文が吼えるような声で唱《とな》えられていることがわかったのである。

彼らは一様に、古ぶるしい名前の数々――ミクトランテクトリ、トナティウ＝メツトリ、クトゥルートル、ヤ＝ルルイエといったもの――を耳にしたのだが、妙なことに、英語の言葉も混じっていたということだった。白人の話す本物の英語で、メキシコ人の早口《グリーザー》ではなかった。

彼らが声を頼りに雑草の絡み合う山腹を急いで進んでいると、暫《しば》しの静寂の後、悲鳴があがった。恐ろしい悲鳴だった――彼らの誰もがそれまでに聞いたことのない、凄まじい悲鳴だったのである。

煙のようなものがあがっていて、病的な鼻を衝《つ》く臭いも漂っていた。

やがて、彼らは洞窟にぶつかった。入り口は棘のあるメスキート［マメ科の低木］で隠されていたのだが、今や強い悪臭を放つ煙がそこから噴き出していた。中には灯《あか》りが点《とも》っていて、半時間前に取り替えられたばかりに違いない、恐ろしい祭壇やグロテスクな偶像が、蠟燭《ろうそく》の炎でちらちらと見え隠れした。

そして、砂利敷きの床の上には、人々を全員後ずさりさせるほど恐ろしいものがあった。

それこそが、フェルダンだった。彼の頭は、装着していた何らかの奇妙な装置——ワイヤーで拵《こしら》えた籠《かご》か何かで、近くの祭壇から床に落ちたに違いない、すっかり壊れているバッテリーと接続されていた——によって、カリカリに焼け焦げていた。

それを見た人々は、フェルダンがよく自慢していた発明品、「電気処刑器」——それを盗んで複製しようとしていると疑っては、皆に否定されていたもの——ではないかと思い、一瞬目を見合わせた。

書類はといえば、近くに開けっ放しの状態で立っていたフェルダンの旅行鞄の中から無事に見つかり、一時間後には即席の担架で身の毛のよだつ荷物を運んで、第三鉱区へと引き返し始めた。

それが事の次第の全てだったのだが、ジャクスンに連れられて死体が横たわっているというバラックへと向かっていた私の顔を真っ青にして、激しく身震いさせても仕方のない話だった。

私には想像力というものがないわけではないし、この悲惨な出来事とどういうわけか超自然的に嚙み合っている、地獄めいた悪夢のことを、あまりにもよく知っていたのである。

物見高い鉱夫たちが集まっている、ぽっかり口を開けたドアの中で、いかなるものを目にすることになるのかはよくわかっていたので、大柄な体や粗末なコール天《コーデュロイ》の衣服、奇妙なほどほっそりした手、焦げた髭の一房、そして不快極まる機械そのもの——バッテリーが少し壊れていて、内部にあったものの焦げ付きでヘルメットが黒ずんでいた——を視界に捉《とら》えても、尻込みしたりはしなかった。

大きく膨れた旅行鞄にも驚きはしなかったのだが、二つのことについては慄然《りつぜん》とした――折り畳まれた紙が左のポケットからはみ出していたことと、右側のポケットが妙に垂れ下がっていたことである。誰も見ていない一瞬の隙に、私は手を伸ばしてあまりにも見慣れた紙を摑み取り、筆跡を確認する勇気もなく自分の手でそれを握りつぶした。パニック性の恐怖のようなものに駆られ、その夜のうちに目をそむけながら燃やしてしまったことは、今となっては悔やまれてならない。

あることの物証、あるいは反証になってくれただろうに――とはいえ、その事については後になって検視官が垂れ下がったコートの右側のポケットから取り出した回転式拳銃《リボルバー》について尋ねさえすれば、確証を得ることもできたはずなのだが。

私にはそのことを尋ねる勇気がなかった――あの列車での夜以来、私の回転式拳銃《リボルバー》が行方不明になっていたからである。

ポケットの鉛筆についても、金曜日の午後にマコーム社長の専用車両で、鉛筆削り機で綺麗に尖らせたものとは似ても似つかぬ、慌ただしく雑に削られたものとしか見えなかった。

こうして、私は困惑したまま帰途についたのである――たぶん、困惑したままの方が良いのだろう。ケレタロに戻ると、専用車両の修理が終わっていたのだが、私が心からの安堵を覚えたのは、リオ・グランデ川を渡ってエルパソと、ひいては合衆国に入った時のことだった。

次の金曜日までにはサンフランシスコに戻り、延期されていた結婚式は、その翌週にずれ込んだ。既に述べたように――あの夜、実際に起きたことについて、私は敢《あ》えて推測すらもしていない。

フェルダンという奴は、そもそもの最初から狂っていたのだ。そして、その狂気の上に、誰であれ知るべきではない、先史時代のアステカの呪術的な伝承を山と積み重ねていたのである。

彼は真実、創造的な天才だったし、あのバッテリーにしても本物だったに違いなかった。

フェルダンが何年も前に、報道機関や一般大衆、そして有力者たちに無視されたことについては、しばらく後で耳にした。あまりにも深い失望というのは、ある種の人間にとっては有害なのだ。

兎《と》にも角《かく》にも、いくつかの不浄な影響の組み合わせが、作用してしまったのである。

ちなみに、彼は本当にマクシミリアンに仕《つか》えた兵士だったということだ。


私がこの話を聞かせると、大抵の者たちが私のことをただの嘘つきだと言い立てる。

異常心理のせいにする者――確かに、私がいっぱいいっぱいの状態だったことを、天はご存知だ――がいれば、「星幽体投射《アストラル》」*26だか何だかの話をする者もいた。

フェルダンを捕らえようとする私の熱意が、遥か遠くの彼のもとに思考を送り込み、インディオのあらゆる魔術に精通している彼が、最初にそれを捉《とら》えて対面することになったというのである。

フェルダンが鉄道の客車にいたのだろうか、それとも私が屍の輪郭をした山の洞窟にいたのだろうか。

あんな風に時間稼ぎをしなかったら、私の身には何が起きたのだろうか。

正直なところ、私にはさっぱりわからないし、わかりたいとも思っていない。

あれ以来、メキシコに行ったことはない――そして、最初に言ったように、私は電気による処刑のことを耳にするのが苦手になったのである。

「自動処刑器」

グスタフ・アドルフ・ダンツィガー（アドルフ・デ・カストロ）

「ギールス君《ミスタ・ギールス》、フェルダンがいなくなって、メキシコでは混乱が起きている。たった今、至急報を受けたところなんだが、奴は株券や有価証券、私文書の一切合切を持ち逃げしたそうだ。きみには、ただちに出かけて、この件について調査してもらわねばならん。どんな危険を冒すことになろうと、あの書類を取り戻してもらわねばならんのだよ。あの悪党が姿を消したのは昨日だから、まだ手の届くところにいるに違いない。儂《わし》の専用車両で、メキシコシティまで行けるだろう。そこからは、オリサバ行きの狭軌鉄道を使うといい。きみとも昔馴染みのジャクスンが駅で待っていて、きみを手助けしてくれる。さあ、準備しろ。釜に火を入れるんだ。五分後には出発して貰わんといかんからな」

明日は、俺の結婚式だった。突然、出かけることになって、美しいベアトリスと彼女の家族に迷惑をかけることについては、ひどく申し訳なく思った。

長い経験から、俺の利害とはつまりボスの利害であり、遅れは許されないことを思い知っていた。ベアトリスたちに別れ《グッバイ》を告げる暇《ひま》もなかった。義務こそが、全てに優先されるのだ。

苦々しい思いと、妙な満足感——俺への信頼の証を得たという満足感だ——の入り混じった思いを抱きながら、俺は準備はできてると告げた。

仕事場に戻り、ベアトリス宛てのメモをしたためると葉巻箱を取って、二分後にはボスの専用車両に乗り込んでいた。彼は俺に指示書と小切手帳を手渡し、安全な旅を願うと告げて、機関士に合図した。甲高い汽笛が鳴り響き、俺たちは猛スピードで走り出した。

俺は丹念に指示書に目を通した。ボスの説明にもある私文書類の奪還に、重点が置かれていた。あの地域には詳しいこともあって、フェルダンを捕まえるというだけのことであればうまくやる自信があったのだが、生憎《あいにく》と俺は個人的に奴のことをよく知らなかった。

いつの間にやら、俺たちはエルパソに差し掛かっていた。

メキシコを駆け抜けている最中、ケレタロに着く前に、車両に問題が発生した。

幸い、アグアスカリエンテスからメキシコシティへと向かう夜間特急が、今から二〇分以内にケレタロに停まるということだった。

問題についてボスに電信を送った後、俺は車両と機関車を翌日まで側線に入れておいてもらえるよう要請し、メキシコシティまでの一等客室《コンパートメント》の乗車券を確保した。「一等客室」と書いたのは、その特急列車が英国製の客車とアメリカ製の車両で構成されていると、出札係が告げたからである。

英国製の客車には欠点もいくつかあったが、乗客が互いに向き合って座ることから「一等客室」と呼ばれていた。一人ないしは二人で乗り込む場合には、二人掛けの椅子の並ぶアメリカ製の車両よりも、遥かに便利なのは確かなのだ。英国風のコンパートメント車の横幅いっぱいに広がっている座席は、柔らかい肘掛けと背もたれのある快適な布張りの座席だった。

特急が駅に走り込んできた時、俺は機械工場《こうば》の言葉遣いでメキシコ人を罵《ののし》る機関士と話しているところだった。車掌によって客室へと連れて行かれた後、蒸気機関が甲高い叫びをあげて、俺たちはメキシコシティへと出発した。

客室内の灯りはやや薄暗く、中に入った時、他の人間の姿は見えなかった。

しかし、唸るような声が聴こえたことで、同行者がいることに気付いたのだった。俺の連れはどうやら、睡眠を邪魔されて気を悪くしているようだった。

さらに注意深く眺めると、男はひどく大きなサイズの服を着ていて、見るからにアメリカ人だった。入り込んだことについて謝罪してみたものの、彼は一言も返さなかった。丸一日一人旅をしてきて、誰かと話したくなっていたので、俺はそれで引っ込んだりはしなかった。

彼が座っている隅に向かい、葉巻を勧めてもみたが、彼は拒絶して頭を窓の方に向けた。

それ以上は話しかけず、俺はフェルト帽を目の上に引き下げて、睡眠をとろうとした。

しかし——何と言ったもんだろうか？——不思議な力が俺を眠らせまいとしているようだった。

目を開けてみると、見知らぬ男が、こちらをじっと見つめているのが見えた。

再び目を閉じ、いびきをかくふりをして眠った風に装い、半分閉じた瞼《まぶた》越しに男の様子を窺った。

彼は相変わらず俺をじっと見つめていた。

向きを変えようとしても、俺の目は彼の方に惹き寄せられ、最初に感じた不快感はすぐに恐怖に変わった。というのも、男の両《りょう》の眼《まなこ》が俄《にわか》に、野蛮な獣と狂人に特有の輝きを放ったのである。

見れば見るほど、彼が狂人の類《たぐ》いだという揺るぎない確信が強まった。

立ち上がろうと思いはしたが、この認識が文字通りの意味で俺をすっかり麻痺させてしまっていた。身動《みじろ》ぎもできなかった。恐怖がいよいよ強くなり、毛穴という毛穴から汗が噴き出すのを感じた。様々な思いが、頭の中を雷《いかずち》の速さで駆け巡った。学生時代のこと、新聞売りだった頃のこと、ボスと出会ったこと、名誉ある地位へと最初の一歩を踏み出したこと、愛《いと》しい婚約者のこと、ボスからのご褒《ほう》美《び》で最高の地位に昇任したこと、フェルダンの追跡のこと——そういったことの全てが、俺の心の中で次々と浮かんでは消えていった。

そして、この時の俺はといえば、狂人の双眸《そうぼう》に、魔法のように魅入られていたのである。

俺は活力を呼び戻し、何とか手足を動かせるようにしたいと思った。自分の指を説得し、少しでも動いてくれと頼み込むのだ。一インチの百分の一でも指を動かせない限り、無事じゃいられないとわかっていた。回転式拳銃《リボルバー》の入っている外套《がいとう》のポケットの方へ、何とか指に動いてもらおうと促した。

人生はこんなにも素晴らしいじゃないか（と、俺は言い聞かせた）。俺は若く、愛されていて、うまくやってるんだ。それに、俺が射撃の名人だってことをよく知ってるだろ?

動けよ、そうさ、ちょっとでいいから動くんだ！　全部台無しになっちまうんだぞ。

指は俺の意志に従いそうにもなければ、従おうともしなかった。

暗澹《あんたん》たる絶望の中で、俺は叫び声をあげようとしたのだが、車輪がレール上を走る音と、自分の心臓の鼓動を聴いてしまうと、声を発することができなかった。

何てこった《マイ・ゴッド》！　この人生の真っ盛りで、幸運を追いかけている最中で、家庭の天国の門の前にいるってのに、忌々しくも麻痺しちまうだなんて！

助けて！　助けてくれ！　だが、俺の口はウンともスンとも言わなかった。

それに、相変わらず俺を見つめている、あのおっかない目ときたら！

今やそいつは立ち上がって、ゆっくりと俺の方に近づいてきた。

とんでもない奴だ！――頭が天井に触れてやがる。

男は体を屈めて、俺の目を覗き込んだ。奴は視線を俺の右に向けて、凄まじい笑みを浮かべながら俺の外套のポケットに手を入れ、取り出した回転式拳銃《リボルバー》を自分のポケットに突っ込んだ。

男の凝視がさらに恐ろしいものになったかと思うと、「立つんだ、きみ《ミスター》！」と俺に告げた。

その言葉は、強力なバッテリーのように俺に作用した。

俺は一瞬で立ち上がった。おかしなことに、自分の足で立ち上がった時、体を再び動かせるようになったのだが、俺もその手足も、完全に冷酷な狂人に支配されているという自覚があった。

束の間、俺に催眠術をかけて弄ぼうとしているのだと思ったのだが、すぐに間違いだとわかった。

その男は、間違いなく狂っていたのである。

「私に何を望んでるんです、旦那《サー》！」と、俺は叫んだ。

「きみが望みなのだよ！」と、男は獰猛《どうもう》な様子で答えた。

「金が望みってわけですか。さあ、ここにありますよ」

そう言って、俺は札入れを男に手渡した。

「金は取っておけ。強盗ではない。私は、慈善家なのだよ」

「それで、私に何を望んでるんです」

「私自ら手がけた発明品を、きみに見せてやりたいのだ。自動処刑器をな」

「お見せいただけて、嬉しいですね」と、俺は言った。

「嬉しい？　私としても、それは嬉しいことだ」

このような言葉と共に、奇妙な具合に絡み合ったコードをポケットから取り出し、話を続けた。

「私は、これに何年も取り組んできたのだが、本物の天才というものがいかなるものか、ついに世界に示す準備が整ったのだ。モントリオールの保安官として、私は任期の間、数多くの犯罪者を処刑したものだったが、連中のもがく姿はいつだって嫌な光景だった。我が発明品は、これを全て取り除くものなのだ。電気式の自動処刑器の一方の端は鉤《かぎ》に括りつけられていて、絞首索《こうしゅさく》が犯罪者の頭に滑り落ち、わずか数秒で彼は声なき大衆と化すのである。この発明品の利点がわかるかね？」

男の狂気の方向性に調子を合わせた方が得策だったので、俺はこう言った。

「こいつは本当に素晴らしい発明だ。サンフランシスコの政治家たちにも紹介してやりたいですね」

「紹介だと？　ああ、そうだな、確かに。紹介されるのは当然だが、自分でやることとしよう！」

「そういうことなら、この件で私に何を望むっていうんです」

と、尋ねてはみたものの、たぶん、その発明品を俺で試そうとしているのだと考えて、俺は震え上がった。男の答えは、俺の恐怖を裏付けるものだった。奴は、こう言ったのだ。

「きみに？　きみは、私の実用性を検証する栄誉に輝くというわけだ。私は、この壮大な目的のために十分な価値のある適切な人間を探し求め、世界中のあらゆる国々で狩りをしてきたのだよ。だが、天は私に今宵まで待つようにと命ぜられた。きみがやって来ることはわかっていた。私の方も、天の命令を実行する準備ができている」

どれほどの恐怖だったか、想像してみて欲しい！

気を失ってしまえば、まだしも救済を経験することになったのだろう。何しろ、気づかぬうちに処刑されてしまったことだろうから。

しかし、この最期の瞬間《とき》にあって、俺の神経はこれ以上ないくらい研《と》ぎ澄まされた。

俺は身体機能と感覚を完全に制御して、早すぎる死を免れる手段を考えた。

何とはなしに、俺は呼び鈴の紐《ひも》に目をやったのだが、残念ながら客室の反対側にあった。

狂人は鋭く俺の視線を捉《とら》えて、こう言った。

「その紐を探したところで、無駄なことだぞ。この列車は、どの駅にも停車しないのだからな。天がこの作業の中断を許さないのだ。メキシコシティに到着した暁には、私は名声を手にし、きみは天に召されているというわけだ！」

束の間、俺はドアに飛びついてそれを開き、そこから逃げ出そうと考えた。

だが、この思いつきは実現性が低かった。運良く強力な狂人の魔の手から逃れることができたにせよ、列車の走る速度では、むざむざ死に飛び込むようなものだからだ。

「早くしろ」彼は、時計を取り出しながらそう言った。

「五時前には、処刑を完了しなければならぬ。そして今は、五時二〇分前だ」

この情報によって、俺はぞくぞくするような喜びを覚えた。

力づくのやり方は恐ろしい死を早めるだけなので、俺は時間を稼ぐよう努めなければならない。

列車は、五時にメキシコの首都《シティ》に到着する予定だった。それまでの間、奴の気を逸《そ》らすことができれば、俺は助かるのだ。

「親愛なる閣下《サー》」と、俺は話しかけた。「あなたが、私でその発明品を試してみるというのは大変光栄なんですが、私が死ぬ前に、ひとつお願いを聞いてはいただけませんかね」

「何だと？　話すがいい！　認めてやろう！」

「遺書と、婚約している女性への手紙を書きたいんですよ。それと、メキシコシティから手紙を郵送してもらいたいんです。お願いできますか？」

「なるほどな。喜んで承ろう。ただ、速やかに済ませるようにな」

「ありがとうございます。ああ、じれったいな！」

ポケットを探し回ってから、俺は言った。

「手紙を書こうにも、紙がないんですよ。書ける紙を一枚ばかり、恵んでいただけませんか？」

男がポケットから取り出した紙を受け取る間、俺はうまいこと鉛筆の芯を折った。

「私ときたら、何て面倒な奴なんでしょう！　鉛筆の芯が折れてしまっているのに、削ろうにもナイフがありません」

「ああ、全く問題はない」と、男は答えた。

「鉛筆を寄越すのだ。私が削ってやろう」

そう言うと、男は上着の下の帯から鋭い短剣を取り出し、鉛筆を削り始めた。

彼は肉体的に強力だったのみならず、どうやら武装もしていたのである。

鉛筆を尖らせた後、男は短剣を鞘《さや》に納めて、続けるように俺に言った。

意味のない文章を長々と書いてやろうと考えたのだが、無理だった。俺の魂——真の危機に瀕《ひん》していた——には、簡単な文章を組み立てるだけで精一杯だったのである。

絶望に打ちのめされながら、俺はアルファベットを書き写した。時間を稼ぎ、紙の余白を埋めるべく、丹念に文字を描いたのである。

ああ、何と惨《みじ》めな運命《さだめ》なんだ！　時間というやつが、こんなにもゆっくり流れるとは！　列車というやつが、こんなにも惨めったらしくのろのろと走るとは！

レールの分岐器《ポイント》を通る度に車輪が立てる音に合わせて、俺はよく舞曲《ギャロップ》を口笛で吹き鳴らしたものだったが、今や葬送行進曲の方がよほど速いテンポに聴こえるほど遅くなっていた。

ついに紙が文字で埋め尽くされ、死刑執行官が準備ができたかどうか訊《き》いてきた。

「気持ち的には準備は出来ているんですけど、婚約者に手紙を書いていないんですよね」

「ならば、さっさと書くがいい」男はそう言うと、脅すような表情を浮かべた。

「あなたの素晴らしい発明について、彼女に説明しようと思うんです。どんな風に機能するのか、見せていただけませんかね？」

「しっかりと、見せてやろう。きみは気の利く奴だな。モントリオールの腰抜けどもとは全く違う」

「ええと、それをどこに取り付けるんです？」と、俺は尋ねた。

「これ以上なく簡単だ。天井のランプ受けに端を引っ掛けるのだよ——お誂《あつら》え向きの場所だからな」

そう言って、そうしてみせた。だが、男がこの作業に気を取られている間、俺は窓を一瞥して心を躍らせた。偉大なるメキシコシティの、最初の家々が目に入ったのである。

もう少しだけ時間を稼げばいい。とはいえ、俺の行動次第では、俺は命を失うのだが。

「終わったぞ、じっくりと見るがいい」と、片手にコードを携えながら、男は言った。

「おお、でも犯罪者の頭に絞首索《こうしゅさく》をかけるには、生きている処刑人を雇わないといけないのでは？」と、俺は主張した。

「きみは心得違いをしている。処刑にあたり、誰かに手助けしてもらう必要はないのだよ。犯罪者自身がそれを――充電された自動処刑器を頭上に引っ掛けると、首に触れるや否や命を奪ってしまうのだ」

男は恐ろしく興奮し、逆上のあまり機関車の汽笛を聞き逃した。

汽笛の音は、俺に希望と勇気を与えた。俺は今、さらに一分を生き延びたのだ！

「確かに、この時代で最も偉大な発明品ですね！」と、俺は言った。

「一つだけ、悩ましいことがあります。犯罪者が絞首索から抜け出してしまうのを、どうやって防ぐんですかね。結局のところ、絞首索を適切な状態にしておくには、人間が必要なのでは」

「私の発明品の最も重要なところはそこだ。罪人の頭上に引っ掛けられると同時に、電気の力で一瞬のうちに絞首索を引き上げてしまう――」

「絵に描《か》くことができますか？」と、俺は彼の言葉を遮った。

「いいや」と、彼は答えた。「どういうことかね？」

「いや何ね、この素晴らしい処刑器のスケッチを婚約者に贈ろうかと思いましてね。きっと楽しんでくれるでしょうから。だけど、あなたが描けないってことなら、一流の絵描きである私がやるしかないのでしょうが、死んでしまえばスケッチできませんし、彼女にはそれ無しで我慢してもらわないと。二重に残念に思うことでしょうよ、何しろ彼女は新聞の編集者なんですから」

「新聞と言ったかね?」と、彼は目を激しくぎらつかせて叫んだ。「奴らは、モントリオールの新聞に我が発明品を取り上げるのを拒絶したのだ、あのろくでなしども!」

「彼女はそれでも十分に満足でしょうがね、もし――」

「もし、何だって?」と彼は叫んだ。「何故、最後まで言わないのだ」

「こう言うつもりだったんですよ。もし、あなたが頭の上に絞首索を引っ掛けてくれるのなら、私はあなたの姿をスケッチすることができます。スケッチがありさえすれば、彼女も記事を載せてくれるんじゃないかってね」

「見事なアイディアだ」と、彼は言った。「素早く済ませてくれるなら、そうしてやろうじゃないか」

「手早くやりますよ」と、俺は叫んだ。「よーい」

男が頭上にコードを引っ掛け終える間もあらばこそ、俺は何かを考えるよりも早くドアに飛びつき、それを開いて外に飛び降りた。

俺は、群衆の真っ只中に落下した――メキシコシティの駅にいたのである。

飛び降りた時、窒息している狂人がごぼごぼと音を立てるのが聴こえていた。飛び降りたショックから足が回復すると、俺は奴の混乱した精神《こころ》の産物である発明品によって絞め殺された、狂人の恐ろしい姿を予期しつつ、客室に急ぎ戻った。

しかし、驚くまいことか、俺がつい先程までそこにいた冒険の現場に辿り着いてみると、そこは――何と空っぽだったのである。

俺は夢を見ていたのか、それとも狂ってしまったのか。俺の苦境の全てが幻覚だったのだろうか。

好奇心たっぷりの群衆が騒ぎ立てたので、騒ぎの原因を調べねばならないと、車掌が前にやってきた。

俺は旅の同行者を知っているかどうか――奴が出ていくのを見たかどうか――彼に尋ねた。

彼は、呆気にとられたような驚きを浮かべて、俺を見た。俺以外に――俺が描写したような、奇妙な格好をした奴はもちろん、客室から出ていく人間など見なかったというのである。

車掌によれば、ケレタロから客室に乗っていたのは、俺一人だということだった。それから、群衆に向かって、スペイン語で言い放った。「このアメリカ人は、頭がおかしいんだ」

群衆はパニックに襲われ、クモの子を散らすように逃げていった。俺はといえば、納得のいく説明を車掌から受けられそうにないので、外套をとってオリサバ行きの乗車券を買った。

そこの駅で、俺はジャクスンに会った。彼は俺を心から歓迎してくれて、フェルダンが見つかったと告げた。ここ数時間で立て続けにショックを受け過ぎたので、俺はこのニュースにさほど驚かなかった。

ともあれ、「どこで見つかったんだ？」と、俺は尋ねた。

「ハラパ［グアテマラの県］じゃよ」というのがジャクスンの答えだった。

「いつのことだ？」と、俺は質問した。

「昨晩よ」と、ジャクスンは言った。

「奴は何か言っていたか？」と、俺は断固とした口調で言った。

「言うも何も！」と、ジャクスンは叫んだ。「あの哀れな奴は、何も言いやせんよ。奴はアビ［鳥の一種、笑い声のような奇妙な鳴き声で、狂人に喩えられる］みたいに狂ってしまったのよ。儂《わし》は奴に同情するね。昨晩は、奴をどうにかするのに、六人の男が要りようだったわい」

ちょうど石英砕鉱所《せきえいさいこうじょ》に着いたので、ジャクスンは鉄製の寝台架《ベッドステッド》にフェルダン——暴れまわる狂人が拘束されている部屋に、俺を連れて行った。

奴の顔を見た時、俺はほとんど気を失いかけた。それだけ、ショックが大きかったのだ。何ということなんだ《グレート・ゴッド》！　それは、昨晩の旅の同行者だったのだ！

俺が動揺した事情についてジャクスンに話すと、彼は困惑した。

「自動処刑器といえば、奴がたいそう褒めちぎっていたもんじゃないか。儂らが発見した時、こいつの首には輪縄《わなわ》が嵌《はま》ってて、半死半生の状態だったんじゃよ。実に奇妙な話だ！」

俺の物語は、サンフランシスコの皆が信じてくれず、物笑いの種になった。

信じてくれたのは、俺の親愛なる妻だけだった。

「あなたの投影された意識、つまり星幽体《アストラル・ボディ》がこれを全て経験したんだわ」と、彼女は言うのだった。

訳注

1　サンマテオ山脈　San Mateo Mountains
ニューメキシコ州にはサンマテオ山脈が存在するのだが、本作の舞台であるメキシコのトラスカラ州の周辺には見当たらない。聖《サン》マテオ使徒教会との混同か。

2　トラスカラ　Tlaxcala
メキシコ合衆国の首都メキシコシティの東に位置する州。エルナン・コルテスのスペイン軍に一足早く降伏し、共にアステカ帝国を滅ぼしたトラスカラ王国に由来。

3　マリンチェ《シエラ・デ・マリンチェ》山　Sierra de Malinche
トラスカラ州の東に位置する火山。コルテスに献上され、アステカ征服に協力した現地の女奴隷マリンチェから。

4　チウアウア　Chihuahua
かつては「チワワ」表記が主流だったメキシコ北部の州。

5　ケツァルコアトル　Quetzalcoatl
「イグの呪い」の訳注3を参照。

6　〈ロケット〉号　'Rocket'
一九世紀の鉄道技師ジョージ・スティーヴンスンとその息子ロバートが共同で開発し、一八二九年一〇月のレインヒル・トライアルで優勝した煙突式の蒸気機関車。

7　ダヴェンポートの最初の電気機関車　Davenport's first electric engine
アイオワ州のダヴェンポート・ロコモティブ・ワークス社が開発した電気式ディーゼル機関車を指すのだろうが、これは一九二七年のことなので作中時期とずれている。

8　アナウアク　Anahuac
現在は埋め立てられているテスココ湖畔にあった、アステカ帝国の発祥地。古典ナワトル語で「水の近く」。

9　テノチティトラン　Tenochtitlan
テスココ湖の島に築かれたアステカ帝国の首都。古典ナワトル語で「石のように硬いサボテン」を意味する。

10 ソチミルコ〜アステカ Xochimilca〜Azteca
メキシコ盆地に住んでいたという七つの部族の名前。

11 チコモストク Chicomoztoc
古典ナワトル語で「七つの洞窟」。アステカ族の神話では、故郷アストランを出発しメキシコ盆地に向かった七部族が、七つの洞窟に分かれて住んだ。トルテカ・チチメカ族の歴史書『トルテカ・チチメカ史』では、七つの洞窟のある山が雷に砕かれ、人類が生まれたとされる。

12 ウィツィロポチトリ Huitzilopotchi
アステカ帝国の太陽神で、夜の神テスカトリポカの敵。「蜂鳥の左足」ないしは「左（南）の蜂鳥」を意味する。

13 お祖父《じい》さんの椅子 Grandfather's chair
少し後に名前が言及される一九世紀アメリカの作家ナサニエル・ホーソーンの児童向けアメリカ建国史、『お祖父さんの椅子　子供のための歴史』に引っ掛けた冗談。

14 リノス Linos
ギリシャ神話の音楽の名手。アポローンより優れていると自慢して殺された逸話や、音楽を教えていたヘーラクレースを打擲して返り討ちにあったという逸話がある。

15 イアッコス、ザグレウス、ディオニュソス Iacchus, Zagreus, Dionysos
ディオニュソスは、ゼウスとテーバイの王女セメレーの息子で、豊穣とブドウ酒の神。ザグレウスはオルペウス教の神、ゼウスの息子で、その寵愛の深さを妬んだヘーラーの陰謀で惨殺された。その後、アテーナーが救った心臓をゼウスがセメレーに飲み込ませ、ザグレウスの生まれ変わりであるディオニュソスが誕生したとされる。また、エレウシスの密儀においては、主神イアッコスがザグレウスの生まれ変わりとされる。

16 イアルメノス Ialmenos
スパルタ王女ヘレネーへの求婚者の一人。アポロドーロス『ビブリオテーケー』によればアルゴナウタイの一員。ここで名前が挙がっている理由は判然としない。

17 アッティス Atys
「壁の中の鼠」の訳注8、12を参照。

18　ヒュラース Hylas
ヘーラクレースの寵愛を受け、彼に仕えた美少年。ロドスのアポローニオスの『アルゴナウティカ』によれば、アルゴナウタイに参加した際、キオス川の河口近くで水くみをしている最中に泉のニュムペーたちに攫《さら》われた。ストラボンの『地誌』によれば、ヒュラースの名前を呼びながら山の中を歩く密儀的な祭礼が存在していた。

19　太陽《アポロ》より生じ～ sprung from Apollo
アポロドーロスの『ビブリオテーケー』やオウィディウスの『変身物語』などに描かれる、アポローンの孫アクタイオーンの逸話。ガルガピアの谷間での狩りの最中、アルテミスが水浴びをしている洞窟に入り込んでしまい、自らの猟犬をけしかけられて食い殺されてしまう。

20　プサマテー Psamathe
海の精霊《ネーレーイス》のプサマテーが、ゼウスの子であるアイギーナ島のアイアコス王に強姦されて生んだポーコスは、円盤投げ競技の最中に頭に円盤がぶつかり死亡する。

21　イーウォ Evoë
バッコス神の秘儀宗派と結び付けられる感嘆の掛け声。

22　トロケナワケ Tloquenahuaque
夜の神テスカトリポカの異名で、古典ナワトル語で「近くにして傍ら」。「その身に全てを宿すもの Who Art All In Thyself」の異名は「一にして全」を想起させる。

23　イパルネモア Ipalnemoan
正確には「イパルネモアニ Ipalnemoani」で、トロケナワケと同じくテスカトリポカの異名。

24　ミクトランテクトリ Mictlanteuctli
アステカ神話の死神で、冥府ミクトランの王。

25　トナティウ＝メッツトリ Tonatiuh-Metztli
トナティウはアステカの太陽神。メッツトリは月の女神。

26　星幽体《アストラル》投射 astral projection
一九世紀の神智学者の造語で、夢や瞑想によって肉体から精神（星幽体《アストラル・ボディ》）を離脱させるというもの。

墳丘（雑誌掲載版）

The Mound
（ズィーリア・ビショップのための代作）
1930

※本文中の訳注番号は、新訳クトゥルー神話コレクション１
『クトゥルーの呼び声』収録のものに対応しています。

一〇年の歳月が流れた後も、科学者としては幻覚と退けてしまいたい現象について、私は忘れることも説明することもできずにいた。私は民族学者で、様々なインディアン部族の文化の起源を専門としている。いわば趣味のようなものとして、私はしばしば本業の調査と並行して、白人が赤肌の隣人たちから継承した迷信を探していた。そのような趣味があったことから、研究のためよく足を運んだオクラホマの墳丘にまつわる迷信に、私は自然と興味を惹かれることとなった。

私はこれらの広大で寂寥《せきりょう》とした、人工物のように見える円丘を数多く、州の西側で見たことがあった。そして一九二八年、私は仕事で忙しい合間をぬって、最も古く、最もよく知られた墳丘の伝説を調査することにしたのだった。それは、実際には古いものなのだが、学術界の外においては全く耳新しい、この地方固有の伝承なのである。

カドー郡の人里離れた町であるビンガー[*5]から広まったという事実も、私をぞくぞくさせた。古《いにしえ》の蛇神にまつわる神話に関わる、きわめて恐ろしくも不可解な部分を含む出来事が起きた場所として、私はその町についてかなり以前から聞き知っていたのだった。

件の物語は、表面上は実に単純素朴なもので、村から三分の一マイル［約五三六メートル］ほど西に離れた平原にぽつんと孤立する巨大な墳丘ないしは小さな丘に集中していた――その墳丘を自然の産物だと考える者たちもいれば、先史時代の部族によって造られた埋葬地ないしは儀式用の祭壇だと信じる者たちもいた。

村の者たちが言うには、その墳丘には二人のインディアンの姿がひっきりなしに出没しているということだった。ごく短時間見えなくなることもあったが、天候に関係なく夜明けから夕暮れまで頂上を歩き回る老人と、彼と入れ替わるように現れ、ちらちらと明滅する青い焔の松明《トーチ》を朝までずっと携えているインディアン女《スクワー》である。月が明るい夜には、インディアン女の奇異な姿をはっきりと見ることができた。そして、半分以上の村人たちが、幽霊に頭がなかったことについて意見を一致させていた。

このヴァージョンとそのマイナーヴァージョンは、一八八九年にウィチタ族[*6]の土地への植民が始まった頃から知られているようだ。聞いた話では、今なお続いているこの現象を誰であれ自分の目で確かめることができ、これらの話の信憑性を高めているのだった。

科学知識の冷徹な探照灯《サーチライト》から遠く隔たった、小さく人目につかない村に潜んでいるかもしれない奇怪極まる驚異を、何としても目にしたくてたまらなくなったので、私は一九二八年の夏にビンガーに赴き、健全な日常から切り離されでもしたような気分で、夕暮れに到着したのだった。

駅のプラットフォームには詮索好きな暇人《ひまじん》たちがたくさんいて、私が紹介状を持っている人々の家に道案内してくれそうな人間には事欠かなかった。私が案内されたのはごくありふれたメインストリートで、轍《わだち》のある路面はこの地方の砂岩性の土で赤っぽくなっていた。

やがて私は、滞在先となる予定の家の扉の前に辿り着いた。もろもろの手配を任せた人間は、実に良い仕事をしてくれた。クライド・コンプトンは高い知性の持ち主である地元の自治体の責任者で、彼の母親ときたら――彼と同居していて、「コンプトンお婆ちゃん」として知られていた――、最初期の開拓者の世代に連なる、風説や民間伝承の鉱山とも言うべき人物だったのである。

その日の夕方、コンプトン親子は村人の間に伝わっている一通りの伝承をざっくりと説明してくれた。見たところ、ビンガーの住民たちは皆、幽霊の存在を受け入れているらしい。奇妙で孤立した古墳と、その頂《いただき》に絶えず現れ続けている人影が見える範囲で、既に二世代が生まれ育っているのである。

墳丘のそばはごく自然に恐れられる場所となり、村も農場も入植後四〇年の間、そちらの方に広がってはいなかった。とはいえ、冒険好きが足を運んだことが数回あった。何人かは戻ってきて、恐ろしい丘に近づいてはみたものの、幽霊の姿は全く見えなかったと報告した。どういうわけか、彼らが現地に到着する前に孤独な歩哨《インディアン》は姿を消していて、彼らは険しい斜面を登っていき、平坦な頂上を自由に探索することができたのである。彼らの言うには、頂上には何もなく――せいぜい、下生《したば》えがそこかしこに生えているくらいだった。

インディアンの見張りが消えてしまった場所は、彼らにもわからなかった。斜面を下り、姿が見えなくなるあたりまで平原を逃げるか何かしたに違いないと、彼らは口々に罵った。見渡せる範囲内に、体を隠せそうなところはどこにもないのだが。ともあれ、墳丘には開口部などが全く存在していないようだった。これは、墳丘の灌木《かんぼく》や背の高い草を全面的かつ徹底的に調べあげた末に、到達した結論である。

感受性の強い探索者たちが、目に見えない拘束のようなものを感じたと主張するケースも幾度かあった。もっとも彼らは、それ以上はっきりした話をすることができなかった。要は、彼らが移動しようとしている方向の空気が、押しとどめようとでもするかのように厚さを増したということらしい。

こうした大胆な調査の全てが、昼間の内に行われたことは言うまでもない。

しかし、幽霊の墳丘にまつわる主だった恐怖の源は、彼らのような正気の、注意深い探索者《シーカー》たちの物語に由来するものではない。実際、彼らの体験談は定番的なもので、各地に伝わる地方伝承群の中にあっては、それほど逸脱しているというわけでもなかったのだ。

この話のとりわけ凶々《まがまが》しい部分は、少なからぬ探索者たちが心身を損なった状態で帰還したことだった。他のものたちは、それきり帰還しなかったのである。

最初の事例は、一八九一年に発生した。ヒートンという若者が、秘密を掘り起こしてみせようと、シャベルを手に出かけていったのである。彼は謎の解明を決意したのだった。村の見物人たちは、彼が山頂にある灌木をせっせと刈っているのを眺めていた。やがて、彼の姿はゆっくりと見えなくなっていき、夕暮れが近づいてくるまで長時間にわたり再び現れなかった。そして、頭のないインディアン女が掲げる松明が、遠く離れた高台でちらちらと明滅した。

日没の二時間後、彼はふらつく足取りで村へと戻ってきて、誰に向けたわけでもない支離滅裂のわめき声を途切れ途切れに口にした。ぞっとするような深淵や怪物どものこと、恐ろしい彫刻や彫像のこと、人にあらざる捕獲者と、グロテスクな拷問のことを。

「古い！　古い！　古い！」彼は幾度も口にした。「大いなる神よ、あいつらは地球よりも古いんだ。あいつらはおまえらが考えていることを知っていて、あいつらが考えていることもおまえらに知らせてくる――あいつらは半分人間で、半分幽霊なんだ――境界線を越えると――溶けて、また形をとって――何もかもが黄金で出来ていて――怪物じみた獣ども、人間もどきの――死んだ奴隷――狂気――ああ、神よ、あいつらは彼に何をしたんだ……！」

ヒートンは死ぬまでの八年間、村の厄介な愚か者として生きていた。この苦々しい出来事の後、墳丘の頂上で発狂した事例が二回あり、八人が全く行方知れずとなっている。

発狂したヒートンが戻ってきた直後、決然とした男たちが三人、揃って孤立した丘に向かっていった。彼らは重武装に身を固め、シャベルやツルハシを携えていた。村の見物人たちは、探索者たちが近づいてきた時、インディアンの幽霊が溶けるように消え去るのを目にした。その後、男たちが墳丘を登り、下生《したば》えのあたりを探り始めるのを眺めていた。彼らの姿は、二度と再び見られることはなかった。

改めて探索しようと考える者が現れたのは、一八九一年の事件の記憶がすっかり忘れ去られた頃になってからだ。その後、一九一〇年に、恐怖の記憶を思い起こせるほど年を取っていない若者が、忌避される場所へと赴いたものの、何も見つからなかったということだ。

一九一五年までには、九一年の深刻な恐怖やあられもない風聞はすっかり色あせて、ごくありふれた面白みのない怪談話に成り果てていた――要するに、白人たちの記憶はおぼろげになっていたということである。一方、近くの居留地では、年老いたインディアンたちがあれこれと思いを巡らせ、彼ら自身の考えを胸中にとどめていた。

この時期、活発な好奇心と冒険心の第二波が始まり、何人かの大胆な探索者たちが墳丘と往復した。その後、東部からも二人の来訪者がシャベルなどの道具を携えてやってきた。小さな大学と付き合いのあるアマチュア考古学者の二人組で、インディアンたちの間で研究調査を行っていたのである。彼らが出かけるのを見ていた村人はいなかったが、彼らは二度と戻ってこなかった。彼らを探しに出かけた調査隊には、私の滞在先の主人《ホスト》であるクライド・コンプトンも加わっていたということだが、墳丘では何も見つけることができなかった。

一九二〇年までには――人間の記憶は長続きしないもので――墳丘のことはほとんど冗談に成り果て、殺されたインディアン女にまつわる退屈な話は、より陰鬱《いんうつ》な噂話に取って代わられていた。無鉄砲な若い兄弟二人――想像力とは無縁な、酷薄無情のクレイ家の息子たち――が、埋められているインディアン女と、インディアンの老人が彼女を殺害する原因になったという黄金を掘り出しに行こうと決めたのは、しばらく経ってからのことだった。彼らが出発したのは九月のある午後で――赤い砂《さ》塵《じん》に覆われた平原に、インディアンのトムトムが絶え間なく響き始める時期である。

出かける姿を見た者はなく、彼らが帰ってこれないことを両親が心配し始めた頃には、何時間も経っていた。騒ぎに発展して捜索隊が出されたものの、沈黙と解決し難い謎を前に諦めるほかはなかった。後に一人だけが帰還した。兄のエドの方で、麦藁色だった髪の毛と顎髭《あごひげ》は真っ白になっていた。額には、象形文字の烙印のような奇妙な傷痕があった。

彼と弟のウォーカーの失踪から三ヶ月後、彼は人目を避けるようにして夜の家に帰宅した。身につけていたのは奇妙な模様の毛布だけで、彼は自分の服を着るとすぐさま毛布を暖炉に放り込んだ。

彼が両親に話したところによれば、彼とウォーカーは異様なインディアンたち――ウィチタ族やカドー族[*8]ではなかった――に捕縛され、囚人として西の方のどこかに拘束されていた。ウォーカーは拷問で死んでしまったが、エドは何とか逃亡したのだという。その経験は大変恐ろしいものだったらしく、彼はうまく話すことができなかった。

とにかく――休ませて欲しい、むやみに危険を知らせて、インディアンたちを見つけて罰しようとしてはいけない。彼らは捕まえたり罰したりすることのできる存在ではないのだから。

そんなことを口にした後、エドはリビングのテーブルからノートと鉛筆を取り、父の机の引き出しから自動拳銃を取り出して、がたがたする階段をあがっていった。
三時間後、エド・クレイは右側のこめかみを撃ち抜いた。彼は、ベッドの近くにあるぐらつくテーブルの上に、わずかに書き込まれた一枚の紙を残していた。削りに削られて短くなった鉛筆と、焼け焦げた紙が大量に突っ込まれたストーブによって、後から判明したことなのだが——エドはもともと、ずっと多くのことを書き残していたらしい。しかし、彼は最後の最後で、自分の知ってしまったことについて、曖昧にほのめかす以上のことをしないと決めたのである。残されていたのは、奇妙に左に傾いた筆跡で書き殴られた狂おしい警告——苦難のあまりに錯乱した精神のうわ言に違いないもの——で、以下のように読めた。常に無感動で想像力に欠けた人間が書き残した言葉としては、驚くような内容だった。

たのむよあの墳丘には絶対に行かないでくれあそこは悪魔的で古ぶるしい世界の一部で口にすることもまずいんだ俺とウォーカーはあれの中に連れ込まれて一度体が溶けてからまた元通りにされた奴らができることにくらべると外の世界がみんなでかかっても無力だ——奴らは好きなだけ永遠に生きて本当に人間なのかただの幽霊なのかもわからない——奴らのしてることについては何も言えないここだって入り口のひとつにすぎない——ここの全体がどれほど大きいのか伝えることはできない——あんなものを目にしたからにはもう生きていたくはないフランスにだってこれ以上のものはなかったんだ——ああ神よみんなが近づかないように見守ってください誰だってあの哀れに歩き回ってるやつみたいに成り果てたくはないはずだ。

敬具。

エド・クレイ

検視の際、クレイ青年の全ての臓器が、まるで彼が裏返しにでもされたかのように、体内で左右に反転していることが判明した。彼が元々そうだったのかどうか、その時にはわからなかった。後になって、一九一九年五月に招集された時は、エドが完全に正常だったことが軍の記録で確認できた。

それが、最後に行われた墳丘探索となった。その後八年にわたってその場所に近づく者はおらず、望遠鏡《スパイ・グラス》を向けようとする者すらほとんどいなかった。あの場所のことは、探索されるべきではない謎として受け入れられ、話題にすることも避けるというのが村人たちの総意となった。

クライドがこういう話をしてくれたのは、夜がとっぷりと更けて、コンプトンお婆ちゃんが二階の寝室で眠りについてから、かなりの時間が経った頃だった。この恐ろしい謎をどう考えるべきかわからないとはいえ、健全な唯物論に真っ向から対立する考えにはまだ反発を覚えていた。

墳丘を訪れた多くの者に、いかなるものが影響を及ぼして狂気を、あるいは逃亡や放浪の衝動をもたらしたのか？　大いに感銘を受けはしたが、そうした疑問は私を押しとどめることはなく、むしろ奮起させたのだった。私こそが、この謎の真相を解明するべきなのだ。冷静な頭脳と、揺るぎない決意をもってすれば、私にはきっとできるだろう。コンプトンは私の気持ちを読み取って、心配そうな様子で頭を振った。それから彼は、私に家の外へついてくるよう、身振りで合図した。

私たちは枠組構造の家を出て、静まり返った横道に足を踏み入れ、気の滅入るような八月の青白い月の光に照らされる中を、家々がまばらになってくるところまで歩いていった。

私は、コンプトンが指差した方向にある大地と空の茫洋たる広がりを眺め渡していたのだが、星ではない輝きが目に入った——地平線のあたり、天の川を背景にしてぎこちなく動き、ちらちらと明滅している青白い火花である。次の瞬間、かすかに明るく照らし出された平原の遠くに聳え立つものの頂から、その火花が見えていることをはっきりと確信できた。私は問いかけるように、コンプトンに向き直った。

「そうだ」と、彼は答えた。「あれこそが幽霊の青い光——そして、あそこが墳丘だよ。歴史上、あれを目にしない夜は一日たりともなかったんだ——ビンガーに住んでいる生ける魂は誰であれ、あそこに向かって平原を歩いていこうとは思わない。悪いことは言わないよ、お若いの。きみに分別というものがあるなら、構わずにおくことだ。調査は中止してだね、きみ、このあたりのインディアンの伝説のいくつかに取り組めばいい」

Ⅱ

しかし、私は助言に従おうという気にはなれなかった。コンプトンは私に快適な部屋を提供してくれたのだが、朝になれば日中に現れるという幽霊を目にすることができたのだから。

私は明け方に起きて服を着替え、他の人たちが立てる音が聞こえて来る頃に階下へと降りていった。母親が食料貯蔵室《パントリー》で忙しげにしている間、コンプトンは台所で火を起こしていた。

朝食後、彼はパイプを咥えると、私が荷物を集めるのを手伝ってから、ついてくるように手招きした。

小道に沿って歩いていくと、墳丘がそこから見えた——かなり遠くはあったが。そして、実に奇妙なことではあるが、その外観には人工的な規則性があった。高さは三〇フィートから四〇フィートほど［約九〜一二メートル］、南北は百ヤードほど［約九一メートル］はあるはずだ。コンプトンの言うには、東西はそれほど広くはなく、全体的な輪郭はやや薄い楕円形だということである。

コンプトンが何度もそこに出かけては、無事に戻っているということを、私も聞き知っていた。脈拍が速くなり、私はコンプトンが無言で差し出した高倍率の双眼鏡を奪い取るように手にした。大急ぎで焦点を合わせると、最初は遠くの墳丘の縁《へり》でもつれあう下生えだけが見えたのだが——その時、何かが野原に大股で踏み込んできた。

それは、間違いなく人間の形をしていて、私が昼間の「インディアンの幽霊」を目にしていることはすぐにわかった。私は、その姿を見ても驚かなかった。背が高く痩せぎすで、黒っぽい外套《がいとう》を着込み、黒髪を紐《ひも》でくくり、皺《しわ》だらけで赤銅色、鷲鼻《わしばな》の無表情な顔は、確かに私がこれまでに見てきたインディアンたちの顔のように見えたからだ。しかし、民族学者として経験を積んだ私の目は、この人物が歴史上知られていたいかなる部族のレッドド・スキン《インディアン》でもないことをすぐに見抜いていた。人種的に全く異なる、かけ離れた文化の流れに属する種族《クリーチャー》なのである。

現代のインディアンは短頭で——円形の頭をしていて——、二五〇〇年以上前の古代プエブロ族[*1]以外に、長頭の頭蓋骨を見出せないのである。しかるに、この男の長頭は、長い距離を間に挟んだ不鮮明な双眼鏡の視野においてさえ、はっきりと認識できるほど顕著なものだった。彼の衣装の模様にしても、南西部の先住民族の芸術に認められている装飾的な伝統から、全くかけ離れたものだとわかった。

墳丘の頂を歩く彼の姿を、私は数分間にわたって双眼鏡で追いかけ、彼の長い足と頭の動かし方を注視した。この男が何ものであろうとなかろうと、間違いなく野蛮人ではないだろうという、強く堅固な確信が私の中で湧き上がった。彼は文明人なのだ。

墳丘の近くにやってきたところで、コンプトンは私と別れた。私達は互いの手を握り、私は幽霊について冗談を口にしようとしたが、コンプトンは笑わなかった。墳丘に到着した時、彼が帰り道をゆっくりと歩いている姿が見えた。

頂上に辿り着くと、そこには三〇〇×五〇フィート［約九一×一五メートル］の、楕円形の台地が広がっていた。全体的に、草むらと下生えの茂みに覆われている様子は、規則正しい歩哨もどきが常にあるきまわっているという事実と相容れないものだった。

この有様に、私は甚《はなは》だ衝撃を受けた。あれほどはっきりと見えているにも拘わらず、「老インディアン」が幻覚以外の何物でもないことを示していたからである。

私は少なからぬ困惑と恐怖に見舞われ、物思いに耽りながら村の方に目を向け、見物人の群れである黒い点の集まりを眺めた。双眼鏡を彼らに向けると、彼らの方も望遠鏡や双眼鏡でこちらを食い入るように見ているのがわかった。実のところそういう気分ではなかったのだが、彼らを安心させようと、せいぜい元気いっぱいに見えるように空中で帽子を振ってみせた。それから作業に取り掛かろうと、ツルハシとシャベル、鞄《かばん》を地面に降ろすと、鉈《マチェット》で下生えを刈り取り始めた。実に疲れる作業だった。時折、計画的な意図をもって私の動作を妨げるような一陣の風が強く吹き付け、妙な悪寒を覚えた。

トレンチナイフで土を掘り返した際、赤みがかった土の層が比較的薄いことを、私は不思議に思った。

この地方全体が赤い砂岩の土で覆われているのだが、ここでは一フィートも掘り進めないうちに、奇妙な黒いローム［砂と粘土が混ざりあった柔らかい土］を見出したのである。遠く離れた西や南の、辺鄙な深い谷で見つかるような土なので、墳丘が隆起した先史時代に、かなり離れた場所から運ばれてきたのに違いなかった。跪《ひざまず》いて掘っているうちに、私の道具が堅い表面にあたったので、直下に岩石の層があるのだろうかと考えた。トレンチナイフでつつきまわしてみると、そんなことはないとわかった。その代わり、驚いたのみならず何とも興味深いことに、私はカビに覆われた重い円筒形の物体――長さは約一フィート［約三〇センチ］で、直径は四インチ［約一〇センチ］――を引っ張り上げたのだった。

私は腰をおろし、短ズボン《ニッカーボッカー》の粗いコール天［織物の一種］にこすりつけて磁力を持つ円筒を掃除した。その彫刻と打ち出し模様は、非常に奇怪かつ非常に恐ろしいもので――名状しがたい怪物や意匠には、潜在的な邪悪がこめられているのだが――、その全てが最高の出来栄えであり、職人の高い技倆を示していた。当初、私は円筒のどちらが頭でどちらが末尾なのかもわからず、一方の先端の近くに裂け目を見つけるまでの間、無意識にそれを弄《もてあそ》んでいた。その後、私は熱心にいくつかの開け方を試し、最終的に、単にねじれば良いということがわかったのである。

フタを外すのはなかなか難しかったのだが、ついに取り外すことができて、妙に馥郁《ふくいく》たる香りが中から漂いでた。中に入っていたのは、緑がかった文字が書き込まれた、黄変した紙のような物質を丸めた大きな巻物のみだったが、未知なる旧《ふる》き世界と時の彼方の深淵へと通ずる、文字で書き著された鍵を手にしたのだと思うと、つかの間、この上ないスリルを感じたのだった。

しかし、一方の端から巻物を開いてみると、スペイン語で書かれた文書であることがすぐに判明した

――といっても、遠い昔に使われていた、堅苦しくも仰々しいスペイン語ではあったのだが。
夕日の光の中で、私は見出し《キャプション》と冒頭のパラグラフに目を向け、今は亡き書き手の、悪文というだけでなく、言葉の区切りもいい加減な文章をどうにか解読しようと試みた。
緑がかった文字の記された黄変した巻物は、肉太でくっきりした筆跡の文字で書かれた見出しと、後に続く途方もない暴露を読者が信じてくれるよう、堅苦しい文体で訴えかける文章で始まっていた。

RELACIÓN DE PÁNFILO DE ZAMACONA Y NUÑEZ, HIDALGO DELUARCA EN ASTURIAS, TOCANTE AL MUNDO SOTERRÁNEO DE XINAIÁN, A.D. MDXLV

（アストゥリアスのルアルカの郷士《イダルゴ》[*9]、パンフィロ・デ・サマコナ・イ・ヌーニェス[*10]による、XINAIÁN《クシナイアン》の地下世界についての物語　西暦一五四五年）

En el nombre de la santísima Trinidad, Padre, Hijo, y Espíritu-Santo, tres personas distintas y un solo. Dios verdadero, y de la santísima Virgen nuestra Señora, YO, PÁNFILO DE ZAMACONA, HIJO DE PEDRO GUZMAN Y ZAMACONA, HIDALGO, Y DE LA DOÑA YNÉS ALVARADO Y NUÑEZ, DE LUARCA EN ASTURIAS, juro para que todo que digo está verdadero como sacramento....[*11]

（父と子と聖霊、三つの位格にして一人なる、最も聖なる三位一体の名において、真なる神よ、そして我らが貴婦人なる聖処女よ、私、アストゥリアスの郷士なるペドロ・グスマン・イ・サマコナと、ドニャ・イネス・アルバラド・イ・ヌーニェス・デ・ルアルカの息子であるパンフィロ・デ・

サマコナは、私の話す全てのことが告解として真実なるものであると、ここに誓うものなり……）

私は一息ついて、読み始めた文章が信じがたくも意味することについて、じっくりと思案した。『アストゥリアスのルアルカの郷士、パンフィロ・デ・サマコナ・イ・ヌーニェスによる、クシナイアンの地下世界についての物語、西暦一五四五年』……この部分については全くもって、そのまま鵜呑みにすることは難しかった。

地下世界――インディアンの全ての昔話と、墳丘から戻ってきた者たちの全ての発言に通底する永続的な概念が、またもや現れたのである。わけても、一五四五年という日付――これは一体、何を意味するのだろうか。コロナド[*4]とその一行は、一五四〇年にメキシコから北の荒野へと向かったのだが、一五四二年に戻ってきたのではなかったろうか。私は巻物の開かれた部分の隅々まで目を走らせ、その一回だけでフランシスコ・バスケス・デ・コロナドの名前を見つけ出した。

この文書の書き手は、間違いなくコロナドの部下の一人だったのだ――しかし、彼の隊が引き上げてから三年後に、このような遠隔の地で一体何をしていたのだろうか。もう一度目を走らせると、今現在広げている部分はコロナドの北方遠征の要約に過ぎず、大筋において歴史上知られている記述と異なるものではないことがわかったので、私はさらに先へと読み進める必要があった。

私は巻物を広げ、さらに先へ読み進もうとしたのだが、沈みゆく陽の光がそれを妨げた。私は気がはやるあまり、この不吉な場所に夜が急速に迫ってくるのを恐れることすら忘れていたのである。

しかし、他の者たちは、潜み棲む恐怖のことを忘れてはいなかった。村外れに集まっている群衆の、騒々しい叫び声が遠くから聞こえてきたのである。私の身を案じる声に応えようと、私はその原稿を奇妙な円筒の中に戻し——首に巻きつけた円盤がまだ円筒にくっついていたので、私はそれを引き剝《は》がし、細々とした道具共々、この場から立ち去ろうと荷物の中に突っ込んだ。

ツルハシとシャベルは翌日の作業のために残しておくことにして、私は手提鞄を持ち上げると、墳丘の険しい斜面を下り始めた。それから、一五分も経つ頃には村に帰り着くと、興味深い発見物について説明し、披露してみせたのだった。

暗くなってきたので、先ほど立ち去ったばかりの墳丘に目を向けると、夜間に現れるインディアン女の幽霊の青みを帯びた松明がかすかに輝き始めているのが見えた。私は体をぶるっと震わせた。

村人たちには、午前中に見つけたものについてはっきりと説明し、奇怪かつ刺激的な円筒をじっくりと調べる機会を用意すると約束してから、私はクライド・コンプトンと共に彼の家に戻り、できるだけ早く翻訳にとりかかろうと、自室へと上がっていった。

一つきりの電灯の光のもとで手提鞄を開き、円筒を取り出してみた。

強い輝きを放つ未知の金属の表面では、彫り込まれた意匠が禍々《まがまが》しい輝きを放ち、かくも絶妙な技倆による病的かつ冒瀆《ぼうとく》的な輪郭を調べながら、私は身震いを禁じ得なかった。

ようやく私は原稿を取り出し、翻訳を開始した——読み進めながら大筋の梗概《こうがい》を英語で書き留め、特に曖昧で古風な言葉や構文に出くわすたびに、スペイン語の辞書がないことを残念に思った。

私の現在進行形の探索のただ中にあって、このような形で約四世紀も昔に引き戻されたことについては、筆舌に尽くしがたい不可思議さを感じたものだった――ヘンリー八世［在位は一五〇九年〜一五四七年］の時代であった当時、私自身の先祖はといえば、サマセットやデヴォンに定住する自宅にこもりがちな紳士で、彼らの血統の者がヴァージニアや新世界への冒険に乗り出すことなど、考えもしなかった。ましてや、私の今現在の活動場所にして、視界を占める謎めいた不気味な墳丘が、今と同じく当時もその新世界に存在していたことなど、知るよしもなかったのである。

Ⅲ

ビスケー湾の小さく穏やかな港町、ルアルカでの青年時代のことについて、サマコナはほとんど何も話さなかった。彼は荒っぽい気性の持ち主で、長男ではなく、一五三二年にヌエバ・エスパーニャ《ニュー・スペイン》[*12]にやってきた時は、わずか二〇歳の若さだった。明敏で想像力に富んだ彼は、北方に存在するという富に溢れた都市や未知の世界について流布されていた噂話――特に、一五三九年に旅から帰還し、テラスつきの石造家屋が建ち並ぶ壮大な城壁の町、伝説的なシボラにまつわる輝かしい報告を持ち帰った、フランシスコ会の修道士マルコス・デ・ニサ[*13]の話に、うっとりと耳を傾けていた。

これらの驚異――そして、バッファローの棲む土地を越えた先に存在すると噂されていた、さらなる驚異を探し出すべく、コロナドが遠征を計画していることを聞きつけるや、若きサマコナは選び抜かれた三〇〇人から成る遠征隊に参加し、他の者たちと共に一五四〇年に北方へと出発した。

歴史は、その探検の顚末《てんまつ》を知っている――シボラというのはズニというプエブロ族のみすぼらしい村に過ぎず、大仰な誇張によって不興を買ったニサがメキシコに送還されたことを。コロナドが初めてグランド・キャニオンを目にしたことや、ペコス川の流域にあるシクイェ[*14]で、エル・トゥルコというインディアンから、遥か北東に金、銀、バッファローが溢れているという、豊かな神秘の土地キヴィラ[*3]が存在し、幅二リーグ［約一〇メートル］の川が流れているという話を聞かされたことを。

冬の間、ペコス川沿いのティグエス[*15]にキャンプを張り、四月になって北方に出発したものの、現地の案内人［エル・トゥルコのこと］の偽証によって誤った道に導かれ、プレーリー・ドッグや塩池、バイソンを狩りながら放浪する部族などが存在する土地に入り込んだことについて、サマコナは簡潔に報告している。コロナドが大部隊を解体し、ごく少人数の精鋭部隊と共に四二日間にわたる最後の行軍に発《た》った時、サマコナはその隊に加わることができた。彼は肥沃な土地や、険しい土手の端から木々を望むことしかできなかった巨大な渓谷、皆がバッファローの肉のみで生き延びたことについて報告している。やがて、探検の最遠隔地に関する言及が現れた——残念ながら、おそらくキヴィラなのだろうと推測できる土地の、草ぶきの家屋から成る村、小川や川、肥沃な黒い土壌、プラム、ナッツ、ブドウ、ムルベリー、そしてトウモロコシの栽培や、銅を使うインディアンについての記録が含まれていた。

偽の現地人ガイドであるエル・トゥルコの処刑については手短に触れ、一五四一年の秋に、コロナドが大河の土手に築いた十字架についての言及もあった——その十字架には、こう刻まれていた。

「偉大な将軍、フランシスコ・バスケス・デ・コロナド、かくも遠方に来たれり」

彼ら北方の先住民たちは、メキシコのインディアンたちに比べると、噂されている都市や世界について話すことを恐れ、忌避《きひ》しているようだった。

彼らのどっちつかずの態度はスペイン人の指導者を激怒させ、幾度も虚しい調査を繰り返した結果、彼は証言者たちを厳しく扱うようになり始めた。

しかし、上官よりも我慢強かったサマコナは、興味深い伝承を見出し、チャージング・バッファロー《突進する野牛》という名の若者と長い会話をするべく、地元の言語をしっかりと学んだ。この好奇心旺盛な若者は、部族の者たちが敢えて入り込もうとしない、多くの奇妙な場所に出入りしていたのである。

遠征隊が北に向かっていた時に目にした、深く木々の生い茂る渓谷のどこかの麓《ふもと》に、奇怪な石造りの門、あるいは洞窟の入り口がいくつか存在することを、サマコナに教えたのが他ならぬチャージング・バッファローである。彼が言うには、これらの開口部は灌木でほとんど覆われていて、永劫の歳月を通して中に入り込んだ者はほとんどいないのだという。

敢えて中に入り込んだ者たちは二度と戻ってこないか――ごくわずかな例ではあるが、発狂したり異様な障害を負わされた状態で戻ってきたのである。もっとも、そうした話は全て伝説であり、最年長者たちの祖父の代に遡っても、奥深くまで足を踏み入れた者は全く知られていないのだ。

バッファロー自身について言えば、おそらく他の誰よりも奥まで行ったのだろうが、噂の黄金に対する彼の好奇心と欲望の双方を抑えつけるに足る何かを、そこで目にしていたのだった。彼が入り込んだ開口部の奥深くでは、長い道が狂ったように上下したり曲がりくねったりしていて、人間が目にしたことのない怪物や恐ろしい存在を描いたぞっとするような彫刻で、びっしりと覆われていた。

測り知れないほど長い間、ぐねぐねと曲がる下りの道を降りていった後、ついに不気味な青い光の輝きが見えて、通路の先に慄然たる地下世界が広がったのである。インディアンは、これ以上のことを口にしようとはしなかった。何かを目にして、慌ただしく引き返したからである。

とはいえ、その世界のどこかに黄金の都市があるはずで、雷鳴の魔法［銃火器のこと］を持つ白人であれば、そこに近づくことができるかもしれないと、彼は付け加えた。

若者が大酋長《だいしゅうちょう》たるコロナドに自分が知っていることを話さなかったのは、この頃既に、コロナドはインディアンの話に耳を貸さなくなっていたからである。

そして――もしも白人が遠征隊を離れ、彼に先導をさせるなら、サマコナをその場所に案内しようと持ちかけた。ただし、彼は白人と一緒に中には入らない。悪しき場所であるからだ。

そこは、南に五日ほど進んだところで、いくつかの巨大な墳丘が聳える地域に近かった。これらの墳丘は、その地下にある邪悪な世界と関係があり――おそらくは遥かな昔から、そこに通じる通路を塞いでいるのだろう。というのも、かつて地下の古ぶるしきもの《オールド・ワンズ》どもは地上に植民地を築き、大洋の下に沈んでしまった陸地をも含む、世界中の人間と交易していたのである。これらの陸地が沈んだ時、古ぶるしきもの《オールド・ワンズ》どもは自ら地底に閉じこもり、地上の人間とのやり取りを拒絶したのである。

水没した土地からの難民たちが彼らに伝えたところによれば、地球外の神々[*16]が人間に敵対したので、邪悪なる神々とぐるになった魔物《デーモン》を除いて、地上において生き延びた者は誰もいないということだった。

そういうわけで、彼ら古ぶるしきもの《オールド・ワンズ》どもは地上の人間を締め出し、彼らが棲む場所からやってきた者を、恐ろしい目に遭《あ》わせたのである。かつては、各地の開口部に歩哨が立てられていたものだが、長い歳月が流れた今、必要とされなくなったという。隠れ棲む古ぶるしきもの《オールド・ワンズ》どもについて話をする者はごくわずかになり、時折、彼らの存在を思い出させる幽霊のようなものが現れなかったならば、彼らにまつわる伝承はおそらく、忘れ去られていたことだろう。

サマコナはインディアンの物語に魅せられ、峡谷にあるという秘密の戸口へ案内しようという彼の申し出を、ただちに受け入れることにした。遠征隊での経験から、未知の土地にまつわる先住民の神話に幻滅のようなものを覚えていたので、伝説で語られる秘め隠された人々の奇怪な風習については、彼は信じていなかった。しかし、気味の悪い彫刻の施された通路を越えた先に、富と冒険を十分に満喫することができる素晴らしい世界《フィールド》が広がっていると感じたのである。

最初のうち、彼はチャージング・バッファローを説得して、コロナドに話をさせようとした——そのことで、この不機嫌な指導者の猜疑心を刺激した場合には、必ず盾となることを申し出たのである——のだが、結局、単独の冒険行の方が良いだろうと判断した。支援がないのであれば、見つけたものを共有する必要もなく、伝説的な富の偉大なる発見者にして所有者になれるかもしれないのだ。

成功すれば、彼はコロナドその人よりも偉大な人間になることはもちろん、大総督ドン・アントニオ・デ・メンドーサを含むヌエバ・エスパーニャのあらゆる者たちを凌《しの》ぐことだってできるだろう。

一五四一年一〇月七日、あと一時間で真夜中［午前零時のこと］になろうという頃、サマコナは草葺家屋の村に近いスペイン人のキャンプをこっそりと抜け出し、南への長い旅に出るべく、チャージング・バッファローと合流した。彼はできるだけ軽装で旅を続け、重い兜《かぶと》や胸当ては身に着けなかった。この旅について、草稿中ではごくわずかに記述されるのみだった。ともあれ、サマコナは一〇月一三日に大きな峡谷へ到着したことを記録している。

木々が生い茂る斜面を降りていくのに、さほど時間はかからなかった。深く薄暗い谷底で、インディアンは灌木に隠された石の扉を再び探し出すのに苦労したが、ついには発見されたのだった。

戸口とはいうものの、きわめて小さな開口部で、巨大な砂岩で造られた脇柱と楣《まぐさ》があって、ほとんど消えかけている印と、今となっては形を読み取れない彫刻が刻み込まれていた。高さはおよそ七フィート〔約二メートル〕で、幅は四フィート〔約一メートル強〕足らず。脇柱にはいくつか穴が開けられていて、かつては蝶《ちょう》番《つがい》式の扉ないしは門があったようだが、そのような付属物の痕跡は失われて久しかった。

この黒々とした深淵を目にするや、チャージング・バッファローは強い恐怖の感情を露わにし、慌ただしい様子で装備品の荷物を投げおろすと、かなりの分量の樹脂製の松明《たいまつ》や食糧をサマコナに引き渡した。チャージング・バッファローは彼を誠実かつ適切に案内してくれたのだが、そこから先の冒険については同行を拒んだのである。サマコナはこの機会に備えて持参していた小物類を彼に渡し、一ヶ月後にこのあたりに戻ってくることを約束させてから、南のペコス川沿いのプエブロ族の村への道筋を教えた。その村のすぐ北の平原にある、よく目立つ岩を集合場所に指定し、もう一人が到着するまでの間、先に到着した者がキャンプを張って待つという手筈《てはず》を整えたのである。

草稿によれば、インディアンがどの程度長く落ち合うまでに待ってくれるかについて、サマコナは遺憾ながら疑わしく思っていたようだ――彼自身、約束を守れそうになかったからである。

サマコナは、その不気味な戸口に入り込んですぐに、不吉な予感を覚えたということはなかった。とはいえ、彼を取り巻く雰囲気は、そもそも奇怪で不健全なものだった。通路は開口部よりもわずかに高さと幅があり、巨石造りのトンネルが何ヤードにもわたって水平に続き、足元に敷き詰められた岩石はひどくすり減っていて、壁と天井はグロテスクな彫刻が施された花崗岩《かこうがん》と砂岩の石塊《ブロック》で出来ていた。パンフィロ・デ・サマコナの記憶が確かであれば、彼は三日間にわたってくだり、あがり、登り、そして回り込み、この古第三紀《こだいさんき》*17の夜の如《ごと》き暗闇を通り抜けて、もっぱら下方へと進んでいった。

彼は一度ならず、暗闇の中に潜んでいる何らかの存在が、ぱたぱたと足音を立てたり、羽ばたきをして彼の行く手から逃げ去っていく音を耳にした。また、一度きりではあるが、巨大で真っ白な何かをおぼろげに目にしたように思い、震えあがったこともあった。

空気の質は、概《おおむ》ね我慢できなくもなかったが、強い悪臭が漂っている場所がそこかしこにある一方で、鍾乳石や石筍《せきじゅん》がいくつもある大きな洞窟には、気が滅入るような湿気が充満していた。

三日目の終わりと思えた頃——サマコナは黒々とした玄武岩の石塊《ブロック》を用いた、平坦な人工の通路に辿り着いた。今や松明《トーチ》は必要なく、あたりの空気は電気放射に似た輝きに照らし出されていた。インディアンの説明にあった、地底世界の不思議な光だった——そして次の瞬間、サマコナはトンネルの中から荒涼たる岩がちな丘の斜面に現れた。丘の上には、絶えず変動し続けて見通すことのできない、青みがかった輝きに包まれた空が広がっていた。眼下を見れば、青みがかった霧の帳《とばり》に包まれた平原が、見渡す限りどこまでも続いているのだった。

彼はついに未知の世界に到達し、不思議な昂揚感に満たされていた。他の白人たちがその存在を疑ってみることすらしない、未知なる地下世界にただ一人足を踏み入れたことが何を意味しているのか、十分に思い描けるだけの想像力があったからである。休息と考え事のために座りこんだサマコナは、トンネルを引き返すのに十分な量の食糧と松明《トーチ》を取り出して、荷物を軽くした。彼はこれらの物品を開口部に隠し、そこらじゅうに散乱していた岩の破片を手早く積み上げて道標《ケルン》を造った。

それから、軽くなった荷物を改めて整理し、彼は遥か遠方の平原を目指して斜面を降り始めた。

一世紀以上にわたって外の生物が侵入したことはなく、白人が誰一人として足を踏み入れたことのないのみならず、伝説を信じるのであれば、肉体を持つ生物が正気を保ったまま帰還したことのない領域に侵入することについて、覚悟は出来ていた。サマコナは険しい斜面に沿って、いつ終わるとも知れない下り勾配を、きびきびと進んでいった。岩片が緩んだ悪路や、過度に切り立った傾斜が、しばしば彼の進行を妨げた。霧に包まれた平原までは途方もなく離れているのに違いなく、何時間も歩き続けたのに、一向に近づけたようには思えないのだった。岩がちな土壌なので足跡は滅多に残らないのだが、ゆるんだ瓦礫が峰に蓄積したことで、広範囲にわたって暗灰色の黒土《ローム》が剝《む》き出しになり、かなり平坦になっている場所があった。サマコナが異様な足跡を発見したのはこの場所で、野放しの動物の大群が入り乱れ、うろつき回ったらしかった。

サマコナがそれらの足跡について正確に記述できなかったのは残念なことだが、草稿からは正確な観察というよりもむしろ、おぼろげな恐怖が滲《にじ》み出ていた。スペイン人をそれほど震え上がらせた獣については、後段でほのめかされていることから推測するほかはない。

最終的に、サマコナは疲労に音を上げて、古《いにしえ》の道らしきものの近くで眠りについたのだった。

翌日、彼は早々に起き出して、霧と不気味な沈黙に包まれた、青く輝く荒涼たる世界を、再びくだり始めた。進んでいくうちに、彼はついに、はるか遠くの平原にあるいくつかのものを、識別することができるようになった——木々や灌木、岩に加えて、右手から流れ出し、彼が想定していた進路の左のあたりで前方へと湾曲する、小さな川が見えたのである。

彼はあれから不気味な足跡を目にしていなかったのだが、ゆっくりと大儀そうに群れが動くのを目の当たりにして、落ち着かない気分になった。放牧されている動物の群れがあのように動くはずはなかった。足跡を見て以来、彼はそれを残したものに遭遇しないことを願っていたのである。

翌日の午後——いつものように、外の世界の言葉を使用する——、サマコナは静まり返った平原に到達し、音もなくゆっくりと流れる川にかかる黒い玄武岩の橋を渡った。実に保存状態の良い橋で、奇妙な彫刻が施されていた。水は澄みきっていて、異様きわまる形をした大型の魚が棲んでいた。

ようやく、彼は大量の浅浮き彫りがその建物を覆っている、崩れ果てた神殿に辿り着いたのだった。その施設の扉は大きく開かれていて、窓のない屋内は完全な暗闇に満たされていた。

サマコナは火打ち石と鉄を取り出して樹脂製の松明《トーチ》に灯《あか》りをともし、蔓草のカーテンを脇に押しやると、不吉な戸口を大胆に踏み越えた。

しばらくの間、彼は自分が目にしたものによって、呆然となっていた。

彼から驚きの叫び声を出す力すらも奪ったのは、悠久の歳月の間にあらゆるものを覆い尽くした埃《ほこり》や蜘蛛の巣、翼をぱたぱたと羽ばたかせる生き物、悲鳴をあげたくなるような壁上の忌まわしい彫刻、異様な形をした数多くの水盆や火鉢、頂点が窪みになっている不吉なピラミッド状の祭壇といったものでもなければ、象形文字が彫り込まれた台座の上から底意地の悪い目で睨《ね》めつけながら、陰鬱に屈み込んでいる、奇妙な黒い金属で造られた、怪物的で蛸の頭を有する異形の彫像でもなかった。

それは、単純な事実だった。埃や蜘蛛の巣、翼のある生き物と、偶像の巨大なエメラルドの両眼を除いて、目に見える全てのものが、明らかに純金製だったからである。

無尽蔵の鉱脈を擁する地底世界では、黄金は最もありふれた建築用の金属であるということを、サマコナが知った後になって書かれた草稿にさえも、黄金の都市にまつわるあらゆるインディアンの伝説群の真なる源泉を、唐突に発見してしまった旅行者の、熱狂的な興奮が反映されていた。

サマコナの恍惚とした気分は、波のように押し寄せてきた恐怖によってかき消された。この静寂に満ちた世界において初めて、はっきりと自分の方に近づいてくる騒がしい音が聞こえてきたのである。間違えようもなかった。大型の動物が群れをなして突進してくる、雷鳴のような音である。

彼は広々として、黄金の貼り付けられた屋内を狂ったように見回し、長いこと使われていなかった扉を閉めなければならないと感じた。扉は古代の蝶番にかけられていて、内側の壁に折り返されていた。戸口には、土や蔓草、苔が外側から入り込んでいたので、彼は巨大な黄金の門戸を剣で掘り起こさなければならなかったのだが、迫りくる騒音の恐怖に叱咤されて、きわめて迅速にこの作業をやり終えた。重い扉を引っ張り始めた頃には、蹄の音はなおも大きく威嚇的なものになっていて、彼の恐怖はしばし、尋常でない高さに到達し、長年開け放たれていた金属製の扉を動かせる望みは断たれたかに思えた。まさにその時、彼の若々しい力に応え、引いたり押したりする熱のこもった努力の結果として、扉がきしみ音を立てた。目に見えているわけではない群れの立てる足音が轟き渡る中、彼はついに成功し、重々しい黄金の扉は閉じられたのだった。

サマコナは暗闇の中に取り残され、三本脚の水盆の柱の間に押し込んであった松明《トーチ》だけが唯一の灯りになっていた。怯えきった男は、閂が今でも使えたことについて、守護聖人に感謝した。

ただ音だけが、事の経緯を逃亡者に伝えるのだった。轟音がごく間近まで迫ってきたとき、足音の主はやがてばらばらに離れていった。常緑樹の木立が群れの速度をゆるめて、分散させたのかも知れなかった。しかし、足音はなおも接近していて、獣たちが木々の間を進み、悍《おぞ》ましい彫刻の施された神殿の外壁を巡っていることは確かだった。

彼らの足音が妙に緩慢なものになったことについて、サマコナは強く警戒心をかきたてられる、厭《いと》わしい何かを感じ取った。分厚い石の壁と重い黄金の扉越しでさえ聞き取れる、引きずるような足音が、彼はどうにも気に入らなかった。一度、あたかも重たい何かがぶつかりでもしたかのように、古代の蝶番に掛けられた扉が激しく揺れ動くこともあったが、幸いにもそれは持ちこたえてくれた。

やがて、無限にも思える時間が経過した頃、足音が遠のくのが聞こえたので、未知の訪問者たちが離れていることがわかった。群れはそれほど多くはなさそうだったので、半時間も待たずして安全に外を窺うこともできただろうが、サマコナは安全策を取ることにした。

彼は荷物を解《ほど》いて、あらゆる来訪者に備えて巨大な扉にしっかりと閂をかけ、神殿の床に敷き詰められた黄金のタイルの上にキャンプを設置した。そして、青色の外の空間では体験したことのない健やかな眠りの中へと、いつしか落ち込んでいったのである。

Ⅳ

すっかり遅い時間になっていたが、私は墳丘で発掘した奇妙な文書の翻訳を続けていた。日中に現れる老人と、明らかに頭部を持っていない夜中のインディアン女《スクワー》という、幽霊の如く歩き回る者たちにまつわる伝説の源を見つけ出そうという決意のもと、私は古めかしいスペイン語で書かれたパンフィロ・デ・サマコナの草稿に、いよいよ深く没頭した。

この一六世紀のスペイン人が明らかにすることの裡《うち》に、オクラホマ州の墳丘にまつわる伝説の有力な手がかりが見つかることを切望していたのである。

黄金や奇怪で恐ろしげな足跡といった、時を超越した地下世界の劇的な記述に魅了され、私はパイプに改めて火を点けると、難しい翻訳作業を再開した。

謎めいた群れによって、しっかりと鍵のかかった黄金の寺院の中に閉じこもることになったサマコナは、すっかり疲れ切って眠っていた。彼をようやく目覚めさせたのは、扉を激しく叩く音だった。

その音は彼の夢の中にまで届き、何が起きているのかがわかるや否や、まだ残っていた眠気をまとめて霧散させた。

間違いようもなかった――状況を鑑《かんが》みるに、人間に違いない何者かが何かしらの思惑や意志に基づき、金属製の何かを使って、断固たる勢いで叩き続けているのである。目を覚ました男がぎこちなく立ち上がると、彼を呼び出そうとしている音に鋭い声が加わった。

やってきた者たちは魔物《デーモン》ではなく人間のようだったので、サマコナは公然と彼らに直面することにした。彼らが自分のことを敵と見なす理由はないと判断したのである。それで、彼は黄金の扉の閂のところまで手探りで移動して、外の者たちに叩かれ続けている扉を開放したのだった。

巨大な門戸が内側に押し開かれ、サマコナは見目よい身なりをした二〇名ほどの一団と対面した。彼らはインディアンのように見えたが、上品な外衣《ローブ》や装飾品や剣は、外界の部族の間ではついぞ見かけないものだった。また、顔立ちについても、多くの点でインディアンと微妙に異なっていた。むやみに敵対してくる様子はなかった。彼らはいかなる形であれサマコナを脅かそうとはせず、しげしげと観察の目を向けてくるのみだった。まるで、その視線によってある種のコミュニケーションが成立すると考えているかのように。彼らが目を凝らすほどに、彼らのことや、彼らの目的がわかってくるような気がした。何しろ、ドアが開く前の呼びかけの後は誰も話していないにも拘わらず、彼らが低い丘陵地帯にある大都市から動物に乗ってやってきたことや、動物たちが彼の存在を報告したことによって呼び出されたことが、ゆっくりと時間をかけて理解されてきたのである。

彼らはサマコナがどのような人間で、どこから来たのかは知らなかったが、おぼろげに記憶され、奇妙な夢で時折訪れることがある外の世界と関わりのある者に他ならぬことを知っていた。

こういったことの全てを、二、三人の指導者格の者たちの眼差しの中から、いかにして読み取ることができたのか、彼には説明できなかったのだが、その理由は間もなく判明することになる。

実のところ、彼はチャージング・バッファローから学び取ったウィチタ族の方言で、訪問者たちに対応しようと試みた。その後、アステカ語、スペイン語、ラテン語の言葉で次々と話しかけ――これに加えて、片言《かたこと》のギリシャ語、ガリシア語、ポルトガル語、そしてアストゥリアスの農民が用いる言葉など、思い出せる限りの言葉を試してみた。

しかし、ありとあらゆる種類の言語――彼が知っている言語の全て――をもってしても、一切の反応を引き出すことができなかった。サマコナが途方に暮れていると、全くもって奇妙ではあったものの、実に魅力的な言葉――その発音は、後にスペイン語で書き記すことが非常に困難だった――で、訪問者たちの一人が話し始めたのだった。この言語を理解できずにいると、話しかけてきた者はまず自分の目を、続いて自分の額、そして再びの自分の目を指差してみせた。どうやら、自分が伝えようとしていることを受け取るためには、自分のことをじっと見つめなければならないということのようだった。

サマコナがこれに従うと、ある情報が速やかに彼の中に流れ込んできた。この者たちは、思考の放射によって会話しているのだということを、サマコナは学び取った。かつて会話に使われていた言葉は、今は筆記用の言葉として生き残っているのだが、伝統的な用途であるとか、強い感情が自然と迸《ほとばし》り出る時などに、口にされることもあるようだ。彼は、彼らの目に注意を集中するだけで彼らを理解することができたし、彼が言おうとしていることをイメージとして思い浮かべ、視線に乗せることで、答えを返すこともできた。

思考で話しかけてきた者がいったんそれを中断し、明らかに返答待ちの状態になった時、サマコナは指示されたやり方に従ってみようと最善を尽くしたが、うまくやれたとは到底思えなかった。

それで、彼は頷いてみせると、自分のことここまでの旅について、身振りで描写しようとした。

彼は外の世界を示そうと上方を指差してから、目を閉じた状態でモグラが掘り進んでいるような動作をしてみせた。彼は再び目を開き、大きな斜面を下ってきたことを示そうと下方を指差した。

話し言葉をジェスチャーと組み合わせてもみた――たとえば、自身と訪問者たちを順番に指差して「人間《オンブレ》」と言ってみせてから、自分だけを指差し、パンフィロ・デ・サマコナという個人的な名前を、細心の注意を払いながら発音してみせたのである。

一風変わった会話が終わる頃には、かなりのデータが双方に伝わっていた。

彼が見出した地下世界は、「Xinaián《クシナイアン》」――アングロサクソン人の耳にはおそらく、音声学的にクナ＝ヤン《K'n-yan》と[20]聴こえるだろう――と呼ばれていた。

クナ＝ヤンの人々は、様々な素晴らしい能力を有していた。彼らは、暴力や恣意的なものを除いて、老齢と死の現象を克服しており、もはや衰弱することも死ぬこともなくなっていた。

彼らは技術的に訓練された意志の真の力によって、生きている生物の肉体が関わる場合ですらも、物質と抽象的なエネルギーのバランスを調整することができるのである。

別の言葉で言い換えれば、適切な訓練を積んだクナ＝ヤンの人間は、自分自身の肉体を非物質化《デマテリアライズ》、再物質化《リマテリアライズ》させることが可能であり――さらなる努力と微妙な技法を用いることで、他のいかなる物であれ同じことができるのだ。固体の物質を個別の外部粒子に還元し、粒子を損傷させることなく再び再構成させるというわけである。

サマコナが、訪問者のノックに応じなかったなら、彼はきわめて不可解な現象として、その成果を目の当たりにしたことだろう。二〇人の者たちが黄金の扉を物理的に透過せず、外部からの呼び出しをやめなかったのは、その手順が極度の疲労を伴う煩わしいものであったからに過ぎないのだ。

この技術は、永遠の生命の技術よりも遥かに古く、知性ある人間であれば誰であれ、完璧とまではいかないが、ある程度までは教えることができる。

クナ＝ヤンの人々は皆、山脈の彼方にあるツァスという大都市で暮らしていた。以前は、いくつかの種族が地下世界全体に棲んでいたのだが、長い歳月を経てツァス人が他の種族を征服、隷属させて、赤く輝く領域に棲む角の生えた四足歩行動物と交配した。

この奴隷階級の生物は今や数を増やし、数多の要素を備えていて、古い時代に征服された敵や、外世界から迷い込んできた者たち、生体電流の奇異なる効果で蘇生された死体、ツァスの支配種族の生まれつき劣った者から造り出されていた。

奴隷の行動は、彼らの所有者によって管理されていた。彼らは朝のうちに、日中に実行するべき作業を全て催眠的印象の形で彼らに指示したのである。

特に自動的に動く奴隷はイム＝ブヒと呼ばれるものたちで、原子力と思考力を用いて工業的な目的のために、死んだ生物を機械的に蘇生させた存在なのである。イム＝ブヒは、円形劇場の人々の娯楽のために供されていて、結果としてその大部分が身の毛のよだつ欠損や歪み、置き換え、移植、あまつさえ頭部の切断などの痕跡が見られるのだった。

特別な奴隷階級の新鮮な肉は、クナ＝ヤンにおける主要な食肉として貯蔵されていた。サマコナを恐怖させた、巨大でぎこちなく動く白いけだもの、グヤア＝ヨスン[*25]の肉は、特に重宝されていた。

サマコナは、彼らの背中の黒い毛皮と、額にある未発達の角、平らな鼻と膨らんだ唇のある顔立ちから窺える、紛れもない人間もしくは類人猿の血筋の痕跡について、ほのめかすのみだった。

政府については、ツァスは一種の半無政府主義の状態にあって、法律よりもむしろ習慣によって日々の秩序を決定するのだ。こうした統治は、長年の経験と無気力な倦怠や頽廃、物理的な必要性と新しい感覚、快楽追求の相互侵入によってコミュニティの集団生活が機能不全に陥らないことにのみ関心が集まったことで可能となった。家族構成と公私の場における性差別は、遠い昔に消え去っていた。

会談の最中、サマコナは口頭と奇妙な精神感応による伝達方法で、クナ＝ヤンとその黄金の財宝について外の世界へ伝えに戻ることが許されないらしいことを告げられて、嫌悪と警戒の念を強めていた。実際、ツァスの人々はスペインやフランス、イギリスからやってきた者たちが、クナ＝ヤンへの通路が存在する地上世界の地域を探索していることを、非常に不快に思っているようだった。

そこで彼らは、思い出せる限りの、外界へと繋がっている塞がれていない通路の全てに、改めて歩哨を配置する決定を下したのである。彼らの決定を聞いたサマコナは、この魔術と異常性、そして頽廃の領域に降りてきたりしなければよかったと、後悔の念を抱いた。

ともあれ、当面の方針として友好的な態度で黙従する他はないことがわかったので、彼はあらゆる訪問者たちの計画に協力し、彼らが望む情報の全てを提供することにした。

彼らの方はといえば、サマコナが途切れ途切れに伝える外世界の情報に魅了されていた。

それは、永劫の太古にアトランティスやレムリア[*24]の難民たちが戻ってきて以来、彼らが初めて手に入れた信頼に足る地上世界の情報だった。それ以降にやってきた外世界からの使者は皆、狭い地域に居住する集団の一員で、広い世界についての知識を持ち合わせていなかったのである――マヤ族、トルテカ族、アステカ族であればまだマシな方で、大部分は平原の無知な部族民だったのだ。サマコナは、彼らが初めて目にしたヨーロッパ人で、教養の高い聡明な青年であるという事実が、情報源としての価値をさらに重大なものとしていた。

サマコナと訪問者たちとの長い会話は、神殿の扉のすぐ外側で、緑青色の黄昏の光の中で行われた。何人かは、半ば消えかけた歩道の近くに生えている雑草や苔の上に横たわっていたが、スペイン人やツァス人の一行の代弁者《スポークスマン》たちは、神殿への小道に立ち並ぶ背の低い独立石の柱に座っていた。地上で言うところのほぼ丸一日がこの会談に費やされたに違いなく、サマコナが幾度か空腹を覚え、たっぷりと食糧の入った荷物から取り出して口にする一方、ツァス人の一行の方では、数名の者たちが乗ってきた動物を放置したままの道の方へ、食糧をとりに戻った。

やがて、一行の指導者が話を締めくくって、都市に向かう時間が来たことを示したのだった。隊列には余分の獣が数頭いて、彼はその中の一頭に騎乗するよう求められた。伝説によれば不安を抱かせるようなものを栄養源にしており、ひと目見ただけでチャージング・バッファローを恐怖に陥らせ、逃走させたという不気味な混血の実体にまたがるというのは、旅行者にとっては決してありがたいことではなかった。さらに、彼を大いに当惑させることがもう一つあった——前日にうろついていた群れがツァスの人々に彼の存在を報告し、この遠征が行われるに至ったという、この生物の明らかに並外れた知性のことである。とはいえ、サマコナは臆病者ではなかったので、獣たちが待機している道へと向かって、雑草の生い茂る小道を大胆に進んでいったのである。

一行はサマコナの当惑を見て取ると、大急ぎで彼を安心させようとした。彼らの説明によれば、その獣あるいはグヤア＝ヨスンは、確かに奇妙な生物ではあるが、全くもって無害なのだという。

未知世界の半分を征服したルネサンス期のスペイン人の勇猛果敢な情熱を示して、パンフィロ・デ・サマコナ・イ・ヌーニェスはツァスの病的な獣の一頭に実際に騎乗し、これまでの情報交換でもとりわけ積極的だった隊列の指導者――グル＝フタア＝インの横につけた。

不快極まる成り行きだったが、ともあれ非常に座りやすく、グヤア＝ヨスンの不格好な歩き方は、意外なことに滑らかで均整が取れたものだった。鞍《くら》は必要ではなく、その動物は指示も必要としなかった。

行列がツァスの密集した町外れに近づいた時、恐ろしい塔の影のただ中で、グル＝フタア＝インは大群衆が前に並んでいる巨大な円形の建物を指差した。彼の指が指し示す建物は、数多ある円形闘技場《アリーナ》のひとつで、倦んだ人々のために奇怪な競技や見世物が提供される場所だった。グル＝フタア＝インは足を止めて、湾曲した広大な正面口の中にサマコナを案内しようとしたのだが、スペイン人は畑で目にした体の欠損した人影を思い出して、強く異議を唱えた。これは、彼らの歓待における最初の嗜好の衝突で、彼らのゲストが妙に狭い道徳基準に従っていることをツァスの人々に悟らせた。

ツァス自体は、奇妙な古代の通りが網目のように張り巡らされていて、嫌悪感と疎外感が増大しているにもかかわらず、サマコナは神秘と宇宙的驚異のほのめかしに魅了されていた。威圧的な塔、華やかな街路に溢れ返った人波や、戸口や窓に施された風変わりな彫刻、手摺りのある広場や横並びの巨大なテラス、谷間のような通りを低い天井のように押さえつける灰色の靄《もや》といった全てが組み合わさり、未だかつて味わったことのない冒険心を掻き立てられていたのである。

彼はただちに、庭園と噴水のある公園の背後にある、黄金と赤銅で造られた宮殿で開催された行政官の評議会に連れて行かれた。そして、目の眩むようなアラベスク模様のフレスコ画で飾られた丸天井のホールでしばしの間、突っ込んだ内容ではあるが友好的な質問を受けることになったのである。

訪問者のために毎日の予定が定められ、数種類の活動の中で、時間が適切に配分された。様々な場所での学者たちとの会談や、多くの分野に分かれたツァスの学問の講習などがあった。研究にあてる自由時間も認められ、書き言葉を習得するや否や、聖俗を問わずクナ＝ヤンのあらゆる図書館が彼のために開放された。

参加するべき——彼が強く拒絶しない限り——儀式や見世物もあって、日常生活における目標や基点を形成する、啓発された娯楽の追求や、感情面な刺激のために使える多くの時間が残されていた。

町外れにある一軒家もしくは都市部にある集合住宅の部屋が彼に割り当てられて、後期クナ＝ヤンにおいて家族単位に取って代わった、行き過ぎたくらいに芸術的に美を高められた数多くの高貴な女性を含む、愛情によって結びついている大きなグループの一つに参入することとなった。

移動や使い走りのために、数本の角を生やしたグヤア＝ヨスンが提供され、身体の欠損がなく、生きている一〇人の奴隷たちが彼の身の回りの世話を行い、公道の泥棒や嗜虐趣味者《サディスト》、宗教的な熱狂者《オルギアスト》から彼を守るのだった。

町外れの別荘よりも都市部の集合住宅を優先的に選ぶと、サマコナは多大なる丁重さと儀礼をもって、行政官たちから解放された。そして、いくつかの豪華絢爛な通りを抜けて、七〇〜八〇階層はあろうという、洞窟のある崖に似た奇妙な建造物へと案内された。

彼の到着に備えた準備が既に始まっていて、第一階層にある広々とした丸天井の部屋では、奴隷たちが掛け布《カーテン》や家具を忙しげに整えていた。蒔絵と象嵌が施された円筒形のスツールがあり、ベルベットや絹を張ったソファーやクッションもあった。数え切れない段のあるチークや黒檀の整理棚には、彼がすぐにも読む必要のあるいくつかの文書——都市部の集合住宅のどの部屋にも備わっている、標準的な古典——が収められた、金属製の円筒が置かれていた。

窓もいくつかあったが、薄暗い第一階層では光が差し込むようなことはなかった。

複数の部屋に洗練された風呂が備わっていて、厨房《ちゅうぼう》はさながら技術的な創意工夫の迷路のようだった。サマコナによれば、消耗品はツァスの地下に網目のように張り巡らされた地下通路を通して持ち込まれた。この地下通路は、かつては奇妙な機械的な輸送に用いられていたものらしい。

集合住宅の部屋の確認が終わる前に、恒久的に仕える奴隷たちが到着し、屋内に招き入れられた。すぐ後に、彼が将来的に加わることになる愛情グループに属する、六人の自由民と高貴な女性たちがやって来た。彼らは数日の間、サマコナの話し相手となって、可能な限り彼の教育と慰安に貢献することになっていたのだ。彼らが立ち去ると、別の一団が彼らに代わって現れ、そのような具合でおよそ五〇人の者たちがローテーションでやって来たのである。

V

かくして、パンフィロ・デ・サマコナ・イ・ヌーニェスは、クナ゠ヤンの青く輝く地下世界にある不吉なツァスでの四年にわたる生活を余儀なくされた。

彼が学び、目にして、行《おこな》ったことの全てが、草稿にはっきりと示されているわけではない。母国語であるスペインの言葉で記録をつけ始めた時、敬虔《けいけん》な抑制が彼をとらえて、全てを記すことを良しとさせなかったのである。彼は、目にした事物の大部分を一貫して嫌悪し続け、多くのことを見たり、したり、食べたりすることを断固たる態度で忌避していた。避け得なかったことについては、彼はロザリオの数珠玉《ビーズ》を頻繁に数えることで贖罪《しょくざい》を行った。

彼は、ハリエニシダの繁茂したニスの平原にある中期の荒廃した機械化都市を含む、クナ＝ヤンの世界全体を探索し、巨石造りの廃墟《はいきょ》を目にしようと、ヨスの赤く輝く世界へと一度降りていきもした。彼は呼吸をすることも忘れさせるような工芸品や機械装置の驚異を目撃し、人間の変容、非物質化、再物質化、蘇生を目の当たりにしては、繰り返し十字を切ったものだった。

驚きを受け止める能力すらも、毎日のようにもたらされる新たな驚異によって鈍らされた。

しかし、長く滞在すればするほど、この地を去りたい気持ちがいや増していった。クナ＝ヤンでの感情の刺激を基本とする内面的な生活は、彼の許容範囲を越えていたのである。

歴史的な知識を深めるにつれて、彼の理解もまた深まったのだが、理解したことによって高められたのは嫌悪感ばかりだった。サマコナは、ツァスの人々が堕落した危険な種族——彼ら自身がそう思っている以上に危険であった——で、単調な戦争や新奇さの探究へと向けられた募りゆく熱狂が、彼らを急速に崩壊と全き恐怖の断崖へと導いていると感じていた。

希望を維持し、故郷のイメージを念頭に置く手段として、彼が自らの冒険にまつわる草稿の下書きを、愛しくも懐かしいスペインの言葉と馴染み深いラテン文字《ローマン・アルファベット》に喜びを覚えながら、作成し始めたのはこの時期のことだった。彼はどうにかして草稿を外世界にもたらそうと考え、同朋への説得力を持たせるために、神聖な文書の保管目的で用いられている、トゥル金属の円筒《シリンダー》にそれを収めることにした。

しかし、このような計画を立てたところで、地上世界との接触は望み薄だった。既知の門戸の全てが衛兵や軍に警備されていて、へたに立ち向かわない方が良いことはよくわかっていた。

逃亡の試みは、問題の解決には繫がらなかった。今となっては、彼が代表している外世界への敵意が増大しているように思われたからである。

後続の者が彼と同じような幸運に恵まれる可能性は低いので、サマコナは他のヨーロッパ人がやって来ることのないよう願っていた。後続者は、彼のような厚遇を受けない可能性があるからだ。

計算の上での一五四五年、サマコナは希望を得た。チャンスは、思いがけないところからやってきた――彼と同じ愛情グループに属する一人の女性が、ツァスが一夫一妻制だった時代の遺伝的な記憶か何かによって、彼に対する奇妙に個人的な執心《しゅうしん》を抱くようになったのである。

この女性――ほどほどに美しく、少なくとも平均的な知性を備えた、トゥラ＝ユーブという名の女性――に、サマコナはきわめて並外れた影響力を及ぼすようになった。そしてついに、彼女を同行させるという約束のもと、逃亡の手助けをするよう仕向けたのである。

事を進める内に、このチャンスこそが大きな成功要因であることが判明した。というのも、トゥラ＝ユーブは少なくとも一つの外世界に通じている通路を口承で受け継いできた、原初の門衛貴族《ゲート・ロード》の家柄だったのである。通路は地上世界の平原にある墳丘に通じていて、多くの者たちに忘れられていた。

サマコナは今や、自分の身に何かが起きた場合に備えて、草稿を仕上げる作業に熱中した。外世界への旅には、ちょっとした装飾品に用いられる小型の純金インゴットをいくつか、五頭の獣に積んでいくことにした――それだけでも、元の世界では無限の力を与えてくれるのに十分な量があると、計算した上のことである。

トゥラ＝ユーブは魅力の乏しい女性というわけでは決してなかったので、サマコナは彼女と財宝を分け合うつもりだった。しかし、ツァスの生活様式との繋がりを維持したくはなかったので、彼は平原のインディアンの中で彼女が暮らしていけるよう手配するつもりだった。

妻にする女性としてはもちろん、スペイン人の女性を選ぶつもりだった――最悪の場合でも、外世界の生まれであり、まっとうな人柄で、これまでの行状が賞賛されているインディアンの姫君を。

ともあれ、さしあたってはトゥラ＝ユーブに案内人として役立って貰う必要があった。

草稿については、神聖なトゥル金属の書筒《ブック＝シリンダー》に収め、身につけた状態で運んでいくつもりだった。

遠征自体については、後になって書かれたサマコナの草稿の補遺に記されているが、その筆致からはストレス性の神経過敏症の徴候が窺《うかが》われる。出発の際には細心の注意を払い、休息にあてられる時間帯を選択して、可能な限り都市の地下を通っているわずかな光に照らされた通路に沿って進んでいった。サマコナとトゥラ＝ユーブは奴隷に身をやつし、食糧の入ったナップサックを背負った姿で、荷物を載せた五頭の獣を徒歩で牽《ひ》いていたので、ただの労働者に簡単になりすますことができた。

彼らはできるだけ長く地下道を進んだ――今や廃墟と化しているルタアの郊外への機械的な輸送に使われていた、人が滅多に通らない長々と続く枝道である。

ルタアの廃墟で地上に出ると、その後はグルー＝ヤンの低い丘陵地帯を目指して、青く輝くニスの荒涼たる平原を、できるだけ早く通り過ぎていった。下生えが絡み合う丘陵地のただ中で、トゥラ＝ユーブは長いこと使われていない、半ば伝説的な忘れられたトンネルの入り口を見出した。彼女はかつて、一度だけそれを目にしたことがあった――永劫の昔、父親が彼女をここに連れてきて、一族の誇りであるこの遺跡をトゥラ＝ユーブに見せたのである。

荷物を積んだグヤア＝ヨスンに、道を遮る蔓草や茨の只中を突っ切らせるのは困難だった。そして、グヤア＝ヨスンの一頭が反抗し、それがやがて悲惨な結果を招くこととなった――忌むべき背負い籠に黄金その他の全ての荷物を載せたまま、足取りも軽くツァスへと引き返してしまったのである。

青く輝く懐中灯《トーチ》の光で、アトランティスの水没以前の時代から一人として足を踏み入れたことのない、じめじめとした狭苦しいトンネルの中を、上、下、前、再び上という具合に進んでいく、悪夢のような旅が続いた。道中のある場所が、地層がずれたことによって完全に塞がってしまっていた時は、そこを通過するべくトゥラ＝ユーブは自身とサマコナ、荷物を載せた獣たちに対して、恐ろしい非物質化の技を使用せざるをえなかった。サマコナにとっては、恐ろしい体験だった。他の者が非物質化するところを何度も目にしたことがあり、夢の中に投影できる程度に自らも実践してはいたのだが、これまでに自分を完全に非物質化されたことはなかったのである。ともあれ、トゥラ＝ユーブはクナ＝ヤンの技に熟達していたので、いとも容易く完全に、二重の変容を達成してみせたのである。

やがて彼らは、天然ないしはわずかに穿たれた岩壁が、恐ろしい浮き彫りのある完全に人工的な石積みの壁に取って代わる、きわめて狭い場所にやって来た。

その先で、通路は壮大な丸天井のある人工的な円形の部屋に行き着いた。壁一面が恐ろしい彫刻に覆われていて、反対側の端には上り階段へと続くアーチ状の通路が見えていた。トゥラ゠ユーブは、ここが地上世界にきわめて近いことを家族から聞いていたが、どれほど近いかはわからなかった。彼らはここで、地下世界での最後の休息を取るべく、キャンプを張ることにした。

サマコナとトゥラ゠ユーブが、金属が立てる音と獣の足音に目を覚ましたのは、数時間後のことであったに違いない。ツァスで警報が発せられたのである——後に明らかになったことだが、茨の生い茂るトンネルの入り口で反抗したグヤア゠ヨスンの帰還によって、追跡者の一隊が逃亡者たちを逮捕するべく、速やかに差し向けられたのである。

抵抗は明らかに無駄であり、しようとも思わなかった。捜索隊の一二人の獣騎兵《ビースト゠ライダーズ》たちは努めて礼儀正しく振る舞い、双方共に言葉や思考のメッセージを交わさないまま、帰途についたのだった。

サマコナとトゥラ゠ユーブは、庭園と噴水のある公園の背後にある黄金と赤銅の宮殿で、最高裁判所の三人のグンアグン[*31]を前に審理を受けた。

スペイン人は、重要な外世界の情報をまだ提供できるに違いないという理由で自由を与えられた。集合住宅と愛情グループに復帰し、これまでのように生活し、これまでと同じように最新のスケジュールに従って、学者たちの代表団との面談を続けるよう指示されたのである。

クナ゠ヤンに大人しく残留している限り、制限を課されるようなことはない——しかし、改めて逃亡を試みた時には、このような寛大さが繰り返されはしないと強調された。

トゥラ＝ユーブの運命は、それほど幸福なものではなかった。

彼女をそのままにしておく理由はなく、古代のツァスの血統に連なっていたこともあり、彼女の行動はサマコナ以上の大きな反逆と見なされたのである。彼女に対しては、円形闘技場《アリーナ》の奇怪な気晴らしに供するとの命令が下された。その後、身体のどこかしらを切断されるか、半ば非物質化した形態にされて、イム＝ブヒあるいは蘇生された死体奴隷の務めを与えられて、彼女がその存在を漏らした通路を警備する歩哨として配置されることとなった。

サマコナは間もなく、哀れなトゥラ＝ユーブが頭部を失った不完全な状態で円形闘技場から現れ、通路の出口だと判明している墳丘の頂《いただき》で、最外縁の番人として配置されたことを聞き知ったのだが、予期していたほどの後悔の念には苛《さいな》まれなかった。

彼の記録によれば、彼女はやって来た全ての者に懐中灯《トーチ》で警告を与えるという自動的な義務を課された、夜の歩哨になったということである。接近する者が彼女の警告を意に介さなかった場合、丸天井のある円形の部屋に待機している一二人の死人奴隷イム＝ブヒと、六人の生きてはいるが部分的に非物質化されている自由民からなる、小規模の守備隊に報せを送るのだ。サマコナの説明によれば、彼女は日中の歩哨——政府に対する別の罪を犯し、他の懲罰を受けるよりも、この役職を選んだ生きている自由民と、組になって働いていた。

間接的に聞き知ったことではあるが、改めて逃亡を試みた時に彼に与えられる懲罰が、門戸の歩哨への徴用であることが今や明らかになっていた。彼——もしくは彼の一部——が、他者の目につきやすい、通路のどこかしらの内部を警備するために蘇生され、その切断された姿が反逆に対する懲罰の永久的な象徴として有効に活用されることが、ほのめかされたのである。

しかし、彼は今でも情報提供を続けていたので、そのような運命に陥るとは思えなかった。クナ＝ヤンに大人しく留まっている限り、彼は引き続き自由と特権、尊敬を享受することだろう。

しかし結局のところ、パンフィロ・デ・サマコナは、運命が不吉にほのめかした悲劇に見舞われることとなった。実際、彼はそのような目に遭うなどとは思ってもみなかった。とはいえ、彼の筆致が神経質なものとなっていた草稿の終わり近くの部分からは、そうした可能性に直面する心の準備ができていたことが、はっきりと示されている。

クナ＝ヤンから逃亡する最終的な希望をもたらしたのは、彼が熟練するに至った、非物質化の技術である。何年にもわたり研究し、自らが非物質化された二度の経験からさらに多くを学んだことで、今や彼はその技術を、単独で効果的に使用できるようになったと感じていたのである。

もちろん、黄金を持ち出すことはできないが、脱出できるというだけでも十分だったのである。しかし、さらなる労力が必要であろうとも、非物質化した状態で、トゥル金属の円筒に収めた草稿を持っていく必要があった。

この記録と証拠を送り届けるためにも、万難を排して外世界に辿り着かねばならないのである。

彼は今、辿るべき道を知っていた。原子が分散した状態でそこを通り抜けることができれば、いかなる者であれ力であれ、彼を看破し、押しとどめることができるとは思えなかった。

ただひとつ問題があるとすれば、霊的な状態を維持し続けることができなかった場合である。絶えずつきまとう危険であり、彼はそのことを実験を通して学んでいた。
最後の決意を固めてから、サマコナは多くの夜を、聖パンフィラス[*32]や他の守護聖人たちに祈りを捧げ、ロザリオの数珠玉を数えたのだった。草稿の末尾に書き入れられたのは——終盤の頃になると、徐々に日記形式になっていたのだが——、ただ一つの文章だった。

〝Es más tarde de lo que pensaba-tengo que marcharme（思ったよりも遅い時間だ。私は行かねばならない）〟

以後は、沈黙あるのみ——草稿自体の存在という証拠と、その伝える内容から推測する他はない。

Ⅵ

半ば呆然とした状態で、巻物を読みながらメモを取っていた私だが、ふと顔を上げてみると、朝の太陽が空高くに昇っていた。電球はまだ点っていたが、現実の世界——現代の外世界——に属するものは、混乱する私の脳にはかけ離れた存在に思えた。
ビンガーのクライド・コンプトンの邸宅の自分の部屋にいることを理解してはいたが——それにしても、何という途方もない眺望に出くわしてしまったのだろう。でっちあげ？　それとも狂気の記録？　でっちあげなのだとしたら、一六世紀のもの？　それとも現代のものなのか？

草稿の古めかしさは、未熟とは言い難い私の目にも、驚くほど本物らしく映った。
それにしても、墳丘における不可解な現象の全て——昼と夜の幽霊たちの一見無意味で逆説的な行動や、狂気や失踪といった怪事件について、何という法外な、しかし正確な説明であることか！　信じがたいものを受け入れることができるなら、それは呪わしいほどもっともらしく——そして、忌まわしいほどに首尾一貫した説明だった。これは、墳丘のあらゆる伝承を知り尽くしている何者かが考案した、驚くべき虚構に違いない。恐怖と腐敗に満ちた地下世界の記述には、社会的な風刺のほのめかしすらもあった。確かにこれは、学識のある冷笑家の手になる巧妙な偽造なのだ——かつて、悪戯者がいったん埋めた後に、忘れ去られた暗黒時代に属するヨーロッパの植民地の聖遺物として発見したふりをした、ニューメキシコの鉛の十字架[*33]の類《たぐい》なのだろう。

朝食に向かいながら、私はコンプトンと彼の母親や、既に集まり始めていた物好きな訪問者たちに、何をどう伝えれば良いものか、皆目わからなかった。

呆然としてはいたが、私は書き留めたメモからいくつかの要点を取り上げて、以前に墳丘を探索した者が残した巧妙かつ独創的な偽作であるという、釈然としないながらも私が信じている考え——即ち、草稿の内容を説明されたなら、誰もが同意するだろう考えを伝えることで、私はゴルディアスの結び目を断ち切った〔アレクサンドロス三世の故事に基づく、難題を一気に解決することの喩え〕のである。

朝方、私が墳丘に辿り着いた時には、誰の姿も見えなかった。前日と同じく丘を登りながら、万が一、草稿の一部なりとも半ば真実であった場合に、間近に潜んでいるのかもしれない存在のことを考えると、私の心は千々に乱れた。

その通りであったなら、スペイン人サマコナと仮定されるその人物は、かろうじて外世界に辿り着きながらも、何らかの災難――おそらく、自発的なものではない再物質化だろう――に見舞われたに違いない。そのようなことを、私は考えずにはいられなかった。その場合、当然の結果として、彼はその時に任務でそこに居合わせた歩哨の誰か――信用を失った自由民か、さもなくば全くもって皮肉な事に、サマコナの最初の逃亡の試みを手助けしてくれたトゥラ＝ユーブその人によって――に捕らえられたはずである。そして、もみ合っている最中に草稿の入った円筒《シリンダー》を墳丘の頂《いただき》に落としてしまい、そのまま見過ごされて、およそ四世紀をかけて徐々に埋もれていったのだろう。

偽らざる衝撃が、私の脳裡からこの病的な推測を払い除《の》けた。楕円形の頂を一望すると、ツルハシとシャベルが盗まれたことがすぐにわかったからだ。

実に腹立たしい、困惑させられる展開である。ビンガーの者たちの誰かが墳丘を訪れたとは思えないことを考慮すると、いよいよもって不可解な出来事だった。

あの不承不承の様子は見せかけのもので、つい一〇分前に厳粛な面持ちで私を見守っていた悪戯者たちは、私が味わうことになる当惑を想像して嘲笑っていたというのだろうか？

双眼鏡を取り出して、村はずれに群がっている人々を確認してみた。否――喜劇のクライマックスを期待している様子には見えなかった。

墳丘上の他のものについては、私がそこを離れた時のままで――鉈《マチェット》で切り払った灌木、北側の端にある、鉢のような形をした小さな窪み、トレンチナイフで磁気を有する円筒《シリンダー》を掘り起こした穴を確認できた。ビンガーに別のツルハシとショベルを取りに戻るのは、誰かもわからない悪戯者たちにしてやられたことを認めるようなものなので、私は手提鞄の鉈《マチェット》とトレンチナイフで精一杯、予定の行動をこなすことにした。それで、これらのものを取り出して、私の見たところ、かつて墳丘の開口部だったのではないかと思しい、鉢のような窪みの掘削作業に取り掛かった。

作業が進むにつれて、前日にも感じた突風が、再び私の方へ吹き付けてきたように感じた――根の絡み合った赤い土を深く掘り起こして、その下の異質な黒いロームに達する頃には、不可視で形のない手が、私の手首を摑んで作業を妨げているような感覚がより強くなってきたのである。

ややあって、何の前触れもなしに、根の絡み合った足元の黒い土が音を立てながら沈み始め、遥か下方から土砂が崩落しているような音がかすかに聞こえてきた。

土を支えていた根がなくなると、ちょうど良い大きさの開口部が現れた。鉈《マチェット》でもう少し切り払うと、目的は達成されて陥没口が開き、俄に吹き上がった奇妙な寒さと異質な空気が最後の障壁となった。

朝の陽射しの下で、少なくとも三フィート〔約〇・九メートル〕平方の巨大な穴がぽっかりと口を開き、頭を覗かせた石の階段を、崩落で緩んだ土が今なお滑り落ちていた。

私の探索も、いよいよ大詰めだった！　達成の喜びによって当座の恐怖は蹴散らされ、私はトレンチナイフと鉈《マチェット》を手提鞄に収めて、代わりに強力な懐中電灯を取り出すと、ついに見出した伝説的な地下世界に、意気揚々と無謀にも単身乗り込んでいく準備を整えた。

崩れた土に塞がれているのと、下方から強く吹き付ける冷たい風に押しやられたので、最初の何段かを降りるのも難しかった。懐中電灯の灯りが、玄武岩の石塊《ブロック》で造られた壁を照らし出していた。じめっとして水の痕《あと》が残っている壁で、塩の結晶に覆われていた。硝石が堆積している壁面の下地には、ところどころに彫刻か何かの痕跡があるようだった。私の下る速度は遅くなるどころか速さを増し、私の意志を挫《くじ》く恐ろしい浅浮き彫りや模様には、敢えて目を向けなかった。だしぬけに、アーチ型の開口部が行く先に現れて、どこまでも続くかに思われた長い階段がようやく終わったことに気がついた。

しかし、その出来事によって、私は段違いの恐怖が増大していくのを感じていた。私の眼前にあるのは、あまりにも馴染み深い輪郭をした、広大な丸天井の窖《あなぐら》——サマコナの草稿に記述されていた、彫刻の施された部屋にあらゆる点で一致する、巨大な円形の部屋だったのである。

確かにその場所だった。間違えようはずもない。

疑いの余地が残っていたとしても、巨大な部屋の向こう側に見えるものが、それを払い除《の》けた。そこには第二のアーチ状の開口部があり、長く狭い通路がそこから伸びていた。そして、入り口付近の大きな二つの窪みには、ぞっとするほど馴染み深い、忌まわしくも巨大な彫像が鎮座していた。

この時点から後のことについては、私は自分が言うこと——見たと思ったことについて、信じていただこうとは思わない。正気を保った人間の経験や客観的な現実の一部だとするには、自然に反すること夥しく、あまりにも悍《おぞ》ましく信じがたいものだったのである。

私の懐中電灯は前方に強力な光を投射してはいたものの、巨大な石造りの窖《あなぐら》全体を照らし出すことはできなかったので、私は今、巨大な壁を少しずつでも探索しようと懐中電灯を動かし始めた。すると、何とも恐ろしいことに、その空間は決して無人ではなく、最近、この場所に少なからぬ人間が滞在していたことを物語る、奇妙な家具や道具、積み重なった荷物が散乱しているのが見えた――往古の硝石の残留物はなく、奇妙な形の物体や、現代の日用品、日々の消耗品などである。

しかし、私の懐中電灯が個々の物品やそれらが集まっているところに向けられると、すぐに輪郭がぼんやりと不鮮明になってしまうので、結局のところそれらの事物が物質と霊のいずれの領域に属しているのか、私には見当もつかなかった。

途方もなく奇怪な思いつきが、私の心に次々と浮かんできた。

この場所に駐留している守備隊について、あの草稿には何と書かれていたか――一二人の死人奴隷イム＝ブヒと、六人の生きてはいるが部分的に非物質化されている自由民――それは、一五四五年のことだった――三八〇年前のことである……では、それ以降はどうなったのか？

サマコナは変化を予測していた……潜行する崩壊……進行する脱物質化……弱体化に次ぐ弱体化……私が、サマコナの草稿を完全に信じている上で、こうした推測を構築していることに思い至り、衝撃を覚えた――そんな莫迦《ばか》な――自分を落ち着かせなければ――。

しかし、何とも呪わしいことに、私がそうしようとする度《たび》に新たな光景が目に入り、私はいよいよ落ち着きを無くしていった。私の意志の力によって半ば視覚で捉えることができていた物品が徐々におぼろげになっていく中、私の視線と懐中電灯の灯りは、きわめて異様な性質の二つのものに向けられた。その二つは明らかに現実の、正気の世界に属するものだったのだが、これまでに目にした何にも増して、ぐらついていた私の理性を奪った――何故なら、私はそれらが何なのか理解《わか》っていたし、自然の成り行きでそんなところにあるはずがないことも理解《わか》っていたのだから。

あの地獄めいた窖《あなぐら》の冒瀆的な彫刻の施された壁に、左右に並んで綺麗に立てかけられていたのは、行方不明になっていた私自身のツルハシとシャベルだったのである。

草稿の呪わしい催眠効果に捕らわれたのか、押したり摑み取ろうとしたりを繰り返す半透明の存在を、私は実際に目撃した――未だわずかな人間らしさをとどめている、病み崩れた[*34]古第三紀の怪物《シング》ども――完全な形態をしたものもいれば、病的に倒錯した不完全な形態のものもいた……これら全てと、悍ましい他の実体――類人猿のような顔で角を生やした、冒瀆的な四足獣たち……その内部世界の硝石地獄は、これまでのところ物音一つしなかった……。

やがて、音が聞こえてきた――羽ばたく音、足を踏み鳴らす音。ツルハシやシャベルと同じく、物質的な実体を有することをはっきりと物語っている、鈍い音が接近している――それは、私を取り囲んでいる影のような存在とは全く異なっているが、健全な地上で知られているいかなる生命からも、かけ離れたものなのだ。私の疲弊した脳は、やって来るものたちに対して心構えをさせようと仕向けてくるのだが、しかるべきイメージを思い浮かべることができなかった。

私は幾度も繰り返し、自分に言い聞かせた。

「そいつらは深淵のものだが、非物質化されてはいない」

足音はいよいよ明瞭なものとなり、その歩調の機械的な調子から、私は暗闇の中を接近してくるのが死せる者たちなのだと気がついた。そして――ああ、神様、私は懐中電灯の強い光に照らし出されたそいつらを見た。狭い通路を歩哨のように行進してくるやつらを、見てしまったのだ……。

私が目にしたものをほのめかすためには、まずは心を落ち着かせなければならない。懐中電灯と手提鞄を取り落とし、手ぶらの状態で完全な暗闇の中を逃亡し、太陽の光やビンガーから聞こえてくるかすかな叫び声や銃声で我に返るまでの間、ありがたいことに無我夢中の状態が継続して、呪われた墳丘の頂でようやく喘《あえ》ぎながら横になった経緯について、説明するためにもである。

いかなる導きがあって、再び地上に戻ることができたのかは今もってわからない。

わかっていることといえば、姿を消してから三時間後、私がふらつきながら姿を現し、がくんとよろけたかと思うと、銃弾に撃たれたような恰好で地面に崩れ落ちたのを、ビンガーから見守っていた者たちが目撃したということだけである。

飛び出して私を助けようとする者こそいなかったが、私がひどい状態にあることは明白だったので、皆で大声を張り上げ、回転式拳銃《リボルバー》を連射して、私を起こそうと出来る限りを尽くしたのである。

結局のところ、それが功を奏した。意識を取り戻した時、私は今なおぽっかりと口を開けている黒々とした開口部から逃れようとするあまり、あやうく墳丘の斜面を転がり落ちるところだった。

懐中電灯と道具、そして草稿を収めた手提鞄は全て地下にあったが、私はもちろん、誰であれそれらを取りに行こうとする者など現れるはずもなかった。よろめく足で平原を横切り、村に辿り着いた時、私は自分が目にしたものについて敢えて何も語らなかった。ただ、彫刻や彫像、蛇といったもの、そして神経が揺さぶられたことについて、漠然と口にするのみに止《とど》めたのである。

それに、町まであと半分というあたりによろめきながら差しかかった頃、幽霊の歩哨が再び現れたと誰かが口にした時、再び気を失ってしまったのである。

私はその日の夕方にビンガーを立ち去った。以来、二度とその村を訪れてはいないのだが、今なお幽霊が墳丘に現れ続けていると聞いている。しかし、あの恐ろしい八月の午後に、ビンガーの人々には敢えて何も告げなかったことを、私はようやく、ここでほのめかしておこうと決意したのである。

とはいえ、何から書き始めたものか――私がこの期に及んで気が進まない様子なのを奇妙に感じられたなら、そのような恐怖をただ単に想像することと、実際に目の当たりにすることは、全く別のものであることを思い起こしていただきたい。私は、この目で見たのである。

私がこの物語の最初の方で取り上げた、ヒートンという名の陽気な若者の事件を覚えておいでだろうか。一八九一年のある日、墳丘に出かけていき、痴愚者《ちぐしゃ》と化して夜の村に帰り着き、八年もの間、恐ろしげなうわ言を漏らし続け、癲癇《てんかん》性の発作で亡くなった人物のことである。

彼は、こんな言葉を口走った。「あの白人――ああ、神よ、あいつらは彼に何をしたんだ……！」

その通り。私は哀れなヒートンが目撃したのと同じものを目にしたのである――それは、草稿を読んだ後のことだったので、事の経緯について彼よりもよく知っていた。私はそれが意味することを全て理解していたので――事態はなおいっそう悪かったのである。

あの地下には今でも、腐り果てながら待ち構えている連中が潜んでいるに違いなかった。

前述の通り、それは機械的な歩調で狭い通路から私の方へとやってきて、開口部に歩哨のように立っていた。ごく当たり前で、必然的なことではあった――何しろ、そいつは歩哨だったのだから。懲罰によって歩哨とされ、完全に死に絶えていた――頭部、腕、下肢だけでなく、人間に通常、備わっているはずの他のパーツも欠けていた。

そう——それはかつて、人間だったものの成れの果てだった。のみならず、白人でもあった。

私の想像通り、あの草稿に書かれたことが真実であるならば、この生物は完全に命を失った後、外部制御の自動的な衝動を植え付けられ、円形闘技場の気晴らしのために供されたのである。

わずかに毛の生えたそいつの白い胸元には、幾つかの言葉が刻まれるか焼きつけられるかしていた——立ち止まって確認したりはできないが、ぎこちない筆致の下手なスペイン語だと気づきはした。

慣用句《イディオム》や記述用途のラテン文字を使い慣れていない異質な書き手による、皮肉の意図を込めた言葉選びをほのめかす、不器用なスペイン語だった。

その文章は、こう読めたのである。

〝Secuestrado a la voluntad de Xinaiān en el cuerpo decapitado de Tlayūb（クシナイアンの命《めい》により て、トゥラ゠ユーブの頭部無き肉体の裡《うち》に囚《とら》われたり）〟

石の男

The Man of Stone
（ヘイゼル・ヒールドのための代作）
1932

ベン・ヘイドゥンは、いつだって頑固な奴でした。そんな彼が、アディロンダック山地の高みに不思議な彫像がいくつもあるだなんて聞いたが最後、見に行こうとするのを止めることはできませんでした。

僕は長年、彼と一番親しい友人で、それこそダモンとピュティアス[*1]の間柄でしたので、いつでも一緒だったのです。だから、ベンが行くぞと固く心を決めたからには——僕の方も忠実なコリー犬のように、駆け足でついていくしかありませんでした。

「ジャック」と、彼は言いました。

「厄介な肺の病気になったんで、レイクプラシッド村[*2]の先にある掘っ建て小屋で暮らしてたヘンリー・ジャクスンを知ってるだろ？　だいたい治ったってことで、ついこないだ戻ってきたんだけどな、あそこのことで、またおっそろしく妙な話をたっぷり話してくれたわけさ。全く唐突に、そんなシロモノにひょっこり出くわしちまったもんで、奇妙な彫刻ってくらいのことしかわからなかったそうなんだが、どうにも不穏な感じがしたってことなんだ」

「いつだったかに、猟に出かけたそうなんだが、洞窟の前を通りかかった時、そこに犬みたいに見えるものがあったんだとさ。犬が吼《ほ》えてくるんじゃないかと思ってもう一度見てみると、そいつは生きていなかったんだと。石の犬だったんだよ——一番短い髭に至るまで、本当に生きてるみたいな像だったんで、とんでもない神技《かみわざ》で造られた彫像なのか、石になっちまった動物なのか、ちっともわからなかった。

触れるのも恐いほどだったんだが、触ってみた感じでは確かに石で出来ていたんだと」

「しばらくして、何とか勇気を奮い起こして洞窟に入ってみたんだが――さらにでっかい驚きが待ってたのさ。少しばかり入り込んだところに、別の石像――というか、石像みたいに見えるものって言った方がいいのかもな――があったわけなんだが、今度は人間の男のものだったんだ。服を着たまま床にごろんと横たわってて、妙な感じの笑いを顔に浮かべてるやつがね。今度ばかりはヘンリーも触ろうとはせずに、お前も知ってるだろ、マウンテントップ村[*3]に一目散に逃げていったそうだ。もちろん、そこであれこれ質問したんだがね――連中は全く取り合ってくれなかったのさ。地元の連中は頭を振ったり、指を交差したり、〈気違いダン《マッド・ダン》〉について何やらボヤくばかりだったんだと――どんな奴なんだか」

「この出来事が結構コタえて、ジャクスンは予定を何週間も繰り上げて帰ってきたんだよ。俺が妙なものに目がないって知ってるもんだから、あらいざらい話してくれたのさ――おかしなことに、あいつが話してくれたことで、俺の方にもぴったりハマる話を思い出したのさ。アーサー・ウィーラーを覚えているかい？　固体写真家《ソリッド・フォトグラファー》と呼ばれつつあったほどの、写実主義の彫刻家だよ。全く知らないってことはないだろ。ともかくだ、こいつは本当のことなんだが、彼は一頃、アディロンダック山地のあのへんに滞在していたんだよ。かなり長いことそこで暮らしていたんだが、ふっつり姿を消してしまってね。その後の消息は不明なんだ。人間の男や犬みたいな石像があのへんにあるんなら、彼の仕事なんじゃないかって気がするのさ――田舎者たちが石像についどんなことを話そうが、話そうとしまいがね。もちろん、ジャクスンみたいな神経の細い奴がそんなものを見れば、易々《やすやす》と縮み上がって、動揺するんだろうさ。俺だったら、逃げ出しちまう前にじっくりと調べたんだがな」

「つまりさ、ジャック、俺は調べに行くつもりなんだよ——一緒に来てくれるよな。ウィーラー——それとも、ウィーラーの作品——を見つけ出すことは、大いに意義のあることだぜ。ともあれ、山の空気を吸うだけでも、二人とも元気が出るだろうしな」

かくして、一週間と経たない内に、僕たちは息を呑むほどに美しい眺めを楽しみながら、長いこと鉄道に乗り、バスにガタガタと揺られていき、六月の夕暮れを彩る黄金色《きん》の陽光に照り映えるマウンテントップ村へと、遅い時間に到着したのでした。

村にはわずかばかりの小さな家やホテル、そして僕たちが乗ってきたバスが停まったところに雑貨店があるだけでした。ともあれ、雑貨店にはたぶん、色々と情報が集まっているだろうと考えました。

僕たちの考えは的中し、暇そうな連中が階段のあたりにたむろしていて、僕たちが養生《ようじょう》のための宿泊施設を探しているのだと伝えると、色々と薦《すす》めてくれました。

翌日までは調査をする予定ではなかったのですが、ひどい身なりをした浮浪者たちの中に、話好きの老人がいることに気づくと、ベンは遠回しに慎重な質問をしてみたくてたまらなくなったのでした。

ジャクスンの前例から、奇妙な彫像の話から切り出すのは得策ではないと感じたので、彼はウィーラーの名前を持ち出すことにしました。自分たちが彼の知り合いで、彼がどうなってしまったのかについて興味を抱いて然《しか》るべき人間だと示したのです。

サムが木を削るのをやめて話し始めた時、周りの連中は不安げに見えはしましたが、警戒とまではいきませんでした。この裸足で自堕落な山男の老人にしても、ウィーラーの名前を耳にした時には顔をこわばらせましたが、ベンは四苦八苦はしたものの、何とか筋の通った話を聞き出すことができました。

「ウィーラーかい？」と、彼はヒューヒューと喘《あえ》ぐような声でようやく話し始めた。「おお、そうじゃった――しょっちゅう、岩を吹っ飛ばしたり削ったりして、彫像を造っておった職人のことよな。あんたらの知り合いなのかい、ええ？　ウウム、話せることはあまりないんじゃが、まあ十分かもしれんの。あん人は、山ン中にある〈気違いダン〉の小屋《キャビン》に泊まっておったのよ――だが、そう長いことじゃあなかった。追い出されちまったのさ……ダンにな。ダンのかみさんに甘く優しい声をかけてな、うまく良《い》い仲になっちまったんだが、それもまあ年寄りの悪魔に気づかれるまでの話よ。思うに、あの女によっぽど惚れ込んじまったんだろうな。だがよ、急にどこかに行っちまって、それ以来、影も形も見たもんはおらんよ。ダンによっぽどのことをきっぱり言われちまったんだろうな――年を食うごとに、ますます性悪な奴になっちまったからな、ダンの奴ときたらよ！　山のあのへんには良いところもなくはないんだが、近づかん方がええぞ、兄ちゃんたち。ダンはすっかり機嫌を悪くしとって、儂らもそれからどうなったかは知らんしな。かみさんについても同じよ。奴《やっこ》さん、どうせかみさんを閉じ込めて、誰にも会わせんようにしとるんだろうさ！」

もう少しやり取りをしてから、サムは再び木を削り始めると、ダンと僕は視線を交わしました。

確かに、ここには徹底的に追いかけていくのに値《あたい》する、新たな手がかりがあったのです。

宿屋に泊まることにして、さっさと部屋に落ち着くと、翌日、荒涼たる山岳地帯に分け入っていく計画を立てたのでした。

僕たちは、夜明けと同時に出発しました。各々《おのおの》が、必要と思える食糧や道具を詰め込んだナップサックを背負いました。なんとも魅惑的で、刺激的な空気に包まれた一日の始まりです——何か目に見えない不気味なものが隠れているというような悪寒は、ごくかすかに感じられるくらいのものでした。でこぼこした山道はすぐに急勾配で曲がりくねったものとなり、間もなく足がひどく痛みだしました。僕たちは二マイルほど進んでから山道を外れ——見事な楡の木の近くにある右側の石垣を乗り越えて、ジャクスンが用意してくれた地図と指示に従って、険しさを増していく斜面を斜めに突っ切りました。荒れ果てて、茨の茂った道行《みちゆき》でしたが、さほど遠くないところに洞窟があるとわかっていました。

ややあって、僕たちは出し抜けに洞窟の入り口に辿り着きました——地面が急に上り勾配になったあたりに灌木が生い茂る黒々とした亀裂があって、その脇の浅く水の溜まった岩の近くに、小さな微動《びどう》だにしない像が、こわばった姿勢で立っていたのです——その姿はあたかも、自身の超自然的な石化に対抗しているかのようでした。

それは、灰色の犬——もしくは、犬の彫像——で、私たちは何を考えるべきかもわからず、同時に喘ぎを漏らしました。ジャクスンの話には、いささかの誇張もなかったのです。これほど完璧なものを、彫刻家の手で造りだせるものとは信じられませんでした。

犬の素晴らしい毛皮は、毛の一本一本まではっきりと確認できるほどで、何かしら未知の存在に不意を打たれでもしたかのように、背中の毛が逆立っていました。

ベンは、繊細な石の毛皮にようやくそっと手を触れて、感嘆の声を発しました。

「何てこった《グッド・ゴッド》、ジャック、彫像なんかじゃない！　隅々まで見てみろよ、この細かいディティールと、毛の生え具合を！　こいつはウィーラーのテクニックじゃない！　本物の犬なんだよ――どうしてこんなことになっちまったのかは、皆目わからないけどな。本当に石みたいだ――お前も触ってみろよ。洞窟からはよく、特殊なガスが出てくることがあるっていうけど、それが動物に作用したってことなんだろうか。地元の伝説をもっと調べておくべきだったな。で、こいつが本物の犬なんだとして――いや、本物の犬だったんだとしたら――中にあるっていう人間の男も、本物に違いないわけか」

　心底からの厳粛な思い――ほとんど、恐怖と言っても良いでしょう――に圧倒されながら、僕はようやく、ベンに続いて四つん這いで盗掘に入っていきました。狭いところは三フィート［〇・九メートル］も続かず、そこから先は洞窟が全方位にぐっと広がって、荒石《あらいし》や岩屑《がんせつ》に覆われた、仄暗い岩室《いわむろ》になっていました。

　しばらくの間は殆ど何も見えなかったのですが、立ち上がって目を凝らしているうちに、前方に広がる闇の空間の只中に横たわっているものが徐々に見分けられるようになってきました。ベンがごそごそと懐中電灯を取り出したのですが、横たわっている物体に向ける前に束の間、躊躇《ためら》ったようでした。

　その石の塊がかつて人間だったと信じていて、その思考に潜む何かが二人の意気を挫《くじ》いたのです。

　ようやくベンが懐中電灯の光を当てると、背をこちらに向けて横たわっているものが見えました。明らかに外にあった犬と同じ材質でしたが、石化しておらず、ぼろぼろになっているラフなスポーツウェアの残骸を身に着けていました。

　ショックに備えるべく気を引き締めてから、僕たちはそれを調べようと足音も立てずに近づきました。背《そむ》けられている顔を見ようと、ベンは反対側に回り込みました。そして、ベンは石の顔を光で照らし出したのですが、何を見ることになるかについて、僕たち二人は心の準備ができていませんでした。彼が叫びをあげたのも無理からぬことで、彼のいる側に飛び出して同じものを目にした僕も、同じく叫びをあげずにはいられませんでした。ただし、悍《おぞ》ましいものでもなければ、本質的に恐ろしいものでもなかったのです。単なる認識の問題でした。

何しろ、この恐怖と苦痛が半々に表情に現れている冷たい岩の像は紛れもなく、かつては僕たちの旧知の知人だった、アーサー・ウィーラーに他ならなかったのです。

本能のようなものに促されて、僕たちがふらつきながら洞窟から這《は》い出すと、茨の絡み合った斜面を降りて、禍々《まがまが》しい石の犬が見えないところまで移動しました。

頭の中に憶測と不安が入り乱れ、何をどう考えたものかもわかりませんでした。

ウィーラーのことをよく知っていたベンは、とりわけ動揺していましたが、僕が見過ごしてしまっていた筋道の糸をまとめて繋ぎ合わせようとしている様子でした。

緑なす斜面で思いを巡らせている間、彼は幾度も「可哀想なアーサー！　可哀想なアーサー！」と繰り返していました。しかし、彼が〈気違いダン〉という名前を呟くまでの間、老サム・プールの話ではウィーラーの失踪直前にトラブルになっていたという一件を忘れてしまっていました。

気違いダンはきっと、何が起きたのかを見れば嬉しく思うことだろうと、彼は暗に言っていました。

この禍々しい洞窟に彫刻家がいることに、嫉妬深い家主が関わっているのじゃないかという考えが、一瞬、僕たち二人の頭に浮かびましたが、思いついたのと同じくらいすぐに消えてしまいました。

何にも増して僕たちが困惑したのは、この現象そのものをどうやって説明するかについてでした。

僕たちの知っている普通の石化は、緩やかな化学的変成作用で、完了するまでには膨大な歳月が必要でした。しかるに、ここには最前《さいぜん》まで生きていた——少なくとも、ウィーラーがこうなったのはほんの数週間前のことだ——二つの石像があったのです。

推測は無意味でした。専門家に知らせて彼らがどうなってしまったのか推測してもらう他に、どうすることもできないのは明らかでしたが、ベンの頭にはなおも気違いダンのことが残っていました。

とにかく、僕たちは茨をかきわけるようにして山道まで引き返しました。しかし、ベンは村に戻ろうとせず、ダンの小屋《キャビン》があるとサム老人が話していたあたりを見上げました。

村から数えて二軒目の家だと、年老いた浮浪者は喘ぎ喘ぎ言っていました。鬱蒼《うっそう》とした背の低いオークの林があるあたりから、左の方向に遠く離れたあたりに建っているのだとも。

僕がそうしたことを思い出す前に、ベンは砂の道まで僕を引っ張っていき、みすぼらしい農場を通り過ぎて、いよいよもって荒涼《こうりょう》とした感じを増していく地域へと入り込んでいきました。

文句を言うつもりはありませんでしたが、農業や文明といったものを示す見慣れたものがどんどん少なくなるにつれて、ある種の脅威が募っていくのを感じました。

ようやく、狭い、あまり使われていない道が左手に現れ、生育の悪い枯れかけた林の向こうに、ペンキの剝げたみすぼらしい建物の尖った屋根が見えました。

話に聞いた気違いダンの小屋《キャビン》に違いありませんでした。

ウィーラーがこのように感じの悪いところを拠点に選んだことを、僕は訝《いぶか》しく思いました。

草ぼうぼうのいやな道を歩きたくはなかったのですが、ベンが決然とした足取りで大股に歩いていき、ぐらぐらする黴臭いドアを激しく叩き始めたので、ぐずぐずするわけにはいきませんでした。

ノックに対する返事はなかったのですが、その響きには人を怖気《おぞけ》だたせるものがありました。

しかしながら、ベンは落ち着き払ったまま、鍵のかかっていない窓を探して家屋の周囲を周り始めました。三回目に試した窓——陰鬱な小屋《キャビン》の裏手にあった窓——を開けることができたので、彼はこれを押し上げると勢いよく中に飛び込みました。そうやって無事に入ることができたので、僕が後に続くのを手助けしてくれました。


僕たちが入り込んだ部屋は、石灰岩や花崗岩《かこうがん》のブロック、彫刻の道具や粘土の原型といったものが至るところにあって、ウィーラーが使っていた作業場なのだとすぐにわかりました。これまでのところ人がいる気配はありませんでしたが、あらゆるものが不快で不気味な埃《ほこり》の臭いを漂わせていました。

左手の開けられているドアは、明らかに小屋の煙突側にある台所に通じているようでしたので、友人が最後に滞在していた場所について何か見つけられないものかと、ベンがドアへと向かいました。

彼が扉の中に入ろうとした時、僕よりもかなり前にいたので、どうして彼が急に立ち止まり、唇から恐怖の叫びを絞り出したのか、最初はわかりませんでした。しかし、次の瞬間には僕もそれを目にして——洞窟の時と同じく、本能的な叫びをあげてしまいました。

この小屋《キャビン》——特殊なガスが発生して奇妙な変成を起こしかねない、地下の深みからは遠く離れた——の中には、アーサー・ウィーラーの彫刻作品ではないことがすぐにわかる、二つの石像があったのです。

暖炉の前にある粗末な肘掛け椅子には、長い生皮の鞭で縛り上げられた男——身なりのだらしない年配の男の像で、悪人然としている石化した顔に、不可解な恐怖の表情を浮かべていました。

その傍らの床には、女性の像が倒れていました。上品な身なりで、その顔はかなり若く美しいものでした。ある種の冷淡な満足感を漂わせた表情を浮かべていて、伸ばした右手の近くには大きなブリキの手桶《ておけ》があって、黒っぽいおりのようなものが、その中にこびりついていました。

僕たちは、それらの不可解にも石化した人体に近付こうとはせず、安易な推測を互いに口にすることしかできませんでした。この石化した男女が、気違いダンと彼の妻であることは間違いありませんが、現在の状況をいかに説明するかについては、また別の問題でした。

こわごわと見て回っているうちに、僕たちは突然、最終的な変成が急激に起こったに違いないのだとわかりました——というのも、目にしたものの全てが厚い埃に覆われているにもかかわらず、ごく普通の日常生活を営んでいる状態のままで放置されていたからです。

この日常風景が広がっている只中で、唯一の例外が台所のテーブルにありました。綺麗に片付けられたテーブルの中央に、誰かの注意を惹き付けようというかのように、かなり大きいブリキの漏斗《ろうと》を重しにした状態で、使い古した薄いメモ帳が置かれていたのです。

近づいてメモ帳を読み始めたベンは、これが日記の一種か、日付の付《ふ》された文章が連ねられたもので、文字を書き慣れていない人物が、いささか読みにくい字体で書いたものだと見て取りました。

冒頭の記述が僕の注意を惹きつけたのですが、一〇秒も経たないうちに、ベンは呼吸も忘れたような有様で文章を貪《むさぼ》り読み始め——僕もまた、彼の肩越しに覗き込み、同じく熱心に読み耽《ふけ》りました。

読み進めていく内に——僕たちはそれほど嫌な雰囲気ではない隣の部屋に移りました——、数多くの不明瞭なことの真相が僕たちにもはっきりとわかるようになり、複雑に入り混じった感情がこみあげて、僕たちは身震いを覚えたのでした。

僕たちが読んだ文章はこのようなもので――後日、検視官も読みました。一般大衆は、安っぽい新聞で、ひどく歪曲されてセンセーショナルに書き立てられたバージョンを目にしていることでしょうが、あの荒涼とした山岳地帯の黴臭い小屋《キャビン》の中で、死のように静かな隣室に潜む、二体の悍ましい石の異形と共に、僕たち二人が独力でその謎を解き明かそうとした飾り気のない原文そのものの正真正銘の恐怖に比べると、そんなものは何分の一も恐ろしくはないのでした。

僕たちが全文を読み終えた後、ベンは嫌悪感を滲ませる態度で本をポケットに突っ込みました。そして、最初に口をついた言葉は、「ここから出よう」というものでした。

神経を張り詰めさせたまま、僕たちはよろよろと無言で玄関に向かい、ドアにかかっていた鍵を開けると、村までの長い道を徒歩で引き返し始めました。

それから数日の間は、報告しなくちゃいけないたくさんのことや、答えなくちゃいけない質問がありました。ベンも僕も、この痛ましい経験全体の影響を振り払うことは決してできないことでしょう。

地元の役人たちであるとか、大挙して集まってきた街の記者たちの一部にしても同じことでした――屋根裏の箱の中に見つかったある種の書物や大量の書類を焼却し、禍々しい山腹の洞窟の最深部にあった数多くの装置を破壊したにもかかわらず、です。ともあれ、以下がそのテキストの本文です。

一一月五日――儂《わし》の名はダニエル・モリス。ここらでは〈気違いダン《マッド・ダン》〉と呼ばれておる。今日び、誰も信じてはいない力を信じているからだ。儂がサンダー・ヒル[*4]に登って狐の祝祭を行うと——儂のことを恐がってる輩《やから》を除いて——誰もが儂のことを狂っているのだと思いやがる。奴らは、万聖節前夜《ハロウィーン・イブ》に儂が黒山羊を生贄にするのを邪魔する上に、門を開く大いなる儀式を常に妨げおる。

奴らは分別というものをもっと持つべきなのだ。儂の母方はヴァン・コーラン家[*5]なのだから。ハドソン川のこっち側に住んでる人間ならば、ヴァン・コーラン家の者たちが代々、どんなことを伝えてきたかよく知っておるだろうに。儂らは一五八七年にウィトガールト[*6]〔オランダの地名〕で絞首刑にされた魔術師《ウィザード》、ニコラス・ファン・カウランの子孫で、彼が悪魔《ブラック・マン》と取引したことを知らぬ者とていないのだ。兵士どもはニコラスの家を焼いたが、『エイボンの書』[*7]は奴らの手に渡らなかった。孫のウィレム・ファン・カウランがレンセリアウィック[*8]〔北米東海岸のオランダ植民地の地名〕に渡った時にそいつを携えて、さらには川を渡ってエソパスに持ってきた。ウィリアム・ヴァン・コーラン《ウィレム・ファン・カウラン》の一族の人間が、邪魔立てした連中をどうしてやったのか、誰でもいいからキングストンやハーレイの住民に聞いてみるがいい。それに、儂のおじにあたるヘンドリックが町から追い出されて、家族を連れてこの川を遡った時、『エイボンの書』を携えていなかったかどうかについても、聞いてみるがいいのだ。

儂がこれを書いておるのは——そして、書き続けるつもりなのは——、儂が死んだ後、真実を知らせておきたいからだ。はっきりと白黒つけて書いておかねば、本当に頭がおかしくなってしまいそうなのだ。何もかも思うようにいかず、この状態が続くようなら、儂は本に書かれている秘法を使って、ある種の力ある存在を喚び出さねばなるまい。

彫刻家のアーサー・ウィーラーがマウンテントップにやって来て、村の連中が儂のところに寄越したのは、三ヶ月前のことだった。農作や狩猟、夏の旅行者から金を巻き上げることを除けば、どんなことでも知っているただ一人の男が儂だからだ。

男は儂の話に興味を持ったらしく、食事付き週一三ドルで、我が家に滞在する取引をした。

儂は、彫刻のために台所の裏の部屋をあてがい、岩を発破《はっぱ》で砕いたり、でっかい石塊《いしくれ》を雄牛に繋いだ橇《そり》と軛《くびき》で運ぶのを手伝ってやるよう、ネイト・ウィリアムズに話もつけてやった。

それが三ヶ月前のことだった。今となっては、あの忌々しい地獄の申し子が、いそいそと我が家で暮らし始めた理由はわかっている。俺の話ではなく、オズボーン・チャンドラーんとこの一番上の娘である俺の女房、ローズの姿に参っちまったんだってことを。

女房は儂より一六歳も若く、いつだって村の男どもに色目を使っていやがる。とはいうが、あいつが聖十字架発見日《ルードマス》*9や万聖節《ハローマス》*10の儀式を手伝うのを嫌がろうとも、あの汚らしい鼠が現れるまで、儂らは十分にうまくやっていたのだ。

今となっちゃ、ウィーラーがあいつの気持ちに取り入って、俺のことなんぞ見もしないほど女房の方もホの字になってるのが一目《ひとめ》でわかるので、遅かれ早かれ駆け落ちするつもりなんだろう。

とはいえ、奴はずる賢く上品ぶった犬どもが皆、そうであるようにゆっくりとコトを進めているんで、儂の方にもどうすべきかじっくり考える時間があった。奴らは二人して、儂が疑っていることに気付いちゃいないのだが、ヴァン・コーラン家の家庭をぶち壊すことがどれくらい高くつくか、すぐに思い知らせてやるのだ。想像だにしなかったような目に遭《あ》わせてやろうとも。

一一月二五日——感謝祭の日！　うまい冗談じゃないか！　ともあれ、儂が始めたことをやりおおせた暁《あかつき》には、感謝できることもあろうがな。ウィーラーが女房を盗《と》っちまおうとしていることは明らかだ。だが、当面はこのまま夢を見させておいてやる。先週、屋根裏にあったヘンドリックおじのトランクから、『エイボンの書』を手に入れた。このあたりじゃ捧げることができない生贄を使わずともよい、良いものがないかと探すことにした。ここそした二人の裏切者どもを始末できて、同時に儂を面倒事に巻き込まないものが欲しいのだ。劇的な捻りがあるに越したこともない。〈ヨスの流出物〉を喚び出そうとも考えたが、ガキの血が必要になるので、近所の連中の目を気にしなけりゃならない。〈緑の腐敗〉が有望にも思えたが、あの二人だけでなく儂にとってもいささか不快に過ぎることになる。儂はある種の光景や臭いが苦手なのだ。

一二月一〇日——見つけたぞ《エウレカ》！　とうとう、これぞというものを発見した！　復讐は甘美なるかな——これこそ完璧なクライマックスというやつだ！　ウィーラー、彫刻家——こいつはいい！　うむ、全く、あのこそこそ野郎が何週間もかけて造ってるどの彫像よりも、さっさと売れちまう彫像を奴は造り出すことになるってわけだ！

写実主義だと？　まあ、新しい彫像は申し分のない写実主義的な作品になるだろうさ！　例の本の六四九ページの反対側に書き込まれてた手稿の中に、その儀式は見つかった。筆跡からして、儂の曾祖父様《ひいじいさま》、バルート・ピクタース・ヴァン・コーランが書いたもんに違いない——一八三九年にニューパルツから姿を消した御仁《ごじん》がな。いあ！　しゅぶ＝にぐらす！　千の仔を引き連れた山羊よ！

つまるところ、儂はあの惨めな鼠どもを石像に変える方法を見つけたのだ。馬鹿馬鹿しいほど簡単で、実際、外なる力というよりも普通の化学よりの方法だった。正しい材料が手に入れば、手製のワインを偽った飲み物を作れるだろう。そいつを一口飲んだだけで、象は流石にムリだとしても、大抵の普通の生き物なら始末できるはずだ。どうなってしまうのかと言うと、限りなく早い速度で石化が進行するのである。組織全体がカルシウムとバリウム塩に満たされ、生きている細胞をたちまちのうちに鉱物に置き換えてしまう。何人たりとも、止めることはできないのだ。

曾祖父様《ひいじいさま》がキャッツキル山地のシュガーローフ山[11]で催された大きな魔宴《サバト》で手に入れたもんの一つだったに違いない。あそこじゃあよく、妙なことが行われていたって話だからな。儂自身、ニューパルツのある男――ハスブルックって地主のことだ――が、一八三四年に石のようなもんに変わっちまったと、聞いたことがある。奴はヴァン・コーラン家の敵だったのだ。

最初にやらねばならんことは、必要な五種類の化学薬品を、オールバニとモントリオールに注文することだ。それから、たっぷりと時間をかけて実験する。全てが終わったら、儂は彫像を全部並べて、ウィーラーの作品として売り払い、奴が滞納している下宿代の埋め合わせにしてやるのだ！　奴はいつだって写実主義者のうぬぼれ屋だったので、自分の石像を造ったり、儂の女房をモデルに使ったりしても不思議はない――実際、この二週間にわたってその通りにしているのだからな。鈍感な大衆が、この奇妙な石はどこの採石場のものかなどと聞いてこなければ良いのだが！

一二月二五日――クリスマス。地には平和、とはよく言ったものだ！　二匹の豚どもは、儂がいるのもお構いなしに、お互いにじろじろと見つめ合っていやがる。儂がつんぼで、唖《おし》で、めくらだとでも思っているに違いない！　さて、硫酸バリウムと塩化カルシウムは先週の木曜日にオールバニから届いたし、あれこれの酸や触媒、器具はすぐにもモントリオールから届く手筈《てはず》になっている。天網恢々《てんもうかいかい》――まあ、そんな感じだ！　低木がたくさん生えている近くにある、アレンの洞窟で作業を進め、それと同時に、ここの地下の穴蔵《セラー》で堂々とワインを造ることにした。新しい飲み物を出すにあたっては、何かしら理由があって然るべきだろうが――恋にイカれた間抜け《ムーンストラック》どもを騙すのに、たいそうな計画は必要ないだろう。問題は、ローズにどうやってワインを飲ませるかだ。あいつは、ワインが好きじゃないとぬかすのだから。

動物での実験は、洞窟でやればいい。冬の間は、誰もあそこに近寄るとは思えないからな。家を離れる言い訳としては、木《き》を伐りにいくとでも言っておけば良いだろう。一つ二つ、薪《たきぎ》の束を持って帰れば、気づかれるようなこともないはずだ。

一月二〇日――思っていたよりも難しい作業だった。正確な比率に多くのことがかかっている。モントリオールからブツが届きはしたが、もっと良い秤《はかり》とアセチレン・ランプを改めて注文しなければならなかった。荷物が村で物珍しがられているようだ。急行便の取扱所が、スティーンウィックの店でなければ良いのだが。

洞窟の前の水たまりで、水を飲んだり水浴びをしたりしている雀にあれこれと混合物を試してみるつもりだ――氷が溶ければの話だが。死んでしまうこともあれば、飛んでいくこともある。どうやら、重要な反応をいくつか見逃してしまっているようだ。ローズとあの成り上がりは、儂が留守にしているのを最大限に活用していることだろう――が、儂には放っておくだけの余裕がある。最後に成功することは、間違いないからだ。

二月一一日――ついに完成！　小さな水たまり――今日は折良く、氷がすっかり溶けていた――に出来たてのものを入れると、最初にやってきた鳥が、撃たれたみたいに倒れ込んだ。すぐに拾い上げてみると、完全な石っころになっていたのだ。一番小さな鉤爪《かぎづめ》から羽毛に至るまで。水を飲んでいた時の姿勢のままで、筋肉すらも変化していないので、胃の中に入った途端、死んじまったに違いない。こんなに早く石化が起きるのだとは思っていなかった。

とはいえ、でかい動物に効くかどうかを確かめるテストとしては、雀はちょいと不適切だ。あの豚どもに飲ませてやった時、きちんと効くだけの強さがないといけないので、何か大きな生き物を手に入れて試してみる必要がある。ローズの飼っている犬のレックスがいいだろう。次に来る時にはあいつを連れてきて、森の狼に襲われたとでも言ってやればいい。

女房はあの犬をたいそう可愛がっているので、でっかい勘定を支払う時に啜り泣くことだろうが、そうなったところで痛くも痒《かゆ》くもない。

この本の置き場所には注意しなければ。ローズは時々、妙な場所を覗き込むことがある。

二月一五日――暖かくなってきた！　レックスで試してみたところ、濃度を二倍にしただけで、魔法をかけられたようによく効いた。岩の水たまりに注いで、飲ませてやったのである。

何か妙なものに襲われたと気付いたようで、毛を逆立てて唸りをあげたが、頭を回す前に石塊《いしくれ》と化した。溶液はかなりの濃度になっているはずだが、人間に使う時は、ずっと濃くしなければ。

使い方が飲み込めてきたので、あのろくでなしのウィーラーを始末する準備もおおよそ整った。

味は無いようだが、念の為、家で造っている新しいワインで味をつけることにした。ローズにはワインを飲ませず、水に混ぜて与えるつもりだったので、無味だと確信できればよかったのだが。

儂は二人を別々にやっつけてやるつもりだ——ウィーラーはここに連れてきて、ローズは家でだ。

強力な溶液を用意して、洞窟の前にある怪しげな物を全て片付けた。狼がレックスを捕らえたと伝えると、ローズは子犬のように啜り泣き、ウィーラーは喉を鳴らして同情の言葉をかけた。


三月一日——いあ、るるいぇ！　褒むべきかな、神たるツァトーグァ《ロード》を！　ついに、あの地獄の申し子をやってやった！　こっちの方で、脆《もろ》い石灰岩の新しい岩棚を見つけたと教えると、あさましい犬みたいに儂の後についてきおった！　儂はワインで味付けした溶液を、尻のポケットに突っ込んだ瓶《びん》にいれておいた。ここに到着すると、奴は喜んでそいつをがぶ飲みした。瞬きもせずに、ぐいっと飲み干した——そして、三つ数え終わる前に、地面に倒れ込んだ。

しかし、儂が見間違えようのない表情を浮かべたので、奴は儂の復讐だと気付いたようだ。ばったりと倒れた時、悟ったような表情が奴の顔に表れるのが見えた。

二分も経つ頃には、奴は堅い石に成り果てた。

儂は奴を洞窟の中に引きずっていき、レックスの像を改めて外に出した。毛を逆立てた犬の像は有象無象を怖がらせ、遠ざけるのに役立つことだろう。春の猟期が近づきつつあった。それに、山の上の方にある小屋《キャビン》にはジャクスンという名の忌々しい〈肺病患者〉がいて、雪の中をこそこそと嗅ぎ回っていやがるのだ。今はまだ、実験室と物置を見られたくない。

家に帰ると、突然、家に帰れというウィーラー宛ての電報が、村に届いたとローズには伝えた。儂の言うことを信じたかどうかはわからないが、それは大した問題じゃない。体裁を繕うべく、後から送ってやるつもりだったと言って、儂はウィーラーの所持品を荷造りして山を降り、放棄されていたレイプリイの土地の涸れ井戸にそれを放り込んでやった。さあ、次はローズだ！

三月三日——ローズにはどんなワインも飲ませることができない。水に溶かした時、気づかれないほどに味が薄ければ良いのだが。紅茶とコーヒーで試してみたものの、沈殿してしまうので、このやり方ではだめだ。水に溶かすのなら、服用量を減らして、徐々に効いてくることに期待する他はないだろう。フーグの旦那とかみさんが昼に立ち寄ったので、ウィーラーが出ていったことに話が向かないよう骨を折った。村の連中は皆、電報が来なかったことも、奴がバスに乗らなかったことも知っているのだから、奴がニューヨークに呼び戻されたなどという話はできないのだ。

ローズが、何かにつけて妙な振る舞いをする。喧嘩でもして、屋根裏にでも閉じ込めなければなるまい。手っ取り早い方法はあの溶液を混ぜたワインを無理にでも飲ませてやることなのだが——諦めて自分で飲んでくれるなら、なおありがたい。

三月七日――ローズを叱りつけてやった。ワインを飲もうとしないので、鞭で打って屋根裏に追いこんでやった。生きて降りてくることは決してないだろう。儂はしょっぱいパンと塩漬け肉を盛り付けた皿と、溶液を少しばかり混ぜ込んだ手桶を、一日二回渡してやった。しょっぱい食べ物を与えているのは、たっぷりと水を飲ませてやるためで、作用が始まるまでにはそう時間はかかるまい。

俺がドアのところに行くと、ウィーラーについて叫び立てるのが気に食わない。それ以外の時は、ひたすら黙りこくっているというのに。

三月九日――忌々しくも妙な話だ。いつまで待っても、ローズに効果が表れない。もっと濃度をあげなければ――どうせ、塩辛い食い物ばかり与えているので、味などわかるはずもないのだ。まあ、効果がなかったとしても、他に取れる手はいくらでもある。とはいえ、このイカした彫像計画をどうにか完遂させたいものだ！　今朝、洞窟に行ってみると、全てがうまくいっていた。

時折、頭の上にる屋根裏の床板からローズの足音が聴こえてくるのだが、次第に足を引きずっているように思われた。溶液は確かに作用しているのだが、それにしても効き目が遅すぎる。

濃度が十分ではないのだ。今後は、服用量をどんどんきつくしていこう。

三月一一日――ひどくおかしなことだ。女房はまだ生きて動いている。火曜日の夜、窓をこする音が聴こえたので、あがっていって鞭で打ってやった。怯えているというよりも不機嫌な態度で、目が腫れぼったくなっているようだった。しかし、あの高さでは地面に飛び降りることはもちろん、手足を使って降りられるようなところもない。

女房が屋根裏の床をのろのろと、足を引きずって歩き回っているのが癇《かん》に障《さわ》って、夜は夢を見た。時には、女房がドアの鍵をいじっているように思えることもあった。

三月一五日——一回分の濃度を濃くしたにもかかわらず、まだ生きていやがる。どうも妙だ。あいつは今、這うことしかできず、歩き回ることも滅多になくなった。しかし、這い回る音が何とも恐ろしいのだ。窓をガタガタと揺らし、ドアを手探りすることもある。

このまま続くなら、生皮の鞭でとどめを刺してやらねばならないだろう。

ひどく眠くなってきた。ローズは何らかの手段で、自分の身を守っているのだろうか。溶液を飲んでいないはずはないのだが。

この眠気は普通じゃない——ひどく緊張しているせいなのだろうが。眠い……。

（読みづらい手書きの文字は、ここで殴り書きになって消えていき、その代わりにしっかりした筆致の、明らかに女性のものとわかる、極度の感情的な緊張状態のもとで書かれたことを匂わせる手書きの文章が始まった）

三月一六日——午前四時——死にゆくローズ・C・モリスが、これを書き加えています。

どうか、父であるオズボーン・E・チャンドラーに報《しら》せてください。ニューヨーク州はマウンテントップの、州道2号線[12]沿いに住んでいます。私はちょうど、あのケダモノが書いたものを読み終えたところです。あの男がアーサー・ウィーラーを殺害したのだと確信していましたが、この恐ろしい手帳を読むまで、方法までは知りませんでした。

今では、私がどうやって逃れ得たかがわかっています。水におかしな味があることは気付いていたので、最初にひと舐めしてからは、全部窓から捨ててしまったのです。

そのひと舐めだけで私の体は半ば麻痺してしまったのですが、まだ動くことはできます。喉の渇きはひどいものでしたが、できるだけ塩辛いものを食べないようにして、屋根の雨漏りしているところの下に古い鍋や皿を置いて、ほんのわずかですが水を得ることができました。二度ばかり、大雨が降ってくれました。

私に毒を盛っているのだと思いましたが、どんな毒なのかはわかりませんでした。あいつが、自分と私について書いていたことは嘘っぱちです。私たちは一緒になって幸せだったことは一度もありませんし、私があんな奴と結婚してしまったのも、あいつが人々にかけることのできた魔法の影響に過ぎないのでしょう。たぶん、父と私の二人に催眠術をかけたのだと思っています。何しろ、あいつはいつだって悪魔との後ろ暗い取引を疑われ、嫌われたり恐れられたりしていたのですから。父はかつて、あいつのことを悪魔の同類と呼びましたが、彼は正しかったのです。

私があいつの妻としてどんな目に遭《あ》ってきたかは、決して誰にもわからないでしょう。単なるありふれた残酷などというものではありませんでした――ですが、あいつは十分に残酷で、しばしば革の鞭で私を打ち据えたことを、神様がご存知です。

それは、この時代に生きている人間の理解を超える――遥かに超えるほどのものでした。あいつは怪物じみた人間で、母方の一族に伝わってきたあらゆる類《たぐ》いの地獄めいた儀式を実践していました。あいつは私にも儀式を手伝わせようとしたのですが――それがどのようなものだったかは、ほのめかすこともできません。私が拒絶すると、あいつは私をひどく打ちました。あいつが私にさせようとしたことを話すのは、それ自体が冒瀆《ぼうとく》になることでしょう。

私に言わせれば、その頃でさえあいつは殺人者でした。あの夜、サンダー・ヒルであいつが何を生贄にしたのか、私は知っているからです。あいつは確かに、悪魔の同類だったのでした。

私は四回、逃げようとしたのですが、あいつはいつも私を捕まえて打ち据えました。

あいつは私の心をある種の支配下においていたのと同様に、父の心すらも支配していました。


アーサー・ウィーラーについては、恥じ入るようなことは何もありません。私たちは互いに愛し合うようになりましたが、それは貞淑《ていしゅく》な関係でしかなかったのです。

彼は、私が父の元を離れて以来、初めて優しくしてくれた人で、あの鬼畜の支配から抜け出すのを手伝ってくれるつもりでした。父とも何度か話し合い、西部に逃げるのを手助けしてくれるつもりだったのです。離婚が成立してから、私たちは結婚するつもりでした。

あの人でなしが屋根裏に私を閉じ込めて以来、私はここから脱出して、あいつを始末してやる計画を立てていました。抜け出すことができたなら、眠っているところを見計らって何とかあいつに飲ませてやろうと、毒を一晩はとっておくことにしていたのです。

私がドアの鍵を手探りしたり、窓の状態を調べたりすると、最初のうちはすぐに目を覚ましたのですが、後の方になると疲れが溜まったのか、ぐっすりと眠り込むようになりました。あいつが眠り込むと鼾《いびき》をかくので、いつもそうとわかるのです。

今夜、あいつは早々と眠り込んで、私はあいつを目覚めさせることなく力づくで鍵を開けました。体が半ば麻痺した状態で階段を降りるのは大変でしたが、何とかやり遂げました。

私はここで、ランプに灯りを点けたまま――この帳面に何か書き込んでいる最中に、テーブルで眠り込んでいる彼の姿を見つけました。部屋の隅に、あいつがよく私を打ち据えるのに使った長い生皮の鞭があったので、筋肉を動かすこともできなくなるよう、椅子に縛り付けました。

抵抗されることなく何かを喉の中に流し込めるように、首も縛っておきました。

私があれこれをやり終えた時にあいつは目を覚ましました。すぐに、何をされたのかわかったと思います。恐ろしいことを叫び、神秘的な式文を唱えようとしたのですが、私は流しにあった皿拭き用のタオルを彼の口に詰め込みました。

その時、あいつが何やら書いていたこの本を見て、立ち止まって読み始めたのです。

恐ろしいショックを受けて、私は四度か五度ばかり気を失いかけました。それから、この悪魔を相手に二、三時間ぶっ続けに話し続けました。私がそいつの奴隷だった間中、言いたくてたまらなかったことや、このひどい本で読んだことに関することのありったけをぶちまけたのです。

私が話し終えた時、そいつの顔色はほとんど紫色になっていました。半ば譫妄《せんもう》状態になっていたのだと思います。それから、私は食器棚から漏斗《ろうと》を持ち出すと、口を塞いでいた布の代わりに、中に突っ込んでやったのです。

そいつは私が何をしようとしているのか気づきましたが、何をすることもできませんでした。私は毒の入った手桶を持って降りてきて、良心の咎めを感じることもなく、半分ほどを漏斗に注ぎ込みました。かなりの濃度の薬物だったのは間違いなく、ケダモノはたちまち硬直し始めて、石のような鈍い灰色に変化しました。

一〇分も経つ頃には、そいつは堅い石になりました。とても耐えられないので手を触れはしませんでしたが、ブリキの漏斗を口から引っ張りだした時、カランという恐ろしい音がしました。

悪魔の同類には、さらなる苦痛と時間をたっぷりかけた死を味わわせてやりたかったのですが、これこそが確かにケダモノに相応《ふさわ》しい死に様ではあったのでしょう。

これ以上、書くべきことはありません。私は体が半ば麻痺していますし、アーサーが殺されてしまい、もはや生きる目的もないのです。この本を見つかりやすい場所に置いた後、私は残りの毒を飲んで、この件にけりをつけることにします。一五分の内に、私は石像になることでしょう。

私の唯一の望みは、アーサーだった石像の横に埋葬して欲しいということです——あの悪魔が置いてきたという、洞窟の中でそれが見つかることでしょう。

忠実だった、可哀想なレックスについても、私たちの足元に葬ってやってください。

椅子に縛り付けられている石の悪魔がどうなろうとも、私は一向に構いません……。

訳注

1　ダモンとピュティアス　Damon and Pythias
紀元前一世紀の歴史家、シケリアのディオドロスの『歴史叢書』や、三世紀の新プラトン主義哲学者イアンブリコスの『ピュタゴラス伝』などに紹介される、ピュタゴラス教団員同士の友情を描く逸話の主人公。ガイウス・ユリウス・ヒュギーヌスの『神話集』（名前がモイロスとセリヌンティオスに変わる）、フリードリヒ・フォン・シラーの譚詩「人質」を介して太宰治の「走れメロス」の元ネタになった物語と書けばわかりやすいだろう。

2　レイクプラシッド村　Lake Placid
アメリカ合衆国ニューヨーク州の北東部、アディロンダック山地にある村。当時から観光地として知られ、本作執筆の一九三二年には冬季オリンピックの会場となった。

3　マウンテントップ村　Mountain Top
架空の村と思《おぼ》しい。本作の記述では州道2号線（現在の国道11号線）沿いにあるということなので、おそらくはレイクプラシッド村の北、アディロンダック山地の端のあたりに位置しているのだろう。

4　サンダー・ヒル　Thunder Hill
ニューヨーク州南部のキャッツキル山地の周辺には、サンダー・ヒルと呼ばれる山・丘がいくつか存在するが、アディロンダック山地に存在するのであろうサンダー・ヒルの位置は特定できなかった。

5　ヴァン・コーラン　Van Kauran
オランダ系の家名。「ヴァン・コーラン」は英語読みで、オランダ語読みでは「ファン・カウラン」になる。

6　ウィトガールト　Wijtgaart
オランダ北部のフリースラントの州都、レーワルデンに存在している自治体のひとつ。

7　『エイボンの書』　Book of Eibon
初出はクラーク・アシュトン・スミス「ウボ゠サスラ」。彼の小説のみならず、ＨＰＬとの手紙のやり取りを通して設定が肉付けされていった書物である。本作執筆翌年の一九三三年末以降、HPLは『エイボンの書』についてはスミス宛の書簡で披露した独自設定を好んで用いた。「闇の跳梁者」の訳注11も参照。

8　レンセリアウィック　Renselaerwyck

現在のニューヨーク州のオールバニのあたりに存在したオランダ王国の植民地で、オランダ人宝石商人キリーン・ヴァン・レンセリア（オランダ語形はファン・レンスラル）が所有する土地だったため、「レンセリアウィックの地所」と呼ばれていた。

9　聖十字架発見日《ルードマス》　Roodmas

「ルード rood」は古英語で十字架のこと。キリスト教に改宗した四世紀のローマ皇帝コンスタンティヌス一世の母太后聖ヘレナが、三二六年五月三日にゴルゴダの丘に巡礼した際、そこを発掘させて奇跡を起こす十字架を見つけ出し、これこそがイエスが磔《はりつけ》にされた聖十字架だと確信したという伝説に基づく。

10　万聖節《ハローマス》　Hallowmass

一一月一日。この前夜がハロウィーン（ハロウ・イヴからの転訛）である。アイルランドやブリテン島、ガリア地方では一年の始まりは一一月一日で、その前夜は此岸と彼岸の境界が薄まってあらゆるルールが効力を喪い、生者と死者、人間と妖精が入り混じると考えられ、サウィン祭を開催した。ただし、小罪を犯した人間が、天国に行く前に罪を浄化されるという「煉獄《れんごく》」の概念が広まった九世紀以降のヨーロッパでも、万聖節（教皇グレゴリウス四世が万聖節を一一月一日に移したのは八三五年のことである）の前夜に死者の嘆きに耳を傾け、彼らのために祈るという習慣が根付いていた。

11　シュガーローフ山　Sugar-Loaf

円錐形の砂糖の塊を意味する。キャッツキル山地の近くには、シュガーローフと呼ばれる山・丘が複数存在するが、最も近いと思われるものを巻頭の地図に示した。

12　州道2号線　Route 2

一九二六年に開通したニューヨーク州を南北に貫く道で、翌年にニューヨークの州道2号線となった。その後、一九三〇年に国道11号線に変更されて、現在に至る。

蠟人形館の恐怖

The Horror in the Museum

（ヘイゼル・ヒールドのための代作）

1932

スティーヴン・ジョーンズがロジャース蠟人形館《ミュージアム》に最初に足を運んだのは、ちょっとした好奇心からだった。川向こうのサザーク・ストリートに奇妙な地下の施設があって、マダム・タッソーの蠟人形館[*1]で展示されている最悪の人形よりも、ずっと恐ろしいものがあると教わったのだ。それで、どれだけがっかりさせられる代物なのかひとつ試してやろうと、四月のある日にぶらりと足を向けたのである。

意外にも、失望させられることはなかった。

ともかくも、ここには他のところとは違った、独特のものがあった。

もちろん、ごくありふれた血まみれの蠟人形――ランドリュー[*2]、クリッペン医師[*3]、マダム・デマーズ[*4]、リッツィオ[*5]、レディ・ジェイン・グレイ[*6]、戦争や革命で不具になった数知れぬ犠牲者、ジル・ド・レやサド侯爵――もありはしたのだが、彼の呼吸を速め、閉館のベルが鳴るまでの間、そこに引き止め続けたのは、その他の展示物だった。

このコレクションを作り出した人物は、並大抵の興行師ではなかった。一部の展示物からは、想像力――そして、病的な天才さえも窺《うかが》われたのである。

彼がジョージ・ロジャースと知り合ったのは、もう少し後のことである。タッソー蠟人形館のスタッフだったのだが、何かしらのトラブルがあって解雇されたということだった。

正気を危《あや》ぶむ声や、常軌を逸した秘密の崇拝にまつわる噂もあって――彼自身の地下蠟人形館の直近での成功は、一部の批判者の矛先を鈍らせたにせよ、他の者たちは陰険な舌鋒を鋭くした。悪夢の奇形学と図像学が彼の十八番《おはこ》なのだが、その彼にして、特にひどい人形のいくつかについては成人限定の特別室に展示するくらいの慎重さを持ち合わせていた。

ジョーンズをこの上なく魅了したのは、この特別室だった。

そこに展示されていたのは、奇想《ファンタジー》のみが生み落とし、悪魔のような技巧で型取られ、ひどく生き生きとした様式に彩色された、ずんぐりした混淆物《ハイブリッド》の数々である。

一部の人形は、世間一般でよく知られている神話由来のもの――ゴルゴーン、キマイラ、ドラゴン、キュクロープスといった類《たぐい》の、いずれ劣らぬ恐ろしい生物たちだった。

他の展示物は、密やかに囁《ささや》かれてきた、暗澹《あんたん》たる秘《かく》された神話体系に材を採《と》った――黒々とした無定形のツァトーグァ、[*7]数多《あまた》の触手を備えたクトゥルー、長い鼻のあるチャウグナル＝フォーン[*8]など、『ネクロノミコン』や『エイボンの書』、フォン・ユンツトの『無名祭祀書《ウヌアスプラヒリェン・クルテン》』[*9]といった、禁断の書物に言及されている冒瀆的な存在だった。

しかし、最悪の展示物は全てロジャースの独創になるもので、古《いにしえ》の物語がこれまでにほのめかしたことすらない異形のものの姿を表した作品だった。

我々が知る生物の姿形を悍《おぞ》ましく誇張したものもあれば、他の惑星や銀河系の熱に浮かされた夢から採られたのではないかと思えるものもあった。クラーク・アシュトン・スミス[*10]の狂おしい絵画からその一端を窺えるかもしれないが、それらの際立った大きさと恐ろしいまでに巧妙な技量と、展示品を上部から照らし出す悪魔的に鮮やかな照明によって生み出される、強く胸を刺す忌まわしい恐怖は、何をもってしてもほのめかすことすらできないだろう。

年季の入った怪奇芸術の愛好家として、スティーヴン・ジョーンズは丸天井造りの蠟人形館の奥にある薄汚れたオフィス兼作業室へと、ロジャース自身を探しに行った――そこは、視界から隠れる位置にある中庭の古びた敷石と同じ高さの、煉瓦の壁に水平に並んでいる隙間のような幾つかの窓から差し込む光にぼんやりと照らし出されている、嫌な感じのする地下室だった。

ここは蠟人形が修復される場所で――時にはここで人形を制作することもあった。蠟で拵《こしら》えられた腕、足、頭、胴体がいくつかの作業台の上にグロテスクな様子で並べられ、高い位置まで連なる棚には、髪のもつれた鬘《かつら》、すさまじい食欲を漲《みなぎ》らせた歯、ガラス製のぎょろっとした眼といったものが、無造作に散らばっていた。

あらゆる種類の衣装がフックから吊り下げられていて、小部屋のひとつには、大量に積み重ねられた肌色の蠟の塊《ワックス・ケーキ》と、ペンキの缶でいっぱいの棚、そして様々な種類の毛筆があった。

部屋の中心には、成形用の蠟を造るのに用いられる大型の溶解炉があって、火室《かしつ》の上には蝶番《ちょうつがい》付きの大きな鋼鉄のコンテナがあって、指で軽く触れるだけで溶けた蠟を注ぐことのできる噴出孔が取り付けられていた。

陰気な地下室の中には、言葉で説明し難しいものもあった――正体不明の実体のばらばらのパーツがあったのだが、その組み上げられた姿たるや、譫妄《せんもう》状態の人間の脳裏《のうり》に浮かぶ妄想そのものだった。

一方の端には重厚な板のドアがあった。そのドアは異様に大きな南京錠で固く閉ざされていて、きわめて特異なシンボルがドアの上に描かれていた。

かつて恐るべき『ネクロノミコン』に目を通したことのあるジョーンズは、そのシンボルが何であるかを悟って身震いを覚えた。この興行師は――と、彼は思ったものだ。暗澹たる胡乱《うろん》な分野について、驚くほど造詣が深い人物に違いなかった。

ロジャースとの会話も、彼を失望させるものではなかった。

その男は長身痩軀《ちょうしんそうく》で、いささかだらしない服装をしていたが、平素より無精髭に覆われている青白い顔の中から、大きな黒い目が燃えるように睨《ね》めつけてくるのだった。

彼は無断で入り込んだジョーンズに腹を立てることもなく、興味を持ってくれた人間相手に自身の考えを披露《ひろう》する機会を得たことを歓迎しているようだった。

彼の声には独特の深さと響きがあって、熱狂すれすれの強い思いを、無理に押し殺しているところがあった。ジョーンズの思うに、少なからぬ者が彼を狂人と考えているのも無理からぬことだった。

続け様に訪れているうちに――そうした訪問は、数週間も経つと習慣になっていた――、ロジャースはジョーンズに胸襟を開き、腹蔵なく話をしてくれるようになっていた。

そもそもの最初から、その興行師は奇妙な信仰と礼拝に関わっていることがほのめかし、やがてそのほのめかしがドラマに発展することとなるのだが――数枚の証拠写真にもかかわらず――その出鱈目《でたらめ》さといったら、ほとんど喜劇も同然だった。

真に狂乱した話が最初に飛び出したのは、六月のある時期、ジョーンズが上等のウィスキーのボトルを一本携《たずさ》えてやってきて、館主にたっぷり飲ませた夜のことだった。

それ以前にも、十分に放埒な話がいくらでもあった――チベット、アフリカの内陸部、アラビアの砂漠、アマゾンの峡谷、アラスカや南太平洋のほとんど知られていない島々への謎めいた旅であるとか、有史以前の『ナコト断章《だんしょう》』[*11]や、人類と関わりを持ったことのない有害なレンからもたらされた『ドール賛歌』[*12]といった、半ば伝説的な慄然《りつぜん》たる書物を確かに読んだといったような話である。

だが、あの六月の夜、ウィスキーの効果で暴露された以上に、明らかな狂気を孕《はら》んだ話はなかった。有り体に言えば、これまでに誰にも見つかったことのない、特定の何かを幾つか自然界で見つけ出し、そうした発見の数々の具体的な証拠を持ち帰ったのだと、ロジャースが漫然と自慢し始めたのである。酔いに任せた熱弁によれば、彼は世に知られざる原初の書物から学んだことを正しく理解していることにおいては、他の誰よりも頭一つ抜きん出ていた。そして、怪異なる生存者たち――人類よりも早くに存在し、永劫の時を生き延びてきたものたちが隠されている、特定の遠隔地の数々を訪れたというのである。のみならず、そうしたものたちの中には、忘れ去られた人類以前の時代によく使われた伝達手段によって、他の次元や世界と結びついていた存在も含まれるというのだった。

ジョーンズは、このような観念を生み出した奇想に驚嘆し、ロジャースの精神はいったいどのように育《はぐく》まれてきたのかと訝《いぶか》った。マダム・タッソーの蠟人形館の病的にグロテスクな世界のただ中で働いたことが、彼の想像力豊かな飛躍の始まりだったのか、それとも生まれついての性向であって、職業選択は単にその顕《あらわ》れの一つに過ぎなかったのか。

ともあれ、その男の作品は本人の観念と密接に結びついていた。今この瞬間ですら、仕切られた「成人限定」の特別室に展示されている悪夢めいた怪作についての暗澹たるほのめかしには、紛れもなく特定の傾向が見られたのだった。嘲笑を向けられる可能性を考慮せず、彼はこれら悪魔的な異形の全てが造り物というわけではないのだと、遠回しに主張したのである。

ジョーンズがこの無根拠の主張をあけすけに疑い、笑い飛ばしたことで、二人が育んできた友情は壊れてしまった。ロジャースはきわめて真剣だったので、今や気分を害し、すっかり憤慨していた。ジョーンズの態度に耐え続けたのは一重《ひとえ》に、彼のいかにも都会的で慇懃《いんぎん》な懐疑主義の壁を突き崩そうという、頑固な衝動に駆られてのことだった。

名付けられざる旧《ふる》き神々に捧げられる儀式や生贄についてのあられもない話やほのめかしがその後も続けられ、ロジャースは仕切られた特別室にある悍《おぞ》ましくも冒瀆的な展示物のところに客《ジョーンズ》をしばしば連れて行っては、およそ人の手になるものとしては最高の技巧をもってしても、調和させることが困難な特徴を指摘してみせるのだった。

ジョーンズは主人の好意を失ったことを理解していたものの、すっかり魅せられていたので、相変わらず訪問を続けていた。時には、常軌を逸したほのめかしや主張に話を合わせ、ロジャースの機嫌を取ろうと試みることもあったが、ひょろ長い興行主はそのような手管に引っかかりはしなかった。

緊張が頂点に達したのは、九月末のことだった。

ある日の午後、ジョーンズがたまたま蠟人形館に立ち寄り、すっかり馴染み深いものとなっていた恐ろしい展示物の並ぶ薄暗い廊下をぶらぶらと歩き回っていたところ、ロジャースの作業室の方からきわめて異様な音が聴こえてきたのである。他にもその音を聴いた者たちがいて、丸天井造りの広い地下室に反響が響き渡るうちに、落ち着きをなくしはじめていた。

三人の係員が妙な視線を交わし合い、その内の一人――普段は修理士兼アシスタント・デザイナーとしてロジャースに仕えている、浅黒い肌で口数の少ない、外国人らしい風貌の男が浮かべた胡乱《うろん》な微笑みが、同僚を戸惑わせたのみならず、ジョーンズの感性のある部分をひどく苛立たせた。

聴こえてきたのは、極度の恐怖と苦しみが組み合わさった状況下でのみ発せられるような、甲高い吼《ほ》え声とも悲鳴ともつかぬ犬の声だった。耳にするだに恐ろしい、純然たる苦しみに満ちた狂おしい声は、このグロテスクで異形な環境においては、二重の恐怖を孕んでいた。

ジョーンズは、その蠟人形館が犬の立ち入りを禁じていることを覚えていたのである。

作業室に通じるドアに向かおうとすると、浅黒い係員が言葉と身振りで彼を制した。やや訛りのある穏やかな声で、詫びるようでいながらどこか小馬鹿にした調子の話し方だった。

曰く――ロジャース様は外出しておりまして、不在にしている間、誰も作業室に入れないように、とのご指示をいただいております。あの甲高い鳴き声ですが、博物館の裏手の中庭にいた何かの声に違いありませんね。このあたりには野良犬が大量におりまして、彼らの喧嘩ときたら時々、驚くほど騒々しくなるのですよ。館内には、犬は一匹もおりません。ですが、ジョーンズ様がロジャース様にお会いになりたいということでしたら、閉館直前にはお目にかかれるかもしれませんよ。

この後、ジョーンズは古びた石の階段を上がって通りに出ると、好奇心に駆られて猥雑とした近所を探検した。傾きかけている老朽化した建物――かつては住居だったが、今ではもっぱら店舗や倉庫になっている――は、いずれも非常に古い様式だった。いくつかはチューダー王朝時代に遡る切妻造りの建物で、この界隈全体にかすかな瘴気《しょうき》じみた悪臭が垂れ込めているような感じがした。

蠟人形館が地下に入っている薄汚い建物の傍らには、玉石敷きの暗い小路が入り込む背の低いアーチ道があったので、ジョーンズは作業室の裏手の中庭を見つけ、犬の件について納得の行く解答を見つけられるのではないかと期待して、その中に入り込んだ。

不快な古い家々の、通り沿いに立ち並ぶ崩れかけたファサードよりも、さらに醜悪でどこか脅かすような後部の壁に囲まれている中庭は、午後も遅い時間の光のもとでは薄暗かった。

犬の姿は一匹たりとも見当たらず、あれほどの凄まじい騒ぎの痕跡が、これほど早く消え失せてしまうものだろうかと、ジョーンズは疑問に思った。

あのアシスタントは館内に犬はいないと断言していたが、ジョーンズは地下の作業室の三つの小さな窓――死んだ魚のように冷淡な、濁った眼で見つめてくる汚らしい窓ガラスのはまった、雑草が茂る舗石のあたりに水平に並ぶ狭い長方形の窓を、神経を張り詰めさせながらじっと見つめた。

窓の左側にはすり減った階段があって、重々しく施錠されたドアがその先にあった。

何らかの衝動に駆られて、彼はじめついて形の崩れている石畳の上に体を低くして蹲《うずくま》り、手の届くところまで垂れ下がった長い紐《ひも》で操作される、分厚い緑色のブラインドが下ろされていないことに期待して、窓越しに中を覗き込んだ。ガラスの表面は汚れていたのだが、ハンカチでこすり続けるうちに、視界を遮るカーテンがないのがわかった。

内部の地下室は暗くなっていたので、ほとんど何も見えなかったが、ジョーンズが各々の窓を順番に試してみると、グロテスクな作業用の設備が時折ぼんやりと浮かび上がって見えた。

最初は、中に誰もいないようだったのだが、右端の窓——小路の入り口に一番近い窓——を透かし見た時、部屋の一番奥まったところが光っているのが見えて、彼は困惑して考え込んだ。

そのあたりで光が輝くようなことはないはずなのだ。そこは部屋の奥まった側で、彼の記憶によれば、そのあたりにガスや電気の設備は存在しないのである。

改めて目を向けてみると、その輝きが大きな垂直の長方形をしていることがはっきりし、彼の脳裏に一つの考えが浮かんだ。それは、彼がいつも気にしていた、異様に大きな南京錠で固く閉ざされている分厚いドアのある方向ではないか——決して開かれたことがなく、禁断の太鼓の魔術の断片的な記録に由来する、あの悍《おぞ》ましくも謎めいたシンボルがぞんざいに描かれたドアである。

まさに今、そのドアが開かれているに違いなく——灯《あか》りが点《とも》っているのはその内部だった。

あのドアはどこに通じているのか、その背後には一体何があるのか、これまでに彼が推測してきたことの全てが今、ひどく不穏な重圧を伴って蘇ってきた。

ジョーンズはこの陰鬱《いんうつ》な界隈を、六時近くになるまであてどなく彷徨《さまよ》い歩いてから、ロジャースに会うべく蠟人形館へと引き返した。

どうしても今すぐに会わなければならないというほどの理由は思い当たらなかったのだが、午後に耳にしたひどく場違いな犬の叫び声や、いつもはどっしりした南京錠で閉ざされている、あの不穏なドアの内部に灯《あか》りが点《とも》っていたことについて、潜在意識が不安を感じていたのに違いなかった。

彼が到着した時、係員たちは帰りかけているところで、オラボナ——浅黒い肌の、外国人らしい風貌のアシスタント——が自分のことを、面白がっているのを抑え込んでいるかのような、陰湿な目つきで見つめているような気がした。ジョーンズは、彼のその目つきが気に入らなかった——その男が雇い主にすらもそういう視線を向けているのを、幾度となく目にしてはいたのだが。

誰もいない丸天井造りの展示室は気味が悪かったのだが、彼はそこを足早に通り抜けて、オフィス兼作業室のドアを叩いた。中から足音が聴こえてはいたものの、返事はなかなか返ってこなかった。二度目のノックでようやく鍵を開ける音がして、六枚の鏡板が嵌められた古びた扉がぎしぎしと軋みながら不承不承といった様子で開かれて、熱っぽい目をしたジョージ・ロジャースが、前屈みの恰好をして姿を現した。

興行師の雰囲気がいつもと違うことは、一目瞭然だった。

歓迎してくれはしたものの、その態度は反発と心底満足げな様子が奇妙な具合に入り混じったもので、彼の発する言葉はたちまちの内に悍《おぞ》ましくも信じがたい放言に変化したのである。

生き永らえてきた旧《ふる》き神々——名状しがたい生贄の数々——特別室の恐ろしい展示物のいくつかは人工物にあらず——どれも聞き慣れた自慢話だったが、いつもに比べて妙に自信に溢《あふ》れた調子だった。この哀れな男は——と、ジョーンズは考えた——自らの狂気に蝕《むしば》まれているのに違いない。

ロジャースは、部屋の端にあるどっしりした南京錠の掛けられた扉や、そこからさほど離れていない床に置かれている、どうやら何か小さな物を覆っているらしい粗い麻布に、ちらちらと目を向けた。

ジョーンズは時間が経つにつれて神経質になり、午後の奇妙な出来事の話をしたくてたまらなかったのに、いざ口にしようという段になって躊躇《ためら》いを覚えていた。

ロジャースのよく響く陰鬱な低い声は、彼が熱に浮かされたような興奮状態で話をするうちに、すっかりしゃがれたものになった。

「あんたは覚えているだろうね」と、彼は叫んだ。「チョー＝チョー人たちの棲む[*13]、インドシナ半島の廃《はい》墟《きょ》と化した都市について、吾輩《わがはい》が話したことをだよ。あの闇の中で泳ぐ細長いものを吾輩が蠟で拵《こしら》えたと思っているのだろうが、写真を何枚も見たからには、吾輩があそこに赴いたことを認めないわけにはいくまいよ。吾輩同様、あれが地の底の池でのたうつ姿をあんたが目にしていれば……」

「さて、こちらは更にどでかいものだ。〈それ《イット》〉についてあんたに話したことはなかったが、何をどう主張するにせよ、残りの部分を仕上げておきたかったのでね。スナップ写真を見れば、その輪郭が紛《まが》い物でないことを理解してもらえようし、吾輩の蠟細工でないことを証明する手段は他にもあると思ってるよ。あんたが〈それ《イット》〉を目にしたことがないのは、試みであっても展示するわけにはいかないからさ」

興行師は、南京錠の掛かった扉へと、奇妙な視線を走らせた。

「全ては、『ナコト断章』の第八断片に記された、あの長々しい祭文に端を発していてね。それを見つけ出した時、吾輩はその内容が意味する唯一の解釈を得たのだよ。ロマールの地が勃興する以前――人類の誕生よりも前のこと――北方にはある種の存在が棲みついて、そのうちの一つが〈それ《イット》〉なのさ。吾輩らはこれを探し求めてはるばるアラスカくんだりまで出かけていき、さらにはフォート・モートンからノアタック川を遡ったのだが、吾輩が思っていた通りの場所に存在したのさ。何エーカー［一エーカー＝四〇四六・九平方メートル］にもわたる、巨大な石造り《キュクローピアン》の廃墟がな。残存していた部分は望んでいたほどに大きくはなかったが、三百万年もの歳月が流れたことを思えば、それ以上のものは期待できまいさ。ともあれ、エスキモーたちの伝説は全て、正しい方向を指し示していたということになるわけだ。物乞いじみた連中を一人も連れて行けなかったので、吾輩らはアメリカ人を雇うべくノーム［アラスカ州西部、合衆国最西端の町］に引き返さねばならなかった。オラボナはあの気候に順応できなず——不機嫌で忌々しげな様子になっていたがね」

「どうやって〈それ《イット》〉を見つけたかについては、後ほど話すことにしよう。廃墟の中央にあった塔門の氷を爆破すると、そこにあるだろうと吾輩らが予期していた通りに、階段室が見つかった。彫刻がいくらか残っていたので、ヤンキーどもがついてこないように仕向けるのは、大して難しいことではなかったよ。オラボナは、風に吹かれる木の葉のように震えていたな——彼奴《きやつ》がここで忌々しくも誇示している横柄な態度からは、決して想像できないだろうがね。旧《ふる》き伝承を知り尽くしているからこそ、すべからく恐れていたのだよ。永遠の光［白夜のことか？］はなくなっていたが、懐中電灯の灯りで事足りた。吾輩らは、吾輩らよりも前——温暖な気候だった永劫の昔——にここにやって来た者たちの骨を見つけた。そうした骨の中には、あんたには想像もできないものが含まれていてね。三階分を降ったところで、『写本』に詳しく説明されていた象牙の玉座を発見した——言っておくが、そう、空《から》ではなかったんだよ」

「玉座にいたものは身動《みじろ》ぎひとつしなかった——それで、生贄の滋養を必要としていることがわかったんだ。だがね、吾輩らはその時、〈それ《イット》〉を目覚めさせたくはなかったんだ。まずは、ロンドンに運んだ方がいいとね。オラボナと吾輩は、大きな箱を取りに地上へと戻ったんだが、いざそれを箱詰めにしてみると、三階分の階段を使って運び上げることはできなかった。あの階段は人間のために造られたものではないから、サイズが問題になったのさ。いずれにせよ、途方もない重さだったのでね。運び出すためには、アメリカ人たちを下に降りてこさせなければならなかったよ。彼らはその場所に入るのを嫌がっていたが、もちろん、最悪のものは無事に箱詰めされていた。吾輩らは、その荷物について、象牙の彫刻――考古学的な資料だと説明してあった。彫刻された玉座を目にしていたので、連中は疑いを抱くこともなかったことだろうよ。その後、連中はノームあたりで胡乱《うろん》な話をしたに違いないが、たとえ象牙の玉座が目当てであっても、あの遺跡に戻るとは思えんね」

ロジャースは一息ついて、机の引き出しを手探りすると、かなりの大きさの写真が入っている封筒を取り出した。一枚を抜き出し、表を伏せて自分の前に置いてから、残りをジョーンズに手渡した。

その写真の束は、確かに奇妙なものだった。氷に覆われた丘陵地帯、犬橇《いぬぞり》、毛皮を纏《まと》った男たち、そして雪景色を背景にしている、崩壊した広大な廃墟――その異様な輪郭や途方もない大きさの石塊は、全くもって不可解だった――といったものである。

懐中電灯の光のもとで撮影された一枚の写真には、放埒な彫刻の数々と、その大きさからして人間を座らせるために設計されたものではない可能性のある、奇妙な玉座の置かれている、にわかには信じがたい房室の内部が写っていた。

巨大な石造物――高い壁や独特の丸天井――に施された彫刻は、もっぱら象徴的なもので、全くもって未知の意匠《デザイン》や、忌まわしい伝説において密かに引用されている特定の象形文字に関わるものだった。

玉座の頭上には、作業室にある南京錠の掛けられた厚板のドアの上の壁に描かれているものと同じ、恐ろしげなシンボルがぼんやりと見えていた。

ジョーンズは、神経質な様子で、閉ざされた入り口にちらりと目を向けた。

確かにロジャースは奇怪な場所に赴き、奇怪なものを目にしたのだ。

とはいえ、この慄然たる室内を撮影した写真が——実に巧妙な舞台装置を用いた——子供だましの捏造品である可能性もある。軽々しく信じることなどできようはずもなかった。

ともかくも、ロジャースは話を続けた。

「さて、吾輩らはその箱をノームから船で運び出し、些かの支障もなくロンドンに着いた。蘇生しうるものを持ち帰ったのは、それが初めてだったよ。展示品には回さなかった。〈それ《イット》〉のために、もっと大事なことをしなければならなかったからね。何しろ神なのだから、生贄の滋養が必要だったのさ。もちろん、かつて捧げられていたような類《たぐい》の生贄を与えることはできなかった。今となっては存在していないからね。だが、捧げられるものは他にもあった。血こそが生命なのだよ、そうだろう？　人や獣の血液を然るべき状態で捧げれば、大地よりも古い霊魂や精霊すらもやって来るだろうさ」

話し続けている男の表情がいやに不安を抱かせる、厭《いと》わしいものとなってきたので、椅子に座っているジョーンズは、何となく落ち着かない気分になっていた。ロジャースはといえば、客の不安げな様子に気づいたようで、これみよがしに禍々《まがまが》しい笑みを浮かべ、さらに話を続けたのだった。

「手に入れたのは昨年のことだ。以来、様々な祭文や生贄を試みてきた。オラボナは、〈それ《イット》〉を目覚めさせるという吾輩の考えにずっと反対し続けていて、大して役立ってはくれんがね。奴は嫌がっているのさ——〈それ《イット》〉の復活が意味することを、恐れているのだろうよ。奴は護身のためとかで、いつも拳銃を持ち歩いているのさ——〈それ《イット》〉に対して人間が身を護ることなどできはすまいに、愚かなことだ！　奴が拳銃を引き抜こうものなら、絞め殺してやるとも。オラボナの望みは、吾輩が〈それ《イット》〉を殺し、蠟人形を造ることなのだ。だが、吾輩は計画を遵守《じゅんしゅ》し、頂点に立ってやろうとも。オラボナや貴様、ジョーンズの如き忌々しくもせせら笑う臆病な懐疑主義者どもがどれだけいようともな！　吾輩は祭文を唱え、とある生贄を捧げてきたのだが、先週になって変化が起きたのだ。生贄が——喜びと共に受け入れられたんだ！」

ロジャースが今まさに舌なめずりをしている間、ジョーンズは不安のあまり体を強張《こわば》らせていた。

興行師は話をやめて立ち上がると、頻繁に視線を向けていた麻布のある方へと歩いていった。

そうして屈み込んでから、改めて話し始めながら、布の片隅を摑んだ。

「あんたは吾輩の作品をいやというほど笑い飛ばしてくれた——さあ、今こそ真実を知るがいい。オラボナから聞いているよ。あんたは今日の午後、このあたりで犬が金切り声をあげているのを耳にしたそうじゃないか。そのことが、何を意味するのだと思うかね？」

ジョーンズはぎくりとした。どれほど強い好奇心を抱いていようとも、彼を困惑させていた疑問点が明らかにされないうちに、出ていくことができたならどれほど嬉しかったことだろう。

しかし、ロジャースは無常にも麻布をめくり始めた。

布の下には、押し潰《つぶ》されてほとんど形をなしていない塊が横たわっていたのだが、ジョーンズにはそれが何なのかすぐには判別がつかなかった。それは、何者かによってぺしゃんこにされ、血液を干からびるまで吸い取られ、夥《おびただ》しい数の孔《あな》を穿《うが》たれ、骨を砕かれてグロテスクな肉塊に成り果てた、かつては生きていた何かではないのだろうか。

ややあって、ジョーンズはその正体を理解した。

それは、犬の亡骸だった——おそらく、かなり大きな白い犬だったのだろう。

名状しがたくも悍《おぞ》ましいやり方で歪み果てた姿に変えられてしまっていたので、犬種の特定まではできなかった。強酸か何かで体毛の殆どが焼かれていて、血の気の失せた剝《む》き出しの皮膚には、円形の創傷ないしは裂傷が無数に穿たれていた。

このような結果をもたらす拷問は一体どのようなものなのか、想像もつかなかった。

募りゆく嫌悪を凌ぐ憎悪に駆られて、ジョーンズは跳ねるように立ち上がると、大声で言った。

「この忌々しいサディストめ――お前は狂人だ――こんなことをしでかしておいて、まともな人間相手にベラベラと話してのけるとはな！」

ロジャースは悪意のこもった冷笑を浮かべながら麻布から手を離し、近づいてくる客に向き合った。

彼の言葉は、不自然なほどに穏やかなままだった。

「あんたときたらつくづく愚かな奴だ、吾輩がこれをやったとでも思っているのだろう。吾輩ら人間の偏狭な観点からすれば、美しい結末とは言えないことを認めよう。だが、それがどうしたというのかね。人間のなしたることではなく、そのようなふりをする必要もない。生贄を捧げただけのことなのだからな。吾輩は〈それ《イット》〉に、犬を与えた。その結果、起こったことは〈それ《イット》〉の行いであって、吾輩の行いではない。あれは捧げ物の滋養を必要としていて、独自のやり方で摂取したというわけだ。さて、〈それ《イット》〉がどのような姿をしているのか、あんたにも見せてやるとしようかな」

ジョーンズが躊躇《ためら》っていると、話し手《ロジャース》は自分の机に戻り、表が見えないように裏返しにしてあった写真を手にとった。そして今、彼は奇妙な表情を浮かべて差し出してきたのである。

ジョーンズはその写真を受け取り、ほとんど無意識のままそれに目を向けた。

たちまちのうちに、訪問客《ジョーンズ》の視線が鋭さを増し、食い入るようにそれを見つめた。そこに写っている存在の完膚無《かんぷな》きまでに禍々しい力には、ほとんど催眠作用とも言うべき効果が備わっていたのである。

確かにロジャースは、この世ならぬ悪夢を立体化するにあたって比類なき腕前を発揮し、それをカメラで捉《とら》えていたのである。それはまさしく、悪魔の如き天才の作品だった。それが展示された暁には、大衆はいかなる反応をするのだろうかと、ジョーンズは思いを巡らせた。

存在する権利が認められぬほどに悍ましいものであり——たぶん、完成品をじっくり眺めていただけで作り手《ロジャース》の精神をすっかり狂わせ、残酷な生贄を捧げて崇拝するように仕向けたのだろう。

かくも冒瀆的な存在が、現実に存在する病的かつ異形の生物の姿なのだという——あるいは、かつてそうだったという——致命的なほのめかしに抵抗できるのは、揺るぎない正気のみなのである。

写真に写っているものは、蹲《うずくま》る姿勢をとっていた。別の奇妙な写真に写っていた、奇怪な彫刻が施されている玉座の巧妙な複製らしきものの上に、体を落ち着かせているようでもあった。

その様子を通常の語彙で描写することはおよそ不可能なことで、まともな人間が思い浮かべられる範《はん》疇《ちゅう》には、おおざっぱに当てはめることのできる言葉すらも見当たらないのである。

おそらく、その写真には、この惑星の脊椎動物であると辛うじて言えなくはないものの姿が写されていた——確実にそうだと断言できるわけではなかったのだが。

その大きさたるやキュクロープス《キュクローピアン》のようで、蹲《うずくま》った姿勢でさえも、その傍らに写っているオラボナの背丈の二倍近くの高さがあった。

じっくりと吟味すると、高度な脊椎動物の身体的特徴に似通った要素が見つかりそうではあった。

ほぼ球状の胴体があって、六本の長く曲がりくねった手足の先端は、蟹のような鋏になっていた。胴体の上端からは、補助的な球体が気泡状に前方へと膨らんでいた。ぎょろっとした魚じみた眼が三角形に並び、一フィートほどの長さの［約三〇センチメートル］柔軟そうな象じみた鼻があり、加えて鰓《えら》に似ている横向きに膨れた器官が備わっているので、それはどうやら頭部らしかった。

身体《からだ》の大部分は当初、柔毛に覆われているように見えたのだが、よくよく目を凝らしてみると、黒っぽくて細い触手ないしは糸状の吸入管がびっしりと生えていて、その一本一本の先端にはエジプトコブラの頭部を彷彿とさせる口がついていた。

頭の上部と鼻の下部に生えている触手は、他の部分よりも長く太いものとなっていて、螺旋状の縞模様を描いていた——その様子はあたかも、伝承上のメドゥサが生やしている蛇状の髪のようだった。

そのような存在に表情が備わっているというのもおかしな話ではある。しかし、それでもジョーンズには、三角形に並んでいる膨らんだ魚の眼や、斜めにぶら下がった象じみた鼻といったものが、この世界のものでもこの太陽系のものでもない、異形の感情と混ざり合っているが故に、人類には理解しようのない憎悪、貪欲、そして純然たる残忍さを示しているように感じられた。

この獣じみた異常性の中に——と、彼は考えた——ロジャースは敵意に満ちた狂気と、名状しがたい彫刻家としての天性の才能のありったけを、一時《いちどき》に注ぎ込んだに違いなかった。

このようなものが存在するとは信じがたかったが——その実在を写真が証明していた。

そうした取り留めのない想像を、ロジャースの言葉が中断させた。

「さて、いかがなものだろうか。今でもまだ、何が犬を押し潰して、百万もの口でカラカラに干からびるまで吸い取ってのけたのか、わからないなどとは言うまいね。栄養が必要なのさ――そして、もっと必要になることだろうよ。〈それ《イット》〉は神なのだ、そして吾輩こそはこの時代の教団における最初の司祭なのさ。いあ！　しゅぶ゠にぐらす！　千の仔を引き連れた山羊よ！」

ジョーンズは、嫌悪と哀れみを感じながら写真をおろした。

「なあ、ロジャース、やめてくれよ。物事には限度ってものがあるんだ。確かにこれは素晴らしい作品だが、どう考えたって、きみのためにならないよ。もう見ない方がいい――オラボナに壊させて、忘れてしまうんだ。この忌々しい写真も、僕が破いてしまうことにするよ」

ロジャースは唸り声をあげて写真をひったくり、机に戻した。

「どうしようもないマヌケ野郎め――貴様――貴様はまだ、何もかもでっちあげだと思っているのか！　今でも吾輩が〈それ《イット》〉を拵《こしら》えたと思い込んでいる上に、吾輩の人形など生命のない人形に過ぎないと思い込んでいるというわけだ！　貴様という奴は、貴様自身を象《かたど》った蠟人形にも劣る、取るに足りない土《つち》塊《くれ》だ！　だがな、今回は証拠があるんだ、貴様にもわからせてやるぞ！　今すぐにじゃないさ、生贄を喰らった後で、休んでいるからな――だが、後で見せてやろうさ。ああ、そうだとも――そうすれば貴様とて、〈それ《イット》〉の力を疑うことなどできなくなることだろうよ」

ロジャースが南京錠の掛けられた部屋の奥のドアをちらりと見たので、ジョーンズはベンチの近くに置いてあった帽子とステッキを手にとった。

「わかった、わかったよロジャース、後で見せてもらうことにするよ。僕はそろそろお暇《いとま》しなくてはならないが、明日の午後にまた来ることにするよ。僕の助言について思い出して、それが賢明な意見かどうかよっくと考えてくれたまえ。オラボナの意見も聞いてみるといい」

ロジャースは、野獣のように歯を剝《む》き出した。

「お暇せねばならんだと、ええ？　要は怖いのだろう。怖がっているのさ、大口を叩いておきながら！　あの人形は蠟細工に過ぎないと言っておきながら、そうでないことを証明しようとすると、尻尾を巻いて逃げ出すのだからな。この蠟人形館で一晩過ごすことのできる者はいないという、吾輩との賭けに受けて立った連中と、貴様も同じ穴の貉《むじな》だってわけだ――奴らは自信たっぷりにやってきておきながら、一時間も経つ頃には金切り声をあげて、ここから逃げ出したくてドアをやかましく叩いたのさ！　オラボナの意見を聞けだと、ええ？　あんたら二人ときたら――いつも吾輩に反抗するのだからな！　〈それ《イット》〉が地球を支配する御世の到来を、ぶち壊したくて仕方がないってわけだ！」

ジョーンズは平静を保っていた。

「いいや、ロジャース――きみに反抗する人間なんていやしないよ。それに、僕はきみの人形を怖がっていないし、どちらかといえばきみの技倆《ぎりょう》には感服しているんだ。だけど、僕らは二人とも、今夜は少しばかり神経を昂《たか》ぶらせているから、いったん休んだ方がお互いのために良いと思うんだ」

ロジャースは再び、客《ジョーンズ》が出ていこうとするのを引き止めた。

「怖がってはいないだと、ええ？――なら、どうしてそんなに帰りたがっているのかね？　あたりを見てみるがいい――暗闇の中にたった一人きりで、ここで過ごしてみたいとは思わないかね？　〈それ《イット》〉を信じていないのなら、そんなに急ぐ必要がどこにあるというのだね？」

ロジャースが何か新しい考えを思いついたようだったので、ジョーンズは彼をじっと見つめた。

「特別急いでいるというわけでもないが――だけど、ここに一人きりで泊まることで、僕にどんな得があるんだい？　何が証明されるというわけでもないだろうに。唯一、気に入らないことがあるとすれば、快適に眠るのには向いていなさそうな場所だというくらいのものだよ。僕たちのどちらかに、何かいいことでもあるというのかい？」

今回は、ジョーンズの側に思いついたことがあった。彼は宥《なだ》めるような口調で言葉を続けた。

「なあ、ロジャース――はぐらかしても無駄だぜ。僕がここに滞在したところで、それが何を証明するのかって、僕はきみに聞いているんだよ。きみの人形がただの人形に過ぎないことや、ここ最近のきみのやり方で想像力を用いるべきじゃないってことが、証明されることだろうさ。僕がここに留まるものと仮定しよう。僕が朝まで耐えきれたなら、きみも物事についての考えを改めると約束してくれないか――三ヶ月ばかり休暇をとって、きみの新しい作品を壊させる。どうかな――これなら公平だろう？」

興行師の表情は、読み取りにくいものだった。素早く考えを巡らせているのは確かなようで、雑多な感情がせめぎ合う中、悪意のこもった勝利感が優勢を占めていた。

息を詰まらせているような声で、彼は応《いら》えを返した。

「実に公平だ！　あんたが耐えきれたならば、助言を受け入れることにしよう。だが、あんたは最後まで耐えなければならないぞ。我々はこれから夕食に出かけ、ここに戻ってくる。吾輩はあんたを展示室に閉じ込めて帰宅する。朝になったら、吾輩はオラボナよりも早くやって来よう――オラボナは他の誰よりも半時間は早く出勤するのだよ――そして、あんたの様子を確認する。だがね、あんたの懐疑主義が確固たるものでないのなら、やめておくのが賢明だぞ。他の連中は逃げ出して――あんたもそうなる可能性があるのだからな。表のドアを叩けば、いつなりと警官がやってくるはずだ。それほど時間が経たないうちに、嫌になるかもしれないがね——同じ部屋ではないとはいえ、〈それ《イット》〉と同じ建物にいるわけだからな」

裏口から薄汚い中庭に出ていく時、ロジャースは麻布に覆われたもの——ずっしりと重い、身の毛のよだつ荷物——を抱えていた。中庭の中央のあたりにはマンホールがあって、興行師は悍ましくも手慣れていることを匂わせる動作で、音もなくその蓋を持ち上げた。

麻布に覆われていた重荷の一切合切が、下水の迷宮という名の忘却の世界へと落ちていった。

ジョーンズは身震いし、通りに出た時には、ひょろ長い男の傍らで体を縮こまらせていたものだった。暗黙の了解によって、彼らは会食はしなかったものの、一一時に蠟人形館の前で落ち合うことにした。

ジョーンズはタクシーを呼び停め、ウォータールー橋を渡って、明るく照らし出されたストランドに近づいていくと、ようやく安堵のため息をついた。静かな喫茶店で食事をとってから、入浴といくつかのものを取りに行く目的で、彼はポートランド・プレイスの自宅に赴いた。

ロジャースは何をしているのだろうかと、何とはなしに考えた。

ウォルワース・ロードに、世に知られざる禁断の書物やオカルト用具、展示しないことにした蠟人形が溢《あふ》れかえっている、広大で陰鬱な屋敷を構えているとは聞いていた。

オラボナが、同じ屋敷の離れに住んでいることも知っていた。

一一時になると、ジョーンズはサザーク・ストリートの地下室のドアの前で彼を待ち構えるロジャースと合流した。言葉をほとんど交わさず、お互いに恐ろしく緊張して体をこわばらせていた。

彼らは、一人きりで不寝番をするのは丸天井の展示室だけで良いという条件で合意し、ロジャースも見張り番《ジョーンズ》がとりわけ恐ろしい人形が並ぶ成人向けの特別室でじっとしていろとまでは要求しなかった。興行師は、作業室にあるスイッチで全ての照明を消した後、キーリングにひしめいている鍵のひとつで、その部屋の扉を閉めた。握手を交わすこともなく、彼は通りに面している側のドアから外に出て鍵をかけると、外の舗道に続いている磨《す》り減った階段をあがっていった。

足音が遠ざかっていくと、ジョーンズは長く退屈な不寝番が始まったことを実感したのである。

Ⅱ

その後、すっかり闇に包まれた丸天井造りの広々とした地下室で、ジョーンズはこんなところに来る羽目になった、子供じみた行為について悪態をついた。最初の半時間は、ある程度の間隔を空けてポケットライトを点けたり消したりしていたのだが、今では暗闇の中、来客用のベンチの一つに座っているだけでも、神経が徐々に苛《さいな》まれていくのだった。ポケットライトの光条《ビーム》が投げかけられる度に、気味の悪いグロテスクな物体――ギロチン、名前のつけられていない合成怪物《ハイブリッド・モンスター》、邪悪な狡猾さをたたえた青白い髭もじゃの顔、切断された首から流れ出た鮮血に染まる体といったものが照らし出された。

これらの展示物が禍々しい事実と無関係なことをジョーンズは承知していたのだが、最初の半時間が過ぎる頃には、もうそれ以上見たくないと感じていた。

どうしてあの狂人にわざわざ調子を合わせてしまったのか、彼には全くわからなかった。相手にせずにおくか、精神病の医師を呼ぶ方が、遥かに簡単なことだったろうに。

あるいは――と、彼は思った――芸術家が同業者に抱く仲間意識によるのかもしれなかった。ロジャースには有り余る天分があったので、募りゆく偏執狂から抜け出せるよう、控えめな助力の手が差し伸べられてしかるべきなのである。

彼が作り出したような、信じがたいほど真に迫ったものを想像し、構築することができる人間ならば誰であれ、真に偉大な人物と呼ばれても差し支えはないはずだった。ロジャースはブラシュカの精密かつ科学的な職人芸と、サイムやドレのような奇想を兼ね備えていたのである。

実際、彼は悪夢の世界への貢献は、ブラシュカ父子と彼らが繊細に拵《こしら》えて彩色した、驚くほど正確なガラス細工の植物モデルの植物学の世界への貢献に比肩《ひけん》するものだった。

午前零時になり、遠くにある時計の時報が闇を通して聴こえてきた。ジョーンズは、今もなお活動中の外の世界からのメッセージに、活を入れられた思いがした。

丸天井造りの蠟人形館の房室は、まるで墓場のようで――その中に全く一人きりでいるのは、ひどく恐ろしいことだった。小鼠の一匹でもいれば、連れ合いとして慰めになってくれたことだろうが、ロジャースが以前――「ある理由で」と言っていた――、この施設には小鼠はもちろん、昆虫すら近寄ってこないと自慢していたのだった。実に妙な話ではあるが、どうやらそれは真実らしい。

そこは、ほぼ完全な死と沈黙の世界だった。

何かが音を出してくれないものか！

彼が足を引きずるように歩き回ると、圧倒的な静寂の中、虚ろな反響《こだま》だけが返ってきた。咳払いをすると、途切れ途切れの残響音には、どこか小馬鹿にしたような響きがあった。

自分に話しかけることだけはするまいと、ジョーンズは誓っていた。そんなことをすれば、神経が崩壊してしまうことだろう。

常になく、心乱されるゆっくりした速度で、時間が流れているような気がした。

ポケットライトの光で最後に自分の時計を確認してから、てっきり数時間は経過したと思っていたのだが、まだ午前零時の時報が聴こえたに過ぎなかった。

彼は、生まれついての鋭い感覚を呪った。闇と静けさの中にある何かによって感覚が研ぎ澄まされ、現実の痕跡とも呼べないほどのかすかな気配にも反応してしまうのである。

表の猥雑な通りから聴こえてくる夜間のざわめきでは決してない、かすかで分かりにくい音を、幾度か耳にしたような気がして、彼は天球の音楽や、我々の世界を脅かす、異世界の未知なる近寄りがたい生命体といったような、曖昧で無関係なことを考えるようにした。

ロジャースがよく、そうしたことについて思いを巡らせていたのである。

闇に溺れた眼に映し出される、浮遊する光の斑点が、妙に釣り合いの取れたパターンや動きを描く傾向があるように思えた。地上のあらゆる照明が消え去った時に、我々の眼前で瞬《またた》く、底知れない深淵からの奇妙な輝きについて、彼はしばしば驚嘆の念を覚えたものだったが、このような振る舞いをすることもあるなどと、全く知らなかった。

通常の光点の心休まる無目的性が欠けていていて――地球上のあらゆる概念からかけ離れた意志や目的め

いたものをほのめかしていた。

やがて、奇妙なざわめきがあったような気がした。開いているところはどこにもなく、空気が流れていないにもかかわらず、ジョーンズは空気が一様に静まり返っているわけではないと感じていた。目に見えない霊的存在の、忌まわしい手で撫で回されていると思えるほどに決定的なものではないが――漠然とした気圧の変化があった。また、異様なほど肌寒くもなっていた。

何もかもが気に入らなかった。あたかも昏《くら》い地底の海の塩水と混ぜ合わされでもしたかのように、空気に塩気《しおけ》が感じられ、言いようのない黴臭《かびくさ》さのようなものがかすかに漂っているようでもあった。

日中、蠟人形に臭いがあることなど全く気づかなかった。今でさえ半ば感じ取れるそれは、蠟人形の臭いではありえない。むしろ、自然史博物館の標本が放つ、かすかな臭いに近いものだった。

興味深いことに、自分の人形は全部が全部、人工のものだというわけではないとロジャースは主張していたわけで――実のところ、あの主張に誘発されて、想像上の臭いが感じられているのだろう。過度の想像力に用心しなければ――それこそが、哀れなロジャースを狂わせたのではなかったか。

それにしても、このような場所に全く一人きりでいるのは、実に恐ろしいことだ。

遠くから聴こえる時報すらも、宇宙の深淵を越えてきたかのように思われたほどだった。

このように考えたことで、ジョーンズはロジャースから見せられた、例の馬鹿げた写真について思いを巡らした――謎めいた玉座のある、放埒な彫刻の施された房室は、あの男の言い分によれば、忌避された近寄りがたい北極圏の荒野に存在する、三百万年前の廃墟の一部ということだった。

ロジャースはアラスカに行ったことがあるのかもしれないが、あの写真は舞台装置以外の何ものでもないことは確かだった。彫刻や恐ろしいシンボルのことがあろうとも、そうとしか思えないのだ。そして、玉座上に見出されたということになっている、あの怪物じみたものの姿ときたら——何という病んだ奇想の飛躍であることか！

その時、ジョーンズは蠟細工の狂気の傑作と自分が、実のところどのくらい離れているのかと疑問に思った——おそらくあれは、作業室からどこかに通じている、南京錠が掛けられている重厚なドアの背後のどこかしらに置かれているのだろう。

ともあれ、蠟人形のことを考えてみたところでどうにもならない。今いるこの部屋は蠟人形でいっぱいで、いくつかについては、畏怖すべき〈それ《イット》〉よりも恐ろしくないということはないのだ。それに、左手にある薄い帆布《キャンバス》製のパーティションの向こう側には、「成人限定」の特別室があって、譫妄状態の生み出した名前のつけられていない化物どもが居並んでいるのだから。

一五分が経過するごとに、すぐ近くにある夥しい数の蠟人形たちが、ジョーンズをいよいよ苛立たせ始めた。彼はこの蠟人形館のことを知り尽くしていたので、真っ暗闇の中でさえ、普段見慣れた人形たちのイメージを脳裏から振り払うことができなかったのだ。

それどころか、暗闇には、記憶の中のイメージにある種の不穏きわまる想像の産物を上乗せする効果までも備わっていたのである。ギロチンがぎしぎしと音を立てたような気がしたり、ランドリュー——五〇人の妻を殺した男——の髭面は凄まじい威嚇の表情に歪んで見えたりもした。マダム・デマーズの切り裂かれた喉からはごぼごぼと泡立つ悍《おぞ》ましい音が発せられ、頭と足を切断されたトランク殺人事件の犠牲者は、血みどろの切断面でこちらに歩いてこようとしているように思えた。

ジョーンズは、イメージが弱まってくれることを期待して目を閉じたものの、無駄だとわかった。のみならず、目を閉じてみると、妙に有意的な光点のパターンが、さらに不穏なものとなったのだ。その時、ジョーンズは突然、彼がこれまで消そうとしていた悍《おぞ》ましいイメージを、むしろ維持しようとし始めた。それらのイメージが、さらに悍ましいものに取って代わられようとしていたのである。自分でもそれと認識しないうちに、知られざる辺鄙《へんぴ》な場所に潜む、全くもって非人間的な冒瀆の存在を、彼は記憶の中から再現し始めていたのだった。そして、様々な種類が混じり合ったそれらの鈍重なものたちが、狩りでもしているかのように円陣を作って彼を取り囲み、こちらに向かってじわじわとのたくりながら近づいてくるように感じたのである。

黒々としたツァトーグァは、蟇蛙《ひきがえる》じみた怪物像《ガーゴイル》の姿から、数百もの未発達な脚を具《そな》える、長く曲がりくねった紐のような姿に変化し、痩せ細ったゴム状の夜鬼《ナイト=ゴーント》*14は、番人の前進と呼吸を妨げようとしているかのように、翼を広げてみせた。

ジョーンズは、決して悲鳴をあげたりしないよう、自分自身を引き締めた。幼少期に悩まされた昔ながらの恐怖がぶりかえしているようだったので、大人の理性を用いて幻覚を跳ね除《の》けようとしたのだった。

ポケットライトを再びつけたところ、多少は役立つことがわかった。光が照らし出した光景は確かに恐しかったが、彼の想像力が真っ暗闇の中から喚び起こしたものほどに酷くはなかったのである。

しかし、これには欠点もあった。懐中電灯の光でさえ、恐ろしい「成人限定」の特別室を覆い隠している帆布《キャンバス》製のパーティションの一部がわずかに揺れているという疑いを払拭《ふっしょく》してはくれなかったのだ。

その向こうに何があるのかを知っているからこそ、彼は身震いを覚えたのである。

想像力が、伝説的なヨグ゠ソトースの慄然たる姿を喚び起こした——虹色にきらめく球体の集積に過ぎないとはいえ、途方もない悪意をほのめかす姿を。

ゆっくりと彼のいる方に漂ってきて、途中のパーティションにぶつかっている、あの呪わしい塊は一体何なのだろうか。帆布《キャンバス》の右手奥の小さな膨《ふく》らみは、その時々で二本脚や四本脚、六本脚で歩くという、グリーンランドの氷原に棲む毛むくじゃらの神話的な怪物《シング》、ノフ゠ケー[*15]の鋭い角を連想させた。

このような考えを頭の中から振り払ってしまおうと、ジョーンズは大胆にも、懐中電灯を点けっぱなしにして、地獄の如き小部屋の方に歩いていった。

もちろん、彼の懸念したあれこれは、いずれも現実に起こっていることではなかった。

しかし、大いなるクトゥルーの顔に生えている長い触手は事実、こちらが気づかぬうちにゆっくりと揺れ動いているのではないだろうか。あの触手に柔軟性があることは知っていたが、彼が何歩か近づいたことにより生じた風ですら動かされてしまうほど柔らかいものだったとは、ついぞ知らなかった。

先程まで座っていた小部屋の外のベンチに戻ると、彼は目を閉じて、釣り合いの取れた光の斑点が最悪のパターンを描くままにしておいた。

遠くにある時計が、一回だけ時報を打った。

たった一回？　自前の時計を光で照らしてみたところ、確かにその通りの時刻［午前一時］だった。

朝まで待ち続けるのは、本当にきついことになりそうだった。

ロジャースはオラボナよりも早く、八時頃に降りてくることになっている。それよりもかなり早くに、地下の本館の外側は明るくなっていることだろうが、ここには陽光が届かない。こちらの地下室の窓は、中庭に面している三つの小さな窓を除き、全て煉瓦で覆われていたのである。

どうにもこうにも、待ち続けるのはとんだ苦行になりそうだった。

彼の耳に聴こえてくるものは、今やその大半が幻聴だった――しっかりと閉じられ、鍵のかけられているドアの向こうの作業室の中を、こっそりと重い足取りで歩き回る音を確かに耳にしたのである。ロジャースが〈それ《イット》〉と呼んでいた、展示されざる恐ろしいもののことを、彼は決して考えないようにしていた。あの怪物《シング》は、汚染の源なのである――造物主を狂わせ、今やその写真ですら偽りの恐怖を喚び起こしているのだから。

それが、作業室にあるはずはない――南京錠のかけられた重い厚板のドアの向こう側にあるのだから。あの足音は、純然たる想像力の産物に違いないのだ。

作業室のドアの鍵が回される音が聴こえたように思ったのは、その時のことだった。素早く懐中電灯の光を向けたが、古びた六枚の鏡板の嵌《は》まった扉は閉じたままの状態だった。

彼は再び灯りを消して、目を閉じてみた。

だが、何かがぎしぎしと軋む、心を締め付けるよう幻聴が続いて聴こえてきたような気がした――今回はギロチンではなく、作業室のドアがゆっくりとしめやかに開いていく音だった。

悲鳴をあげはしなかった。一度《ひとたび》、悲鳴をあげようものなら、勝負に負けてしまうのだから。

今や、重々しく歩くようであったり、足を引きずるようであったりする音が聴こえていて、それは彼のいる方へとゆっくり近づいてくるのだった。

自制心を保たねば。名状しがたい想像の産物が近づいてきた時にも、そうしたのではなかったか？

だが、引きずるような足音がさらに近づいてくると、彼の決意は崩れてしまった。

悲鳴すらもあげられず、ようやく口にできたのは誰何《すいか》くらいのものだった。

「そこにいるのは誰だ。誰なんだ。何が望みだ」

返事はなく、足を引きずるような音がさらに近づいてきた。

何者かが這い寄る最中《さなか》、懐中電灯を点けるべきなのか、それとも暗いままにしておくべきなのか——どちらがより恐ろしいことになるのかも、わからなかった。

この存在は、それまでの夜の恐怖とは全く違うものだ——彼は、心底そう思った。

手の指と喉が、わなわなと痙攣《けいれん》するように震えていた。

我慢のならない沈黙ばかりが広がっていた。いかなる状況であるにせよ、真っ暗闇の緊迫感は、この上なく耐え難いものになり始めていた。

もう一度、彼はヒステリックに叫びをあげて——「止まれ！　そこにいるのは誰なんだ」——懐中電灯のスイッチを入れ、光条《ビーム》でそれを照らし出した。

直後、目にしたものに呆気にとられて、彼は懐中電灯を取り落とすと同時に悲鳴をあげた——一度だけではなく、何度も繰り返し悲鳴をあげたのである。

暗闇の中を、足を引きずりながら近づいてきたのは、全体的に類人猿じみているわけでもなければ、昆虫じみているとも言い切れない、巨大かつ冒瀆的な姿の黒々とした怪物《シング》だった。

表皮が体にだらしなく垂れ下がり、生気のない原始的な眼が具《そな》わっているしわだらけの頭部は、酒に酔ってでもいるかのように左右に揺れていた。

鉤爪《かぎづめ》を大きく広げた前脚が伸ばされていて、表情というものが全くないにもかかわらず、体全体が殺人的な悪意ではちきれんばかりになっていた。

悲鳴があがって暗闇が訪れると、そいつはジョーンズに飛びかかってたちまち床に押さえつけた。

見張り番《ジョーンズ》はといえば、抗うまでもなく気絶してしまっていた。

ジョーンズの失神は一分以上も続かず、彼の意識が戻り始めたのは、名状しがたい怪物が彼を暗闇の中で引きずっている最中《さなか》のことだった。

彼をすっかり目覚めさせたのは、そいつが立てる音——というよりも、そいつが発する声だった。

人間の声、それも聞き慣れた声だったのだ。独特の熱っぽい調子のしゃがれ声で、未知なる恐怖への祈りを詠《うた》うように口にする者など、生きている人間では一人いるだけで十分だった。

「いあ！　いあ！」と、そいつは吼えるように言った。「参りましたぞ、おお、ラーン゠テゴス[*16]よ、滋養物を持って参りましたぞ。長いことお預けされ、ひどいものを食されて参りましたが、今こそようやく、約束のものをあなた様に捧げましょう。お約束以上のものですぞ。何しろ、オラボナの代わりに、あなた様を疑わしく思っていた、上流階級の者たちの一人なのですからな。彼奴《きゃつ》の疑い諸共、彼奴の体を砕いて啜り上げ、その滋養分をもって強くおなりになるのです。さすれば、彼奴は以後、永久《とこしえ》に、人間どもの間にあなた様の栄光を知らしめる記念碑となりましょう。ラーン゠テゴスよ、無限にして無敵なるものよ、吾輩はあなた様の奴隷にして、大祭司でございます。あなた様が腹を空かせておられるなら、吾輩めが給仕をいたします。吾輩は印形《サイン》を読み解き、あなた様を外界へ連れ出したのでございます。あなた様に血をお与えしますので、あなた様は吾輩に力をお与えくださいませ。いあ！　しゅぶ＝にぐらす！　千の仔を引き連れた山羊よ！」

その瞬間、夜の恐怖の尽くが、脱ぎ捨てられた外套《がいとう》のように、ジョーンズから抜け落ちた。対処せねばならない危険が実に現世的かつ物質的なものだとわかって、彼は再び自制心を取り戻した。これは伝説上のモンスターなどではなく、危険な狂人だった。自身の狂気が拵えさせた、悪夢めいた扮装を纏ったロジャースが、蠟で創り上げた悪魔神に恐るべき生贄を捧げようとしていたのである。明らかに、裏の中庭から作業室に入り込んで扮装を着用した後、しっかりと閉じ込められて、恐怖に囚われている犠牲者を捕らえるべく、近づいてきたのに違いなかった。

ロジャースの腕力は桁外れの強さなので、彼の裏をかくには素早く行動せねばならない。自分が意識を失っていると狂人が信じ込んでいるのにつけこんで、拘束が比較的緩いうちに不意打ちしてやろうとジョーンズは決意した。戸口に触れる感触によって、彼は自分が漆黒の闇に包まれた作業室の中に連れ込まれつつあることを知った。

半ば仰向けの姿勢で引きずられていたジョーンズは、生命にかかわる強い恐怖を感じてにわかに跳ね起きた。驚いた狂人の手からたちまち逃れ出ると、次の瞬間、暗闇の中で突き出した手が幸運にも、不気味な扮装に隠された捕獲者《ロジャース》の喉《のど》に触れた。それと同時に、ロジャースの方も再び彼を摑み、両者はたちまち生死を賭けた死に物狂いの闘争に没入していった。

ジョーンズにとって唯一の救いとなったのが、普段から体を鍛えていたことなのは明白だった。何しろ、狂人の攻撃たるや、フェア・プレイや品位、それこそ自己防衛といったようなあらゆる抑制に束縛されない、狼や豹《ひょう》の如《ごと》くに凄まじい、野蛮な破壊衝動に駆り立てられていたのである。しわがれた叫び声が時折、闇の中の死闘を刺し貫いた。血が迸《ほとばし》り、衣服が裂け、ジョーンズはついに幽鬼じみたマスクを剝《は》ぎ取られて剝《む》き出しになった、狂人の喉に手をかけた。

彼は一言も発しないまま、自分の命を守るべくあらん限りの力を尽くしていた。

ロジャースは蹴りつけ、眼を抉《えぐ》り、頭突きし、嚙み付き、摑みかかり、そして唾を吐きかけたのだが──なおも、特定の言葉を大声で繰り返せるだけの気力を見せていた。

彼が口にした言葉の大半は、〈それ《イット》〉もしくは〈ラーン゠テゴス〉絡みの祭文めいた戯言《たわごと》で、ジョーンズの昂《たか》ぶった神経にとっては、まるで無限に遠い場所から聴こえる魔物の鼻息か遠吠えのようだった。

末期には、彼らは床の上をごろごろと転がって、ベンチを倒したり、部屋の壁や、中央にある溶鉱炉の煉瓦の土台にぶつかったりした。ジョーンズは自分の身を守れるかどうか、最後の最後まで確信を持てずにいたが、いよいよという時になって幸運に恵まれた。膝の鋭い一撃を胸に受けたロジャースの体から、くったりと力が抜けたのである。ほどなく、彼は自らの勝利を悟ったのだった。

倒れずにいるだけできつい状態だったが、ジョーンズは体を起こすと壁の方によろよろと歩いていき、灯りのスイッチを探した──ポケットライトは、衣服の大半と共になくなってしまったのである。

狂人の意識が戻り、急に襲いかかられることを警戒して、彼はぐったりした敵を引きずって歩いた。

スイッチボックスが見つかり、正しいハンドルを見つけようと手探りすると、乱雑に散らかった作業室がにわかに明るくなった。彼はあっさり見つかった紐やベルトで、ロジャースを拘束した。

男《ロジャース》が身につけていた扮装——というよりも、その残存部分——は、得体の知れない妙な皮で作られているようだった。どういうわけか、ジョーンズの体はその皮に触るとむずがゆさを覚えるようで、異質な錆の臭いを発しているようでもあった。

扮装の下に着込んでいた、普通の衣服の中にキーリングが見つかったので、疲れきった勝利者《ジョーンズ》は、これを最終的な自由へのパスポートとして押収した。

小さなスリット状の窓のカーテンは全てしっかりと閉められていて、彼はそのままにしておいた。

戦いによる出血を使い勝手の良い流しで洗い落とした後、ジョーンズはフックにかけられた衣装の中から、最も普通の見かけをしている、辛うじてサイズの合った服を身に着けた。

中庭のドアを確認したところ、鍵の要らないスプリングロックで、内側から閉まっているのだとわかった。しかし、彼は救援を連れて戻ってきた時に中に入れるよう、キーリングを持っていくことにした——真っ先に行うべきことが、精神科医を呼んでくることなのは明白なのだから。

館内には電話がなかった。だが、大した手間をかけることもなく、電話をかけられる深夜営業のレストランや薬局が見つかることだろう。

ドアを開けて出ていきかけた時、部屋の向こうから悍ましい罵声が聴こえてきて、ロジャースの意識が戻ったことを彼に教えた——目に見える怪我は、左頰の長くて深いひっかき傷くらいのものだった。

「愚か者め！　ノス＝イディクの落とし子、クトゥンの瘴気[*17]！　アザトースの大渦巻《メイルストロム》の中で遠吠えする犬の子め！　貴様は聖別されて不滅のものになれたのに、〈それ《イット》〉と〈それ《イット》〉の司祭に背くとはな！

用心するがいい――〈それ《イット》〉は腹を空かせておるのだぞ！　オラボナ――吾輩を裏切ろうとしている忌々しい不忠の犬っころ――のつもりだったところを、あんたに最初の名誉を与えてやるつもりだったのに！　今となってはあんたも同様に用心することだ。司祭がいなければ、〈それ《イット》〉は寛大ではないのだからな！」

「いあ！　いあ！　復讐の時が近い！　貴様はわかっているのか、不滅のものになれるところだったのだぞ！　炉を見るがいい！　火をつける準備ができていて、釜には蠟が入っている。かつて生きていたものにしてやったことを、貴様にもしてやろうというのだ。そうさ！　吾輩の人形が全て蠟細工だと断言する、オマエ自身を蠟人形にしてやるのだぞ！　炉の準備は万端だった！　〈それ《イット》〉の飢えが満たされた時、貴様は吾輩が見せてやったあの犬っころのようになるのさ！　それから吾輩は、あんたのぺしゃんこに潰れた孔だらけの残骸を、不滅の存在にしてやろう！　蠟が仕上げをしてくれるのだ。あんたは、吾輩のことを偉大な芸術家と呼んだではないか。蠟は全ての孔に入り込む――蠟はあんたの体を隅々まで覆い尽くすのさ――いあ！　いあ！　そして、世界中の人間どもが、あんたの叩き潰された屍体を目の当たりにして、吾輩がいかにしてこのようなものを思いつき、拵《こしら》えたのかと首をひねるのだ！　そうだとも！　そして、次はオラボナの番で、彼奴の次には別の奴の番だ――かくして、吾輩の蠟細工の家族が増えていくというわけだ！」

「犬め――今もって、吾輩が全ての人形を造ったと思っているのだろうよ。何故、保存されたものだと言わないのかね？　吾輩が出かけていった奇怪な場所や、吾輩が連れてきた奇怪なものについて、とっくに理解しているのだろうに。臆病者め――あんたを怖がらせてやろうと、吾輩がその皮を纏《まと》った〈次元をさまようもの《ディメンショナル・シャンブラー》〉＊18を直視することもできやしないくせに――そいつが生きている姿をちらりとでも目にすれば、いや、そいつの成長した姿を思い浮かべるだけで、あんたは恐怖のあまり死んでしまうだろうとも！　いあ！　いあ！　生命そのものなる血に飢《かつ》えながら、〈それ《イット》〉は待っているぞ！」

ロジャースは壁に体を預け、紐で縛られたままの体を前後に揺らした。

「なあ、ジョーンズ――見逃してやるから、吾輩を解放してくれないか。〈それ《イット》〉は、大祭司が世話をしなければならんのだよ。〈それ《イット》〉を生かしておくだけのことなら、オラボナで十分だからな――彼奴の始末をつけてから、吾輩はその屍体を蠟で不滅のものにして、世界中の人間どもに見せつけてやるつもりだよ。あんたの役目だったかもしれないのに、あんたはその名誉を拒絶した。吾輩にはもう、あんたを煩わせるつもりはない。さあ、吾輩を解放してくれ、でもって、〈それ《イット》〉が吾輩にもたらす力を分かち合おうじゃないか。いあ！　いあ！　大いなるもの、ラーン゠テゴスよ！　解放してくれ！　吾輩を解放してくれ！　ドアの向こうで〈それ《イット》〉が餓えているんだ、〈それ《イット》〉が死んでしまえば、〈古きものども《オールド・ワンズ》〉は二度と戻れなくなるのだぞ！　なあ！　なあ！　吾輩を解放してくれったら！」

ジョーンズは頭を振っただけだったが、興行師の妄想の悍《おぞ》ましさに反感を覚えていた。

そのロジャースは今、獣のような目つきで南京錠の掛けられた厚板のドアを凝視しながら、煉瓦の壁に何度も繰り返し頭を打ちつけ、固く縛られた足で蹴りつけていた。

自分自身を傷つけてしまうことになるのではないかとジョーンズは危《あや》ぶみ、よりしっかりと、何か動かないものに縛りつけようと進み出た。

ロジャースはもがきながらじりじりと距離をとり、ヒステリックな咆吼《ほうこう》をあげ続けた。その異様に怪物じみた非人間性は人を愕然とさせるもので、その途方もない声量ときたら信じがたいほどだった。

およそ人間の喉から発することなど不可能に思えるほどの耳をつんざく大音声だった。この絶叫が続く限り、医者を呼ぶために電話をかける必要もないだろうとジョーンズは考えた。この無人の倉庫地区に、叫び声を聞き咎める隣人がいなかったとしても、遅からず警官がやってくることだろう。

「うざ゠いぇい！　うざ゠いぇい！」と、狂人が吼えた。

「いかあ・はあ・ぶほう――いい、らーん゠てごす！――くとぅるー・ふたぐん――えい！　えい！　えい！――らーん゠てごす、らーん゠てごす、らーん゠てごす！」

きつく縛り上げられた男は、雑然とした床の上を体をのたくらせながら這い進んでいたのだが、今しがた南京錠の掛かった厚板のドアに辿り着き、落雷のような音を立てて頭をドアに打ち付け始めた。

ジョーンズは、彼をさらにきつく拘束する作業をする気にはなれなかった。先程の闘いで、これほどまでに疲れ切っていなければ良かったのだが。

暴力沙汰に続くこの騒ぎは、彼の神経にとって忌々しいほどの負担となった。彼は、暗闇の中で感じていた名状しがたい居心地の悪さが、ぶり返すのを感じ始めていた。

ロジャースとその蠟人形館にまつわる何もかもが、忌まわしいほどに病的で、生命を超越した昏い展望をほのめかしていたのだ！　南京錠の掛かった重厚なドアの向こうの暗闇の中、今この瞬間にも間近に潜んでいるはずの、異常な天才が作り上げた蠟細工の傑作のことなど、考えたくもなかった。

その時、何かが起こった。ジョーンズの背筋に冷たいものが走り、得体の知れない漠然とした恐怖を覚えて、体中の毛が――手の甲の短い毛すらもが――逆立った。

ロジャースは突然、叫び声をあげることも頑丈な厚板のドアに頭を打ち付けることもやめて、座り込んだ姿勢のまま耳をそばだてて、何かの音に集中しているような素振りで頭を一方に傾けた。

間もなく、悪魔的な勝利の笑みを満面に浮かべ、彼は再び話し始めたのだが——大音声で吼え狂っていた先程までの様子とは妙に対照的に、今回はしゃがれた囁き声で、言葉もはっきりしていた。

「よく聞くのだ、愚か者よ！〈それ《イット》〉が吾輩の声を聴き、やってきているのだぞ。走路の奥にある水槽の中から、水をはね散らかしながら出てくる音が聴こえるだろう？ 吾輩が深く掘ったのだよ、深いに越したことはないのだからな。知っての通り、水陸両棲なのさ——写真で鰓《えら》を見ただろうが。暖かな深海の底に都市がある、鉛色のユゴスから。〈それ《イット》〉は地球にやってきたのさ。立ち上がれないので——背が高すぎるのだよ——、座るか蹲《うずくま》るかしなければならんがね。さあ、鍵を寄越すんだ——吾輩らは〈それ《イット》〉を外に出し、御前に跪《ひざまず》かなければならん。それから、表で犬や猫——さもなくば酔っ払った人間——を探し出し、〈それ《イット》〉が必要とする滋養分を与えようぞ」

ジョーンズをひどく狼狽させたのは、狂人の話したことではなく、その話し方だった。彼の狂った囁きに込められた、完全に常軌を逸した自信と誠実さには、忌まわしいほどの伝染性があったのだ。このような刺激を受けた想像力が、重たげな厚板の向こうに姿を見せぬまま潜んでいるという悪魔の如き蠟人形に、ありもしない現実の脅威を感じてしまうのも、仕方のないことかもしれなかった。不浄の存在に魅入られたようにドアを見つめるうちに、ジョーンズはこちら側から激しい打撃を与えた痕跡が見当たらないのにもかかわらず、はっきりした割れ目がいくつかあることに気づいた。

ドアの背後には、どれほどの大きさの部屋だか物置だかがあって、蠟人形はどのように置かれているのか。狂人が口にした水槽と走路という観念は、他の全ての妄想と同じくらい巧妙な思いつきだった。

恐怖のあまり、一瞬、ジョーンズは息を吸い込む力を失った。ロジャースをさらにきつく縛り付けてやろうと摑んでいた皮のベルトが、脱力した手から抜け落ちて、悪寒による痙攣が頭から足の先まで全身を震わせた。

この場所がロジャースを狂気に追いやったように、彼を狂気に追いやりかねないことを知っておくべきだった――今や、彼は狂っていた。この時までに彼を襲ったどんなものにも増して、気味の悪い幻覚に見舞われてしまっているからには、狂っているのだった。

その狂人は、ドアの向こうの水槽の中で、神話上のモンスターが水をはね散らかす音が聴こえるなどと言っていた――そして今、神よ救いたまえ、彼にもその音が聴こえたのだ！

ロジャースは、ジョーンズの顔に恐怖による痙攣が走り、不安に目を見開いた表情に変化したのを見て取って、甲高い声で話し始めた。

「ようやく信じる気になったのだな、愚か者めが！　ようやくわかったか！　〈それ《イット》〉が立てる音が、〈それ《イット》〉がやってくる音が聴こえているのだろうさ！　鍵を寄越すのだ、愚か者――吾輩らは敬意を表して、〈それ《イット》〉に仕えねばならんのだぞ！」

しかし、ジョーンズはといえば、狂っていようが正気であろうが、人間の言葉に注意を払うどころではなかった。恐怖のあまり体が麻痺して身動きひとつできず、半ば意識を失った状態で、あられもないイメージが、想像の中を走馬灯のようにとめどなく駆け巡るに任せていた。

水のはねる音がした。巨大な濡れた足が、硬い床の上で足を踏み降ろしたり引きずったりするような音も聴こえた。何かが接近しているのだった。

悪夢めいた厚板のドアの亀裂から、リージェント・パークの動物園にある哺乳動物の檻の臭いに似て非なる、不快極まる獣臭が彼の鼻孔に流れ込んだ。

ジョーンズにはもはや、ロジャースが話しているかどうかすらもわからなかった。

現実のものが全て消え失せてしまい、あまりにも異質であるが故にほとんど実体を備え、彼とは別個の存在になりおおせた、夢と幻覚に取り憑かれた彫像と化していた。

ドアの向こうの未知なる深淵から、臭いを嗅ぐような音、鼻を鳴らすような音が聴こえたように思ったのだが、突如、喇叭《らっぱ》を吹き鳴らすような太い唸り声が彼の耳に遅いかかってきた時には、きつく縛り上げられた狂人の発したものだという確信が持てず、ジョーンズの揺れる視界の中では狂人が拵《こしら》えたものの姿が、おぼろげな様子で泳いでいた。あの呪わしい、実際に目にしたことはない蠟細工の怪物《シング》の写真が、彼の意識の中をいつまでも漂《ただよ》っていたのである。

あのようなものには、存在する権利などありはしない。〈それ《イット》〉が、彼を狂わせたのだから。

そんなことをジョーンズが考えた時ですら、狂気の新たな証拠が彼に襲いかかった。何者かが——と、彼は思った——重たげな厚板の掛け金をまさぐっていたのである。

〈それ《イット》〉は厚板を叩き、引っかき、押していた。頑丈な板が鈍い音を立て、その音が次第に大きくなっていった。悪臭がひどかった。

今しも、ドアの内部からの攻撃が、破城槌《はじょうつち》を叩きつけてでもいるかのような、悪意のある断固たる打撃になった。禍々しい亀裂が走り——板が裂け——強烈な悪臭が流れ出し——蟹のような爪が先端にある黒い前脚が……。

「助けて！　助けてくれ！　神よ、我を救いたまえ！……あぁぁぁぁぁ……！」

恐怖による麻痺状態が唐突に解けて、無我夢中で狂ったように逃げ出した時のことを、今日《こんにち》のジョーンズが思い起こすためには、かなりの努力が必要だった。

あの時の彼の行動はどうやら、狂乱の極みにある悪夢における、野放図で後先を考えない逃走と、奇妙にもよく似たものだったようだ。彼は乱雑な地下室をほとんど一足跳びで通り抜け、外開きのドアを開け放ち、彼の背後でガチャリという音と共に鍵が閉まるのをよそに、磨り減った階段を三段飛ばしで駆け上がった。さらに、あのじめじめした玉石敷きの中庭から半狂乱かつ無我夢中に飛び出して、サザークの汚らしい通りを走り抜けていったのだった。

記憶は、ここで途切れている。

ジョーンズは、自分がどうやって家に帰ったのかも分からず、タクシーを拾った形跡もない。

おそらく、盲目的な本能で走り続けたのだろう――ウォータールー橋を渡り、ストランドとチャリング・クロスを走り抜け、自宅のある界隈を目指して、ヘイマーケットとリージェント・ストリートをあがっていったのだ。

医者を呼べる程度に意識が回復した時、彼はまだ蠟人形館の奇妙な衣装をごたまぜに着込んでいた。

神経科の専門医たちが、ベッドから起き上がって、外気の中で歩くことを彼に許可したのは、それから一週間後のことだった。

ただし、彼は専門医たちに、多くを話したわけではなかった。経験したことの全てに、狂気と悪夢の帳《とばり》が垂れ下がっているので、沈黙する他はないと考えたのである。

立ち上がれるようになった時、彼はあの恐ろしい夜以来、すっかり溜まっていた新聞の全てに、隅々まで目を通したのだが、蠟人形館の変事についての言及は全く見つからなかった。

結局のところ、どこまでが現実だったのだろうか。どの時点で現実が終わり、どこから病的な悪夢が始まったのだろうか。彼の精神は暗闇の展示室で粉々に砕け散っていて、ロジャースとの闘いは全て、熱に浮かされた幻に過ぎなかったのだろうか。

これら気の狂いそうになる事柄の、一部なりとも解決できれば、回復の一助となってくれるだろうに。ロジャースの脳を除けば、あのような冒瀆的な存在を思いつけるはずもないので、〈それ《イット》〉と呼ばれていた蠟人形が写っている忌まわしい写真については、実見したのに違いない。

彼が思い切って、サザーク・ストリートに再び足を踏み入れたのは、二週間後のことだった。老朽化して崩れかけた店や倉庫の立ち並ぶ界隈が、健全に活気づく午前中に出かけていくと、蠟人形館の看板はまだそこにあって、近づくと開館しているのが見えた。

彼だとわかったガードマンが嬉しそうに頷いてみせると、ジョーンズは勇気を奮い起こして入館した。丸天井造りの房室の中では、係員がにこやかに帽子に触れてみせた。

おそらく、何もかもが夢だったのだ。

敢えて作業室のドアをノックし、ロジャースの姿を探してみたものだろうか。

その時、オラボナが彼に挨拶しようと近づいてきた。彼の浅黒く瘦せた顔には、かすかに冷笑が浮かんでいたのだが、ジョーンズには敵意のようなものまでは感じられなかった。

彼は、わずかな訛りを交えて話し始めた。

「おはようございます、ジョーンズ様。ここでお目にかかるのは久しぶりでございますね。ロジャース様にお目にかかりたいと？　申し訳ございませんが、彼は不在にしておりまして。アメリカで仕事の話が持ち上がりまして、出向かねばならなかったのですよ。ええ、全く突然のことでした。今では私が管理させていただいております――この施設と、ご自宅をね。私なりに、ロジャース様の高い水準を維持しようと努めておりますよ――お戻りになるまでのことですけれど」

外国人は微笑んだ――おそらく、愛想だけのものだろう。

ジョーンズは、どのように返事したものかわからず、ともかくも最後にここを訪問した翌日のことを、口ごもりながらもあれこれ質問してみた。

これらの質問はオラボナをたいそう面白がらせたようだが、回答にあたっては慎重に言葉を選んだ。

「ああ、そうですね、ジョーンズ様――先月の二八日のことでした。色々なことがあったので、覚えていたのですよ。朝のうちに――あなたもご存知の通り、ロジャース様がおいでになる前に――出勤して参りますと、作業室がひどく散らかっておりまして。かなり大変だったのですよ――大掃除になりましたからね。遅くまでかかる仕事が――ええ、そうなんですよ。大事な新しい標本を、二次焼成の工程に移すところだったんです。私がやって来た時に、仕上げを行いました」

「準備するのが難しい標本でしたが――もちろん、ロジャース様からたくさんのことを教えていただきました。あなたもご存知の通り、彼は大変素晴らしい芸術家ですからね。こちらにいらっしゃって、私が標本を完成させるのを手伝ってくださいました――請け合っておきますが、きわめて物質的な意味でね——ですが、係員たちに挨拶もせず、すぐに出かけてしまわれたのです。先程申し上げたように、急に呼び出されたのですよ。例の標本の工程には、重要な化学反応が関わっておりましてね、大きな音がしたんですよ——実際、表の中庭にいた御者たちの何人かは、銃声を何度か聴いたと思ったようでして——実に面白いことを思いつくものですよ！」

「新しい標本ですが——非常に残念なことがありまして。ロジャース様が——ご承知の通り——設計し、造られた素晴らしい傑作なのですけれどね。彼が戻って来られたら、うまく取り計らうことでしょう」

オラボナは、再び笑みを浮かべた。

「警察なのですよ、ええ。私どもは、一週間前にそれを展示したのですが、気絶された方が二、三人おりましてね。一人の可哀想な男性などは、その標本の前で癲癇《てんかん》の発作を起こされました。お分かりかと思いますが、他のものより少しだけ——強烈なものでして。一つには、大きさのことがあります。もちろん、成人限定の小部屋に展示しておりましたよ。翌日になって、スコットランド・ヤードから二人組の警官が調査にやって参りまして、展示品としては病的に過ぎると。取り除くようにと、こう仰るわけですよ。お恥ずかしい限りですよ——あれほどの芸術の傑作を——ですが、ロジャース様が御不在の間に、裁判所で正当性を訴えるわけにもいかないと思いまして。彼は今、警察のことが公知されるのを好まれないとは思います——ですが、お帰りになれば——お帰りになれば、ね——」

どうしたことか、ジョーンズは不安と嫌悪がこみあげてくるのを感じていた。

しかし、オラボナの言葉が続いていた。

「あなた様は鑑定家でいらっしゃいます、ジョーンズ様。あなた様に、私的にお見せしたところで、法律に反することにはならないと確信しておりますよ。もちろん、ロジャース様のご意向によっては――私どもはその標本をいつか壊すことになるでしょうが――それこそ犯罪になってしまいます」

ジョーンズは見学を拒否し、すぐにも逃げ出してたまらなかったのだが、オラボナが芸術家特有の熱意でもって彼の腕をしっかりと掴み、前方へと導いていった。

名状しがたい恐怖のひしめく成人向けの小部屋には、一人の見学者もいなかった。

奥まった隅の大きな壁龕《へきがん》はカーテンで覆われていて、笑顔のアシスタントはそちらに向かっていた。

「お伝えしておかねば、ジョーンズ様。この標本の題名は〈ラーン＝テゴスへの生贄〉でございます」

ジョーンズは激しい驚きを覚えたのだが、オラボナは気づかなかったようだ。

「無定形の巨大な神は、ロジャース様が研究されてきた、ある種の世に知られざる伝説群の、主だった特徴なのです。もちろん、あなた様がロジャース様によく断言されておられたように、全ては戯言《たわごと》なのですがね。それは外宇宙からやって来て、三百万年前に北極圏に棲んでいたとされているのです。すぐにおわかりいただけますが、それは生贄をかなり特異かつ酷《むご》いやり方で取り扱いました。ロジャース様はそれを――犠牲者の顔すらも――鬼気迫る迫真の作品に仕上げたのです」

今や激しく身震いしながら、ジョーンズはカーテンの取り付けられた壁龕の前にある、真鍮《しんちゅう》の手すりに取りすがっていた。カーテンが開き始めるのを目にした時には、彼はオラボナを止めようと手を差し伸べかけたのだが、相反する衝動が彼を押し留めたのだった。

外国人は、誇らしげな笑みを浮かべた。

「ご照覧あれ！」

手すりを握りしめていたにもかかわらず、ジョーンズはよろめいた。

「神です！――大いなる神なのです！」

無限の宇宙的な敵意を孕んだ、屈み込み蹲《うずくま》る姿勢をとっているにもかかわらず、優に一〇フィート〔約三メートル〕の高さがある、信じがたいほどに恐ろしい怪物が、グロテスクな彫刻に覆われた巨大《キュクローピアン》な象牙の玉座から、前方に進み出ようとしているところを表していた。

六本ある脚の真ん中の二本が、押し潰されて歪み果て、夥《おびただ》しい数の孔が穿《うが》たれて血液を吸いつくされ、数箇所が強酸か何かで焼け焦げている屍体を摑んでいた。叩き潰された犠牲者の頭部だけが、逆さまの状態で脇に垂れ下がり、かつて人間だったことを明かしていた。

例の地獄めいた写真を目にした者であれば、モンスター自体の名前は聞くまでもないだろう。あの忌まわしい写真はあまりにも真に迫っていたが、途方もなく大きい現物が孕む恐怖を余さず伝えることはできていなかった。球状の胴体――気泡状の頭部にある魚じみた眼が三つの眼――一フィートほどの長さの鼻――膨れあがった鰓――エジプトコブラの如き吸い口のついた奇怪な柔毛――黒々とした前脚と蟹のような鋏のある六本の曲がりくねった手足――神よ！　先端が蟹のような鋏になっている、あの黒い前脚には見覚えがあるぞ……！

オラボナの笑みは、全く忌まわしいものだった。ジョーンズは息を詰まらせ、募りゆく困惑と不安に魅入られながら、悍ましい展示品を凝視した。半ば明らかになった恐怖が彼を捉え、じっくりと時間をかけて細部の確認を強《し》いたのである。

これこそが、ロジャースを狂気に追いやったのだ……ロジャース、最高の芸術家……それらが人工物ではないと言っていた……。

やがて彼は、自分の目を捉えていたものの起源に思い当たった。全身を砕かれた蠟細工の犠牲者の、だらりと垂れた頭部と、それが示唆するものを。

この頭部は、顔が完全になくなってしまっていたわけではなく、その顔には見覚えがあった。

それは、哀れなロジャースの、気の狂った顔のようだった。

どうしてそんなことをする気になったのか、全くわからぬままに、ジョーンズはさらにじっくりと目を凝らした。狂ったエゴイストが、自身の傑作に自分の顔を利用するのは、別段おかしな話ではない。

しかし、潜在意識の洞察が摑み取り、純粋な恐怖に抑え込まれている以上の何かがあるのではないか。叩き潰された顔の蠟細工は、これ以上はない技倆によって仕上げられていた。あれらの孔は——あの可哀想な犬が受けていた無数のキズを完璧に再現していた！

だが、それ以上の何かがあったのだ。左頰には、通常の図式から外れているように思える、不規則性が見受けられた——あたかも、彫刻家が最初の成型《モデリング》の欠陥を取り繕うとでもしたかのような。

見つめれば見つめるほど、ジョーンズは不可解な恐怖を覚えた——その時だった。全く突然に、彼は恐怖を喚び起こす事柄について、ようやく思い出したのである。

あの悍ましい夜——取っ組み合い——縛り付けられた狂人——そして、あの時点で生きていたロジャースの左頰には、長く深い傷があったのだ……。

ジョーンズは必死に摑んでいた手すりを放し、完全に意識を失って崩れ落ちた。

オラボナは、笑みを浮かべ続けていた。

訳注

1　マダム・タッソーの蠟人形館　Madame Tussaud's
フランス革命期から一九世紀にかけて活躍したフランスの蠟人形製作者マリー・タッソーが、一八三五年にロンドンのベーカー・ストリートに創設した蠟人形館。歴史上の人物や同時代の著名人、そして世間を騒がせた凶悪な犯罪者の蠟人形を多数陳列している。

2　ランドリュー　Landru
一九一〇年代に、結婚詐欺の一貫で一〇人の戦争未亡人と、一人の少年を殺害し、〈青髭〉の異名で呼ばれたフランスの連続殺人鬼アンリ・デジレ・ランドリュー。チャールズ・チャップリンの映画『殺人狂時代』のモデル。

3　クリッペン医師　Dr. Crippen
アメリカ人のホメオパシー医師ホーリー・ハーヴェイ・クリッペン。一九一〇年一月三一日、愛人に唆《そそのか》されて、妻のコーラ・ヘンリエッタ・クリッペンを殺害したとされる。クリッペンとエセルが姿を消したため、警察が自宅を調べたところ自宅の地下から人間の胴体が発見され、二人は高跳びした先のロンドンで逮捕された。

4　マダム・デマーズ　Madame Demers
カナダのケベック州最大の都市であるモントリオールで、夫のナポレオン・デマーズにより一八九五年に殺害されたメリーナ・マッセ Mélina Masséのこと。

5　リッツィオ　Rizzio
一六世紀のスコットランド女王メアリー・スチュアートの秘書だった、イタリア出身の音楽家ダヴィッド・リッツィオ。メアリーの夫ダーンリー卿ヘンリー・ステュアートの友人だったが、メアリーとの不倫を疑われ、彼女との会食中に差し向けられた暗殺者たちに刺殺される。

6　レディ・ジェイン・グレイ　Lady Jane Grey
一五五三年七月一〇日にテューダー朝イングランドの女王となるも、わずか九日後の一九日にメアリー一世によって廃位され、翌年の二月一二日に一六歳の若さで処刑された女性。母方の祖母がヘンリー八世の妹だった。

7 黒々とした無定形のツァトーグァ black, formless Tsathoggua

クラーク・アシュトン・スミスの「サタムプラ・ゼイロスの物語」が初出の神だが、この描写は「墳丘の怪」（一九二八年）、「闇に囁くもの」（一九三〇年）などにおけるHPLの独自設定に基づいている。

8 チャウグナル＝フォーン Chaugnar Faugn

フランク・ベルナップ・ロング「恐怖の山」に登場する、体長四フィート（一・二メートル）ほどの象に似た姿の邪神。第2集「往古の民」の解説も参照のこと。

9 フォン・ユンツトの『無名祭祀書《ウヌアスプラヒリェン・クルテン》』 the Unaussprechlichen Kulten of von Junzt

初出はロバート・E・ハワード「夜の末裔」で、彼の「黒の碑」「屋根の上に」によれば、一八三九年、ドイツのデュッセルドルフで小部数の初版本が刊行され、装丁と内容から『黒の書』と呼ばれた。著者は、一七九五年生まれのドイツ人神秘学者フォン・ユンツトで、彼が巡った世界各地の隠された遺跡、数多くの秘教結社で学び取った秘儀伝承の数々についての研究書である。HPLはドイツ語原題"Unaussprechlichen Kulten"をハワードに進呈し、フリードリヒ＝ヴィルヘルム・フォン・ユンツトというフルネームを考案した。

10 クラーク・アシュトン・スミス Clark Ashton Smith

サンフランシスコで活動していた詩人、作家、芸術家。HPLは彼の詩や絵画に感銘を受け、一九二二年にファンレターを送って以来、友人になった。ツァトーグァ、『エイボンの書』などの設定の創造者で、HPLの小説ではもっぱら芸術家として言及される。

11 『ナコト断章』 the Pnakotic fragments

HPL「北極星」が初出の、更新世以前に遡る書物『ナコト写本』the Pnakotic Manuscripts と同じものか。「異神」「未知なるカダスを夢に求めて」「狂気の山脈にて」などの断片的な記述を総合すると、完全な『ナコト写本』は幻夢境に一冊あるきりで、覚醒の世界には断片のみ残っているらしい。リン・カーター「陳列室の恐怖」によれば、著者は〈イスの偉大なる種族〉である。

12 『ドール賛歌』 the Dhol chants

本作が初出の書物。アーサー・マッケンの『白魔』における謎めいた言葉、「ドール Dôls」に由来するらしい。

13 チョー＝チョー人たちの棲む～

オーガスト・W・ダーレスとマーク・スコラーの合作で、いわゆる〈旧神《エルダー・ゴッド》〉設定の初出である「星の忌み仔の棲まうところ The Lair of the Star Spawn」（邦題は「潜伏するもの」）の内容。チョー＝チョー人は、ビルマ（現ミャンマー）のスン高原の奥地にある廃都アラオザルにて、双子の神ロイガーとツァールを崇拝する種族である。一九三一年の夏、HPLはダーレスから送られたこの作品を絶賛し、チョー＝チョー人を自作品に登場させることを約束していた。

14 夜鬼《ナイト＝ゴーント》 night-gaunt

五歳の頃からHPLの悪夢に登場する、背中に蝙蝠のような翼を生やし、のっぺらぼうでゴムのような黒い皮膚を持つ怪物。「未知なるカダスを夢に求めて」と連作詩篇「ユゴスの黴」の第二〇詩「夜鬼」に登場する。

15 ノフ＝ケー Gnoph-keh

初出「北極星」（一九一八年）ではノフケー Gnophkehだった。「未知なるカダスを夢に求めて」（一九二七年）によれば、北方のロマール王国を滅ぼしたという。

16 ラーン＝テゴス Rhan-Tegoth

HPL作品では、本作のみで言及される神性。この神が死ねば〈古きものども《オールド・ワンズ》〉が戻ってこれなくなるという設定が、読者や後続作家を悩ませた。日本では『グイン・サーガ外伝 七人の魔道師』に登場したことで知名度が高いが、外見描写は明らかにツァトーグァのものだった。

17 ノス＝イディクの落とし子、クトゥンの瘴気

Spawn of Noth-Yidikm, effluvium of K'thun

ロング「ティンダロスの猟犬」が初出の、ティンダロスの猟犬にまつわる記述と解釈されている。

18 〈次元をさまようもの《ディメンショナル・シャンブラー》〉 the dimensional shambler

ケイオシアム社の『クトゥルフ神話TRPG（クトゥルフの呼び声）』に独立種族として採用され、ホビージャパン発売の日本語版では「空鬼《くうき》」と訳された。

闇の跳梁者

The Haunter of the Dark

1935

ロバート・ブロック[*1]に捧げる。

私は昏《くら》き宇宙が大きく口を開いているのを見た
黒々とした星々が目的もなく回転しているその場所を——
顧《かえり》みられぬ恐怖に駆られて回転している
理解されることも、輝きを付《ふ》されることも、名前を与えられることもなく

——ネメシス[*2]

慎重な探索者であれば、ロバート・ブレイクが落雷に打たれたか、さもなくば放電によって神経に強い衝撃を受けて命を落としたのだという世間一般の所信について、反論を躊躇《ためら》うことだろう。彼の前にあった窓が壊れていなかったのは確かだが、時に自然は思いがけぬ現象を引き起こすものだ。顔に浮かんでいた表情は、目撃したものとは何の関係もない、不可解な筋肉の動きによるものかもしれない。日記に書かれていたことについても、彼が見つけ出してきた、ある種の地域的な迷信や昔の出来事といったものに誘発された、奔放な想像力の産物なのは明らかだった。

フェデラル・ヒル[*3]の荒れ果てた教会における異様なありさまについては——目端の利くニュース解説者もほどなく、意図してかどうかはともかく、少なくとも部分的にはブレイクが関わっていた、何者か

の狂言だろうと結論づけた。それもこれも、被害者が神話、夢、恐怖、迷信の分野に熱意を注ぎ、奇怪かつ霊的な場面や効果を貪欲《どんよく》に追い求めていた、作家にして画家だったことによるものだ。

彼は以前にもこの街に滞在したことがあったが――隠秘学《オカルト》と禁断の伝承について造詣の深い変わり者の老人を訪問したのだ――、その滞在は死と炎の只中《ただなか》に幕を下ろすこととなった。

そのことが、ミルウォーキー*4の自宅から彼を引き離す、胡乱《うろん》な霊感をもたらしたに違いない。

日記の中では否定しているのだが、彼は古い伝説を知悉《ちしつ》していたのかもしれないし、文学的な非難を受ける運命《さだめ》だった途方もない悪戯《いたずら》を、芽のうちに摘《つ》み取ったのかもしれない。

しかし、全ての証拠を調べ上げ、関連付けてきた者たちの間には、合理的とも平凡とも言いかねる仮説に執着する若干の者たちも、今なお存在していたのである。

彼らはブレイクの日記に書かれた記述の大部分を額面通りに受け取って、ある種の事実を意味ありげに指摘する傾向があった。たとえばそれは、信憑性を疑う余地のない古い教会の記録であるとか、忌み嫌われた異端教派〈星の智慧派《スターリー・ウィズダム》〉が一八七七年以前に実在したという証拠であるとか、エドウィン・M・リリブリッジという好奇心旺盛《おうせい》な記者が一八九三年に失踪したことを示す記録――そして何よりも、若き作家の死に顔の、悍《おぞ》ましくも歪み果てた恐怖の表情といったようなものである。

極端な盲信に走って、古い教会の尖塔で見つかった奇妙な角度をなす石と――ブレイクの日記によれば、それらの物品は元々、その塔とは別の窓のない黒々とした尖塔にあったというのだが――、それを収めた不思議な装飾のある金属製の箱を湾に投げ捨てたのも、そうした信者たちの一人だった。

この人物――奇怪な伝承を好む評判の良い医師――は、公私にわたり強く非難されることになったが、彼の主張では、放置しておくにはあまりにも危険過ぎるものを地上から取り除いたということだった。

これら二つのグループの間で、読者は自ら判断をくださなければならない。

新聞各紙は、懐疑的な見地に立って具体的な詳細をもたらしてくれるし、それ以外の情報についても、ロバート・ブレイクが見た——あるいは見たと思った——さもなくば、見たふりをしたことを描いたスケッチの形で残されているのである。では、日記を隅々まで、私情を交えず、ゆっくりと余裕をもって調査し、事件の中心人物の主観的な視点から、謎めいた一連の出来事を要約してみることにしよう。

若きブレイクは、一九三四年から一九三五年にかけての冬にプロヴィデンスへ戻り、カレッジ・ストリートのはずれ、雑草の茂る区画に建つ古びた住宅[*5]の二階を借りた——そこは、ブラウン大学[*6]のキャンパスに間近い、大理石造りのジョン・ヘイ図書館[*7]の背後にある、東向きの大きな丘の頂《いただき》である。

居心地の良い魅力的な住居で、古い時代の村のような佇《たたず》まいを見せ、大きくて人懐っこい猫たちが手頃な納屋の屋根で日向ぼっこをしているような、こじんまりした憩いの庭園にあった。正方形をしたジョージ王朝様式の屋敷には、越屋根《こしやね》［屋根の上に乗っている小さな屋根のこと］や、小さな窓ガラスがいくつも扇状に嵌まった窓のある玄関、その他にも一九世紀初頭特有の制作物ばかりが揃っていた。

内部には、六枚の鏡板が嵌《は》められたドアや、幅広の床板、曲がりくねった植民地時代風の階段、アダム様式の白い炉棚があって、後部に位置するいくつかの部屋は、床が三段分ほど低くなっていた。

ブレイクの書斎は南西に位置する大きめの部屋で、一方からは前庭を見下ろすことができ、西側の窓——ひとつの窓の前に、机が置かれていた——はといえば、丘の頂きに向いてはおらず、広大な下町の屋根の並びと、その背後で燃えあがる神秘的な夕映えという、素晴らしい眺望を意のままにしていた。

遠くの地平線上には、田園地帯の紫色の丘陵が広がっていた。この丘陵を背景に、二マイルほど離れたあたりには、フェデラル・ヒルの円丘《えんきゅう》が幽玄な様子で盛り上がっていた。そこでは、屹立する屋根や尖塔のひしめく遠い輪郭が神秘的に揺らめき、渦を巻いて絡み合う都市《まち》の煙が、幻想的な形をとっていた。

ブレイクは、そこを探し出して、自身が中に入り込もうものなら、夢のように消えてしまうかもわからない、未知の霊的な世界を眺めているのではないかという、奇妙な感覚を抱いていた。

蔵書の大半を自宅に送り、ブレイクは部屋に合わせたアンティークの家具を購入して、文章の執筆や絵画の制作に従事する生活を開始した——一人暮らしで、簡単な家事については自分で済ませた。

彼のスタジオは北側の屋根裏部屋にあって、越屋根につけられた窓が恰好《かっこう》の照明になってくれた。

最初の冬の間、彼は自身の作品の中でも特に有名な短編小説——「地を穿《うが》つもの」「地下室の階段」「シャッガイ」「ナスの谷にて」「星々より来たりて饗宴《きょうえん》に列するもの」[*8]——を執筆し、さらには七枚のカンバスを描きあげた。いずれも、名も無き人外の怪物たちや深遠《しんえん》なる異界、地球上のものではない風景を描いた習作である。

陽が沈む頃合いになると、彼はよく机に座り、西に広がる光景を夢見心地で眺めたものだった——。

眼下にある記念会館の暗い塔や、ジョージ王朝様式の裁判所の鐘楼《しょうろう》、下町界隈に高くそびえ立つ尖塔の群れ、そして未知の通りと迷路のような切妻屋根の連なりが、彼の想像力を強く揺さぶってやまぬ、屹立する尖塔が陽炎《かげろう》の如《ごと》く揺らめく円丘を。

数少ない地元の知り合いによれば、遠方の丘陵地にはイタリア人街が広がっているのだが、大部分の家々はより古い時代に住んでいた地元住民《ヤンキー》やアイルランド人入植者が残したものということだった。彼は時々、渦を巻く煙の向こうにある、幽玄で決して手の届かない世界に双眼鏡の焦点を合わせ、屋根や煙突、尖塔のひとつひとつを眺めては、そこに宿っているかもしれない一風変わった奇妙な謎について思いを巡らせたものだった。

そうした光学的な補助を得たところで、フェデラル・ヒルはブレイク自身の物語や絵画のような、何とも異界的で半ば伝説じみた、非日常的な実体を持たぬ驚異と繋がっているように思われるのだった。ランプの灯《あか》りが散りばめられた紫色の黄昏《たそがれ》の内に丘が沈み込み、郡庁舎の投光照明とインダストリアル・トラスト社の赤い信号灯の輝きが夜を不気味なものに変えた後も、その感覚は持続したのである。遠くのフェデラル・ヒルにある全ての建物の中でも、巨大で黒々とした教会に[*9]、ブレイクは最も強く惹きつけられた。日中の特定の時間帯になると、特にくっきりと見えて、夕暮れ時には大きな塔や先細りの尖り屋根が、赤く燃え盛る空を背景に、か黒く浮かび上がっていたのである。

その建物は、特に高い位置に建っていたものらしい。というのも、薄汚れたファサードや、傾斜した屋根と大きなランセット窓［上部がすぼまった、縦長の窓］の上端を斜《はす》に覗かせている北に面した部分が、周囲でもつれあう屋根の棟木《むなぎ》や煙突の配管よりも遥かに高く位置していたのである。

とりわけ気味が悪く、厳《いかめ》しい佇《たたず》まいを見せる教会はどうやら石造りのようで、一世紀以上にわたり煙や風雨に晒《さら》されてすっかり汚れ、風化していた。双眼鏡で見た感じ、建築様式は荘厳なアップジョンの時代に先行する、ゴシック建築の復興運動期《ゴシック・リヴァイヴァル》における初期の実験的な形式で、ジョージ王朝様式の時代の輪郭と均斉を部分的に維持していた。おそらく、一八一〇年ないしは一八一五年頃に建てられたものだろう。

数ヶ月が経過した頃にも、ブレイクは遠方の、奇妙に興味をそそられる建物を眺め続けていた。どの大窓も、一度たりとも灯りが点《つ》かなかったので、無人のはずだとわかっていた。長く眺めれば眺めるほど、彼は想像力は募り、ついにはあられもないことを空想するまでになった。あの場所に漂うぼんやりした特異な霊気《オーラ》によって、鳩《はと》や燕《つばめ》も煙に包まれた軒《のき》に近寄ろうとしないのではないかと、彼は信じ込んでいた。他の塔や鐘楼の周囲には、たくさんの鳥たちが群れているのが双眼鏡ではっきりと見えるのだが、彼らはこの建物では決して翼を休めないのである。

少なくとも、彼はそのように考え、日記に書き記していた。

あの場所について、何人かの友人に話を振ってみたりもしたのだが、フェデラル・ヒルに行ったことのある者はおらず、教会の現状や過去についてわずかなりとも知っている者も皆無だった。

春になると、ブレイクはすっかり落ち着きをなくしてしまった。

久しい以前から計画していた長編小説――メイン州に魔女の教団《カルト》が生き残っていたという想定に基づく作品――の執筆にとりかかったのだが、奇妙なことに書き進めることができなかったのである。

彼はいよいよ頻繁に西側の窓の前に座り、遠くの丘や、鳥たちに忌み嫌われている黒々とした、威圧的な尖塔をじっと眺めるようになった。優美な葉が庭木に現れ、世界が新しい美に満たされても、ブレイクの落ち着きは失われていくばかりだった。都市《まち》を横断して自らあの伝説めいた坂道をあがり、煙に取り巻かれた夢のような世界に入り込もうと彼が考えついたのは、そうした折のことである。

四月末、永劫の影が集《つど》うヴァルプルギスの刻《とき》の直前に、ブレイクは未知の領域へと初めて旅立った。無限に続くかと思われる下町の通りを抜けて、荒れ果て、朽ちかけた街区を越えて、百年の歳月にすり減った階段があり、すっかりたわんだドーリス様式の柱廊が並び、曇りガラスの嵌まった円天井《キューポラ》のある坂道にたどり着いた。その坂道こそは、霧の向こうにある決してたどり着けない世界の入り口なのだと、彼が久しく感じていた場所なのである。

何を意味しているのかわからない薄汚れた青と白の標識があった。ほどなくして、彼はそこらを歩き回っている人々が妙に浅黒い顔をしていることや、一〇年は風雨に晒されていたような褐色の建物の中にある、一風変わった店の異国風の看板に注意を惹かれた。

遠方から見えていたものは何ひとつ見つからず、遠きに眺めていたフェデラル・ヒルの光景は、やはり人間の足では決してたどり着けない夢の世界だったのかと、彼は再び考え始めていた。ぼろぼろの教会のファサードや崩れかけた尖塔が時折目に入ったものの、彼が探し求めてる黒ずんだ建物は全く見つからなかった。商店の店主に巨大な石造りの教会について尋ねてみたものの、彼は英語が達者であったにもかかわらず、微笑みながら頭を横に振るだけだった。

ブレイクが坂道をあがっていくにつれて、南の方へと果てしなく続く茶色い小路の形作る迷路が方向感覚を失わせ、その界隈の奇妙な感じをどんどん強めていった。

二つか三つの幅広い道を横切った頃、見覚えのある塔を見たと思ったことが一度あった。再び商人に大きな石造りの教会について尋ねてみたのだが、今回は知らないふりをしているのだと確信した。浅黒い男の顔には、隠そうとしても隠しきれなかった恐怖の表情が浮かんでいて、ブレイクは彼が右手で奇妙な仕草をするのも目にしたのである。

　黒々とした尖塔が、入り組んだ南側の小路に連なる横一列の褐色の屋根の上、左手に広がる曇り空を背景に浮き上がったのは、まったく突然のことだった。その光景を認めるや否や、ブレイクは通りから上り勾配に伸びている、不潔で舗装されていない小道を、教会を目指して走り出した。

　彼は二度、道に迷ってしまったのだが、自分の家の戸口に座っていた老人や主婦、影の多い小道のぬかるみの中で大声をあげて遊んでいた子供たちにも、どういうわけか道を尋ねる気にならなかった。

　ついに彼は、明らかに南西側を背にしているはずの塔と、小路のはずれに黒々とそびえ立つ、石造りの巨大な建物を目にした。奥の方が高い土盛りの壁になっている、古風な玉石敷きの、吹きさらしの広場に彼がやってきたのは、それからすぐのことだった。かくして、彼の探索は終わりを告げた。

　何しろ、その壁に支えられている、広範囲を鉄柵《フェンス》で覆われた雑草が生い茂る高台――周囲の通りよりも六フィート［約一・八メートル］は高い位置にある、隔絶された小世界――には、ブレイクの新たな視点に関わりなく、その素性について議論などする必要もない、厳《いかめ》しくも巨大な建物が立っていたのである。

　無人の教会は、ひどく老朽化していた。背の高い石造りの控え壁《バットレス》［壁から直角に突き出した補助的な壁］は一部が崩れ果て、いくつかある繊細な頂部装飾《フィニアル》も半ば失われて、褐色に灼《や》けた手入れされていない雑草に埋もれていた。煤《すす》けたゴシック様式の窓は、縦仕切りの多くが欠けていたものの、その大部分が破損を免れていた。

　世間一般で知られている幼い少年たちに特有の習慣に鑑みて、ブレイクは黒ずんだ窓ガラスが手付かずのまま残されていたことを不思議に思った。どっしりした扉は無傷の状態で、固く閉じられていた。

土盛りの壁の周りは、敷地全体を錆《さ》びた鉄柵《フェンス》が取り囲んでいて、門——広場から階段をあがっていったところにある——には南京錠がかけられているのが見えた。

この門から建物に通じる小道は、生い茂る雑草にすっかり覆われていた。

荒廃と腐朽が帳《とばり》のようにその場所を覆っていて、鳥が近寄ろうとしない軒や、蔦《つた》の絡んでいない黒い壁から、彼の認識能力を越えたおぼろげな禍々《まがまが》しさの感触を、ブレイクは感じていた。

広場にはほとんど人がいなかったが、北側の角《かど》に警官が一人いるのが見えたので、ブレイクは教会のことを尋ねようと近づいた。その警官は実に頑健なアイルランド人だったが、何ともおかしなことに、十字を切り、人々はあの建物のことを決して口にしないと声を潜めて呟くばかりなのだった。

ブレイクが問い詰めると、彼は非常な早口で、イタリア人の司祭たちが人々に警告したのだと口走った。以前、ぞっとするような悪しき存在がそこに棲み着き、今もその痕跡を残しているのだと。

この警官自身、子供の頃に耳にしたある種の音や噂話のことを覚えていた父親から、後ろ暗い話を声を潜めて聞かされていたのだった。昔の話だが、邪悪な宗派《セクト》——未知なる夜闇の深淵から、恐ろしいものを喚《よ》び起こした無法の宗派が、そこに巣食っていたんだよ。到来した何かを祓《はら》うために有徳の司祭が駆り出されたもんだったが、光だけがそれを実現できたんだとか口にする連中もいた。

オマリー神父が生きておられたなら、色々と聞けたんだろうがね。今となっちゃ何ができるわけでもなし、放っておくのがせいぜいさ。今じゃ被害を受ける者もいないし、所有していた連中も死んじまったか、どこかに行っちまってるよ。ここらでよく人間が姿を消してることが住民たちに問題視されて、七七年［一八七七年のこと］の物騒な話し合いの後で、連中は鼠《ねずみ》のように逃げ出しちまったということだ。

いずれは市の役人が踏み込んで、相続人の不在を理由に不動産を接収するんだろうが、誰がそれに手をつけようともロクなことにはならんだろうよ。黒々とした奈落の底で永久《とこしえ》に眠っているはずのものを乱すなんてことにならないよう、何年でも放置して倒壊に任せるのがいいんだろうな。

そんな話をして、警官が立ち去った後、ブレイクはその暗々とした尖塔を備える建物をじっと見つめながら立ち尽くした。彼と同様、他の人々もまたその建築物を禍々しく感じていることを知って、彼は興奮を覚えていたのである。彼はまた、青服《ブルーコート》［警官を意味するスラング］を介して知った古い物語の背後に、いったいどのような真実があるのだろうかとも思案した。

あるいは、それらの昔話は教会の邪悪な外観に誘発された単なる伝説に過ぎないのかもしれないが、たとえそうであったとしても、彼自身の著《あらわ》した物語のひとつと、妙に生々しく似通っていたのである。

午後になって、ちりぢりになった雲の背後から太陽が顔を覗かせたが、高台にそびえる古い教会の染みや煤《すす》に塗《まみ》れた壁を明るく照らし出すことはできないようだった。鉄柵《フェンス》に囲まれた高台の庭にある、褐色のしおれた茂みには、春の新緑が見られないのも奇妙だった。自分でも意識しないままに、ブレイクは高台になっているあたりにじりじりと近づいて、中に入れる場所はないかと、土手の壁面や錆びた柵《フェンス》を調べていた。

その黒ずんだ教会堂には、恐ろしくも抗し難《がた》い魅力があったのである。

柵《フェンス》の開口部は、階段近くには見つからなかったものの、北側に棒が幾つか欠けている箇所があった。階段をあがって、柵《フェンス》の外側の細い笠石《かさいし》［塀などのてっぺんにある石］の上をぐるっと巡るように歩いていけば、切れ目になっているところにたどり着くことができそうだった。

住民たちがこの場所をひどく恐れているのであれば、邪魔されるようなこともないだろう。見咎められる前に柵《フェンス》の内側に入り込もうと、彼は土手の上にあがった。ふと見下ろしてみると、何人かの住民が広場から後ずさりして、通りの商人がやったのと同じ右手の仕草を行っていた。いくつかの窓がぴしゃりと閉められたかと思うと、太った女性が通りに走り出して、今にも倒壊しそうなペンキの剝《は》げ落ちた家の中に小さな子供たちを引っ張り込んだ。

柵《フェンス》の切れ目を通り抜けるのは実に簡単で、ブレイクはまもなく、腐りかけのもつれた雑草が生い茂る、荒れ果てた庭を歩いていた。そこかしこに見えているすり減った墓石は、かつてこのあたりが埋葬地であったことを物語っていたが、相当昔のことに違いなかった。

こうして近づいてみると、教会の建物全体に威圧感を覚えたものだったが、彼は気を取り直すと、ファサードにある三つの大扉に近づいて、開くかどうか試してみた。どの扉も固く施錠されていたので、彼はより小さな中に入りやすい入り口を探し求めて、巨大《キュクロピアン》な建物の周囲を歩き始めた。この時においてすら、彼は自分がこの荒廃と昏《くら》い影が跳梁《ちょうりょう》する場所に入り込みたいと望んでいるのかどうか、確信していたわけではなかった。しかし、その建物の奇異な様子が、彼を無意識のうちに引き寄せていたのである。

建物の後部に口を開けている、鍵のかかっていない穴蔵《セラー》の窓が、恰好な侵入口となってくれた。中を覗き込んだブレイクは、さしこんできている西日の光で、蜘蛛《くも》の巣と埃《ほこり》に塗れた地下の深みを眺めた。がらくたや古い樽《たる》や壊れた木箱がいくつか、それと非常に多くの種類の調度品の類《たぐい》が目に入ったのだが、その全てを埃の帳《とばり》が覆い尽くし、くっきりした輪郭を和《やわ》らげていた。

熱風を吹き出す暖気炉の錆びついた残骸は、遅くともヴィクトリア朝中期にはこの建物が利用され、当時の姿をそのままに保っていることを物語っていた。

自分の行動を意識しないままに、ブレイクは窓から中に潜り込み、埃が降り積もり、がらくたの散らかっているコンクリートの床に降りていた。丸天井の穴蔵《セラー》はパーティションもなく広々としていて、右奥隅の影がわだかまっているあたりに、上階に続いているに違いない黒々としたアーチ道が見えた。

幽霊めいた巨大な建物の中に実際に身を置くことで、彼はある種独特の圧迫感を覚えていたが、それを抑えつけて用心深く見て回り――埃の中にまだ完全な状態の樽を見つけたので、出ていく時に利用しようと、開いていた窓のところに転がしていった。

それから気を引き締めると、彼は蜘蛛の糸が頭上からぶら下がっている広い空間を横切って、アーチへと歩いていった。そこらじゅうに降り積もる埃で息を詰《つ》まらせ、幽霊の如く漂う蜘蛛の糸に塗《まみ》れながら、彼はようやく目的の場所にたどり着くと、暗闇の中に続く摩耗した階段を上がり始めた。灯《あか》りを持っていなかったので、慎重にあたりを手探りした。

急なカーブを曲がったところで、前方に閉じたドアがあるような気がしたので、少し手探りしてみると古びた掛け金が見つかった。ドアは内側に開き、その向こう側には虫食いの羽目板が立ち並ぶ、ほのかな灯りに照らされた廊下が見えた。いったん一階にあがるや、ブレイクはただちに探索を開始した。

内部のドアはどれも施錠されていなかったので、彼は自由に部屋から部屋へと移動できた。

身廊《ネーヴ》には、ボックス席や祭壇、砂時計の取り付けられた説教壇、そして反響板といったものが山のように積み上げられ、巨大な蜘蛛の巣が傍聴席の尖頭式のアーチに伸び、ゴシック様式の束ね柱に絡《から》みついている様子などは、ほとんど不気味にすら思える有様だった。

この静まり返った廃墟《はいきょ》全体に、半ば黒く塗り込められた奇怪で巨大な後陣《アプス》［礼拝堂の東側に位置する半円形の部分］の窓から、傾きつつある午後の陽光が差し込み、鉛色の光が悍ましげに揺らめいていた。

窓に描かれていた絵はすっかり煤に覆われていて、何が描かれているものやらブレイクにはほとんどわからなかった。しかし、わずかに見えている部分を、彼はどうにも好きになれなかった。

その図柄《デザイン》の多くは伝統的なもので、彼は世に知られざる象徴についての知識を有してもいたので、古い時代の図案《パターン》について多くのことを読み取ったのである。

わずかに描かれた聖人たちは、どう考えても非難の対象になるような厭《いや》らしい表情で描かれていて、窓のひとつには、奇怪な光の渦巻きが散りばめられた闇黒《あんこく》の空間のみが描かれているようだった。

窓から顔をそらした時、ブレイクは祭壇上の十字架が通常のそれではなく、影濃いエジプトに由来する往古《おうこ》のアンクーもしくはアンサタ十字[*10]に似たものであることに気がついた。

後陣《アプス》の横に位置する教会後部の聖具室の中で、ブレイクは腐朽して壊れた机と、黴《かび》で変色したぼろぼろの本が並んでいる背の高い棚を見つけた。この時初めて、彼は具体的な恐怖と結びついた決定的な衝撃を受けたのだった。何故なら、それらの本の題名《タイトル》こそが、多くのことを物語っていたのである。

それらは、普通の人間であればこれまでに聞いたこともなかった、あるいは人目をはばかる怯えた囁《ささや》き声でしか口にされることのない、悪魔的な禁断の書物の数々だった。

人類がまだ若かった頃、そして人類が出現する前の仄暗《ほのぐら》い伝説的な時代から時の流れへと滴《したた》り落ちてきた、いかがわしい秘密や記録されざる太古の式文が記された、禁制の恐るべき宝庫なのであった。

彼自身、その多く——忌避される『ネクロノミコン』のラテン語版、禍々しい『象牙の書《リベル・イヴォニス》』[*11]、ダレット伯爵の悪名高き『屍食教典儀《クルテ・デ・グーレ》』[*12]、フォン・ユンツトの『無名祭祀書《ウヌアスプラヒリェン・クルテン》』[*13]、そして老ルートヴィヒ・プリンの地獄めいた『妖蛆の秘密《デ・ヴェルミス・ミステリイス》』[*14]といったものを読んだことがあった。

しかし、そこには彼が話に聞いたことしかなかった他の書物——『ナコト写本』[*15]や『ズィアンの書』[*16]、そして全くもって正体のわからない文字で記されているものの、隠秘学徒であればぞっとする思いで判別できるだろうある種の記号や図形が用いられている、ぼろぼろに崩れた書物が一冊あった。

確かに、地元で囁かれ続けてきた噂は真実だったのだ。

この場所はかつて、人類よりも古く、既知の宇宙の域にとどまらぬ邪悪の中心地だったのである。ひどく壊れた机の中に、奇妙な暗号方式による記述で埋め尽くされている、小さな革装丁のメモ帳があった。今日《こんにち》には天文学で、古くは錬金術や占星術、その他の怪《あや》しからん学問分野において伝統的に共用されてきた記号——太陽、月、諸惑星、星位《アスペクト》、そして黄道十二宮のサインといったものを示す意匠——で構成された手書きの文章が、それぞれのページにびっしりと並んでいて、節や段落があるらしいことから、各記号はアルファベットに対応しているように思われた。

暗号文の解読については後回しにして、ブレイクはコートのポケットにこの冊子を収めた。棚に並んでいる大冊の数々にも、彼は言いようのない興味を掻き立てられて、いずれまた別の機会に拝借しにやってきたいという誘惑に駆られていた。

それにしても、これらの書物がこんなにも長い間、乱されずにいたのは何とも不思議だった。

およそ六〇年近くにわたり、この荒れ果てた場所に訪問者を近寄らせずにいた圧倒的な恐怖を克服したのは、彼が最初だったとでもいうのだろうか。

一階については徹底的に調べ終えたので、ブレイクは再び気味の悪い身廊《ネーヴ》の埃をかき分けて、前面の入り口ホールへと向かった。遠方から眺めているうちにすっかり馴染み深いものとなった構造物——あの黒ずんだ塔と尖り屋根に続いているのだろう、ドアと階段がそこに見えたのである。

塵《ちり》が厚く積もっていて、蜘蛛もまたこの狭い場所で悪行の限りを尽くしていたので、階段をあがっていくのにも息が詰まるようだった。螺旋状の階段室は高く、踏み板も細かった。ブレイクは、目がくらむような思いをしながら、都市《まち》が見える曇った窓を幾度も通り過ぎた。

下ではロープが見当たらなかったが、双眼鏡で頻繁にじっくりと眺めていた、羽板《はいた》で覆われた細長いランセット窓のあるこの塔の中には、ひとつないしは複数の鐘があるだろうと期待していた。

しかし、この点について彼は失望する運命《さだめ》にあった。階段を上り詰めてはみたものの、塔の鐘楼《チャンバー》には鐘が影も形も見当たらず、どうやら別の用途に供されているらしかったのである。

およそ一五フィート〔約四・六メートル〕四方のその部屋は、それぞれの側面に一つずつ、壊れかけた羽板でガラスを覆われたランセット窓が取り付けられていた。もっとぴったりした、頑丈で不透明の仕切りがかつては取り付けられていたのだが、今ではすっかりだめになってしまっていた。

埃が積もっている床の中心には、高さが約四フィート〔約一・二メートル〕、平均的な直径が二フィートほどの、おかしな具合かつ粗雑《そざつ》に彫り込まれた不可解な象形文字にそれぞれの面を覆い尽くされている、見慣れない角数［後段に七角形とある］の石柱が立っていた。

この柱の上に、非対称な形状をした異様な金属製の箱が置かれていた。蝶番《ちょうつがい》で取り付けられた蓋が背後に開け放たれていて、一〇年分の深さはあろうという埃を通して、端から端まで四インチ［約一〇・二センチメートル］ほどの卵型、もしくは不規則な球体のようなものが保持されているのがその中に見えた。

柱の周りには、まだあまり壊れていない高い背もたれつきのゴシック風椅子が七つ、おおよそ円を描くように並んでいた。その背後、黒い羽目板が並ぶ壁に沿って、謎めいたイースター島の神秘的な立石造りの彫像に何をおいてもそっくりな、黒く塗られた壊れかけの七つの巨大な石膏像《せっこうぞう》が立っていた。蜘蛛の巣に塗《まみ》れた部屋の片隅では、壁に梯子《はしご》が取り付けられていて、頭上の窓がない尖り屋根に設けられている、閉ざされた引き戸に通じていた。

かすかな光にようやく目が慣れてきたところで、ブレイクは黄色がかった金属製の、開きっぱなしの奇妙な箱の表面に、奇怪な浅浮き彫り《バス＝レリーフ》が施されていることに気がついた。

近づいて、手とハンカチとで埃を取り除こうと試みたのだが、彼はその彫刻に描写されているのが、怪物じみた全《まった》き異界的な類《たぐい》であると見て取った。そこに描かれていた存在は、見たところ生物のようではあったが、この惑星《ちきゅう》上で進化した既知の生命体とは似ても似つかなかった。

見たところ四インチほどの球体は、不揃いな平面を多数有する、赤い筋の入った漆黒の多面体と判明した。ある種の非常に珍しい結晶体か、鉱物を切り出して高度の研磨を施した人工物なのだろう。

その物体は箱の底に触れておらず、中心を取り巻く金属製の帯と、箱の内壁の上部から水平に伸びている奇妙な形状をした七本の支柱により、宙吊りの状態で保持されていた。

この石をひとたび目にした瞬間、ブレイクは不安に感じられるほどの強さで魅せられてしまった。一瞬たりとも目を話すことができず、輝く表面をじっと見つめていると、その石が透明になり、驚異的な世界がいくつも内部に形成されつつあるかのような幻想を抱きかけたほどだった。

彼の心の中には、巨大な石の塔の数々がそびえる異形の星々や、巨大な山脈のある生命の痕跡とてない別の星、朦朧《もうろう》とした暗闇の中のゆらぎのみが意識と意志の存在を裏付けている、さらに遠くにある数々の空間のイメージが浮かび上がった。彼が目を逸《そ》らした時、尖り屋根に通じる梯子の近くの片隅に、どことなくおかしな埃の山があることに気がついた。彼の注意が惹きつけられた理由はわからなかったが、その輪郭に潜む何かが彼の深層心理に何事かを伝えたのだろう。

垂れ下がる蜘蛛の巣を脇に払いながらそこへ向かっていくうちに、不穏な感じが高まり始めた。やがて、手とハンカチが真実を明らかにし、ブレイクはこみあげる様々な感情に息が詰まりそうに感じた。それは、人の骨だった。相当に長い間、そこにあったことは間違いない。

衣服はぼろぼろになっていたが、ボタンや布の切れ端から、男物の灰色のスーツだとわかった。他にも、いくばくかの証拠があった——靴、留め金、大きな丸いカフスボタン、時代遅れの形をしたネクタイピン、老舗《しにせ》の〈プロヴィデンス・テレグラム〉紙の社名が入った記者バッジ、そして壊れかけた革の手帳といったものが。ブレイクは、最後の品物を注意深く調べ、一昔前に発行された紙幣数枚、広告の入った一八九三年用のセルロイド製カレンダー、「エドウィン・M・リリブリッジ」の名前が入った名刺が数枚と、鉛筆書きのメモにびっしりと覆われた一枚の紙片をその中に見つけた。

その紙片は、どうにも不可解な代物《しろもの》で、ブレイクは西向きの薄暗い窓の灯りのもと、注意深く目を通した。切れ切れのテキストには、次のようなフレーズが含まれていた。

「イーノック・ボーウェン教授が一八四四年五月にエジプトより帰国――七月に自由意志派の古い教会を買収――隠秘学における彼の考古学的な著作と研究はよく知られている」

「第四バプティスト教会のドローン博士、一八四四年一二月二九日の説教で〈星の智慧派〉に警告」

「四五年末までに信徒九七名」

「一八四六年――三名の失踪者――〈輝く偏方二十四面体《シャイニング・トラペゾヘドロン》〉の最初の言及」

「七名の失踪者、一八四八年――血塗られた供犠《くぎ》の噂話が流れ始める」

「一八五三年の捜査が空振りになる――音にまつわる噂」

「オマリー神父、巨大なエジプトの廃墟にて見出《みいだ》された箱にまつわる悪魔崇拝について語る――曰《いわ》く、彼らは光の中に存在しえないものを喚び起こしているとの由《よし》。弱い光によりて逃げ去り、強い光によりて追放される。その後は、改めて召喚されねばならない。おそらく、四九年に〈星の智慧派〉に参入したフランシス・X・フィーニイの臨終の告解で得られた証言なのだろう。これらの信徒によれば、〈輝く偏方二十四面体《シャイニング・トラペゾヘドロン》〉は彼らに天国や他の世界を見せ、闇の跳梁者が何らかの方法で彼らに秘密を伝えるという」

「オリン・B・エディの証言、一八五七年。彼らは水晶を注視してそれを喚び起こし、自前の秘密言語を有する」

「二〇〇名かそれ以上の信徒。一八六三年、戦場にいる者を除く」

「一八六九年のパトリック・リーガンの失踪後、アイルランド系の若者たちが教会に押し寄せる」

「J紙に迂遠《うえん》な記事。七二年三月一四日、しかし住民たちは黙して語らず」

「六名の失踪者、一八七六年──秘密委員会がドイル市長を訪問」

「一八七七年二月、決議が確定──教会を四月に閉鎖」

「ギャング──フェデラル・ヒルの若者たち──が五月に──博士と教区委員会を脅迫」

「七七年末までに一八一名が都市《まち》を離れる──名前は非公表」

「幽霊の噂は一八八〇年頃に始まっている──一八七七年以来、教会に立ち入った者がいないという報告の真偽を確認しなければ」

「ラニガンに、一八五一年に撮影されたあの場所の写真を請求」……


紙片を手帳に戻し、その手帳をコートに戻すと、ブレイクは埃まみれの骨を改めて見下ろした。メモの意味は明らかだ。この人物は四二年前、誰もが敢《あ》えて手を出す勇気のなかった新聞の特ダネを求めて、この無人の建築物にやってきたのに違いない。

たぶん、彼の計画を知っていた者はいなかったのだろう──今となっては確認しようもないが。ともあれ、彼が新聞社に戻ることは二度となかったのである。勇気で抑えつけていた恐怖に圧倒され、突然の心不全にでも見舞われたのだろうか。つやつやした骨の上に屈《かが》み込んだ時、ブレイクは異様な特徴に気づいた。骨の一部はひどくばらついていたのだが、幾つかは奇妙にも端が溶けているようだった。他の骨も妙な具合に変色していて、わずかに焦げ跡がついているように見えた。衣服の切れ端の中にも、焦げ跡があるものが見られた。

頭蓋骨もきわめて特異な状態になっていた——黄色く変色していて、強力な酸か何かが硬い骨を腐食したかのような、焦げ目のついた穴が頭頂部に開いていたのである。

この場所で四〇年にもわたり、沈黙のうちに葬られている最中《さなか》に、この骸骨にいったい何が起こったのか、ブレイクには想像することもできなかった。自分でも意識しないまま、ブレイクは再び石に目を向けていて、その奇妙なまでの影響力が彼の心の中に不明瞭な映像を喚び起こすに任せていた。

彼は見た。長衣《ローブ》と頭巾《フード》を纏《まと》っている、人ならぬ輪郭の者たちの行列や、彫刻が施された空に届かんばかりの独立石《モノリス》が列をなす、何リーグ［一リーグは約四・八キロメートル］あるとも知れぬ果てしない砂漠を。

彼は見た。夜闇に包まれた海底に立つ塔や壁と、冴え冴えとした紫色の霞《かすみ》がかすかに揺らめく前で、黒い霧のような鬼火が漂っている宇宙の渦を。

そして、それら全ての彼方に、固体であれ半固体であれ、物質というものが風のゆらぎとしてのみ認識され、雲のような形状をとった力が混沌《こんとん》に秩序をもたらし、我々の知る世界の矛盾と秘密を全て閉じ込めている鍵となっているかのような、闇黒《あんこく》の底知れぬ深淵にちらりと目を向けた。

そうするうちに突如、何かがかじりつくような漠然とした恐怖が急激に高まり、呪縛が破られた。

実体を持たない異界的な存在が、すぐ近くから恐ろしい意図をもって彼を見つめているような気がして、ブレイクは息を詰まらせながら石から遠ざかった。

彼は、何か——石の中に潜むのではなく、それを通して彼を見ていた——に絡みつかれているように感じていた。それは、身体的な視覚ならぬ認識力によって、彼を絶えず追いかけてくるようだった。

その場所の雰囲気が彼の神経を昂《たか》ぶらせているに違いなかった——ぞっとするような発見をしてしまったこともあるので、なおさらだろう。

暗くなってきていたし、灯りを携えてもいなかったので、すぐにも立ち去るべきだとわかっていた。深まりゆく黄昏《たそがれ》の中、狂ったような角度のある石の中に、かすかな輝きを見たように感じたのは、まさにその時だった。目をそらそうとしたものの、よくわからない衝動が彼の目を引き戻した。かすかな燐光を自ら放射しているのか？　死んでいた男のメモには、〈輝く偏方二十四面体《シャイニング・トラペゾヘドロン》〉について何と書いてあった？　そもそも、この放棄された宇宙的な邪悪の巣窟はいったい何なんだ？　かつて、ここで何が行われたというのだろうか？　そして、鳥すらもよりつかぬ影の中に今なお潜むやもしれないものとは、いったい何者なんだ？　まるで、近くのどこかから、いわく言い難い悪臭が立ち昇ってきたような感じだったが、どうしてそんなことを感じるのかは判然としなかった。

ブレイクは久しく開かれっぱなしだった箱の蓋を摑み、勢いよく閉じた。異界的な蝶番《ちょうつがい》によって蓋は簡単に動作し、間違いなく自ら輝きを放っている石の上で、完全に閉じられた。

カチッという鋭い閉鎖音がした時、頭上にある尖塔の常闇《とこやみ》の中から、引き戸越しに何かが動くような低い音が聞こえたような気がした。もちろん、鼠なのだろう——彼が中に入り込んでから、この呪われた建物の中で唯一、目にした生物である。

とはいうものの、尖塔の中で何かが動いたことにひどく怯えた彼は、凄まじい勢いで螺旋階段を駆け降り、気味の悪い身廊《ネーヴ》を抜けて丸天井の地下室に走り込むと、暗くなりつつある無人の広場に飛び出した。そして、健全な目抜き通りとカレッジ地区の心休まるレンガ敷きの歩道を目指し、恐怖の跳梁《ちょうりょう》するフェデラル・ヒルの小路や通りを数多く通り抜けていったのである。

続く数日の間、ブレイクは彼の探索について誰にも話さなかった。その代わり、ある種の本を隅々まで読み込み、下町で長い年月にわたる新聞のファイルを調べた。そして、蜘蛛の巣のはびこる聖具室から持ち帰った革装丁の本に書かれた暗号文に、熱に浮かされたような勢いで取り組んでいた。

すぐに判明したが、暗号は決して単純なものではなかった。長時間の努力の結果、彼はその言語が英語、ラテン語、ギリシャ語、フランス語、スペイン語、あるいはドイツ語のどれでもないという確信を得た。どうやら彼は、自身が蓄積してきた奇妙な学識の井戸の底まで浚《さら》わねばならないようだった。

毎日、夕方になると西の方角をじっと見つめたくなるという以前の衝動がぶり返し、彼はかつてのように、半ば作り話めいた遠い世界にひしめく屋並のただ中にある、黒々とした尖塔を見やった。

しかし今、彼の目に映るその建物は、新たな恐怖の徴《しるし》を纏っていたのである。

その建物が、邪悪な教派の遺産を秘め隠していることを彼は知っていた。その知識と相俟《あいま》って、彼の目に映る光景《ビジョン》は、怪しくも新たな様相へと劇的に変化し始めたのである。

春の鳥たちが戻ってきていたので、彼は夕暮れの中を鳥たちが飛んでいる様子を眺めていたのだが、その鳥たちが不気味な様子で孤立している尖塔を、かつてない様子で避けているように思えた。

群れが尖塔に近づいたかと思うと、たちまち恐慌状態に陥って旋回し、散開しているようだった――さぞかし激しく囀《さえず》っているのだろうが、何マイルも隔たっているので彼の耳には届かなかった。

ブレイクの日記に、暗号の解読に成功したという記述が現れるのは、六月のことだ。

そのテキストが、太古の邪悪な教派《カルト》によって使用された、暗澹《あんたん》たるアクロ語で書かれていることを、彼は発見したのである。そして、彼はかつての研究を通して、その言語に通じていたのだった。

解読の具体的な内容について、ブレイクは奇妙に思えるほど日記の中で触れていなかった。どうやら彼は、解読結果に恐怖を抱くと共に、困惑を覚えていたようだった。

その本には、〈輝く偏方二十四面体《シャイニング・トラペゾヘドロン》〉を凝視することで喚び覚まされる〈闇の跳梁者〉への言及や、かのものが喚び起こされた混沌の黒き深淵にまつわる、正気とも思えぬ推測が書かれていた。

かのものはあらゆる知識を備え、ぞっとするような供犠《くぎ》を要求するとも言われていた。

ブレイクは、彼がどうやら召喚してしまった存在が、屋外を歩き回るのではないかという恐怖について、あれこれと日記に書き留めていた。街燈が、通過を阻む防壁を形成しているとの追記もあった。

彼はしばしば〈輝く偏方二十四面体《シャイニング・トラペゾヘドロン》〉について言及し、それをあらゆる時間と空間に通ずる窓と呼んで、〈古きものども《オールド・ワンズ》〉[17]がそれを地球にもたらす以前の、暗黒のユゴス[18]でそれが形作られた時代に始まる歴史を辿ってみせた。その物体は、南極大陸の海百合のような生物によって秘蔵され、その奇妙な箱に収められた後、ヴァルーシアの蛇人間[19]たちによって彼らの遺跡から発掘され、永劫の歳月の後に、レムリア大陸[20]において最初の人類種族の注目を集めることになったのである。

奇妙な土地や見知らぬ海をいくつも越えていき、アトランティス大陸ともども海底に沈んだ後、ミノアの漁師の網に引っかかり、闇黒のケム[21]からやってきた浅黒い商人に売り払われた。

神王《ファラオ》たるネフレン＝カ[22]は、それを取り囲むように窓のない地下祭室を備えた神殿を建立《こんりゅう》し、彼の名前があらゆる石碑や記録から削り取られる要因となる行為にいそしんだ。その後、司祭たちと新しい神王《ファラオ》によって破壊された邪悪な神殿の廃墟の中で、発掘人のシャベルによって再び地上にもたらされて人類に呪いが降りかかるまでの間、眠りについていたのである。

七月上旬の記事が、奇妙にもブレイクの記述を補足している。ごく簡潔でさりげない書き方だったので、日記のことがなければこの寄稿に目をとめる者とていないことだろう。

記事によれば、よそ者が恐ろしい教会に入り込んで以来、フェデラル・ヒルで新たな恐怖が増大しつつあるということだった。イタリア系の住民たちは、黒々とした窓のない尖塔の中で、何かが動く耳慣れない音や、ぶつかったりこすりつけたりするような音がしていると囁き交わし、彼らの夢に取り憑《つ》く存在を退散させてくれるよう司祭たちに訴えた。何者かが絶えずドアに目を向けて、飛び込むのに十分な暗さであるかどうかを窺《うかが》っているのだと、彼らは口々に申し立てたのである。

記事中で、長年にわたる地元の迷信への言及はあったが、その恐怖が始まった頃の背景については光を当てられずにいた。今日の若い記者たちは、古きを温める性質《たち》ではないということなのだろう。

こうした事を日記に書き留めるうちに、ブレイクは後悔を思わせる奇妙な感情を吐露《とろ》し、〈輝く偏方二十四面体《シャイニング・トラペゾヘドロン》〉を葬り去るとか、悍ましい様子で突き出している尖塔に昼の光を入れ、喚起されたものを追い払うといった、自分の義務について書き記していた。しかし、彼は全く同時に自分が危険なまでに魅了されてしまっていることを表明し、あの呪われた塔へと赴いて、輝く石の裡《うち》にある宇宙の秘密を再び眺めたいという——夢に見ることすらある——病的な憧れについて、自ら認めてもいた。

その後、七月一七日付の〈ジャーナル〉紙の朝刊に見つけたある記述によって、日記の執筆者は熱病めいた真実の恐怖に陥ることとなった。それは、フェデラル・ヒルを覆う不穏な空気についての半ば冗談めかした箇条書き的な記事のひとつに過ぎなかったのだが、とにもかくにも、ブレイクにとっては非常に恐ろしい内容だった。夜半、雷雨によって街の照明システムが一時間にわたり使用不能となって、暗闇に閉ざされている間、イタリア人たちが恐怖のあまり半狂乱に陥ったというのである。

恐怖の的になっている教会の近くに住む人々は、尖塔の中にいたものが、街燈の灯《ひ》が消えたのに乗じて教会の本堂に降り立ち、粘っこくも不快な動作でばたつき、ぎこちなく体を動かしたと断言した。おしまいの頃になると、そいつは塔に体をぶつけたもんで、ガラスの粉々に割れる音が響き渡ったよ。そいつは暗闇が届くところならどこにでも行けるんだが、光が当たる途端に消えちまうのさ。もっぺん電気が点いた時、塔の中じゃひどい騒ぎが持ち上がってたよ。何しろ、煤で黒ずみ、羽板で覆われた窓から差し込む弱々しい光だって、そいつには我慢のならない代物だったんでな。そいつは、ぎりぎりのところで光差さぬ尖塔の中に突進して滑り込んだ——もっと長く光の中でまごついていれば、気の狂ったよそ者がそいつを喚び出した深淵に送り返されていただろうにな。暗闇に包まれていた間、祈りを捧げる群衆が、折り曲げた紙か何かを雨避けにした、灯りの点いている蠟燭《ろうそく》やランプを手に携えて、教会の周りに集まっていた——教会の一番近くにいた者たちは、一度、外側のドアが悍ましい様子でガタガタと音を立てたと断言している。

しかし、この事件すらもまだ、最悪のものではなかった。

その日の夕方、ブレイクは〈ブレティン〉紙に目を通し、記者たちが見つけたことについて読んだ。異様なニュースの数々に遅まきながら触発された二人の記者が、半狂乱のイタリア人の群衆をものともせず、ドアを開けようと虚《むな》しい努力を重ねた後、地下室の窓から教会に入り込んだのである。

彼らは埃に覆われた控えの間と、おかしな具合に埃が払われ、腐ったクッションとサテンの裏地が妙な様子で散らばっている、気味の悪い身廊《ナーヴ》を目にした。あたり一面に悪臭が漂っていて、黄色い染みや焦げたように見える跡が、そこかしこにあった。

塔に通じるドアを開けてみると、頭上で何かのこすれるような音がした気がしたのでいったんその場にとどまった後、彼らは大雑把に埃が拭い取られている狭い螺旋階段を発見した。

塔の内部もまた同様に、ある程度、埃が拭われていた。

彼らは七角形の石柱と、倒れているゴシック様式の椅子、奇怪な石膏像について報告していたのだが、奇妙なことに金属製の箱と古い人骨については何の言及もなかった。

とりわけブレイクを動揺させたのは——汚れや焼け焦げ、悪臭が仄めかすものを除いて——、割れた窓ガラスについて説明している、記事末尾の詳細な描写だった。

塔内の全てのランセット窓が割れていて、そのうち二つについては、サテンの裏地と馬毛のクッションがぞんざいで慌ただしいやり方で、傾いた外側の羽板に挟まれた隙間に詰め込まれ、内部の暗さを保っていたというのである。掃除されたばかりの床の周りには、さらに多くのサテンの切れ端や馬毛の束が散乱していた。それはまるで、陽光がしっかりとカーテンで遮られ、完全な暗闇に鎖《とざ》された状態に塔を戻そうとする作業の途中で、何者かに妨害されでもしたかのようだった。

黄色い染みと焦げ跡は、窓のない尖塔への梯子にもあったのだが、記者の一人があがっていき、水平にスライドする引き戸を開けて、黒々とした悪臭漂う空間に弱々しい懐中電灯の光を向けてみたものの、そこにあったのは暗闇と、引き戸の近くに散乱する形の崩れた雑多なかけらくらいのものだった。

記事の最終結論はもちろん、誰かの狂言ということになっていた。迷信深い丘の住民たちを引っ掛けようという誰かのジョークか、あるいは幾人かの狂信者が良かれと思って、自分たちの恐怖を強めようと努めたということなのだろう。さもなくば、若く洗練された一部の住民たちが、外界の者たちを引っ掛けようと、入念な悪ふざけを上演してみせたのかもしれない。報告を確認しようと、警察署から警官が差し向けられた時には、愉快な余波があった。三人の警官がうまいこと任務を免れた後、四人目が実に不本意そうな様子でやってきたのだが、記者たちの記事に何の事実を付け加えるでもなく、さっさと引き返したのである。

これ以降のブレイクの日記には、じわじわと募りゆく恐怖と、神経症の不安が目につくようになる。彼は何をすることもできない自らを責め、再度の電気の故障がもたらす結果について、あられもない想像を巡らしていた。三回にわたり——いずれも雷雨の最中のことだ——、彼が半狂乱で電力会社に電話をかけ、決して停電が起きないよう予防措置を取って欲しいと頼み込んだことが確認されている。記者たちが影横たわる塔の部屋を探索した際、金属製の箱と石、そして古い人骨を発見しなかったことについても、彼は日記中で繰り返し懸念を表明していた。それらが持ち去られたという仮説を立ててはみたものの——誰の、あるいは何の仕業かについては、推測することしかできなかった。

しかし、何よりも恐ろしかったのは、彼の心と遠方の尖塔に潜む恐怖——彼が無分別にも窮極の黒い空間から喚び出してしまった、夜の怪物めいた存在のこと——との間に、不浄な関係めいたものが存在しているように感じられていたことだった。

彼は自分の意志が絶えず牽引されているように感じていたようで、当時、彼のもとを訪ねた者たちは、彼がぼんやりとした様子で机に座り、都市《まち》の渦巻く煙の彼方にそびえる尖塔を、西の窓からじっと見つめていたことをよく覚えているのだった。

ある種の恐ろしい夢と、睡眠中にも強まっていく不浄な結びつきについて、彼は長々と書き連ねた。日記には、彼がすっかり衣服を身に着けた状態で家を後にし、カレッジ・ヒルを西に向かって無意識に降っている最中に目を覚まし、我に返ったという記述もあった。

要するに、尖塔に潜む存在は自分の居場所を把握しているのだと、彼は繰り返し書いている。

七月三〇日以降の一週間は、ブレイクが一時的に神経衰弱に陥った時期として記憶されている。ブレイクは正装せず、食事を全て電話で注文した。

訪問者たちがベッドの近くにある紐《ひも》に目をとめると、彼は夢中歩行を防ぐため、やむなく毎晩のように、決してほどくことができないか、さもなくばほどこうと苦労している間に目が覚めるように、自分の足首を結びつけておかねばならないのだと説明した。

日記には、神経衰弱の原因となった恐ろしい経験について記されている。三〇日の夜に床についた後、彼は突然、ほとんど真っ暗闇の中を、手探りしながら歩いていることに気づいたのである。目に見えたのは短く弱々しい、青みがかった光の水平の条《すじ》だけだったのだが、強烈な悪臭を嗅ぎ取れたのみならず、頭上からは柔らかい何かが密《ひそ》やかに動く、奇妙な雑音が聞こえてきたのである。

身動きをする毎《ごと》に彼は何かにつまずいたのだが、その都度、それに応じているかのような音——木と木を慎重にこすりあわせているかのような、はっきりしないきしみ音——が、頭上から響くのだった。

いったん、まさぐっていた両手が、てっぺんに何も置かれていない石柱に触れた後、彼は壁に取り付けられた梯子の横木を摑み、彼を焼き尽くさんばかりの強烈な熱風が吹き出してきている、強烈な悪臭の漂う領域を目指して、覚束《おぼつか》ない足取りであがっていった。

彼の眼前では、万華鏡の内部に広がっているような幻像が乱舞し、一定の間隔をおいた全ての幻像が、旋回する恒星とさらなる深みの闇黒《あんこく》を内包する、広大で測り知れない夜の深淵に溶け落ちていった。

彼は、意思を持たぬ無定形の踊り手の騒々しい群れに取り巻かれ、名状しがたい前肢《まえあし》が操る魔笛のか細く単調な調べに安らいでいるという、万物の王《ロード》たる盲目の痴愚神《ちぐしん》アザトースがその中心でのたうっている、窮 極《きゅうきょく》の混沌にまつわる古《いにしえ》の伝承に思いを馳せた。

その時、外界からの鋭い物音が彼の混濁を破り、彼の意識を揺り起こして、言いようのない恐怖のただ中に身を置いていることを教えたのだった。それが何の音だったのかはわからない——たぶん、住民たちが様々な守護聖人や、母国イタリアの村々の聖人たちを讃《たた》えて打ち上げる、フェデラル・ヒルで夏の間中ずっと聴こえていた花火の、時機を逸して打ち上げられた何発かなのだろう。

いずれにせよ、彼は大声で叫び、半狂乱で梯子を降りると、彼を取り囲む暗い房室の床を、時折何かにつまずきながらも盲 滅法《めくらめっぽう》に走り抜けた。

自分がどこにいるのかは、ただちにわかっていた。彼は狭い螺旋階段を無謀にも駆け下り、一挙一動ごとにつまずいたり、体をぶつけたりした。幽霊じみたアーチ道が睨《ね》めつけるような影の領域へと伸びている、広々として蜘蛛が巣をかけている身廊《ナーヴ》を、悪夢の中にいるかのように走り抜けた。

雑然とした地下室を目が見えない状態で這うように進み、大気と街燈の灯りに包まれた屋外によじ登ると、黒々とした塔の林立する忌まわしくも静まり返った都市《まち》を抜けて、物言いたげな切妻造りの家々が立ち並ぶ幽霊じみた丘を狂ったように駆け下りた。

そして、険しい東向きの坂道を、自宅の古びたドアを目指し、必死であがっていったのである。

朝になって意識を回復すると、彼はすっかり服を着込んだ状態で、書斎の床に横たわっていることに気づいた。全身が汚れと蜘蛛の巣だらけで、体中が痛みと傷に覆われていた。

鏡を覗いてみると、髪の毛がひどく焦げているようだった。また、かすかではあったが、異様な悪臭の名残が、よそ行きの上着にこびりついているように思われた。

彼が神経衰弱に陥ったのは、この出来事の後のことである。その後、室内着に着替えた彼は、すっかり疲れ果てて横になった。彼に出来たことといえば、西の窓からじっと外を見つめたり、雷鳴に恐れを抱いて震え上がったり、気違いじみたことを日記に書き連ねたりするくらいのものだった。

八月八日の午前零時にさしかかる直前に、大きな嵐が猛威を奮《ふる》った。

都市《まち》の至る所に繰り返し雷が落ち、驚くべきことに球電の発生も二回、報告されている。

豪雨が続き、雷鳴が絶え間なく轟《とどろ》いて、何千人もの住民たちが眠りを奪われた。

ブレイクは照明システムのことを恐れるあまりすっかり逆上してしまい、午前一時頃に電力会社に電話をかけようとしたのだが、その頃にはもう安全のため、送電サービスが一時的に停止されていた。

彼は、全てを日記に記録した——大きく力強い、判読できないこともある暗号文字は、熱狂と絶望が高まりゆく彼ら《カルト》自身の経緯を伝え、闇の中で何も見えないまま殴り書きされたことを示していた。

窓の外を見るためにも、家の中を暗くしておかなければならなかったのだが、ブレイクはずっと机に座っていて、そこがフェデラル・ヒルであることを示す遠方の灯りの群れを、雨に濡れてきらめく下町の屋並を通して、不安げに見つめていたようだった。

彼は時折、手探りで書いたため途切れ途切れになっている、こんな言葉を日記に書き込んだ。「灯りを消してはいけない」「そいつは私がどこにいるかを知っている」「私が奴を破壊しなければならないのだ」「そいつは私を呼んでいるのだが、今回はたぶん危害を受けることはないだろう」といった具合に、二ページにわたってばらばらに書き込まれているのだった。

やがて、街中の電燈が消えた。発電所の記録によれば午前二時一二分の事だが、ブレイクの日記には時刻が記されていない。書かれているのは、「光が消えた——神よ、救いたまえ」の一言のみである。

フェデラル・ヒルには、彼と同じような不安を胸に見守っている者たちがいた。

雨でずぶ濡れになった男たちの集団が、傘で覆った蠟燭や懐中電灯、オイル式の角燈《ランタン》、十字架像、そして南イタリアで見かけられる様々な種類の怪しげな魔除《まよ》けを携えて、悪しき教会を取り巻く広場や小路を練り歩いていたのである。彼らは稲妻《いなづま》が奔《はし》る度《たび》に十字を切って祝福したが、嵐の様子が変化して次第に稲光が少なくなり、ついには全く途絶えてしまうと、右手で恐怖を表す秘密の仕草をした。

いよいよ強さを増してきた風が殆《ほとん》どの蠟燭の火を吹き消し、あたりは不吉な暗闇に包まれた。

誰かに起こされた聖霊《スピリト・サント》教会のメルルッツォ神父が、いくらかなりとも救いになりそうな聖句を唱えようと、暗澹たる広場に急いでやってきた。

黒ずんだ塔の中で絶え間なく奇妙な音がしていることについては、もはや疑う余地がなかった。

二時三五分に起きた出来事については、若く理性的かつ教養ある人物である司祭や、担当区域の群衆の様子を視察するべくとどまっていた、きわめて信頼性の高い役人である中央署のウィリアム・J・モナハン巡査、そして教会の高台の周り——とりわけ、広場のファサードの東側が見える位置——に集《つど》っていた七八名の住民たちの大半が、証言を行っている。

もちろん、自然の秩序に外れたことが起きたのを証明するようなものは、何ひとつ存在しなかった。このような出来事を引き起こすものとして、想定しうる原因は数多く存在する。巨大で古めかしく、評判の悪い、そして久しく打ち捨てられていた異様な建物の内部で、いかなる不可解な化学作用が生じていたかについて、確かなことを口にできる者などいやしない。毒性のある蒸気——自然発火——長期間の腐敗により生じたガスの圧力——いずれであるにせよ、無数に考えられる現象のひとつが、原因なのかもしれないのだ。

もちろん、誰かの意図的な狂言という要素も、全く排除できるわけではない。実のところ、起きた事それ自体は非常にシンプルで、実時間にして三分間に満たなかった。メルルッツォ神父はいつだって几帳面《きちょうめん》で、自分の時計を幾度も確認していたのである。

それは、黒々とした塔の内部で何かが蠢《うごめ》くような鈍い音が、はっきりと大きくなった時に始まった。しばらくの間、教会から奇怪な悪臭が漂ってきていたのだが、やがて強烈に不快なものとなった。続いて木の裂ける音がして、大きくて重いものが、東側の威圧的なファサードの下の中庭に落下した。蠟燭の火が消えてしまったので塔は見えなくなっていたが、その物体が地面に落ちる直前、住民たちにはそれが、塔の東の窓を覆っていた煤まみれの羽板だとわかった。

直後、全くもって耐え難い悪臭が、眼には見えない高いところから漂いだして、震える観察者たちの息を詰まらせ、胸をむかつかせて、広場にいた者たちを這いつくばらせたのである。

それと同時に、翼が羽ばたく時のように大気が打ち震え、これまでにない激しさの東向きの突風が群衆の帽子を吹き飛ばし、雨水の滴る傘を手からもぎ取った。

蠟燭の光が消えた夜闇の中では、はっきりと見えるものは何もなかったのだが、上方を見上げていた一部の者たちは、墨を流したような空に、なお昏《くら》い滲《にじ》みがおぼろげに広がるのを垣間見たと思った——何でも、無定形の煙の雲のようなものが、流星のような速度で東へ飛んでいったということである。

それで、全てである。観察者たちは恐怖と怯え、不安で呆然としていて、何をなすべきなのか、否、何かをなすべきなのかどうかすら全くわからない有様だった。

何が起きたのかわからないからには、夜を徹しての見張りを続けないわけにもいかなかった。

そして一瞬の後、一足遅れの稲妻が閃光を奔らせ、耳を聾《ろう》せんばかりの破壊的な大音響が続いてやってきて、洪水のような天《そら》を切り裂いたので、彼らは祈りの声をあげた。

三〇分後に雨がやみ、その一五分後に街燈が再び灯りを点したので、疲労困憊でびしょ濡れになった観察者たちは、安心して家路についたのだった。

翌日の新聞各紙は、嵐についての一般的な報告の中で、こうした出来事についてはわずかに言及するにとどめた。フェデラル・ヒルの出来事に続いて発生した、東に遠く離れたあたりでの巨大な稲妻と耳を聾する爆音はさらに凄まじいもので、そちらでも異様な悪臭の放出が確認されていた。

この現象が特に顕著だったのはカレッジ・ヒルで、眠っていた住民たちの全員が轟音《ごうおん》で目を覚まし、うろたえながらあれこれと憶測を巡らせていたのだった。

その時、既に目覚めていた者たちの中には、丘の頂《いただき》のあたりで異様な光が燃えあがるのを目にしたり、樹木の葉っぱを全て剝ぎ取りかけ、庭園の植物をめちゃめちゃに破壊しかけた、不可解な空気の急上昇に気がついた者もいた。突然かつ単独の稲妻が、この界隈のどこかに落ちたに違いないという点で衆目が一致したにもかかわらず、落雷の痕跡はどこにも見当たらなかった。

タウ・オメガ友愛会館にいた一人の若者は、閃光が爆発する直前、大気中にグロテスクで悍ましい煙の塊があるのを目撃したということだが、彼が見たものについて確証は取れていない。

しかしながら、ごく少数の者たちではあるが、遅れてやってきた落雷に先立ち、激しい突風と耐え難い悪臭の奔流が西から押し寄せてきたことについて、皆が意見を一致させている。また、落雷の直後、一瞬焼け焦げるような臭いがしたという、共通の証言も同じく得られていた。

これらは、ロバート・ブレイクの死に関係しているのではないかと、きわめて慎重に議論された。

二階の裏手の窓からブレイクの書斎を覗き込むことができるサイ・デルタ会館の学生たちは、九日の朝、西側の窓にぼんやりした青白い顔を認め、その表情がどこかおかしいと訝《いぶか》しんだ。

夕方になってからも、同じ顔が同じ位置に見えたので、彼らは不安に感じて、アパートに灯りが点るかどうか見守っていた。やがて、彼らは闇に包まれたままの住居《フラット》の呼び鈴を鳴らし、ついには警官を呼んでドアを力ずくで開けたのだった。

硬直した遺体は、窓に面した机に背筋をぴんと伸ばした状態で座っていた。虚《うつ》ろで膨れ上がった両眼と、引きつった顔の表情にはっきりと浮かぶ、純然たる恐怖の発作を目にした侵入者たちは、胸をむかつかせながら、狼狽のあまり顔を背《そむ》けたものだった。

ほどなくして、検視官の伴ってきた医師が検死を行い、窓ガラスが壊れていないにもかかわらず、電気ショックないしは放電に誘発された神経の緊張が死因であると報告した。

悍ましい形相については彼は全く無視していて、病的な想像力を有し、情緒が不安定な人間であれば、深刻な衝撃の結果このようなことになっても、別段おかしいことではないと見なしたのだった。

医師は、彼のこうした性質を、アパートで見つかった書物や絵画、原稿、そして机にあった日記に書き殴られていた文章といったものから、論理的に導き出したのである。

ブレイクは、最期まで熱に浮かされたように書き続けていて、先の折れた鉛筆が痙攣《けいれん》して引きつった右手に握りしめられているのがわかった。

電燈が消えてからの書き込みは、途切れ途切れになっている上、部分的にしか読めなかった。

それらの記述から、ある種の探索者たちは即物的な公式見解と大きく異なる結論を導き出しているのだが、そのような推測が保守的な人々に信用される見込みはほとんどなかった。

こうした想像力豊かな理論家たちの議論は、奇妙な箱と角ばった石——暗澹たる窓のない尖塔の中で発見された時、間違いなく自ら発光していた物体——をナラガンセット湾の一番深いあたりに投げこんでしまうという、迷信深いデクスター医師の行動によって、大いに妨《さまた》げられることとなった。

ブレイクの特徴である、過度の想像力と神経の不安定さが、ぞっとするような痕跡を彼が見出すこととなった、邪悪なる太古の教派《カルト》の知識によって悪化したというのが、あの最期の熱に浮かされた殴り書きについての主だった解釈となっている。

　以下に示すものは、その記述――というよりも、判読できた全ての言葉である。

「電燈はまだ点かない――もう五分は経ったのに。こうなっては稲妻《いなづま》だけが頼りだ。ヤディスよ、稲妻を放ち続けたまえ！……稲妻の中で、何かの力が働いているようだ……雨と雷鳴と風の音が耳を聾する……あれが私の心を摑んでいる……」

「記憶が混乱している。以前に見たことのないものが見えている。他の世界と他の銀河……暗い……稲妻は暗く、暗闇は明るく見える……」

「漆黒の闇の中に見えているのが、本当の丘と教会であるはずがない。閃光が網膜に生じさせた残像に違いない……天よ、どうか稲妻がやんだなら、蠟燭を持ったイタリア人たちを表に寄越してくれ！」

「一体、何を恐れているというんだ？　影横たわる古《いにしえ》のケムにおいて人間の姿をとりさえした、ナイアルラトホテプの化身《アバター》だというのか？　私はユゴスを、さらに遠くにあるシャッガイを、そして闇黒《あんこく》の星々の窮極の虚空《こくう》を覚えている……」

「長い時間をかけ、翼で虚空を飛んでいくのだ……光の世界を越えることはできない……〈輝く偏方二十四面体《シャイニング・トラペゾヘドロン》〉の裡《うち》に捉《とら》えられた思考によって再現され……輝ける恐ろしい深淵を幾つも貫《つらぬ》いて送り込まれるのだ……」

「私の名はブレイク――ウィスコンシン州ミルウォーキーはイースト・ナップ・ストリート六二〇番地のロバート・ハリスン・ブレイクだ……私は、この惑星《ここ》にいるぞ……」

「アザトースよ、どうか憐れみたまえ！——稲妻はもう奔《はし》らない——恐ろしい——視覚ではない奇怪きわまる感覚で、私には全てが見える——光は闇で、闇は光だ……丘の上の住民たち……見張りなんだ……蠟燭と魔除《まよ》け……彼らの司祭たち……」

「距離感覚がなくなった——遠くは近く、近くは遠い。灯りがない——ガラスがない——尖塔を見よ——あの塔——窓——聴こえる——ロデリック・アッシャーだ[23]——狂ったのか、それとも狂いかけなのか——あいつが塔の中で身動《みじろ》ぎし、蠢《うごめ》いている——私はあいつで、あいつが私なんだ——外に出たい……外に出て、諸力を結合するのだ……あいつは私の居場所を知っている……」

「私はロバート・ブレイクだが、闇の中に塔が見える。あそこには途方もない悪臭が漂って……感覚がおかしくなってきた……割れ落ちた塔の窓を板張りするんだ……いあ……んがい……いぐ……」

「あいつが見える——ここにやって来るんだ——地獄の風——巨大な滲《にじ》み——黒い翼——ヨグ＝ソトースよ、我を救いたまえ——三つに分かれた[24]燃えあがる眼が……」

訳注

1 ロバート・ブロック Robert Bloch
ＨＰＬよりも二七歳年下の怪奇小説家。一〇歳の頃からのＨＰＬファンで、一六歳で彼と文通を始め、同じウィスコンシン州に住んでいたオーガスト・Ｗ・ダーレスとも親しかった。本作との関わりは解説を参照。

2 ネメシス Nemesis
一九一七年一一月一日に執筆した、ＨＰＬの詩作品「ネメシス」からの引用。アマチュア・ジャーナル誌〈ヴァグラント〉一九一八年六月号に掲載された。

3 フェデラル・ヒル Federal Hill
プロヴィデンスの中心部に位置する地域で、イタリア人居住区が広がっている。ＨＰＬの生前は、迷路のように入り組んだ路地の広がる物騒な地域だったようだが、ＨＰＬはナタリー・Ｈ・ウーリーに宛てた一九三五年一二月三〇日の書簡で、自身の部屋の窓から見えているフェデラル・ヒルの神秘的で美しい眺めと、聖ヨハネ・ローマ・カトリック教会の黒々とした姿に言及している。

4 ミルウォーキー Milwaukee
ウィスコンシン州の都市。終盤に出てくるミルウォーキーの住所は、ロバート・ブロック本人の住所である。

5 古びた住宅 a venerable dwelling
一九三〇年代にＨＰＬが住んでいたカレッジ・ストリート六六番地の二階建ての邸宅のこと。この建物は現在、プロスペクト・ストリート六五番地に移されている。

6 ブラウン大学 Brown University
プロヴィデンスのカレッジ・ヒルに長方形のキャンパスを構える私立大学。校名の由来は同大学設立のための寄付金を出したジョン・ニコラス・ブラウンで、東海岸の名門私立大学八校から成るアイビー・リーグに名前を連ねる。ミスカトニック大学のモチーフである。

7 ジョン・ヘイ図書館 the John Hay Library
ブラウン大学のキャンパスの西にある図書館。ＨＰＬのコレクションを所蔵し、庭には顕彰碑も建てられている。

8 「地を穿《うが》つもの」「地下室の階段」「シャッガイ」「ナスの谷にて」「星々より来たりて饗宴《きょうえん》に列するもの」 “The Burrower Beneath”, “The Stairs in the Crypt”, “Shaggai”, “In the Vale of Pnath”, “The Feaster from the Stars”

ここにタイトルが挙がっている小説作品の一部は、ブライアン・ラムレイ、ラムジー・キャンベル、リン・カーターによって実際に執筆されている。

9 巨大で黒々とした教会 a huge, dark church

かつて、プロヴィデンスのフェデラル・ヒルに位置するアトウェルズ・アベニュー三五二番地に存在していた、一八七一年創設の聖ヨハネ・ローマ・カトリック教会がモチーフ。残念ながら、一九九二年二月に解体された。

10 アンクー、アンサタ十字 ankh, crux ansata

「♀」のマークに似た、エジプト由来の十字架。アンクーは古代エジプト語で「生命」を意味し、古くから護符などに用いられた。エジプトのキリスト教派であるコプト正教会で使用され、アンサタ十字と呼ばれている。

11 『象牙の書《リベル・イヴォニス》』 Liber Ivonis

ヒュペルボレイオス大陸に由来する、『エイボンの書』(「石の男」訳注7を参照)の原書。HPLは一九三三年一二月一三日付のスミス宛書簡において、『象牙の書《リベル・イヴォニス》』というラテン語タイトルで呼ばれる『エイボンの書』が、西方の海に沈んだ大陸からヨーロッパに持ち込まれ、スミスの「イルーニュの巨人」に登場するヴィヨンヌの魔術師ガスパール・デュ・ノールが、一二四〇年にギリシャ語版『エイボンの書』をフランス語に翻訳したという設定を提示した。なお、HPL「銀の鍵の門を抜けて」の設定では、ヒュペルボレイオス大陸の言語はツァス＝ヨ語である。

12 ダレット伯爵の『屍食教典儀《クルテ・デ・グーレ》』 the Cultes des Goules of Comte d'Erlette

初出はロバート・ブロックの「自滅の魔術」。ダレット伯爵というのは、ダーレスの先祖として設定された人物である。ダーレス家の先祖であるダレット家は事実、フランスの伯爵家で、革命後にドイツのバイエルンに逃れて家名を「ダーレス」に改めた後、アメリカに渡り、一九一九年に亡くなったミヒャエル・ダーレス（ダーレスの祖父）の代まで爵位を維持していたということだ。なお、「D'Erlette（エレットの）」の家名が領地を意味するのであれば、ヴィヨンヌの近くにあるエレットの領主だったのかも知れない。ダレット伯爵のフルネームについては、ダーレスの「六匹の銀の蜘蛛の冒険 The Adventure of the Six Silver Spiders」においてポール・アンリ・ダレットとされている。

13 『無名祭祀書《ウヌアスプラヒリェン・クルテン》』 the Unaussprechlichen Kulten
「蠟人形館の恐怖」の訳注9を参照。

14 ルートヴィヒ・プリンの『妖蛆の秘密《ヴェルミス・ミステリイス》』 Ludvig Prinn's De Vermis Mysteriis
初出はロバート・ブロック「星から訪れたもの」。鉄の表装が施された大きな黒い書物で、父なるイグ、暗きハン、バイアティスなどの蛇神についての記述が含まれる。

著者ルートヴィヒ・プリンは、一六世紀半ばにベルギー首都のブリュッセル近くの埋葬所廃墟に隠遁していた老錬金術師。シリアの妖術師や魔術師から秘儀を学んだと称し、一五四一年にブリュッセルの異端審問所に逮捕され、拷問の末に処刑された。この時、獄中で執筆されたのが『妖蛆の秘密』のラテン語原本である。

15 『ナコト写本』 the Pnakotic Manuscripts
「蠟人形館の恐怖」の訳注11を参照。

16 『ズィアンの書』 the Book of Dzyan
神智学協会のヘレナ・P・ブラヴァツキーが一八八八年に刊行した、『シークレット・ドクトリン』の原書であるというチベット起源の書物で、アトランティス大陸で用いられたというセンザール Sen-zar の聖なる言語で記述されているという。本作とほぼ同時期に執筆した「アロンゾ・タイパーの日記」でも言及される。

17 〈古きものども《オールド・ワンズ》〉 Old Ones
〈古きものども《オールド・ワンズ》〉という言葉は、HPL作品では様々な形で用いられるので、ここで何を指すのかはわからない。直後に言及される海百合のような生物 the crinoid things もまた、初出作品の「狂気の山脈にて」（一九三一年執筆）において〈古きものども《オールド・ワンズ》〉と呼ばれている。

18　ユゴス　Yuggoth
HPLの連作詩「ユゴスの黴《かび》」が初出の、太陽系最外縁の惑星。二〇〇六年に第九惑星の座からおろされ、準惑星とされてしまった冥王星のこと。HPLは一五歳の頃、〈サイエンティフィック・アメリカン〉紙への投書で、未発見の太陽系第九惑星について論じたことがある。

19　ヴァルーシアの蛇人間　the serpent-men of Valusia
ロバート・E・ハワードの「影の王国」において、アトランティス大陸が水没する以前の時代に栄えたヴァルーシア王国を影から操る種族。後に、クラーク・アシュトン・スミスの「七つの呪い」の蛇人間と同一視される。

20　レムリア大陸　Lemuria
レムールという猿の分布を根拠に、一九世紀英国の動物学者フィリップ・スクレーターが提唱したインド洋の仮想大陸。ただし、神智学の文脈では太平洋の大陸とされ、HPLをはじめクトゥルー神話作品においては、後発のムー大陸と同一視される。第1集の収録作を参照。

21　ケム　Khem
エジプトの古名で、「黒」を意味する。

22　ネフレン＝カ　Nephren-Ka
一九二一年執筆の「アウトサイダー」が初出の、エジプト史から抹消されたファラオ。ロバート・ブロックはこの人物について「セベクの秘密」「暗黒のファラオの神殿」などで掘り下げ、ブバスティス（バスト）、セベク、アヌビスと共にナイアルラトホテプを崇拝したという。知識の神トートが著したという書物『トートの書』にまつわるプトレマイオス朝時代の物語に登場する、古代の魔術師、プタハ＝ネフェル＝カー王子Ptah-Nefer-Kaがモチーフになっているのかもしれない。

23　ロデリック・アッシャー　Roderick Usher
一八三九年発表のエドガー・アラン・ポーの小説「アッシャー家の崩壊」の登場人物。語り手の置かれた状況を示唆しているので、併読をお勧めする。

24　三つに分かれた　three-lobed
三つ葉のクローバーについて、この表現が用いられる。

訳者解説

Translator Commentary

「ナイアルラトホテプ」解説

この短めの作品は、一九二〇年の一一月から一二月の上旬にかけてＨＰＬが夢に見た内容をそのまま書き起こしたもので、アマチュア文芸誌〈ユナイテッド・アマチュア〉の一九二〇年一一月号（発行は翌年の一月以降）に発表された。ナイアルラトホテプの初出作品であり、その後、「壁の中の鼠」（一九二三年）、「未知なるカダスを夢に求めて」（一九二六年）、「ユゴスの黴」（一九二九〜三〇年）、「闇に囁くもの」（一九三〇年）、「魔女の家の夢」（一九三二年）、「闇の跳梁者」（一九三五年）を通して、ＨＰＬの万魔殿《パンデモニウム》における神々の使者、魔術神たるヘルメスの性質を獲得していくことになる。

ＨＰＬは、夢の内容についてアマチュア・ジャーナリズム仲間のラインハート・クライナーに宛てた一九二一年一二月一四日付の書簡で詳しく報告し、「悪夢——私自身が実際に見た幻夢で、最初のパラグラフ（筆者注：「誰しもが感じていました」まで）については、完全に目が覚める前に書き上げました」「私が一〇歳の頃から見てきた中で、最も真に迫った恐ろしいものでした」と言及している。

この書簡中の夢の内容に触れた部分を、補遺という形で訳出したので読み比べてみると良いだろう。

作中に示唆される通り、ナイアルラトホテプというのは明らかに古代エジプトの王侯貴族の名前で、今日《こんにち》の英語圏での発音は英語読みの「ニャルラトテプ」と、異国風の「ナイアルラトホテプ」（「ル」は巻き舌気味）に概ね二分されているようである。様々な場で繰り返し説いてきたように、「ナイアルラトホテプ」が人間に発音不可能な名前だとするＨＰＬの記述、発言は存在しない。

「ホテプ hotep」ないしは「ヘテプ hetep」は、古代エジプト語で「満ち足りる」を意味するもので、たとえばエジプトの神王アメンホテプの名は「アメン（アムン）神は満足する」であるが、「ホテプ」には同時に「捧げもの（＝生贄）」「安らいでいるもの（＝死者）」のニュアンスもあるようだ。

何分、夢の中に出てきた言葉であるだけに、ナイアルラトホテプという言葉の由来は諸説あって判然としないのだが、ＨＰＬが一九一九年の夏から耽溺《たんでき》していたアイルランドの幻想作家、ロード・ダンセイニの作品で言及されるミナルトヒテップ Mynarthitep（『時と神々』収録の「探索の悲哀」）、予言者アルヒレト＝ホテプ Alhireth-Hotep（『ペガーナの神々』収録の同名作）の影響を受けた可能性がある。

また、作中で言及される、怪しげな映画や科学技術のパフォーマンスを行う興行師については、クロアチアのザグレブを皮切りに、世界各地で同様のショーを行っていた電気技師ニコラ・テスラがモデルではないかと、ＨＰＬ研究家のウィル・マレーなどがかねて指摘している。

実際の夢の中では、語り手である「私」は当然ながらＨＰＬ本人であり、物語の舞台は彼が住むロードアイランド州のプロヴィデンスだった。大きく変更された点は、ナイアルラトホテプについて友人からの手紙で告げられたという部分で、この友人というのはＨＰＬの一歳年長のアマチュア・ジャーナリズム仲間、オハイオ州在住のサミュエル・ラヴマンである。ラヴマンの詩に魅せられたＨＰＬは一九一七年から文通していた。ＨＰＬは、一九一九年一二月にも自身とラヴマンが登場する夢を見て、その内容を小説化したのが「ランドルフ・カーターの供述」（本シリーズの第4集収録）である。

なお、ＨＰＬがアイディアやイメージを書き留めた備忘録の一九一九年の条には、「古い大聖堂、恐るべき怪物像《ガーゴイル》。男が盗みに入るが——死体で見つかり、怪物像の顎《あご》に血が。怪物像たちの悍《おぞ》ましい踊り」というメモがあり、これが本作のクライマックスに取り込まれている。

「這い寄る混沌」解説

本作は一九二〇年の一二月、「ナイアルラトホテプ」の後に執筆されたウィニフレッド・ヴァージニア・ジャクスンとの共作で、彼らが編集に携わったアマチュア・ジャーナリズムの合同雑誌〈ユナイテッド・コ＝オペレイティヴ〉（一九二一年四月）に掲載された。なお、掲載時には「エリザベス・バークリイならびにルイス・テオバルド・ジュニア」との筆名が掲げられたが、一九一八年ないしは一九一九年に、やはりジャクスンの夢を下敷きに共作した「緑の草原」についても、同じ筆名を用いている。

一九一九年の初頭にジャクスンが見た夢を元にした作品らしく、HPLは一九二〇年五月二一日付のラインハート・クライナー宛の書簡でそれらしいものに言及しているのだが、同封されていた梗概《こうがい》は残念ながら現存しない。ちなみに、HPL自身は別の書簡で、大麻を試したことはないと書いている。「緑の草原」「這い寄る混沌」は全体的に見間違えようのないHPLの文体なので、共同で執筆したというよりも、ジャクスンの夢の内容をベースに、HPLが書き上げたものだと考えられている。

なお、「這い寄る混沌 The Crawling Chaos」というタイトルは、「ナイアルラトホテプ」の冒頭から引用したものだ。HPLはロバート・H・バーロウに宛てた一九三四年一二月一日付の書簡において、「響きが気に入っていた」ことをタイトル採用の理由に掲げている。

タイトル以外に直接の繋がりが見えないとはいえ、「ナイアルラトホテプ」の元になった悪夢とその小説自体が、かねて恐怖小説として仕上げる予定だったジャクスンの夢の物語を完成させたことは想像に難くはない。遠い未来における幻視（作中、語り手がラディヤード・キプリングを「大昔の作家」と誤認したくだりから、そのことが明らかである）、それも地球の滅亡を描く光景は、あるいは前作においてナイアルラトホテプの見せた、黙示的な映画に重ねられていたのではないだろうか。

一九一四年以降、アマチュア・ジャーナリズムの世界で活躍していたＨＰＬは、数多くの友人たちに恵まれた。そうした親しい友人の中には少なからず女性も含まれるのだが、一時は彼の妻となったソニア・Ｈ・グリーンや、ダンウィッチのモチーフとなったマサチューセッツ州ウィルブラハム在住のイーディス・ミニターなどの例を見るに、この偏屈な世間知らずでありながら、文才と博識に恵まれた若い変人には、年上の女性から気に入られる傾向があったようだ。ＨＰＬにとっては一四歳年長のウィニフレッド・ヴァージニア・ジャクスンもその一人で、彼らは手紙のやり取りはもちろん、互いの発行するアマチュア文芸誌に寄稿しあい、時には本作の掲載誌のような合同雑誌を手がけることもあった。このため、二人が交流を始めた一九一八年の時点でジャクスンは既婚者だったにもかかわらず、アマチュア・ジャーナリズム界隈では恋人同士と噂されていたようだ。

こうした噂を裏付けるように、一九一八年におそらくはマサチューセッツ州のどこかの海岸でＨＰＬが撮影したというジャクスンの写真が現存している。また、一九二〇年のクリスマスには、彼女から写真を送られた返礼として、詩を書き送っている。ジャクスンはアフリカ系アメリカ人の夫ホレース・ジョーダンと一九一九年初頭に離婚しているのだが、二人の関係がどのようなものであったにせよ、ＨＰＬがソニア・Ｈ・グリーンと出会った一九二一年七月以降、付き合いが途絶えたらしい。

Ｓ・Ｔ・ヨシの『Ｈ・Ｐ・ラヴクラフト大事典』によれば、ソニアが「自分がＨＰＬをウィニフレッド・ジャクスンから奪ったと言っていた」との噂が存在したようである。

「壁の中の鼠」解説

一九二三年の八月ないしは九月に執筆された、エドガー・アラン・ポオ風の陰惨な作品。実際、本作の執筆にあたってHPLはポオの作風を意識したようで、「デ・ラ・ポーア de la Poer」の家名は、ポオの婚約者だったサラ・ヘレン・ホイットマンのキャロライン・ティンクノーによる伝記『ポオのヘレン Poe's Helen』（HPLはこの本を読んでいた）に記載されている、ポオとホイットマンの共通の先祖だと二人が信じていたという「ル・ポーア Le Poer」から採ったものと思《おぼ》しい。

本作の終盤で「二体の無定形なる〜盲目的に吼《ほ》え声をあげ」るというナイアルラトホテプのイメージは後年、オーガスト・W・ダーレスの「闇に棲みつくもの」でさらなるアレンジを加えられ、『クトゥルフ神話TRPG』におけるナイアルラトホテプの化身〈月に吼えるもの〉の原型のひとつとなった。

HPLは、愛読する商業文芸雑誌〈アーゴシー・オール・ストーリー・ウィークリー〉に原稿を送ったのだが、「一般大衆の繊細な感受性にとってはあまりに恐ろしい」との理由で拒絶された。これは、クライマックスにおけるカニバリズムの描写が主な原因なのだろう。結局、本作は〈ウィアード・テイルズ〉一九二四年三月号に掲載されることとなる。その後、一九三一年にはセルウィン&ブラント社の怪奇小説アンソロジー〈ノット・アット・ナイト〉第六巻に収録された。なお、本作は一九六八年にウォーレン社から刊行されたコミック雑誌〈クリーピイ〉二一号において、おそらくは初めて原作者の名前入りでコミカライズされているのだが、この時も問題のシーンがめった刺しに変更されていた。

HPLは本作執筆のきっかけについて、女流SF作家キャサリン・L・ムーア宛の一九三五年七月二日付の書簡に「夜遅くに壁紙の剝がれる音を耳にして、そこから連鎖的な想像が浮かんだのです」と書いている。また、HPLの備忘録にも、一九一九年の条に「鼠が繁殖し、まずは一つの都市を全滅させ、次いで全人類を滅ぼす。体力と知能が増大」「古城の地下祭室における恐るべき秘密――住人が発見」、一九二三年の条に「壁紙が不気味な形に剝がれ落ちる。男が恐怖で死ぬ」という記述がある。

ローマにおいて太母神《マグナ・マーテル》と呼ばれた豊穣と繁殖の女神キュベレーに結び付けられる古代のカルトが作品の主軸で、作中幾度か言及される古ラテン語の碑文(訳注9を参照)やジル・ド・レ、マルキ・ド・サドらの名前を通して、人間の肉体を生贄として捧げる悍ましい儀式の存在が示唆されていて、サブリミナルな効果を与えるのだが、「わかる人にしかわからない」趣向ではあった。

とりわけ、クライマックスの絶叫の中で引用されているゲール語の呪いに至っては、人によっては支離滅裂な音声の羅列としか見えないことだろう。これは、スコットランドの女流作家フィオナ・マクラウド(実は男性作家ウィリアム・シャープの変名)の「罪を喰う人」からの引用だ。「罪を喰う人」は、死者が生前に犯した罪を、赤の他人に背負わせて海に投げ捨てるという、北海に面した村の奇妙な風習を描くもので、本作の語り手が別人(先祖)の因果を背負わされたことを示している。

こうした先祖の記憶が蘇るという趣向について、HPLはアーヴィン・S・コッブの「切れ目なき鎖 The Unbroken Chain」からの影響を受けたようだ。一九世紀に米国に買われた黒人奴隷の血を引くフランス人が、生命の危機に瀕した際、先祖が口にしたのと同じアフリカの言葉を叫ぶという物語である。

また、作中で言及されるローマの第三軍団アウグスタはブリタンニア(ローマの属州)に派遣されたことがないので、第二軍団アウグスタの誤りである可能性が高い。(訳注5を参照)

「最後のテスト」解説

本作は、アドルフ・デ・カストロの「科学の犠牲 A Sacrifice to Science」を、原作者の依頼によってHPLが改作したもので、一九二七年一〇月から一一月にかけて執筆され、〈ウィアード・テイルズ〉一九二八年一一月号に掲載された。なお、元作品はアマチュア・ジャーナリズムの文芸誌ではなく、カリフォルニア大学図書館から一八九三年に刊行された『告白とそれに続くもの In the Confessional and the Following』（本名名義）に収録された、れっきとした商業作品である。

デ・カストロは、本名をグスタフ・アドルフ・ダンツィガー。一八五九年にロシアのドイツ語圏に生まれ、ドイツのボン大学に学んだ後、一八八六年に渡米。歯科医、スペインのマドリードに駐在する米国領事などの職業を転々としたユニークな人物で、一九二一年以降はスペイン人だった先祖の姓「デ・カストロ」を名乗った。米国の作家、ジャーナリストで、HPLも愛読したアンブローズ・ビアス――ハスターの生みの親――と親交があり、一九二〇年代にはメキシコに渡って、一九一三年末にこの国で失踪したとされるビアスを探索したと称した。その後、ビアスとの縁を武器に売り出そうとしたらしく、やはりビアスの知己だったサミュエル・ラヴマンの紹介でHPLに小説改稿を依頼したのである。

本書にも併録した「科学の犠牲」は、一読すればわかるように、怪奇要素が全く存在しないサスペンス風のメロドラマである。依頼を受けはしたものの、HPLはかなり閉口したようで、フランク・ベルナップ・ロング宛の一九二七年一二月付の書簡中で「ドルフィー爺さん Old 'Dolphie」の作品について「あの馬鹿げた作品のダラダラと続く単調さには、危うく癇癪《かんしゃく》を起こすところでした」「ハスターの如く忌まわしいアドルフの作品」とまでこきおろしている。この愚痴に同情したのか、ロングはＨＰＬが断ったメキシコでの探索の顚末を含むビアスにまつわる回顧録の改稿を引き受け、『アンブローズ・ビアスの肖像 Portrait of Ambrose Bierce』のタイトルで一九二九年に刊行されている。

幸い（?）、ＨＰＬはつい最近読んだばかりの冒険小説の趣向をこの作品に盛り込み、自分好みの作品に作り変えるというアイディアを思いついた。その小説は、フランスの人気作家にしてアカデミー・フランセーズ会員でもあるピエール・ブノアが、一九一九年に発表した『アトランティード』で、アメリカの政治家・著述家イグネイシャス・ダンリーが一八八二年に刊行した『アトランティス〜大洪水期前の世界』を下敷きに、プラトンが『クリティアス』で触れたアトランティスが実は北アフリカの秘境——当時はフランス領だったアルジェリアのホガール山地に存在していたという設定の冒険小説だ。

発表の翌年には『アトランティーダ』のタイトルで英語版が刊行されており、ＨＰＬはクラーク・アシュトン・スミス宛の一九二七年一〇月一日付の書簡において、最近読んだばかりだというこの小説を「素晴らしい文体ながら、幻想味よりも冒険の色あいが濃い作品」と評している。

ともあれ、ＨＰＬにより「クラランダンの最後のテスト」と改題された本作は、元作品では影の薄い、フランス語で「死」を意味する安直なネーミングのモートがナイアルラトホテプを崇拝する太古の邪悪な魔術師に変更されたのみならず、シュブ＝ニグラス、ナグ、イェブの名前が初めて言及される、重要なクトゥルー神話作品に生まれ変わった。ヒロインが脇に追いやられ、男同士の友情がクローズアップされるあたり、ＨＰＬの好みが顕《あらわ》れているとも言える。なお、「最後のテスト」に登場するアルフレッドとジョージナは、作中描写からはどちらが年長とも取れるため、「兄弟」「姉妹」と訳出した。

「イグの呪い」「墳丘（雑誌掲載版）」解説

本作は、ズィーリア・ブラウン＝リード・ビショップのためにＨＰＬが代作した三本の小説の一作目で、一九二八年の春に執筆され、〈ウィアード・テイルズ〉一九二九年一一月号に掲載された。ビショップ（ＨＰＬは彼女のことをリードと呼んでいた）は、カンザス州に住む既婚者の女性で、アドルフ・デ・カストロと同じく、ＨＰＬのアマチュア・ジャーナリズム仲間であるサミュエル・ラヴマンの紹介により、一九二八年頃に小説の代作を依頼した。彼女自身はロマンス小説が好みで、実際、その方面の小説作品をアマチュア文芸誌に発表してもいたのだが、ＨＰＬは手紙のやり取りを通して彼女から恐怖小説のアイディアを引き出し、これを小説に仕上げたのである。

オーガスト・Ｗ・ダーレス宛の一九二九年一〇月六日付の書簡によれば、ビショップが考案したのは「ガラガラ蛇の巣の上に居を構えた開拓者の夫婦に関するもので、夫が蛇に殺されること、死体が爆《は》ぜること、惨劇を目撃した妻が発狂すること」という骨子の部分のみで、物語としてのプロットすら成していなかったということだ。ＨＰＬの言葉に従えば、アイディアの残り七五パーセントが彼の創意で、「この作品は、小説としては全面的に私が作ったものだと言って良いでしょう」とも書いている。

ビショップが住んでいたカンザス州はオクラホマ州に隣接していて、ＨＰＬは地理的な風土や特色について、手紙を介した質疑応答で彼女から情報を得た。先住民族や中米の神話については自身が資料にあたったようだが、ポーニー族の神の名をウィチタ族の古老が口にするなどの若干の混乱が見られる。「イグの呪い」のテーマは、幼少期から愛読してきたグレコ＝ローマンの神話・伝説に語られる神と人間の婚姻譚《こんいんたん》――わけても、プーブリウス・オウィディウス・ナソの『変身物語』に描かれる時に凄惨なそれを、HPLにとっての「現代アメリカ」に置き換えたものである。作中で実際に起きた出来事についてHPLは巧妙に直言を避け、読者をぞっとさせる効果を高めているのだが、彼自身は今ひとつ不満が残ったのかもしれない。本作を仕上げたのは一九二八年の三月上旬のようなのだが、半年ほど経過した同じ年の秋に、同じテーマを扱った「ダンウィッチの怪異」を書き上げている。

本作自体は完全に独立した作品だったが、HPLは翌一九二九年一二月に、同じくビショップのために代作した「墳丘」において蛇神イグのさらなる掘り下げを行うと共に、自身の創造したクトゥルー、シュブ＝ニグラス、それにクラーク・アシュトン・スミスの創造したツァトーグァをも加えた万魔殿《パンデモニウム》に取り込んだ。のみならず、「墳丘」は「イグの呪い」と登場人物・舞台を共有する、HPLが手がけた商業作品としては最初の「直接の続編」でもある。実のところ、本シリーズの第1集に「墳丘」へと続く形で収録したかったのだが、ページ数の都合で断念した。代わりに、第3集では〈ウィアード・テイルズ〉一九四〇年一一月号に掲載された短縮版の「墳丘」を、雑誌掲載版として併録した。ビショップのエージェントを務めていたフランク・ベルナップ・ロングがいったん短く刈り込んだものを、オーガスト・W・ダーレスがさらに改稿したもので、元作品の半分ほどの長さになっている。

面白いことに、HPLの世界観や人脈とは関係なく、「イグの呪い」にはフォロワー作品が生まれている。HPLの死後、〈ウィアード・テイルズ〉一九三七年九月号に掲載されたブルース・ブライアンの「ホ＝ホ＝カムの怪異」に、アリゾナ州のギラ・リバー渓谷のあたりに一五世紀頃まで暮らしていた先住民族（史実）、ホホカム族の崇拝した有翼の蛇神としてイグ＝サツーティが登場するのである。

「電気処刑器」解説

本作は、「科学の犠牲」と同様、デ・カストロの『告白とそれに続くもの』に収録されていた「自動処刑器 The Automatic Executioner」（初出はヤングアダルト向けの小説誌〈ウェーブ〉一八九一年一二月一四日号）の改作である。執筆は一九二九年六月で、〈ウィアード・テイルズ〉一九三〇年八月号に掲載された。「自動処刑器」が書かれた一八九一年、デ・カストロ（というよりもダンツィガー）は、同じ年に刊行されたドイツ人作家リヒャルト・フォスの『ベルヒテスガーデンの修道士 Der Mönch von Berchtesgaden』と題する、地元の伝説が下敷きのロマンス小説を英訳した。これにアンブローズ・ビアスが手を加えたものが、『修道士と絞刑人の娘』のタイトルで〈サンフランシスコ・エグザミナー〉紙に連載され、翌一八九二年にはＦ・Ａ・シュルテ社から単行本が刊行されている。しかし、デ・カストロが後に執筆し、ＨＰＬ宛の手紙にも同封した文章によれば、「私は『修道士と絞刑人の娘』と題するドイツ語の物語に基づき、Ｇ・Ａ・ダンツィガーの名義で一八八九年にこれを著した」という具合に、自分が真の作者だと主張している。この文章は単行本の第二版以降、序文として収録された。

物語は、ベルヒテスガーデン〔バイエルンの山岳地帯にある町〕を舞台に展開する絞首人の一族の娘と修道士の悲恋《ひれん》を描いたもので、デ・カストロはＨＰＬへの手紙の中で、伝統的な悲劇をハッピーエンドを迎える物語に書き換えようとした自分の目論見が、ビアスに妨げられたと強く非難している。これを伝えることによって、デ・カストロは改稿を依頼したＨＰＬを威圧しようとしたらしいが、その結果、胡散臭い奴との印象を与えたのみだった。「最後のテスト」の解説でも触れたロング宛の書簡で、ＨＰＬは「金を払うからにはできるだけ作品に手を入れさせよう」というデ・カストロに繰り返し追加料金なしでの追記を要求され、ひどく苦労したと漏らしている。ともあれ、時期的に考えて「自動処刑器」はフォスの『ベルヒテスガーデンの修道士』に触発され、執筆したものと考えて良いだろう。「科学の犠牲」の筋立てや、悲劇的な結末の物語をハッピーエンドに変更しようとするあたり、デ・カストロの好みは通俗的なメロドラマだったらしい。「自動処刑器」の登場人物はいかにもホースオペラに出てきそうな定型的なキャラクターばかりだし、列車内における二人のやり取りは緊張感と無縁で、欧州各地に伝わる悪魔との騙し合いの民話を彷彿とさせる、牧歌的な空気すら漂うものだった。

これにHPLの手が加わるや、筋立てが概ね同じであるにもかかわらず、作品の空気はがらりと変化する。語り手は、叩き上げのヤンキーからインテリ風の調査員に。処刑人――仮に、こう呼んでおこう――は、ただの尊大な男から切迫した狂気を漂わせた怪人に。そして、自動巻き上げ式の絞首装置だった自動処刑器は、高性能のバッテリーを備えた電気処刑器へと、劇的なレボリューションを果たすのだ。

ちなみに、HPLが二九年秋に著した「アメリカ諸地方紀行」には、本作執筆直前の春先の旅行中、「万物の麗しきことよ！」「我が輝かしき栄光を見よ！」などとひどいドイツ訛りでブツブツ呟《つぶや》く怪人物に、列車で遭遇したという逸話が載っている。これが、処刑人のモチーフになったものらしい。

HPLは本作において、「クトゥルートル Cthuhutl」「ニグラトル＝イグ Nigurati-Yig」「ヨグ＝ソトートル Yog-Sototl」というアステカ風の名前を提示し、これらの神々が中米で崇拝されたことを暗示しているのだが、これは同じ年の頭に執筆した「イグの呪い」の資料調査が下敷きになっているのに違いない。その意味において、本作は「イグの呪い」と「墳丘」を繋ぐ作品と呼べるだろう。

「石の男」解説

本作は、一九三二年の夏の終わりから翌三三年の夏にかけてHPLの顧客だったヘイゼル・ヒールドのためにHPLが代作した、五本の小説の一作目にあたり、〈ワンダー・ストーリーズ〉一九三二年一〇月号に掲載された。ヒールドは、ボストン郊外のサマービルという街に住むアマチュア作家で、HPLの地元プロヴィデンスでのアマチュア・ジャーナリズム仲間クリフォード・M・エディ・ジュニアの妻で、自身もアマチュア作家であるミュリエル・E・エディによってHPLに紹介された。

「石の男」について、ヒールド自身はオーガスト・W・ダーレス宛の一九四四年九月三〇日付の手紙に、「ラヴクラフトは私がこの物語を書き上げる手伝いをしてくれて、パラグラフをまるごと書き直してくれました。彼はパラグラフからパラグラフへと批評を加え、その脇に鉛筆で所見を書き込み、それから、彼が納得のゆくまで私に書き直しを命じたのです」と書いている。これだけを見ると、HPLの指示に従ってヒールド自身が原稿を完成させたように見えるのだが、彼女からの「小説添削」の仕事について言及したHPLの書簡を眺め渡すと、「私の最近の添削の仕事は、もうほとんど完全に小説の代作に近くなっていて、私は過去に著者として経験したプロット考案に関するあらゆる問題に直面しています」（E・ホフマン・プライス宛、一九三二年一〇月二〇日）、「ヒールド夫人は私の添削依頼客の一人で、私はそうした顧客のために働いて賃金をもらってきました。そうした作品は実のところ私自身の作品です――いわゆる代作というやつですよ」（イーミル・ペタージャ宛、一九三五年五月三一日）、「添削と言いますか代作と言いますか、最近やった仕事の中には、私が別名義で書いたと言っても良い小説があります」（ウィリス・コノヴァー宛、一九三六年七月二九日）という具合の発言を繰り返しており、ヒールドから最後に請け負った「永劫より出でて」については明確に「手助けしたと言いますか……私があの忌々しい作品を書いたのですとも！」（クラーク・アシュトン・スミス宛、一九三五年三月二六日）、「名義上の著者の貢献は、頭脳だけが生きている古いミイラ、というアイディアのみです」（ロバート・H・バーロウ宛、一九三五年四月二〇日）と断言している。

本作は他のヒールド名義の作品と異なり、HPLが書き直す前に、彼女自身がいったん小説として書き終えていたようなのだが、残念ながら元作品は現存しない。とはいえ、「永劫より出でて」「蠟人形館の恐怖」と読み比べてみると、「生物が彫像・石像のような状態になっている」という共通の特徴がヒールドの嗜好の反映であることは疑うべくもなく、元作品から採用されたアイディアがどのようなものだったか、容易に推測できるだろう。ともあれ、ライアン・スプレイグ・ディ・キャンプやS・T・ヨシといったHPL研究家たちは、一様にHPLが全面的に書き直したという見解をとっている。

なお、本作はニューヨーク州南北の山岳地帯を背景にしている。この州はオランダ人によって植民地が築かれた土地で、山岳地帯を中心に禁欲的なプロテスタントの植民地とは雰囲気の異なるフォークロアが数多く生まれている。ワシントン・アーヴィングの短編小説「リップ・ヴァン・ウィンクル」――犬を連れて山奥にでかけた樵《きこり》のリップ・ヴァン・ウィンクルが、不思議な体験をして町に戻ってみると、二〇年の歳月が過ぎ去っていたという物語――は、オランダ系移民の昔話を下敷きにしている。HPLはアーヴィングの愛読者で、「眠りの壁の彼方」（一九一九年）、「潜伏する恐怖」（一九二三年）など、本作でも言及される南部のキャッツキル山脈が舞台の作品をいくつか書いている。

「蠟人形館の恐怖」解説

本作は「石の男」に続き、ヘイゼル・ヒールドの依頼で一九三二年一〇月に代作された小説である。詩人リチャード・E・モースに宛てた一九三三年七月二八日付の書簡には、「「蠟人形館の恐怖」は――クライアントが寄越したシノプシスがお粗末に過ぎたので、私が代作しました――事実上、私自身の作品です」「ヒールドの二つの作品（筆者注：「翅《はね》のある死」「永劫より出でて」のこと）を新たにお目にかけられると思いますが、均《ひと》しく私の筆に拠《よ》るものです」と書かれている。欧米各地にはワックス・ミュージアムと呼ばれる蠟人形館が存在するのだが、博物館《ミュージアム》と美術館《アート・ミュージアム》が日本語で区別されるように、ワックス・ミュージアムもまた博物館とは異なる施設なので、新訳にあたり「蠟人形館」とした。

一九三〇年頃から、他の作家たちの作品も包含する形で、自身の神話の整理を進めてきたHPLは、本作の蠟人形館という舞台を活かし、実に楽しげに異形の魔神たちの姿を陳列した。クトゥルーにヨグ＝ソトース（虹色にきらめく球体の集積という外見描写は本作が初出）、シュブ＝ニグラスといった自作品の神々はもとより、「最後のテスト」「墳丘」で既に言及したクラーク・アシュトン・スミスのツァトーグァ、自身がプロットに寄与したフランク・ベルナップ・ロングの「恐怖の山」に登場するチャウグナル＝フォーンといった錚々《そうそう》たる名前が並び、神話を体系化したリン・カーターは本作を大いに参考にしている。なお、ある人物の口から語られる「インドシナ半島の廃墟と化した都市」の「闇の中で泳ぐ細長いもの」というのは、オーガスト・W・ダーレスとマーク・スコラーの合作「星の忌み仔の棲まうところ The Lair of the Star Spawn」（邦題は「潜伏するもの」）に登場するロイガーないしはツァールのいずれかと思しい。「星の忌み仔〜」は、今日、〈旧神《エルダー・ゴッズ》〉と総称される勢力をダーレスが登場させた作品だが、原文では〈旧神〉以外にも〈古きものども《オールド・ワンズ》〉〈大いなる古きものども《グレート・オールド・ワンズ》〉と呼ばれていて、これと対立するロイガーとツァールは〈邪悪なるものども《イーブル・ビーイングズ》〉と総称されているのだった。

さて、「蠟人形館の恐怖」にはラーン゠テゴスという新たな神性が登場するのだが、「〈それ《イット》〉が死んでしまえば、〈古きものども《オールド・ワンズ》〉は二度と戻れなくなる」という設定の存在が、読者のみならず後続作家たちを悩ませてきた。日本の読者の場合、「〈古きものども《オールド・ワンズ》〉」が神々の総称である「旧支配者」と訳されたことによって混乱が深まり、「狂人の戯言《たわごと》に過ぎず、事実ではない」との解釈も生まれたほどである。実のところ、ＨＰＬの様々な作品で言及される〈古きものども《オールド・ワンズ》〉という言葉は、必ずしも同じ種族やグループを指し示すものではない。以下、本作以前の作品での使用例を列記してみることにしよう。

・「クトゥルーの呼び声」（一九二六年）：クトゥルーは〈大いなる古きものども《グレート・オールド・ワンズ》〉の大祭司。
・「ダンウィッチの怪異」（一九二八年）：クトゥルーは地球の支配者である〈古きものども《オールド・ワンズ》〉の縁者。
・「墳丘」（一九二九年）：〈古ぶるしきものども《オールド・ワンズ》〉は、太古にクトゥルーやイグを崇拝した地底種族。
・「狂気の山脈にて」（一九三一年）：クトゥルー以前に地球に棲みつき、クトゥルーと戦った先住種族が〈古きものども《オールド・ワンズ》〉〈大いなる古きものども《グレート・オールド・ワンズ》〉と呼ばれている。
・「インスマスを覆う影」（一九三一年）：〈深きものども《ディープ・ワンズ》〉を退ける〈古きものども《オールド・ワンズ》〉のサインへの言及。

このような具合であるから、本作の〈古きものども《オールド・ワンズ》〉の正体は、それこそ神のみぞ知る——である。

「闇の跳梁者」解説

一九三五年四月三〇日、クトゥルー神話史上最も有名な手紙が、ロードアイランド州プロヴィデンスはカレッジ・ストリート六六番地のアパートにおいてしたためられた。以下が、その文面である。

> 関係者各位：
>
> 本状は、アメリカ合衆国ウィスコンシン州はミルウォーキーのロバート・ブロック殿――『妖蛆《ようしゅ》の秘密《ひみつ》』の著者ルートヴィヒ・プリン氏の生まれ変わり――が、「星から訪れたもの THE SHAMBLER FROM THE STARS」と題する物語において、署名者を描写、殺害、抹消、分解、変形、変成、かつまたその他の方法で手荒く扱う全面的な権限を保証するものである。
>
> （署名）H・P・ラヴクラフト
>
> 証人：アブドゥル・アルハズレッド　ガスパール・デュ・ノール
>
> フリードリヒ・フォン・ユンツト　レンのラマ僧チョー＝チョー

宛先は、一八歳ながら〈ウィアード・テイルズ〉で既に注目を集めつつあった俊英で、幼少期からHPLのファンだったロバート・ブロック。春先に執筆した「星から訪れたもの」にて、「ニューイングランドの夢想家」を殺害したことについて、律儀にも事後許可を求めてきた彼に、HPLが返送したのが先の仰々しい証書なのだ。「星から訪れたもの」は、『妖蛆の秘密』及びその著者プリンの初出で、無名の怪奇小説家が古書店で入手した『妖蛆の秘密』をプロヴィデンスに持ち込んで――という物語である。〈ウィアード・テイルズ〉一九三五年九月号に掲載された時、読者たちの多くが、殺害された人物の正体に気付いた。そして、読者の一人であるB・M・レイノルズが、こんな投書を送ったのだ。

「ロバート・ブロックの「星から訪れたもの」は多大なる賞賛に値する作品です。さて、ここはひとつラヴクラフト氏も自らの作品を捧げ返し、以てブロックへの賛辞としてみてはいかがでしょう?」

〈アスタウンディング・ストーリーズ〉に「狂気の山脈にて」「超時間の影」を次々採用され、機嫌の良かったHPLは勇躍、執筆に取り掛かった。一九三五年一一月五日のことで、完成は九日である。

HPLは、「星から~」の無名の作家にロバート・ブレイクの名前を与え、自分の住むアパートに下宿させた。〈星の智慧派〉の拠点とされるフェデラル・ヒルの廃教会は、聖ヨハネ・ローマ・カトリック教会がモチーフで、彼は自室の窓から見える「聖ヨハネ教会の黒々とした建物と尖塔が、遥かな地平線を背に聳える、非常に神秘的な美しい眺め」について書簡に書いている。作家リチャード・F・シーライトに宛てた一九三五年一二月二四日付の書簡によれば、この教会の鐘楼は事実、一九三五年六月末に落雷によって壊れてしまったということである。HPLの死後、ブロックは本作の続編「尖塔の影」を〈ウィアード・テイルズ〉一九五〇年九月号で発表し、亡き師への手向けとしたのだった。

なお、本作はナイアルラトホテプの重要設定が複数提示された作品なのだが、末尾に言及される「三つに分かれた燃えあがる眼」というのは、モーリス・ルブランのSF小説『三つの目』を意識した可能性が高い。三つの目のような映像に続いて、過去の地球の映像が宇宙から投影されるという、彼の「ナイアルラトホテプ」を想起させられる内容で、HPLは一九二七年にこの作品を読んでいたのである。

資料・神々の系図

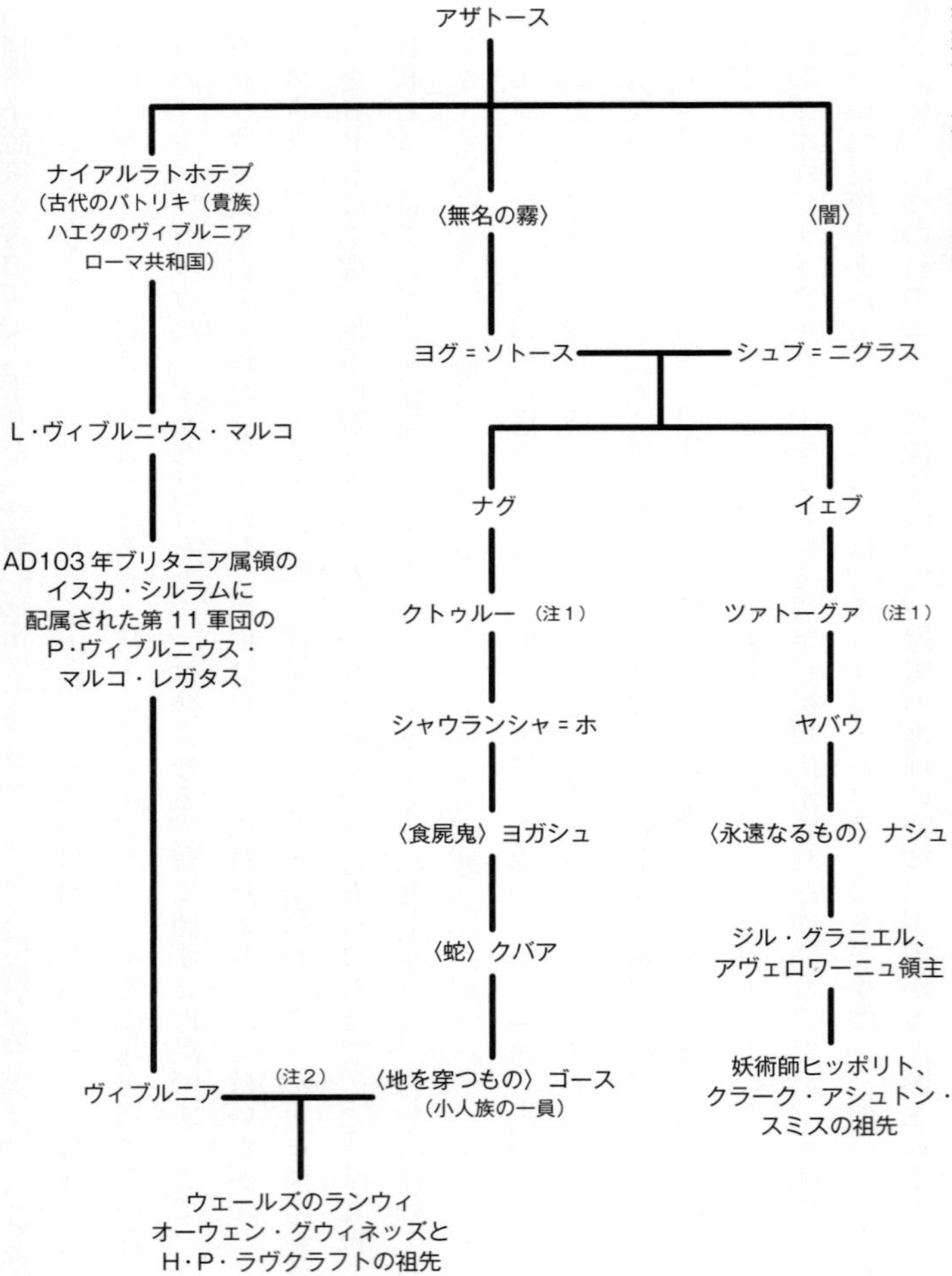

注1：直系の家系の者がこの惑星に棲みつく。
注2：この縁組は地獄めいた名付けられざる悲劇だった。
（1933年4月27日付ジェイムズ・F・モートン宛書簡より）

年表

年表の記載事項は史実並びにラヴクラフトの主要作品に基づく。本シリーズの収録作については行頭に番号を付す。

1ダゴン　2神殿　3マーティンズ・ビーチの恐怖　4クトゥルーの呼び声　5墳丘　6インスマスを覆う影
7永劫より出でて　8猟犬　9祝祭　10ピックマンのモデル　11『ネクロノミコン』の歴史　12ダンウィッチの怪異
13往古の民　14アロンゾ・タイパーの日記　15ナイアルラトホテプ　16壁の中の鼠　17最後のテスト　18イグの呪い
19電気処刑器　20石の男　21蠟人形館の恐怖　22闇の跳梁者

四六億年前――地球誕生はこの頃とされている。

一〇数億年前―樽型異星人が南極大陸に到来。

三億五千万年前――クトゥルーとその眷属が暗黒の星々より到来。

三億年前――クトゥルーが眠りにつく。

二億五千万年前～一億五千万年前――〈ユゴスよりの菌類〉の到来。

二億二千五百万年前以前――〈偉大なる種族〉がオーストラリア大陸の円錐状生物の肉体に転移。

五千万年前――〈偉大なる種族〉が円錐状生物の肉体を去る。

三百万年前――21アラスカにある廃墟で、ラーン＝テゴスが眠りにつく？

紀元前一七三一―四八年頃？――7赤い月の年。シュブ＝ニグラスの神官トヨグがヤディス＝ゴー山へ向かう。

紀元前二一一年――13大スキピオ、遠征軍を率いてヒスパニアに上陸。

紀元前一八六年――13イタリア全土に向けて、元老院によるバッコス祭禁止の布告がなされる。

四三年――16ローマ帝国によるブリタンニア侵攻。

七三〇年頃――11アブドゥル・アルハズレッド、『アル・アジフ』を執筆。

九五〇年――11テオドラス・フィレタス、『アル・アジフ』を『ネクロノミコン』の表題でギリシャ語に翻訳。

一〇〇〇年頃——[16]後世、エクサム修道院が建つあたりに、修道士の宗団が居住。

一〇五〇年——[11]総主教ミカエルが『ネクロノミコン』の出版を禁止、焚書に処す。

一二二八年——[11]オラウス・ウォルミウス、『ネクロノミコン』をラテン語に翻訳。

一二三二年——[11]教皇グレゴリウス九世によって『ネクロノミコン』のギリシャ語版、ラテン語版が禁書となる。

一二四〇年——ガスパール・デュ・ノール、ギリシャ語版『エイボンの書』をフランス語へと翻訳。

一二六一年——[16]初代エクサム男爵ギルバート・デ・ラ・ポーア、ヘンリー一世よりアンチェスターに領地を賜る。

一三〇七年——[16]ある年代記に、デ・ラ・ポーア家にまつわる醜聞。

一五世紀——[11]ラテン語版『ネクロノミコン』がおそらくドイツで印刷される。

一六世紀——[11]ギリシャ語版『ネクロノミコン』がイタリアで印刷される。

一六世紀——[11]英国のジョン・ディーが『ネクロノミコン』を英訳する。

一五二一年——スペイン帝国が新大陸にヌエバ・エスパーニャ副王領を設立。

一五三二年——[5]スペイン人パンフィロ・デ・サマコナ、新大陸に渡る。

一五三七年——修道士マルコス・デ・ニサが黄金都市シボラを垣間見たと考える。

一五四〇年——[5]スペイン人探検家フランシスコ・ヴァスケス・デ・コロナド・イ・ルヤン、黄金都市探索に出発。

一五四一年——ルートヴィヒ・プリン、獄中で『妖蛆の秘密』を執筆。

[5]一〇月七日、サマコナ、コロナドの遠征隊から抜け出し、南へと向かう。

一五四二年——スペイン人探検家アルバル・ヌーニェス・カベサ・デ・バカ、見聞録を出版する。

一六世紀後期～一七世紀初頭——[16]ジェイムズ一世の治世下において、デ・ラ・ポーア男爵家の一族の者たちが惨殺され、犯人と目されたウォルター・デ・ラ・ポーアが新大陸のバージニア植民地へ移住。

一五八七年——[20]ニコラス・ファン・カウランがオランダのウィトガールトで処刑される。

一七世紀——[11]ラテン語版『ネクロノミコン』が、おそらくスペインで印刷される。

一六三八年――グロスター湾のケープアンで、とぐろを巻いた怪物が目撃される。

一六五〇年――9 この年以前に、キングスポートのグリーン・レーンに、ある一族の屋敷が建てられる。

一六九二年――10 12 新大陸マサチューセッツ湾植民地のセイラム村（現ダンバース）を起点に、魔女裁判事件が発生。ピックマン家の先祖が絞首刑に処される。セイラムの住民の一部がダンウィッチに移住。

一六九三年――コットン・マーザーの『不可視の世界の驚異』刊行。セイラムの魔女裁判への言及。

一七四七年――12 会衆派教会のアバイジャ・ホードリイ師がダンウィッチ村で怪異にまつわる説教。

一七六六年――14 ヴァン・デル・ヘイル家がニューヨーク州に移住する。

一七七三年――14 ジョリス・ヴァン・デル・ヘイル誕生。

一七九三年――メイン州のマウント・デザート島の沖で巨大な怪物が目撃される。

一八一七～一九年――グロスター湾、ナハント湾で怪物が度々目撃される。

一八一九年――7 マサチューセッツ州ボストンにてキャボット考古学博物館が設立。

一八三四年――20 ニューヨーク州のニューパルツで、ハスブルックという地主にまつわる怪事件。

一八三八年――6 東インド諸島のとある島の住民が消失。その後、マサチューセッツ州インスマスのオーベッド・マーシュ船長が、悪魔の暗礁において〈深きものども〉と接触する。

一八三九年――フリードリヒ・ヴィルヘルム・フォン・ユンツトの『無名祭祀書』がドイツで刊行される。
20 バルート・ピクタース・ヴァン・コーランがニューパルツから姿を消す。

一八四〇年――フォン・ユンツトが怪死する。

一八四四年――22 五月、イーノック・ボーウェン教授がエジプトより帰国。
22 七月、ボーウェン教授、〈星の智慧派〉を創設し、ロードアイランド州プロヴィデンスのフェデラル・ヒルにあった自由意志派の古い教会を買収。
22 一二月二九日、第四バプティスト教会のドローン博士が〈星の智慧派〉に警鐘を鳴らす。

一八四五年――英語版『無名祭祀書』がロンドンで刊行される。
一八四六年――22〈星の智慧派〉の周辺で失踪者が出始める。
6インスマスにて伝染病が流行。同じ年にダゴン秘密教団が設立。
一八五三年――22当局による〈星の智慧派〉の捜査が空振りに。
一八六一年――19フランス皇帝ナポレオン三世統治下のフランス、メキシコに出兵。
一八六四年――19フランス皇帝の支持のもと、ハプスブルク家のマクシミリアンがメキシコ皇帝に即位。
一八六七年――19皇帝マクシミリアン、捕虜となった後、軍事裁判を経て処刑。
一八六八年――ジェームズ・チャーチワードが、インドの高僧より『ナアカル碑文』を見せられる。
一八六九年――22アイルランド系のパトリック・リーガンがプロヴィデンスのフェデラル・ヒルで失踪する。
一八七二年――14ヴァン・デル・ヘイル家の者たちが姿を消す。
一八七五年――マサチューセッツ州リンの沖合で怪物が目撃される。
一八七七年――22二月、〈星の智慧派〉の教会が閉鎖される。関係者は年末までにプロヴィデンスを離れる。
一八七八年――7五月一一日、貨物船《エリダヌス》号の乗員が太平洋上に新島を発見。
一八七九年――7《エリダヌス》号の乗員が発見したミイラを、キャボット博物館が購入する。
一八八〇年頃――22旧〈星の智慧派〉の教会にまつわる、幽霊の噂が流れ始める。
一八八八年――19アーサー・フェルダンがトラスカラ鉱山社の鉱山で働き始める。
一八八九年――18春、デイヴィス夫妻がオクラホマ州に入植する。
19八月六日、フェルダンが鉱山から書類を持ち逃げする。
18一〇月三一日、デイヴィス家でパーティーが催されるも、夜半、ウォーカー・デイヴィスが死亡。
一八九〇年――ロードアイランド州プロヴィデンスにて、H・P・ラヴクラフト誕生。
一八九一年――5ヒートン青年がオクラホマ州ビンガーの墳丘で一時的に失踪。

一八九二年――[17] 一一月八日、A・S・クラランダン医師がサン・クエンティン州立刑務所の医局長に就任。
[5] ビンガーにて、ジョン・ウィリス保安官が幽霊の戦闘を目にする。
[17] 一月頃より、クラランダン医師の醜聞が各紙を賑わせる。
[17] 三月の第一週、クラランダン医師がサン・クエンティン州立刑務所を解雇される。
[17] 五月二八日の夜半、クラランダン医師と屋敷の召使いが死亡したと思われる。

一八九三年――[22] プロヴィデンスの新聞記者エドウィン・M・リリブリッジが失踪。

一八九四年?――[16] アルフレッド・ディラポア生まれる。

一九〇八年――[4] ミズーリ州セントルイスにて開催されたアメリカ考古学会の年次大会の席上にて、ルイジアナ州ニューオーリンズで押収されたクトゥルーの神像が話題となる。
[14] 四月一七日　アロンゾ・タイパーがコラズィンのヴァン・デル・ヘイル屋敷に向かう。
[14] 四月三〇日　アロンゾ・タイパーの日記は、この日付で終わっている。

一九〇九年――削除版『無名祭祀書』がニューヨークのゴールデン・ゴブリン・プレスより刊行。

一九一一年――[8] 九月二四日以前　英国のセント・ジョンらがオランダの教会墓地の墓を暴く。

一九一三年――[12] 二月二日、マサチューセッツ州ダンウィッチにウィルバー・ウェイトリイが誕生。

一九一四年――七月二八日、第一次欧州大戦勃発。

一九一五年――[1] 五月、英国船籍の豪華客船《ルシタニア》号をドイツ帝国海軍のU‐20が撃沈。「ダゴン」の事件の発生はそれ以前?

一九一六年――[5] 五月一一日、ロートン大尉がビンガーの墳丘で失踪。

一九一七年――[16] アルフレッド・ディラポア、英国でエドワード・ノリス大尉と友誼を結ぶ。
[2] 六月一八日、ドイツ帝国海軍のU‐29が英国船籍の貨物船《ヴィクトリー》号を撃沈。
[2] 八月一三日、漂流中のU‐29、大西洋海底の古代遺跡に到達。

一九一八年―[16]ディラポア家がアンチェスターのエクサム修道院を購入。アルフレッド重傷を負って帰国。

一九二〇年―[5]九月、クレイ兄弟がビンガーの墳丘で失踪。兄のエド、三ヶ月後に帰還するも自殺。

[15]一一〜一二月、ラヴクラフト、ナイアルラトホテプがプロヴィデンスを訪れる夢を見る。

一九二一年―[16]一二月、エクサム修道院の再建始まる。

一九二二年―[3]五月一七日、漁船《アルマ》号の船員が怪物を殺害。死体をグロスターに曳航する。

[3]八月八日、グロスターのマーティンズ・ビーチにて、謎めいた怪事件。

一九二三年―[16]七月一六日、ディラポア家の最後の一人が英国アンチェスターに引っ越す。

[16]七月二二日、ディラポア家の猫たちが不穏な振る舞い。

[16]八月八日、エクサム修道院地下が探索される。エドワード・ノリス死亡。

一九二四年―[12]八月一日、ウィルバー・ウェイトリイの祖父が死亡。

一九二五年―[18]ある民族学者が、オクラホマ州ガスリーの精神病院を訪れる。

[4]三月一日、H・A・ウィルコックスがジョージ・ガメル・エンジェル教授を訪問する。

[4]三月二二日　ニュージーランド船籍の《エマ》号、武装船《アラート》号と交戦。

[4]三月二三日　《エマ》号の乗員たち、ルルイェに上陸する。

[4]三月二三日から四月二日にかけて、太平洋上にルルイェあるいはその一部が浮上する。

[12]ミスカトニック大学のヘンリー・アーミティッジ博士、ウェイトリイ家を訪問。

[4]四月一八日、「謎の漂流船発見さる」という記事が〈シドニー・ブレティン〉紙に掲載。

一九二六年―[11]画家リチャード・アプトン・ピックマンが失踪する。

ジェームズ・チャーチワードの『失われたムー大陸』刊行。

[4]春、画家アルドワ゠ボノがパリのサロンにて『夢の風景』を発表。

[4]年末、エンジェル教授が怪死。

一九二七〜二八年——12冬、ウィルバーがアーカム、ケンブリッジなどの大学図書館を訪問。

一九二七年——6七月一六日、ロバート・オルムステッドがインスマスから逃亡。

6年末から翌年にかけて、政府機関がインスマスにて一斉検挙を行う。

一九二八年——12八月三日の未明、ミスカトニック大学図書館に侵入を試みたウィルバーが死亡。

5八月、ある民族学者がビンガーでのフィールドワークを開始する。

12九月九日、ダンウィッチに怪異が襲来。

12九月一四日、アーミティッジ博士ら三名が、ダンウィッチへと向かう。

12九月一五日、ダンウィッチの怪異が収束する。

一九三〇〜三一年——ミスカトニック大学の南極探検隊が遭難。

一九三一年——7キャボット博物館、フランスのアヴェロワーニュで発見されたミイラを購入する。

7四月五日、〈ボストン・ピラー〉紙がキャボット博物館のミイラについて報道。

一九三二年——7キャボット博物館のミイラを盗もうとする企てが幾度か未遂に終わる。

7一二月五日、ウィリアム・マイノット医学博士らがキャボット博物館のミイラの頭蓋骨を開頭。

一九三四年——22冬、ウィスコンシン州の怪奇小説家ロバート・ブレイクがプロヴィデンスで下宿を始める。

一九三五年——22四月末、ブレイクがフェデラル・ヒルの廃教会に侵入する。

22七月一七日、〈ジャーナル〉紙の朝刊にフェデラル・ヒルの怪事件にまつわる記事が掲載。

22七月三〇日、ブレイクがこの日より神経衰弱に陥る?

22八月八日、午前零時頃より嵐によるプロヴィデンス全域の停電。夜のうちにブレイク変死する。

ミスカトニック大学地質学部によるオーストラリア探検。

14一一月一二日、コラズィンのヴァン・デル・ヘイル家が倒壊。四日後にアロンゾ・タイパーの日記が発見される。

索引

この索引は、『這い寄る混沌』収録作品に含まれるキーワードから、物語及びクトゥルー神話世界観に関わるものを中心に抽出したものです。それぞれのキーワードの言及されるページ数ではなく、それが含まれる作品を番号で示しています（番号と作品の対応は以下を参照）。

ナイアルラトホテプ……①　這い寄る混沌……②　壁の中の鼠……③　最後のテスト……④
イグの呪い……⑤　電気処刑器……⑥　墳丘（雑誌掲載版）……⑦　石の男……⑧
蠟人形館の恐怖……⑨　闇の跳梁者……⑩

なお、人名については「姓、名」の順に記載しています。
例）アーサー・ウィーラー　→ウィーラー、アーサー

【あ】	アザトース	7, 9, 10	神性
	『アジフ』	4	書名
	アステカ	6	国名
	アッティス	3, 6	神性
	アトランティス	4, 7, 10	地名
	アナウアク	6	地名
	アリヌリア	2	地名
	アルハズレッド	4	人名
	アンチェスター	3	地名
	イェブ	4, 7	神性
	イグ	5, 7	神性
	イレム	4	地名
	インディアン	4, 5, 7	事項
	ヴァルーシアの蛇人間	10	種族
	ヴァン・コーラン	8	人名
	ウィーラー、アーサー	8	人名
	ウィチタ族	5, 7	事項
	ウィツィロポチトリ	6	神性
	ウィトガールト	8	地名
	ウー＝ツァン地方	4	地名
	『妖蛆の秘密』（ヴェルミス・ミステリイス）	10	書名
	ウォーカー	5	人名
	『無名祭祀書』（ウヌァスプラヒリェン・クルテン）	9, 10	書名
	ウルフ	5	動物
	『エイボンの書』	8, 9	書名
	エクサム	3	地名
	エジプト	1	国名
	旧き印（エルダー・サイン）	4	事項
	〈古きものども（オールド・ワンズ）〉	9, 10	種族
	〈古ぶるしきものども（オールド・ワンズ）〉	6, 7	種族
	〈オブザーヴァー〉	4	新聞

	オラボナ	9	人名
【か】	カーファックス	3	地名
	ガスリー	5	地名
	カダス山	7	地名
	カドー族	5, 7	事項
	ガラガラヘビ	5	動物
	キュタリオン	2	地名
	キュベレー	3	神性
	ククルカン	5	神性
	クシナイアン	7	地名
	クトゥルー	6, 7, 9	神性
	クトゥルートル	6	神性
	クナ＝ヤン	7	地名
	グヤア＝ヨスン	7	種族
	クララングン	4	人名
	グル＝フタア＝イン	7	人名
	『屍食教典儀』（クルテ・デ・グーレ）	10	書名
	グレイ・イーグル	5, 7	人名
	クレイ兄弟	7	人名
	グンアグン	7	事項
	ケツァルコアトル	5, 6	神性
	ケム	10	地名
	黒熱病	4	事項
	コンプトン	5, 7	人名
【さ】	サクラメント	4, 6	地名
	サン・クエンティン刑務所	4	地名
	サンダー・ヒル	8	地名
	サンフランシスコ	4, 6	地名
	シエラ・デ・マリンチェ（マリンチェ山）	6	地名
	〈輝く偏方二十四面体（シャイニング・トラペゾヘドロン）〉	10	事項
	ジャクスン	6	人名
	ジャック	8	人名
	シュガーローフ山	8	地名
	シュブ＝ニグラス	4, 7, 8, 9	神性
	ジョーンズ、ウィルフレッド	4	人名
	ジョーンズ、スティーヴン	9	人名
	『ズィアンの書』	10	書名
	ズィーク	5	動物
	〈星の智慧派（スターリー・ウィズダム）〉	10	事項
	スミス、ラファイエット	5	人名
	スラマ	4	人名
	ソーントン	3	人名

【た】	ダルトン、ジョージ	4	人名
	ダレット伯爵	10	人名
	チコモストク	6	地名
	チベット	4	国名
	チャージング・バッファロー	7	人名
	チャウグナル＝フォーン	9	神性
	チャンドラー、オズボーン・E	8	人名
	チョー＝チョー人	9	種族
	ツァス	7	地名
	ツァトーグァ	8，9	神性
	ツァンポ	4	人名
	デ・サマコナ、パンフィロ	7	人名
	デ・ラ・ポーア	3	人名
	ディック	4	動物
	〈次元をよろめき歩くもの（ディメンショナル・シャンブラー）〉	9	種族
	ディラポア	3	人名
	ティラワ	5，7	神性
	テノチティトラン	6	地名
	テロエ	2	地名
	トゥアレグ族	4	事項
	トゥラ＝ユーブ	7	人名
	トゥル	7	神性
	『ドール賛歌』	9	書名
	トナティウ＝メツトリ	6	神性
	トラスカラ鉱山社	6	会社
	ドルイド	3	事項
	トレヴァー、マーガレット	3	人名
【な】	ナイアルラトホテプ	1,3,4,7,10	神性
	夜鬼（ナイト＝ゴーント）	9	種族
	ナグ	4，7	神性
	『ナコト写本』	10	書名
	『ナコト断章』	9	書名
	〈名付けられざりしもの〉	7	神性
	ニガー＝マン（黒んぼ）	3	動物
	ニグラトル＝イグ	6	神性
	『ネクロノミコン』	9，10	書名
	ネフレン＝カ	10	人名
	ノフ＝ケー	9	種族
	ノフケー族	7	種族
	ノリス大尉	3	人名
【は】	バージニア植民地	3	地名
	這い寄る混沌	1，2，4	神性

	ヒートン	7	人名
	ビンガー	5, 7	地名
	ファン・カウラン	8	人名
	フェデラル・ヒル	10	地名
	プエブロ族	5, 7	事項
	フェルダン、アーサー	6	人名
	フォン・ユンツト	9, 10	人名
	ブリントン、ウィリアム	3	人名
	ブレイク、ロバート	10	人名
	〈プロヴィデンス・テレグラム〉	10	新聞
	ヘイドゥン、ベン	8	人名
	ポーニー族	5	事項
	ホガール山地	4	地名
【ま】	マウンテントップ村	8	地名
	マクシミリアン	6	人名
	マグナ・マテル	3	神性
	マクニール	4	人名
	マクニール（上とは別人）	5	人名
	マコーム社長	6	人名
	マダム・タッソーの蠟人形館	9	地名
	ミクトランテクトリ	6	神性
	ミラー	4	人名
	メキシコ	4, 5, 6	国名
	モリス、ダニエル	8	人名
	モリス、ローズ・C	8	人名
【や】	ユゴス	9, 10	天体
	ヨグ=ソトース	4	神性
	ヨグ=ソトートル	6	神性
	ヨス	7	地名
【ら】	ラーン=テゴス	9	神性
	『象牙の書』（リベル・イヴォニス）	10	書名
	リリブリッジ、エドウィン・M	10	人名
	ルタア	7	地名
	ルルイェ	6	地名
	レイクプラシッド村	8	地名
	レックス	8	動物
	レムリア	7, 10	地名
	レレクス	7	地名
	ロートン、ジョージ・E	7	人名
	ローマ	3	国名
	ローマー	7, 9	地名
	ロジャース	9	人名

星海社
FICTIONS
ラ1-03

這《は》い寄《よ》る混沌《こんとん》　新訳《しんやく》クトゥルー神話《しんわ》コレクション3

2018年11月15日　第1刷発行
2025年3月24日　第3刷発行
定価はカバーに表示してあります

著者 ―― H・P・ラヴクラフト
訳者 ―― 森瀬繚《もりせりょう》

協力 ―― 立花圭一《たちばなけいいち》

発行者 ―― 太田克史《おおたかつし》
編集担当 ―― 丸茂智晴《まるもともはる》

発行所 ―― 株式会社星海社
〒112-0013 東京都文京区音羽1-17-14 音羽YKビル4F
TEL 03(6902)1730　FAX 03(6902)1731
https://www.seikaisha.co.jp

発売元 ―― 株式会社講談社
〒112-8001 東京都文京区音羽2-12-21
販売 03(5395)5817　業務 03(5395)3615

印刷所 ―― TOPPAN株式会社
製本所 ―― 加藤製本株式会社

ISBN978-4-06-514197-7　N.D.C.913 479p.　19cm　Printed in Japan